Christof Weigold

DER MANN, DER NICHT MITSPIELT

Hollywood 1921:
Hardy Engels erster Fall

Christof Weigold

DER MANN, DER NICHT MITSPIELT

Hollywood 1921: Hardy Engels erster Fall

Kiepenheuer
& Witsch

Bei dem vorliegenden Roman ist die Handlung fiktiv, auch wenn sie mit dem Verlauf eines authentischen Falles verwoben ist. Es treten historische Persönlichkeiten auf, ihr Handeln, Reden und Denken ist jedoch so frei erfunden wie das der anderen Romanfiguren.

MIX
Papier aus verantwortungsvollen Quellen
FSC® C083411
FSC www.fsc.org

Verlag Kiepenheuer & Witsch, FSC® N001512

1. Auflage 2018

Umschlaggestaltung: Rudolf Linn, Köln
Umschlagmotiv: © akg-images
Autorenfoto: © Gerald von Foris
Gesetzt aus der Apollo und der Trade Gothic
Satz: Buch-Werkstatt GmbH, Bad Aibling
Druck und Bindung: CPI books GmbH, Leck
ISBN 978-3-462-05103-2

»Her golden rule is plain enough:
Just get them young and treat them rough.«

Dorothy Parker, *The Flapper*

PROLOG

Der Fall, von dem es mich zu erzählen drängt, gilt heute als der erste ganz große Skandal und eines der dunkelsten Rätsel Hollywoods. Obwohl es drei Gerichtsprozesse und am Ende ein Urteil gab. Es war ein Freispruch. Der Täter wurde nie offiziell überführt und verurteilt.

Die wahre Geschichte handelt von dem seinerzeit bekanntesten Stummfilmstar, der Kolonie der Deutschen in Hollywood, von denen einer die dortige Filmindustrie gegründet hatte, sowie von zwei der aufregendsten Frauen, die der Ort damals, 1921, zu bieten hatte.

Die eine wurde mitten in Los Angeles von einem Löwen getötet. Einem ausgewachsenen alten Löwenmännchen, das in einem Film von DeMille mitgespielt hatte.

Die andere starb angeblich an einer Ginflasche, die ihr jemand in die Vagina gesteckt hatte. Und das während der Prohibition.

Die Frage ist nur: Wer? Und was war wirklich geschehen?

Ich weiß es.

Und ich kann nicht länger schweigen, jetzt, zwanzig Jahre später; da sich mein neues Heimatland anschickt, gegen meine alte deutsche Heimat in einen zweiten, gerechten Krieg zu ziehen.

Es ist an der Zeit zu sprechen, so wie nun überall in den Filmen gesprochen wird.

ERSTER TEIL

1

Als ich an einem Sonntagnachmittag Anfang September nach Hause kam, stolperte ich auf der Treppe über eine scharfe Rothaarige. Ich hatte am Freitag ein misslungenes Casting bei Hal Roach gehabt, danach auf dem Nachhauseweg einen oder drei auf das *Labor-Day*-Wochenende getrunken und dachte zuerst, ich würde sie nur träumen.

Aber sie saß da wirklich, auf der Treppe vor meinem Zimmer im ersten Stock im Halbdunkel, und rauchte eine Zigarette. Nachdem ich das Gaslicht im Flur aufgedreht hatte – obwohl das laut meiner Vermieterin Mrs Balzheimer tagsüber strikt verboten war –, vergaß ich zunächst sogar, mich zu entschuldigen und meinen Hut zu lüften.

Sie war Anfang zwanzig, und über ihren Körper war ein knappes Kleid gespannt, so eng wie eine zweite, nachtblaue Haut. Sie hatte kupferrote gelockte Haare, die sie kurz geschnitten trug, sodass das hübsche Gesicht und der schneeweiße Hals frei zu besichtigen waren. Ein wahres Glück für den Betrachter. Sogar das kleine Muttermal neben dem Mund saß genau an der richtigen Stelle, und ihre vollen Lippen waren mit Lippenstift rot hervorgehoben, so wie junge Frauen das seit Kurzem machten.

Sie richtete ihre schwarz umtuschten braunen Augen wie Scheinwerfer auf mich und sagte nicht besonders interessiert: »Sind Sie Mr Engel?«

Ihre Stimme klang, als würde sie jeden Morgen mit Gin gurgeln, während in einem Aschenbecher daneben eine Zigarette verqualmte.

»Für Sie Hardy.«

Sie stand auf und strich ihr Kleid glatt, obwohl es viel glatter nicht mehr ging, wobei sie unmittelbar neben mir hochkam und mich streifte. Und dann, ihr Gesicht nah vor meinem:

»Ich bin Pepper.«

Sie blinzelte nicht. Ich erwiderte ihren Blick und hielt den Atem an, damit sie den Whisky nicht roch. Dann sagte ich: »Sehr angenehm, Pepper«, und nahm ihre Hand. Sie war fest und glatt und fühlte sich gut an. Sie drückte meine.

In diesem Moment, während wir uns in die Augen sahen, schoss mir der Gedanke durch den Kopf, dass ich sie kannte, sie mir sogar äußerst vertraut war, obwohl das gar nicht sein konnte: Ich hätte mich gewiss an sie erinnert. Auch sie schien für einen Augenblick irritiert, und plötzlich sah sie jünger aus als zuvor, unsicherer.

»Sie sind doch Privatdetektiv?«, fragte sie mit einem Stirnrunzeln.

Ich hielt inne. Ich brauchte eine Pause, um mich zu besinnen.

»Selbstverständlich.«

Genau genommen war es das, was ich am allerwenigsten sein wollte. Aber man konnte ja schon mal versuchen, auf diese Weise ein paar zusätzliche Dollar zu verdienen; vor allem, wenn man gerade als Schauspieler eine schwierige Zeit durchmachte.

Und natürlich konnte sich jeder eine Detektiv-Lizenz ausstellen lassen, ein Büro mieten, *Hardy Engel – Privatdetektiv* an die Glastür schreiben und eine Sekretärin mit eingedrehten Locken engagieren. Jeder konnte Visitenkarten drucken lassen und überall in der Stadt verteilen.

Zumindest jeder, der das Geld dazu hatte – was auf mich nicht zutraf.

Deshalb hatte ich nur ein paar Zettel ausgehängt, zum Beispiel an die Schwarzen Bretter der Filmstudios, bei denen ich in der letzten Zeit vergeblich an Castings teilgenommen hatte. Fast aller Studios in Hollywood. Und deshalb war meine darauf angegebene Büroadresse auch dieses zweistöckige Mietshaus, in dem ich lediglich ein möbliertes Zimmer bewohnte, 1401 North Crescent Heights Boulevard, erster Stock links.

Die Adresse klang weitaus vielversprechender, als das Haus aussah. Es gab hier keine Höhen, nur Tiefen – am äußeren Rand von West Hollywood, das damals nichts als ein in der Sonne langsam verfaulender Orangenhain war, in dem ein paar willkürlich verstreute Häuser versuchten so zu tun, als könnten sie eine ordentliche Heimat für Menschen sein. Nicht weit hinter meinem Haus begann die Prärie, wo nachts die Kojoten heulten. Die Gegend heißt heute Beverly Hills, und inzwischen wimmelt es dort von Raubtieren ganz anderer Art.

In dem Flur, auf dem Pepper und ich immer noch herumstanden, lag ein saurer Geruch nach Bohnerwachs, Schweiß und schlechtem Essen in der Luft. Die Gemeinschaftstoilette am Ende des Ganges war notorisch verstopft.

»Aber kommen Sie doch herein, Pepper.«

Ich wandte mich schnell meiner Tür zu und schloss sie auf.

Daran war ein abgerissener vergilbter Zettel gepinnt, mit den in meiner grauenvollen Handschrift hingekritzelten Worten darauf: *Hardy Engel – Private Ermittlungen*.

Ich hielt ihr die Tür auf, und sie ging drei, vier Schritte mit einem Hüftschwung, der nicht vollkommener hätte sein können, nur um dann genau auf meiner Höhe über die Schwelle zu stolpern, sodass sie sich an mir abstützen musste, um nicht zu stürzen. Es war reine Ungeschicklichkeit, keine Berechnung, und mit dem entschuldigenden Lächeln kam wieder das seltsam vertraute Mädchen von eben zum Vorschein, das nun beinahe übermütig gekichert hätte, sich aber rechtzeitig daran erinnerte, es zu unterdrücken.

Danach ging sie ohne weitere Zwischenfälle in das kleine Zimmer hinein. Ich schloss die Tür.

»Entschuldigen Sie bitte, wie es hier aussieht«, sagte ich,

ohne es zu meinen, und nahm schnell ein paar Klamotten von dem Korbsessel am Fenster, den ich ihr anbot.

Pepper sah sich in meinem Zimmer ungerührt um, bevor sie sich in einer fließenden Bewegung setzte. Kein maurischer Stil oder etwas in der Art, zerschlissene Plüschmöbel aus dem letzten Jahrhundert und Holzwände mit abblätternder Farbe. Leider tauchte die Nachmittagssonne, die durch das undichte Fenster hereinstrahlte, dies alles in ein allzu helles Licht.

»Das ist Ihr Büro?« Sie hob die Augenbrauen. Wunderschöne Augenbrauen. Aus Kupfer.

»Gewissermaßen. Vorübergehend. Wie sind Sie auf mich gekommen?«

Ich warf die Kleider aufs Bett und meinen Hut hinterher.

»Durch Ihren Aushang im *Jail Café*. Gegenüber von den *Sennett-Studios*.«

»Das ist meine Stammbar. Habe Sie dort noch nie gesehen. Sie sind im Filmgeschäft?«

Statt einer Antwort wandte sie den Kopf zur Seite und pustete Rauch in Richtung Fenster. Dumme Frage: Wenn sie nicht im Filmgeschäft war, sollte man das Filmgeschäft dringend zumachen.

Sei vorsichtig, Hardy, dachte ich. Beherzige endlich einmal die Ratschläge, die man dir gibt. Sei nicht hinter jedem Rock her. Werde klüger.

»Sie arbeiten gerade bei Mack Sennett?«, fragte ich.

Sie schüttelte den Kopf, während sie die Beine übereinanderschlug und ihre Zigarette in einem halb vollen Aschenbecher auf dem Fensterbrett ausdrückte. Eigentlich war er eine Untertasse.

»Oh nein. Leben Sie hier alleine?«

»Manchmal.«

Ich setzte mich aufs Bett. Eine andere Sitzmöglichkeit gab es nicht, wenn ich mich nicht auf ihren Schoß setzen wollte.

»Und Sie sind Deutscher …?«, fügte sie hinzu.

»Jawohl«, schnarrte ich und grinste. Ich hatte schon darauf gewartet. »Stören Sie sich an meinem Akzent?«

»Wie lange sind Sie schon in Amerika?«

»Anderthalb Jahre. In Hollywood seit einem.«

Ich langte zu meinem Nachttisch und holte aus der Schublade eine Flasche ohne Etikett, die ich einladend hochhielt.

»Vierundfünfzigprozentiger Single Malt.« Sie starrte darauf. Diesmal hob sich nur eine der kupferroten Augenbrauen. »Prima Zeug, von einem echten Schotten gebrannt. Buck Carpenter, dem Besitzer des *Jail Café*.« Und da sie immer noch nichts sagte: »Freund von mir. Sie können dem Zeug vertrauen.« Sie machte mir nicht den Eindruck, eine Kostverächterin zu sein.

»Danke, nicht jetzt.« Und bevor ich noch etwas tun oder sagen konnte: »Und auch Sie sollten heute nicht noch mehr Alkohol trinken. Ich habe einen Auftrag für Sie. Auch wenn morgen Feiertag ist. Er ist äußerst dringend.«

Ihr Ton war jetzt sehr geschäftsmäßig, und sie klang wie jemand, der es gewohnt war, Aufträge zu vergeben. Ich steckte die Flasche in die Schublade zurück und schloss sie.

»Eventuell hätte ich ein wenig Zeit.«

Pass auf, Hardy, dachte ich. Vermassle es diesmal nicht wieder, so wie bei Sennett. Du brauchst Geld. Sie ist eine mögliche Auftraggeberin. Außerdem hat eine Frau wie sie immer einen Freund und zudem weitere Männer an jedem Finger ihrer grazilen, leicht sommerbesprossten Hand. Halte dich verdammt noch mal zurück.

»Worum geht es denn, Pepper?«

»Um eine Freundin von mir. Sie ist seit ein paar Tagen verschwunden, und ich fange an, mir Sorgen zu machen«, sagte sie und wischte sich einen Fussel von der Stirn, obwohl da gar keiner war.

»Ist das ungewöhnlich für sie?«

»Ich wohne im Moment bei ihr. Virginia sagt mir sonst für gewöhnlich Bescheid. Wir rufen uns immer an, wenn wir einmal länger als einen Tag nicht nach Hause kommen.« Sie stockte kurz, wie ertappt, weil sie zu viel verraten hatte, doch ich hielt ziemlich gut damit hinterm Berg, dass es mir aufgefallen war. Beinahe wie ein seriöser Ermittler, der nur die trockenen Fakten einsammelte.

»Sie hat nicht angerufen«, sagte sie schnell, aber keineswegs verlegen. »Seit zwei Tagen.«

»Hat sie vorher gesagt, wohin sie geht?«

»Ich glaube, sie hatte am Freitag ein Casting. Bei *Famous Players-Lasky*.«

»Sie ist also Schauspielerin?«

»Wir beide«, sagte sie und ließ für einen Moment die Augen aufblitzen. »Am Abend waren wir verabredet, aber sie ist nicht aufgetaucht. Das ist nicht weiter ungewöhnlich …«

»Vielleicht hat sich beim Casting etwas ergeben«, warf ich ein, »ich bin übrigens selbst eigentlich Schauspieler.«

Sie streifte mich nur kurz mit einem Blick, strich sich eine Strähne hinters Ohr und fuhr dann fort: »Aber schon, dass sie so lange wegbleibt, ohne sich zu melden.«

»Vielleicht spontan angesetzte Dreharbeiten irgendwo an der Küste oder im Valley?«

»Auch von dort hätte sie anrufen können.«

»Wahrscheinlich lässt sie es sich nur gut gehen und hat alles andere vergessen.«

Irgendetwas stimmte mit dieser Rothaarigen nicht, das sagte mir mein Bauchgefühl. Und die Tatsache, dass die Frauen in ihrem Alter, die ich bisher kennengelernt hatte, nicht in der Lage gewesen wären, mich so zu bezahlen, wie es angemessen war.

»Meinen Sie?«, sagte sie, ohne viel Hoffnung und so düster, dass man sofort den Wunsch hatte, sie wieder aufzuheitern.

»Mal bei *Famous Players* nachgefragt? Oder warum wollen Sie, dass ich das tue?«

»Weil ich fürchte, dass es nicht so einfach ist. Dass es umfangreichere Nachforschungen erfordert. Sie kennen sie nicht, sie ist eine ziemlich wilde Hummel. Handelt sich andauernd Ärger ein. Und ich glaube, jetzt wieder. Ich spüre so was«, sagte sie, und dann beugte sie sich vor und zeigte mit dem Zeigefinger auf ihre Stirn direkt über der Nasenwurzel. »Ich weiß es.«

Ein Schatten ging über ihr Gesicht, und ich weiß noch, dass ich in diesem Moment begann, mir Sorgen zu machen. Es war, als habe sie mich kurz in einen Abgrund blicken lassen.

»Bitte, Sie müssen sie für mich finden.«

In diesem Augenblick wurde meine Zimmertür nach einem schnellen Klopfen aufgerissen und Mrs Balzheimer starrte herein. Meine Zimmerwirtin war eine untersetzte Mittfünfzigerin, die es leider nicht lassen konnte, stets ganz nah an einen heranzugehen, wenn man ein dreißigjähriger Mann und kein verwachsener Zwerg war.

»Keine Damenbesuche auf den Zimmern!«, sagte sie und sah die Rothaarige herausfordernd an.

»Was denn? Wir arbeiten!«, sagte ich.

»Arbeiten?« Die alte Balzheimer sah misstrauisch zwischen mir und Pepper hin und her. Sie war so eifersüchtig, dass ich mich beinahe für sie schämte.

»Das ist eine Kundin von mir. Miss ...« Dummerweise hatte ich sie nicht nach ihrem Nachnamen gefragt.

»Murphy«, sprang mir Pepper bei. »Pepper Murphy.«

Ich lauschte dem Namen nach und bemerkte auf Anhieb, dass das zwar ein hervorragender Name fürs Filmgeschäft war, aber nicht unbedingt für eine Besucherin von Mrs Balzheimers wohlgesittetem Mietshaus.

»Sie trinken hier doch nichts?«, fragte die Balzheimer und sah sich im Zimmer um. »Ich verliere meine Lizenz, wenn Sie Alkohol trinken!«

»Nein. Das ist mein Büro, ich habe es Ihnen doch erklärt. Und wir reden hier über Geschäfte.« Ich stellte mich vor sie und schob sie langsam Richtung Tür. Die Berührung schien sie zu besänftigen.

»Geschäfte? Am Sonntag?«

Misstrauisch blieb sie stehen und blickte mit verächtlichem Ausdruck an mir vorbei zu Pepper.

»Nicht, was Sie denken. Ich bezahle *ihn*«, sagte Pepper, ohne mit der Wimper zu zucken. Es machte ihr offenbar richtig Spaß. Die Alte sperrte verblüfft den Mund auf.

»Ich habe Sie jedenfalls nicht hereingelassen!«, war alles, was ihr einfiel. »Sie haben sich einfach ohne mein Wissen hereingeschlichen, halten wir das fest!«

»Miss Murphy hat einen Auftrag für mich. Auf Wiedersehen, Mrs Balzheimer.«

»Gehen Sie heute noch weg?«

»Kann schon sein.« Ich schob sie hinaus.

»Ich habe nicht *Sie* gemeint!«, rief die Balzheimer durch die geschlossene Tür hindurch.

Ich drehte mich zu Pepper und grinste sie entschuldigend an.

Sie grinste ebenfalls und um den Mund und die Augen bildeten sich Fältchen. Sie setzte sich bequem zurück, als wäre sie zu Hause, hob schelmisch eine Augenbraue und sagte:

»Jetzt hätte ich doch gerne einen Schluck von Ihrem …«

»Klar.«

Ich ging zur Schublade, holte die Flasche heraus und spülte das Glas aus, das im Waschbecken stand. Ich goss ein paar ehrliche Schlucke Whisky ein und gab es ihr. Für mich selbst blieb nur die Flasche, ein zweites Glas hatte ich nicht. Ich prostete ihr zu. Von außen versuchte jemand erneut, nach einmaligem Klopfen sofort die Tür zu öffnen, doch ich hatte sie verriegelt.

Pepper und ich lachten uns zu, stießen möglichst klangvoll Glas und Flasche aneinander und tranken. Es fühlte sich an, als hätten wir das schon Dutzende Male gemacht. An der Tür rüttelte es noch einmal, dann war es still.

Wir sahen uns an, immer noch grinsend, mit einem ganz neuen Interesse.

»Sie haben noch nicht viel Erfahrung in diesem Beruf, oder?«, fragte sie plötzlich.

»Mindestens so viel wie Sie in Ihrem, würde ich sagen. Ich habe mir nur vorübergehend eine Auszeit genommen. Aber ich habe alles, was man dafür braucht.«

Oh ja. Zum Beispiel brauchte man, im Großraum Los Angeles mit seinen gewaltigen Entfernungen, ein verfügbares Automobil.

Ich hatte keines.

Und außerdem, für heikle und gefährliche Aufträge, eine Waffe.

Ich hatte nur meine alte Armeepistole aus Deutschland, eine Luger, Parabellum 08, die ich als kaiserlicher Soldat in den Wirren der Revolution vor drei Jahren einfach behalten hatte. Jetzt lag sie in derselben Schublade wie der Whisky. Aber ich hatte keine Patronen dafür.

Ansonsten besaß ich noch ein rostiges Rasiermesser, drüben am Waschbecken, mit dem ich mir jeden dritten Tag den Bart aus dem Gesicht kratzte. Allerdings hatte ich bis dato auch keine gefährlichen Aufträge durchgeführt; abgesehen von dem Gespräch mit einem kleinen Alkoholschmuggler, der gemeint hatte, einen größeren reinlegen zu müssen, und sich direkt in die Hosen geschissen hatte, kaum dass ich ihn etwas härter angefasst hatte.

Bisher hatte ich überhaupt erst zwei Aufträge als Detektiv gehabt, im Frühjahr, aber meine genauen Verhältnisse musste ich ihr ja nicht auf die Nase binden.

»Man hat mir jedenfalls gesagt, dass man Ihnen vertrauen könne«, sagte sie vage. »Dass Sie eine besondere Art hätten, die Dinge anzugehen.«

»Ach ja, hat man das? Wer denn? War es Buck, dort im *Jail Café*? Er ist ein guter Freund.« Außerdem schuldete ich ihm eine Menge Geld für all das, was ich dort hatte anschreiben lassen. Deshalb hatte ich für ihn auch damals jenes gewisse Problem diskret erledigt. Er hatte mir angeboten, fest für ihn zu arbeiten, aber bisher war es mir gelungen, das zu vermeiden. Ich wollte nicht unter die Alkoholschmuggler gehen.

Sie nickte und beugte sich vor. »Er hat Sie wärmstens empfohlen. Sie seien erfahren in solchen Dingen, ein Mann mit Durchsetzungsfähigkeit und Engagement. Genau so einen brauche ich.« Sie gab mir dazu einen Augenaufschlag wie Gloria Swanson.

Das wurde mir jetzt zu viel. Ich stand auf.

»Ach ja? Sie – oder wer sonst? Ich glaube Ihnen nicht, Pepper. Auch wenn Sie recht gut gekleidet sind, so wie Sie sich darstellen, sind Sie nicht in der Lage, mich aus eigenen Mitteln angemessen zu bezahlen. Und außerdem sind Sie ein bisschen zu kokett. Nicht, dass ich das nicht zu schätzen wüsste – aber erzählen Sie mir doch einfach die Wahrheit. Wer steckt hinter der Sache?«

»Wieso meinen Sie …?«, versuchte sie auszuweichen.

»Ich will einfach wissen, wer mich bezahlen und für wen ich wirklich arbeiten würde. Sonst werde ich's nicht machen. Sie erzählen mir nicht alles, da bin ich sicher. Also los, sagen Sie's schon, Pepper.«

Ihr Gesicht nahm einen zerknirschten Ausdruck an.

»Also gut. Ich bin wohl doch keine so gute Schauspielerin, wie ich dachte.«

Ich sah sie unverwandt an. Kein Mitleid, falls sie das beabsichtigt haben sollte. Sie seufzte und sagte wie gelangweilt:

»Kennen Sie Mr Lehrman? Er ist auch Deutscher.«

»Henry Lehrman? Der Regisseur?«, fragte ich.

»Ja. Kennen Sie ihn?«

»Wir Deutschen kennen uns nicht alle. Leider. Dafür gibt es zu viele von uns. Aber selbstverständlich ist er mir ein Begriff: Henry ›Pathé‹ Lehrman.«

Der erste Regisseur von Charlie Chaplin, eigentlich Österreicher. Den Spitznamen hatte er von David Wark Griffith bekommen, weil er bei seinem Einstellungsgespräch behauptet hatte, er habe für die *Pathé*-Filmgesellschaft gearbeitet, dabei war er von Beruf Straßenbahnschaffner gewesen.

»Mr Lehrman mag es nicht, wenn man ihn so nennt«, sagte sie streng. »Er will im Hintergrund bleiben. Virginia ist seine Verlobte. Es ist ihm etwas peinlich, nicht zu wissen, wo sie ist.«

Ich setzte mich wieder und bot ihr aus dem silbernen Zigarettenetui, das meinem Vater gehört hatte, eine Chesterfield an.

»Also schön. Und warum forscht Mr Lehrman nicht selbst nach?«

Ich gab ihr Feuer.

»Er ist in New York. Dreht dort einen Film. Deswegen hat er mich beauftragt, jemanden zu engagieren, als ich ihn über Virginias Verschwinden informiert habe. Und Mr Lehrman wollte ausdrücklich, dass ich mit einem *Freelancer* Kontakt aufnehme. Sie würden sich doch als *Freelancer* bezeichnen?«

Ich musste mich räuspern. Ich bekam sogar einen kurzen Hustenanfall. »Ja, so würde ich mich bezeichnen«, sagte ich dann. »Da kann Mr Lehrman ganz beruhigt sein.«

Sie nahm es zufrieden zur Kenntnis.

»Sie machen diese Arbeit, weil es als Schauspieler nicht so gut läuft, oder?«, fragte sie freundlich.

»Und weil ich Polizist war, drüben in Deutschland, und dann Unteroffizier in der deutschen Armee. Ich habe zahlreiche Ermittlungen durchgeführt und Operationen geleitet. Und ich kenne mich hier beim Film aus. Habe ein paar Verbindungen.«

»Auch zu *Famous Players*?«

»Das bekomme ich hin. Für die habe ich schon mal gearbeitet vor einiger Zeit.«

»Können Sie direkt anfangen? Es eilt. Und wir wollen – Mr Lehrman will, dass Sie Virginia innerhalb von höchstens vierundzwanzig Stunden finden. Nur finden und mir dann sofort Bescheid sagen.«

»Kein Problem. Wer arbeitet nicht gern am *Labor-Day*-Wochenende. Mein Satz sind zehn Dollar pro Tag plus Spesen.«

Sie wandte den Kopf und ließ ihren Blick über das ungemachte Bett schweifen.

»Fünf Dollar.«

»So viel bekomme ich an einem Drehtag«, sagte ich.

»Na schön. Sieben. Plus einem Bonus bei Erfolg.«

»Hm. Was für ein Bonus? Fünfzig Dollar?«

»Dreißig.« Sie lächelte mich an: »Und wir trinken noch einmal etwas zusammen, wenn Sie sie gefunden haben. Sie werden übrigens ausschließlich mit mir zu tun haben.«

»Ich liebe Mr Lehrmans Entscheidungen«, sagte ich, so frech

ich konnte. »Also gut. Wie heißt Ihre Mitbewohnerin denn mit vollem Namen?«

»Virginia Rappe. Sie ist dreißig. Das ist ihr Foto.«

Ich nahm es und betrachtete es. Das Porträtfoto einer hübschen, aufgeschlossen lächelnden Brünetten mit tiefdunklen Augen, die eine Menge Spaß versprachen. Der Name sagte mir nichts.

»Ich bin jünger, einundzwanzig, aber was soll ich sagen – ich bin vernünftiger als sie.«

Ich setzte mich auf die Lehne ihres Korbsessels. Ich konnte nicht anders.

»Wie schade. Haben Sie zufällig auch etwas mit Mr Lehrman? Oder mit sonst jemandem?«

»Das geht Sie gar nichts an«, sagte Pepper und schob mich sanft von der Lehne. Als unsere Hände sich dabei berührten, durchzuckte es mich, als hätte ich in eine Steckdose gefasst. Sie wurde rot und sah weg.

Ich stand auf.

»Ich bringe mich nur kurz in Form und gehe direkt los.«

»Danke.« Sie stand ebenfalls auf und kramte in ihrer Handtasche. Sie zog sieben neue grüne Dollarscheine hervor. »Das ist Ihr Vorschuss, wir rechnen danach ab. Nichts darf Sie aufhalten, okay?«

Ich nahm das Geld. So viel auf einmal hatte ich schon lange nicht mehr in der Hand gehabt. Sie schien immer noch Probleme zu haben, mich direkt anzusehen.

»Und hier ist meine Nummer. Rufen Sie mich an, sobald Sie irgendetwas wissen. Egal was. Egal wann.«

Sie gab mir eine Visitenkarte, auf der sich ihr Name, die Zeichnung eines Schmetterlings und eine Telefonnummer befanden. Ich gab vor, in meinen Taschen zu suchen:

»Warten Sie, ich gebe Ihnen meine …«

»Ich weiß ja, wo ich Sie finde. Halten Sie mich einfach auf dem Laufenden«, sagte sie.

»Verlassen Sie sich drauf.« Ich schloss die Tür auf, und sie gab mir die Hand.

Dann sah ich ihr zu, wie sie zur Treppe und nach unten ging. Ich sah ihr gerne zu. Und sie stolperte diesmal nicht, obwohl sie noch einmal über die Schulter sah.

2

Nachdem ich mich schnell umgezogen hatte und in meinen zweiten Anzug geschlüpft war – brauner abgetragener Tweed, ein weißes – oder fast weißes – Hemd mit Zelluloidkragen zum Wechseln, rote Krawatte, dazu mein Strohhut –, überquerte ich den Sunset Boulevard und erwischte auf dem Hollywood Boulevard noch gerade so die Straßenbahn. Genau genommen musste ich dem rotorangenen Trolleywagen der *Pacific Electric* hinterherrennen und aufspringen, während er dreimal warnend seine Glocke läutete – *Clongclongclong.*

Der *Big Red Car* war auch am Sonntag voller Leute wie mir, dicht gedrängt. Nicht alle rochen gut. Ich roch nicht gut. Wir fuhren den Hollywood Boulevard Richtung Osten entlang, den mehr Palmen als Häuser säumten und Ölbohrtürme, die an dieser Ecke überall wie Pilze aus dem Boden schossen. Die paar Gebäude, die dazwischenstanden, gaben ungeheuer an.

Wir passierten das monumental aufragende *Hollywood Hotel* mit seinen vielen Türmchen, das wie eine Ritterburg in das Nirgendwo gesetzt worden war.

Die Tram hielt an einer Kreuzung abrupt an, und ich taumelte gegen meinen Nebenmann. Er las den *Los Angeles Examiner* mit der Schlagzeile, dass Chaplin sich in New York auf der *Olympic* in Richtung seiner englischen Heimat eingeschifft hatte. Ein anderer Fahrgast erzählte dem Haltegriff über sich laut von den Zeiten, als Chaplin noch die Straßenbahn genommen und auf dem Weg ins Studio seine Ideen mit ihm besprochen hatte.

»Sieben Filme habe ich mit ihm gemacht, wir sind dann immer raus nach Westlake gefahren, das ganze Team mitsamt Equipment, und haben einfach im Park gedreht. Ein Tramp, eine Frau, ein Polizist und ein See, in den man fallen kann, mehr braucht man ja nicht. Abends kamen wir mit einem fertigen Film nach Hause. Noch gar nicht so lange her, nur ein paar Jahre.«

Die anderen sahen alle zwanghaft aus dem Fenster und dachten vermutlich: Hoffentlich werde ich nicht auch mal so. Auch ich sah weg, zu der Sektion für Farbige ganz hinten und auf die Werbetafeln, die über unseren Köpfen prahlerisch verkündeten: *Ich gehe meilenweit für eine Camel.*

Nun fuhren wir an einem Kino vorbei, in dem gerade *Die drei Musketiere* lief, mit einem handgemalten Reklamebild von Douglas Fairbanks als D'Artagnan über der gesamten Frontseite, und selbst an diesem sonnigen Nachmittag mit einer Schlange Wartender davor, die um den Block reichte. Ein kleineres Kino weiter unten annoncierte den neuesten Tom-Mix-Western der *Fox*, *Reiter in der Nacht*.

Ein paar der den Boulevard entlang verstreuten einstöckigen Gebäude wurden abgebrochen, um Bauplatz für ein einzelnes, erheblich größeres und höheres zu schaffen. Presslufthämmer lärmten und der Automobilverkehr wurde um eine Absperrung herum geleitet. Ein Schild verkündete, Mr Sid Grauman lasse hier ein neues großes Filmtheater errichten.

Am Ende würde aus dieser Ecke noch eine richtig feine Gegend werden. Wenn sie überall Asphalt und einen Bordstein verlegten, würde man auch nicht mehr stolpern, wenn man das überqueren wollte, was sich großspurig *Boulevard* nannte.

Auf Höhe von *Musso & Frank Grill* hielten wir an der Kreuzung Hollywood und Cherokee, und in einem Automobil neben uns entdeckte ich Buster Keaton und Natalie Talmadge. Sie saßen in einem großen, offenen Rolls-Royce. Einige Leute in der Straßenbahn erkannten die beiden Stars und drängten an die Scheibe und klopften und schrien und lachten.

Buster sah kurz herüber. Er lächelte nicht. Natürlich nicht. Dann zeigte der Verkehrspolizist auf der Kreuzung auf ihn, und Buster fuhr an, gab ein Handzeichen und bog mit einem Hupen nach links in die Cherokee Avenue ein.

Kurz danach sprang ich an der Haltestelle Hollywood und Vine ab. Die Vine Street war eine dieser ungemein staubigen Straßen abseits des Boulevards, mit nichts als roten Pfefferbäumen entlang des linken Straßenrandes. Ich ging sie hinunter, bis dahin, wo die letzten Häuser standen und die freien Felder begannen und sich die Telegrafenmasten in der Ferne verloren, und steuerte auf den Eingang von *Famous Players-Lasky* zu. Der größten Filmgesellschaft in Hollywood, wo immer etwas los war, auch am Sonntag.

Seit Anfang des Jahres gab es hier einen Pförtner, bei dem man sich anmelden musste. Diesen kannte ich, er hatte deutsche Vorfahren und radebrechte immer Deutsch mit mir, mit starkem Akzent. Cleveland, Ohio.

»Hardy, du alte *Bratwurst*. Wie geht es dir heute?«

»Bestens, Eugene – oder soll ich *Eugen* sagen, wie dich deine Eltern genannt haben?«

Er ließ das mit den deutschen Brocken wieder sein, wie ich es beabsichtigt hatte.

»Wir haben dich hier lange nicht mehr gesehen.«

»Hab eine Weile exklusiv bei Sennett gearbeitet, sechs volle Monate. Bis vor zwei Wochen …«, sagte ich und zog eine Grimasse.

»Davon hab ich auch schon gehört«, sagte er grinsend.

»Ehrlich?«

»Na ja, was erwartest du, in so einem kleinen Nest?«

Er lehnte sich zu mir herüber und sagte: »Auf *Stage Four* macht *Famous Players-Lasky* heute außer der Reihe einen Nachdreh, das Castingbüro sucht noch Komparsen.«

Oh ja. Das Übliche. Nicht, dass ich so etwas nicht schon gemacht hätte: Schauspielern aus dem Hintergrund beim wirklichen Spielen zuschauen.

»Keine Komödie, ein Drama. Restaurantszene, kein billiger Mist. Deine Chance, mit Wally Reid und Gloria Swanson zu spielen«, sagte Eugene verschwörerisch. Die Swanson war damals die Diva, nach der sich ganz Hollywood verzehrte. Und Wallace Reid der größte Actionstar und Frauenschwarm des Studios. »Unter der Regie von DeMille!«

Cecil B. DeMille, nicht nur der renommierteste Regisseur, sondern auch einer der Gründer von *Famous Players*. Allesamt ganz große Nummern in dieser Stadt. So groß, dass ich noch nicht mit ihnen hatte arbeiten dürfen.

»Danke dir, aber nicht heute. Ich soll jemanden finden. Virginia Rappe, Starlet, dreißig, hübsch, brünett. Soll am Freitag hier gewesen sein.«

Ich zeigte ihm die Fotografie. Er pfiff anerkennend und schüttelte den Kopf.

»Von der Sorte kommen hier Hunderte hereingelaufen. Zum Glück. Wer sucht so jemanden *nicht*?«

»Ernsthaft. Sie ist verschwunden, und jemand macht sich Sorgen.«

»Um diese Frauen muss man sich keine Sorgen machen. Eher um sich selber. Frag doch mal beim Casting. Dora Nuertinger, gleicher Typ übrigens. Gutes deutsches Blut.«

»Wir sind hier überall, was?«, sagte ich. »Warum haben wir Deutschen Hollywood eigentlich nicht schon längst übernommen?«

»Haben wir doch, drüben bei der *Universal*. Wenn du bei Laemmle einen Fuß in der Tür hast …«

»Habe ich aber nicht. Deswegen muss ich ja solche Aufträge annehmen.«

»Was musst du es dir auch immer mit allen verscherzen?«, sagte Eugene, während er mir meinen Besucherpass ausstellte, und zwinkerte mir zu. »Geh rein und frag Dora. Und wenn du diese Virginia nicht findest, frag nach einer Rolle. Weiß, du kannst es brauchen.«

Er gab mir den Pass, eine weiß-rote Pappe mit meinem handgeschriebenen Namen darauf, und winkte mich durch. Gleichzeitig kam eine große lindgrüne Limousine an und hupte Eugene zu. Er bückte sich servil, um hineinzusehen, und reagierte, als säße der liebe Gott darin. Sofort betätigte er die Schranke, und als ich hineinging, fuhr der Wagen an mir vorbei. Ich sah nicht hin. Ich wollte es gar nicht wissen. Die Limousine gab Gas und röhrte davon.

Das war es, was mit mir nicht stimmte, weswegen ich in diesem Geschäft nichts wurde. Keine Lust auf Stars. Und das als Schauspieler. Ich musste, während ich weiterging, unweigerlich noch einmal daran denken, was zwei Wochen zuvor geschehen war, in den *Sennett-Studios*.

Wie ich meinen Polizeiknüppel zurechtrückte, links an der Seite meines indigoblauen Uniformrocks, dann den Schirm der Uniformmütze, mich zu voller Höhe aufrichtete und dem kleinen Mann entschlossen von hinten auf die Schulter tippte. Den James Finlayson mit einer Hand am Arm gepackt hatte, während er gerade mit der anderen Pranke zuschlagen wollte.

Der Kleine drehte sich halb zu mir um und tauchte plötzlich in Deckung. Im nächsten Moment erwischte mich Finlayson mit dem Schlag, der dem anderen gegolten hatte.

Eigentlich hätte der gedrungene Mann knapp an meinem Gesicht vorbeischlagen sollen, doch sein Handrücken traf mich mit voller Wucht auf die Wange. Es brannte und tat weh, doch es half mir immerhin, richtig zu fallen, und ich tat einen wunderbaren Satz genau in Richtung der Kamera, auf den bereitstehenden präparierten Cafétisch, der sofort unter dem Aufprall zusammenbrach, während der Requisiteur an dem dünnen Klavierdraht zog, sodass meine Polizeimütze wie von Zauberhand in hohem Bogen zur Seite wegflog.

Die wegknickenden Beine unter der Platte bremsten meinen Fall, als ich mit perfektem Timing aufkam und mich über die Schulter abrollte.

»Aus, danke«, rief Mack Sennett, und sofort beugte sich Finlayson besorgt zu mir herab, das Gesicht mit dem markanten Seehund-Schnauzbart über mir.

»Tut mir leid, Hardy«, sagte er, und seine Augen, von schwarzer dicker Schminke grotesk umrandet, starrten mich besorgt an, »ich wollte natürlich vorbeischlagen. Hab nicht richtig aufgepasst.«

»Das ist schon in Ordnung, Jimmy«, sagte ich und rieb mir die Wange, während ich mich mühsam aufrappelte. Der Fall selbst hatte mir nichts getan, so wie die vielen Fälle davor. »Wie war es für euch, Mack?«

»Für mich war's perfekt«, sagte Hunter, der routinierte alte Kameramann, der durch den Sucher gesehen, aber nicht mitgekurbelt hatte, und formte mit Daumen und Zeigefinger einen Kreis. »Das können wir gleich so drehen.«

Zwei Handwerker schafften die Trümmer weg, und zwei andere trugen einen neuen Tisch heran und stellten ihn an die Stelle des alten.

»Es war eine sehr gute Probe, Hardy«, sagte Sennett auf seinem Regiestuhl und rückte seine Ballonmütze zurecht, »aber ich werde trotzdem Edgar die Rolle geben.« Er zeigte auf einen großen, ungeschlachten Kerl mit Glatze, der ebenfalls in Polizeiuniform wartete. Gelassen und siegessicher.

Wut kroch in mir hoch, während ich mir Staub und Dreck von der Uniform klopfte und mit der anderen Hand über die schmerzende Wange rieb.

»Ach wirklich, Mack«, sagte ich. »Das ist ja etwas ganz Neues.«

Edgar Kennedy setzte sich die Polizeimütze auf den blanken Schädel und zog eine bedauernde Grimasse in meine Richtung.

»Vielleicht beim nächsten Mal wieder, Hardy«, sagte Mack und wandte sich seinem Stab zu, der hinter ihm und der Kamera aufgereiht stand; den kräftigen Männern in Pumphosen und dem halben Dutzend junger Frauen, eine hübscher als die andere, die entweder als Assistentin oder Kamerafutter fungierten und Mack alle anhimmelten.

»Geh rüber zum Kostüm-Bungalow und gib deine Uniform ab.«

»Meinst du wirklich, Mack?«, fragte Finlayson. »Er ist perfekt gefallen. Ich könnte doch auch zwei Cops umhauen, das wäre vielleicht noch lustiger.«

Sennett sah ihn sauer an und schüttelte den Kopf. Selbst sein Star konnte ihn nicht umstimmen.

»Nein, ich brauche nur einen Polizisten. Du weißt doch, wie's ist. Die Zuschauer lachen mehr, wenn du Edgar umhaust. Er ist einfach der bessere Polizist.« Mich sah er gar nicht mehr an dabei.

»Das ist schon komisch, denn ich *war* Polizist, in Mannheim«, sagte ich.

»Dann geh doch einfach wieder rüber«, sagte Mack gereizt.

Ich seufzte.

»Wir wissen doch beide, wie es wirklich ist. Mein Gott, Mack, komm drüber weg, dass ich mit Heather geschlafen habe. Dahinten wartet ein halbes Dutzend anderer Frauen auf dich. Gib mir eine Chance.«

Mack fuhr herum und funkelte mich böse an, ähnlich bedrohlich, wie mich eben noch Finlayson vor der Kamera angesehen hatte.

»Schafft ihn bloß hier weg«, bellte er.

Jimmy trat schnell zwischen uns und nahm mich am Arm.

»Komm, das bringt doch nichts.«

Er zog mich weg von der Studiobühne, von dem provisorisch aufgebauten Restaurant mit der Bar und dem Regal und den Tischen, auf die durch ein riesiges Glasdach die grelle kalifornische Sonne auf uns herabschien.

Wegen dieser Sonne hatte man damals, vor gerade einmal zehn Jahren, Filmstudios in Hollywood gegründet. Vielleicht auch nur, weil ein paar Leute einfach einen Sonnenstich erlitten hatten. Jedenfalls stand fest, dass in Gegenden, wo dermaßen viel Sonnenschein herrschte, vor allem drei Dinge besonders gut gediehen: Orangen, die Filmindustrie und Arschlöcher. Etwas in der Art sagte ich, während ich mit Jimmy wegging, über die Schulter zurückblickend.

Das alte *Famous-Players*-Studiogelände sah erheblich schäbiger aus als das neue von Sennett in Edendale, das fiel mir nur noch mehr auf nach der langen Zeit. Vor allem, wenn es so ausgestorben dalag wie heute und nicht wie sonst überlaufen war von einem bunten Heer von Statisten.

Ursprünglich war es eine Pferderanch gewesen, mit Ställen, die man notdürftig in Büros umgewandelt hatte. Auch wenn man hier jetzt Menschen hielt, hatten sie kaum mehr Platz als ein mittelmäßiges Rennpferd; und weniger Heu.

Wenn man nahe genug daran entlangstrich, konnte man an Werktagen auch heutzutage manchmal ein Wiehern hören. Bei genauerem Hinhören entpuppte es sich aber als das Geräusch von jemandem, der sich dadrinnen gerade entscheidenden Höhepunkten seiner Filmkarriere näherte.

Ich ging vorbei an den kleinen Holzbaracken mit den schiefen Wellblechdächern, an den provisorischen Masten mit den schwankenden Kohlebogen-Scheinwerfern und an einem Holzschild, auf das jemand in weißer Farbe einen Wegweiser gemalt hatte: *Kasting*. Verdammte Analphabeten.

Das Castingbüro war so leer, wie ich es noch nie gesehen hatte. Keine Warteschlange und drinnen nur die Studioangestellten. Dora Nuertinger kannte ich noch nicht. Sie war eine frisch gewaschene Brünette mit Brille und einer gertenschlanken Taille, die schmaler war als mein Oberschenkel.

Ich stellte mich vor, spielte die deutsche Karte aus und sie lächelte. Als ich nach Virginia fragte und das Foto vorzeigte, hörte sie auf zu lächeln. Sie kannte sie. Sie mochte sie nicht.

»Oh. Ich weiß, wen Sie meinen. Aber keine Ahnung, wo sie ist.«

Von einem der akkurat in Reihen aufgestellten Schreibtische hinter ihr meldete sich ein junger Mann. Er musste neu sein. Er hatte noch den vollen Enthusiasmus.

»Die war am Freitag hier. Wir haben Probeaufnahmen gemacht, ich war selbst dabei. Ich habe mitbekommen, wie sie mit ihrer Freundin geredet hat.«

Er eilte herüber und lehnte sich über Doras Schreibtisch zu mir. Eine Parfümwolke traf mich. Er trug einen Nadelstreifenanzug mit einer Nelke im Knopfloch, seine pechschwarzen

Haare waren mit viel Brillantine zurückgelegt und der schmale schwarze Schnauzbart war frisch gestutzt. Das junge, hübsche Gesicht wirkte wie gepudert und vollkommen glatt. Mein Gehirn meldete: Schwuchtel. Mein Mund sagte: »Ach, das ist ja interessant. Und worüber?«

Er beugte sich noch näher an mich heran. Groooßes Geheimnis. Aber mit mir wollte er es teilen.

»Ich habe gehört, wie sie verabredet haben, am Samstag nach Frisco zu fahren. Also gestern.«

»Ist das sicher? Wie hieß denn die Freundin?«

Er schickte mir ein Lächeln, das süffisant sein sollte, aber eher schmierig wirkte.

»Maude Irgendwas. Und wenn ich das sage, ist es so sicher, wie dass Mary Pickford immer einen Tisch im *Alexandria* bekommt, mein Lieber. Ich bin Byron, Byron Hamilton.«

»Wann sind sie denn gefahren? Wie lange wollen sie bleiben?«

»Weiß ich im Augenblick nicht, aber …«, sein Lächeln war jetzt richtig eindeutig, »… vielleicht fällt mir noch was ein. Hardy Engel, sagtest du? Wollen wir heute Abend im *Alexandria* essen? Ich kann dir auch die Hotels sagen, in denen Schauspieler in Frisco absteigen … Warum suchst du sie denn?«

Ich nahm Maß und lächelte zurück. Ich wollte sehen, wie sein Lächeln einfror.

»Wer wäre hinter Frauen wie ihr nicht her?«

Doch er lächelte weiter. Er war einer von der hartgesottenen Sorte. Ich legte nach.

»Leider muss ich gleich weiter nach San Francisco. Wer dort übrigens ›Frisco‹ sagt, wird sofort verprügelt.«

»Dann viel Glück noch mit der Lady.«

»Dir auch«, sagte ich zu Dora, wandte mich um und ging hinaus.

Auf dem Weg zum Ausgang versuchte ich mir einen Plan zurechtzulegen. Ich wurde aufgehalten von jemandem, der mir nacheilte und mich am Ellbogen packte: »Hey, warte mal!«

Es war mein junger Freund. Byron Hamilton. Mann, war der hartnäckig. Ich wollte ihn gerade zurechtweisen, da sagte er außer Atem:

»Herr Roth möchte mit dir sprechen.«

»Fritz Roth?« Ich hatte gerade überlegt, Eugene nach ihm zu fragen.

»Ja, unser Sicherheitschef.«

Ich blinzelte überrascht. Deutscher aus dem Elsass, etwa zur selben Zeit herübergekommen wie ich. Ich hatte vor ein paar Monaten für ihn seinen Wagen wiedergefunden, den er im Vollrausch irgendwo abgestellt hatte. Den Fall hatte ich für ihn gelöst. War mein erster gewesen, noch bevor ich bei Sennett unterkam. Dadurch war der kleine Schauspieler Hardy Engel damals überhaupt erst auf die Idee gekommen, dass er auch als Privatdetektiv ein paar Dollar verdienen könnte, während er darauf wartete, ein großer Schauspieler zu werden.

»Er ist jetzt Sicherheitschef hier?«

Damals war Fritz nur Regieassistent gewesen, mit Ambitionen, als Gagschreiber zu arbeiten. Wenn ich das gewusst hätte, hätte ich ihn gleich aufgesucht und nach Virginia gefragt. Ich war zu lange bei Sennett gewesen. Sicherheitschef, verdammt. Er wusste alles. Nicht zuletzt durch Zuträger wie diesen. Das gehörte zu seiner Aufgabe.

»Seit einem halben Jahr. Alter Freund von dir?«

»Ja. Ohne Anfassen, bitte.«

Wir gingen zusammen zu dem neueren Teil des Studiogeländes, dem Block mit den prächtigeren Gebäuden; darunter eine große Halle, die für DeMilles Großproduktionen gebaut worden war. Ich hatte das Gefühl, ausnahmsweise mal auf dem Weg nach oben zu sein.

3

Wir steuerten auf das soeben erst vollendete Hauptgebäude von *Famous Players-Lasky* zu, ein lang gestrecktes Ungetüm mit drei Stockwerken, weißem Stuck und hohen dorischen Säulen, das aussah wie ein Palast im alten Athen, oder wie das Haus eines Sklavenhalters auf einer Plantage im Süden.

Fritz' Büro befand sich im ersten Stock, direkt wenn man hochkam, als bewache es die drei Chefbüros der Gottheiten Adolph Zukor, Jesse Lasky und Joseph Schenck, die sich dahinter aufreihten.

Die Sekretärin in seinem Vorzimmer war eine Blondine, wie man sie nur in Kalifornien findet, fünfundzwanzig und überirdisch schön, mit einem goldenen Glanz um ihr Antlitz wie die Madonna bei Raffael und einem strahlenden, sonnigen Lächeln, das sie an- und ausknipsen konnte wie eine Nachttischlampe; dabei scharf wie ein Sumachstrauch, sodass man sich besser nicht an ihr stach, denn sie war gewiss genauso giftig. Sie sagte zu mir, Herr Roth erwarte mich, als würde sie in einem Waisenhaus Bonbons verteilen.

»Herzlichen Glückwunsch zum neuen Job. Wenn ich das geahnt hätte, wäre ich natürlich gleich zu dir gekommen. Hatte dich an einem Sonntag zu Hause bei Erika und den Kindern vermutet.«

Fritz und ich redeten immer Englisch miteinander, obwohl er mindestens so einen dicken Akzent hatte wie ich.

»Ebenfalls Glückwunsch. Du scheinst das ja jetzt richtig professionell zu machen, die Detektivarbeit?«

Fritz Roth war ein langer, hagerer Mann mit einer Glatze, obwohl er erst Anfang dreißig war. Sein Büro war klein und ziemlich dunkel, da sich direkt vor seinem Fenster ein ausladender Eukalyptusbaum befand, aber es hatte eine neue Ledercouch und einen großen Schreibtisch, auf dem er ein Foto seiner Frau und seiner kleinen Töchter aufgestellt hatte.

»Ich bin immer noch Schauspieler. Guter Komiker, halte mich fit.«

»Ich habe gehört, du fährst nach San Francisco?«

Darum ging es also. Roth platzierte mich auf der Ledercouch, holte aus einem Schränkchen aus dunklem Holz eine Flasche und sah mich fragend an. Ich nickte.

»Wahrscheinlich. Spricht sich ja schnell rum.«

Fritz goss uns zwei Gläser ein. Doppelte. Ich versuchte, mir nicht die Lippen zu lecken, und versteckte meinen rechten Schuh hinter dem linken Bein. In der Sohle war ein Loch. Fritz trug einen neuen Zweireiher aus bestem Tuch mit einer seidenen Weste.

»Virginia Rappe schläft sich in der Stadt ganz schön durch die Betten. Ich hoffe, du hast dein Herz nicht an sie verloren.«

Wir prosteten uns zu und tranken. Ich nippte. Er trank die Hälfte.

»Kenne sie gar nicht. Ich werde nur dafür bezahlt, sie zu finden«, sagte ich beiläufig.

Es war nicht möglich, mich als Schauspieler zu verkaufen und gleichzeitig als Detektiv. Ich beschloss, dass ich hier Detektiv war.

»Von wem?«, fragte er.

»Von ihrer Mitbewohnerin«, sagte ich vage und wechselte das Thema, wie es jeder gute Privatermittler gemacht hätte: »Sicherheitschef, was? Hast es weit gebracht, Fritz.«

»Nun ja, sie sehen eher administrative Fähigkeiten bei mir. Die, die ich früher am Theater angewandt habe, hinter den Kulissen – hat Mr Zukor gesagt, bevor er wieder ins Hauptquartier nach New York zurückgefahren ist.«

»Hartes Schicksal«, sagte ich und sah auf seine neuen blank polierten Schuhe. »Dann musst du deine Gags eben rein privat machen. Dafür hast du ein Büro direkt bei den Bossen.«

»Die haben's nun mal nicht gerne weit, wenn es brennt. Du kannst dir vorstellen, was ich meine.«

»Und? Brennt es?«

Er schloss für einen Moment die Augen.

»Wann genau fährst du los?«

»Mal sehen. Ich muss erst noch ein paar Dinge organisieren, noch mal telefonieren ...«

»Du hast kein Auto, das ist mir schon klar. Dass du fahren kannst, weiß ich ja, aber hast du auch einen Führerschein?«

Ich nahm noch einen Schluck. Das Telefon klingelte. Ich sah hin und wartete. Fritz ignorierte es. Es hörte wieder auf zu klingeln.

»Habe ich. Und bin sogar letztes Jahr zwei Monate lang Lastwagen gefahren im Mittleren Westen.«

»Im Mittleren Westen?«

»Ich brauchte das Geld, um hierherzukommen. Und wollte nicht mehr für Schwarzbrenner arbeiten.«

»Wieso, Alkoholschmuggel ist doch ein ehrenwertes Business – im Vergleich zu anderen.« Fritz sah mich an und zeigte für einen Moment ein seltsames Lächeln. Es war eher eine Grimasse.

»Ich bin ein sehr guter Fahrer«, fügte ich hinzu. »Habe auch einige Verfolgungsszenen gedreht bei Sennett.«

Er wandte sich um, ging zum Schreibtisch und öffnete eine Schublade.

»Du kannst meinen Wagen nehmen und damit dorthin fahren. Nicht die klapprige alte Fuhre, die du mir damals zurückgebracht hast. Einen brandneuen Packard Twin Six, Zwölfzylinder. Das gleiche Modell, in dem Präsident Harding im März zu seiner Amtseinführung gefahren ist. Im Gegenzug kannst du da oben etwas für mich tun. Du musst nur das hier mitnehmen und abliefern. So schnell wie möglich.«

Er warf mir etwas herüber und ich fing es. Es war ein flaches

Päckchen, in Packpapier gewickelt und mit einer Schnur zugebunden.

»Was ist das?«

»Ein Kilo Kokain. Beste Ware.«

Er machte keinen Scherz. Ich brauchte nicht zu fragen.

»Du wirst gut dafür bezahlt. Fünfzig Dollar. Und der Empfänger legt bestimmt ein dickes Trinkgeld obendrauf.«

Um ehrlich zu sein, ich horchte in mir selbst nach Skrupeln – aber ich fand keine. Und das war noch, bevor er fortfuhr: »Es ist keiner von den Armen. Fatty Arbuckle.«

Ich sah ihn nur an und schluckte leer.

»Ja, du hast richtig gehört. Hast du gedacht, dem kommen seine Gags einfach so in den Sinn? Er schmeißt morgen da oben eine *Labor-Day*-Party und wartet sehnsüchtig auf seinen Stoff. Hat mir richtig die Hölle heißgemacht. Meine Stellung hier hängt daran, dass du ihm den so schnell wie möglich bringst. Er wird dich dafür lieben, und er wird nicht mehr wissen, was er tut, wenn er dir einen Hundert-Dollar-Schein gibt, nachdem er das Päckchen da aufgerissen hat mit seinen fetten Fingern.«

Fritz goss sich noch einen ein. Mir gab er keinen.

»Sag was, Hardy. Und sag bloß nicht, dass du schockiert bist.«

Der größte verdammte Filmstar der Welt. Größer als Chaplin oder Fairbanks. Teurer auch, kein anderer bekam eine Million im Jahr.

»Gerade hat Lasky drei Filme auf einmal mit ihm abgedreht, wenn das kein Grund zum Feiern ist«, erklärte Fritz. »Fatty hat nur wegen dem Zeug durchgehalten. Unter uns: Deswegen geben wir's gratis an die Schauspieler raus. Bring ihm also schnell Nachschub. Lieber du als irgend so eine übereifrige Studioschwuchtel.«

»Was ist mit meinem anderen Auftrag? Den kann ich da oben trotzdem erledigen?«

»Selbstverständlich. Solange du als Erstes, wenn du angekommen bist, dem Dicken zu einer ordentlichen Nase Koks verhilfst. Und du keiner Menschenseele davon erzählst, natürlich. Ich kann mich doch auf dich verlassen?«

»Weißt du ja. Aber eins verstehe ich nicht, warum muss der Stoff von hier kommen?«

»Weil er sich sonst da oben was besorgt von irgendeinem Arschloch, das ihn nachher damit erpressen würde!«, sagte er und rollte mit den Augen. »Das wäre eine Katastrophe. Deshalb muss das Zeug vom Studio kommen. Er hätte es nur mitzunehmen brauchen, es lag hier bereit. Hat aber nicht dran gedacht und dann ist ihm da oben der Stoff ausgegangen. Du machst dir keine Vorstellung. Hab seit gestern Abend zwanzig Mal mit ihm telefoniert. Also, Hardy, was ist nun?«

Er trank sein Glas in einem Zug leer.

»Na gut«, sagte ich nach einer Pause. »Bin dabei.«

»Wenn du sofort startest und die Nacht durchfährst, dann kannst du morgen rechtzeitig zur Party da sein. Fatty hat die Strecke natürlich schneller geschafft.«

Der Dicke hatte auch einen Pierce-Arrow, eine Sonderanfertigung für 25.000 Dollar, komplett mit Bar und Toilette. Das war stadtbekannt. Ich stand auf.

»Und rühr bloß das Päckchen nicht an!«, sagte Fritz. »Die verstehen da keinen Spaß, das sind die neuen Könige, verstehst du, und wir sind ihr Fußvolk. Da brauchen wir uns keine Illusionen zu machen.«

»Musst du mir nicht sagen.«

»Wir haben hier einfach viel zu viele arme Schlucker, die Hollywood unermesslich reich gemacht hat und die sich jetzt schlimmer benehmen als ein babylonischer König in einem Griffith-Film, einfach weil sie's können, und wir müssen den Dreck hinter ihnen aufwischen ...«

Er brach resigniert ab und fixierte mich. »Du gibst es nur Fatty persönlich, klar! Ich kündige dich an. Er ist im *Hotel St. Francis* am Union Square, zwölfter Stock. Er hat insgesamt drei verdammte Suiten auf dem Stockwerk. Wie war das, du hast schon mit ihm gearbeitet?«

»Er hat mich letztes Jahr mal umgehauen. Wird sich bestimmt an mich erinnern, er haut ja sonst nie einen um in seinen Filmen.«

Wir sahen uns an und lachten beide ein bisschen.

»Wenn du dort bist, ruf mich an. Vielleicht habe ich bis dahin auch rausbekommen, wo Virginia abgestiegen ist, ich höre mich mal um.« Er grinste und gab mir die Hand und eine von seinen Visitenkarten. Er hatte welche mit Goldprägung.

»Danke.« Ich zögerte. Dann sagte ich es doch. »Und das Geld?«

»Gibt's erst, wenn der Auftrag erledigt ist. Tut mir leid, Studioregel. Hier sind fünfzig Dollar für Benzin und Spesen und der Schlüssel für den Packard. Steht vollgetankt in der Studiowerkstatt.«

Ich nahm beides und drehte mich um. Das Telefon klingelte schon wieder. Diesmal ging Fritz ran.

Ich rief Pepper von Eugenes Pförtnertelefon aus an. Sie war sehr angetan, dass ich mich so schnell meldete, und reagierte überrascht, als ich ihr berichtete, dass Virginia vermutlich in San Francisco sei. Der Name dieser Freundin Maude schien ihr etwas zu sagen, sie aber eher zu beunruhigen, und sie gab mir mit rauchiger Stimme das Einverständnis, ja sie drängte mich geradezu, gleich dorthin zu fahren, die Hotels abzuklappern und Virginia zu suchen. Sie bot mir zusätzliches Geld für einen Wagen an, ohne auch nur nachzufragen, ob ich einen besäße.

Ich widerstand der Versuchung, es anzunehmen. Typisch deutsch. Von dem anderen Auftrag erzählte ich nichts, aber ich sagte ihr, dass ich mir bereits ein Automobil besorgt habe.

Ich widerstand der Versuchung *nicht*, sie zu fragen, ob sie mitfahren wolle. Pepper sagte: Nein, aber wenn ich Virginia gefunden hätte, solle ich sie sofort wieder anrufen. Sie wirkte jetzt sehr geschäftsmäßig und kurz angebunden.

Ich sagte, ich würde mich melden, und legte auf.

Eugene verriet ich nicht, was mein Auftrag war, obwohl er neugierig um mich herumschlich und um den teuren Packard Twin Six, eine sonnengelbe glänzende Limousine mit schwarzen Ledersitzen: »Redest ja jetzt plötzlich mit den höchsten Chargen, was?«

»Ich kann es dir nicht sagen.«

»Dass Roth dir seinen Wagen gibt und du damit nach San Francisco fährst? Ich kann mir schon vorstellen, warum.«

»Ach ja, und warum?«

»Gute Fahrt, mein Alter, und wenn du da oben in eine Party gerätst: Nimm mit, was du kriegen kannst!«

Er griff sich in den Schritt, zwinkerte mir zu und öffnete die Schranke. Diesmal war ich es, der sie mit einem Wagen passierte. Auch wenn er nur geliehen war.

4

Es war gegen drei Uhr nachmittags am nächsten Tag, dem *Labor Day*, als ich auf San Francisco zufuhr.

Es war eine verflucht lange Nacht gewesen. Ich war müde, verkatert und hatte Sonnenbrand.

Der Packard röhrte stetig dahin und seine Federung schluckte jedes Loch auf der Landstraße. Streckenweise war sie sogar asphaltiert.

Die Nacht war der schlimmste Teil der Fahrt gewesen. Die Scheinwerfer hatten voraus eine Schneise ins Schwarz geschnitten. Ansonsten nur Dunkel um mich herum.

Ich hasse Dunkelheit. Wie nichts anderes.

Irgendwann musste ich eingeschlafen sein, und erst ein hässliches metallisches Quietschen hatte mich zurück in die Gegenwart gebracht: Der makellose Packard war scheppernd gegen eine Tonne am Straßenrand gekracht, die ihn gestoppt hatte; leicht schief hatte er daraufhin im Straßengraben gestanden. Es hatte bereits gedämmert. Ich war schlaftrunken ausgestiegen. Die Stoßstange war heftig eingedellt und der rechte Kotflügel verschrammt.

Verdammter Mist. Fritz Roth würde nicht glücklich sein. Noch dazu hatte ich den Motor mit dem elektrischen Anlasser nicht wieder anbekommen. Ich hatte ihn mühsam und schwitzend mit der Handkurbel anwerfen müssen und war heilfroh gewesen, als es mir schließlich gelang.

Heute denke ich manchmal darüber nach, wie viel besser es gewesen wäre, wenn ich ihn nie wieder anbekommen hätte.

So erreichte ich jedoch einigermaßen pünktlich San Francisco, und als ich es von den Hügeln aus zum ersten Mal unter mir liegen sah, dachte ich: endlich eine richtige Stadt, nicht nur so hingetupfte Häuserhaufen wie in Los Angeles, das zu Recht von keiner Seele »Stadt« genannt wurde.

Bis zum Meer eine unübersehbare Masse Häuser. Kaum zu glauben, dass ein Erdbeben sie gerade mal vor fünfzehn Jahren fast vollständig zerstört hatte. Doch die Stadt war einfach wieder darübergewachsen, und es gab nur noch vereinzelte Lücken. Niemand dachte mehr darüber nach, auf welchem Pulverfass man saß.

Das *Hotel St. Francis* war eines der wenigen Gebäude, die das Beben unversehrt überstanden hatten. Kein Wunder, es sah aus wie ein Hochbunker mit drei gewaltigen Vorsprüngen – sehr viele Steine und sehr wenige, schmale Fenster, eher wie Schießscharten.

Es war das beste Hotel der Stadt. Wäre Virginia Rappe ähnlich prominent und reich wie Fatty Arbuckle, dann wäre es sehr leicht, zu raten, wo sie abgestiegen war. Aber das musste warten.

Ich parkte den Packard am Union Square und ging mit meinem Päckchen in der Tasche an einem goldbetressten Portier vorbei hinein.

Die Eingangshalle war etwa so groß wie das *Santa Fé Station* in Los Angeles mitsamt Gleisen, und all der Marmor, die dorischen Säulen, die Lüster, Goldspiegel und seidenbespannten Loungesessel darin hätten D.W. Griffiths Ausstatter vor Neid erblassen lassen. Selbst die Gäste wirkten wie Statisten und Statistinnen, die ein besonders brünftiger Bock von Regisseur persönlich handverlesen hatte.

Ich hielt einen Pagen auf, der aussah wie Douglas Fairbanks' jüngerer, hübscherer Bruder, und fragte ihn nach dem Lift.

»Unsere Aufzüge finden Sie geradeaus links, Sir«, schnurrte er und schielte hoffnungsvoll auf meine Hand. Doch sie langte nicht in die Tasche, um Geld hervorzuziehen, sie tätschelte ihm die Schulter, bevor ich weiterging. Ich wollte meine Spesen vorerst nicht für Trinkgeld verschwenden. Eher hätte ich damit das Loch ausgelegt, das sich in meiner Schuhsohle befand.

Drei Aufzüge, mit denen man auch Elefanten hätte transportieren können, befanden sich an der Stirnseite der Lobby. Vor einer der gold umrahmten Türen warteten zwei Männer. Jeder von ihnen hatte eine Sackkarre dabei, die eine beladen mit einer großen neuen Musiktruhe und einem Stapel dazugehöriger Schellackplatten, auf der anderen unter einem Sack verborgen mehrere große übereinandergestapelte Objekte. Es war klar, dass dies Holzkisten waren, und es war klar, was sich *in* den Holzkisten befand.

Ich nickte beiden zu und gesellte mich zu ihnen, als sie mit ihren Waren in den Aufzug stiegen.

»Zwölfter Stock«, sagte der Mann mit der Musiktruhe zum schönsten Liftgirl der Welt, einer Platinblondine mit mehr Zähnen, als ich jemals zuvor bei einer lächelnden jungen Frau gesehen hatte.

»Zwölfter Stock«, sagte der Mann mit den Kisten.

»Zwölfter Stock«, sagte ich und zwinkerte ihr zu.

»Zwölfter Stock«, jauchzte das Liftgirl in der betressten Uniform überglücklich, wandte sich dem Knopfbrett zu mit einem kecken Hüftschwung, den ich niemals vergessen würde, und drückte die *12,* als würde es daraufhin Champagner regnen. Doch es ging nur mit einem Ruck nach oben.

Sie wusste genau, zu wem wir unterwegs waren. Einem der größten Filmstars der Welt. Jeder von uns vieren wusste ebenso, dass die anderen es wussten. Das Liftgirl strahlte mich die ganze Fahrstuhlfahrt lang an. Ich trug im Unterschied zu den anderen nichts, zumindest nichts Erkennbares, also war ich wichtig. Wahrscheinlich vom Film.

Ab dem achten Stockwerk hörten wir bereits den Lärm. Als sich die Aufzugstür im zwölften öffnete, schwappte er uns entgegen. Schreie, Lachen, Stimmengewirr.

»Zwölfter Stock«, rief die Blondine und gab breit lächelnd den Blick auf die Szenerie frei.

Als Erstes sah ich Frauen. Alle Sorten von Frauen: junge, ganz junge, hübsche, anders hübsche. Auch ein, zwei späte Mädchen waren dabei. Ich sah sogar ein hässliches. Die meisten der Frauen trugen Seidenpyjamas, und nicht alle trugen sowohl das obere als auch das untere Teil.

Ich wartete auf dem Flur und sondierte erst einmal in aller Ruhe die Lage, während sich meine Liftgenossen mit den Sackkarren abmühten. Die Party war bereits in vollem Gang, und das nicht erst seit Kurzem. Das konnte man schon daran erkennen, dass der Bootlegger mit großem Hallo wiedererkannt und begrüßt wurde.

Die Holzkisten wurden aufgebrochen und die Flaschen darin sofort geöffnet. Die Pyjamamädchen tranken den Gin, gemischt oder direkt aus der Flasche. Am beliebtesten war *Orange Blossom*: mit Orangensaft, damit es auch richtig knallte.

Bei einigen Frauen *hatte* es bereits richtig geknallt. Und bei einigen Männern, die sich nun zu ihnen gesellten. Sie waren hemmungslos betrunken und grapschten nach allem, was sich bewegte. Frauen, Pyjamas. Whiskyflaschen.

Fatty sah ich nicht unter ihnen.

»Eis, Eis! Wir brauchen mehr Eis!«, schrie jemand. Im mittleren Zimmer stand ein riesiger, durchsichtig schimmernder Block, auf den ein Mann mit einem Eisdorn wie manisch einstach.

Einer der Männer war ein Riese mit Schnauzbart, der einen bordeauxroten Morgenmantel trug. Offenbar war er der Zeremonienmeister. Er bezahlte die Lieferanten, die sich grinsend verabschiedeten, und warf noch ein Bündel Dollarscheine in die Luft. Die Frauen kreischten und alle spielten Fangen. Ein Mann schubste sie weg und griff sich das Geld. Er und eine Brünette gerieten sich in die Haare und rissen Dollarscheine entzwei.

Und das war nur die Party, *bevor* mein Koks ins Spiel kam.

Ich wartete weiter. Ich wartete auf Fatty. Ich musste ihm meine Ware persönlich und diskret unter vier Augen übergeben. Die Zahl der Gäste, die ich sehen konnte, schätzte ich auf mindestens dreißig, und in den Zimmern waren noch mehr.

Eine der Frauen war vollkommen nackt und wurde jetzt von mehreren Leuten aus einem Zimmer auf den Flur getragen. Niemand machte sich die Mühe, ihre Blöße zu bedecken. Sie hatte tolle Kurven. Der bordeauxrote Riese übernahm sie und trug sie auf seinen Armen, als wäre sie eine Kinderpuppe. Sie war vollkommen weggetreten. Es roch nach Kotze. Eine ältere Frau – sie war mindestens vierzig – in einem Pyjama eilte ihr nach.

Hinter ihr kam Fatty Arbuckle aus der Tür. Er trug einen goldenen Morgenmantel aus Seide, darunter einen hellblauen Schlafanzug. Er nahm so viel Platz ein wie drei Männer. Ein Naturereignis, wie immer. Mit einer erstaunlich hohen Stimme.

»Sorgt dafür, dass sie nicht mehr so viel Lärm macht, verstanden«, sagte er verwaschen und schwenkte eine Ginflasche. Er war stark angetrunken, schien sich aber weitgehend unter Kontrolle zu haben. Alle verstummten und sahen ihn an. Der große Star, ihr Gastgeber, hatte schlechte Laune, das konnten sie nicht ignorieren. Irgendeine Laus war ihm über die Leber gekrochen. Vermutlich war die Frau die Laus gewesen.

Das weltbekannte Gesicht mit dem Doppelkinn war stark gerötet. Er war dicker, als ich ihn vom letzten Jahr in Erinnerung hatte. Seine Augen schienen noch mehr hinter den gepolsterten Backen zu verschwinden. Er trug Pantoffeln mit goldenen Troddeln und seinem Monogramm, *RA*, Roscoe Arbuckle. Er hob die Flasche zum Mund, und als er sah, dass sie leer war, warf er sie zur Seite, und sie rollte über den Teppichboden.

Der Riese mit der hübschen Nackten kam jetzt direkt an mir vorbei. Sie stöhnte leise auf und murmelte: »Er hat mir wehgetan … es tut so weh …«

Ihr Gesicht war sehr blass, von dunklen Locken umrahmt.

Es war Virginia Rappe.

Die Frau, die ich für Pepper suchen sollte.

»Kümmer' dich um sie, Maude«, sagte Fatty zu der Älteren. »Lass ihr ein eigenes Zimmer geben.«

Ich sah von Maude zurück zu Virginia und dann zu Fatty. Was bist du nur für ein Glückspilz, Hardy, dachte ich bei mir. Da hast du sie alle auf derselben Party.

»Und ein Arzt soll sie sich ansehen, alles auf meine Kosten natürlich. Sagt mir dann Bescheid, ob es ihr wieder besser geht, ja?« Der Riese trug die nackte Virginia davon, ans andere Ende des Flurs. Ihr Kopf pendelte hin und her, Maude rannte ihr nach und stützte ihn.

Jetzt verstand ich, warum Pepper sich Sorgen um sie machte. Und ihren Verlobten, Henry Lehrman, beneidete ich sie wirklich nicht.

Fatty sah sich um, wild entschlossen, seine gute Laune wiederzuerlangen, und sagte: »Ist die Music-Box endlich da? Wo bleibt die Musik?«

Die große *Victrola*, inzwischen in der mittleren Suite aufgestellt, begann sehr laut zu spielen, den *Satanic Blues*. Viele der Gäste strömten durch die offene Tür in den großen Salon und begannen, wild Shimmy zu tanzen. Selbst ein neutraler Beobachter musste spätestens jetzt konstatieren, dass die Prohibition auf gewisse Weise ein Fehlschlag war.

Bevor ich selbst Durst bekam, ging ich zu Fatty, der am Fenster stand und hinausstarrte, räusperte mich und sagte halblaut zu ihm: »Hallo, Mr Arbuckle?« Er drehte sich langsam um und starrte mich düster an. Ich war kein Mädchen, so viel sah er.

Sein Blick wanderte wieder zum Fenster. Von hier oben aus, im zwölften Stock, hatte man einen beeindruckenden Blick über die Stadt und die gesamte Bucht. »Was würde wohl passieren, wenn ich mich jetzt hier aus dem Fenster stürzte?«, stieß er hervor, eher an sich selbst gerichtet als an mich. »Morgen würden sie alle über mich schreiben, garantiert …«

»Das tun sie doch sowieso, Mr Arbuckle«, sagte ich heiser. »Jeden Tag schreiben sie über Sie.«

»Ich hätte wirklich Lust, es zu tun, genau jetzt«, sagte Arbuckle dumpf und stierte weiter über die Dächer. »Das wäre doch mal *wirklich* lustig. Lassen Sie es uns tun, wir beide zusammen …« Er sah mich hoffnungsvoll an. Er meinte es ernst.

Schnell sagte ich, was ich schon längst hätte sagen sollen: »Ich komme von Fritz Roth. Ich habe etwas für Sie.«

Einundzwanzig, zweiundzwanzig. Dann drang zu ihm durch,

was das hieß, und ein sonniges Lächeln breitete sich auf den Ebenen seines Gesichts aus. Schon hieb er mir die gewaltige Pranke auf die Schulter, dass ich zusammensackte. »Endlich«, schrie er. »Von Mr Roth!«

»Hardy Engel. Sehr angenehm«, keuchte ich mit schmerzverzerrtem Gesicht.

5

»Immer hereinspaziert!« Fatty Arbuckle hakte sich bei mir unter und schleppte mich zu der Tür mit der Nummer 1219.

»Hardy Engel! Fritz Roth!«, trompetete er. »*Jawohl, mein Kaiser!*« Und er marschierte mit mir im Stechschritt in die Suite, die offenbar sein Schlafzimmer war. Immer der Komiker.

»Ihr Deutschen seid so verflucht korrekt. Das ist das Gute an euch. Man müsste eine Komödie über euch drehen. Wie ihr selbst eure Drogen korrekt abliefert … Euren Krieg korrekt verliert. Eure Ehebrüche korrekt vollzieht …« Er kicherte und gluckste und tänzelte aufgeregt zum Fenster. Er nahm ein bereitliegendes Notizbuch und einen goldenen Füllfederhalter und kritzelte etwas hinein. Offenbar hielt er es wirklich für eine gute Idee. Dann drehte er sich abrupt um.

»Du hast das Spaßpulver also dabei?«

»Selbstverständlich. Hier ist es«, sagte ich und zog das Päckchen hervor. Ich hatte vorgehabt, die Übergabe ausführlich zu zelebrieren, aber ich wollte ihn nicht länger warten lassen. Er stürzte sich begierig darauf, wie Fritz es vorhergesagt hatte. Man brauchte aber auch wirklich keine Kristallkugel für so was.

»Ich liebe es, Geschenke auszupacken!«, sagte Fatty grinsend und zerfetzte Schnur und Packpapier. Darin lag eine flache Zigarrenkiste.

»Ich bin die ganze Nacht durchgefahren, um es Ihnen so schnell wie möglich zu bringen. Schneller ging's wirklich nicht.«

»Löblich, mein Alter, löblich. Fred hatte hier etwas besorgt, aber es hat beileibe nicht die Qualität von dem Studiostoff …«

Er öffnete die Kiste. Sie war randvoll mit weißem Pulver. Manches davon pappte in Kristallen aneinander, etwa wie grobes Steinsalz. Fatty spielte Entzücken, nahm mein Gesicht in beide Hände und drückte mir einen dicken Kuss auf die Wange. Keine Chance, sich zu wehren.

»Ich danke dir, Kumpel! Schon mal etwas so Wundervolles gesehen?«

»Ja. Gerade draußen auf dem Flur.« Es war mir einfach so eingefallen. Ich sah ihn schelmisch an. Von Komiker zu Komiker. Fatty brach in ein übermütiges Lachen aus.

»Oh ja – bildhübsch, wie, bei der hat der liebe Gott wirklich gewusst, wo er was hintun muss! Aber leider verrückt wie eine Scheißhausratte, die Kleine!«

Fatty befeuchtete einen Finger und steckte ihn in die Kiste. Leckte ihn dann ab und stöhnte genießerisch.

Ich wollte die Geschichte dazu hören. Ich fragte ihn, so arglos wie möglich.

»Wer war die Frau?«

Fatty war damit beschäftigt, weiße Straßen auf einem dunklen Teakholztisch zu bauen. Er war ein begabter Baumeister.

»Virginia Rappe«, er zog einen brandneuen Hundert-Dollar-Schein aus dem Morgenmantel und rollte ihn zwischen den Fingern zusammen. »Alte Bekannte, war zufällig auch in der Stadt, da hab ich sie zur Party eingeladen. War ein Fehler, die macht nur Ärger. Hat wieder mal ein paar Drinks zu viel gehabt. Ha, wenn sie das hier genommen hätte …«, er lachte und schniefte das weiße Pulver ins Nasenloch. »… dann hätte sie die besser vertragen!« Ein weiteres Schniefen folgte.

»Wenn sie dich interessiert, musst du leider noch ein paar Stunden warten, bis sie wieder aufwacht … Mann, schon wieder ein guter Plot!« Er kritzelte erneut mit geradezu kindlicher Freude etwas in das Buch. »Stell dir vor, ich habe ein Rendezvous, und die Puppe säuft sich ins Nirwana. Ich könnte jetzt mit ihr machen, was ich will; aber dann kommt ihr Vater vorbei – und ich muss kaschieren, in welchem Zustand sie ist!« Er dachte kurz darüber nach, dann sah er hoch und schien es gleich wieder zu vergessen.

»Nimm doch so lange ihre Freundin, den alten Reisigbesen! Puh, diese Maude hat hier schon mindestens zwei Männern einen geblasen!«

Fatty hatte drei neue Straßen gebaut und hielt mir mit einem Zwinkern den gerollten Schein hin.

»Nein danke, für mich nicht«, sagte ich.

Die Versuchung war durchaus da. Ich hatte einmal auf einer Studioparty von einem Scriptgirl etwas bekommen. Aber noch etwas anderes dazu. Filzläuse.

»Wirklich nicht? Ach komm, sei nicht langweilig!« Mit großer Bestimmtheit hielt er mir das dollargrüne Röhrchen hin, gewohnt zu bekommen, was er verlangte.

Doch ich schüttelte lächelnd, aber entschieden den Kopf. Zuviele Jasager um ihn herum, zu denen ich nicht gehören wollte.

»Dann ist *das* für mich …«, er schnupfte die dritte Linie weg. »Und *das* für dich, mit bestem Dank ans Studio!« Er hielt mir den Schein hin, mit dem er geschnupft hatte. Ich nahm ihn nicht. Er steckte ihn mir in die Hemdtasche und klopfte darauf. »Ich muss mich anziehen, muss gleich los«, sagte er übergangslos. »Genieß die Party, okay, *mein Kaiser*.« Er sah mich an und stutzte plötzlich. »Kenne ich dich nicht irgendwoher?«

Mist.

»Wir haben schon mal zusammen gespielt«, sagte ich widerwillig.

Fatty stand auf und ging zum Bett, wo er seinen Morgenmantel ablegte, und öffnete einen Schrankkoffer. Er starrte mich noch einmal mit geröteten Augen an, schniefte und massierte sich mit dem Zeigefinger das Zahnfleisch.

»Wirklich? Welcher Film?«

»*Life of the Party*. Letztes Jahr, du hast mich umgehauen. Wir sind eigentlich Kollegen, das hier mache ich nur nebenbei.«

»Na klar, ich erinnere mich! Gute Nummer«, sagte Fatty routiniert und sah sofort wieder weg. Alte Hollywood-Regel: Gib allen ein gutes Gefühl.

»Vielleicht drehen wir ja mal wieder was zusammen«, sagte er.

Noch bevor ich etwas Ausweichendes erwidern konnte, öffnete sich die Tür zu der Suite nebenan und eine halb nackte Frau mit blonden Locken sah herein.

»Fatty, du kümmerst dich gar nicht um mich«, sagte sie. Ihr Pyjama-Oberteil war offen. Irgendwie kam mir ihr Gesicht bekannt vor, aber mir fiel nicht ein, woher.

Laute Musik drang herüber. Sie spielten nur die populärsten Schlager. Die Blonde schlüpfte schnell zu uns ins Schlafzimmer und schloss die Tür. Sie versuchte, sich an Fatty zu schmiegen.

»Hallo, Alice«, sagte Fatty und besprühte sich mit Parfüm, was sie auf Distanz hielt. Es war ihm nicht peinlich vor mir, er war einfach auf etwas anderes aus. »Nenn mich bitte Roscoe, wie oft muss ich das noch sagen? Darf ich dir meinen deutschen Freund vorstellen …?« Er sah mich fragend an.

»Hardy«, sagte ich.

»Hallo, Hardy«, sagte Alice und wandte sich mir zu. Ich sagte nichts. Ich hoffte, dass wir sie schnell loswurden.

»Hardy hat uns was Feines mitgebracht. Nimm dir was, Alice.«

Fatty zeigte auf die offene Zigarrenkiste. Alice schnalzte mit der Zunge und stürzte zum Tisch. Sie kniete nieder und während sie sich zu dem Koks hinabbeugte, klaffte ihre Pyjamajacke auseinander und gab den Blick auf ihre Brüste frei.

Fatty quälte sich einen riesigen Ring mit Stein über einen dicken Finger und sagte zu mir, mit Blick auf Alice: »Wenn du interessiert bist, lernt euch doch näher kennen …«

Alice zog die Nase hoch und schien nichts zu hören. Fatty nahm ein neues, gestärktes Hemd aus dem Schrankkoffer und schlüpfte hinein. Ich sah zu Alice, die jetzt mit einem ihrer langen Fingernägel das zweite Nasenloch bediente.

»Gerne ein anderes Mal«, sagte ich diplomatisch. »Ich bin sozusagen noch im Dienst.«

Fatty lachte auf und schlug mir auf die Schulter. »Das ist gut!«, sagte er glucksend. »Das muss ich mir aufschreiben! ›Sozusagen noch im Dienst‹, das ist ja besser als Sex! Hardy, ha? Lass uns zusammen was machen, Hardy! Zum Beispiel diese Komödie über die Deutschen?« Ich reagierte nicht. Er bemerkte es nicht einmal. »Das wird ein Spaß! Ich mag diesen Kerl!«

Er umarmte mich und gab mir erneut einen Kuss. Ziemlich feucht. Fatty schnappte sich ein Jackett und eine Mütze und tänzelte aus dem Zimmer nach nebenan, ohne meine Antwort abzuwarten.

»Lowell, bist du so weit? Wir können los«, rief er jemandem zu und verschwand.

Alice sah mich von unten an und kam dicht neben mir hoch. »Das Zeug ist große Klasse, Hardy.«

Erst jetzt erkannte ich sie. Es war Alice Blake, Fattys Partnerin in vielen Filmen. Selbst schon fast ein Star.

»Darf ich dich was fragen, Alice?«

»Aber klar«, sagte sie und stemmte erwartungsvoll einen Arm in die Hüfte. »Was denn?«

»Warum führt ihr euch alle so auf?«, fragte ich. Sie stutzte und sah mich verständnislos an. »Na ja, ihr trinkt, ihr feiert, ihr tanzt, als ob es kein Morgen gäbe, und all ihr Frauen hier bemüht euch um den Eindruck, ihr wärt jederzeit zu haben. Warum das alles? Ist es nur, weil ein großer Star auf der Party ist?«

Alice lachte auf, beugte sich vor und sagte so sanft, als redete sie mit einem kleinen Kind: »Nein, Schatz. Hast du es noch nicht mitbekommen? Wir Frauen tun jetzt, was wir wollen, wozu wir Lust haben, nicht das, was von uns erwartet wird.«

»Habt ihr das nicht schon immer getan?«

»Wir trinken, wir rauchen, wir nehmen Drogen, und wir fahren Autos und Motorräder, und schminken uns und ziehen an, was wir wollen, und wir gehen ins Bett, mit wem wir wollen! Na wie in dem Film … sag bloß, du hast ihn nicht gesehen?« Ich sah sie immer noch stumm an. »Den größten Erfolg im letzten Jahr? *The Flapper*? Mit Olive Thomas?«

»Olive Thomas ist tot«, sagte ich. »Ein tragischer Unfall.«

»Und wir leben!«

»Es war nur ein Film.«

»Und *wie* wir leben!«, sagte sie übermütig und sah mich herausfordernd an.

»Wenn du meinst«, antwortete ich und unterdrückte ein Gähnen. »Nimm das da gerne mit und leb drüben ein bisschen weiter. Ich muss mal dringend telefonieren.«

Sie zwinkerte mir zu und ging mit der Zigarrenkiste unterm Arm aus dem Zimmer. Nicht ohne mit dem Hintern zu wackeln.

Der neue Hardy, nicht mehr hinter jedem Rock her. Aber vor allem fühlte ich mich nach der langen Fahrt und all den farbigen Eindrücken wie gerädert und wollte nur noch meinen Klienten Vollzug melden und mich dann irgendwo schlafen legen.

Ich setzte mich auf Fattys Bett und nahm den Telefonapparat. Er war aus weißem Elfenbein. Ich überlegte, in welcher Reihenfolge ich die Anrufe machen sollte. Dann sagte ich dem *Operator* die Nummer von Pepper an.

»Pepper Murphy?« Da war sie, ihre rauchige Stimme klang besonders schön, wenn sie ihren Namen aussprach.

»Hier ist Hardy Engel. Ich bin jetzt in San Francisco«, eröffnete ich und sagte dann ganz beiläufig: »Und ich habe gute Nachrichten. Meine Belohnung wird fällig. Ich habe sie gefunden.«

Einen Moment herrschte Stille.

»Wirklich? So schnell?« Irgendetwas an ihrer Stimme war heute seltsam. Ich hatte den Eindruck, dass noch jemand mithörte. Und sie womöglich instruierte. »Wo ist sie?«

»Virginia ist hier bei Fatty Arbuckle. Im *Hotel St. Francis*.«

»Bei … Fatty? Oh Gott … Was macht sie da?« Offenbar weckte das schlimme Befürchtungen.

»Hier läuft eine Party, aber alles so weit unter Kontrolle. Ihre Freundin ist bei ihr.«

»Maude Delmont?«, fragte sie.

»Wenn das ihr voller Name ist. Virginia hat ein paar Drinks zu viel gehabt und ist momentan etwas weggetreten. Sie musste sich übergeben und ruht sich jetzt hier in einem der Zimmer aus. Ihre Freundin kümmert sich um sie, und Fatty hat einen Arzt kommen lassen.«

»Wieso? Ist irgendwas mit ihr?«, fragte sie nervös.

»Nicht, dass ich wüsste. Ihr war nur schlecht, und sie war sehr betrunken. Und vollkommen nackt. Alle haben sie so gesehen, keine Ahnung, ob sie sich selbst ausgezogen hat.«

»Das macht sie leider häufig, wenn sie betrunken ist«, sagte Pepper.

»Sie war wohl etwas wild, scheint ja ihre Art zu sein, aber jetzt ist sie ganz friedlich. Sie schläft ihren Rausch aus. Das wird dauern, sie wird heute bestimmt nicht mehr wach. Das ist alles. Ich wollte Ihnen nur Bericht erstatten. Und fragen, was ich jetzt machen soll.«

»Warten Sie bitte einen Augenblick, bleiben Sie am Apparat ...«

Ich wartete. Offenbar hielt sie die Hand über die Sprechmuschel. Ich hörte sie leise, wie von sehr weit weg, mit jemandem reden, aber es war nichts zu verstehen. Die andere Person hörte sich an wie ein Mann, aber es war nur ein gedämpftes Murmeln. Es dauerte eine Weile. Dann kam ihre Stimme wieder.

»Bleiben Sie dort in ihrer Nähe. Beobachten Sie die beiden, Virginia und Maude, aber warten Sic ab und tun Sie nichts. Ich komme selbst nach San Francisco. Mit dem Schiff.«

»Gute Idee«, sagte ich.

»Ich treffe Sie morgen Mittag im Hotel. Dann sehen wir weiter.«

»War das Mr Lehrman? Kommt er auch mit?«, fragte ich.

Sie überging es einfach.

»Und lassen Sie sich von den beiden bloß nicht übertölpeln!«

»Wirke ich auf Sie wie jemand, der sich leicht übertölpeln lässt? Und falls sie Probleme machen, gebe ich ihnen eben wieder was zu trinken.«

Auch den lahmen Scherz ließ sie links liegen. Sie hielt wieder die Muschel zu und fragte offenbar etwas, auf das sie dann eine unhörbare Antwort bekam.

»Nehmen Sie sich dort ein Zimmer. Etwas Erschwingliches, wenn ich bitten darf. Ein Zimmer, keine Suite.«

Ich konnte der Frage einfach nicht widerstehen. »Für mich oder für Sie?«

»Sie brauchen einen Grund, sich im Hotel aufzuhalten, ohne dass es auffällt. Aber lassen Sie sie bloß nicht aus den Augen, bis ich komme.«

»Sie können sich auf mich verlassen, Pepper.«

Es klickte. Pepper hatte aufgelegt.

Ich hielt einen Moment inne und überdachte das Ganze. Mir war nicht ganz klar, wofür sie meine Dienste hier noch brauchte, nachdem ich ihre Freundin gefunden hatte. Aber offenbar kannte sie sie gut genug, um zu befürchten, dass Virginia noch weitere Überraschungen auf Lager hatte. Es würde sich aufklären, wenn Pepper hier eintraf.

Und jeder weitere Tag bedeutete nur noch mehr Geld für mich. In meiner Tasche steckten schon hundert Dollar. Ich war reich. Darüber hinaus ab sofort Gast im *St. Francis*. Mir gefiel es immer besser, Privatdetektiv zu sein. Anscheinend war ich sogar gut darin.

Ich gähnte und nahm den Hörer wieder ab, um noch meinen anderen Klienten zu versorgen, Fritz Roth.

Er klang gehetzt. Er war erfreut zu hören, dass die Übergabe geglückt und sein Star mit der Party zufrieden war. Ich versuchte, ihn mit ein paar ausgeschmückten Details zu erfreuen, bevor ich zu dem Teil mit seinem beschädigten Wagen kam, doch er unterbrach mich ungeduldig:

»Fatty wird schon morgen wieder abreisen, ich habe das gerade organisiert. Ach so, übrigens, hab mich wegen deiner Virginia umgehört: Sie ist da oben im *Palace Hotel* abgestiegen.« Ich wollte ihn meinerseits unterbrechen und ihm vom Erfolg meiner Recherchen erzählen, doch er redete einfach weiter:

»Nur eins ist seltsam, Hardy: Sie hat hier in Hollywood gar keine Mitbewohnerin.«

Mir wurde plötzlich ganz heiß.

»Hat sie nicht?«

»Nein, sicher nicht. Virginia wohnt zurzeit alleine, bis auf eine ältliche Haushälterin und Herrenbesuch natürlich, ihren Verlobten eingeschlossen. Aber sonst niemand. Da musst du etwas falsch verstanden haben.«

Er war schon wieder aus der Leitung, als ich immer noch dasaß, mit dem Hörer in der erhobenen Hand. Und mit einem ganz miesen Gefühl in der Magengrube.

6

Gegen elf Uhr dreißig am nächsten Tag stand ich in der Lobby des Hotels und beobachtete, wie Pepper Einzug hielt.

Köpfe drehten sich nach ihr um, als ihr kupferroter Schopf in der Eingangshalle aufleuchtete. Ein schwarzer Hoteldiener stolperte mit einem Set Koffer aus rotem Nappaleder hinter ihr her. Henry Lehrman, oder wer auch immer der Mithörer gewesen war, war offensichtlich nicht mitgekommen.

Sie sah umwerfend aus. Diesmal trug sie ein lindgrünes Seidenkleid mit Fransen, das knapp unter den Knien endete, ein dazu passendes Hütchen und dunkelgrüne Lederhandschuhe und eine lange Perlenkette. Grün stand ihr, und es gab keinen Zweifel, dass sie das wusste.

Selbst hier drin war sie auf Anhieb eine Hauptattraktion. Männer taxierten sie unverhohlen mit offenen Mündern und anzüglichen Blicken von oben bis unten. Trotzdem bewegte sie sich ganz selbstverständlich und natürlich, so wie eine junge Frau, die auf den Marktplatz ihres Heimatortes tritt, um das Obstangebot zu begutachten, bevor sie mit der Dorfjugend ein paar Pferde stehlen geht.

Ein Fotograf trat vor und schoss ein Bild von ihr. Offenbar hielt er sie für einen Filmstar. Ein Mann um die dreißig mit strohblondem Haar trat neben mich.

Er sagte, Pepper fest im Blick: »Charles Bannister vom *San Francisco Examiner*. Wissen Sie, wer das ist? Besucht sie Fatty Arbuckle?«

»Nein«, sagte ich. »Sie besucht mich.«

Ich machte zwei Schritte in ihre Richtung.

Pepper sah sich um, dann entdeckte sie mich. Ihr makelloses Gesicht verzog sich kurz zu einer diskreten Grimasse des Erkennens, und sie ging quer durch die Lobby auf mich zu. Blicke folgten ihr, und meine Eingeweide sagten Hallo.

Ein Grinsen erschien auf ihrem Gesicht, das ich nicht erwiderte.

Ich sah sie einfach nur an und versuchte, meine Gefühle zu unterdrücken. Ich war nicht besonders erfolgreich dabei. Mit jedem Schritt, den sie näher kam, mit jedem Wiegen ihrer Hüften und Wippen ihrer Haare weniger. Ich nahm einen Zug von meiner Zigarette und atmete den Rauch aus.

»Mr Engel.«

»Miss Murphy.« Sie reichte mir eine schlanke behandschuhte Hand, und ich nahm sie. Diesmal wurde sie nicht rot. Ich hatte ihre Augen nicht so groß in Erinnerung. Groß, aber nicht *so* groß.

»Ist alles in Ordnung?«, fragte sie mit ihrer dunklen, ernsthaften Stimme.

»Ja, wieso?«

»Sie sehen aus, als würde etwas nicht stimmen.«

»Nein, nein. Es sind nur leicht andere Umstände als bei unserer letzten Begegnung.«

Wieder hob sich eine dieser kupfernen Augenbrauen. »Das ist wahr.«

In ihren Augen war nichts zu lesen. Kein Hinweis darauf, warum sie mich angelogen hatte. Sie sagte sehr sachlich:

»Bringen Sie mich doch auf den neuesten Stand. Am besten auf dem Zimmer, dort haben wir Ruhe.«

Es war ein Standardzimmer, doch es verfügte über allen Luxus, den man sich nur wünschen konnte: ein extragroßes Himmelbett, seidene Bettwäsche, exquisite Möbel, ein großes Badezimmer aus roséfarbenem Marmor; zudem Zimmerservice und Über-Nacht-Reinigung, was ich beides in Anspruch genommen hatte. Ich hatte geschlafen wie ein satter Säugling.

Kaum hatte der Page die Zimmertür geschlossen, setzte Pepper sich federnd auf das Bett, drehte sich zu mir um und sagte: »Nun dann also. Wie geht es meiner Freundin denn?«

Sie holte eine Zigarette heraus und steckte sie sich in den Mund.

»Sie ist immer noch auf ihrem Zimmer und ruht sich aus«, begann ich. Sie sah mich etwas gelangweilt an, als ich zu ihr ging. Doch statt ihr Feuer zu geben, beugte ich mich zu ihr hinab und sagte aus kurzer Distanz langsam: »Aber sie ist nicht deine Freundin. Und du wirst mir jetzt sofort sagen, wer du wirklich bist und was hier los ist.«

Pepper sah verblüfft, geradezu ungläubig zu mir hoch und sagte tastend: »Was …? Ich … weiß nicht, was Sie meinen …«

»Und ob du das weißt. Und du wirst es mir sagen.«

Ich verharrte, meine Nase dicht vor ihrer Wange, wobei ich es zu meinem eigenen Erstaunen schaffte, gleichzeitig kontrolliert und wütend zu sein. Ehrlich wütend. Und das merkte sie auch.

»Sie benehmen sich nicht wie ein Gentleman, Mr Engel«, sagte sie jetzt mit einer Stimme, die weniger anklagend war als vielmehr: positiv überrascht.

»Gut«, sagte ich. »Dann kommt ja an, worum es mir geht. Ich lasse mich nämlich nicht gerne anlügen. Verstanden?«

Sie schlug kurz die Augen nieder, dann sah sie mich direkt an, mit einem Blick, als sehe sie mich zum ersten Mal. Ich stand immer noch so dicht vor ihr, dass ich ihre Zigarette hätte in den Mund nehmen können.

»Ja, das verstehe ich, und es tut mir leid, aber es musste sein. Sie werden gleich erfahren, warum.«

Sie war ein cleveres Mädchen. Sie wusste, womit sie durchkam. Und womit nicht.

»Ich werde Ihnen alles erzählen, Hardy. Hatte ich sowieso vor.«

»Das würde ich an deiner Stelle jetzt auch sagen«, erwiderte ich und erlaubte mir zum ersten Mal ein kleines Grinsen, aber ohne Komplizenschaft. »Also, ich höre.«

»Wollen Sie mir nicht erst Feuer geben?«, fragte sie. Etwas von der alten Keckheit blitzte in ihren Augen auf. Das, was mich bei unserem ersten Gespräch an ihr interessiert hatte, weil es echt war.

Doch ich hielt den Druck aufrecht.

»Rede.«

»Ihr Auftrag wird sich erweitern, und das ist auch der Grund, warum ich hergekommen bin.«

»Aber er kommt nicht von Mr Lehrman?«

»Nein, das tut er nicht«, gab sie zu. Ich richtete mich wieder auf und hob fragend die Augenbrauen. »Und es spricht sehr für Sie, dass Sie das gemerkt haben …«

»Hör auf, Süßholz zu raspeln«, unterbrach ich sie. »Fang schon an zu erzählen.«

Ich holte mein Feuerzeug heraus und gab ihr Feuer. Sie hielt ihre Zigarette mit einer Hand, die kaum zitterte, dankte mir mit einem kurzen Nicken, inhalierte und stieß den Rauch aus, als spendete er ihr neues Leben.

Ich setzte mich neben sie aufs Bett. Sie straffte sich und sagte:

»Es geht um eine äußerst vertrauliche Angelegenheit. Deswegen habe ich Sie bisher nicht einweihen können. Ich muss Sie um absolute Diskretion bitten.«

»Ist bei mir selbstverständlich inbegriffen. Komm zur Sache. Wer ist dein Auftraggeber?«

»Mr Thalberg«, sagte sie, machte eine Pause und wartete ab, wie ich reagierte. »Irving Thalberg. Der Produzent. Ich nehme an, Sie wissen, wer er ist?«

Ich schluckte meine Überraschung einfach runter und tat so, als redete ich jeden Tag über ihn.

»Na klar. Das Wunderkind.« Der Leiter des *Universal*-Studios, und das mit – wie alt war er jetzt – zweiundzwanzig? Zu Beginn hatte er nicht mal Schecks unterzeichnen dürfen, da er noch nicht volljährig gewesen war.

Aber ich glaubte ihr noch nicht so ganz.

»Und was hast du mit ihm zu tun?«, fragte ich.

»Ich bin eine seiner persönlichen Assistentinnen«, sagte sie. »Sie können das gerne bei der *Universal* überprüfen.«

»War er es, mit dem du dich abgesprochen hast, als ich dich am Telefon hatte?«

»Ja. Er stand neben mir. Mein Anschluss ist in seinem Vorzimmer.«

Ich ging zum Telefon und sagte dem *Operator* die Nummer auf ihrer Visitenkarte. Eine junge Dame mit heller Stimme ging dran:

»Rhonda Merriwether.«

Ich fragte, ob sie bestätigen könne, dass dies der Anschluss von Pepper Murphy bei der *Universal* sei und dass Pepper Murphy eine der Sekretärinnen von Mr Irving Thalberg sei. Sie bestätigte es und sagte, sie habe den Schreibtisch neben ihr, in Mr Thalbergs Vorzimmer. Pepper beobachtete mich mit einer Mischung aus Einsicht, dass dies notwendig war, Respekt und gelassenem Amüsement.

Ich legte auf und setzte mich wieder neben sie.

»Also weiter. Ich bin ganz Ohr.«

»Ich habe Sie in Mr Thalbergs Auftrag ausgewählt, zunächst nur für eine einfache Suchaktion. Sie haben sich bewährt und jetzt können wir den nächsten Schritt …«

»Verstehe. Worum geht es wirklich?«

»Mr Thalberg wird erpresst«, sagte sie und stieß den Rauch aus, knapp an meinem Gesicht vorbei. »Er wurde in eine kompromittierende Situation gebracht, mit einer Dame, und jemand hat eine Fotografie davon gemacht. Eine Komplizin, von der Mr Thalberg nichts wusste, bis sie hervorkam. Es war ein abgekartetes Spiel, eine Falle.« Sie begann, sich den linken Handschuh auszuziehen. So sachlich wie eine Schwester von der Heilsarmee.

»Ein Foto mit Virginia Rappe?«

»Ja.«

»Im Bett? Und diese Maude hat es gemacht?«

»Ja.« Sie zog den anderen Handschuh ab und warf ihn aufs Bett.

»Und jetzt erpressen die beiden ihn?«

»Das versuchen sie zumindest.«

Ich überlegte einen Moment lang. Dann stand ich auf, ging ein paar Schritte und sagte achselzuckend:

»Na und?«

»Wie bitte?«

Es war also tatsächlich möglich, Pepper aus der Fassung zu bringen.

»Ein Produzent und eine Schauspielerin haben etwas miteinander, mitten in Hollywood, wie aufregend. Solange auf der Fotografie nicht irgendetwas ganz Spezielles ist …« Sie legte den Kopf leicht schief und sah mich leer an. Das war es nicht. »Ich meine, wer sollte sich schon daran stören? Ist Mr Thalberg verheiratet?«

»Nein. Aber er ist liiert.« Sie machte eine Pause. Sie machte sehr schöne Pausen. »Mit Rosabelle Laemmle. Der Tochter von Mr Carl Laemmle.«

Ich hielt den Atem an und nickte. Sein Boss, Besitzer und Gründer des Studios mitsamt *Universal City*. Mein Landsmann.

»Und sie drohen damit, das Foto ihrem Vater zu zeigen?«, sagte ich bedächtig. »Dann wäre er seinen Wunderjob natürlich sofort los.«

»Es war nur ein Moment der Schwäche, wie er uns allen passieren kann, vor allem, wenn man sehr jung ist und sehr viel arbeitet …« Sie verstummte. Sie wusste, sie durfte nicht zu dick auftragen.

»Wer kann das schon ausschließen? Bei all den Versuchungen, denen man in Hollywood täglich begegnet …«, sagte ich und stellte mich direkt vor ihr auf, sodass ich von oben auf sie herabsehen konnte. »Aber jetzt mal ohne Schmu. Ist schon Geld geflossen?«

»Ja. Aber dann sind sie spurlos verschwunden.«

Ich nickte. »Deswegen hattest du es so eilig, sie zu finden …

Und das Foto und das Negativ haben sie noch nicht übergeben?«

»Nein, das haben sie nicht«, sagte Pepper.

»Sagen wir mal, ich verstehe jetzt etwas besser, warum du nicht direkt damit rausgerückt hast.«

»Nur Mr Thalberg und ich wissen davon, sonst niemand«, sagte sie. »Und wir suchen jetzt jemanden, der diese Sache diskret regelt …« Sie sah mich auffordernd an.

»Warum übernimmt das nicht Mr Thalbergs Sicherheitschef oder Publicitymanager?«, sagte ich.

»Er hat keinen. Mr Laemmle hält das für überflüssig. Wir bei der *Universal* hatten bisher keine Skandale. Und das soll auch so bleiben.«

Ich übersprang einfach den offensichtlichen Einwand und gab mich als der lebenskluge Mann mit den tiefen Einsichten, der ich war:

»Und natürlich sind dort alle sehr loyal gegenüber Mr Laemmle. Also niemand aus dem Studio.«

»Mr Thalberg findet es essenziell, dass diese Angelegenheit von jemandem gehandhabt wird, der nicht direkt mit ihm assoziiert ist«, sagte sie. Sie wollte sich in eine Art offiziellen Tonfall retten. Eine weitere Pose.

»Hat er dir auch gesagt, dass du mir erst mal eine richtig große Nummer vorspielen sollst?«

»Nein, das war meine eigene Entscheidung. Ich bin nun mal Schauspielerin. Mir ging es nur darum zu vermitteln, dass es dringend ist, Virginia zu finden.«

»Und mich davon abzuhalten, bei ihr zu Hause nachzuforschen«, sagte ich.

»Sie müssen das verstehen. Er wird ja schon erpresst, und er ist äußerst vorsichtig, dass dergleichen nicht wieder passiert. Abgesehen davon schienen Sie mir ideal, kein abgebrühter Profi, aber erprobt«, sagte sie unter vollem Einsatz ihrer großen haselnussbraunen Augen. »Ich wollte, dass Sie sich erst bewähren, indem Sie Virginia finden. Sie *haben* sich bewährt. Sie haben Ihren Job sehr gut gemacht.«

»Danke für die Blumen. Wir Deutschen machen unseren Job immer sehr gut. Und sehr gründlich«, sagte ich und rückte näher an sie heran, Schenkel an Schenkel. »Apropos. Wie kommt es denn eigentlich, dass *du* als Einzige von der Erpressung weißt?«

»Ich habe den Brief geöffnet, in dem das Foto war«, sagte sie und sah mich direkt an. Sie hatte nichts mit ihrem Boss, verstanden. Ich nickte.

»Ich habe nicht einmal meiner Kollegin etwas davon gesagt«, fügte sie hinzu.

»Es sind nur zwei Leute in die Erpressung involviert, die beiden Frauen, richtig? Ihr Verlobter Lehrman hat nichts damit zu tun?«

»Soweit wir das bisher überblicken können. Er kümmert sich vor allem um seine Filme und beide haben ihre Affären, wie es scheint.«

»Unsere beiden Erpresserinnen scheinen ja eher dummdreist als professionell zu sein«, sagte ich. »Verrate mir, was sie von Mr Thalberg für das Foto verlangt haben?«

»Zweitausend Dollar. Eintausend haben sie schon erhalten.«

Ich sog scharf die Luft ein.

»Auf welche Weise?«

»In einem Briefumschlag, hinterlegt an einer Hotelrezeption in Hollywood.«

»Wer hat das gemacht?«

»Ich«, sagte sie fast ein bisschen stolz. »Letzten Mittwoch.«

Im Krieg hatte ich viele Soldaten unter Druck zusammenbrechen sehen. Aber diese Einundzwanzigjährige hier hielt etwas aus und ging mit der neuen Situation einfach um. Und das gefiel mir. Ich musste aufpassen, dass es mir nicht zu sehr gefiel.

Ich sah sie spöttisch an.

»Und wenn ich dich jetzt nicht so freundlich darauf angesprochen hätte, dann hättest du den Rest erledigt und mich mit sieben Dollar nach Hause geschickt.«

»Nein«, sagte sie schnell. »Das, was wir jetzt brauchen, ist etwas ganz anderes. Es ist ja nicht nur das Geld, was Mr Thalberg Sorgen macht. Er kann es aufbringen und auch noch mehr. Aber er glaubt inzwischen, dass es damit nicht getan wäre.«

»Da hat er vermutlich recht. Die Versuchung ist groß, die Kuh mehrmals zu melken. Und Mr Thalberg ist jemand, der besonders viel Milch geben kann.«

»Und Virginia Rappe ist eine sehr sprunghafte Persönlichkeit. Sie ist viel unterwegs, hat viele Bekanntschaften. Trinkt viel. Redet viel.«

»Ich hab sie erlebt, deine vermeintliche Freundin. Ich habe sie sozusagen mit runtergelassenen Hosen gesehen«, sagte ich heiter.

»Sie ist verzweifelt, sie hat schon lange keine größere Rolle mehr bekommen. Sie hat auch darauf bestanden, dass Mr Thalberg ihr einen festen Studiovertrag als Schauspielerin bei der *Universal* gibt. Er hat es ihr natürlich erst mal zugesagt.«

»Ich verstehe.«

»Und ihre Freundin Maude ist wahrscheinlich noch redseliger. Deshalb brauchen wir jemanden, der das diskret und mit einem gewissen Nachdruck regeln kann.«

Sie war richtig ins Plaudern gekommen. Nahm mich jetzt offenbar ernst. Trotzdem war ich höllisch vorsichtig. Ich war schon auf Frauen getroffen, die mich ernst genommen hatten.

»War das alles? Oder gibt es noch irgendetwas, das du mir verheimlichst? Ich muss alles wissen.«

»Nein«, sagte sie ohne viel Schnickschnack. »Ich würde Sie nach dieser Sache doch nicht noch einmal anlügen.«

»Vielleicht hast du ja auch nur noch etwas ausgelassen.«

Sie schoss mir einen bösen Blick zu.

»Glauben Sie im Ernst, das würde ich tun? Aber reden wir doch einmal von Ihnen«, sagte sie. »Wie haben Sie die beiden so schnell hier finden können?«

»Ich habe einfach beim besten Hotel angefangen. Hatte gehört, dass Fatty Arbuckle in der Stadt ist, und wo Filmleute sind, da …«

»Und woher hatten Sie das Automobil?«

»Mir hat jemand noch einen Gefallen geschuldet. In dieser

Branche schuldet einem ja andauernd jemand einen Gefallen. So wie du jetzt mir. Und ich sagte doch, ich hätte Verbindungen.«

»Ja, das sagten Sie«, erwiderte sie.

»Kommen wir zur Sache. Was Mr Thalberg eigentlich will«, fuhr ich fort, »ist nicht nur, dass ich mit den beiden spreche, ihnen alle Abzüge des Fotos und das Negativ abnehme, sondern auch, dass ich sicherstelle, dass sie niemandem davon erzählen werden, dass es keine weiteren Mitwisser gibt und dass Mr Thalberg nie wieder von ihnen hören wird. Richtig?«

Zwei Grübchen erschienen neben ihrem Mund, die ich da bisher noch nie gesehen hatte. Oder doch, beim letzten Mal, als sie nach dem Whisky gefragt hatte.

»Vollkommen richtig. Und Sie haben vorhin sehr überzeugend gezeigt, dass Sie zu so etwas in der Lage sind.«

So konnte man gut mit ihr reden. Und doch fehlte immer noch etwas.

»Soll ich das mit Geld regeln? Oder ohne?« Ich lächelte mein bösestes Lächeln.

»Aus grundsätzlichen Erwägungen würde Mr Thalberg es vorziehen, kein Geld mehr bezahlen zu müssen. Er ist nämlich nicht erpressbar.« Ihres war auch nicht schlecht. »Das heißt natürlich nicht, dass wir Ihnen irgendetwas vorgeben, Hardy.«

»Natürlich nicht. Ich mache das alles auf meine Weise, nach eigenem Ermessen.«

»Tausend Dollar sind schon geflossen, wie gesagt, das hat sich nicht vermeiden lassen. Wenn Sie die wieder zurückholen, nun ja … dann könnten Sie sie einfach behalten.«

Sie lächelte mich an. Wir lächelten uns an. Doch die Pepper, die ich ganz am Anfang in Hollywood gesehen hatte, die mir äußerst vertraut vorgekommen war, so als kannte ich sie bereits sehr gut, die echte Pepper – die hatte ich noch nicht wiedergesehen.

»Das klingt schon besser als sieben Dollar«, sagte ich. »Aber die Größenordnung finde ich doch leicht übertrieben. So wie Mr Thalberg nämlich nicht erpressbar ist, bin ich nicht bestechlich. Ich würde nur einen anteiligen Erfolgsbonus annehmen. Der meine Diskretion angemessen berücksichtigt.«

»Wären vierhundert Dollar in Ordnung? Oder wollen Sie noch mal so intensiv mit mir diskutieren wie vorhin?«

Jetzt wurde ihr Lächeln richtig frech. Doch es blieb nur ein Lächeln, ohne das dahinter.

Ich kam wieder ganz nahe heran. Meine Hand streifte ihren Arm.

»Soll ich?«

»Ich hatte nie etwas von Aufhören gesagt«, sagte sie.

Ich war kurz davor, mich auf sie zu stürzen.

»Du kannst einen Mann wirklich auf Herz und Nieren testen, was?«

»Und ich erkenne es, wenn ich den Richtigen vor mir habe …«

»Dann mache ich jetzt einfach, worum du mich gebeten hast«, sagte ich, stand auf und ging zur Tür. Als ich hinausging, saß sie immer noch auf dem Bett, mit offenem Mund.

7

»Zwölfter Stock«, sagte ich zum Liftgirl und kniff wieder ein Auge zu. Sie drückte den Knopf, doch reagierte ansonsten kaum. Auf Nachfrage erfuhr ich, dass Mr Arbuckle und seine Begleiter soeben nach unten gefahren waren und das Hotel in Richtung Los Angeles verlassen hatten.

Ich war jetzt ein ganz gewöhnlicher Gast. Ja, Miss Rappe belege immer noch ein Zimmer oben. Als ich ausstieg, wartete Platinblondie auf ein Trinkgeld. Ich hatte nur meinen Hundert-Dollar-Schein dabei und konnte ihr nichts geben. Sie zeigte mir die kalte Schulter.

Meine Erwartung, als ich nach einem Klopfen Zimmer 1227 betrat, war nicht gerade die, Virginia in einem völlig anderen Zustand anzutreffen; nüchtern, züchtig gekleidet, eine geblümte Teetasse balancierend und die Augen beim Eintritt eines Fremden niederschlagend. Doch sie wurde mit Leichtigkeit unterboten.

Virginia lag immer noch nackt auf dem Doppelbett, nur notdürftig mit einem Morgenmantel bedeckt. Sie war wach, wirkte aber ziemlich abwesend, wie sediert. Das Fenster stand offen. Ein ordentlicher Wind wehte hier oben in den zwölften Stock herein.

Zu Füßen des Bettes saß eine alkoholisierte Maude in einem Pyjama mit einem mir unbekannten Mann. Er trug einen weißen Kittel, sie trug um den Hals ein Stethoskop. Seine Hose war geöffnet, und ihre Hand massierte seinen erigierten Penis. Er hatte die Augen geschlossen.

»Was ist hier los?«

»Nichts ist los«, kicherte Maude. »Wir machen hier eine Party. Die längste Party der Welt. Machen Sie doch mit.«

»Nein danke. Wer sind Sie?«, fragte ich den Mann.

»Ich bin der Arzt.«

»Ich habe einen neuen geholt«, kicherte Maude. »Der hier ist viel besser!« Ein weiterer Tag mit Alkohol, und was weiß ich sonst noch, hatte sie weder vernünftiger noch ansehnlicher gemacht. Ich fragte mich unwillkürlich, was mit dem Koks geschehen war.

»Und wer zum Teufel sind Sie?«, fragte der Arzt in einem Anfall von Autoritätsgehabe. Der Penis ragte ihm dabei immer noch aus der Hose.

»Ich bin jemand, der hier aufräumen soll. Und das werde ich auch!«, sagte ich und schloss das Fenster.

»Wieso das denn? Wir können uns um uns selbst kümmern«, sagte Maude mit einem Blick, der erahnen ließ, was für eine begnadete Giftspritze sie sein konnte, wenn sie mal richtig wollte.

»Und was ist mit ihr?«, fragte ich und zeigte auf Virginia. »Hallo, Virginia?«

Sie reagierte nicht. Ihr Blick war leer.

»Sie muss sich ausruhen. Sie hat Schmerzen.«

»Was für Schmerzen? Kopfschmerzen? Das ist ja kein Wunder.«

Maude sah den Arzt an. Er verdrehte die Augen und sagte: »Nein. Im Bauch. Sagt sie zumindest.«

Ich sah Virginia an. Wenn sie Schmerzen hatte, war es ihr nicht anzumerken.

»Ich habe ihr eine Spritze gegeben«, sagte der Arzt.

Maude sagte forsch: »Aber wenn ihr denkt, dass ich hier die ganze Zeit die Krankenschwester spiele, dann liegt ihr falsch.«

Ich beschloss, sie mir isoliert vorzunehmen. Sie schien mir eindeutig die Anführerin dieses Duos zu sein, und mit Virginia war sowieso nichts anzufangen.

»Kommen Sie mit, ich hab mit Ihnen zu reden!«, sagte ich, packte sie am Arm und zog sie hoch. Dann wandte ich mich an den Arzt und sagte über meine Schulter: »Und Sie, kümmern Sie sich um die andere, na los!«

Er stolperte mühsam hoch, sah auf seinen Penis und lachte. Er verstaute ihn und schloss seinen Hosenschlitz.

Ich ging ins Badezimmer und zog die widerstrebende Maude hinein. Dann schloss ich die Tür und drehte den Schlüssel um.

Leider missverstand Maude dies. Sie kam dicht an mich heran.

»Ach, das willst du. Na, das kannst du haben«, sagte sie und versuchte meine Hose zu öffnen.

»Finger weg«, sagte ich und hielt sie mir vom Leib. Sie erinnerte mich an die alte Balzheimer. Zum Glück wurde die nie handgreiflich.

Ich sah mich um. Dann schob ich das alte Mädchen zur Badewanne. Der Duschvorhang war vorgezogen. Ich riss ihn mit einem Ruck von der Stange, legte ihn ihr über den Kopf und wickelte sie ein.

Ein paar Sekunden später hatte ich ein komplettes Paket aus ihr gemacht. Sie versuchte um sich zu schlagen, doch ich hielt sie mit beiden Armen fest. Sie schrie, doch ihre Schreie waren kaum zu hören. Nach einer Weile wurde sie ruhig. Dunkelheit ist eine äußerst wirksame Waffe. Ein weiterer, unschlagbarer Vorteil war: Ich musste ihr Gesicht nicht mehr sehen.

Ich beugte mich zu ihr hinunter, dahin, wo ich eines der Ohren vermutete, und sagte langsam und deutlich:

»Ich komme von Irving Thalberg, Maude. Aber nicht, um Ihnen das Geld zu geben.«

Ich spürte, wie sie erstarrte. Dann bäumte sie sich erneut auf, aber ich hielt sie ganz fest. Nach einiger Zeit erschlaffte sie wieder.

»Hören Sie genau zu. Sie haben einen ganz dummen Fehler gemacht. Sie haben sich mit dem Falschen angelegt. Er ist viel zu mächtig für Sie. Sie werden das restliche Geld nicht erhalten. Vergessen Sie's. Sie werden mir vielmehr das wiedergeben, was Sie schon bekommen haben. Und das Foto und alle Abzüge. Und das Negativ. Haben Sie das verstanden?«

Einen Moment passierte nichts.

»Sie kommen da nicht raus. Sehen Sie's einfach ein. Aber es ist noch viel schlimmer: Sie haben eine Bestrafung verdient. Sie beide. Sie haben Ihr und Virginias Leben für immer ruiniert durch diese Dummheit. Sie sind fertig.«

Sie begann, heftig zu schluchzen.

»Ich muss Ihnen ja wohl kaum erzählen, was passiert, wenn Sie nicht tun, was ich Ihnen sage. Jetzt – oder später. Ich werde Sie überall finden. Ich habe Sie hier gefunden.«

Sie heulte jetzt richtig. Offenbar versuchte sie es mal auf diese Weise.

Ich wartete noch ein bisschen, und dann sagte ich:

»Also gut. Ich gebe Ihnen eine einmalige Chance. Wenn ich Sie jetzt da rauslasse, dann werden Sie nicht schreien. Nur ganz vernünftig mit mir reden und nicht lügen. Wollen wir es so machen, Maude?« Sie nickte heftig unter dem Vorhang. Ich trat zur Seite und schlug den Stoff mit einem Ruck zurück. Der Kopf kam zum Vorschein. Ihre Arme waren noch gefesselt, sie musste sich selbst befreien. Sie sah mich aus verweinten Augen an. In ihrem Blick lag pure Panik. Es war nicht gespielt.

Sie wollte etwas sagen, doch ich hielt einen Zeigefinger hoch. Sie blieb stumm.

Ich sagte langsam und sehr ernst: »Maude. Wer, außer Virginia und Ihnen, weiß von diesem Foto?« Ich beobachtete sie genau.

Sie überlegte nur ganz kurz. »Niemand«, antwortete sie beinahe erfreut. Sie machte den Eindruck einer Gewohnheitslügnerin, die in einem Sekundenbruchteil erkennt, dass die Wahrheit ihr ausnahmsweise zupasskommt, und deshalb besonders stolz darauf ist, sie zu erzählen. Aber ich musste ganz sichergehen.

»Warum sollte ich Ihnen glauben, dass das die Wahrheit ist?«, fragte ich.

»Warum sollten wir zwei mit jemand anderem teilen?«, fragte sie verständnislos und wie aus der Pistole geschossen.

Ich nickte. Das passte zu ihr.

»Haben Sie noch mehr Fotos gemacht?«

»Nur das eine«, sagte sie schnell.

»Wer hat es entwickelt und abgezogen?«

»Ich selbst. Glauben Sie, ich lasse so etwas durch fremde Hände gehen?« Ich sah ihr an, dass es stimmte. Ihr Blick war so ergeben wie jener des französischen Gefreiten, als ihm mein Dolch in den Oberkörper gedrungen war.

»Ich werde Ihnen das Negativ und alle Abzüge geben«, beeilte sie sich zu versichern. »Ich habe sie natürlich nicht dabei, ganz so dumm bin ich ja auch nicht …«

»Wo haben Sie sie?«, fragte ich und ging nah heran. Sie zuckte zusammen.

»Ich habe sie in Hollywood hinterlegt«, sagte sie schnell und außer Atem und nahe daran, wieder zu weinen. »Ich werde sie Ihnen geben, sobald wir wieder dort sind.« Sie sah mich flehend an.

»Sofort und vollständig«, sagte ich mit Nachdruck. »Und Sie bringen sie persönlich zu Mr Thalbergs Büro.«

»Natürlich, ich verspreche es Ihnen!«

»Gut. Bei Ihnen sehe ich klar. Aber was ist mit Virginia?«

»Sie hat keine Abzüge! Das interessiert sie auch nicht!«, sagte sie schnell.

»Das meine ich nicht. Wie verhindern Sie, dass sie redet? Wenn sie betrunken ist zum Beispiel, das scheint ja ihr Normalzustand zu sein?«

»Dafür sorge ich«, sagte sie sehr beflissen. »Die habe ich im Griff.«

»Sie wird furchtbar enttäuscht sein. Ich kenne doch Schauspieler. Kann sein, dass sie in ihrer Verzweiflung durchdreht.«

»Ich rede mit ihr. Sie hört auf mich. Ich mache ihr Angst!«, versicherte sie. Sie sah auf meine Hände, ängstlich, dass ich wieder den Vorhang über sie ziehen könnte.

»Na schön. Und was ist mit den tausend Dollar?«

»Bitte lassen Sie mich frei. Es ist vielleicht nicht mehr alles da, wir hatten unterwegs ein paar Ausgaben. Aber das meiste schon. Ich zähl's Ihnen vor.«

»Also schön. Dann gehen wir jetzt rüber und Sie geben mir das Geld. Ohne Erklärungen vor den anderen. Einfach so.«

Ich befreite sie vollständig, wandte mich zur Tür und drehte den Schlüssel um.

Maude zögerte und begann stotternd: »Aber ...«

Ich sah sie scharf an. Sie hielt sofort inne.

»Was?«

Sie blieb stumm und senkte den Blick.

»Sie haben hier keine Forderungen mehr zu erheben. Falls das nicht klar geworden sein sollte. Und wenn Ihnen irgendwann doch noch einmal einfallen sollte ...«

»Das wird nicht passieren!«, fiel sie mir ins Wort.

»Gut. Glauben Sie mir, Sie wollen mich nicht noch einmal wiedersehen.«

»Selbstverständlich«, sagte sie ersterbend. »Und bitte sagen Sie Mr Thalberg, dass es mir leidtut. Dass es *uns* leidtut ...«

Ich grinste sie nur an. Dann öffnete ich die Tür und hielt sie ihr auf wie der formvollendete Gentleman, der ich war, und ließ sie vorangehen.

Virginia lag auf dem Bett. Der Arzt saß daneben auf einem Stuhl. Er hielt eine Flasche in der Hand und wirkte noch betrunkener als zuvor.

»Da seid ihr ja endlich«, sagte er. »Jetzt bin ich mal wieder dran.«

»Ich habe furchtbare Schmerzen«, murmelte Virginia, doch sie schien immer noch nicht richtig klar zu sein.

Maude ging ohne große Umstände zu einem Koffer und öffnete ihn. Sie fummelte darin herum und entriegelte ein Geheimfach im Deckel. Sie drehte sich um, sodass ihr Körper für die anderen verdeckte, was sie mir übergab. Ein Bündel Scheine und ein paar silberne Vierteldollarmünzen. »Hundertfünfundsiebzig oder so fehlen«, flüsterte sie mir zu. Ich schob sie beiseite und langte in den Koffer. In dem Fach fand ich noch einen Hundert-Dollar-Schein und hielt ihn hoch.

»Den muss ich übersehen haben«, sagte sie geknickt. Ich nickte unwirsch und steckte alles ein.

»Sie sollten Schauspielerin werden«, sagte ich laut im Konversationston zu ihr. »Ich habe noch nie jemanden so überzeugend hinter einem Vorhang hervorkommen sehen.«

Wir wandten uns wieder den beiden anderen zu.

Der Arzt kümmerte sich gerade um Virginia, die auf dem Bett zu stöhnen begann. Sie wandte den Kopf und sagte wieder: »Ich habe furchtbare Schmerzen.«

Es wirkte hysterisch, gekünstelt. Ich ging zu ihr.

Das Ganze war mir unheimlich. Ich redete mit ihr wie mit einem Schulkind.

»Was ist denn los, Virginia?«, fragte ich.

»Es tut so weh«, flüsterte sie.

Ich setzte mich zu ihr aufs Bett und legte ihr die Hand ganz leicht auf den Arm.

Virginia schrie laut auf. Wir alle zuckten zusammen. Sie hörte gar nicht mehr auf zu schreien, schrill, wie ein Kalb, das erkannte, dass es zum Schlachter ging. Es klopfte. In der Tür tauchte kurz das Liftgirl auf und sah nach, was los war. Sie verschwand schnell wieder.

Der Arzt seufzte auf. »Ich glaube fast, ich muss ihr noch eine Spritze geben.«

Ich drehte mich zu ihm um: »Was haben Sie ihr denn gespritzt?«

»Na, Morphin und Atropin. Sonst hätte ich sie gar nicht untersuchen können, sie hat ja schon vorhin alles zusammengeschrien.«

Virginia schlug mit einem Bein aus, und dabei öffnete sich ihr Morgenmantel. Ich sah ein Röhrchen zwischen ihren Beinen herauskommen, das zu einem Glasgefäß führte, das bisher ebenfalls verdeckt gewesen war, halb gefüllt mit Urin, der eher hellrot als gelb schimmerte.

»Ist das ein Katheter?«, fragte ich den Arzt.

»Selbstverständlich«, sagte er von oben herab. »Sonst könnte sie doch gar nicht Wasser lassen! Ihre Blase …«

»Sie kann nicht pissen?«, schrie ich ihn an. »Sie hat Unterleibsschmerzen und Sie haben ihr einen Katheter gelegt? Und das ist alles, was Sie tun? Was sind Sie denn für ein Quacksalber?«

Der Mann straffte sich, als wäre er ein Soldat, der von einem Unteroffizier zur Schnecke gemacht wird.

»Ist ja gut, ich gebe ihr gleich noch eine Spritze …«

Er beugte sich zu seinem Arztkoffer herunter. Ich ging zu ihm und packte ihn an seinem schneeweißen Kittel. »Das werden Sie nicht tun«, sagte ich und gab ihm mit dem Handrücken zwei saftige Ohrfeigen. »Sie werden sie sofort in ein Hospital bringen.«

Er sah mich erschrocken an. Was auch immer er intus hatte, war nicht so stark wie der Eindruck, den ich soeben hinterließ. Ich hatte seine volle Aufmerksamkeit.

»Dort wird ein anderer, besserer Arzt sie genauestens untersuchen. Haben Sie mich verstanden?«

Und ich nahm den zusammengerollten Hundert-Dollar-Schein aus der Tasche, den von Fatty mit dem Koks dran, hielt ihn hoch und stopfte ihn in die Brusttasche seines Kittels.

Der Arzt sah mich mit weit aufgerissenen Augen an und nickte.

Im nächsten Moment flog die Tür auf und ein riesiger Mann stürmte herein. Ich dachte erst, es wäre Fatty Arbuckle, der zurückgekommen war, doch er war ein bisschen kleiner und weniger breit.

Er überblickte die Situation und baute sich dann drohend vor mir auf. Ich trat einen Schritt von dem Arzt zurück, der hoffnungsvoll zu dem vierschrötigen Kerl aufsah.

»Ich bin der Hoteldetektiv. Mir wurde gemeldet, dass hier jemand herumschreit? Was gibt's?«

Er sah mich an. Ich zeigte mit dem Kopf auf Virginia.

»Das sollten wir sie fragen.«

Der Detektiv und ich traten näher ans Bett und sahen auf die halb nackte Frau hinunter.

»Er hat mir wehgetan«, murmelte sie. Ihr Blick ging nirgendwohin.

»Wer? Nun sag schon, Kleine!«, fragte der Hotelschnüffler. »War es dieser Mann?«

Er packte mich am Arm.

Virginia stöhnte nur leise und warf den Kopf zur Seite.

»Nein«, sagte Maude plötzlich. »Fatty Arbuckle, er hat sich an ihr vergangen.«

Sie war vollkommen ernst.

»Was soll das denn jetzt auf einmal?«, sagte ich.

»Wann hat er das getan?«, fragte der Detektiv. »Hier? Auf der Party?«

Er kniff die Augen zusammen. Man sah regelrecht, wie es in seinem Gehirn arbeitete. Und man sah auch, dass es nicht gewohnt war, schnell Ergebnisse hervorzubringen. Fürs Erste ließ er meinen Arm los.

Maude redete ungerührt weiter. Als wäre das, was sie sagte, das Selbstverständlichste auf der Welt.

»Na klar. Er hat sie sich geschnappt und in sein Zimmer gezogen. Er hat alle ihre Kleider zerrissen.« Und sie holte etwas aus dem Koffer und zeigte es uns; etwas, das in Streifen gerissen und regelrecht zerfetzt worden war. Anhand der Spitze am Rand erkannte ich, dass es eine Frauenunterhose sein musste.

»Ist das wirklich ihre …?«, fragte der Detektiv und sah misstrauisch hin und her.

»Virginia, ist das wahr?« Ich beugte mich über sie und versuchte, ihren Blick zu erwischen. Doch er ging durch mich hindurch.

»Hat Fatty Arbuckle Ihnen wirklich wehgetan?«

Der Hoteldetektiv sah nur zu, unfähig, das Tempo mitzugehen, und nickte heftig.

»Es ist alles weg«, sagte Virginia plötzlich, wie in einem verzweifelten Versuch, sich zu erinnern. »Was ist nur geschehen? Bitte, bloß nichts Henry sagen …!«

»Welchem Henry? Ihrem Verlobten?«, fragte ich.

Sie war völlig durch den Wind, und sie tat mir leid.

Aber der Arzt wirkte nicht sehr besorgt.

»Sag es ihnen«, drängte Maude Virginia, »sag ihnen, dass Fatty Arbuckle dich auf der Party vergewaltigt hat!«

Plötzlich sah Virginia mich an, als nähme sie mich erst jetzt wahr.

»Ja, Fatty Arbuckle, er hat mir wehgetan, auf der Party …«, sagte sie.

Sie brach ab und schrie vor Schmerzen laut auf.

»Virginia, hallo? Meinen Sie wirklich Fatty? Und gibt es dafür Zeugen?«, rief ich in ihr Schreien hinein.

»Warten Sie mal«, sagte der Hoteldetektiv. »Ich stelle hier die Fragen, verstanden?«

»Natürlich gibt es die. Ich kann es bezeugen«, rief Maude dazwischen. »Hat sich auf sie gelegt, die fette, perverse Sau. Auf dieses zarte Frauenzimmer. Er hat sie richtig besprungen mit seinem ganzen Gewicht.«

Sie wirkte vollkommen empört. Mein erster Eindruck war: Die eine Erpressung hatte nicht funktioniert, da probierte sie eben die nächste, kaum dass sie in diesem Hoteldetektiv ein entsprechendes Publikum dafür gefunden hatte. Und offenbar war Virginia bereit, auf jede ihrer verrückten Ideen einzugehen. Außerdem, auch wenn sie es stammelnd bestätigt hatte, stand sie unter starken Medikamenten.

Der Hotelangestellte jedoch sah panisch von ihr zu mir und wieder zu der stöhnenden Virginia und zurück zu mir. Wenn es stimmte, was sie sagte, drohte seinem Hotel ein Skandal.

»Wer waren Sie gleich noch mal?«

»Hardy Engel. Privatdetektiv.« Ich weiß nicht, warum um alles auf der Welt ich das sagte. Den Satz, den ich bis dahin noch niemals ausgesprochen hatte. Auch wenn es die Wahrheit war.

»Und für wen arbeiten Sie?«, fragte er und ging auf mich zu.

»Das kann ich Ihnen leider nicht sagen.«

Ich wollte mich wieder Maude zuwenden und sie mir vornehmen. Plötzlich packte er mich von hinten und hielt meine Arme so fest wie ein Schraubstock.

»Das alles geht Sie gar nichts an. Und Sie haben kein Recht, hier zu sein«, sagte er dicht an meinem Ohr.

»Bringen Sie sie in eine Klinik!«

»Sofort raus. Machen Sie keinen Ärger.«

»Sie können mich nicht rauswerfen.«

»Und ob ich das kann. Und halten Sie bloß den Mund über all das!«

Der Detektiv nahm mich in den Schwitzkasten und zerrte mich in gebückter Haltung hinaus auf den Flur. Er wusste, was er tat, und ich war nicht in seiner Gewichtsklasse. Vielleicht sollte ich mehr Steaks und Filets Mignon und Krabbencocktails aus einer erstklassigen Hotelküche zu mir nehmen.

Zum Glück musste ich nicht sehen, wie mich das Liftgirl ansah. Ich sah nur ihre Beine.

»Abwärts«, sagte der Detektiv.

»Abwärts«, sagte sie fröhlich.

Seither gebe ich einem Liftgirl immer Trinkgeld, und wenn es meine allerletzten Scheine sind.

8

Er schmiss mich im Erdgeschoss raus, gab mir noch eine Warnung mit und fuhr gleich wieder hoch. Ich wartete eine Minute, dann nahm ich einen anderen Aufzug bis zum siebten Stock. Er wurde betrieben von einem Liftboy mit goldenem Haar, der im Vergleich zu seiner Kollegin ein scheuer Rehbock war. Mir war's recht. Ich gab ihm einen Dollar von Maudes Geld.

Ich klopfte an Peppers Tür und wurde eingelassen. Ich grinste sie an und vermeldete, ich sei auf ganzer Linie erfolgreich gewesen. Ich holte das Geld hervor, legte es ihr hin und erklärte, warum etwas fehlte. Es waren neunhundertvierundzwanzig Dollar und ein paar Zerquetschte.

Sie besah sich das Geld genau. Wir beide besahen es uns genau, aus rein professionellen Gründen. Eine Haarsträhne von ihr streifte beharrlich meinen Hals, während sie mir über die Schulter blickte. Pepper und ich tauschten einen Blick. Ich sagte, sie werde in Hollywood das Negativ und alle Abzüge bekommen und ansonsten nie wieder davon hören.

Ich berichtete ihr, was danach im Hotelzimmer geschehen war. Ich erzählte es wegwerfend, und ich weiß noch, dass es mir in diesem Moment vor allem darum ging, ihr klarzumachen, dass Thalberg von Maude und Virginia nichts weiter zu befürchten hatte, da sich die beiden ein neues Spielfeld gesucht hatten. Auf mich habe das Ganze eher improvisiert gewirkt: Virginias Schmerzen unklaren Ursprungs, Maudes aus heiterem Himmel vorgebrachte Erklärung, wie es dazu gekommen sei, und wie sie Virginia gedrängt hatte, es zu bestätigen. Ihre einschlägige Vorgeschichte spreche sehr für eine Inszenierung. Schon möglich, dass sie ihre Anschuldigungen gegen Fatty aufbauschen und weiterverfolgen wollten, doch Pepper und ihrem Auftraggeber könne es ja egal sein.

Von dem Hoteldetektiv erzählte ich ihr nicht.

Ich sagte, dass ich vollkommen damit einverstanden wäre, wenn sie mir die Hälfte meines Honorars erst geben würde, wenn sie alles Material zurückbekommen hatte. Ich sagte nicht, dass die Aussicht, sie in Hollywood wiederzusehen, mir ziemlich willkommen war.

Sie nahm von dem Geld vor uns zwei Hundert-Dollar-Scheine und gab sie mir. Unsere Hände berührten sich dabei. Es war wieder, als hätte ich in eine Steckdose gefasst, aber diesmal mit Starkstrom drauf.

Daraufhin erhob sie sich und packte das restliche Geld weg, in einen Umschlag. Sie war sehr um Sachlichkeit bemüht. Sie ignorierte einfach, von mir vorhin hier sitzen gelassen worden zu sein, es war, als wäre es niemals geschehen.

Sie bat darum, alleine mit Mr Thalberg telefonieren und ihm mitteilen zu können, was wir erreicht hatten. Ich sagte, dass ich mich sowieso gerade etwas frisch machen wollte, und ging ins Bad.

Sie nahm den Telefonhörer auf und meldete ein Gespräch an.

Während sie mit Mr Thalberg sprach, planschte ich drinnen ein wenig im marmornen Waschbecken und spritzte mir kaltes Wasser ins Gesicht.

Die Hauptsache war, dass Virginia in eine Klinik kam und versorgt wurde, und dafür hatte ich alles getan, was in meiner Macht stand, bis der Detektiv übernommen hatte.

Meine andere Aufgabe war erfüllt. Ich hatte mein Päckchen abgeliefert und Vollzug gemeldet. Ich musste nur noch den Packard nach Los Angeles zurückfahren und Fritz Roth erklären, was mit der Vorderfront passiert war. Vermutlich würde mich das mein Honorar kosten. Aber das war durch das Honorar des anderen Falles mehr als verschmerzbar.

Ich holte das Geld aus der Tasche und sah es mir an, die ganzen zweihundert Dollar, damit ich es auch wirklich glauben konnte. Ich besah mein Gesicht im Spiegel, das Gesicht eines unfassbar reichen Mannes.

Ich weiß noch genau, wie ich, während ich mich mit einem Handtuch abtrocknete, dachte, dass hier gleich etwas geschehen würde. Und dann, dass ich es auf keinen Fall geschehen lassen sollte.

Es war kein sehr langes Telefongespräch gewesen.

Ich kam nach fünf Minuten wieder heraus, und Pepper wartete bereits im Stehen neben dem Bett. Sie sagte ziemlich förmlich, Mr Thalberg sei sehr zufrieden und einverstanden mit der finanziellen Regelung. Sie konnte, obwohl sie es wollte, nicht verbergen, dass sie genauso nervös war wie ich.

Sie strich sich eine Strähne hinters Ohr, nahm ihre Handtasche und sah zur Tür. Sie zögerte noch und wirkte befangen. Ich sagte irgendetwas.

Sie brachte es kaum fertig, mich anzusehen, und murmelte: »Na, dann sehen wir uns in Hollywood …«, in Richtung des Bodens und streckte die Hand aus. Ich gab ihr meine.

Sie sah plötzlich hoch zu mir, mit einem ganz seltsamen Blick, und wurde rot dabei, und im selben Moment entdeckte ich das wieder, was ich zuvor vermisst hatte: jenes Etwas, jenseits ihrer offensichtlichen Reize, das nur zu mir zu sprechen schien und das damit zu tun hatte, wer sie wirklich war. Jene Frau, die ich bereits zu kennen glaubte und die mich tief berührte.

Ich sah nur noch ihre braunen Augen, riesig groß, und dann war sie es, die mich plötzlich küsste, und sie ließ ihre Handtasche fallen und schlang die Arme um mich. Ich küsste sie zurück, und das war es dann für mich und meinen Vorsatz.

9

Irgendwann, nach sehr langer Zeit, konnten wir nicht mehr und lagen einfach nur nebeneinander im Bett und schafften es gerade mal so, eine Hand zu heben und mit den Kuppen der Finger über den schweißnassen Körper des anderen zu fahren. Ihrer fühlte sich sehr fest und straff und gut an.

»Warum bist du nach Amerika gegangen?«, fragte sie.

»Ich war vier Jahre an der Front«, sagte ich und fischte zwei Chesterfields vom Nachttisch. »Danach hatte ich einen Hunger aufs Leben, der in Deutschland nicht mehr zu stillen war.«

»Hast du im Krieg viele Männer umgebracht?«, fragte sie mich plötzlich, während sie meine Hand nahm und küsste.

»Ein paar.«

»Waren auch Amerikaner dabei?«

»Schon möglich.«

Sie bekam tatsächlich eine Gänsehaut.

Ich wollte ihr eigentlich erklären, warum ich es hatte tun müssen, und dass der Krieg nun mal so etwas mit einem machte und dass es einen auch danach nie mehr ganz losließ, dass körperliche Gewalt, die ich zuvor verabscheut hatte, von da an eine Möglichkeit geworden war, auf deren Eintreten oder Anwendung ich jederzeit vorbereitet war.

Aber sie war es, die weiterredete, Fragen stellte, während ich die Zigaretten für uns beide anzündete.

»Und davor warst du Polizist?«, fragte sie. Ich steckte ihr

eine Zigarette in den Mund, sie zog daran und stützte sich auf einen Ellbogen und sah mich aufmerksam an.

»Kommissaranwärter sogar«, sagte ich.

»Warst du es gerne?«

»Ja«, sagte ich und zuckte die Achseln. »Mein Vater war Kommissar, in Mannheim. Es lag einfach nahe, in seine Fußstapfen zu treten.«

»Und wie bist du dann Schauspieler geworden?« Ein Schweißtropfen löste sich von einer roten Locke und fiel auf meine Lippe herab.

»Komische Frage, von einer Schauspielerin«, sagte ich.

»Ich will's einfach wissen«, sagte sie und beugte sich herab und küsste meine Brust. »Ich frage mich immer, was für eine Geschichte bei einem Menschen dahintersteckt, gerade weil ich Schauspielerin bin. Ich kann jemanden erst spielen, wenn ich das weiß.«

»Es war schon immer mein heimlicher Wunsch, meine Leidenschaft. Auch in der Schule habe ich gespielt.«

»Und dann musste der Krieg kommen, um dir die Augen zu öffnen?«

»Genau genommen war ich blind, nach einem Gasangriff. Glaub mir, *das* hat mir die Augen geöffnet.«

»Du warst blind?«, fragte sie entsetzt. »Wie furchtbar.«

»Du wirst so zynisch, dass du irgendwann sogar glaubst, dass ein Gebet nicht schaden könnte. Ich habe keine Gasmaske gehabt, aber zum Glück habe ich noch in ein Taschentuch gepisst und es mir über das Gesicht gelegt. Das war der Notbehelf, den sie uns beigebracht hatten.« Sie sah mich geradezu empört an.

»So hat das Senfgas nur die obersten Hautschichten der Augen verätzt. Das hat mir letztlich das Sehvermögen gerettet, aber es hat ein paar Monate gedauert. Totale Dunkelheit, etwas Schlimmeres gibt es nicht. Im Lazarett habe ich mir geschworen, wenn ich jemals wieder sehen kann, ziehe ich los und fange mit meinem Leben etwas ganz Neues an.«

»Hattest du keine Frau?«, fragte sie sanft und zog die Linie meines Bizeps nach.

»Ich hatte viele Frauen. Aber keine Familie. Bin nicht der Typ zum Heiraten.«

Ich gab ihr einen Kuss.

»Und dann bist du nach Amerika ausgewandert?«

»Ich bin erst einmal nach Berlin gegangen, wenn du's genau wissen willst. Habe Schauspielunterricht genommen und Texte eingeübt.«

»Warum hast du nicht dort Filme gedreht?«

»Habe ich ja. Eine Komödie; obwohl die Theaterleute gesagt haben: ›Anständige Leute drehen keine Filme und schon gar keine Komödien.‹«

Sie lachte.

»Ihr Deutschen! Das habe ich in Hollywood noch nie jemanden sagen hören!«

»Leider kamen keine weiteren Filmrollen. Was kam, war ein Aufstand von rechten Freikorps-Soldaten. Ein richtiger Bürgerkrieg mit vielen Toten. Ich musste tagelang in einer Wohnung in Deckung bleiben, in der ich mich zufällig aufgehalten hatte.«

Sie hob eine Augenbraue. »Zufällig?«

»Bei einer Exilrussin. In ihrem Schlafzimmer, vor allem. Nach einer Woche war der Aufstand niedergeschlagen, und ich hatte genug von Krieg und Chaos. Von der Russin übrigens auch. Sie war noch schlimmer als Krieg und Chaos.«

Sie warf den Kopf in den Nacken und lachte heiser und musste husten.

»Und dann bin ich nach Hamburg gefahren und habe das nächste Schiff genommen. Und daran gearbeitet, das davor gründlich zu vergessen. Vielleicht sogar zu gründlich. Seither nenne ich mich nicht mehr Reinhard, sondern Hardy.«

»Du hast dich neu erfunden«, sagte sie und kam nahe heran.

»Ich bin vom Krieg aus der Bahn geworfen worden, das ist es. Deswegen wollte ich Schauspieler werden und schaff's nicht. Deswegen war ich pleite, als du mich getroffen hast. Und deswegen bin ich auch nach Amerika gekommen«, sagte ich.

»Ich bin froh, dass du's gemacht hast«, sagte sie und setzte sich auf mich.

Als wir das nächste Mal aufwachten, bestellte ich uns beim Zimmerservice etwas zu essen – Steak, Filet Mignon und Krabbencocktail. Während wir uns darüber hermachten, überkam mich ein mulmiges Gefühl bei alldem. Sie hatte mich angelogen, und als sie damit aufgeflogen war, hatte sie die nächste Lüge erzählt. Ich war nicht sicher, ob sie es wieder tun würde oder bereits getan hatte und welches nun die echte Pepper war.

»Was ist der Grund, warum wir das hier machen?«, fragte ich unvermittelt.

»Wie meinst du das?«, fragte sie. »Der Grund bist du.«

»Was hast du mit Thalberg besprochen?«

»Das habe ich dir alles erzählt.«

In ihren Augen lag Unschuld, doch das Vertraute von zuvor war verschwunden.

Ich setzte mich auf und stellte die Teller auf den Nachttisch.

»Erzähl mir etwas über dich. Über deine Familie.«

Sie sah einen Moment ins Leere.

»Ich bin in einem Waisenhaus aufgewachsen«, sagte sie fast heiter. »Bei Nonnen, kannst du dir das vorstellen?«

»Irgendeine Ahnung, wer deine Eltern waren?«

Sie schüttelte nur den Kopf. Jetzt war sie, ganz anders als sonst, regelrecht scheu, verletzlich und leise. Ich beobachtete sie genau.

»Eine der Nonnen hat mir mal erzählt, dass – na ja, meine Mutter war wohl eine Prostituierte … und konnte mich in ihrem Leben nicht brauchen, und da hat sie mich dort abgegeben.«

Ich legte die Hand auf ihre Wange und strich mit dem Daumen über ihr linkes Ohr und den Jade-Ohrring, der daran baumelte.

»Verstehe. Du könntest also alles sein, von Herkunft reich oder arm, irisch oder britisch, sogar deutsch, oder eine russische Jüdin.«

»Ich werd's nie wissen. Ich heiße auch gar nicht Pepper, den Namen habe ich mir selbst gegeben. Also, eigentlich war's der Spitzname, den mir die anderen Mädchen gegeben haben, aber ich mochte ihn.«

»Also ein falscher Name«, sagte ich.

»So wie Murphy«, sagte sie. »Das waren die Nonnen. Wegen meiner roten Haare.«

»Und nach den Nonnen?«

»Als ich sieben war, hat mich eine Familie adoptiert. Eine ziemlich reiche Familie. Der Vater war Direktor bei der Eisenbahngesellschaft. Von da an bin ich in einem großen Haus aufgewachsen und auf eine sehr gute Schule gegangen.«

Ich sah sie von der Seite an. Sie erzählte davon, als wäre es eine weitere Rolle gewesen. Vielleicht war es aber auch nur Selbstschutz.

»Was hast du alles gelesen, als du aufgewachsen bist?«

Sie zuckte die Achseln.

»Dickens, Dostojewski, Balzac, all so was. Goethe auch.«

»Sag mir ein Zitat, das du damals gelesen hast und das dich nachhaltig beeindruckt hat.«

Sie lag auf dem Bauch, ihr Gesicht auf Höhe meiner Lenden, und sah jetzt hoch.

»Du misstrauischer Griesgram«, sagte sie. »Es ist alles wahr.«

»Sag schon.«

»Da muss ich einen Moment nachdenken«, sagte sie.

»Bitte. Ich sehe dir gerne zu, wenn du nachdenkst.«

Und ich sah ihr dabei zu. Sie drückte ihre Zigarette aus.

»Ich bin zum Gericht in diese Welt gekommen«, sagte sie plötzlich, *»damit, die nicht sehen, sehend werden und die sehen, blind werden.«* Sie lauschte den Worten nach und sah mich an: »Johannes, 9,39. Musste ich bei den Nonnen auswendig lernen. Es passt zu dir, findest du nicht auch?«

Sie streifte mich mit den Brüsten, und danach sprachen wir nicht weiter.

Das Klingeln des Telefons riss mich irgendwann aus dem Schlaf.

Ich sah zu dem Apparat auf dem Nachttisch und zögerte. Mir war klar, dass, wer immer uns hier erreichen wollte und was auch immer der Grund war, dieser Anruf das Idyll mit Pepper beenden würde.

Das Telefon klingelte weiter. Pepper stöhnte im Schlaf und bewegte den Kopf mit den verschwitzten Haaren. Keine Ahnung, wie viel Zeit vergangen war.

Am wahrscheinlichsten war es, dass die Hotelleitung mir mitteilen wollte, dass ich nach dem Vorfall dort oben Hausverbot hatte und sofort verschwinden müsste. Genauso gut konnte es Mr Thalberg sein, der Pepper sprechen wollte. Oder Fritz Roth.

Ich musste es trotzdem wissen. Ich arbeitete mich vorsichtig unter ihr hervor und nahm den Hörer ab.

»Hier ist Hardy Engel?«

»Hallo Mr Engel«, sagte eine männliche Stimme am anderen Ende, die ich zunächst nicht einordnen konnte. »Hier ist Dr. Hayden.«

Es musste der Arzt aus Virginias Zimmer sein. Der, dem ich hundert Dollar gegeben hatte.

»Dr. Hayden? Was gibt's?«

Er sprach leise und so, dass man förmlich vor sich sah, wie er sich dabei ängstlich umblickte.

»Ich wollte Sie nur auf dem Laufenden halten, wie es um Miss Rappe steht.«

»Ja. Erzählen Sie schon.«

»Sie haben sie erst heute Nacht in eine Klinik gebracht. Sie haben lange damit gewartet. Ich hatte sie gedrängt, sie früher einzuliefern.«

Ich blinzelte verwundert zum Fenster. Offenbar waren wir schon länger hier drin, als ich gedacht hatte.

»Und wie geht es ihr jetzt?«

»Sie haben mir den Fall aus den Händen genommen, Mr Engel. Ich bin dafür wirklich nicht verantwortlich, das müssen Sie mir glauben. Man hat andere Ärzte hinzugezogen.«

»Spucken Sie's schon aus.«

»Sie ist tot. Gerade gestorben.«

Ich war wie betäubt. »Was?«

»Und ich dachte, es würde Sie interessieren, dass in diesem Augenblick eine Obduktion vorgenommen wird. Im *Wakefield Sanatorium*. Ich weiß nicht, auf wessen Anordnung.« Dann klickte es, und er hatte aufgelegt.

10

Ich rüttelte Pepper wach. Sie schlug stöhnend die Augen auf und gähnte.

»Was ist denn los?«

Ich erzählte ihr, was ich gerade erfahren hatte. Sie setzte sich auf und trank einen Schluck Wasser.

»Sie ist gestorben?« Sie war noch etwas verschlafen, aber sofort bei der Sache. »Woran?«

»Das weiß ich nicht.« Ich zögerte.

»Immer noch misstrauisch?« Sie sah mich empört an. »Dann behalte doch einfach für dich, was du denkst.«

Ich schüttelte es ab.

»Vielleicht war es doch aufgrund ihrer Verletzungen«, sagte ich.

»Du meinst, die in ihrem Unterleib?«, fragte sie schockiert.

»Vielleicht hat Fatty Arbuckle ja doch … dann hätten die ein gewaltiges Problem!«, dachte ich laut.

»Wer?«, fragte sie.

»Na, *Famous Players-Lasky.*«

Ihre Haltung versteifte sich.

»Was ist das eigentlich mit dir und Fatty und *Famous Players?*«

Ich erklärte ihr nun, dass ich meinen Wagen für die Fahrt hierher von *Famous Players* bekommen hatte, dass ich für meinen alten Freund und Landsmann Fritz Roth hier etwas zu erledigen hatte – ich sagte nicht, was – und dass ich dabei Fatty getroffen hatte und auf Virginia und Maude gestoßen war. Ein glücklicher Zufall. Sie zog das Laken über die Brüste und schnappte sich eine Zigarette.

»Soll das heißen, dass die auch deine Klienten sind?«

»Nein. Ich hab ihnen nur einen kleinen Gefallen getan.«

»Und dafür Geld bekommen?« Sie stieß Rauch aus, als wolle sie mich anspucken.

»Nein. Werde ich auch nicht.«

Sie war sauer. Man wollte wirklich nicht, dass sie sauer war.

»Aber du denkst jetzt darüber nach, deinem alten Freund Bescheid zu sagen, was hier passiert ist?«

»Er sollte davon erfahren. Immerhin sind die beiden einschlägige Erpresserinnen, das wissen wir ja nun am besten.«

»Aber genau das kannst du ihm nicht sagen!«, sagte Pepper. »Das darfst du niemandem jemals sagen! Dazu bist du Mr Thalberg verpflichtet. Dazu bist du *mir* verpflichtet! Ist dir das nicht klar?«

»Doch, natürlich«, sagte ich. »Ich überlege nur, was ich nun in dieser neuen Lage mache.«

»Ich weiß nicht«, sagte Pepper, schon etwas beruhigt. »Ist es nicht sowieso zu spät?«

»Für Virginia schon. Aber was ist mit Fatty?«

»Keine Ahnung. Kann es nicht sein, dass er's war?«

»Woher soll ich wissen, was wirklich passiert ist? Aber Maude hat ihn ja schon vor Zeugen beschuldigt«, sagte ich. Je mehr ich darüber nachdachte, desto alarmierender erschien mir die Situation. »Ganz konkret, so als hätte sie alles mitangesehen. Wenn sie nur einigermaßen clever ist, wird sie jedenfalls versuchen, ihn damit zu erpressen.«

»Davon würde ich auch ausgehen …«, sagte Pepper, Rauch ausatmend.

»Und das, nur das, werde ich Fritz erzählen. Ich muss ihn warnen!«, sagte ich.

»Wahrscheinlich wissen sie es doch längst. Haben von Maude einen Anruf bekommen oder einen Brief, so wie wir«, meinte

Pepper. »Vielleicht sind die beiden ja wie bei Thalberg vorgegangen, haben eine Falle gestellt und Fotos gemacht?«

»Davon war jedenfalls mir gegenüber keine Rede. Aber vielleicht hat das Hotel auch schon eine Untersuchung eingeleitet und *Famous Players* Bescheid gesagt«, sagte ich.

Sie sah auf. »Wieso, haben die etwas mitbekommen?«

»Nichts, was euch betrifft«, beruhigte ich sie. »Aber sie haben den Arzt geschickt. Und spätestens jetzt, wo einer ihrer Gäste gestorben ist, werden sie sehr besorgt um ihren Ruf sein. Ich muss jedenfalls sofort in die Klinik. Der Arzt hat gesagt, sie machen gerade eine Obduktion«, sagte ich und stieg schon in meine Hose.

»Wer? Der Gerichtsmediziner?«, fragte sie.

»Das ist ja eben die Frage.« Ich beeilte mich mit dem Anziehen. »Klang nicht danach.«

»Du meinst, *Famous Players…*?«, sagte Pepper und drückte ihre Zigarette aus.

Ich schlüpfte in meine Schuhe.

»Ich werd's rausfinden«, sagte ich und gab ihr einen schnellen Kuss.

»Aber über das andere wirst du nichts sagen!«, rief sie mir nach.

»Nein, natürlich nicht«, sagte ich und stürmte zur Tür hinaus.

Ich fragte den goldbetressten Portier am Eingang, wo das *Wakefield* war. Er beschrieb es mir grob und ich gab ihm einen Dollar von meinen Spesen. Ich rannte zu meinem Packard und raste los. Zunächst verfuhr ich mich. Einen Block weiter sah ich einen Ambulanzwagen mit heulender Sirene, gab rasch das Handzeichen zum Abbiegen und hängte mich einfach dran. Ich folgte ihm, während sich der Verkehr vor ihm teilte und uns freie Bahn gewährte.

Es ging die Hügel hinauf und der Krankenwagen kam hinter einer Kuppe außer Sicht, aber ich konnte ihn immer noch hören. Die Sirene verstummte in der Sutter Street, und ich entdeckte den Wagen kurz darauf vor der Notaufnahme einer Klinik. Über dem Eingang stand *Wakefield Sanatorium*. Ich parkte den Packard und stieg aus.

Aus dem Haupteingang kam mir ein Paar entgegen, ein Mann und eine Frau in einem Rollstuhl, den er schob. Sie trug einen frischgeborenen Säugling auf dem Arm und betrachtete ihn aufgelöst und glücklich, als wäre er das Jesuskind persönlich. »Herzlichen Glückwunsch«, murmelte ich und stolperte beiseite, um sie durchzulassen.

Ich ging durch die ganz in Weiß gehaltene kleine Halle auf die Rezeption zu, hinter der eine ältere, dickliche Krankenschwester saß und Kaugummi kaute. Ihr weißes Häubchen hob und senkte sich dazu im Takt. Sie war eine höchst beachtliche Schreckschraube. Wenn der tiefere Sinn, sie hierhin zu setzen, darin bestand, potenzielle Patienten möglichst wirksam fernzuhalten, dann erfüllte sie diese Aufgabe perfekt. Es war jedenfalls kein Luxushospital für die Reichen und Schönen, sonst hätte man nicht eine Frau genommen, die aussah wie Hagen von Tronje.

Ich ließ zwei senkrechte Furchen auf meiner Stirn erscheinen und spielte Eiligkeit und Besorgnis.

»Hallo, ich gehöre zu einer Patientin. Virginia Rappe.«

Unablässig kauend maß mich die Schwester mit ihrem Blick und sagte schmatzend: »Sind Sie ein Verwandter?«

»Ihr Verlobter. Henry Lehrman.«

Ihr breites Gesicht verschloss sich und sie zuckte die Achseln. »Verlobt, nicht verheiratet?«, sagte sie. Das Kauen stellte sie vermutlich nur ein, um etwas anderes in den Mund zu stecken. Wenn überhaupt.

»Ich möchte meine Verlobte sehen. Sofort. Ich bin von L. A. hergefahren, um bei ihr zu sein.«

Ich holte alles hervor, was ich an schauspielerischem Talent in mir hatte. Die Schwester beugte sich über den Tresen.

»Tut mir leid, Süßer. Entweder sind Sie ein Blutsverwandter oder der Ehemann, ansonsten kann ich Sie nicht reinlassen und Ihnen auch keine Auskunft geben. Hauspolitik.« Und damit wandte sie sich dem Wartebereich zu, der voller Leute war, und rief mit einer Stimme, die Glas hätte schneiden können: »Mrs Spinelli?«

Ich sah zu, wie sie eine hochschwangere Frau in einem elfenbeinfarbenen zeltartigen Umstandskleid abfertigte. Ein groß gewachsener Pfleger holte sie ab. Als sich die Schwingtür zu einem langen Flur öffnete, sah man einen mit grünlich geflecktem Linoleum ausgelegten Boden und es roch nach Bohnerwachs und Desinfektionsmittel.

Ich lehnte mich noch einmal über den Empfangstresen.

»Jetzt hören Sie mal zu«, ich hob meine Stimme zu voller Lautstärke: »Man hat mir schon gesagt, dass sie tot ist. Und ich möchte jetzt alles darüber wissen, wie sie hier drin gestorben ist!«

Die Leute im Wartebereich sahen aufmerksam zu mir herüber. Das Nilpferd in Schwesterntracht erhob sich zu voller Größe und sah mich gereizt an. Sie langte nach unten und drückte offenbar einen Knopf.

»Machen Sie hier keinen Ärger. Sie sind gar nicht mit ihr verlobt, oder?«

»Sagen wir, ich habe sie gekannt. Was findet da oben jetzt statt? Haben Sie den Gerichtsmediziner gerufen?«

Sie hörte tatsächlich einen Moment auf zu kauen. Es war der höchste Ausdruck der Verblüffung, den sie auf Lager hatte. Dann malmte ihr Kiefer weiter.

»Das geht Sie gar nichts an.«

Die Schwingtür hinter ihr ging auf und zwei Pfleger kamen heraus. Sie waren womöglich noch größer als der davor, und sie hatten sehr breite Schultern. Sie schoben sich auf den Tresen zu und starrten mich mit drohenden Augen an.

»Und wenn Sie es nicht glauben wollen«, sagte die Schwester, »dann erklären Ihnen diese beiden Herren äußerst gerne, wie viel Erfahrung wir hier mit schmierigen kleinen Typen wie Ihnen haben. Und was wir vorzugsweise mit ihnen machen.«

Ich grinste sie an, drehte mich um und verließ das Gebäude auf meinen eigenen zwei Beinen.

11

Ich ging in die Telefonzelle gegenüber und ließ mich mit Fritz Roth bei *Famous Players* verbinden. Ich wartete, dann meldete sich seine Sekretärin und sagte mir mit einer Stimme wie ein Goldstaubregen, Mr Roth sei in einer Besprechung bei den Chefs und zurzeit leider nicht erreichbar. Ich verzichtete darauf, etwas zu hinterlassen. Ich rief bei Pepper im Zimmer an, aber sie hob nicht ab. Ich ging zurück zu meinem zerbeulten Packard vor dem Eingang des Sanatoriums und setzte mich hinein. Wenn ich nicht zu den Ärzten gehen konnte, würde ich eben warten, bis sie herauskamen. Es wurde allmählich Nacht.

Vielleicht hatte Pepper recht. Vielleicht hatte *Famous Players* den Fall längst übernommen. Aber das musste ich mir erst von Fritz Roth oder jemand anderem bestätigen lassen.

Ja, ich fühlte mich Pepper und Mr Thalberg verpflichtet. Aber ich fühlte mich auch Fritz Roth und *Famous Players* verpflichtet. Zugegeben, es war nicht besonders geschickt von mir gewesen, mir gleich mehrere Klienten ans Bein zu binden, aber es hatte sich nun mal so ergeben.

Und ja, ich fühlte mich auch Virginia Rappe verpflichtet. Sie mochte zwar ein wandelndes Ärgernis auf zwei (sehr beachtlichen) Beinen gewesen sein, aber dass sie gestorben war, war ein Schock für mich. Und es war nicht nur mein schlechtes Gewissen, ihrer Geschichte zunächst nicht geglaubt zu haben, das mich antrieb, die Wahrheit über ihren Tod herauszufinden. Es gehörte zu meinem Auftrag, so wie ich ihn auffasste.

Ab und zu kamen Patientinnen heraus, begleitet von ihrem Mann oder ihren Kindern. Das Nilpferd kam nicht heraus. Offenbar hatte es die Nachtschicht. Im oberen Stockwerk waren alle Fenster erleuchtet. Vermutlich wurde dort gerade Virginias Leiche obduziert.

Plötzlich sah ich sie wieder vor mir, auf der Party, wie sie an mir vorbeigetragen wurde und murmelte: »Er hat mir wehgetan … es tut so weh …« Dann Fatty, wie er angetrunken, mit einer leeren Ginflasche, aus dem Zimmer kam. Wie er in düsterster Stimmung aus dem Fenster starrte und davon sprach, hinauszuspringen.

Er war sehr schnell abgereist. Vielleicht stimmte es ja doch, was Maude gesagt hatte. Vielleicht hatten Virginia und Maude ihn bereits damit konfrontiert gehabt, und womöglich war das der Grund für seine Abreise gewesen und er hatte deshalb einen Arzt kommen lassen.

Da sah ich Bewegung an der erleuchteten Eingangstür des *Wakefield Sanatorium*. Ich sah drei Männer in weißen langen Arztkitteln. Einer öffnete die Glastür, streckte den Kopf vor und blickte sich um. Dann gingen er und die anderen hinaus. Ich kannte keinen von ihnen aus dem Hotel, soweit ich es in der Dunkelheit beurteilen konnte. Zwei waren schon älter und einer etwa so alt wie ich.

Ich stieg aus und warf meine Zigarette weg. Einer von ihnen trug ein großes Glas, in dem sich offenbar etwas befand. Sie liefen Richtung Parkplatz und diskutierten miteinander. Ich ging auf sie zu. Zunächst bemerkten sie mich nicht.

»Guten Abend, die Herren Doktoren«, sagte ich. Sie fuhren herum. »Sie haben soeben eine Obduktion an Virginia Rappe durchgeführt?«

Sie blieben abrupt und wie ertappt stehen.

»Sie wissen es also«, sagte einer, der sofort zu zittern begann, zu den anderen. Er war ein ältliches, schwächliches Männlein mit Brille und einem zu groß geratenen, fleckigen Kittel. Liebend gern hätte man ihm etwas Lebertran eingeflößt. Auch etwas mehr, etwa eine Gallone.

»Wer zum Teufel sind Sie?«, fragte mich der andere Ältere. Er hatte grau melierte Schläfen und sah nicht weniger erschrocken aus, versuchte es aber hinter einer Attacke zu verbergen.

»Ich recherchiere im Auftrag einer Filmgesellschaft in Hollywood«, sagte ich. »Weiß der Gerichtsmediziner Bescheid?«

»Nein …«, stotterte der Arzt. Er war unrasiert und trug eine schief sitzende Krawatte.

»Wir, wir wollten ihn dazuholen, aber wir haben ihn nicht ans Telefon bekommen …«, beeilte sich der Jüngere hinzuzufügen. Er war vielleicht Mitte dreißig und sah aus wie ein Arzt in einem Hollywood-Film. Er war noch der eloquenteste von den drei Stotterern.

»Und warum haben Sie dann nicht auf ihn gewartet? Warum die Eile?«

»Wir, wir sind …«, er verbesserte sich, »wir waren die behandelnden Ärzte.«

»Sie wissen, dass Ihr Tun illegal ist, oder?«

»Wir wollten nur die Todesursache feststellen.«

»Und?« Ich sah den mit der Brille an. Doch der Zweite, Jüngere schaltete sich ein.

»Das können wir Ihnen doch nicht einfach sagen!«, protestierte er.

»Dann sagen Sie's doch in Kürze dem Staatsanwalt. Überhaupt, warum ist der nicht hier? Ist der etwa auch nicht ans Telefon gegangen?«

»Ein Blasenriss«, sagte der Ältliche plötzlich. Wütende Blicke der anderen trafen ihn.

»Verursacht wodurch?« Sie sahen zu Boden und sagten nichts.

Ich zeigte auf das Glas, das der Dritte in der Hand hielt.

»Was ist das? Was ist dadrin? Ist das ihre Blase?«

Er stotterte wieder nur herum. Ich ging hin und nahm es ihm aus der Hand. Das Glas war ziemlich groß, rund zwei Fuß, und recht schwer. Ich stellte es auf die Motorhaube eines geparkten Automobils, angelte mein Feuerzeug heraus und schnippte es an.

In dem Glas schwammen in einer von blutigen Schlieren durchzogenen Flüssigkeit mehrere menschliche Organe. Ich überwand meinen Ekel und sah genauer hin. Das größte war rund und dunkel und ich hielt es zunächst für ein Herz. Es konnte aber auch eine Blase sein. Dann sah ich darunter etwas anderes, was eben an die Wand des Glases stieß und mir leichter zu identifizieren schien.

Es war, mehr oder weniger, eine weibliche Vagina und die anschließenden Partien bis hin zum Rektum.

Wenn man irgendetwas über Virginias Todesursache wissen wollte, dann war es in diesem Glas. Und es sollte soeben fortgeschafft werden.

Im nächsten Moment erhielt ich einen Schlag auf den Hinterkopf. Er war nicht stark genug, um mich umzuhauen, aber sehr schmerzhaft. Ein Mann umfasste mich und versuchte, mich zu Boden zu ziehen.

»Aber Melvin, was soll denn das …«, sagte ein anderer.

Ich rang mit dem jüngsten Arzt, der mich angegriffen hatte, und fing mir einen Hieb auf die Nase ein. Adrenalin schoss durch meine Adern. Ich drückte seine Arme weg und befreite mich. Ich schlug mit der Faust zu und erwischte ihn am Kinn. Er stolperte gegen einen Wagen und fiel stöhnend um. Für einen Mann, der täglich mit Schmerzen zu tun hatte, konnte er erstaunlich schlecht mit ihnen umgehen.

»Was ist denn hier los?«, sagte eine Stimme in meinem Rücken. Ich drehte mich um und sah im Halbdunkel jemanden, der mir bekannt vorkam. Auch die Ärzte fuhren herum. Der, den ich niedergeschlagen hatte, rappelte sich auf und rieb sich das Kinn. Ich erkannte den Neuankömmling, gerade als er sagte:

»Charles Bannister vom *San Francisco Examiner*. Ich untersuche den Fall von Virginia Rappe, seit ich gesehen habe, wie sie vom *St. Francis* hierher gebracht wurde. Nun höre ich, sie sei hier in der Klinik gestorben. Können Sie mir darüber irgendetwas sagen?«

Verdammt, dachte ich. Der strohblonde Mann war jener Reporter, der mich im *St. Francis* angesprochen hatte. Und den konnte ich hier gerade gar nicht gebrauchen. Niemand konnte ihn hier gebrauchen. Und auch nicht seinen Fotografen, der mit einer Kamera hinter ihm auftauchte.

»Sind das Beweisstücke, die unterschlagen werden sollen?«, fragte der Strohblonde.

»Nur sichergestellt«, sagte der junge Arzt und rückte sich den Scheitel zurecht.

»Sie haben eine Obduktion durchgeführt? In wessen Auftrag?«

»Wir haben selbstständig gehandelt.«

»Arbeiten Sie für *Famous Players*?«

»Nein«, sagte der ältliche Arzt mit einem Blick zu mir. »Wir waren die behandelnden Ärzte.«

Der Strohblonde sah mich an.

»Sie kenne ich doch.«

»Nicht, dass ich wüsste. Ich bin nur zufällig vorbeigekommen. Freunde von mir bekommen ein Kind«, sagte ich.

»Herzlichen Glückwunsch«, sagte er.

»Danke«, sagte ich und begann wegzugehen.

»Und wir warten jetzt auf den Gerichtsmediziner und den Staatsanwalt und hören uns an, was sie dazu sagen«, sagte der Reporter zu den Ärzten.

Als ich auf meinen Wagen zuging und mich noch einmal umblickte, sah ich, wie der Fotograf mit Blitzlicht ein Foto von dem Glas machte.

Ich musste nur eine Viertelstunde in meinem Packard warten, dann fuhren mehrere Wagen vor. Einer trug die Aufschrift *Coroner*, es war ein kastenförmiger Leichenwagen. Die anderen waren Polizeiautomobile der Stadt San Francisco.

Der Erste, der ausstieg, trug einen weißen Kittel, er war der Gerichtsmediziner, den man endlich benachrichtigt hatte. Die drei Ärzte, der Reporter und der Fotograf, die immer noch auf dem Parkplatz standen, sahen ihm interessiert entgegen.

Aus einem der Polizeiwagen stieg Maude Delmont aus, begleitet von Polizisten in Zivil. Sie trug ein schwarzes hochgeschlossenes Kleid mit Spitzenkragen und hatte rot geweinte Augen. Ob das nur ihrer üblichen Theatralik geschuldet war oder ob sie wirklich trauerte, war schwer zu sagen. Ihre gesamte Haltung war die einer vom Schmerz schier zerrissenen, doch mühsam gefassten Angehörigen, die sich mit der Ungerechtigkeit der Welt nicht abzufinden bereit war, sondern sich auf einer Mission befand. Ich hätte gerne mit ihr geredet und herausgefunden, auf welcher.

All diese Leute blieben abwartend stehen und sahen zu, wie aus dem letzten Automobil ein Mann ausstieg. Er war ungefähr Mitte vierzig, bewegte sich mit gravitätischer Würde und in dem Bewusstsein, dass andere Menschen auf ihn warten würden, arrogant und viel zu selbstsicher. Alleine die Art, wie er sich unendlich langsam seinen Hut aufsetzte, ging mir gewaltig auf die Nerven. Ich öffnete mein Fenster.

»Kommen Sie bitte, Herr Bezirksstaatsanwalt«, hörte ich Maude sagen, mit aller dramatischer Verve, zu der sie fähig war.

»He, Sie da«, rief der Staatsanwalt. Er hatte den Reporter und den Fotografen entdeckt. Sie eilten herbei.

»Ja, Mr Brady?«

»Machen Sie ein Foto von mir, verstanden!«

Der Fotograf kniete vor ihm nieder, hielt seinen Blitzbeutel hoch und schoss ein Foto von ihm. Der Bezirksstaatsanwalt nahm dazu eine Pose ein, als wäre er Teddy Roosevelt persönlich, mit hochgerecktem Kinn und in eine unbestimmte Zukunft blickend.

Mehr wollte ich nicht mitansehen. Ich startete den Wagen und fuhr langsam die Straße hinunter.

12

Ich fuhr durch die Nacht zurück zum Hotel und parkte den Packard, sah auf die Uhr und rechnete mir aus, wie viele Stunden ich weg gewesen war.

Als ich an der Rezeption vorbeiging, rief der Empfangschef hinter dem Tresen meinen Namen. Meine Erwartung war, dass der Hoteldetektiv dahintersteckte und mir Ärger drohte. Ich ignorierte ihn erst, doch er wiederholte ihn drängend und laut. Ich drehte mich um und steuerte auf ihn zu.

»Mr Engel, hier ist ein Telegramm für Sie«, sagte der Mann in vollendeter Höflichkeit und mit einer wohlklingenderen Stimme als Caruso. Er überreichte mir einen Umschlag der *Western Union*. Ich riss ihn auf und las:

Sofort mit Packard nach L. A. zurückfahren. Dringend – Fritz.

Ich dankte dem Mann und bewegte mich zum Lift. Ich nahm wieder den, den der Junge bediente. Eine Frau hatte ich ja schließlich schon auf meinem Zimmer.

Als ich die Tür aufschloss, musste ich feststellen, dass auch dies nicht mehr zutraf. Das zerwühlte Bett war noch da. Pepper war verschwunden, und mit ihr das Kofferset. Nur ihr Geruch hing noch in der Luft, eine Mischung aus Moschus-Parfüm und vielen Stunden Liebe.

Ich ließ mich aufs Bett sinken und entdeckte auf dem Nachttisch an das Telefon gelehnt einen gefalteten Zettel.

Ich klappte ihn auseinander und da stand in einer wunderschönen, groß geschwungenen Frauenschrift: *Süßer, Thalberg hat mich zurückberufen. Seh Dich in Hollywood. Meine Adresse ist 1202, Orange Grove Ave.*

Direkt darunter war ein roter Kussmund aus Lippenstift und eine gemalte Girlande, die ich bei näherem Hinsehen als *Pepper* dechiffrieren konnte.

Man kann wirklich viel über mich behaupten, aber ich erkenne ein deutliches Votum, nach Hollywood zu kommen, wenn ich es sehe.

Nachdem ich geduscht hatte, fuhr ich nach unten, ohne Gepäck, wie ich gekommen war, und sagte am Tresen, ich müsse leider schon abreisen. Ich erfuhr, dass die Rechnung bereits beglichen war. Die Dame habe im Übrigen ein Taxi zum Pier genommen. Sie müsste das Abendschiff noch erreicht haben.

»Wohnt Miss Maude Delmont noch hier?«

Caruso beugte sich diskret vor und dämpfte seinen Tenor ein wenig.

»Ja, Sir. Aber sie ist zur Polizei gegangen, wie ich hörte. Ist schon länger dort.«

»Wissen Sie, ob sie freiwillig dorthin gegangen ist oder ob sie einbestellt wurde?«

»Das entzieht sich meiner Kenntnis, Sir.«

»Danke.« Er verharrte vorgebeugt. Ich suchte in meinen Taschen und gab ihm zwei Dollarscheine als Trinkgeld.

Er richtete sich wieder auf. »Danke, Sir. Bis zum nächsten Mal, Sir.«

Ich sah mich gut um, als ich durch die mondäne Lobby hinausging. Ich glaubte nicht, dass ich noch einmal herkommen würde.

Gegenüber kaufte ich mir an einem Stand noch zwei Sandwiches für die Fahrt und stellte dabei fest, dass ich noch immer reichlich Kleingeld hatte. Gerade in diesem Moment wurde die Nachtausgabe des *San Francisco Examiner* angeliefert. Die Schlagzeile lautete: SCHAUSPIELERIN STIRBT NACH HOTELPARTY – RÄTSELHAFTER TOD – WAS HAT ARBUCKLE DAMIT ZU TUN?

Ein etwa dreizehnjähriger Junge mit dünnen Beinchen in einer kurzen Hose und ungekämmten schwarzen Haaren, der mit leerem Blick auf dem Boden sitzend gewartet hatte, erwachte zum Leben, sprang auf, nahm einen Stapel Zeitungen und begann sofort, die Schlagzeile mit gellender Stimme auszurufen.

Ich kaufte eine Ausgabe. Sie hatten schnell gearbeitet. Das Foto hatte er nicht gebracht. Und von mir war in dem Artikel auch nicht die Rede. Das waren aber auch die einzigen guten Nachrichten. Das und dass kein neuer Weltkrieg ausgebrochen war.

Ich ging von dem Jungen weg, dem der Händler jetzt ein Schild umhängte, auf dem von Hand die Schlagzeile geschrieben stand, und der sie weiter im immer gleichen schrillen Singsang ausschrie. Leider war er noch nicht in den Stimmbruch gekommen.

Garniert mit einem Foto von Virginia – einem offiziellen Foto, wie es Schauspielerinnen anfertigen ließen – und dem Foto eines grinsenden Fatty mit Zigarre im Mund war von der Party am *Labor Day* die Rede, die Fatty Arbuckle im *St. Francis* gegeben hatte. Eine der weiblichen Gäste, das hübsche Hollywood-Starlet Miss Rappe, sei danach krank geworden und schließlich verstorben. Die Todesursache sei noch unklar. Gerichtsmediziner und Staatsanwaltschaft ermittelten, und dies wurde illustriert durch das heroische Foto von Brady vor der Klinik. Der Rest bestand aus Fragen und Spekulationen, die alleine schon deshalb sensationell genug waren, weil der Name Arbuckle noch mehrmals vorkam.

Ich hasse Rückfahrten. Auf dieser regnete es den größten Teil der Strecke in wahren Sturzbächen, wie man es in Europa nicht kannte.

Bei San José war die Straße weggespült, und man musste eine Umleitung fahren, die teilweise aus über den Matsch gelegten Brettern und Knüppeln bestand. Teilweise auch nicht. Bei Fresno ging ein Gewitter nieder, das so heftig war, dass ich vorübergehend anhalten musste. Erst bei Bakersfield kam die Sonne heraus. Ich ließ das Verdeck die ganze Zeit geschlossen. Das nächste Unwetter war nur eine Frage der Zeit.

Es war eine jämmerliche Fahrt, ein wahres Plädoyer für die kalifornischen Eisenbahnen, in denen unterwegs gekühlte Getränke serviert wurden. Dafür war ich erstaunlich schnell.

Es war erst früher Abend, als ich über den Sunset Boulevard kurvte, der sich in eine einzige Schlammpiste verwandelt hatte. Der Packard sah aus, als wäre er in einer sehr schlechten Gegend zum Spielen gewesen. Genau genommen war er das ja auch. Dann endlich erreichte ich menschliche Ansiedlungen; oder das, was man in Hollywood dafür hielt.

An der Silver Lake Sunset Junction erwischte ich den nächsten Zeitungsstand. ARBUCKLE GIBT ZU: SCHAUSPIELERIN WAR MEIN GAST AUF PARTY, kreischte Mr Hearsts hiesiges Blatt, der *Los Angeles Examiner*.

Ich parkte, kaufte eine Zeitung und ging daneben in das *Jail Café*, meine Stammbar, die rund um die Uhr geöffnet hatte.

Und ja, man bekam dort Alkohol, wenn man wusste, wie.

Man ging einfach hinein in den Vorraum, der wie ein kleines, ganz normales Diner aufgemacht war, und nach hinten zu einer bestimmten Tür und bezahlte einen Quarterdollar bei einem Mann, der dort saß. Anfänger sagten so etwas wie: »Ich möchte die exotischen Tiere sehen«, oder: »Wo geht's denn hier zum blinden Tiger?«, wenn sie originell sein wollten. Ich sagte gar nichts, und ich musste mittlerweile auch nichts mehr bezahlen; sie ließen mich einfach so durchgehen, da ich mit dem Boss befreundet war.

Hinter dieser Tür war die eigentliche Bar. Sie war wie ein Gefängnis eingerichtet: karg, die Tische standen hinter Gitterstäben in Nischen, die wie Zellen aussahen – mit offenen Türen, natürlich – und man wurde von Kellnern in schwarz-weiß gestreifter Sträflingskleidung bedient. Manche waren wirklich mal im Gefängnis gewesen. So aussehen taten sie allesamt.

Ich ging zum Tresen und begrüßte Buck Carpenter, der sich

das alles ausgedacht hatte, einen mittelgroßen, rundlichen Schotten in meinem Alter mit sandfarbenen Haaren und riesengroßen Ohren, die schon sehr viel gehört, und klugen wachen Augen, die schon praktisch alles gesehen hatten. Ob auch ein Gefängnis und ob daher die Idee zum *Jail Café* stammte, darüber schwieg er. Er trug keine Sträflingskleidung, nur seine Angestellten mussten das. Er selbst gab nichts auf Kostüme und solchen Schnickschnack. Er wollte nur davon profitieren und ansonsten einen gut sitzenden Anzug tragen und kubanische Zigarren rauchen.

Buck war schon seit 1912 in Hollywood und hatte sich damals eine Zeit lang in der Filmbranche versucht, als Kameramann, dann aber lieber eine Bar aufgemacht. Hierher kamen die Filmleute aus den umliegenden Studios, er kannte sie fast alle und sah ihnen täglich zu, wie sie ihre Angst um den nächsten Job mit dem hinunterzuspülen versuchten, was er ihnen einschenkte. Er sorgte selbst für den hochprozentigen Nachschub, in einer Destillerie auf dem Land aus vergorenem Roggen über Torffeuer hergestellt, und es war der beste Whisky nach schottischer Art, den man unter der Hand kriegen konnte. Zuverlässig, Buck schmierte die Prohibitions-Agenten, damit sie ihn in Ruhe ließen. Er war mein liebster Bootlegger und inzwischen ein Freund geworden, und nur deshalb konnte ich bei ihm anschreiben lassen. Inzwischen war es eine sehr lange Liste.

»Länger nicht gesehen, Hardy«, sagte er und sah mir grinsend entgegen. Das Auffälligste an Buck war das große, von Natur aus gespaltene Kinn, so tief eingekerbt, dass es beinahe herzförmig aussah.

»Hab einen Auftrag reinbekommen«, sagte ich und grinste zurück. »Als Privatdetektiv. Danke noch mal dafür.«

»Freut mich«, sagte er und paffte. »Ich kannte den Rotschopf nicht, aber wenn so eine schon nach dir fragt, dachte ich mir, kann es nicht schaden, wenn ich sie mit warmen Empfehlungen vorbeischicke. Und vielleicht mal was in die Kasse reinkommt.«

Wir hatten irgendwann, ziemlich zu Beginn unserer Bekanntschaft, einmal herausgefunden, dass wir uns im Frühjahr 1918 an der Marne gegenübergelegen hatten. Vermutlich hatten wir sogar aufeinander geschossen. Prompt hatten wir uns heftig betrunken, und seitdem kam ich fast jeden Tag her.

Ich bestellte einen doppelten Hamburger mit Bacon und ein Glas Single Malt, setzte mich an den Tresen und trank den Whisky und las den Artikel, während Buck in die Küche ging und mir höchstpersönlich das Essen zubereitete.

Nachdem die Zeitungen in San Francisco herausgekommen waren, hatten die hiesigen Reporter Fatty in seinem Haus am West Adams Boulevard in Hollywood aufgesucht und mit den Meldungen konfrontiert. Angeblich hatte er erst durch sie von Virginias Tod erfahren.

Er bestätigte, sie zu kennen, im *St. Francis* empfangen zu haben, und man habe auch »ein oder zwei Drinks zu sich genommen«. Später sei der Frau schlecht geworden und er habe ihr einen Arzt rufen lassen. Mehr wisse er nicht, weil er Dienstag früh abgereist sei. Er kündigte aber an, jederzeit für Fragen zur Verfügung zu stehen.

»Das arme Mädchen! Den Dicken möchte ich jedenfalls nicht auf mir haben«, sagte ein Gast neben mir am Tresen, ein rotgesichtiger Schwede mit schiefer Nase, der ebenfalls den *Examiner* studierte.

»Diesmal sind sie zu weit gegangen«, sagte ein schmächtiger Straßenkehrer im Overall. Auch er las eine Zeitung. »Diese ganzen Filmschnösel werden so schnell verschwinden, wie sie aufgetaucht sind. Sie werden verbrannt werden wie Jeanne d'Arc, das sage ich euch!«

Er war ein besonders belesener Straßenkehrer. Oder ein besonders gescheiterter Literaturprofessor. Ich sagte ihnen, sie sollten die Klappe halten. Buck kam mit meinem Hamburger aus der Küche und stellte ihn mir hin. Während ich gierig aß, zog er die Zeitung über den Tresen und zeigte darauf.

»Wenn du mich fragst, Hardy, dann landet der Dicke am Ende in einem Laden wie diesem hier, nur mit geschlossenen

Gittertüren«, sagte er, wobei er seine Zigarre im Mundwinkel behielt und mit einem goldenen Feuerzeug anzündete.

»Sie können es immer noch verhindern«, sagte ich kauend.

»Das glaube ich kaum«, sagte Buck und blies blauen Rauch in die Luft. »1917, da konnten sie das noch tun, als sie in Boston eine Party mit lauter Nutten gefeiert haben – die ganzen *Famous-Players*-Bosse, Lasky und Zukor; und Fatty. Es waren Minderjährige dabei und verheiratete Frauen, und es wurde bereits offiziell gegen sie ermittelt, aber sie haben hunderttausend Dollar an die Staatsanwaltschaft bezahlt und es damit vertuscht.«

»Dann können sie's doch genauso wieder machen«, sagte ich.

»Es gibt nur einen großen Unterschied: Damals war es noch nicht an die Presse gelangt und gedruckt worden. Aber das hier ist nun raus, da ist alles zu spät, und jetzt ist es wie die Schrift an der Wand, und wenn man sie auch wegwischt, sie wird immer wiederkommen«, sagte er und zeigte auf die riesigen Lettern der Schlagzeile. »Ich möchte jedenfalls nicht in seiner Haut stecken.«

»Ich auch nicht. Komme gerade aus San Francisco«, sagte ich und wischte mir den Mund ab.

Buck sah mich blinzelnd an. Doch er blieb ganz ruhig, genau das, wofür ich ihn so schätzte.

»Du musst nichts erzählen, aber hat's was mit dem Rotschopf zu tun?«, fragte er.

»Ein andermal«, sagte ich und griff nach der Zeitung. Da ich die Schlagzeilen nicht mehr sehen wollte, schlug ich sie ganz hinten auf und sah doch tatsächlich im Anzeigenteil eine möblierte Wohnung, in der Nähe der *La Brea Tar Pits* für nur zehn Dollar die Woche, sofort zu beziehen. Das konnte ich mir jetzt leisten, ohne übermütig zu werden. Es war vermutlich der ständige Gestank aus den prähistorischen Teergruben, der sie vergleichsweise billig machte. Aber um von der Balzheimer wegzukommen, in eine Wohnung ganz für mich allein, hätte ich mich auch direkt neben der Hölle eingemietet. Und dies war das Erste, worum ich mich kümmern wollte, bevor womöglich irgendetwas anderes geschah, das es vereitelte.

»Ich muss gleich weiter«, sagte ich zu Buck und holte einen der Hundert-Dollar-Scheine von Pepper heraus. Er nahm vor Überraschung die Zigarre aus dem Mund. »Wie viel schulde ich dir noch mal insgesamt, Buck?«

Er wechselte mir den Schein an der Kasse, die mit einem Drahtgitter gesichert war, wie jenes, unter dem hindurch Sträflinge bei der Entlassung ihre Sachen gereicht bekommen. Mir blieben immer noch über achtzig Dollar übrig. Ich zwinkerte ihm zu und verschwand wieder im Regen.

Ich fuhr mit dem Packard bei den *La Brea Tar Pits* vorbei und schnupperte an der Hölle. Die Teergruben waren eine vor Urzeiten aufgebrochene Stelle des San-Andreas-Grabens, der genau unter Los Angeles verlief und sich bei Erdbeben regelmäßig hob und senkte und verschob. Über ihnen war ein flacher Kratersee im Wilshire Park entstanden, mit Wasser rundherum, wie um sich als normaler Teich zu tarnen. Doch der bestialische Geruch verriet den wahren Charakter, damals wie heute: Der See war wie eine offene Wunde, die im Zentrum von Hollywood schwärte und in dessen Mitte das Erdinnere pechschwarz nach oben drängte; Lava, sowohl flüssig und heiß und brodelnd als auch zu einer festen Masse erstarrt.

Ich klingelte den Vermieter heraus und besichtigte die Wohnung im ersten Stock. Sie war ein Palast im Vergleich zu meinem Zimmer, zwei Räume – Schlafzimmer und Wohnzimmer – und eine Küche, in der man sitzen konnte, sogar mit einem elektrischen Herd und einer Kaffeemaschine und einem Eisschrank. Selbst einen Balkon gab es, wenn man mal Lust hatte, draußen im Gestank der Teergrube zu sitzen, und sei es nur, um ihn danach im eigenen Bad nach Herzenslust abzuschrubben. Man konnte dabei sogar laut singen, ohne dass es jemanden störte, die Wohnung daneben war leer, und es gab bloß eine weitere auf diesem Stockwerk.

Der Vermieter, Mr Soerensen, vierzig, vierschrötig, mit verfilzten pechschwarzen Haaren, schien ziemlich desinteressiert, und ob mich hier Damen besuchten oder Liliputaner, war ihm herzlich egal, sofern ich im Voraus zahlte. Ich zahlte im Voraus. Ich erklärte ihm das Übliche über meine Arbeit als Detektiv und dass die Wohnung auch als Büro dienen sollte. Er kommunizierte vor allem per Achselzucken.

»Sie können darin machen, was immer Sie wollen. Solange Sie die Miete bezahlen können.«

»Sind Sie wirklich ein Norweger, Mr Soerensen?«, fragte ich.

»Ja, meine Familie kommt aus Trondheim, wieso?«

»Sie sehen nicht aus wie einer. Sie reden nicht wie einer.«

»Bin ich aber«, sagte er und zuckte die Achseln, und steckte mein Geld ein und schloss seine Tür.

Ich fuhr zur North Crescent Heights zu meinem schäbigen Zimmer in dem schäbigen Mietshaus, ließ den Schock auf mich wirken, den die Rückkehr hierher in mir auslöste, packte meine paar Habseligkeiten in zwei Koffer, inklusive meiner Luger ohne Patronen, nahm den Zettel von der Tür und klopfte unten bei der Balzheimer, die mir, schon bettfertig, mit einer Großmutterhaube aufmachte wie der Wolf in den Grimm'schen Märchen. Ich grinste sie an und sagte, was ich schon lange zu ihr hatte sagen wollen: »Ich kündige!«

Ich gab ihr Geld und kürzte ihre Jammerlitanei ab, indem ich ihr noch mehr Geld gab, schrieb ihr meine neue Adresse auf, um etwaige Klienten dorthin zu leiten, und sagte zum Abschied auf Deutsch: »*Und warum hast du so große Ohren, Großmutter? Und so ein schrecklich großes Maul?*«

Dann lief ich mit meinen Koffern die Treppe hinunter und pfiff mir eins. Es war das Pfeifen im Walde, aus lauter Angst vor den Räubern, unter die ich geraten würde. Die Märchen hatten es mir an diesem Tag angetan. Der Presse ja auch. Arbuckle und Virginia waren auf allen Titelseiten.

Ich stellte nur rasch die Koffer in der neuen Wohnung ab und pinnte draußen an die Tür meinen traditionell unleserlichen

Zettel: *Hardy Engel – Private Ermittlungen*. Es hörte gerade auf zu regnen, als ich losfuhr, um den Wagen abzugeben.

Ich würde verdammt gut aufpassen müssen, was ich Fritz erzählte.

13

Als ich am Wilshire Boulevard in die Auffahrt des *Ambassador Hotels* einbog, fuhr gerade ein cremefarbener Pierce-Arrow von dort weg. Es war Fatty, in Begleitung von ein paar Männern in Anzügen, aber er sah mich nicht. Er starrte wie in Trance vor sich hin, wie jemand aus seinen Komödien, dem man gerade ein schweres Brett vor den Kopf gehauen hatte, kurz bevor er in einen Bottich mit ungelöschtem Kalk fiel.

Bei *Famous Players-Lasky* hatte mich ein irischer Wachmann gleich weitergeschickt, hierhin, wo Fritz Roth sich schon länger zu einer Besprechung aufhielte, im Club des Hotels, dem *Cocoanut Grove*.

Ich übergab den Packard einem pickligen jungen Mann in roter Valet-Uniform und besah mir den Wagen noch einmal, bevor er ihn zum Parkplatz brachte. Der Regen hatte einiges von dem Dreck weggewaschen, doch nicht alles. Und die Kratzer, die eingedellte, herabhängende Stoßstange sahen im schräg darauf fallenden Licht der Laternen einfach jämmerlich aus.

Ich ging die Front des *Ambassador Hotels* entlang nach links. Es sah aus wie das Schloss eines verrückten Potentaten, mit Türmchen und wehenden Fahnen. Es war erst Anfang des Jahres eröffnet worden, mit großem Erfolg.

Das lag nicht zuletzt an dem glamourösen *Cocoanut Grove*, der alles hatte, was man sich wünschen konnte: Jazzmusik. Junge Frauen mit langen, tanzfreudigen Beinen. Und luxuriöse Separees, wo sie sie hochlegen konnten.

Ich hatte bisher lediglich davon gehört. Der Club, bei dem ich jetzt angelangt war, war mir noch verschlossen geblieben. Ich hätte dadrin bislang keinen einzigen Drink bezahlen können. Halb Hollywood konnte es, wenn man sich den vollgestellten Parkplatz ansah.

Im Vorraum war ein braun gebrannter Portier, gebaut wie ein Schlafzimmerschrank, in einer schneeweißen Uniform dabei, sein Reservierungsbuch mit der Attitüde eines Großschriftstellers zu führen, der gerade seinen *Moby Dick* vollendete. Er sah unwillig hoch, als ich eintrat. Ich sagte ihm, dass Mr Engel zu Mr Roth wolle, und dass ich gar nicht erst fragte, ob er sich hier befände, schien mir eine gewisse Glaubwürdigkeit zu verleihen. Der Portier hob das Telefon ab und ließ sich in ein Separee vermitteln, worauf er meine Worte wiederholte. Er kritzelte dabei weiter an seinem Meisterwerk herum. Aus dem Club drangen swingende Rhythmen mit dröhnenden Bässen und lautes Stimmengewirr heraus.

»Jawohl … selbstverständlich …«, sagte er ins Telefon und hängte auf.

Er sah nicht einmal auf, als er einem demütig wartenden Pagen einen Wink gab. Dieser brachte mich nach drinnen, wobei er streng darauf achtete, mich nicht besser zu behandeln als sein Chef ihn.

Wir betraten durch Schwingtüren aus geätztem Glas den riesigen Saal, der Lärm schwappte uns entgegen, und nun konnte ich zum ersten Mal mit eigenen Augen sehen, dass der Club seinem Namen alle Ehre machte: Er war in der Tat gestaltet wie ein ungemein weitläufiger Hain aus mächtigen Kokospalmen, die bis zu einer immens hohen Decke reichten und deren Wedel bis auf die Tische herabhingen, die zu Dutzenden dazwischen aufgereiht standen. Sie waren an diesem Abend besetzt bis auf den letzten Platz, und unter den Herren in ihren Smokings und den Damen in ihren glitzernden Kleidern, vornehmlich aus Gold- oder Silberlamée, war kein einziger hässlicher Mensch auszumachen. Sie alle waren übermütig, laut und gewiss betrunken und dermaßen finster entschlossen, sich zu amüsieren, als ginge es morgen früh in eine Schlacht, aus der sie womöglich nicht zurückkehrten.

Auf einer großen, weit entfernten Bühne tanzte vor einer Jazzband gerade eine Truppe ausgesuchter junger Frauen in Kostümen, die aus viel Nichts mit Wenig bestanden. Die meisten Gäste klatschten mit und konnten sich kaum entscheiden, ob sie den Tänzerinnen zusehen sollten oder den hoch über ihren Köpfen auf ein halbes Dutzend Schaukeln verteilten Frauen, die fast nur mit Engelsflügeln bekleidet zwischen den Palmen hin- und herschwangen; mit ihren perfekten, hoch in die Luft gestreckten Beinen Schwung nehmend, sodass man ihnen ständig unter ihre kurzen weißen Röckchen sehen konnte. Es war, als wäre man im Himmel, aber ohne dass Gott einem auf die Nerven ging.

Wir gingen über einen fein gemusterten Teppich, der so flauschig war, dass man sich wie ein junger Hund hätte darin wälzen mögen. Wir hielten uns links, liefen durch die engen Tischreihen und dann durch eine kleine Öffnung in der Wand in einen Gang. Der Page blieb stehen und zeigte zu dessen Ende.

Die kalifornische Blondine saß an einem kleinen Tisch direkt vor einer geschlossenen Tür aus edlen Hölzern mit Intarsien und telefonierte, wobei sie sich mit einer Hand das Ohr zuhielt. Offenbar folgte sie ihrem Chef überallhin und bewachte auch hier sein Zimmer. In diesem Fall ein Separee, in dem er seine Geschäfte abwickelte und das vermutlich nach hinten einen eigenen Ausgang hatte, durch den man ungesehen verschwinden konnte. Die Musik war auch hier noch immer sehr laut zu hören.

Sie hob den Kopf und sah mir ausdruckslos entgegen. Aus dreißig Fuß Entfernung sah sie perfekt aus. Aus zwanzig Fuß sah ich dunkle Schweißflecken unter ihren Achseln auf dem tintenblauen Kleid. Aus zehn sah ich ein Netz aus feinen Schweißperlen auf ihrer Stirn und den schwärzlich-nass verschwitzten Haaransatz unter ihrem goldenen Helm. Aus fünf Fuß hatte sie Augenringe, die beinahe so blau waren wie ihr Kleid.

»Mr Engel«, sagte sie mitten in ihr Telefongespräch hinein. Sie legte sofort den Hörer auf, ohne sich zu verabschieden, sprang auf, ging zu der Tür, klopfte und riss sie auf. War ich womöglich sehnlichst erwartet worden?

Für einen Mann, der zurzeit mit einem beginnenden Sittenskandal befasst war, befand sich Fritz Roth in einer äußerst interessanten Position, als ich eintrat: Er war über einen Couchtisch gebeugt und schniefte sich gerade eine Linie Kokain in die Nase.

»Er ist jetzt da«, sagte die kalifornische Blondine zu ihm, ohne auch nur mit einer ihrer seidigen Wimpern zu zucken, zeigte mit dem Kopf auf mich und drehte sich auf dem Absatz um. Sie schloss die Tür, und die Musik und der Lärm draußen waren nur noch halb so laut.

Fritz schniefte noch einmal kurz und erhob sich aus einer Sitzecke aus rotem Plüsch, die aussah wie die geöffneten Lippen eines Showgirls.

»Endlich! Warum hat das so lange gedauert? Eigentlich ging es mir nur um den Wagen, als ich dich hergerufen habe, aber jetzt kann ich dich gleich *dazu* befragen!«, sagte Fritz außer Atem und zog mich zum Tisch, wo er mir eine vollständige Sammlung der heutigen Zeitungen zeigte. »Was weißt du darüber, verdammt? Sag es mir, wie zum Teufel konnte das passieren?«

Er hatte rote Augen und sah insgesamt furchtbar aus, wie jemand eben aussieht, der die letzte Nacht nicht geschlafen hatte. Und womöglich auch die davor nicht. Das Separee war voller Rauch und hätte dringend gelüftet werden müssen. Auf dem Couchtisch standen überquellende Aschenbecher und zahlreiche Gläser und Flaschen, die Überreste eines langen Meetings, und sie hatten lauter nasse Kreise hinterlassen, die im diskreten Licht einer Lampe mit chinesischem Seidenschirm glänzten.

»Hallo Fritz, entschuldige bitte die Verspätung«, sagte ich, um ihn zu beruhigen. »Die Fahrt war höllisch. Und dann musste ich noch herausfinden, wo du bist. Kann ich einen Drink haben, während wir reden? Ich könnte nämlich einen gebrauchen.«

Ich setzte mich auf das Sofa. Fritz nahm eine Flasche vom Tisch und schenkte mir ein Glas ein.

»Kriegst du. Du kannst dir ja nicht vorstellen, was hier los ist, seit wir das da erfahren haben. Fatty war hier zur Krisenbesprechung mit allen Chefs. Zukor war aus New York über Telefon dabei. Die anderen sind eben erst aufgebrochen.«

»Hab Fatty gerade losfahren sehen.«

»Er wird sich in San Francisco der Staatsanwaltschaft stellen und alle ihre Fragen beantworten. Wir haben ihm unseren besten Anwalt an die Seite gestellt. Den Mann mussten wir erst mal von einem anderen Fall loseisen.«

Er gab mir ein Glas mit Whisky. Wenn man es genau ansah, war es halb voll. Je nachdem hätte man aber auch sagen können: halb leer. Ich wusste noch nicht so recht. Ich trank erst mal vorsichtig einen Schluck. Danach war es definitiv leerer als zuvor.

»Wann habt ihr davon erfahren?«, fragte ich.

»Gestern. Ich war zu Hause und wurde angerufen. Einige Reporter von Hearst haben die Nachricht von den Kollegen in San Francisco gehört und sind direkt zu Fattys Villa gefahren, um ihn zu befragen. Er wusste noch nichts von Virginias Tod und war gerade mit seinem neuen Skript beschäftigt. Sie wollten morgen anfangen zu drehen! Er ist aus allen Wolken gefallen. Hat aber ganz gut reagiert vor der Meute.«

»Ich hab's gelesen, so wie alle«, sagte ich.

»Er hat die Reise nach San Francisco selbst vorgeschlagen. Ich wollte es ihm noch ausreden, aber er hatte es ihnen nun mal bereits gesteckt und da war's nicht mehr zu ändern. Er sei vollkommen unschuldig. Sagt er.«

»Und? Glaubst du ihm das?«

Fritz packte mich am Arm.

»Was kannst *du* dazu sagen? Du warst doch auf der Party? Nun red schon endlich ...« Sein Gesicht hatte überall rote Flecken. Die Glatze auch. Er ging auf und ab und knirschte mit den Zähnen.

»Hab ihn getroffen, das weißt du ja. Hab ihm etwas übergeben, was er auch gleich konsumiert hat, aber den Teil hat er ja wohl zum Glück bei seiner Erzählung weggelassen. Und ich hab auch Virginia da vorgefunden, das wollte ich dir am Telefon noch sagen, aber du hattest schon aufgelegt. Ich wusste gar nicht, dass die sich kannten.«

»Jeder kannte die doch. Und wusste, dass sie eine schlimme Schnapsdrossel und Nymphomanin war. Insofern wundert mich höchstens, dass *du* sie noch nicht kanntest. Wenn es irgendwo eine Party gab, hat sie es jedenfalls immer als Erste gehört«, sagte Fritz. »Also, kannst du bestätigen, was er sagt?«

»Na ja. Kann ich nur zum Teil. Ich kam erst dazu, nachdem passiert war, was auch immer passiert war. Der Stoff hatte damit nichts zu tun, falls dich das beruhigt. Sie war nackt, weggetreten, und sie schien Schmerzen zu haben.«

»Schmerzen, hm?« Fritz' Augen zuckten hin und her.

»Sie hat sogar wortwörtlich gesagt: ›Er hat mir wehgetan … es tut so weh.‹ Nur mal unter uns beiden und falls du möchtest, dass ich zu seinen Gunsten aussage.«

Es brach sofort aus ihm heraus.

»Aussagen? Du sollst gar nichts aussagen, zumindest nicht öffentlich. Wie würden wir dich auch vorstellen? Als den Mann, der das Kokain für Fatty gebracht hat? Du bist gar nicht dort gewesen, damit das klar ist …«

»Dann ist es ja gut«, sagte ich. »Denn ehrlich gesagt, ich bin mir nicht sicher, ob er nicht vielleicht doch für ihren Zustand verantwortlich war.«

»›Er hat mir wehgetan‹, das hat sie gesagt?«, sagte Fritz und trank von seinem Glas. »Wer sonst hat das gehört?«

»Schwer zu sagen. Vielleicht der Große, ein Freund von Fatty, der sie rausgetragen hat …«

»Fred Fishback«, sagte Fritz. »Kein Problem.«

Er wusste genau Bescheid. Er hatte bestimmt schon eine Liste aller Anwesenden erstellt.

»Vielleicht auch noch jemand anderes, es standen jede Menge Leute um uns herum. Sie waren allerdings alle schwer betrunken. Niemand schien es so richtig ernst zu nehmen. Nicht einmal ihre Freundin, Maude, mit der sie da war.«

»Sie war mit einer Freundin da?« Fritz zuckte mit den Mundwinkeln. Sein mimisches Repertoire schien durch das Koks deutlich erweitert worden zu sein. Sie hatte er also noch nicht auf der Rechnung.

»Maude Delmont, eine alte Zicke, die sie unter ihrer Fuchtel hatte. Es muss ja nicht so sein, dass Virginia Fatty damit gemeint hat. Später hat sie es zwar behauptet, aber da war sie schon im Delirium, und es war ziemlich eindeutig, dass Maude es ihr vorgesagt hatte. Was wirklich passiert ist, kann ich also einfach nicht sagen, und wer weiß, wer das kann. Das ist genau der springende Punkt. Fritz, du kennst Fatty besser als ich. Und ihr habt ihn ordentlich in die Mangel genommen, nehme ich an, kaum dass ihr davon erfahren hattet?«

»Worauf willst du hinaus?«

»Könnte es sein, dass er Virginia … wie auch immer, besprungen, vergewaltigt hat? Du kennst seine ganzen Geheimnisse, oder nicht? Passt das zu ihm? Traust du es ihm zu?«

Er stand auf und ging in dem kleinen Raum auf und ab, als wäre es eine neue Sportart. Er konnte zu jeder Seite hin nur drei oder vier Schritte machen. Der Raum war nicht zum Herumlaufen gedacht.

»Er ist ein großes, unartiges Kind. Nicht umsonst hatte er diese Phase, in der er sich in seinen Komödien immer als dicker Säugling mit einer Rassel verkleidete. Er lebt nur für seine Kunst, notiert sich dauernd Ideen, Tag und Nacht. Der perfekte Komiker für uns, allzeit im Dienst. Alles ist ein Spaß für ihn. Alles ist erlaubt für ihn, na du weißt ja, wie Kinder sind.« Er sah mich für einen Moment an. »Oder auch nicht. Aber *wie* ›unartig‹ er ist? Ob er Sauereien macht? Er lebt getrennt von seiner Ehefrau, seit vier Jahren, falls du die Klatschpresse noch nicht so lange verfolgst. Er hat natürlich Affären, Frauen, die sich ihm an den Hals werfen. Was genau er mit ihnen macht? Was machst *du* mit Frauen?«

Ich hielt seinen Blick einfach. Fritz redete weiter.

»Ob ich seine ganzen Geheimnisse kenne? Wer kennt schon alle Geheimnisse, die jemand hat? Kennst du meine?«

»Leider nein. Erzähl sie mir.«

Fritz drehte sich auf dem Absatz um und ging noch eine Runde.

»Wir haben ganz offen mit ihm geredet. Das ist es, was wir unseren Damen und Herren Stars eingeimpft haben in den sechs Monaten, die ich diese Arbeit nun mache: Egal, was passiert ist, du musst uns die Wahrheit sagen. Und zwar die ganze. Wenn wir dir helfen sollen, wenn wir die Sache für dich ein für alle Mal klären sollen, dann müssen wir zunächst genau wissen, was sich wirklich abgespielt hat. Egal, wie schlimm es ist. Selbst wenn du deinen Golden Retriever gevögelt und ihn danach an die Chinesen verfüttert hast. Ob sie uns dann die ganze Wahrheit sagen – wenn ich meine Hand dafür ins Feuer legen sollte, dann bräuchte ich schon morgen jemanden, der mir beim Pissen den Schwanz hält. Künstler sind notorische Lügner. Für Fatty ist alles Material, das er sich zurechtlegt, so wie er es braucht.«

»Was hat er euch genau gesagt?«

»Dass er sie nicht vergewaltigt habe. So weit glaube ich ihm sogar, bei Virginia wäre das auch gar nicht nötig gewesen. Aber er behauptet darüber hinaus auch, dass er nie mit ihr geschlafen habe.« Fritz verzog leicht das Gesicht. »Er sagt, er sei nur zehn Minuten mit ihr alleine gewesen, weil sie sich in seinem Zimmer ausruhen wollte, und habe dadrin nur mit ihr geredet. Kein Sex. Er hat es bei Gott geschworen. Wusste bisher gar nicht, dass er an den glaubt.«

»Und haben Lasky und Schenck und Zukor ihm das abgenommen?«

Fritz öffnete den Mund und machte ein Geräusch, das ich zunächst für ein schmerzvolles Stöhnen hielt. Erst mit Verspätung merkte ich, dass es ein zynisches Lachen sein sollte.

»Was spielt das schon für eine Rolle? Die großen Drei sind vollkommen aufgeschreckt. Sie haben den Start seiner neuen Filme auf unbestimmte Zeit verschoben, stell dir das vor. Die würden ihnen Millionen Dollar bringen! Aber sie wollen erst mal sehen, was passiert. Das haben sie ihm natürlich nicht gesagt. Das haben sie erst beschlossen, als er aus der Tür war, gerade eben. Mr Zukor hat das angeordnet. Und sich dann sofort auf den Weg hierher gemacht. Und Lasky und Schenck sind in ihre Büros gefahren, um zu telefonieren.«

Das unterbot selbst meine Erwartungen.

»Das sind ja Herzchen! Und du sagst, ihr habt es alle erst gestern erfahren? Auch Lasky und Schenck und Zukor, erst aus der Zeitung?«

»Worauf willst du hinaus, Hardy?«, knurrte Fritz. »Schon wieder dieser Unterton. Willst du mir unterstellen, dass ich dich anlüge?«

»Oder sie dich? Ich spreche ja nur von der Möglichkeit. Denn sollten sie vielleicht doch schon vorher gewusst haben, dass da Ärger auf sie zukommt – oder auf Fatty oder auf wen auch immer –, dann hätten sie doch vermutlich versucht, es mit allen Mitteln zu verhindern und zu vertuschen, hab ich recht?«

Es klopfte an der Tür und die Blondine kam mit einer Zeitung herein.

»Neue Sonderausgabe, schon wieder«, sagte sie und hielt sie hoch. Fritz sprang hin und riss sie ihr aus der Hand. Die Blondine ging wieder durch die Tür, wie die Dame in einem Wetterhäuschen, wenn es anfängt zu regnen.

»Schon die dritte heute, die Hearst-Blätter überschlagen sich geradezu«, murmelte er. Er überflog die Titelseite. Dann ließ er auf Deutsch einen saftigen Fluch los.

»Verdammter Scheißdreck!«

Ich beugte mich über seine Schulter. ZEUGIN: FATTY HAT MEINE FREUNDIN VERGEWALTIGT stand da. ER HAT SIE UMGEBRACHT.

Begleitet von Fotos, auf denen Maude Delmont durch und durch wie eine trauernde Witwe aussah, berichtete der *Exami-*

ner von einer Pressekonferenz, die sie heute Morgen von ihrem Bett aus im *St. Francis* gegeben hatte.

Sie hatte es wirklich getan. Sie hatte nun auch den Reportern das erzählt, was sie in meiner Anwesenheit zum ersten Mal ausgesprochen hatte, und vermutlich auch schon der Polizei. Doch inzwischen hatte sie es noch weiter ausgeschmückt, und er hatte nach ihrer Aussage eine Flasche benutzt.

Eine Ginflasche.

Und die Reporter hatten es fein säuberlich aufgeschrieben und gebracht. Was auch sonst.

Fritz verbarg das Gesicht in den Händen und stöhnte laut, etwa so wie ein Maultier, das nicht mehr weiterwollte. Diesmal war es wirklich ein Stöhnen.

Ich starrte vor mich hin.

Eine Ginflasche.

Plötzlich sah ich wieder Fatty vor mir, wie er aus dem Zimmer kam.

Fatty, der eine leere Ginflasche in der Hand hielt und dann zu Boden warf.

Und direkt danach wurde Virginia aus dem Zimmer getragen, stöhnend, verletzt.

Aber alle hatten sie dort Gin getrunken. Und sollte Maude nur ihre sprudelnde Fantasie benutzt und aus den Zutaten des Zufalls etwas konstruiert haben, wäre diese Behauptung, so furchtbar und pervers sie auch war, durchaus naheliegend.

Ich nahm die Zeitung. Was noch da stand, war, dass Maude Delmont in ständigem Kontakt mit der Polizei von San Francisco stünde und die Staatsanwaltschaft sie verhören werde. Und jetzt hatte sich auch Henry Lehrman in New York zu Wort gemeldet. Der trauernde Verlobte, voller Wut, dass sein Schatz, ein Inbegriff der Reinheit, der frischen Jugend und der Unschuld, mit dem er eine Familie habe gründen wollen, unter böse Menschen geraten und so fürchterlich zu Tode gekommen sei. Er gab Arbuckle und seiner Party ohne Umschweife die Schuld daran. Als ob er das von New York aus beurteilen könnte.

Fritz stand langsam auf. Er schien um Jahre gealtert. Auf dem Couchtisch machte er etwas aus, was ihm diesen wie einen Jungbrunnen erscheinen ließ.

Er stürzte hin und schüttete weiteres Kokain aus einem Umschlag auf den Tisch. Schniefte es tiefgebeugt weg. Dann sah er hoch und fixierte mich mit tränenden Augen.

»Maude, das ist also diese Freundin.«

Ich beschloss, die Beobachtung mit Fattys Ginflasche vorerst für mich zu behalten und erst einmal zu hören, was Fritz noch alles zu erzählen hatte.

»Ja, das ist sie. Und es klingt ganz so, als wollte sie euch hart rannehmen. Als wollte sie euch erpressen.«

Ich sah ihn auffordernd an.

»Aber das hat sie bisher nicht getan. Ich habe gerade zum ersten Mal von ihr gehört. Spuck's schon aus«, sagte Fritz so, wie ich ihn noch nie zu mir hatte sprechen hören. »Los, Hardy, sag mir endlich alles, was du darüber weißt. Was du beobachtet hast. Und was hinter deinen Andeutungen steckt.«

Ich rückte mich auf der Couch zurecht. Sie war so groß, dass bequem zwei Leute darauf liegen konnten. Sogar nebeneinander.

»Na schön. Was meine Andeutungen betrifft: Ich möchte einfach sichergehen, dass ihr tatsächlich nicht für den Tod dieser armen verrückten Frau verantwortlich seid. Weder Fatty noch sonst jemand von euch. Denn irgendetwas an der Sache riecht äußerst seltsam und ich möchte auf der richtigen Seite sein. Und dann bin ich auch gerne bereit zu helfen. Sagen wir, im Rahmen meiner Möglichkeiten.«

»Was riecht seltsam daran?«

Fritz rückte mir auf die Pelle.

»Die Art, wie sie zu Tode gekommen ist. Und dass es eine illegale Obduktion gegeben hat.«

»Hat es Vertuschungsversuche gegeben?«

Er stand bedrohlich nah vor mir. Ich redete trotzdem weiter.

»Offenbar. Die Ärzte wollten Organe von ihr verschwinden

lassen. Vermutlich sind sie bestochen worden. Es wurde von einem Reporter verhindert. Ich war nicht sicher, ob ihr dahintersteckt. Tut ihr es?«

Fritz machte eine Pause und wirkte so, als überlegte er, mir eine reinzuhauen.

»Ich jedenfalls nicht.«

Wir sahen uns aus nächster Nähe an, die Augen wie schwarze Löcher.

»Gut. Es sind andere Möglichkeiten denkbar.«

»Welche?«

»Stellen wir uns mal für einen Moment vor, dass diese Maude – eine furchtbare Hysterikerin übrigens – solche Anschuldigungen vielleicht schon früher im Hotel geäußert hat. Es hat ja wohl einige Zeit gedauert, bis Virginia in die Klinik gekommen ist, ungefähr zwei Tage. Nehmen wir also mal an, das Hotel erfuhr schon vorab von den Beschuldigungen, als Virginia noch am Leben war. Und sagen wir, man hat euch nicht Bescheid gesagt, warum auch immer, und hat auf Zeit gespielt. Oder hat vielleicht etwas auf eigene Faust unternommen, um das Ganze zu vertuschen.«

Er sah mich weiter vollkommen undurchdringlich an. »Damit waren sie jedenfalls nicht sehr erfolgreich. Alle Zeitungen sind voll davon, dass das *St. Francis* eine richtige Lasterhöhle ist. Es ist die längste Zeit das beste Hotel der Stadt gewesen.«

»Dieser Reporter hat ihnen dazwischengepfuscht, nur deswegen hatten sie keinen Erfolg, und jetzt ist die Sache nicht mehr einzufangen. Außerdem ist der dortige Detektiv der grobschlächtigste Dummkopf, den ich jemals getroffen habe. Heißt alles nicht, dass sie's nicht versucht haben. Im Gegenteil.«

»Das Hotel ist also eine Möglichkeit. Ich werde mich darum kümmern«, sagte Fritz und kam so nahe heran, als wollte er mich küssen. »Ich frage noch mal, was weißt du konkret darüber? Du hast in der Sache da oben ja offenbar recherchiert. Warum hast du uns nicht Bescheid gesagt? Uns gewarnt?«

Ich schloss für einen Moment die Augen. Ich formulierte sehr sorgfältig.

»Ich konnte nicht wissen, dass das so eine große Sache werden würde. Mein Auftrag von dir lautete ja nur, ein bestimmtes Paket so schnell wie möglich einem bestimmten Herrn zu übergeben. Das habe ich getan und dich dann sofort darüber informiert. Du hast so schnell aufgelegt, dass ich gar keine Gelegenheit mehr gefunden habe, dir zu sagen, was ich dir noch sagen wollte: dass ich Virginia auf derselben Party angetroffen habe. Nun gut. Auftrag erledigt.«

»Zugegeben. Aber ich habe dir auch unter der Hand Informationen gegeben. Den Gefallen hättest du mir genauso tun können.«

»Ich habe noch einmal versucht, dich anzurufen.«

Fritz nickte. »Stimmt, Gwendolyne hat mir eine Notiz geschrieben.« Aber das Verhör war noch nicht zu Ende. »Und woran genau ist Virginia nun gestorben?«

»Die Ärzte, die die Obduktion gemacht haben, sagten, an einem Blasenriss. Das Entscheidende haben sie nicht gesagt ...«

»Was genau ihn verursacht hat, schon klar. Darüber können Ärzte nur spekulieren. Genauso wie wir und leider auch unsere Freunde von der Presse ...«

»Weißt du etwas darüber?«, fragte ich. »Was nicht nur Spekulation ist?«

»Aber woher denn, nein ...«

Fritz ging einfach darüber hinweg und setzte sich zu mir auf die Couch.

»Bleiben wir bei dir. Das ist doch noch nicht alles. Ich weiß ja, dass du den Auftrag hattest, Virginia zu suchen. Im Auftrag einer Freundin, aber es war dann doch nicht ihre Mitbewohnerin. Wer war es wirklich?«

Jetzt kam er endlich zu der Gretchenfrage. Ich richtete mich kerzengerade auf und sagte genau das, was ich mir zurechtgelegt hatte.

»Fritz, du bist ein Freund, und du bist mein geschätzter Auftraggeber. Ich bin diskret, was euren Fall betrifft. Aber, wie du sagtest, ich hatte bereits einen anderen geschätzten Auftraggeber, als ich zu dir gekommen bin, und auch in Bezug auf ihn bin ich diskret. Du wirst das verstehen.« Fritz wollte mich unterbrechen. »Ich werde dir aber natürlich das sagen, was ich sagen *kann*, um dir zu helfen.«

»Bitte«, sagte er nur.

Ich zeigte auf die Zeitung. »Ob Maudes Anschuldigung im Kern wahr ist oder nicht, es sollte nicht schwer sein, sie in ihrer Aussage bei eindeutig nachweisbaren Übertreibungen und Lügen zu ertappen. So könntet ihr sie diskreditieren. Aber bitte ohne meine Mitwirkung, falls du so etwas im Sinn haben solltest.«

»Maude war also nicht deine Auftraggeberin? Diese geheimnisvolle Mitbewohnerin oder Freundin?«

»Nein. Das war jemand anderes. Es war nur ein Missverständnis, Fritz, und als es sich aufgeklärt hat … Die Wahrheit ist, wir sind da oben eine ganze Zeit lang nicht aus dem Bett gekommen«, sagte ich unter vollem Einsatz meiner blauen Augen. Ich lernte von Pepper, wo ich nur konnte. Ein guter Schauspieler lernt immer dazu. »Deshalb bin ich so lange geblieben. Und deshalb habe ich auch zunächst nicht mitbekommen, wie es mit Virginia weitergegangen ist.«

Fritz schüttelte heftig den Kopf, erhob sich und drehte sich um. »Na schön. Diese Geschichte ist so jämmerlich, dass sie wahrscheinlich sogar stimmt. Sagen wir also einfach, du hast dich unsterblich in diese Auftraggeberin verliebt. Dann bin ich ja froh, dass du es bei mir beim Reden belässt.«

Wir grinsten beide ein bisschen. Wir hatten schon sehr lange nicht mehr gegrinst und waren froh um die Gelegenheit.

»Und vielleicht willst du sie auch nur schützen, obwohl das hanebüchener und hemmungslos romantischer Unfug ist. Und man so was am Ende immer bereut. Sieh mich an. Ich wollte so ein armes Ding auch mal beschützen und hab sie gleich geheiratet. Jetzt werde ich Erika nicht mehr los und muss ihr jedes Mal erklären, warum ich wieder nicht zu Hause übernachtet habe.«

Ein Summer auf dem Tisch ging an. Die Blondine hatte hier drin mehrere verschiedene tolle Möglichkeiten, sich mitzuteilen.

»Mr Roth?«, fragte ihre Stimme durch einen Lautsprecher, die Musik im Hintergrund verzerrt plärrend. Fritz ging zu der Sprechanlage und drückte einen Knopf.

»Ja, Gwendolyne?«

»Mr Grauman hat soeben mitgeteilt, dass er bis auf Weiteres Mr Arbuckles neuen Film nicht mehr im *Million Dollar Theatre* zeigen wird. Gar keine Filme mehr von ihm, in keinem seiner Kinos, bis die Vorwürfe entkräftet sind.«

»So ein verdammter Wi... danke, Gwendolyne«, sagte Fritz, in dem ein höflicher Familienvater steckte, der seinen jungen Mitarbeiterinnen Flüche ersparte, wo er nur konnte. »Ich werde ihn gleich anrufen.«

Ich erhob mich. Doch Fritz versperrte mir den Weg.

»Einen Moment noch, Hardy. Ich habe in der Tat noch eine Bitte an dich. Dein anderer Auftrag ist ja erledigt, wenn ich es richtig sehe. Damit kann es also nicht kollidieren.«

»Da bin ich gespannt«, sagte ich.

»Du bist jetzt ein Experte im Fall Virginia Rappe, ob dir das gefällt oder nicht. Vor Gericht können wir dich nicht aussagen lassen, aber wir brauchen verdammt noch mal im Moment jede Hilfe, die wir kriegen können. Um Maude kümmern wir uns schon. Aber du, geh los und finde heraus, was Virginia so alles getrieben hat. Das wird dir dabei helfen.«

Er nahm aus seiner Aktentasche einen kleinen schwarzen Kalender. Er warf ihn mir zu, wie er mir seinerzeit das Päckchen mit dem Kokain zugeworfen hatte.

»Das ist ihr Kalender. Habe ich aus ihrem Haus in Hollywood – dem, wo sie ohne Mitbewohnerin gehaust hat.« Er grinste mich schief an.

»Schon klar, Fritz. Danke noch mal für die Information.« Er wusste sehr gut, wie er mir ein schlechtes Gewissen machen konnte. Er war schließlich nicht einfach so Sicherheitschef geworden, durch das Klöppeln von Spitzendeckchen für Mr Lasky und Mr Schenck und Mr Zukor.

»Du willst doch auch, dass aufgeklärt wird, was wirklich mit ihr passiert ist.«

»Das will ich. Aber ich kann dir nicht versprechen, dass dadurch Fattys Unschuld bewiesen wird.«

»Natürlich nicht. Ich sage dir nur, die ganze Geschichte fliegt uns um die Ohren, wenn Fatty schuldig ist. Es kann sein, dass die gesamte Filmindustrie den Bach runtergeht. Das soll dich jetzt natürlich keineswegs unter Druck setzen.« Er sah mich spöttisch an.

Ich dachte bei mir: Soll sie doch den Bach runtergehen, wenn sie es verdient hat. Aber dies war nicht die Situation, es laut zu sagen.

»Wonach sollte ich denn dadrin speziell suchen?« Ich zeigte auf den Kalender.

»Ich habe dir gesagt, Virginia hat ganz schön in der Stadt herumgeschlafen. Habe gehört, dass sie gleich mehrere Männer mit Gonorrhö angesteckt hat. Sieh dir an, wen sie getroffen hat, welche Arzttermine sie hatte. Ich möchte, dass du einfach ein bisschen Material über sie sammelst. Kannst du das für mich tun?«

»Womöglich nur eingeschränkt«, sagte ich.

»Die Auswahl überlasse ich dir. Liefere mir einfach zwei oder drei Fakten, die ein Bild von ihr zeichnen, so wie sie wirklich war. Nicht so, wie die Zeitungen es gerade darstellen, als treue Verlobte und als Kirchgängerin und Sportlerin, die vor Gesundheit nur so gestrotzt hat und deren Heiligenschein nicht mal bei einem Handstandüberschlag mit einem Medizinball zwischen den Knien verrutscht wäre.«

»Na schön«, sagte ich sparsam. »Ich mach's. Für dich, Fritz.« Ich nahm den Moleskine-Kalender, auf dem in weißen Lettern *1921* stand. Er roch nach Parfüm, nach Zitrone und Lavendel.

»Du bekommst dafür noch mal fünfzig Dollar. Kannst wieder den Packard fahren. Und hier sind die fünfzig für deinen ersten Auftrag, mit bestem Dank von *Famous Players* …«

Er streckte mir tatsächlich einen Fünfzig-Dollar-Schein entgegen. Ich nahm ihn nicht.

»Was das betrifft – du solltest dir erst deinen Packard ansehen. Ich habe damit leider einen kleinen Unfall gebaut …«

Der arme, leidgeplagte Fritz Roth musste sich nun auch noch auf dem Parkplatz des *Ambassador* sein zerschrammtes Luxusautomobil ansehen.

Unsere Unterredung endete mit zwei sehr absehbaren Konsequenzen: Ich musste meinen neuen Auftrag ohne Honorar erledigen. Und ich würde dabei wieder mit der Straßenbahn fahren.

14

Zum Glück erwischte ich wenigstens einen Sitzplatz, als ich am nächsten Mittag zum *Jail Café* fuhr, nachdem ich mich in meiner neuen Wohnung ausgeschlafen hatte. Noch im Trolley begann ich, Virginias Kalender zu durchforsten. Natürlich suchte ich als Erstes nach verräterischen Hinweisen, die meinen anderen Fall betrafen. Hinweise auf Mr Thalberg oder Pepper oder die *Universal*. Hinweise auf Treffen, Sex oder eine Erpressung. Immerhin musste ich damit rechnen, dass Fritz ihn sich ebenfalls angesehen hatte und weiß Gott, wer sonst noch.

Doch zum Glück erwies sich Virginia als nicht sehr ordentlich beim Führen ihres Kalenders. Bei ihrem bewegten Leben war das ja auch kaum anders zu erwarten gewesen, und dass sie jede Menge verbotene Substanzen zu sich genommen hatte, tat ein Übriges.

Der letzte Eintrag stand am Samstag, dem 3. September: *S. F.* mit einem Pfeil davor. Sie hatte ihn wohl vor der Fahrt nach San Francisco in ihrem Haus zurückgelassen.

Ich blätterte zurück und fand über die letzten Wochen verstreut diverse erratisch hingekritzelte Kürzel, sowohl tagsüber als auch abends, mit denen sie offenbar Treffen markiert hatte. Mehrere bestanden einfach nur aus einem dicken Kreuz. Ich konnte mir denken, dass es sich um die Treffen mit Thalberg handelte.

Am 4. Juli – dem Nationalfeiertag, wo sie offenbar noch etwas anderes gleich mitfeiern wollten –, am 29. Juli und am 31. August, für den kein Treffpunkt festgehalten war. Vermutlich, rechnete ich im Kopf nach, war dies die Geldübergabe im Hotel gewesen, am Mittwoch, von der Pepper erzählt hatte. Bei den anderen musste es sich um das Anbahnen und den Vollzug gehandelt haben.

Der erste Termin im *Ambassador Hotel, 8 p.m.* könnte demnach das erste Rendezvous gewesen sein, der zweite, ebenfalls im *Ambassador Hotel, 10.30 p.m.* der Sex und die Fotogelegenheit für Maude. Ein Außenstehender, Uneingeweihter, konnte daraus natürlich nicht auf die Vorgänge schließen.

Es waren nur drei Sorten von Einträgen, auf die Virginia offenbar regelmäßig Wert gelegt hatte, in einer Schönschrift, die aussah wie die ersten Schreibversuche einer Sechsjährigen:

Zum einen die Castingtermine bei Studios. Am vorletzten Freitag, dem 2. September, war einer bei *Famous Players* verzeichnet. Mit einem langen abfallenden Strich dahinter, den sie offenbar danach hinzugefügt hatte und dem man die Enttäuschung regelrecht ansah.

Weitere Einträge, die regelmäßig vorkamen, lauteten: *Henry anrufen*. Ihren in New York arbeitenden Verlobten, den etablierten Regisseur, bei Laune zu halten, schien ihr ein echtes Anliegen gewesen zu sein. Jeden Montag, Mittwoch und Samstag. So durchschaubar wie verständlich.

Die dritte Sorte Einträge waren Arzttermine. Die sah ich mir besonders genau an, eingedenk Fritz' Hinweis mit dem Tripper.

Virginia hatte seit Anfang des Jahres insgesamt sechs verschiedene Ärzte aufgesucht, darunter einen Urologen, einen Orthopäden, einen Internisten und zwei Zahnärzte. Manche von ihnen an mehreren eng aufeinanderfolgenden Terminen.

Den letzten Arzt hatte sie nur einmal besucht, am Donnerstag, dem 1. September, abends um sieben Uhr. Sein Name war Dr. Seamus O'Hara.

Auf dem Sunset Boulevard ging ich ins *Jail Café*, begrüßte Buck hinter dem Tresen, setzte mich in die letzte freie Einzelzelle und sah im Telefonbuch von Los Angeles nach, während mir ein Knastbruder meinen Lunch servierte, ein Reuben-Sandwich mit Pastrami und schön viel Sauerkraut und dazu die übliche »Spezialsoda«.

Dr. O'Hara's Adresse lautete *1231 Coldwater Canyon Drive*. Oben in den Hügeln. Ich stöhnte auf.

Ich ging in die Telefonzelle, schloss die Tür und gab dem *Operator* die Nummer durch, die im Telefonbuch stand. Nach einer Weile meldete sich eine Männerstimme, die wie ein Klirren von rostigen Nägeln klang: »Hier ist Dr. O'Hara?«

Ich war überrascht, dass er sich persönlich am Telefon meldete. Seine versoffene Stimme mit dem irischen Akzent ließ darauf schließen, dass er keine Praxis im üblichen Sinn betrieb.

»Sam Miller, guten Tag, Herr Doktor. Ich möchte einen Termin bei Ihnen ausmachen.«

»Für Sie selbst, Mr Miller?«

»Ja.«

»Und von welchem Studio kommen Sie, Mr Miller?«

So war das also. »Von keinem. Ich bin eine Privatperson. Kann ich gleich vorbeikommen?«

»Ich bin ein sehr gefragter Arzt, Mr Miller. Mein nächster freier Termin wäre erst übernächste Woche. Montags um sieben Uhr früh?«

Ich dankte ihm, sagte, ich müsse da erst einen Terminkalender zurate ziehen, und legte auf.

Es war sowieso nur ein Schuss ins Blaue gewesen, um das Terrain etwas genauer zu sondieren. Ich stöhnte noch einmal und dafür richtig. Ich bestellte mir zur Stärkung gleich ein weiteres Reuben-Sandwich.

Im Hintergrund plärrte die ganze Zeit aus einem Lautsprecher der Moderator einer dieser neuen lokalen Radiosender und hechelte jetzt reißerisch die neuesten Spekulationen im Arbuckle-Fall durch. Fatty sah natürlich schuldig aus, und Hollywood war zutiefst verdorben und nicht mehr zu retten, ganz klar. Dann kamen zwei Komiker dran, die es noch nicht zum Film geschafft hatten.

»Na, Walter, glaubst du, dass er es mit einer Flasche gemacht hat?« – »Was gemacht, getrunken? Bestimmt. Aber dann war es gewiss nur Coca-Cola!«

Buck verdrehte die Augen und schaltete aus.

Ich ging mit meinem Sandwich zu ihm hinüber und lehnte mich auf den Tresen. »Kennst du einen Doktor Seamus O'Hara?«, fragte ich.

Buck wischte gerade den Tresen mit einem Tuch und hielt mittendrin inne. Eine steile Falte erschien auf seiner Stirn.

»Weswegen brauchst du den denn?«

»Ich brauche ihn gar nicht.«

»Dann sei froh. Spezialist für Haut- und Geschlechtskrankheiten, in dieser Stadt war fast jeder schon bei ihm.«

»Ich bisher nicht.« Und es klang auch nicht so, als hätte ich mir den leisten können, als ich damals einschlägige Probleme gehabt hatte.

»Ich natürlich auch nicht persönlich, also …« Buck schenkte mir aus reiner Verlegenheit einen aufs Haus ein, von seinem Besten. Aus der Abfüllung, von der ich auch eine Flasche zu Hause hatte.

»Seit er vor ein paar Jahren seine Lizenz verloren hat, übernimmt er Spezialaufträge für die Studios, fast alle von ihnen. Sehr diskret und bewährt, oben in seinem Privathaus in den Hills …«, sagte er und stieß mit mir an.

»Was für welche?«, sagte ich und kippte den halben Drink.

»Aller Art. Was so anfällt. Rezeptverschreibungen unter der Hand. Schlankheitskuren. Entziehungskuren wegen Alkohol, Drogen … Frauen, Männern. Schönheitsoperationen. Ich kenne einen, dem er die Nase gerichtet hat. Einer hat er den Haaransatz weiter nach oben verpflanzt. Ihr Produzent wollte es so, und er gab ihr auch den Namen Dorothy Lopez, statt Daphne Mrivojesevich.«

Wir lachten beide und tranken auf sie.

»Was noch?«

»Einfach alles, was niemand mitbekommen soll. Knochenbrüche in der Nacht, Verletzungen nach Schlägereien oder privatem Streit oder im Intimbereich vom Sex. Abtreibungen natürlich«, sagte Buck und nahm von einem besonders fies aussehenden Sträfling die Abrechnung für Zelle 13 entgegen. Der Todestrakt kostete einen Aufpreis. »Oder wenn jemand sich schlapp fühlt, aber einen langen Dreh vor sich hat. Wenn du Heroin oder Kokain willst, ist er dein neuer Lieblingsarzt.«

»Geschlechtskrankheiten?«

»Sein Fachgebiet, wie gesagt. Wird hier besonders nachgefragt. Wieso, was für ein Problem hast du denn?« Buck beugte sich vor.

»Ich gar nicht, hab ich doch gesagt«, sagte ich und bot ihm eine Zigarette an. Er nahm eine und wir rauchten. »Aber ich muss ihn etwas fragen.«

»Als Detektiv …?«, fragte er.

»Ja. Genau *der* Fall. Ist was richtig Interessantes.«

Buck verzog das Gesicht. »Wenn's um was Heikles geht, dann kannst du dir die Frage sparen. Der liebe Doc lebt schließlich davon, dass er höchst diskret ist. Wie ein guter Privatdetektiv, würde ich meinen«, sagte er grinsend. »Deshalb hat er auch nicht mal eine Krankenschwester oder Arzthelferin, er macht die heiklen Fälle alle alleine. Wenn du da was rausfinden willst, würde ich nicht zu den Sprechzeiten hingehen. Sondern abends oder nachts. Und gleich durchs Fenster einsteigen und die Karteischränke befragen.«

Ich reichte ihm das Geld rüber. Er wischte seinen Tresen weiter und ging ans andere Ende. Zwei junge Puppengesichter blickten ihm dort entgegen und verlangten grinsend eine »Spezialsoda«. Er begann, ihnen Cocktails zu mixen, die er im selben Moment kreierte.

Ich ging los und kaufte mir um die Ecke ein Paar Schuhe. Ich wollte einfach neue Löcher in ein neues Paar laufen, wenn es schon sein musste. Es waren braune Rindslederschnürschuhe mit Gummisohlen für 1,75 Dollar, ein Sonderangebot. Es waren die teuersten Schuhe, die ich in Amerika jemals gekauft hatte.

15

Gegen Abend fuhr ich mit der Straßenbahn westwärts, so weit ich konnte, bis sie hinunter nach Santa Monica abbog. Dann machte ich mich vom Sunset Boulevard aus zu Fuß auf den Weg in Richtung der Berge.

Regen war für heute nicht mehr zu befürchten. Dafür war eine Hitzewelle über das Land gekommen. Für die nächsten Tage hatte das Radio im *Jail Café* Höchstwerte von hundert Grad Fahrenheit vorhergesagt. Schon heute hatte die Sonne einen ehrlichen Anlauf darauf unternommen.

Vermutlich wollte sie all die traumhaft schönen Gärten der Villen im maurischen und spanischen Stil verwöhnen, die den Coldwater Canyon entlang in unregelmäßigen Abständen hingetupft worden waren, mit Rosenbüschen und Agaven und Jacaranda- und Sycamore- und Pfeffer- und Eukalyptusbäumen und Palmen und Azaleen und Kakteen und Skylla und Charybdis oder wie sie sonst noch alle hießen.

Ich hätte selbst für den ramponiertesten Packard alles gegeben, während ich die lange, gewundene Straße den Berg hinaufstapfte, aber nicht einmal ein Model T stand mir zur Verfügung. Dafür drückten meine neuen Lederhalbschuhe schlimmer als die Kommissstiefel in Frankreich, die ich einem Toten mit kleineren Füßen abgenommen hatte. Damals konnte ich wenigstens hineinpissen, um das Leder geschmeidiger zu machen. Hier war das weniger angebracht. Der Feind würde mich sonst riechen können, und daran konnte mir nicht gelegen sein.

Buck hatte vollkommen recht, wie immer, ich würde mich unbemerkt anschleichen müssen. Ich konnte ja nicht dort hineingehen und den guten irischen Doktor einfach fragen, was es denn so mit den Geschlechtskrankheiten seiner Patientin Virginia Rappe auf sich hatte. Ja, genau die mit den Schlagzeilen in allen Zeitungen.

Der Schweiß lief mir nur so herunter, obwohl die Sonne schon knapp über den Bergen hing, und ich passierte unterwegs ungefähr ein halbes Dutzend mexikanische Gärtner, denen es genauso ging, während sie mit ihren Gartenscheren klapperten und Rasenmäher schoben. Einer stellte sich bei näherem Hinsehen als Japaner heraus. Ich sah drei Tenniscourts, auf denen Menschen in blendend weißer Kleidung aus anderen Gründen schwitzten. Sie wirkten irgendwie fröhlicher als ich.

Meine Füße hatten jetzt schon aufgescheuerte Blasen. Ich musste dringend zu einem Hautarzt damit.

Als die Reihe der Villen endete, beschrieb der Canyon Drive einen Bogen, und es begann eine Steigung, die richtig gräulich war. Nach mehreren Serpentinen war man in der Wildnis der Berge und erwartete, eher einem Puma als einem Arzt zu begegnen. Dafür war die Aussicht auf Los Angeles atemberaubend. Die Sonne war gerade untergegangen, aber man konnte noch deutlich sehen, dass es keine zusammenhängende Stadt war, und niemals werden würde.

Im Dämmerlicht entdeckte ich auf der Bergkuppe eine seitlich hinabführende Auffahrt, an deren Ende ein flacher, lang gestreckter Bungalow lag. Ein Schild trug die Adresse mit dem Hinweis *Dr. Seamus O'Hara.*

Es gab kein Tor. Ich ging einfach die steile Auffahrt aus festgestampfter Erde hinunter. Oder vielmehr, ich humpelte. Vor dem Haus war ein Parkplatz, auf dem mehrere Wagen standen. Zwei weiße Ambulanzfahrzeuge und zwei andere. Das eine war ein fliederfarbenes Milburn Coupé, das andere ein schwarzer Ford.

Ich kam zum Hauseingang. Aber ich hatte keineswegs vor,

die Nachtglocke zu betätigen, auf die ein Messingschild hinwies.

Im hinteren Teil des L-förmigen Hauses brannte Licht. Dort schienen die Behandlungsräume zu sein. Ich ging um das Haus herum durch hohes Gras, das in einem Streifen von sechs Fuß Breite um das Gebäude wucherte, dahinter fiel das Gelände steil ab.

Ich näherte mich vorsichtig und langsam dem erleuchteten Fenster. In einem dunklen Raum daneben stand ein Fenster halb offen. Ich ging daran vorbei und schob mich Fuß um Fuß vor, bis ich in den erleuchteten Raum hineinsehen konnte.

In einem Behandlungszimmer sah ich zwei Männer. Beide trugen Anzüge. Der eine stand mit dem Rücken zu mir und trug einen grauen Hut und einen Anzug in Blau mit weißen großen Karos. Er war über den anderen gebeugt, den er auf eine Krankenliege hinunterdrückte, einen schwarzhaarigen Mittfünfziger in einem dunklen Anzug, mit grau melierten Schläfen und vielen Falten.

Neben ihnen auf einem Tischchen stand eine leere braune Flasche *King's Gin*. Beste Ware aus Großbritannien, ausgefallener Geschmack, dachte ich instinktiv.

Das Gesicht des Mannes auf der Liege war angstverzerrt. Sein linker Ärmel war hochgerollt und der Oberarm abgebunden, und der Mann in Karo, offenbar der Doktor, war eben dabei, ihm eine große Spritze in den Unterarm zu geben.

Ich sah wie gebannt hinein.

Erst jetzt bemerkte ich, dass der auf der Liege an den Handgelenken festgebunden war. Er wirkte nun regelrecht hysterisch, zerrte an seinen Fesseln, doch der andere hielt ihn fest, und er war viel größer und stärker. Ich konnte ihn nur von hinten sehen.

Er drückte ihm den Inhalt der Spritze langsam in den Arm. Der Ältere erschlaffte allmählich und wehrte sich nicht mehr. Er sah den anderen jetzt nur noch mit weit aufgerissenen, ängstlichen Augen an.

Es war eindeutig Todesangst.

Es sah aus, als würde der Doktor ihn umbringen. Der festgebundene Mann auf der Liege schloss jetzt die Augen und sein Kopf sackte zur Seite.

Ich hatte keine Zeit zu verlieren. Ich musste den Doktor aufhalten.

Ich ging zurück zu dem geöffneten Fenster und stieg hindurch.

Habe ich erwähnt, dass ich es hasse, blind zu sein? Ich tastete mich so eilig wie möglich durch den dunklen Raum und stieß gegen irgendetwas Hartes. Es durfte nicht zu lange dauern, wenn ich den anderen Mann noch retten wollte.

Ich rief: »Herr Doktor, was machen Sie denn da?« Vor mir sah ich einen schmalen Streifen Licht unter der geschlossenen Tür, ich rammte wieder etwas und rappelte mich auf. Ich stolperte gegen die Tür und sie ging auf. Ich war am Ende eines Flurs und wandte mich nach links in Richtung des Behandlungszimmers.

Ich trat ein, vom grellen Licht geblendet. Dann sah ich einen blau-weiß karierten Arm auf mich niedergehen. Ich drehte mich zur Seite und er traf mich am Hinterkopf. Ich fiel zu Boden. Von unten sah ich den anderen Mann auf der Behandlungsliege, noch immer festgebunden. Sein Kopf hing schlaff und leblos herunter, er schien mich aus halb geöffneten Augen anzusehen. Ich griff mit der Hand hinter mich, um mich hochzuziehen, und erwischte einen Arm. Ich krallte die Finger in den Ärmel und drehte mich um. Ich sah nur seine Schuhe, *Spectators,* weiß mit einer spitz zulaufenden Zierrosette in Schwarz.

Plötzlich explodierte das Weiß um mich herum, und ich fiel ins Schwarze.

16

Ich erwachte mit hämmernden Kopfschmerzen. Mein Mund schmeckte Teppichflusen und Blut. Ich öffnete die Augen. Das Licht war immer noch an. Ich drehte mühsam den Kopf und stöhnte vor Schmerzen laut auf. Ein schriller, hoher Ton mischte sich in das Hämmern in meinem Schädel.

Das Schrillen wurde immer lauter und brannte sich direkt in mein Gehirn. Ich befühlte meinen Hinterkopf und ertastete, vor Schmerzen zusammenzuckend, eine Beule. Ich richtete mich auf und sah hoch.

Jetzt fiel mir alles wieder ein.

Der Doktor hatte einen Mann zu Tode gespritzt. Da lag er, nur noch mit einem Arm an die Liege gefesselt, der andere hing schlaff herab, er schien auf mich zu zeigen. Er war eindeutig tot, der Mund war offen, die Augen nun geschlossen. Die Spritze steckte nach wie vor im linken Arm, der weiter oben mit einem Gurt abgebunden war. Sie war zur Hälfte gefüllt mit Blut.

Ich krabbelte auf die Knie, nahm meinen Hut vom Boden auf und taumelte.

Ich hätte jetzt gerne einen Schluck getrunken. Die Flasche war nicht mehr da. Egal.

Ich sah mich in dem Zimmer um. Neben der Liege war ein Aktenschrank. An der Wand darüber hingen zahlreiche gerahmte Fotos. Sie zeigten den Toten, jeweils lächelnd und händeschüttelnd mit diversen Stars.

Ich erkannte Ford Sterling. Ich erkannte Barbara La Marr.

Der Tote trug auf allen einen weißen Arztkittel.

Ich sah von dem Bild zu ihm.

Der Tote war der Doktor.

Der andere Mann, dessen Gesicht ich nicht gesehen hatte, hatte ihn ermordet.

In seiner eigenen Klinik.

Ich spürte die Schmerzen nicht mehr.

In meiner Hand war ein Stofffetzen. Blau-weiß kariert.

Ich steckte ihn in die Hosentasche.

Das Schrillen, das allmählich näher kam, war eine Polizeisirene.

Neben der Behandlungsliege lag auf einem Tischchen ein Löffel und ein offenes Briefchen mit den Resten eines braunen Pulvers. Heroin.

Es hatte wohl ursprünglich wie ein Selbstmord aussehen sollen oder wie eine versehentliche Überdosis, und das hätte auch funktioniert, wenn der Mörder sein Opfer losgebunden und die Fesseln entfernt hätte.

Doch dann war ich dazwischengekommen.

Meine Gedanken wurden schneller.

Mechanismen wie nach einem Granateneinschlag im Unterstand.

Der Mörder hatte den Toten nicht losgebunden, und das machte mich nun zum Mordverdächtigen, wenn man mich hier fand.

Die Polizeisirene war jetzt richtig laut.

Ich sah, dass eine Schublade des Aktenschranks aufgebrochen war, sie hing schief heraus. Ich zog sie ganz auf – mit dem Jackettärmel, um Fingerabdrücke zu vermeiden – und sah hinein. Mit fliegender Hast ging ich die Register durch, bis zum Buchstaben *R*.

Ein Reiter war mit *Rappe, Virginia* beschriftet.

Die dazugehörige Akte befand sich in einem Pappumschlag.

Ein Wagen bremste hart vor dem Haus. Die Sirene ging in ein lang gezogenes Klagen über, das langsam erstarb.

Ich nahm die Akte mit einem Ruck heraus und steckte sie vorne in meinen Hosenbund.

Ich hörte entfernte Rufe.

Die Haustür wurde aufgebrochen.

Ich taumelte durch die Tür hinaus auf den Flur. Nur weg hier.

»Doktor O'Hara? Polizei! Können Sie uns hören?«

Schritte näherten sich.

Der Lichtkegel einer Taschenlampe wischte kurz über mich hinweg, und ich stolperte weiter nach rechts in den dunklen Raum.

»Halt, Polizei«, rief jemand. Ich kämpfte mich an Möbeln vorbei in Richtung des offen stehenden Fensters, während weiter geschrien wurde. Der Lichtkegel war in meinem Rücken, als ich mich nach draußen fallen ließ. Ich rollte mich im Gras ab, kam auf die Beine und machte, dass ich da wegkam. Die gelben Finger der Taschenlampe griffen nach mir, packten mich nochmals, dann entwand ich mich ihnen.

»Stehen bleiben!«

Ich rannte nach vorne Richtung Parkplatz.

Ich hörte Schreie im Haus.

Ich flog durch das hohe Gras, als hätten meine neuen Schuhe Hermesflügel.

Ich erreichte den Parkplatz, auf dem jetzt ein weiterer Wagen stand. Ein schwarzer Polizeiwagen. Er war leer.

Ich sprang hinein, ohne nachzudenken. Ich setzte mich und betätigte den Anlasser. Der Motor sprang an. Die Polizei von Los Angeles fuhr äußerst zuverlässige, gut gewartete Fahrzeuge. Ich hieb den Rückwärtsgang rein und setzte zurück. Der Lichtkegel erfasste zwei Polizisten in Zivil mit Hüten und Schnauzbärten, einen großen und einen kleinen, die aus dem Haus gestürmt kamen und zu ihrem Wagen sahen. Einer zog eine Waffe. Ich legte den Vorwärtsgang ein, verfehlte ihn erst und erzeugte ein äußerst hässliches Geräusch. Ein Schuss fiel und zersplitterte eine Leiste vorne rechts. Ich fand den Gang, drückte das Gaspedal runter und fuhr los. Der Wagen schlitterte und erwischte gerade so die Auffahrt nach oben. Ein weiterer Schuss fiel, noch einer.

Ich raste im ersten Gang bis zur Straße und die Polizeisirene begann zu heulen. Instinktiv bog ich nach links auf den Coldwater Canyon Drive und raste den Berg hinauf Richtung Kamm, mit ohrenbetäubender Sirene. Ich wusste nicht, wie ich sie ausschalten konnte. Und es war mir auch völlig egal.

In Los Angeles konnte man nicht wählerisch sein. Man brauchte hier nun mal einfach einen Wagen und musste nehmen, was man kriegen konnte.

17

Nur ein Idiot fährt in einem gestohlenen Polizeiwagen in der Stadt herum, und sei es mitten in der Nacht.

Ich fuhr nur einen staubigen, holprigen Pfad oben auf dem Bergkamm entlang – da, wo später der *Mulholland Drive* ausgebaut wurde, aber damals stand Ingenieur William Mulholland noch quicklebendig dem Wasser-Department der Stadt Los Angeles vor –, auf dem es mir irgendwo gelang, die Sirene abzuwürgen; dann die Hollywood Hills hinunter und stellte ihn in einer dunklen Seitenstraße des Hollywood Boulevard ab. Ich war nur ein Halbidiot.

Ich wischte sogar das Lenkrad ab. Meine Fingerabdrücke in einem Polizeiwagen waren das Letzte, was ich jetzt brauchte.

Die große Frage war, wie viel sie im Schein der Taschenlampe von mir gesehen hatten. Auf die Schlagzeilen freute ich mich so oder so bereits.

Jemand musste die Polizei zur Praxis gerufen haben, der Mörder, es gab keine andere Erklärung. Er hatte mich zum Sündenbock machen wollen, die beiden Polizisten sollten mich da oben bei dem Toten aufgreifen, ob bewusstlos oder wach: Die eine Hand hatte er ihm losgebunden, um meine Verletzung zu erklären. Man hätte annehmen können, dass mich das Opfer in einem verzweifelten letzten Versuch, sich zu wehren, mit der freien Hand niedergeschlagen hatte.

Der Mörder hatte mir auch meine Brieftasche mit den Papieren und Virginias Kalender gelassen. Ich wäre ein großartiger Verdächtiger gewesen. Doch ich war davongekommen. Fürs Erste.

Eigentlich müsste ich mit meiner kostbaren Information zu *Famous Players* gehen, zu Fritz Roth. Fritz Roth hatte mir den Auftrag erteilt, nachzuforschen. Fritz Roth wartete auf die Ergebnisse.

Fritz Roth wusste auch von diesem Arzt.

Ich bog in die Orange Grove Avenue ein.

Ich ging zu Pepper.

Nummer 1202 war ein hufeisenförmiger Apartmentkomplex aus rund einem Dutzend kleiner, flacher Bungalows im mexikanischen Stil, von denen jeder einen eigenen Eingang mit einer kleinen Treppe mit schmiedeeisernem Geländer hatte.

P. Murphy wohnte im sechsten Bungalow, ganz hinten links in der Ecke. Es brannte kein Licht. Nachdem ich das festgestellt hatte, ging ich so leise wie möglich außen herum. Ich wollte kein Aufsehen erregen. Ein schmales Rasenstück trennte die Rückseite vom nächsten Haus, einem Eisenwarenladen. Niemand sah mich hier. Die Uhrzeit konnte ich nur schätzen.

Das Fenster ließ sich ganz leicht aufdrücken. Ich sah vorsichtig ins Innere, dann stieg ich ein. Ich stellte an mir eine wachsende Vorliebe für Fenstereinstiege fest, je größer meine Probleme wurden.

Es war ein Ein-Zimmer-Apartment, und es war leer. Das Bett unberührt. Pepper war nicht da, nur ihr Duft nach Moschus hing ganz leicht in der Luft. Eine Standuhr aus Messing auf dem Nachttisch zeigte kurz nach Mitternacht. Ich knipste die kleine Lampe daneben mit dem bunten Glasschirm an.

Die Ausstattung des Zimmers passte nicht so recht zusammen, eine chinesisch gemusterte weinrote Stofftapete und ein schwerer, viktorianisch aussehender Schrank, ein gelber Chintzsessel und ein billiger indischer Teppich mit gewebten Elefanten und hellrote Vorhänge, die vom Sonnenlicht so ausgeblichen waren, dass sie beinahe rosa aussahen.

Das Ganze war aufgehübscht mit ein paar persönlichen Sachen von Pepper. Da hing ihr grünes Kleid mit den Fransen, das sie in San Francisco so schön getragen beziehungsweise das ich ihr so schön vom Leib gerissen hatte. Es hatte sich eine längere Erholungspause redlich verdient.

Auf dem Nachttisch lagen der Bestseller *Diesseits vom Paradies* von F. Scott Fitzgerald mit einem Bleistift als Lesezeichen darin, zwei silberne Ohrringe und ein Taschentuch ohne Monogramm.

Es gab einen schwarz lackierten chinesischen Schminktisch, wie aus einer Theatergarderobe, mit einem elektrisch beleuchtbaren Spiegel, und darauf einige Utensilien und ein Schmuckkästchen, und ein Telefonapparat mit einem Notizblock daneben, auf dem in ihrer verschnörkelten Schrift notiert war: *Musso & Frank's, 8 p.m.*

An der Wand hingen zwei gerahmte Schwarz-Weiß-Fotografien von Pepper in verschiedenen Kostümen, klassische Schauspielerfotos. Die eine wollte man sofort heiraten, mit der anderen das Bett mit den vier gedrechselten dunklen Holzsäulen zum Quietschen bringen. Es war oberflächlich gemacht worden und auf dem Kopfkissen arrangiert lagen ein lädierter beiger Stoffhund mit Knopfaugen, offenbar aus Peppers Kindheit, und ein zusammengelegtes auberginefarbenes Seidennachthemd mit Spitze, aus einer späteren Phase.

Es gab ein *Victrola*-Tischgrammofon und einige Jazzplatten. Sie hatte sogar eine Nähmaschine und schien sie zu gebrauchen. In einer Kristallvase welkten Blumen von unbestimmter Farbe vor sich hin und hatten um sich herum einen Kranz abgestorbener Blüten verstreut. Auf dem gemauerten, weiß verputzten Tresen der kleinen, offenen Pantryküche stand ein Glas mit Lippenstiftabdruck, und daneben lag einer der beschriebenen Zettel, die ich in den Studios verteilt hatte, *Hardy Engel – Private Ermittlungen, Büro: 1401 North Crescent Heights, West Hollywood.*

Ich ging in ein winziges Bad, in dem ich mich gerade so umdrehen konnte, wusch mir vorsichtig meine inzwischen verkrustete Wunde am Hinterkopf. Ich ging zurück in die Küche, nahm mir ein neues Glas und suchte die Küchenschränke ab.

Im Kühlschrank war nichts außer einer angebrochenen Milchflasche, einer Konservenbüchse und einem verschrumpelten Apfel.

Unter der Spüle fand ich schließlich eine unbeschriftete Flasche, entkorkte sie und roch Whisky. Ich goss mir eine Handbreit ein, und als ich die Flasche zurückstellte, entdeckte ich in einem Putzeimer einen Revolver. Ein 45er-Colt, mit Perlmuttgriff. Er war geladen, alle sechs Patronen noch in der Trommel, und in der letzten Zeit nicht abgefeuert worden, wie mir mein Riechorgan sagte. Immerhin. Ich hätte es ihr zugetraut. Ich wischte meine Abdrücke ab und legte ihn sorgfältig zurück. Ich ging mit meinem Drink hinüber, nahm eine Hutschachtel von dem Chintzsessel und warf sie hinüber aufs Bett und setzte mich. Ich zündete mir eine Zigarette an und holte die Akte hervor.

Es war das Konvolut der Krankengeschichte von Virginia Rappe, die Sammlung, die all ihre Ärzte angelegt hatten und die sie von einem zum anderen getragen hatte, ergänzt mit handschriftlichen Notizen von dem verblichenen Dr. O'Hara. Sie hatte in Chicago, woher sie stammte, eine Abtreibung gehabt, als sie vierzehn war, und zwei weitere im Lauf der Jahre, die er eingekreist hatte – die letzte vor drei Jahren –, ebenso wie eine Entbindung mit einundzwanzig, die er mit zwei Ausrufezeichen und dem Hinweis versehen hatte: *Kind lebt nicht bei ihr*.

Der Rest betraf eine Abfolge von Behandlungen unterschiedlicher Ärzte in Chicago und Hollywood wegen diverser Geschlechtskrankheiten – soweit ich das medizinische Fachchinesisch übersetzen konnte –, darunter zahlreiche wegen *Gonorrhö* und wegen *hysterischer Zustände* oder *Neurasthenie*, gegen die ihr Beruhigungsmittel verordnet worden waren.

Ich dachte eine Zigarette lang darüber nach, blätterte bis zum Ende und stellte fest, dass etwas fehlte. Das letzte Blatt war datiert auf den Mai 1921. Mehr enthielt die Akte nicht, auch zum Behandlungstermin bei Dr. O'Hara selbst gab es nichts.

Die Schublade hatte herausgehangen. Jemand, gewiss der

Mörder, hatte sie aufgezogen und war auf der Suche nach genau dieser Akte gewesen. Doch es hatte ihm genügt, nur die letzte Seite mitzunehmen. Und den Arzt totzuspritzen, der als Einziger über den Zustand von Virginia Rappe kurz vor ihrem Tod und ihre Behandlung hätte aussagen können.

Seine Priorität war es eindeutig gewesen, ihn als Zeugen zu beseitigen und den entscheidenden Teil ihrer Akte verschwinden zu lassen.

Während ich noch darüber nachdachte, schlief ich ein.

18

Ich wachte auf, als ich einen Wagen vorfahren hörte. Schnell langte ich hinüber und machte die Nachttischlampe aus. Die Zeiger standen auf vier Uhr. Ich legte meinen Hut über die Akte.

Ich ging im Dunkeln zum Fenster und sah hinaus.

An der Straße hatte unter einer Laterne eine blitzende Limousine gehalten, und ein junger, kleiner, sehr dünner und sehr gut aussehender Mann mit dunklen Haaren hielt die Tür auf der Beifahrerseite auf. Es war Irving Thalberg, ich erkannte ihn von Zeitungsfotos, und er ließ Pepper aussteigen. Sie blieb vor ihm stehen, um sich zu verabschieden. Sie scherzten, und Pepper strich sich eine Haarsträhne zurück und lachte.

Ich ging zurück, setzte mich im Dunkeln in den Chintzsessel, rauchte und wartete.

Ich hörte Schritte auf der Treppe. Ich hörte einen Schlüssel im Schloss. Pepper öffnete die Tür und schaltete das Deckenlicht ein. Sie war – was ich nicht unbedingt erwartet hatte – alleine. Sie drehte sich um und stoppte jäh mitten in der Bewegung. Sie hatte mich entdeckt, und das war etwas, was *sie* nicht erwartet hatte.

»Oh mein Gott, hast du mich erschreckt! Hardy … Was machst du hier?«

Sie griff sich ans Herz und taumelte, suchte Halt am Tresen der Küche. Ich beobachtete sie genau.

»Hallo Pepper. Ich wollte nur originell sein. Letztes Mal, als ich zurückkam, warst du nicht da. Und jetzt kommst du zurück, und ich bin da. Mein Vater hat immer gesagt, schöne Frauen muss man mit originellen Einfällen überraschen.«

Ich blieb sitzen.

»Das ist dir gelungen.« Pepper rang um Fassung. Sie hatte sich jedoch gleich wieder im Griff. »Jesus, Hardy, aber durchs Fenster? Wenn du einen Schlüssel willst, dann brauchst du nur zu fragen.«

Sie zog ihre Jacke aus, warf sie aufs Bett, kam zu mir herüber und setzte sich auf die Sessellehne. Sie trug ein sonnengelbes ärmelloses Kleid und einen Hut in Schwarz. Auch Gelb und Schwarz standen ihr ausgezeichnet.

»Hab schlechte Erfahrungen damit gemacht, zu fragen. Die Frauen kommen dann auf Ideen.«

»Schön, dich zu sehen«, sagte sie. Wir sahen uns beide an mit diesem Blick, den man hat, wenn man zusammen im Bett gewesen ist. Ich küsste sie nicht, obwohl sie darauf wartete.

»Ich muss dich dringend etwas fragen.«

Sie hob eine Augenbraue. Sie musste in der Zwischenzeit geübt haben, denn es sah noch besser aus als beim letzten Mal.

»Jetzt? Und trotz der schlechten Erfahrungen?«

»Kennst du einen Doktor Seamus O'Hara?«, fragte ich und ließ sie nicht aus den Augen. Sie zögerte nur einen winzigen Moment, kürzer als eine Libelle braucht, um die Richtung zu ändern.

»Hab von ihm gehört.« Sie stand auf und zeigte auf mein Glas. »Noch einen?«

Sie schien vollkommen arglos zu sein. Sie ging zum Tresen, nahm dort die Flasche und das benutzte Glas, kam zurück und goss mir und sich ein.

»Was kannst du mir über ihn sagen? Was ist sein Fachgebiet?«, fragte ich und gab ihr eine Zigarette und Feuer.

Es schien mir vorläufig klüger zu sein, ihr noch nichts von dem Mord zu erzählen. Ich wollte zunächst hören, was sie ganz unbefangen über ihn sagte. Obwohl es mir selbst in ihrer Gegenwart äußerst schwerfiel, klug zu sein oder unbefangen.

»Haut- und Geschlechtskrankheiten, soweit ich weiß. Scheint sehr viel nachgefragt, da gibt's jede Menge Klatsch. Ist in den Studios weithin bekannt. Aber hab ich erwähnt, dass ich nie persönlich mit ihm zu tun hatte?«

Sie grinste mich an. Sie trank langsam und nippte in ganz kleinen Schlucken, es war nicht ihr erster Drink, und sie rauchte sehr bedächtig, jetzt auf ihrem Bett sitzend.

»Habt ihr Aufträge an ihn gegeben?«

Sie nahm ihren Hut ab und warf ihn auf einen Kleiderständer, wo er perfekt landete und sich im Kreise drehte. *So* eine Rothaarige war sie.

»Bestimmt hier und da. Glaube ich. Nicht *mein* Fachgebiet.«

Sie kickte ihre Schuhe einen nach dem anderen weg. Es war ein seltsames Gefühl, sie in ihrer eigenen Wohnung zu sehen. Verdammt interessant. Verdammt viel interessanter und prickelnder, als ich es in dieser Situation gebrauchen konnte.

»Was ist dein Fachgebiet?«, fragte ich.

»Irving Thalberg«, sagte sie und pustete den Rauch in die Luft, als wollte sie seinen Namen damit schreiben.

»Nun sag schon, wieso fragst du?« Sie legte sich auf den Bauch, stützte den Kopf in die Hände und starrte mich vom Bett her herausfordernd an. Als ob sie sich langweilte und unterhalten werden wollte.

»Virginia Rappe war bei ihm. In der Woche vor ihrem Tod. Weißt du etwas darüber?«

Sie runzelte die Stirn und drückte ihre Zigarette in einem Glasaschenbecher aus, der geformt war wie ein Schwan.

»Wirklich? Woher weißt du das?«

»Beantworte die Frage.«

Sie angelte sich eine neue Zigarette aus ihrer Tasche und dachte kurz nach. Dann schüttelte sie den Kopf und sah mich herausfordernd an.

»Ich weiß nicht, was sie gemacht hat, als sie verschwunden ist. Und ich dich beauftragt habe, sie zu finden – weil wir nicht wussten, wo sie war.«

»Und du mich angelogen hast.«

Sie gab sich diesmal selbst Feuer.

»Wir hätten dich kaum angeheuert, wenn wir es schon selbst herausgefunden hätten, oder?«

»Ich weiß nicht. Vermutlich nicht. Ich stelle meine Fragen zur Sicherheit lieber etwas genauer. Also, du weißt nichts darüber?«

»Was ist passiert, Hardy, na komm schon?«, fragte sie. »Woher weißt du das alles? Und warum bist du mitten in der Nacht hier?« Sie stützte den Kopf auf ihren rechten Arm und sah mich auf der Seite liegend an. Sie sah wirklich sehr dekorativ aus.

»Ich hatte Lust, dich zu sehen und mit dir über alles zu reden. Und Doktor O'Hara ist heute Nacht ermordet worden«, sagte ich beiläufig.

Sie zuckte zusammen.

»Was …?«, flüsterte sie.

»Ja. Ermordet. Jemand hat ihm eine Überdosis verpasst.«

Sie war ernsthaft schockiert. Ihre Pose war dahin. Sie setzte sich auf und dachte nach. Ein Schauder schien sie zu durchlaufen.

»Warst du dort?«, fragte sie.

»Ja. Es ist passiert, bevor ich mit ihm reden konnte. Und seinen Mörder habe ich nicht richtig gesehen. Ich wurde niedergeschlagen.«

»Niedergeschlagen?«, fragte sie, stand auf und kam mit besorgtem Ausdruck zu mir.

»Ja. Ich war eine Zeit lang bewusstlos. Hab wirklich Glück gehabt.«

Sie suchte und fand die Wunde an meinem Hinterkopf.

»Und du hast ihn nicht gesehen? Hast du sonst irgendwas mitbekommen?«

»Nein. Ich hatte nicht genug Zeit, alles zu durchsuchen«, sagte ich.

»Schade«, sagte sie und zeigte auf die Wunde: »Lass mich das richtig machen. Ich habe Jod da.« Sie ging auf bloßen Füßen ins Bad. Sie ging wie eine Katze.

»Ich bin gerade so entwischt, als die Polizei gekommen ist. Jemand hat mich hinhängen wollen«, sagte ich.

Sie kam mit einem kleinen Fläschchen und Watte zurück und kniete sich vor mich. Ich beugte den Kopf. Sie schüttete Jod auf einen Wattebausch und presste ihn vorsichtig gegen die Wunde. Es brannte heftig, doch ich unterdrückte jede Reaktion.

»Was für eine Überdosis?«

»Heroin. Wahrscheinlich sein eigenes.«

»Deswegen hat er damals seine Lizenz verloren. Wegen eines ziemlich florierenden Heroinhandels, munkelt man.« Sie tupfte weiter an der Wunde herum. Es machte ihr nichts aus, Blut zu sehen. Es machte mir nichts aus, von ihr da berührt zu werden, wo es wehtat.

»Sein Pech. Er hat den hippokratischen Eid falsch verstanden. Statt nur brav die Syphilis und den Tripper von Statisten und Schauspielerinnen wegzuspritzen.«

»Hat *Famous Players* dich dorthin geschickt?«, fragte sie.

»Ich kann dir nicht alles sagen.«

»Und wie sind die auf ihn gekommen?«

»Tut mir leid.«

»Ich frage nur, weil du doch bestimmt herausfinden willst, wer dir das hier angetan hat«, sagte sie und küsste mich auf die Stelle, die sie versorgt hatte.

»Was meinst du, warum ich nicht direkt zu ihnen gegangen bin?«

»Weil es mitten in der Nacht ist?«, sagte sie und gähnte.

»Weil ich mir erst mal über alles klar werden musste. Weil ich dich wirklich sehen wollte.«

»Komm, wir machen's uns bequem …« Sie streckte mir müde die Arme entgegen. Ich schlüpfte darunter durch.

»Ich muss nach Hause.«

»Du glaubst, dass die dich niedergeschlagen haben? Um dir den Mord anzuhängen?«

Ich zuckte mit den Achseln. »Die entscheidende Frage ist, was war so wichtig an dem Arzt, und warum musste er sterben?«

»Und warum musste Virginia sterben?«, sagte sie. »Was hast du denn in San Francisco herausgefunden?«

»Es war ein Blasenriss. Haben die Ärzte erzählt. Das würde die Schmerzen erklären. Aber warum sollte es vertuscht werden? Sie wollten sogar ihre Organe verschwinden lassen. Und dann wird ihr Arzt in Hollywood ermordet? Was zum Teufel ist es, was niemand erfahren soll? Und was weiß *Famous Players* darüber?«

Wir sahen uns beide an.

»Arme Virginia«, sagte sie. »Und armer Fatty. Wer konnte auch ahnen, dass das solche Kreise zieht ... Du hast die Schlagzeilen gesehen?«

Ich nickte. Sie brachte mich auf etwas.

»Er kannte sie schon länger«, sagte ich. »Fatty, er hat es mir gesagt. Vielleicht war sie auf der Party da oben, weil sie sich schon hier in Hollywood getroffen hatten? Und irgendetwas passiert ist? Vielleicht war sie seinetwegen in San Francisco.«

»Und *Famous Players* hat dich nur dorthin geschickt, weil du nach ihr gefragt hast ...?«, sagte sie.

»Vielleicht lief ihre Erpressung gegen ihn da schon längst. Und sie wussten es die ganze Zeit.«

»Pass bitte auf dich auf, Hardy«, sagte sie und schien dabei ehrlich besorgt.

Ich stand auf und nahm meinen Hut, ohne ihn aufzusetzen. Die Akte hielt ich darunter versteckt. Ich war ein vorsichtiger Liebhaber, wenn mich einmal jemand angelogen hatte. Und Pepper hatte gelogen wie gedruckt. Wie eine frisch gedruckte Gutenberg-Bibel mit Altem und Neuem Testament.

»Was sagt Mr Thalberg eigentlich zu alldem?«, fragte ich im Plauderton.

»Mr Thalberg ist froh, dass er sich mit alldem nicht beschäftigen muss«, antwortete Pepper. »Und will, dass das auch so bleibt. Er hat nämlich inzwischen alle Abzüge und das Negativ des Fotos von Maude erhalten.«

»Ich denke, sie wird immer noch da oben festgehalten? Steht zumindest in allen Zeitungen.«

»Keine Ahnung, vielleicht hat sie irgendwen beauftragt. Er hat jedenfalls alles vollständig bekommen«, sagte sie achselzuckend. »Und deswegen erhältst du jetzt auch den Rest deines Honorars.« Sie ging zur ihrer Handtasche und holte zwei Hunderter heraus und hielt sie mir lächelnd hin. Ich nahm sie nicht.

»Wirklich? Und was war auf dem Foto drauf? Ich hätte es gerne mal gesehen.«

Sie sah mich mit einem seltsamen Blick an.

»Na, was wird schon drauf sein? Lass es gut sein, Hardy. Glaub mir, es ist besser, nicht bei ihm nachzufragen.« Sie kam nahe an mich heran und drückte mir das Geld in die Hand. »Willst du wirklich nicht bleiben?«

Ich schüttelte den Kopf und sah mich um.

»Du hast eine schöne Wohnung«, sagte ich; und dann: »Wozu braucht eine Frau wie du einen Revolver?«

Sie stutzte. Dann lächelte sie: »Besser, man hat einen, oder …? Du hast ihn also gefunden. In meinem Putzeimer. Hast dich hier überall umgesehen.«

»Oh ja. Ich bin ein guter Privatdetektiv. Wenn mich ein Fall interessiert, kläre ich alle seine Geheimnisse auf.«

Ich steckte das Geld ein und ging zur Tür. Sie öffnete ihre Handtasche nochmals und holte etwas heraus. Es war ein Schlüssel. Sie kam mir nach und gab ihn mir.

»Das nächste Mal komm durch die Tür«, sagte sie und stellte sich auf die Zehenspitzen, um mich zu küssen.

Das war mir zu einfach.

»Hast du eigentlich einen Wagen?«, fragte ich, die Türklinke schon in der Hand.

Sie stutzte.

»Nein. Jemand hat mich hergefahren. Mr Thalberg, wir haben gearbeitet.« Sie hielt kurz inne, dann wurde ihr offenbar bewusst, dass sie lieber ganz präzise antworten sollte. »Das heißt, wir waren heute mit einigen Schauspielern bei *Musso & Frank's*, haben sie bei Laune gehalten, und er hat Wert darauf gelegt, dass ich sicher nach Hause komme.«

»Wie bist du eigentlich damals zu Irving Thalberg gekommen?«, fragte ich.

»Durch ein Casting bei der *Universal*.«

»Wirklich? Er hat dich also als Schauspielerin ›entdeckt‹?«, fragte ich.

»Nein, nein, es war anders«, sagte sie. »Eine Frau war so aufgeregt und nervös, dass sie beim Vorspielen zusammengebrochen ist, mitten im Studio. Da habe ich mich um sie gekümmert, die kleine Rolle war mir doch egal. Es hat ihn wohl beeindruckt, wie ich mit ihr und der Situation umgegangen bin. Plötzlich kam er zu mir und hat mir angeboten, als seine Sekretärin zu arbeiten. Obwohl er schon eine hatte. Ich habe kurz nachgedacht und dann Ja gesagt. Und jetzt geht das schon eine Weile.«

»Und danach? Hat er nie versucht ...?«

»Nein. Er ist verlobt«, sagte sie. »Und er wird nie wieder einen Fehler machen wie mit Virginia. Er ist ein sehr guter Boss, weißt du.«

»Warum hast du keinen Freund? Eine Frau wie du?«, fragte ich.

»Wer sagt, dass ich keinen habe?«, erwiderte sie einfach und grinste. »Hardy, du bist doch nicht etwa eifersüchtig?«

Ich zog sie zu mir heran. Wir standen Körper an Körper gepresst. Sie legte die Arme um meine Schultern. Doch ich küsste sie nicht.

»Was ist los?«, fragte sie, zu mir aufschauend.

»Du kannst mir kein Alibi geben, falls ich eins brauchen sollte«, sagte ich.

»Stimmt. Alle haben gesehen, dass ich bis vier dort war.«

»Genau. Und deshalb muss ich jetzt dringend nach Hause, wo ich schon die ganze Nacht bin«, sagte ich, gab ihr einen ordentlichen Zungenkuss und machte, dass ich da rauskam.

19

Die Vögel zwitscherten und die Sonne ging eben auf, als ich durch die Straßen zu meinem neuen Zuhause lief. Die ersten Straßenkehrer waren unterwegs und fegten die alten Zeitungen mit dem anderen Kehricht zu großen Haufen, die Läden öffneten, und die neuen Zeitungen wurden von Lastwagen in großen Ballen auf den Bürgersteig vor die Verkaufsstände geworfen.

Ich ging hinüber, um sie mir anzusehen. Wenn man schon mal die Hauptrolle in einer Vorstellung gegeben hat, will man auch unbedingt die Kritiken lesen, sobald sie herausgekommen sind.

Doch der Mord an dem Arzt in den Hollywood Hills war nicht auf der Titelseite. Dort stand in ganzer Breite: ARBUCKLE WEGEN MORD AN SCHAUSPIELERIN VERHAFTET – STAATSANWALT BRADY WILL IHM IN SAN FRANCISCO DEN PROZESS MACHEN!

Fatty Arbuckle hatte mir wieder einmal die Schau gestohlen.

Sie hatten ihn wirklich verhaftet, kaum dass er angekommen war. Trotz der Anwälte und obwohl er freiwillig angereist war und ausgesagt hatte. Sie glaubten Maude Delmont.

In den Zeitungen waren: Fotos von Fatty, in Handschellen, umringt von streng bis triumphierend blickenden Polizisten, dem Vorsitzenden Richter und natürlich Bezirksstaatsanwalt Brady. Von Maude, die anklagend dreinblickte und irgendwohin zeigte und die Zähne bleckte. Sowie das alte Foto von Virginia, die mit großen Knopfaugen in die Kamera lächelte wie die Unschuld vom Lande, die sie höchstens bis zur Pubertät gewesen war. Allerdings hatten sie es doch tatsächlich montiert auf das Bild von einer Flasche, so als sei es deren Etikett.

Es war die perfekte Geschichte. Es war der perfekte Skandal.

Für die Zeitungen. Ich kaufte jedenfalls eine.

Für die Staatsanwaltschaft, den ehrgeizigen Matthew Brady.

Für die *Vereinigung für die Rechte der Frauen von Los Angeles*, die auf Seite drei einen Boykott der Filme von Fatty Arbuckle forderte und offenließ, ob nicht gleich alle Filme aus diesem Sündenpfuhl namens Hollywood von den Leinwänden verbannt werden sollten. Und für diverse Kirchenvertreter und die üblichen Puritaner, die sofort in die gleiche Kerbe schlugen.

Nicht für *Famous Players*. Und schon gleich gar nicht für mich.

Ich konnte mir in etwa denken, was bei *Famous Players* jetzt los war. Fattys Verhaftung war eine wahre Katastrophe; ob er nun schuldig war oder nicht, und wer konnte das schon wissen außer ihm und der toten Virginia. Für die Öffentlichkeit wirkte die Festnahme jedenfalls wie der eindeutige Beweis, dass an der Sache etwas dran sein musste.

Sein Anwalt, dieses Genie, hatte ihm geraten, so entnahm ich Mr Hearsts Blatt, zu den Vorwürfen strikt zu schweigen. Staatsanwalt Brady hatte hingegen jede Menge Zeugen der Party aufgefahren, und der Richter hatte am Ende der Anhörung aufgrund ihrer Aussagen nicht anders gekonnt, als einen hinreichend begründeten Anfangsverdacht zu sehen. Nicht für Mord – obwohl die Staatsanwaltschaft darauf plädiert hatte –, aber für Totschlag und Vergewaltigung. Über den Obduktionsbericht oder die Aussagen der behandelnden Ärzte stand darin rein gar nichts.

Jedenfalls hatte der Richter den Verdächtigen Roscoe Conkling Arbuckle vorläufig in Haft nehmen lassen und eine Grand-Jury-Sitzung anberaumt, bei der über die Eröffnung eines Prozesses gegen ihn entschieden werden sollte. Und damit hatte *Famous Players* jetzt den Salat. In Geld war der Schaden kaum auszudrücken. Sie würden alles tun, um ihn wieder zu beheben. Einfach alles.

Ich beschloss, erst einmal in Deckung zu gehen. Das war das Erste, was man als Soldat lernte.

Ich kaufte mir im selben Laden wie gestern, kaum dass er aufmachte, neue Schuhe und zog sie gleich an. Die, die ich in den Hills angehabt hatte, warf ich einfach an der Straße in einen Mülleimer mit der Aufschrift *Haltet Los Angeles sauber*.

Das ist einer der Vorteile, wenn man eine Ausbildung als Polizist gemacht hat: Man weiß, dass die Polizei an Tatorten Gipsabgüsse von Schuhabdrücken macht. Und man besser keine dazu passenden Schuhe zu Hause herumstehen hat. Zumal, wenn sie einen sowieso drücken. Die neuen kaufte ich mit Ledersohlen und eine Nummer größer. Und ich trat damit gleich in eine tiefe Pfütze.

Zu Hause auf meinem winzigen Balkon las ich die vermischten Meldungen ganz hinten. Ein Arzt sei in den Hollywood Hills tot aufgefunden worden. Die Polizei, anonym zum Tatort gerufen, habe einen Verdächtigen von dort flüchten sehen. Wie man aus internen Polizeikreisen erfahren habe, sei er in einem Polizeiwagen entkommen, der später in Hollywood wiedergefunden worden sei.

Man sei immer noch auf der Suche nach dem Verdächtigen und ermittle wegen Mordes. Nähere Details, wie die Todesursache oder eine Beschreibung des Flüchtigen, wurden nicht erwähnt.

Die Polizisten waren sicherlich nicht besonders glücklich darüber, derart bloßgestellt worden zu sein, so viel war klar. Sie würden alles daransetzen, den Verdächtigen zu fassen. Einfach alles.

Ich ging hinunter und klingelte bei meinem Vermieter Mr Soerensen. Ich fragte ihn, ob er letzte Nacht auch diese Geräusche gehört habe. Er zuckte mit den Achseln. Ich hätte nämlich deshalb ganz schlecht geschlafen. Er zuckte mit den Achseln.

Vielleicht ein kaputter Gasboiler? Er zuckte mit den Achseln.

»Ich habe nichts gehört. Ich habe geschlafen«, sagte er.

Er sah sich den Gasboiler an, ohne Ergebnis, und sagte, er hoffe, ich könne kommende Nacht besser schlafen.

Wenn ich einmal einen Zeugen brauchte, der der Polizei richtig auf die Nerven gehen sollte, würde ich definitiv einen Norweger nehmen. Jedenfalls hatte ich ihm damit hinlänglich ins Bewusstsein gebracht, dass ich hier geschlafen hatte.

Ich hätte jetzt gerne *wirklich* geschlafen, aber mir ging zu viel im Kopf herum. Ich ging in den Flur zum Fernsprecher und meldete ein Gespräch nach San Francisco an.

Nach einer Weile meldete sich eine Frauenstimme: »Hier Praxis von Dr. Hayden?«

»Ist der Doktor zu sprechen? Hier ist Hardy Engel. Ich bin ein alter Bekannter.«

»Tut mir leid, Mr Engel. Dr. Hayden ist auf unbestimmte Zeit verreist, und ich kann ihn auch nicht erreichen.« Damit legte sie auf.

Ich ging nach oben und versteckte für alle Fälle die mir verbliebenen großen Scheine, meinen neuen Reichtum von drei Hundertern und einem Fünfziger, zusammengerollt in einem der Messingbettpfosten, dessen oberes Ende man abschrauben konnte, und die Akte von Virginia Rappe zusammen mit ihrem Kalender in einem Hohlraum hinter einer Fliese im Bad. Die Luger fiel mir ein, und ich legte sie auch noch dazu. Ohne Patronen brachte es nichts, sie bei mir zu tragen, und ich wollte sie ungern herumliegen lassen.

Ich musste nachdenken. Den Kopf freibekommen. Ich ging nach draußen und besichtigte den Teich im Wilshire Park, aus dessen schwarzer Mitte blubbernde, heiße Blasen aufstiegen, und im Museum daneben all die Dinge, die man bei den Ausgrabungen des *Los Angeles County Museum* darin gefunden hatte.

Sie waren dreißigtausend Jahre alt, also genau neunundzwanzigtausendneunhundertneunzig Jahre älter als die Filmindustrie in Hollywood. Das gab einem eine Menge Stoff zum Nachdenken.

Es war eine großartige paläontologische Fundgrube zustande gekommen, weil vorzeitliche Tiere aller Art in dem flüssigen Teer eingesunken und nicht mehr herausgekommen waren. So waren sie hier mitten in Hollywood jämmerlich verreckt. Es waren Skelette von Mammuts, Säbelzahnkatzen, Wölfen und von kleinen Taschenmäusen.

Die Raubtiere hatten die hilflos festsitzenden Beutetiere in diesem Teerloch ganz bequem auffressen wollen, so als säßen sie bei *Musso & Frank's* am Tisch, aber dann waren dabei auch sie in die Grube gefallen und mit ihren Opfern zusammen jämmerlich verreckt und im Teer konserviert worden. Was übrig blieb, war einfach nur ein großer Haufen Knochen, bei dem nun irgendein armer Teufel auseinandersortieren musste, was zu wem gehörte.

Ich fragte mich unwillkürlich, welche Funde von Lebewesen aus unserer Zeit man dreißigtausend Jahre in der Zukunft einmal hier machen würde. Und ob man dann wohl noch richtig deuten könnte, wer davon einmal ein harmloses und wer ein todesgefährliches Geschöpf gewesen war, das die anderen fressen wollte.

Ich bekam nun selbst Hunger, so großen, dass ich sogar ein ganzes Mammut hätte verspeisen können. Doch als ich kurz zu Hause vorbeiging, kam etwas dazwischen.

Oben vor meiner Tür standen zwei Männer mit prächtigen Schnauzbärten und Hüten und betrachteten gerade den Zettel mit meiner Werbung, als übten sie damit lesen. Sie trugen Waffen, aber ihre Kleidung war zu billig, als dass sie richtige Gangster hätten sein können.

Sie kamen mir außerdem bekannt vor.

20

»Sind Sie Hardy Engel?«, fragte mich der eine, Ältere, Größere, der sehr unreine Haut und mehrere blinkende Goldzähne hatte. Dieselbe Frage hatte aus Peppers Mund sehr viel schöner und vielversprechender geklungen.

»Wer will das wissen?«

Er schlug sein Jackett zur Seite und zeigte mir an einer Kette eine Blechmarke.

»Sergeant of Detectives Ulisses Gordon, Los Angeles Police Department«, sagte er trocken. Der andere, der viel kleiner und dünn und schwarzhaarig war, stellte sich dicht neben mich und starrte mir Löcher in den Kopf oder versuchte es zumindest. »Und das ist Detective Vincente Catanza. Wir sind von der Mordkommission in Hollywood.«

Es war dieselbe Stimme, die letzte Nacht »Stehen bleiben« gerufen hatte. Der Mörder hatte also gleich direkt die Mordkommission benachrichtigt. Cleverer Mann.

»Hardy Engel, in der Tat. Was gibt's denn?«

»Er könnte es sein«, sagte Catanza. »Dasselbe schmutzige Blond. Er könnte es sein.«

»Könnte was sein?«, sagte ich. »Suchen Sie jemanden zum Heiraten?«

»Werden Sie nicht frech. Dürfen wir in Ihr ›Büro‹ kommen?«, sagte Gordon spöttisch. Wenn er lächelte, sah sein Mund aus, als ginge darin die Sonne auf.

»Wieso, haben Sie einen Auftrag für mich?«, fragte ich.

»Nur ein paar Fragen.«

Ich schloss auf und ging voran. Der kleine Schwarzhaarige stolperte nah hinter mir drein, den Blick fest auf mich gerichtet. Er ging mir schon jetzt auf die Nerven.

»Sind Sie Norweger, Catanza?«, fragte ich ihn. »Mein Vermieter ist auch Norweger, und er sieht genauso aus wie Sie.«

Catanza baute sich vor mir auf und verzog das Gesicht zu einem hässlichen Grinsen. Es war darin zu lesen, dass er jederzeit explodieren konnte. Gordon sah sich aufmerksam um. Er hatte auch auf den Händen schlechte Haut, und leider hatte er sehr große Hände. Man hätte ihn dringend zu Dr. O'Hara schicken müssen, bevor jemand die Idee gehabt hatte, diesen umzubringen.

»Sie sind also Privatdetektiv, Mr Engel? Zeigen Sie mir bitte Ihre Lizenz.«

Ich holte meine Brieftasche heraus. Die zusammengefaltete Detektiv-Lizenz des Staates Kalifornien beulte sie erheblich stärker aus als die wenigen Münzen darin. Ich gab sie ihm. Er faltete das Blatt langsam auseinander und sah darauf.

»Haben Sie viele Aufträge?«

»Keine Sorge. Ich nehme Ihnen schon nicht die Arbeit weg.«

Gordon warf meine Lizenz auf den Tisch, ging ein bisschen herum, hob das eine oder andere an. Sah auf meine Koffer, von denen einer geöffnet war und der andere noch nicht ausgepackt dastand.

»Bitte nichts anfassen. Stellen Sie schon Ihre Fragen. Worum geht's denn?«

»Gerade erst eingezogen, was?«

Wenn sie wirklich etwas Konkretes gegen mich in der Hand gehabt hätten, dann wären sie ganz anders vorgegangen, so viel war mir klar.

»Wollte mich verbessern. Sie hätten das Büro davor sehen sollen. Ich lebe sowieso aus dem Koffer. Sieht man das nicht?«

»Sind das Ihre einzigen Schuhe?«, fragte Catanza und ging in die Hocke, um sie sich anzusehen. »Ganz neu, wie ich sehe.«

»Wenn man genug Aufträge hat, kann man sich welche leisten.«

»Heben Sie bitte mal das Bein.«

»Wuff«, sagte ich und tat es. Er schnüffelte an meinen Sohlen herum. Die Ledersohle war feucht, aber keine Spur von Dreck oder Gras.

»Und wo sind die alten?«

»Weggeworfen«, sagte ich. »Die waren völlig durchgelaufen. Hätte ich allerdings gewusst, dass Sie die noch tragen wollen, dann hätte ich sie natürlich für Sie bereitgehalten.«

»Der Anzug«, sagte er zu seinem Kollegen. »Der Anzug könnte es auch sein.«

»Den Anzug gebe ich aber nicht her, auch wenn es nicht mein einziger ist«, sagte ich zu Catanza. Zu ihm fiel mir auf Anhieb am meisten ein. Wo war so ein Catanza, wenn man mal ein Vorsprechen bei Hal Roach hatte und Gags improvisieren musste? »Sie haben doch selber einen braunen. Wahrscheinlich hat jeder Mann in dieser Stadt einen braunen Anzug.«

»Ach so, Sie sind ein Komiker!«, sagte Gordon, diesmal ohne zu lächeln.

»Woher wissen Sie das?«, fragte ich. »Ja stimmt, ich bin eigentlich Komiker und Schauspieler. Das mit den Ermittlungen mache ich nur nebenbei.«

Gordon betrachtete mich verkniffen, offenbar unsicher, ob dies nun wieder ein Witz gewesen war.

»Und was haben Sie gestern Nacht gemacht?«

»Gestern Nacht?«, fragte ich und zwinkerte ihm zu. »Da bin ich einem Spezialauftrag nachgegangen, wenn Sie's genau wissen wollen. Ich habe an dieser Matratze gehorcht und scharf aufgepasst.« Ich zeigte aufs Bett, kam nahe heran und senkte die Stimme verschwörerisch. »Sie wissen doch, was man sagt: Was man im neuen Zuhause träumt, das geht in Erfüllung!«

»Und, von Schlägen geträumt?«, fragte Catanza und kam neben mir hoch. Er hatte eine viel unangenehmere Art, neben einem hochzukommen, als Pepper. Wie ein sizilianisches Gespenst.

»Sie kamen darin leider nicht vor«, sagte ich und ließ keinen Zweifel daran, wie herum ich's meinte.

»Woher haben Sie die Wunde am Kopf?«, fragte Gordon, jetzt schräg hinter mir.

»Hab mich heute Nacht in meinem neuen Bad gestoßen, als ich pissen war.«

»Zeugen dafür?«

»Für das Anstoßen oder den Traum?«

»Dass Sie hier waren«, sagte Catanza und zuckte vor Wut mit den Augen. Für einen Moment glaubte ich, Wölkchen aus seinen Ohren herauskommen zu sehen.

»Das Bett sieht nicht benutzt aus.«

»Ich mache es jeden Morgen, sehr ordentlich, das habe ich beim Militär so gelernt«, sagte ich und wandte mich Gordon zu. Er schien mir vernünftiger, soweit Vernunft eine taugliche Kategorie für die Polizei von Los Angeles war. »Fragen Sie doch meinen Vermieter, Mr Soerensen. Habe mit ihm wegen eines kaputten Boilers geredet, der Geräusche gemacht hat.«

»Vielleicht haben wir das ja schon«, sagte Gordon unbestimmt.

Er schlenderte Richtung Bad.

»Muss mir mal die Hände waschen. Ganz schön schmutzig hier.«

Ich musste an mich halten, ihm nicht sofort zu folgen. Catanza beobachtete mich die ganze Zeit genau. Ich sah, wie Gordon sich drinnen über das Waschbecken beugte und die rotfleckigen Hände direkt neben der Fliese wusch, hinter der ich Virginia Rappes Akte versteckt hatte. Ich versuchte, nicht dorthin zu sehen.

»Können Sie Automobile fahren?«, fragte er über die Schulter. Er beobachtete mich in einem Spiegel über dem Waschbecken.

»Klar. Sie können sich's sogar ansehen. Musste ich mal in einem Film machen.«

»Und haben Sie einen Wagen?«

»Nein«, sagte ich. »Wieso, haben Sie einen abzugeben?«

Catanza machte ein Geräusch wie ein Kessel, wenn das Teewasser fertig ist. Gordon drehte sich um, kam zu mir, baute sich vor mir auf und drückte mir eine rot gescheuerte nasse Bratpfannenhand auf die Brust.

»Blasen Sie sich hier nicht so auf. Man hat uns den Tipp gegeben, Sie wegen der Sache heute Nacht zu befragen, und Sie sind verdächtig. Also schön ruhig, und legen Sie sich nicht mit der Polizei von Los Angeles an. Am Ende finden wir sonst noch eine Flasche Selbstgebrannten in einer Ihrer Schubladen?«

Ich sah von ihm zu Catanza und zurück. Dieser Tipp musste ziemlich vage und unkonkret gewesen sein. Vermutlich anonym.

»Von welcher Sache reden Sie? Sie dürfen sich hier gar nicht umsehen, ohne Beweise in der Hand zu haben oder einen richterlichen Durchsuchungsbeschluss. Ich war selbst einmal Polizist. Außerdem sind Sie doch gar keine Prohibitionsagenten, sondern von der Mordkommission. Wer ist denn überhaupt gestorben?«

»Das wissen Sie genau. Doktor O'Hara. In den Hollywood Hills.«

Ich schlug mir mit der Hand an die Stirn und zeigte auf den *Examiner*.

»Davon hab ich vorhin in der Zeitung gelesen! Sie sind aber nicht die beiden Cops, denen das Automobil gestohlen wurde, nein?«

Catanza knirschte mit den Zähnen. Gordon hatte sich besser im Griff.

»Haben Sie den Doktor gekannt?«

Ich wog demonstrativ seine Worte ab und schüttelte den Kopf.

»Da müsste ich lügen.«

»Waren Sie gestern in den Hills, ja oder nein?«, stieß Catanza hervor.

»Blödsinn«, sagte ich. »Jeder weiß doch, dass man ein Automobil braucht, um da hinzukommen! Und vor allem, wie käme man wieder weg?«

Catanza und ich starrten uns an. Er wirkte, als würde er sich jeden Moment auf mich stürzen. Gordon hielt eine Hand vor Catanzas Gesicht, und das schien ihn zu beruhigen. Vielleicht ekelte es ihn auch nur genauso wie mich.

»Sagen Sie uns einfach, für wen Sie arbeiten. Wir finden es irgendwann sowieso heraus«, sagte Gordon.

»Dann will ich Ihnen den Spaß nicht verderben. Von Kollege zu Kollege«, sagte ich. Ich beschloss, es nicht auf die Spitze zu treiben und Catanza jetzt zu ignorieren. »Ich darf so etwas nicht sagen, das wissen Sie doch genau. Und Sie sagen mir ja auch nicht, wer Ihnen da einen Hinweis gegeben hat, der offensichtlich falsch ist. Der sich damit doch wohl ebenfalls verdächtig macht, so würde ich das zumindest sehen?« Gordon grinste mich wieder an. Es war ein Sonnenaufgang, wie es ihn nur in Kalifornien gab. »Oder warum jemand auf die Idee kommt, einen Doktor umzubringen. Jemanden, der nur dazu da ist, einem zu helfen.«

»Es ist noch nicht mal gesagt, dass er umgebracht worden ist«, sagte Gordon und ging auf meinen Tonfall ein. »Nur weil wir von der Mordkommission ermitteln, muss es sich am Ende nicht um Mord handeln. Vielleicht war's auch Selbstmord. Einsame Männer bringen sich manchmal um.«

»Da bin ich ja froh, dass ich ab und zu eine Freundin abbekomme«, sagte ich. »Und warum hätte sich *dieser* einsame Mann wohl umbringen wollen?«

»Vermutlich hat er von etwas gewusst, das ihn nichts angeht«, sagte Gordon und bemühte sich dabei um einen drohenden Blick. Vor einer Filmkamera hätte man's ihn gleich noch mal machen lassen.

»Das ist, genau genommen, einer der häufigsten Gründe für Mord oder Selbstmord, soweit wir es mit unserer reichhaltigen Erfahrung sagen können«, sagte Catanza. Ich ignorierte ihn, als wäre er eine Gipsfigur in einem italienischen Restaurant, und das ließ ihn nur noch wütender werden.

Gordon rückte näher heran und machte sich bereit für seine Botschaft an mich. Polizisten sind wie schlechte Theaterstücke:

Sie haben am Ende immer eine Botschaft. »Wir werden die Lösung des Rätsels wohl in seiner Patientenkartei finden. Wir sind gerade dabei, die Kartei und das Terminbuch des guten Doktors abzugleichen. Wir werden herausfinden, was da fehlt.«

»Sie werden ganz bestimmt auf Gold stoßen, da bin ich sicher«, sagte ich.

Gordon sah mich wütend an und hob leicht die rechte Hand. Er sah für einen Moment aus wie ein Pompeji-Opfer, inklusive Brandwunden. Er nahm sie herunter. Er hatte genug. Er wurde direkt.

»Wir haben Sie gesehen. Und wir behalten Sie im Auge«, er tippte an seine Hutkrempe. »So was können Sie mit uns nicht machen, verstehen Sie.«

Und dann drehte er sich um und ging zur Tür.

»Mit uns nicht …!«, knirschte Catanza, einfallslos wie ein Echo, und folgte ihm.

»Was kann ich nicht machen?«, fragte ich ihre Rücken. »Bessere Schuhe tragen als Sie?«

Sie ließen die Tür ins Schloss fallen, als wollten sie ein Erdbeben auslösen.

Ich sah ihnen durch das Fenster zu, wie sie zu ihrem Polizeiwagen gingen, einstiegen und wegfuhren. In den sie selbst Einschusslöcher gemacht hatten.

21

Ich hatte endgültig die Nase voll.

Der Mörder hatte versucht, mich hinzuhängen und am Tatort in flagranti aufgreifen zu lassen. Er hatte aber gewiss auch – für den Fall, der dann eingetreten war, dass die Polizei zu dumm wäre, diese simple Aufgabe zu erledigen – herausgefunden, wer ich war. Vermutlich, indem er sich meine Brieftasche mit der Lizenz darin angesehen hatte, als ich bewusstlos war. Bevor er Virginias Akte gesäubert hatte und mit dem entscheidenden Teil verschwand. Was dann passiert war, hatte er in den Zeitungen nachlesen können.

Er konnte jetzt mit mir spielen, wie ein Raubtier mit seiner Beute, und das hatte er mir mit dem Auftritt dieser beiden Clowns zeigen wollen. Mehr vorerst nicht.

Ich ging ins Bad und holte die Akte und den Kalender hinter der Fliese hervor. Ich verbrachte den Rest des Vormittags damit, eine genaue Abschrift aller darin erwähnten Termine und Fakten zu machen, die ich dann am selben Platz versteckte.

Ich würde zu Fritz Roth gehen und die Beweisstücke und den Fall loswerden. Ich würde ihm und *Famous Players* das alles auf den Tisch knallen und endlich nach der Wahrheit fragen. Und es würde sich schon herausstellen, ob ich nun eine Säbelzahnkatze war oder eine Taschenmaus.

Als ich am frühen Nachmittag das Haus verließ, trug ich meinen anderen Anzug. Er war schwarz und hatte nur auf dem Rücken und hinten am linken Bein weißlich gefleckte Stellen, die nicht richtig ausgebürstet waren. Ich fand, mein brauner hatte eine Pause verdient. Er war fleckig und verschwitzt. Ich hatte ihn im Bad aufgehängt und heißes Wasser darunter eingelassen. Wer wusste schon, wie lange ich in einer Wohnung mit heißem Wasser wohnen würde? Ich hatte die Taschen durchsucht und zweierlei darin gefunden: eine Dollarnote und etwas Kleingeld. Und den Stofffetzen, den ich im Coldwater Canyon vom Ärmel des Mörders abgerissen hatte.

Ich nahm beides mit, als ich mit der Straßenbahn hinüberfuhr.

Es war ein sehr heißer Tag, so, wie es sich schon in den letzten Tagen angekündigt hatte. Der Asphaltsee neben meinem Haus brodelte und schlug hohe Blasen. Die Hitze flimmerte darüber. Auch die Straßen glühten, als wollten sie in Kürze zerfließen und sich mit ihren urzeitlichen Geschwistern vereinigen und dann gemeinsam alles verschlingen.

In der Straßenbahn stank es noch schlimmer als sonst. Meine Mitfahrer sahen angespannt und erschöpft aus. Fast alle lasen Zeitungen mit Arbuckle-Meldungen, und wer selbst keine hatte, las beim Nebenmann mit. GRAND-JURY-ANHÖRUNG BEGONNEN – ARBUCKLE VOR GERICHT – ENTSCHEIDUNG ÜBER PROZESS MORGEN, schrie die Schlagzeile. In Fettdruck, natürlich.

Ich nahm mir eine Zeitung von einem Arbeiter, der sie bereits ausgelesen hatte und auf dem Hollywood Boulevard absprang, und sah sie durch. Von Maude Delmont und ihrer Aussage war keine Rede mehr, auf den gesamten acht Sonderseiten nicht. Aber andere Zeugen wurden von der Staatsanwaltschaft vernommen und bestätigten, dass Fatty mit Virginia alleine gewesen sei und sie offenbar vergewaltigt habe. Ob mit einer Flasche oder einfach so, darüber schienen sie sich nicht ganz einig zu sein.

Das Ganze stank mindestens so stark wie unser Waggon.

Als wir an dem großen Kino vorbeikamen, in dem *Die drei Musketiere* lief, sahen wir eine Gruppe von protestierenden Frauen, alle in schwarzen Kleidern und Hüten, wie ein

Schwarm von Krähen, die mit hochgehaltenen Schildern Wache hielten und lauthals etwas skandierten. Ich las die Worte *Arbuckle* und *Boykott* auf ihnen.

Mein frisches Hemd war durchgeschwitzt, als ich ankam. Mein hellgrauer Homburg hatte einen dunklen Schweißring, den ich in der Spiegelung der Scheibe deutlich sehen konnte.

An der Ecke Hollywood und Vine stieg ich aus und ging hinüber zu *Famous Players-Lasky*. Eugene hatte wieder Dienst an der Pforte. Auch er war in eine Zeitung vertieft.

»Hardy! Glaubst du, sie werden ihm den Prozess machen? Wie war es in San Francisco? Hast du irgendetwas hiervon mitbekommen, sag mal?«, fragte er.

Heute war ich es, der die geheimen Informationen hatte.

»Tut mir leid, ich darf dir nichts Näheres erzählen. Und glaub mir, du willst es auch gar nicht wissen.«

»Zu Fritz Roth?«, fragte er. »Der ist ohne Pause im Einsatz. Eine Krisensitzung jagt die nächste. Wenn das so weitergeht, kommt er hier nie mehr raus.«

»Oder nur mit den Füßen voran«, sagte ich. »Wird heute gedreht?«

»Hier wird doch stets gedreht. DeMille ist immer noch dran, in der großen Halle, *The Affairs of Anatol* nach Schnitzler. Letzter Drehtag, in ein paar Tagen kommt der Streifen raus.«

»Abwarten«, sagte ich und ging einfach an ihm vorbei.

»Wieso, glaubst du, sie machen uns den Laden zu? Wegen Fatty?«, rief er hinter mir her. Ich antwortete nicht und hob stattdessen nur die Hand und schwenkte sie mit einer unbestimmten Geste in der Luft.

Ich wusste nicht, ob ich noch mal herkommen konnte nach dem, was ich vorhatte. Und deshalb führte mich mein erster Weg auch nicht zu Fritz, sondern zu *Stage Four*, in die große Halle, um etwas anderes zu klären.

Ein Dutzend Statisten lungerten davor herum, in Abendgarderobe kostümiert. Ich wartete, bis der Assistent an der großen Eisentür das Zeichen gab, dass die aktuelle Aufnahme beendet war, und als die Statisten hineinströmten, ging ich einfach mit.

Auf einem hohen Holzpodest saß DeMille und bellte Befehle durch ein Megafon. Er trug Reithosen, Reitstiefel und am Gürtel eine Reitgerte, obwohl er nur einen Regiestuhl ritt. Zahlreiche Mitarbeiter wuselten durcheinander und führten aus, was er ihnen befahl. Aber natürlich ganz falsch, sodass er gleich noch mal etwas bellte.

Man baute für die neue Szene auf. Der Set stellte einen verschwenderisch ausgestatteten Nachtclub dar, mit viel rotem Plüsch und reich gedeckten Tischen und geschwungenen Sesseln mit Goldrand.

Etwas abseits standen Wallace Reid und Gloria Swanson, neben zwei mit weißem Segeltuch bespannten und mit ihren Namen beschrifteten Stühlen. Ich hatte beide noch nie aus der Nähe gesehen.

Wally war gerade dreißig geworden und groß und kräftig, weit über sechs Fuß, mit mächtigen Schultern; ganz der Automobilrennfahrer und Actionheld, der seine Stunts selbst machte. Er spielte hier nur ausnahmsweise in einem Drama mit Tiefgang, und er wirkte sehr nervös. Seine dunklen Augen hatten einen merkwürdigen Glanz, und er trat auf der Stelle wie ein gedoptes Rennpferd.

Die Swanson wirkte neben ihm umso kleiner und zerbrechlicher. Er war fast doppelt so groß wie sie. Ihre scharf geschnittenen, wahnsinnigen Augen waren so riesig, dass ihr Gesicht fast nur aus ihnen zu bestehen schien. Sie trug für diesen Film eine schwarze Perücke mit einer Hochsteckfrisur. Sie verdeckte ihre kurz geschnittenen Haare, die sie in ihrem letzten Erfolgsfilm präsentiert hatte und die sie wie Pepper trug – oder: Pepper wie sie.

Eine brünette Kostümbildnerin zupfte an ihrem grünen Taftkleid mit weißem Spitzenbesatz herum und drapierte ein paar Schleifen neu. Die Swanson benahm sich, als wäre sie gar nicht da.

DeMille kam über eine Leiter von dem Podest heruntergestiegen wie ein *Deus ex machina*.

»Ich hoffe, du bist in Stimmung, Wally«, sagte DeMille. »Du

darfst deinen Widersacher jetzt gleich verprügeln in deiner großen Szene. Und ich will, dass du in Bestform bist dabei.«

»Verstehe, Mr DeMille«, sagte Wally mit demselben nervösen Blick, den auch Fatty damals bei meiner Ankunft gehabt hatte, »aber ich bin wirklich nicht sicher, ob wir das so machen sollten.« Er zupfte an seinem Hemd; es war eines von denen mit weichem Kragen anstelle von Zelluloid, für die er so erfolgreich Werbung machte.

Gloria Swanson sah zu ihm auf und verdrehte die Augen.

»Hast du Angst um dein Image?«

»Ich dachte, das sollte eine ganz andere Art Film sein, ein Rollenwechsel. Dass ich einen Feingeist darstelle, der sich für in Not geratene Frauen einsetzt«, sagte Wally fast scheu. Seine Stimme klang wie verschleiert.

Eine hübsche Frau in einem teuren Kleid und mit einer extravaganten Hutkreation, die an der Seite gewartet hatte, kam dazu. Wally sah sie erwartungsvoll an, und sie übernahm.

»Wally ist doch nicht nur ein tumber Sportler, der alles mit Gewalt löst, Mr DeMille. Oder meinen Sie etwa, das Publikum wird ihn nicht sehen wollen ohne eine Kampfszene?«, sagte sie.

»Solche Überlegungen müssen Sie schon mir überlassen, liebe Dorothy«, sagte DeMille. »Ihr Mann hat in der Szene davor erfahren, dass sein bester Freund seine Frau verführen will. Das bringt ihn mächtig auf, das wird jeder verstehen.«

»Deswegen muss er doch nicht gleich Gewalt anwenden«, sagte Mrs Wallace Reid giftig. Man merkte ihrem Auftritt an, dass sie selbst einmal Schauspielerin gewesen war.

»Er tut damit das Richtige, aus dem richtigen Grund«, sagte DeMille geduldig.

»Wir wollten diesmal etwas anderes. Und als Produzent müssen Sie auch daran denken, Kompromisse zugunsten der Stars Ihres Films zu machen«, sagte Dorothy, während Wally sich mit unruhigem Blick umsah, als wäre er gerade lieber nicht hier.

Er brauchte ganz offensichtlich dringend Nachschub von etwas. Ganz Hollywood wusste, wovon. Seit er auf dem Weg zu

Dreharbeiten einen schweren Unfall gehabt hatte, war er abhängig von dem Morphin, das sie ihm damals gegeben hatten, damit er trotz der Schmerzen weiterdrehen konnte.

»Und nicht nur für Wally. Auch für den größten weiblichen Star dieser Stadt«, fügte seine Frau hinzu und sah Gloria hoffnungsvoll an.

»Ja. Gloria hat in dieser Szene doch gar nichts zu tun, außer zuzusehen«, pflichtete Reid ihr bei und stellte sich neben Gloria. Diese sah ihn fast belustigt an.

»Oh, es kommt darauf an, *wie* ich zusehe«, sagte sie. »In der Großaufnahme.«

»Miss Swanson und ich haben schon so viele Filme zusammen gemacht«, sagte DeMille. »Sie hat vollstes Vertrauen zu mir, ob ich ihr nun einen Löwen ins Bett lege oder sie von einem Hochhaus springen lasse. Sie weiß, unten fängt sie ein Sprungtuch auf, und der Löwe beißt sie nicht. Ist es nicht so, Gloria?«

Die Swanson sah zu ihm auf und klimperte mit den Wimpern und sagte: »Ich habe vollstes Vertrauen zu euch *beiden*, Cecil.«

»Wir machen es so, wie ich es gesagt habe, Wally«, sagte DeMille säuerlich und sah dabei Dorothy an, nicht ihren Mann.

»Bin gleich wieder da!«, sagte Wally gehetzt.

Und er ging oder vielmehr rannte davon.

Dorothy eilte hinter ihm her. »Warte!«

DeMille und Gloria sahen sich vielsagend an.

»Hoffentlich nimmt sie es ihm wieder rechtzeitig weg«, sagte Gloria.

»Er kann jedenfalls von Glück reden, dass er sie hat«, sagte DeMille.

Er ließ seine Reitgerte auf die Stiefel knallen und rief: »Umbaupause!«

Dann legte er Gloria den Arm um die Schulter und führte sie zur Seite, wo er auf sie einzureden begann. Die Kostümbildnerin huschte auf Zehenspitzen von ihnen weg.

Sie war womöglich noch dünner als Gloria, eine hübsche

Brünette Ende zwanzig mit wachen eisgrauen Augen, die überall sonst ziemliches Aufsehen erregt hätte. Sie hieß Agnes, ich kannte sie von einem meiner Drehs. Hier drin trug Agnes ein hellgraues langes Kleid und das unaufregendste weiße Hütchen, das man sich bei einer Kostümbildnerin vorstellen konnte. Vermutlich hatte sie beides selbst genau mit dieser Absicht entworfen. Vermutlich hatte sie sogar ihre blonden Haare in ein unansehnliches Braun umgefärbt. Sie wusste, dass sie hier drin nicht der Star sein durfte.

Ich ging zu ihr und legte ihr von hinten ganz leicht die Hand auf den Arm. Sie sprang ungefähr so hoch wie ein Känguru.

»Hallo Agnes, ich bin's nur«, sagte ich.

»Oh mein Gott, Hardy. Verzeih mir, wir sind heute alle so nervös …«

»Ich weiß. Du musst dich nicht entschuldigen.«

»Alle streiten sich dauernd, und dann … Ist das nicht schrecklich mit Fatty? Wir wissen alle nicht, wie es weitergeht. Ich sollte die Entwürfe für seinen neuen Film machen, aber es ist alles gestoppt.«

»Habe ich schon gehört, Agnes. Ich will auch gar nicht lange stören. Dich nur kurz etwas fragen.«

»Dann frag«, sagte Agnes und sah an meinem Anzug hoch und runter. Sie kam etwas näher ran. »Hast dich lange nicht mehr blicken lassen, Hardy.«

»Ich habe gearbeitet und war unterwegs.«

»Du brauchst dringend einen neuen Anzug«, sagte sie und nahm den Stoff zwischen zwei Finger. »Kannst gerne bei mir im Fundus einen aussuchen.«

»Genau deswegen brauche ich deinen Rat«, sagte ich und lächelte sie an. »Ich wollte mir aber einen schneidern lassen, und zwar aus genau einem solchen Stoff.« Ich holte den karierten Fetzen heraus und zeigte ihn ihr.

»Etwas zu ausgefallen. Steht dir nicht«, sagte sie, ohne zu zögern, und zog eine Grimasse.

»Hast du so einen schon mal gesehen?«, fragte ich.

Sie schüttelte den Kopf. »Nein. Warum willst du gerade den?«

»Weil ich es mir jetzt leisten kann. Wo bekomme ich so einen Stoff her? Wo würdest du ihn herbekommen?«

Sie sah von dem Stofffetzen zu mir und zurück. »Da müsstest du wohl hinunter nach Chinatown gehen. So was bekommst du bei Mr Yuan in der Temple Street. Seine Anzüge haben eine sehr gute Qualität. Aber lass dich nicht zu einem Spiel im Hinterzimmer überreden. Da bist du dein Geld schneller los, als du dich umsehen kannst«, sagte sie. Ich grinste zurück. Wir hatten in den Drehpausen oft gepokert. Meistens hatte sie gewonnen. Zu anderen Spielen war es zwischen uns nicht gekommen.

»Danke dir. Lass dich nicht schlecht behandeln von denen, ja?« Ich zwinkerte ihr zu. Gloria Swanson rief nach ihr, und Agnes zog eine Grimasse nur für mich. Dann setzte sie routiniert ein schüchternes Lächeln auf, aus der hübschen Frau mit der schwarzen Seele wurde eine introvertierte graue Maus, und sie drehte sich um.

»Ja, Miss Swanson?«

22

Ich ging durch die Hitze hinüber zum Hauptgebäude. Ich atmete möglichst ruhig und versuchte, mich in Stimmung zu bringen. Es war etwa dieselbe Aufgabe wie die von Wally Reid: einen Widersacher hart anzugehen. Allerdings hatte ich keine Drogen und nur einen Versuch, um es hinzubekommen. Und außerdem wurde Reid dafür erheblich besser bezahlt, und danach fuhr er mit seiner Frau in seine Zwanzig-Zimmer-Villa zu seinem Morphin und Heroin.

Ich ging hinein und die Treppe hinauf zu Fritz Roths kleinem Vorzimmer. Die kalifornische Blondine saß nicht hinter ihrem Schreibtisch. Das war mir recht. Ich ging die zwei Schritte zu seiner Tür und riss sie ohne Klopfen auf.

Fritz Roth war gerade dabei, seine Sekretärin von hinten zu nehmen, die ihren Oberkörper über den Schreibtisch beugte. Ihr Gesicht lag auf einem Häufchen Kokain und ihre Nase war weiß gepudert. Die Augen hatte sie geschlossen, das Kleid war über den Rücken hochgeschoben, sie stöhnte im Takt und jedes Stöhnen lag eine Oktave höher. Er bemerkte mich zunächst nicht. Dann sah er plötzlich ruckartig hoch und erstarrte mitten in der Bewegung. Sie stieß noch zweimal und öffnete dann irritiert die Augen.

Sie verharrten so. Mir war's recht.

»Hallo Fritz«, sagte ich. »Harte Arbeit für das Wohl des Studios, wie? Während ich für dich da draußen unterwegs bin?«

Fritz Roths Gesicht war so weiß wie die Wände und die Decke.

»Hardy, was tust du hier …!«

Er wollte einen Schritt rückwärts machen und sich aus seiner Position befreien.

»Bleib so!«, sagte ich. »Was wir zu klären haben, geht so am besten. Ich störe auch nicht lange. Ihr könnt gleich weitermachen.« Fritz bewegte sich nicht mehr. Gwendolyne auch nicht. Sie lag einfach so da, mit dem Oberkörper auf dem Schreibtisch, auf die Ellbogen gestützt. Sie wirkte nicht verlegen, einfach nur erhitzt, so wie nach einem täglichen Lauf über zweieinhalb Stadionrunden. Links von ihrem Ellbogen stand in einem Silberrahmen die Fotografie von Fritz Roth mit seiner Frau und seinen beiden kleinen, blondzöpfigen Mädchen.

»Du musst das verstehen, Hardy«, stotterte Fritz. »Die viele Arbeit und die viele Zeit, die man miteinander verbringt … Ich liebe Erika, das weißt du doch …«

»Was wollen Sie?«, fragte Gwendolyne und zog die Nase hoch und sagte nach hinten zu Fritz, ohne ihn ansehen zu können: »Hör dir lieber an, was er zu sagen hat. Hör es dir einfach an.«

»Kluges Kind«, sagte ich.

Ich sah zu Fritz, der noch weißer im Gesicht wurde. Er sah aus wie ein Pantomime, der einen Toten spielen sollte. »Es ist ganz einfach. Ich habe für dich ermittelt und ich habe Dinge für dich herausgefunden. Aber mir reicht's jetzt. Ich möchte keinesfalls weiter in eure Machenschaften verwickelt werden.«

»Was für Machenschaften meinst du?«, fragte Fritz und schluckte. Er versuchte, würdevoll und normal zu sprechen, aber er war immer noch vollkommen in der Defensive. Und er traute sich auch nicht heraus.

»Ich bin gestern fast Opfer davon geworden. Ich spreche von Mord. Ich spreche von Vertuschung.«

»Mord? Was um Himmels willen meinst du, Hardy? Mir geht es doch nur darum, wie wir dieses Studio und Mr Arbuckle aus einer unverschuldeten Situation befreien können.«

»Und ich spreche davon, dass ich als Mörder verhaftet werden sollte.«

»Ich habe wirklich keine Ahnung, wovon du redest«, sagte Fritz und sah zu Boden.

Er war jetzt nicht mehr in ihr drin. Aber er wagte noch immer nicht, sich da wegzubewegen.

»Blödsinn!«, sagte ich.

Die Blondine verdrehte die Augen und sah mich an.

»Das bringt doch nichts. Erzählen Sie ihm einfach, was passiert ist.«

Ich holte den Kalender aus meiner Tasche und warf ihn auf den Tisch neben sie. Ich dachte daran, dass sie womöglich all jene Vorgänge mitkoordiniert hatte.

»Mr Roth hat mir das hier gegeben. Es ist der Terminkalender von Virginia Rappe, den irgendwer auf geheimnisvolle Weise für ihn beschafft hat«, sagte ich und beobachtete sie. Sie sah mich nur ausdruckslos an. »Er hat mir den Auftrag gegeben, anhand dessen mehr über sie herauszufinden. Dinge, die ihr Bild authentisch zeichnen. Liebschaften, Geschlechtskrankheiten, so was. Ich bin den Kalender daraufhin durchgegangen und das Naheliegendste war, mir den letzten Arzttermin genauer anzusehen. Sie hatte ihn bei einem Dr. O'Hara, dessen Privatklinik ihr alle ohne Zweifel kennt.« Ich erntete keinen Widerspruch. Beide lauschten aufmerksam.

»Also bin ich zu Dr. O'Hara, um ihn zu befragen. Dabei bin ich Zeuge geworden, wie er ermordet worden ist. Den Mörder konnte ich leider nicht genau sehen. Er hat mich niedergeschlagen. Als ich aufgewacht bin, ist schon die Polizei eingetroffen. Jemand muss sie benachrichtigt haben, um mich zu verhaften. Ich bin gerade so davongekommen. Vielleicht könnt ihr nachvollziehen, dass mir das nicht besonders gut gefallen hat.«

»Wir waren das nicht, Hardy«, sagte Fritz.

»Du warst der Einzige, der wusste, dass ich vermutlich dorthin gehen würde.«

»Wir haben uns nicht damit befasst, wirklich.«

»Du hast mich extra auf die Ärzte aufmerksam gemacht.

Hast sogar gewusst, dass sie Tripper gehabt hat. Woher hast du davon gewusst?«

»Reiner Klatsch, Hardy, und es ist meine Aufgabe, mir den anzuhören!«, schrie Fritz. Selten hatte ich jemanden so heftig schwitzen sehen, der nicht dick war.

»Und wenn es nur ein Zufall war, dass Sie dort waren?«, schlug die Blondine vor. Sie hatte sich gemütlich eingerichtet auf dem Schreibtisch.

»Ich glaube etwa so sehr an Zufälle wie an den Weihnachtsmann oder an die Reinheit der Ehe«, sagte ich. »Und genauso sieht es die Mordkommission, die vorhin bei mir war, nachdem ihr jemand einen weiteren Tipp gegeben hatte, mich betreffend.«

»Ich war das nicht, Hardy«, wiederholte Fritz leise.

»Ich kann das bestätigen, Mr Engel ...«, setzte Gwendolyne hinzu.

»Sie waren die ganze Zeit bei ihm, ich weiß schon«, sagte ich. Sie verstummte. »Ihr habt es nicht mal in der Zeitung gelesen, ihr wart ja viel zu beschäftigt.«

Fritz machte ein Geräusch, das eine Mischung aus einem Stöhnen und einem Seufzen war.

»Na schön. Ich sehe, dass ich dich nicht überzeugen kann. Und ich sehe auch, dass du in einer besseren Position bist als ich«, sagte Fritz und richtete sich leicht auf. Er versuchte jetzt, nicht mehr so verlegen zu wirken. »Andererseits verdankst du mir eine Menge, und das weißt du. Wir werden uns einigen können. Bitte sag doch einfach, was du möchtest, warum du hier bist.«

Er sah mich an, wischte sich den Schweiß von der Glatze und hielt den Blick. Er war bereit, vernünftig zu reden.

»Gut. Wir machen es so: Ich werde dir alles sagen, was ich herausgefunden habe. Ich werde es dir sogar schwarz auf weiß übergeben. Und danach wirst du mich von allem entbinden, was damit zu tun hat, deine Leute zurückpfeifen, inklusive der Polizei, und mich für alle Zeiten in Ruhe lassen. Mit dem, was ihr da macht, will ich nichts mehr zu tun haben. Nicht das Geringste.«

»Ich weiß nicht, was du denkst, was wir machen«, begann Fritz, sah auf den Hintern der Blondine herunter und verstummte, weil ihm klar wurde, wie absurd seine Worte in diesem Kontext klangen.

»Fatty Arbuckle beschützen. Mit allen Mitteln. Egal, ob er unschuldig ist oder nicht. Das kann man sich ja leicht denken. Auch, unter welchem Druck du persönlich dabei stehst. Aber ich will dem nicht zum Opfer fallen. Ich will nicht der Nächste sein, der in diesem Fall unter die Räder gerät«, sagte ich und zog die zusammengerollte Akte aus meinem Jackett.

»Hier ist die Krankenakte von Virginia Rappe, die ich aus O'Haras Klinik mitnehmen konnte. Das entscheidende Blatt fehlt, das von dem letzten Behandlungstermin. Frag einfach den anderen Mann, wo es ist. Den Mörder. Er kann dir alles sagen.«

»Wir wissen nichts darüber, Hardy. Wir wissen nicht, wer das war«, wiederholte Fritz. »Und wir haben auch in San Francisco nichts vertuschen lassen. Wir versuchen selbst, an diese Ärzte heranzukommen, aber der Staatsanwalt hält sie alle unter Verschluss. Wir wissen nicht mal, ob sie ausgesagt haben und ob Brady sie in diesem Moment bei der Anhörung auftreten lässt. Wir wissen nichts, einfach nichts. Dabei müssten wir es wissen, um Fatty zu helfen!«

Fritz sah mich an und legte alles hinein. Auch Gwendolyne gab mir einen blanken, unschuldigen Blick. Sie klimperte sogar mit den Wimpern, was leichten Koksstaub herabrieseln ließ.

Er legte nach: »Übrigens, Maude Delmonts Aussage war voller Lügen und nicht haltbar, so wie du es gesagt hast. Die Staatsanwaltschaft hat das selbst erkannt und verzichtet darauf, sie vor der Grand Jury als Kronzeugin aussagen zu lassen. Vielen Dank dafür.«

»Bitte. Gerne«, sagte ich. »Also gut. Ihr wisst nichts, und ich will nur klarstellen, dass ich auch nichts weiß. Was in dieser Akte steht«, ich hob sie hoch, »über Geschlechtskrankheiten, Abtreibungen mit vierzehn und sechzehn, und dass sie ein Kind geboren und weggegeben hat, wäre ausreichend, um

Virginia Rappes Bild authentisch zu zeichnen. Ich will es loswerden. Aber ihr bekommt es nur unter einer Bedingung: dass ihr es nicht verwendet.«

»Ich denke, das kann ich zusichern«, sagte Fritz. »Ich hatte heute Morgen ein langes Gepräch mit den Studiobossen. Sie haben ihre Meinung geändert. Was auch immer mit Mr Arbuckle geschieht, sie wollen Virginia Rappe nicht diskreditieren.«

»Gut«, sagte ich. Ich warf die Akte auf den Tisch. Sie landete mit einem klatschenden Geräusch neben der Blondine und rutschte auf Fritz Roth zu.

»Ich weiß das zu schätzen, Hardy. Wie alles, was du für uns getan hast, natürlich auf eigene Faust und auf eigene Verantwortung.« Er klang jetzt so offiziell, wie es ihm die Situation gestattete. »Die arme Frau ist tot«, fuhr Fritz fort, in einem beschwörenden Tonfall. »Sie soll in Frieden ruhen. Wir werden uns jetzt darauf konzentrieren, Roscoe Arbuckle als den netten, lustigen, sauberen Mann zu präsentieren, der er ist, wie wir alle wissen.«

Ich sah ihn an und zügelte meine Wut mühsam.

»Ihr hättet das hier also gar nicht gebraucht? Dann ist also ganz umsonst jemand gestorben?«

»Umsonst? Das würde eine Absicht einschließen, die nur du unterstellst. Ich habe einen Auftrag bekommen und ausgeführt, indem ich ihn an dich weitergegeben habe. Und dann hat sich der Auftrag geändert. Und das teile ich dir jetzt mit. Kurz gesagt, in dieser Sache liegst du vollkommen falsch. Wir haben mit dem Mord nichts zu tun.«

»Das sage ich auch nicht. Ich würde das nie zu irgendwem sagen«, antwortete ich mit so wenig Hohn und so viel Ernst, wie ich in die Worte hineinlegen konnte.

Er trat entschlossen zur Seite und verließ die Position hinter der Sekretärin. Er wollte wieder die Kontrolle übernehmen. Ich zeigte auf den Kalender und die Akte auf dem Tisch.

»Wie auch immer. Nimm das da. Aber zieh eure Leute von mir ab. Egal wen, egal was, lass mich da raus. Ich bin nur ein Schauspieler und Komiker, verstanden.«

»Das ist Fatty Arbuckle auch«, sagte Fritz. »Okay, wir werden es so machen. Wenn du Geld willst …«

»Ich will kein Geld!«, schnitt ich ihm das Wort ab.

Fritz biss sich auf die Lippen und nickte.

»Denk nicht schlecht von uns, Hardy, du hast keinen Anlass dazu. Wir sind doch Freunde.«

Ich grinste nur und sah von ihm zu seiner Sekretärin, mit ihrem blanken Hintern als Mittelstation.

»Ich denke, was ich denke, mein Freund«, sagte ich, drehte mich zum Gehen und ließ sie beide zurück.

Tief in Gedanken versunken, öffnete ich die Tür, durchquerte das Vorzimmer und sah hoch. Ich blickte auf eine Gruppe Besucher, die gerade durch den Flur geführt wurde und nun stehen blieb. Touristen auf Besichtigungstour durch die große Filmwelt, den Gesichtern nach zu urteilen Bauerntölpel aus Idaho oder Nebraska.

Sie blickten an mir vorbei, durch das kleine Vorzimmer und die offen stehende Tür hindurch auf das halb nackte Liebespaar, und erstarrten zu Statuen.

»Willkommen bei *Famous Players*«, sagte ich und ging erhobenen Hauptes an ihnen vorbei.

23

Ich hatte keineswegs vor, das alles auf sich beruhen zu lassen. Es war nur ein verzweifelter Versuch gewesen, den Rücken freizubekommen, mit möglichst viel Lärm, damit es niemand merkte. Und wenn Fritz' Menschenkenntnis auch nur einen Pfifferling wert war, dann ahnte er das.

Vielleicht war das auch der Grund, warum mir auf dem Weg zur Straßenbahnhaltestelle plötzlich in einiger Entfernung ein Automobil folgte. Oder folgte es mir schon länger?

Ich hätte genauer auf es achten sollen. Viel genauer. Doch ich fühlte mich wie erschlagen, zurück in der glühend heißen Luft, und meine Gedanken waren immer noch zu sehr mit all dem beschäftigt, was ich eben erlebt hatte.

Meine eigene Menschenkenntnis und meine ganze Wahrnehmung waren fehlgeleitet genug gewesen, Fritz für einen braven deutschen Familienvater zu halten, dem seine Frau und seine Töchter zu Hause wirklich etwas bedeuteten. Dass er mit seiner Sekretärin über einem Haufen Koks bumste, hätte ich nie im Leben für möglich gehalten.

Vielleicht war es in solch einem Studio einfach unvermeidlich, dass man so wurde; nachmachte, was einem die Stars oder die Produzenten vormachten. »Wie der Herr, so's Gescherr«, sagte ich im Mannheimer Dialekt vor mich hin. Wir hatten da drüben für fast alles ein Sprichwort, und wir druckten sie mit Vorliebe auf Kalender, die wir an die Wand hängten, oder stickten sie auf Kissen, die wir unter unsere dicken deutschen Hintern schoben. Ob wir uns an die Sinnsprüche darauf hielten, stand auf einem ganz anderen Blatt, sie machten sich jedenfalls gut an der Wand oder beim Hineinfurzen.

Die Sonne brannte gewaltig auf mich herunter. Ich ächzte vor Hitze und wischte mir den Schweiß ab und setzte mir dann den Hut wieder auf. Vielleicht hatte ich einen Sonnenstich abbekommen. Jedenfalls dachte ich nicht ganz klar.

Ich bog auf den Hollywood Boulevard ein. Ohne dass ich es bemerkt hatte, war das Automobil hinter mir bis auf kurze Distanz herangekommen. Es war eine schwarze geschlossene Limousine, nicht zu erkennen, wer darin saß. Sie kroch langsam den Bordstein entlang. Ich sah kurz zu ihr und dachte mir immer noch nicht viel dabei.

Chinatown, Temple Street, Mr Yuan, erinnerte ich mich angestrengt und ertastete in meiner Hosentasche den Stofffetzen.

Das Automobil fuhr jetzt an mir vorbei und hielt ein Stück voraus an. Die Tür wurde geöffnet und ein sehr großer Mann stieg aus. Oder besser: Er erhob sich.

Er war weit über sechs Fuß groß und sehr kräftig, und er trug einen hellgrauen Anzug ohne Muster und einen schwarzen Hut. Er kehrte mir den Rücken zu und zündete sich eine Zigarette an. Ich musste um ihn herumgehen.

Gerade als ich es tun wollte, drehte er sich um und baute sich vor mir auf. Er hatte ein riesiges vorgeschobenes Kinn und eine breite, vorspringende Stirn und eine fleischige, vorspringende Nase. Wenn er das Gesicht an eine Glasscheibe pressen würde, würde er zwei Querstriche mit einem dicken Punkt dazwischen hinterlassen.

Der große graue Mann sah mich an und sagte: »Mr Engel, nehme ich an?« Er hatte einen harten russischen Akzent.

Ich sah zu ihm hoch und sagte: »Kennen wir uns?«

Ich überlegte, ob er der Mann von gestern sein konnte. In einem anderen Anzug natürlich.

Gleichzeitig öffnete sich die hintere Tür des Wagens. Ohne dass jemand ausstieg.

»Einsteigen«, sagte der Mann mit dem Akzent. Ob der Mörder des Arztes gestern so groß gewesen war, konnte ich nicht sagen. Man hatte eine besonders verzerrte Wahrnehmung, wenn man einen Mord beobachtete.

»Und wenn ich Nein sage?«, fragte ich.

Der Große grinste mich nur an und schüttelte sanft den Kopf. Er tat einen langsamen Schritt auf mich zu und ich wich zurück. Nein schien keine Option zu sein. Ich ging um die offene Tür herum und stieg hinten ein. Ganz links auf der Rückbank saß ein anderer Mann.

Ich wurde geschoben und rückte in die Mitte, und der große Mann stieg hinter mir ein und schloss die Tür. Er schnippte einmal mit den riesigen Fingern, was klang, als bräche ein tausendjähriger Redwood-Baum mittendurch, und der Fahrer vorne gab Gas.

Ich saß zwischen den beiden und sah vom einen zum anderen.

Der Mann links starrte mich einfach nur bewegungslos an. Er trug einen Nadelstreifenanzug und eine Schirmmütze und hatte kornblumenblaue Augen.

Der Russe sah stur geradeaus, die Zigarette im Winkel seines riesigen Mundes.

Ich hielt sie nicht für Polizisten.

Wir saßen so eng, dass ich mich kaum rühren konnte. Der Fahrer, barhäuptig in einer Lederjacke, fuhr mit stoischer Ruhe, erst an einer Kreuzung, an der er anhalten musste, blickte er mich im Rückspiegel an. Ein Polizist regelte den Verkehr. Auf der Highland Avenue floss ein reger Strom von Automobilen an uns vorbei. Eine Straßenbahn schrillte und überquerte die Kreuzung.

Der Große wandte den Kopf zu mir, hob die Hand und hielt mir grinsend ein geöffnetes silbernes Zigarettenetui hin. Er genoss es, dass ich durch seine Bewegung erschrak. Ich nahm eine. Er gab mir Feuer. Der Polizist zeigte auf uns und gab das Zeichen zum Weiterfahren. Wir fuhren an ihm vorbei und ich stieß Rauch aus. Wir fuhren nach Norden, in Richtung der

Berge, an denen man hier und da kleine Spielzeughäuser kleben sah, und weiter zum Pass.

»Dumme Frage, ich weiß«, sagte ich nach links und nach rechts. »Aber ich stelle sie trotzdem. Wer sind Sie und wohin fahren wir?«

Der Mann links verzog das Gesicht zu einem Lächeln. Er neigte sich leicht zu mir und fragte lächelnd: »Mögen Sie Hühner?«

Er hatte einen deutschen Akzent. Schwäbisch, würde ich sagen. Es machte ihn mir nicht sympathischer. Ich stand unter Schock ob seiner Frage. Entweder war er verrückt geworden oder ich.

»Oh ja«, sagte ich. »Ich bin ein großer Freund aller Hühner. Wahrscheinlich der größte auf der ganzen Welt. Ich wollte, ich wäre selbst ein Huhn.«

Der Mann quittierte das mit einem noch breiteren Lächeln und einem zustimmenden Nicken, als stelle ihn meine Antwort auf die beste denkbare Weise zufrieden.

Mehr sprachen wir auf dem ganzen restlichen Weg nicht.

24

Wir fuhren aus Hollywood hinaus aufs Land. Mir war klar, dass ich sterben würde. Ich zog Bilanz.

Liebe.

Pepper.

Ich hatte meine Zeit mit Pepper gehabt. Ich hätte sie gerne länger gehabt, aber ich hatte sie gehabt. Und ich liebte sie; mehr, als ich mir bisher eingestanden hatte. Wenn ich nochmals hätte zurückgehen können, hätte ich sie nicht zweimal sitzen lassen, nur aus Stolz oder weil sie mich angelogen hatte. Ich wäre bei ihr geblieben. Aber das sind Gedanken, wie man sie sich im Nachhinein macht. Während es geschieht, geschieht es einfach, und man tut, was man tut, weil man seine Gründe hat.

Agnes. Ich hatte Agnes geliebt, damals in Deutschland, vor dem Krieg.

Ich hatte nie ein gutes Händchen für Frauen gehabt. Das war nun mal so. Ob es bei Pepper anders ausgegangen wäre? Es war müßig, darüber nachzudenken.

Was noch? Was war wichtig? Ich war als Schauspieler gescheitert. Ich hatte hier und da Erfolge gehabt und Applaus bekommen, drüben, in Deutschland. Aber das war lange vergessen. Man ist als Schauspieler immer so erfolgreich wie sein letztes Projekt. Jetzt, hier, war ich gescheitert.

Ich hätte schon längst gestorben sein können, dutzendfach; eigentlich ein wahres Wunder, dass ich bis jetzt überlebt hatte.

An der Marne, als ein Engländer mit dem Karabiner auf mich angelegt und nur meine Schultertresse getroffen hatte. Als die Mörsergranate in Belgien eingeschlagen war und rechts neben mir zwei meiner Männer getötet hatte. Reiner Zufall. Als ich mit dem Franzosen gekämpft hatte, auf Leben und Tod, und ihn am Ende getötet hatte, weil ihm sein Dolch aus der Hand gefallen war und ich mit meinem zugestochen hatte. Genauso gut hätte ich damals verlieren können. So verlor ich eben jetzt.

Ich hätte nach dem Krieg blind bleiben können. Und nie hierher reisen, Amerika nie sehen können. Egal. So war es nicht gekommen. Vorbei.

Wir fuhren den Cahuenga-Pass hinunter, um uns herum nur Prärie und Berge. Der Riese gab mir eine weitere Zigarette. Meine Finger zitterten nicht, als ich sie nahm. Als mir der Große Feuer gab und ich mich herabbeugte, war mir, als wäre schon ein Leichentuch über mich gebreitet. Ich hörte einen Elefanten trompeten.

Elefanten. Hühner. Säbelzahnkatzen. Taschenmäuse. Ich war verrückt geworden. Die Welt war verrückt geworden.

Eine Giraffe beugte sich über einen Zaun und sah für einen Moment auf den Wagen herab. Wir fuhren langsam an ihr vorbei. Es war wie der Eintritt in den Himmel. Ich wunderte mich über gar nichts mehr. So war er also, der Moment, kurz bevor man starb.

Wir fuhren durch einen hohen weißen Torbogen. *Universal City* stand darauf.

Universal City war im Valley, schoss es mir durch den Kopf.

Da waren Parkplätze. Dies war ein Zoo.

Ich sollte nicht umgebracht und begraben werden. Es war nur ein ganz normaler Tag im Filmgeschäft.

Wir fuhren auf einen kreisförmigen, kiesbestreuten Vorplatz und hielten vor einem riesigen weiß gekalkten Gebäude, das aussah wie aus einem Western, der in Mexiko spielte.

»Mr Laemmle erwartet Sie jetzt, Mr Engel«, sagte der Russe knarzend.

»Mr Laemmle?«, stieß ich hervor.

»Mr Carl Laemmle, der Boss von der *Universal*. Er möchte Sie gerne kennenlernen. Wenn ich bitten darf.«

Er stieg schwungvoll aus und hielt mir die Tür auf. Der andere Mann lächelte mir aufmunternd und wie vollkommen irre zu. Auch ich stieg aus.

Auf einem perfekt geschnittenen Rasen vor dem Haus stand ein ausladender Pfefferbaum und in dessen Schatten ein großes Schild mit der Aufschrift: *Den Rasen nicht betreten. Carl Laemmle*. Zwei riesige Straußenvögel kreuzten unseren Weg mit ruckenden Köpfen, als nickten sie uns grüßend zu. Sie sahen aus wie zwei Filmdiven, nur mit ausgefalleneren Beinen.

Schilder wiesen den Weg zum *Universal Zoo* und zu den *Universal Studios*. Das ganze Gelände lag in einer lang gestreckten Talsenke, in deren Mitte ein breiter Boulevard schnurgerade in die Ferne führte. *Laemmle Boulevard* stand auf einem Schild. Zahlreiche Straßen voller Fassaden und Filmkulissen kreuzten ihn, und seitlich dahinter ging es hinauf in die Berge, die zwischen dem Valley und Hollywood lagen.

Der Russe ging voran, zum Eingang des Gebäudes, und trat ein.

Wie betäubt folgte ich ihm. Es sah aus wie eine Hazienda, aber eine, die nur wenig kleiner war als Versailles. Ich war vor dem Krieg in Versailles gewesen. Im Krieg hatten wir es nicht dorthin geschafft. Und auf diesem Gelände hatte ich es bisher auch nur ins Castingbüro geschafft. Schon gar nicht hierher, in die Hazienda.

Wir betraten eine Halle, die die des *St. Francis* hätte vor Scham erröten lassen. Sie war nicht verschwenderisch ausgestattet, aber sie war so riesig wie das Schiff einer Kathedrale.

Wir gingen durch einen endlos langen Gang. Mir fiel auf, dass der Läufer unter unseren Füßen abgewetzt war. Laemmle war als Sparfuchs bekannt. Es gab unzählige Geschichten über ihn. Nicht viele kannten ihn persönlich, es hieß, er lebe die meiste Zeit an der Ostküste und verbringe den Sommer in seiner deutschen Heimat.

Wir bogen um eine Ecke und gingen einen weiteren, noch längeren Gang entlang. Ab und zu begegneten uns Menschen. Sie hielten die Köpfe gesenkt und strebten arbeitsam und keusch irgendeiner Aufgabe zu.

Ich versuchte, mich am Riemen zu reißen. Ich rückte meine Krawatte zurecht.

Am Ende des langen Ganges kam man, wenn man bis dahin nicht verhungert war, zu einer schlichten Tür, vor der ein ältliches Fräulein mit Dutt und Brille in einem Sessel wachte. Sie trug ein Kleid von 1905 und las ein Modemagazin von 1921. Sie sah uns entgegen, lächelte dem Russen zu, sah von ihm zu mir und wies mit einer einladenden Handbewegung auf die Tür. »Bitte.«

Sie hatte einen so harten deutschen Akzent, dass das kleine Wort darunter zerquetscht wurde wie unter einem Fels. An der Tür war ein Schild angebracht: *Privat. Eintritt strengstens untersagt. Carl Laemmle.*

Wir traten ein. Die Privaträume waren kleiner, aber immer noch großzügig und ebenso schlicht eingerichtet. Gutbürgerlich, würde man bei uns zu Hause sagen. Ein Duft nach Essen durchzog sie. Bratenduft. Ich hatte lange keinen mehr gerochen.

Der Russe hielt vor einer doppelflügeligen großen Tür und neigte wie lauschend den Kopf. Er hielt kurz inne, dann klopfte er. Eine hohe Stimme rief: »Herein!« Er riss die Tür auf und bedeutete mir mit einem Kopfnicken, hineinzugehen.

»Mr Reinhard Engel«, sagte er laut, so als liefere er einen Sack Kartoffeln, und schloss die Tür sofort hinter mir wieder.

25

Ich stand in einer großen offenen Wohnhalle, in der an einer langen gedeckten Tafel mit einem weißen, gestärkten Tischtuch etwa zwölf Personen vor weißem Porzellan saßen und mit silbernem Besteck ein frühes Abendessen einnahmen. Bedienstete in schwarzen Uniformen huschten eilfertig um sie herum.

Ganz hinten an der Kopfseite der Tafel saß ein sehr kleiner Mann Mitte fünfzig in einem sehr großen Fauteuil und sah mir durch runde Brillengläser lächelnd entgegen. Sein Kopf war vollkommen rund und oben kahl. Er war der seltsamste kleine Mann, den ich jemals gesehen hatte.

»Mr Engel, ich freue mich außerordentlich, Sie kennenzulernen«, sagte er und erhob sich so schnell aus seinem Sessel, dass man sich fragte, wie er das angestellt hatte. »Ich bin Carl Laemmle.«

Er sah im Stehen noch kleiner aus, so klein, dass er kaum über die Tischplatte hinwegsehen konnte. Er trug einen weißen Anzug, in dessen Knopfloch eine weiße Nelke steckte. Er eilte um die lang gestreckte Tafel herum auf mich zu, als werde er an Seilen gezogen, und blieb vor mir stehen. Er legte den Kopf schief und sah freundlich interessiert zu mir hoch, wie ein Hochschulprofessor, der durch seine Brille eine neue, seltene Tierart auf einer Insel begutachtete.

»Sehr erfreut, Mr Laemmle. Reinhard Engel.«

Ich bemühte mich, einen möglichst normalen Eindruck zu machen, und streckte ihm die Hand entgegen. Er nahm sie nicht. Er steckte seine Hand stattdessen in die Tasche seiner Weste, zu der die massive goldene Kette einer Taschenuhr führte, und ließ sie dort. Ich nahm die Hand wieder herunter.

»Wie schön, einen weiteren Landsmann hierzuhaben«, sagte Laemmle mit einem Lächeln. Tausend freundliche Fältchen hatten sich so tief in die Haut eingegraben, dass es den Schluss zuließ, er höre niemals auf zu lächeln. Gleichzeitig legte dieses Lächeln zwei Zahnreihen frei, die von zahlreichen Lücken unterbrochen waren, die markanteste von ihnen zwischen den Schneidezähnen, die so weit auseinanderstanden wie der Torbogen von *Universal City*.

»Kommen Sie.« Er führte mich ans Ende der Tafel und sagte: »Darf ich vorstellen – dies ist mein Sohn, Julius ...« Er zeigte auf einen etwa dreizehnjährigen Knaben im Anzug, der ganz hinten an seiner Seite saß. Dieser legte sofort die Serviette auf den Tisch, stand auf und grüßte mich mit einem wohlgemessenen Diener, ebenso ohne mir die Hand zu geben. Er war größer als sein Vater.

Laemmle zeigte ihm gegenüber auf eine mittelhübsche Frau um die zwanzig mit brünetten Haaren: »Meine Tochter Rosabelle ...« Sie grüßte etwas abwesend und führte gleich darauf wieder ihre Gabel zum Mund, um den nächsten Bissen hineinzuschieben. Sie hatte die gleiche breite Kinnpartie wie ihr Vater und ihr Bruder, und diese Ähnlichkeit wirkte sich keineswegs vorteilhaft aus.

»... und ihr Verlobter, Mr Irving Thalberg, der Leiter meines Studios hier in Hollywood, der Sie mir so wärmstens empfohlen hat ...«

Er saß neben Rosabelle, und nun sah ich ihn erstmals aus der Nähe. Irving Thalberg war ein aristokratisch aussehender, sehr schmächtiger junger Mann, dessen schwarze Haare zurückgekämmt waren, sodass sein edles Profil hervorgehoben wurde. Er sah mich über den Tisch hinweg durchdringend an, erhob sich leicht und nickte kurz, und seine schwarzen Augen sahen dabei aus wie glühende Kohlestücke. Er trug den elegantesten dunkelblauen Anzug, den ich jemals gesehen hatte. Er wirkte darin viel älter als zweiundzwanzig, und auf seinem Gesicht schien ein dunkler Schatten zu liegen, der einen dazu brachte, an ihm forschend hängen zu bleiben.

»Sie müssen ja wahre Wunderdinge für ihn vollbracht haben, Mr Engel«, sagte Laemmle lächelnd.

Ich nickte Thalberg leicht zu. Sein Blick war immer noch abwartend und ungeheuer vorsichtig, aber er hatte verstanden.

Mr Laemmle schob mich weiter und stellte jede einzelne der anderen Personen mit Namen vor. Da waren sein Bruder und diverse Schwäger und Nichten und Neffen, Kusinen und Tanten, allesamt, so schien es, aus Deutschland. Sie hatten alle die Laemmle'sche Familienähnlichkeit, selbst die, die nur entfernt verwandt waren. Sie hatten, wenn sie ein begrüßendes Lächeln aufsetzten, sogar alle die gleichen Zahnlücken und schlechten Zähne wie Mr Laemmle. Entweder hatten sie alle denselben Zahnarzt, oder es war keinem erlaubt, bessere Zähne zu haben als das Oberhaupt der Familie. Eine Ausnahme bildeten nur die beiden Kinder, deren Gebisse gerichtet worden waren, vermutlich getreu dem guten alten deutschen Grundsatz, »dass sie es einmal besser haben sollen«.

Ich grüßte sie alle, so höflich ich konnte, doch ich nahm keinen Einzigen von ihnen wirklich wahr. Ich versuchte fieberhaft, mir über die Situation klar zu werden, und erschloss mir fürs Erste, dass Mr Thalberg, auch wenn er offenbar gegenüber Mr Laemmle eine Empfehlung ausgesprochen hatte, nicht damit gerechnet hatte, dass dieser mich in seiner Impulsivität sofort herholen lassen würde, und jetzt natürlich um sein Geheimnis bangte.

Als Letzten stellte mir Mr Laemmle an der diesseitigen Stuhlreihe einen Mann in einer Uniform und mit einem Monokel im rechten Auge vor, der in militärischer Haltung vor mich trat, die Hacken knallend zusammenschlug und die Augen weit aufriss, was wohl einen durchdringenden Blick ergeben sollte. Das Monokel fiel dadurch heraus und baumelte an einer Kette vor dem Bauch. Er drückte mir die Hand und versuchte dabei ernsthaft, sie mir zu brechen. Ich hatte ihn sofort erkannt. Jeder Schauspieler, der ihn nicht erkannte, hätte verdient, ausgepeitscht zu werden. Und dieser Mann stand in einem Ruf, der einen befürchten ließ, dass er das Auspeitschen höchstpersönlich übernehmen würde.

»Erich von Stroheim, unser größter Regisseur«, sagte Mr Laemmle. »Er hat gerade einen unserer vielversprechendsten Filme gedreht, *Foolish Wives. Närrische Weiber*, wir sind gerade dabei, ihn im Schnitt …«

»Zu ruinieren!«, rief Stroheim dazwischen.

»Fertigzustellen«, sagte Mr Laemmle so liebenswürdig, wie er konnte. Ich sah interessiert auf den berühmten Mann herab, denn auch er war viel kleiner als ich – wenngleich größer als Mr Laemmle –, und ich drückte kräftig zurück. Eines seiner Augen begann zu zucken, und er wandte sich abrupt ab, als hätte ich ihn beleidigt. Was für ein blöder Lackaffe, dachte ich.

»Bitte tun Sie mir den Gefallen und essen Sie mit uns, Mr Engel«, sagte Mr Laemmle in seiner quirligen Art. Er bat seinen Sohn, am anderen Ende des Tisches Platz zu nehmen, sodass ich an seiner Seite sitzen konnte. Anstandslos ging der Halbwüchsige dorthin und setzte sich gesittet. Ein Diener trug ihm seinen Teller hinterher.

Mr Laemmle persönlich schob mir den Stuhl unter, bevor er selbst Platz nahm. Ein Dienstmädchen zauberte ein neues Gedeck vor mir auf den Tisch.

»Wir essen hier gute deutsche Küche, darauf lege ich Wert. Sie mögen doch hoffentlich Sauerbraten mit Kartoffelknödeln und Blaukraut?«

»Sehr gerne«, sagte ich. »Es muss ewig her sein, dass ich welchen hatte.« Mr Laemmle blickte das Dienstmädchen mit seinem lückenhaften Lächeln an, und es begann, mir aus den verschiedenen Porzellanschüsseln eine riesige Portion auf den Teller zu häufen, die himmlisch duftete.

»Guten Appetit, Mr Engel, lassen Sie es sich schmecken«,

sagte Mr Laemmle lächelnd und sah auf meinen Teller, als erwartete er, dass ich ihn ratzekahl leeren würde.

Ich begann zu essen und achtete darauf, nicht mit der Soße zu kleckern oder mit den Knödeln zu bröseln. Es schmeckte herrlich, und die Beize des Sauerbratens war voller Rosinen. Sie sahen aus wie Mr Thalbergs kleine schwarze Augen, die mich von gegenüber unablässig beobachteten. Seine Verlobte schien vollkommen arglos und desinteressiert.

Auch alle anderen aßen jetzt weiter. Niemand sprach ein Wort außer Mr Laemmle. Man hörte von ihnen nur das Klappern der Messer und Gabeln auf dem Porzellan.

»Ich lebe normalerweise in New York, Mr Engel, wo mein Sohn zur Schule geht«, sagte Mr Laemmle. »Aber meine Tochter lebt hier, bei Mr Thalberg. Ich bin gestern eingetroffen, um mich um ein paar Angelegenheiten zu kümmern. Von Zeit zu Zeit muss ich natürlich nach dem Rechten sehen in Hollywood, aber mein Leben findet eigentlich in New York statt. Mein Sohn und meine Tochter sind mein Ein und Alles, Mr Engel, umso mehr, als meine liebe Gattin, Gott hab sie selig, vor zwei Jahren leider an der Spanischen Grippe verblichen ist.«

Er hörte nicht auf, koboldhaft zu lächeln, als er das sagte.

»Das tut mir außerordentlich leid«, sagte ich. Meine guten deutschen Umgangsformen waren einigermaßen eingerostet, und es machte mir Mühe, gleichzeitig auf meine Tischmanieren zu achten und zur richtigen Zeit die höflichen Dinge zu sagen, die von mir erwartet wurden.

»Man fängt sich so schnell etwas ein, Viren oder Bakterien«, sagte Mr Laemmle, »deswegen muss man die Fenster immer geschlossen halten. Man sollte überhaupt alles tun, um eine Übertragung auszuschließen.«

Alle Fenster des Raumes waren in der Tat fest geschlossen. Die Luft war enorm stickig und hätte problemlos in dicken Scheiben serviert werden können, zusammen mit dem Sauerbraten und den Knödeln, aber niemandem schien das etwas auszumachen.

»Woher in Deutschland stammen Sie, Mr Engel?«, forschte Laemmle nach.

»Aus Mannheim«, sagte ich und merkte erst danach, dass ich mit vollem Mund gesprochen hatte.

»Aus Mannem, dem schönen Mannem!«, rief Laemmle auf Deutsch aus und schlug die Hände zusammen. Er war so verdammt liebenswürdig wie ein Oberkellner auf einem Rheinausflugsdampfer, der einem Maikäfersuppe in den Teller schöpft und dabei zutraulich wird.

»Und Ihre lieben Eltern leben dort noch? Was macht Ihr Herr Vater denn, wenn ich fragen darf?«

»Er war Kriminalkommissar«, sagte ich. »Aber er ist vor ein paar Jahren bei einem Automobil-Unfall getötet worden, zusammen mit meiner Mutter.«

»Das tut mir außerordentlich leid. Ich selbst bin aus Laupheim. Kennet Sie Laupheim?«, sagte Laemmle mit übergangsloser Begeisterung und fiel unwillkürlich ins Schwäbische.

»Bei Ulm im Schwabenland«, sagte ich. »Leider bin ich nie dort gewesen. Der Braten ist übrigens ganz köstlich.«

»Sie krieget dazu einen schönen Trollinger«, sagte Laemmle und zeigte einem livrierten Diener an, mir den Rotwein einzuschenken. Auf meine höflich verlegene Reaktion rief er nur: »Ah wa! Mir sind ja hier unter uns! I bring immer welchen mit von drübe.«

Und prostete mir dann schwungvoll zu, worauf wir tranken. Er lächelte immer weiter und wirkte dabei wie ein Vogel aus seinem Zoo. Ein Marabu. Ein sehr kleiner Marabu, mit Zahnlücken, durch die er seinen Trollinger schlürfte.

Ich rätselte noch immer, was ich hier sollte, während ich aß und versuchte, mir meinen großen Hunger nicht zu sehr anmerken zu lassen.

»Mr Thalberg hat jedenfalls gesagt, dass er mit Ihrer Arbeit sehr zufrieden war«, sagte Mr Laemmle. Offenbar wollte er jetzt dazu etwas hören. Er redete wieder englisch. Thalberg verstand kein Deutsch, obwohl seine Eltern deutschen Ursprungs waren, wie ich gehört hatte.

Ich sah Mr Thalberg an. Er sah mich an. Wir mussten dafür an einem großen silbernen Chanukka-Leuchter auf dem Tisch vorbeilugen.

»Vielen Dank, Mr Thalberg …«, sagte ich.

»Sie sind sehr diskret, zuverlässig und verantwortungsbewusst. Doch, doch, das sind Sie«, sagte Irving Thalberg mit einer erstaunlich vollen Stimme, von der man kaum glauben mochte, dass sie aus diesem schmächtigen Brustkorb kam. »Nur keine falsche Bescheidenheit, Mr Engel. Als eine junge Schauspielerin plötzlich spurlos verschwunden ist – und noch dazu, als ich ihr gerade einen Vertrag bei der *Universal* gegeben hatte …«

»Ach …«, machte ich und versuchte doch gleich, meine Überraschung zu kaschieren, dass er dies hier, vor seiner Verlobten und seinem Schwiegervater in spe, so selbstverständlich ansprach. Aber wahrscheinlich hielt er das für die beste Vorgehensweise. »Ich habe nur meine Aufgabe erledigt.«

»Sie haben uns sehr geholfen«, insistierte Mr Thalberg. »Sie haben sie gefunden, als sie, warum auch immer, weggerannt ist. Mehr konnten Sie nicht tun, mehr war ja auch nicht nötig, und Sie hätten nicht schneller handeln können.« Thalberg hatte aufgehört zu essen und nagelte mich mit seinem Blick fest. Sein Besteck lag gekreuzt auf dem Teller, als läge es bereit, um gegebenenfalls mich damit in Stücke zu schneiden. »Miss Murphy hat mir alles genau erzählt. Sie sind ein äußerst findiger Kopf, und wenn man Sie auf eine Spur setzt, dann folgen Sie ihr, bis Sie Ihr Ziel erreicht haben.«

»Ich tue nur das, womit man mich beauftragt«, sagte ich. Ich hielt ein Stück Sauerbraten aufgespießt auf meiner Gabel in der Hand und konnte mich nicht dazu entschließen, es zum Mund zu führen.

»Das ist eine große Qualität«, fuhr er fort. »Und Sie haben ein besonderes Verständnis für Schauspieler und ihre Gefühlslagen. Genau das, was man in Hollywood braucht. Dass Miss Rappe dann leider gestorben ist, unter den bedauerlichen, tragischen Umständen, über die wir alle derzeit lesen müssen, dafür können Sie ja nichts. Als ich Uncle Carl von Ihnen und Ihrem Einsatz erzählt habe, da hat er Sie jedenfalls kennenlernen wollen. Und er hat keine Zeit verschwendet«, fügte er mit einem charmanten Lächeln zu seinem Boss hinzu.

Seine Verlobte, Miss Laemmle, sah ihn von der Seite bewundernd an. Sie bewunderte ihn für den Klang seiner Stimme und für alles, was er sagte, sichtlich, ohne sich für die Hintergründe zu interessieren.

»Es ist mir eine große Ehre, Mr Laemmle«, sagte ich und schickte Thalberg einen kurzen neutralen Blick. »Aber wissen Sie, das war nur ein kleiner Nebenverdienst. Und dass ich ein Gespür für Schauspieler habe, das liegt nur daran, dass ich in meinem eigentlichen Beruf ja selbst einer bin. Schauspieler und Komiker.«

Ich aß nun den Bissen und legte mein Besteck ab, Messer und Gabel parallel zueinander; es war, als entdeckte ich allmählich wieder, wer ich einmal gewesen bin und womit ich in Deutschland aufgewachsen war.

»Ach wirklich?«, fragte Laemmle verwundert, aber nicht weniger begeistert. »Das hat er mir gar nicht gesagt? Ich *liebe* Komiker!«

Er sprang mit unermesslichem Enthusiasmus auf. Er hätte vermutlich auch so begeistert reagiert, wenn man ihm gesagt hätte, dass der Tisch unter der weißen Damastdecke aus Eichenholz war oder die Fensterscheiben aus Glas. »Was haben Sie denn so gemacht? Sie müssen mir alles darüber erzählen!«

»Alles Mögliche. Nur in einen Film von Ihnen hab ich's noch nicht geschafft, aber bei *Famous Players*, bei *Sennett* … Ich bin in Berlin aufgetreten. Meine erfolgreichste Nummer war eine komische Pantomime.«

Laemmle machte »Ah!«, während er zu mir hochsah. Er musste in der Tat zu mir hochsehen, obwohl er neben mir stand. Er schlug die Hände zusammen und sagte inbrünstig: »Mr Engel! Darf ich Sie aufs Allerherzlichste um etwas bitten? Würden Sie sie uns vorführen?«

Darauf war ich nicht vorbereitet. Mr Thalberg blickte mich nur weiter unverwandt an. Ein ganz feines Lächeln umzuckte seine Mundwinkel.

»Aber selbstverständlich, Mr Laemmle. Mit Vergnügen.«

Ich schob meinen Stuhl zurück und stand auf. Mr Laemmle eilte zu dem Fauteuil und setzte sich wieder.

»Ich brauche etwas Platz«, sagte ich und stellte mich vor die Fenster. Die gesamte Tischgesellschaft wandte sich mir zu.

Stroheim legte das Kinn auf die Lehne seines Stuhls und sah mich mit maskenhaftem Blick an, jeder Zoll ein Meisterregisseur. Auf seinem Gesicht zeigte sich nicht einmal der Anflug von einem Lächeln. Wahrscheinlich hatte er seines an Mr Laemmle verkauft, und der trug es nun auf.

Mr Laemmle machte eine auffordernde Handbewegung. Ich atmete durch, und dann versuchte ich, aus dem Stand die beste Vorstellung meines Lebens zu geben.

Ich war wieder der Reisende, der auf einem Bahnsteig stand. Ich sah wartend hin und her, grüßte Passanten, lüftete meinen Hut für eine schöne Dame und sah ihr nach. Ich blickte die Gleise hinunter. Dann kam ein Zug durchgefahren, und ich stemmte mich gegen den Wind und hielt meinen Hut fest. Aus den Augenwinkeln nahm ich wahr, wie Mr Laemmle sich vor Lachen auf die Schenkel klopfte.

Ich ließ weitere Züge durchfahren, variierte meine Reaktionen darauf. Dann verlor ich meinen Hut im Fahrtwind. Ich sah ihn durch die Luft segeln, angelte vergeblich nach ihm. Ich sah ihn tief unten auf den Gleisen liegen.

Ich kniete mich hin und wollte hinablangen, um ihn zu greifen. Ein erneut durchfahrender Zug ließ mich hochschrecken. Gerade so brachte ich mich in Sicherheit. Ich stemmte mich gegen den Fahrtwind. Ich sah auf den Hut.

Ich versuchte erneut, ihn zu greifen. Doch sobald ich meine Hand danach ausstreckte, fuhr immer wieder sofort ein Zug durch. Ich schöpfte Verdacht. Die Züge hatten etwas gegen mich.

Es würde immer ein Zug durchfahren. Sobald ich nur eine kleine Bewegung mit der Hand machte. Wieder. Und wieder.

Ich gab es auf und sah nach unten. Der Hut war kaputt. Ich verzog mein Gesicht und zeigte dem Hut die kalte Schulter. Vereinzeltes Gelächter folgte.

Ich verbeugte mich. Mr Laemmle sprang laut lachend auf und applaudierte. Die anderen applaudierten ebenfalls, doch weniger enthusiastisch. Stroheim klatschte genau drei Mal, bevor er sich umwandte. Mr Laemmle kam zu mir geeilt.

»Und der Zug«, sagte er außer Atem, »hält niemals an?«

»Nein«, sagte ich. »Das ist der Witz. Kein Zug hält jemals an.«

»Großartig!« Mr Laemmle schlug mir lachend auf die Schulter und dann sagte er ohne jeden Übergang und nicht mehr außer Atem: »Kommen Sie mit, Hardy. Wir beide machen draußen einen Spaziergang!«

26

Wenn ich Hoffnungen gehabt hatte, dass dieser Auftritt meine Karriere als Komiker voranbringen würde, dann zerstoben sie mit dem ersten Satz, den Mr Laemmle draußen sagte:

»Wissen Sie, Hardy, in Zeiten wie diesen braucht jedes Filmstudio einen Sicherheitschef. Ich habe Sie kennenlernen wollen, weil ich erwäge, Sie in dieser Position für die *Universal* zu engagieren. Wie würde Ihnen das gefallen?«

»Das … das wäre …«, begann ich. »Ich weiß gar nicht, was ich sagen soll …«

Ich wollte mehr dazu von ihm hören. Schon alleine wegen der beiden großen Löcher, die Mr Thalbergs Augen in meinen Rücken gebrannt hatten, als wir zu zweit hinausgegangen waren.

Wir spazierten durch einen Garten in den dahinterliegenden Bereich, auf dem sich keine Bauten befanden. Es war eine hügelige Wiesenlandschaft am Rande des Studiogeländes. Die Sonne stand jetzt knapp über den Bergen, aber die Luft hatte sich immer noch nicht abgekühlt.

»Bisher wollte ich keinen, aber Mr Thalberg hat mich überzeugt. Und er hat Sie empfohlen. Ich gebe eine ganze Menge auf seine Meinung, das können Sie mir glauben.«

»Das ist sehr freundlich von ihm …«, sagte ich vorsichtig. »Aber ich hatte eher den Eindruck, ich hätte in der Sache versagt oder sie zumindest nicht zu Ende gebracht …«

»Babababah«, unterbrach er mich. »Hören Sie, niemand

macht Ihnen einen Vorwurf, dass Sie Virginia Rappe nicht schützen konnten vor Mr Arbuckles Zudringlichkeiten!«

»Das«, sagte ich, »ist nicht ganz erwiesen, oder?«

Mr Laemmle blieb stehen und hob seinen Mahagoni-Stock. »Die Zeitungen auf der ganzen Welt schreiben jedenfalls darüber. Und es hat das Potenzial, unser Hollywood in den Abgrund zu reißen. Egal, was dabei noch herauskommt. Und deswegen müssen wir uns schützen, Hardy. Wir von der *Universal*, die die Tote unter Vertrag hatten. Und genauso die von *Famous Players*, die Mr Arbuckle unter Vertrag haben. Aber auch alle anderen Filmgesellschaften. Ein Skandal dieser Größenordnung kann uns ernsthaft gefährlich werden.«

Er ging weiter und fuhr fort, zu dozieren: »Mr Hearsts Zeitungen haben sich auf die Sache eingeschossen. Noch dazu wird gerade zu einem Boykott aufgerufen. Überall gibt es Proteste von Frauenvereinigungen und Kirchenverbänden. Priester predigen von den Kanzeln herab gegen uns an. Und das wird erst der Anfang sein.

Der Staatsanwalt in San Francisco wiederum, Mr Brady, möchte Gouverneur werden und will es deshalb unbedingt zum Prozess kommen lassen, um seine Popularität zu steigern. Jesse Lasky hat ihn angerufen und ihm sehr viel Geld angeboten, um die Sache fallen zu lassen, doch er hat bei Brady auf Granit gebissen und es damit nur schlimmer gemacht. Sie werden sehen, in ein paar Wochen steht Fatty Arbuckle vor Gericht. Es wird der größte Skandal des Jahrzehnts werden. Deswegen müssen wir jetzt genau auf unser Image in der Öffentlichkeit achten. Auf das, was die Welt über uns hier in Hollywood denkt und erfährt.« Er stieß mir seinen Stock entgegen.

»Ich weiß nicht, was Sie über Virginia Rappe wissen …?«, sagte ich. Dieses Gespräch war äußerst mühsam, so als ginge ich nicht nur einen Hügel mit ihm hinauf, sondern rollte dabei auch noch einen großen Fels vor mir her.

»Nur, was ich aus den Zeitungen weiß, Hardy, und von Mr Thalberg«, sagte Mr Laemmle. »Dass sie ein nettes, gesundes, sportliches Mädchen war. Verlobt mit einem beliebten österreichischen Kollegen, Mr Lehrman. Und eine äußerst talentierte Schauspielerin, wie Irving mir versicherte. Die *Universal* hätte noch viel Freude an ihr gehabt, aber jetzt ist sie viel zu früh verschieden, bevor wir auch nur einen Film mit ihr drehen konnten.« Sein Lächeln war so sauber und rein, als wäre er auf der Bar Mizwa seines Sohnes.

»Wenn Mr Thalberg das so sieht«, sagte ich, »dann folge ich da ganz Mr Thalbergs Einschätzung.«

»Aber Hardy, was halten Sie denn von Fatty?«, fragte er und blieb stehen. »War der Arbuckle denn nun ein Schwein mit den Frauen?«

Jetzt kam also das Gespräch von Mann zu Mann. Oder noch schlimmer: von Landsmann zu Landsmann.

»Ich weiß es einfach nicht.«

»Ein sehr dicker Mann. Ein Mann, dem an sich die Frauen nicht gerade nachlaufen«, sinnierte er. »Ich hatte ihn anfangs einmal kurz unter Vertrag, dann wollte er zu viel Geld.«

»Aber er ist inzwischen der größte Filmstar der Welt«, sagte ich.

»Richtig. Er hatte nie viele Chancen bei Frauen, und dann bekommt er sie plötzlich. Wie verhält er sich dann, gut oder schlecht? Wie verhält sich irgendwer dann? Was würden Sie tun?« Er sah mich forschend an.

»Eine sehr gute Frage, Mr Laemmle«, sagte ich.

»Mögen Sie Hühner?«, sagte Mr Laemmle plötzlich und schritt zügig voran, ohne meine Antwort abzuwarten. Ich holte ihn erst auf dem Kamm des Hügels ein. Als ich neben ihm stand, blickte ich auf eine Senke, die von Tausenden weißer Hühner nur so wimmelte. Ich traute meinen Augen nicht.

»Ich liebe Hühner«, sagte Mr Laemmle und zeigte mit seinem Stock über das ganze Tal. »Deswegen habe ich die Hühnerfarm stehen lassen, als ich dieses Gelände gekauft habe, 1912, und selbst angefangen, welche zu züchten. Reinrassige Weiße Leghorns natürlich, nicht diese kalifornischen Hennen.

Es ist ein idealer Platz, hier draußen am Camino Real, dem alten spanischen Missionsweg.« Sein Stock schwenkte von Süden im Halbkreis bis Norden, über die Berge.

»Hier war genug Platz für alles«, fuhr er fort, »das Studio, den Park für die Besucher, den Zoo, aus dessen Bestand wir uns für unsere Filme bedienen können, wo auch immer auf der Welt sie spielen. Und falls es einmal mit diesem Business nicht mehr läuft, bleibt mir immer noch die Farm! Hühner ...«, sagte er mit einem Grinsen, als verrate er mir, was die Welt im Innersten zusammenhält, »Hühner, Hardy, werden einem immer bleiben! Und Hühner – legen Eier!«

Und er begann, den Hügel hinabzulaufen. Mir blieb nichts anderes übrig, als ihm zu folgen. Mr Laemmle schritt mutig voran in das weiße Gewimmel, das sich gackernd vor ihm teilte wie das Rote Meer vor Moses.

Ich mochte Hühner wirklich sehr gerne, ich hatte vorhin nicht gelogen. Knusprig aus dem Ofen. Lebendig und flatternd vor meinen Füßen nicht so sehr.

»Übertragen Hühner nicht auch Krankheiten?«, fragte ich seinen Rücken.

»Oh, es sind nicht die Hühner, vor denen man sich in Acht nehmen muss, Hardy«, sagte Mr Laemmle. »Es sind die Menschen.«

Er drehte sich wieder um und ging auf eine Reihe von Ställen zu.

»Keine Sorge«, sagte Mr Laemmle nach hinten, »ich gebe Ihnen selbstverständlich etwas mit!«

»Das wäre doch nicht nötig«, sagte ich.

Mr Laemmle nahm sich einen Korb und begann, Eier zu sammeln.

Braune, weiße und gefleckte. Besonders schöne zeigte er mir, bevor er sie hineinlegte. Aber nur nebenbei, während er mich befragte.

»Sie haben unserem deutschen Heimatland gedient, in der Armee?«

»Ja, Mr Laemmle, die ganzen vier Jahre. Ich war Sergeant

und habe diverse Auszeichnungen erhalten. Das Eiserne Kreuz, für Tapferkeit vor dem Feind.«

Er sah sich suchend um. Dann bückte er sich plötzlich und schnappte sich einen riesigen Hahn mit prächtigem rotem Kamm. Er hielt ihn bei den Füßen. Der Hahn flatterte mit den Flügeln und krähte aufgeregt.

»Sie wissen, dass ich im Krieg Propagandafilme für die USA und gegen den Kaiser gedreht habe?«

»Ja, Mr Laemmle.«

The Kaiser, Beast Of Berlin hatte ich im Lazarett gesehen, als einen der ersten Spielfilme, nachdem ich wieder sehen konnte. Nur schemenhaft, doch gut genug, um zu erkennen, dass er ein wirklich bösartiges Bild der Deutschen und unseres inzwischen abgedankten Monarchen zeichnete.

»Und Sie haben kein Problem damit?«

Im nächsten Augenblick drehte er dem Hahn mit einem Ruck den Kopf um, trennte ihn ab und warf ihn mitsamt seinem prächtigen Kamm weg. Er hielt den Torso umgedreht von sich weg und ließ ihn ausbluten. Das Tier schlug immer noch mit den Flügeln.

Die Hühner stürzten sich gackernd auf den Kopf des Hahns und begannen sofort, ihn zu fressen. Sie pickten gierig mit den Schnäbeln, in die Augen, in den Kamm, in das Blut.

Ich versuchte, mir meinen Ekel nicht anmerken zu lassen.

»Nein. Man muss die Karten immer so spielen, wie sie einem ausgegeben werden«, sagte ich und fügte hinzu: »Deswegen muss man auch sehr gut darauf achten, wer sie ausgibt und wie er es tut.«

»Ihre Einstellung gefällt mir, Hardy.«

Mr Laemmle bedachte mich jetzt mit einem zustimmenden Nicken. Was er aber wirklich dachte, war schwer zu sagen. Die Prüfung meines Charakters war noch nicht zu Ende.

»Und wo, würden Sie sagen, ist Ihre Heimat?«

Das Flügelschlagen des Hahns erschlaffte. Ein paar letzte Zuckungen, und er rührte sich nicht mehr. Von seinem Kopf auf dem Boden waren nur noch blutige Fetzen zu sehen.

»Eine gute Frage für unsereinen«, sagte ich. »Meine Heimat ist Deutschland. Aber man kann mehr als eine Heimat haben. Jetzt bin ich hier. Mein Einsatz ist hier gefragt, in Hollywood. Und hier hat niemand eine Heimat. Hier erfindet sie sich jeder selbst, so wie er will.«

Er lächelte.

»Sie g'fallet mir, Hardy«, sagte er in seinem breiten Dialekt. »Wirklich, Sie g'fallet mir!« Und er legte den toten Hahn sorgfältig in den Korb zu den Eiern und hielt ihn mir hin.

»Sie bekommen von mir zweihundertfünfzig Dollar pro Woche. Sie bekommen ein Automobil und eine Sekretärin. Mr Thalberg hat jemanden vorgeschlagen, den Sie wohl schon kennen. Miss Pepper Murphy?«

»Ja«, war alles, was ich sagen konnte. Ich nahm den Korb.

Sein Tempo überforderte mich. Das sollte es wohl auch. Mr Laemmle war schon wieder weiter.

»Als mein Sicherheitschef haben Sie alle möglichen Aufgaben zu lösen. Diskret, zuverlässig und verantwortungsbewusst, wie Sie es gewohnt sind. Und schnell. Als Erstes müssen Sie unsere Interessen im Fall Arbuckle schützen«, er untermalte jeden Satz mit dem Einsatz seines Stockes, den er schwang wie der Direktor eines Musikkorps einen Taktstock. »Und zwar, indem Sie die ganze Wahrheit darüber herausfinden, was geschehen ist.«

»Die ganze Wahrheit?«, fragte ich.

»Ja«, sagte Mr Laemmle. »Warum das arme Mädel sterben musste, was Fatty getan oder nicht getan hat, die ganze Vorgeschichte, einfach alles. Und dann erzählen Sie es mir ganz genau. Wie unliebsam es auch immer ist.«

Eine kalte Hand griff mir ans Herz. Weiße Federn umschwebten uns wie Schneeflocken. Mir war sofort klar, wenn ich dieses Angebot ablehnte, würde ich damit Mr Laemmle gewaltig vor den Kopf stoßen und ihn für immer zu meinem Feind machen. Es wäre gerade so, als würde ich ihm an seinem Esstisch mitten auf seine weiße Damastdecke scheißen.

Ich musste es anders machen. Ich musste mich mit an den Tisch setzen und ihm die Scheiße so verkaufen, als handle es sich um feinsten Schokoladenpudding aus seiner deutschen Heimat.

Nichts anderes hatte Mr Thalberg gemacht, wenn ich es richtig sah.

»Das kann ich gerne versuchen, Mr Laemmle«, sagte ich. »Nur zwei Dinge wären dabei unerlässlich für mich.«

»Die wären?« Eine ganz leichte Querfalte, die auf seiner breiten glatten Stirn erschien, deutete daraufhin, dass es neu für ihn war, etwas anderes zu hören als: »Ja, Mr Laemmle.«

»Ich bin es gewohnt, eigenständig und alleine zu arbeiten. Nur dann kann ich gute Ergebnisse erzielen. Ich würde es sogar vorziehen, mich nicht als ›Sicherheitschef‹, sondern als unabhängigen Ermittler in Ihrem Auftrag zu sehen und von Woche zu Woche neu zu besprechen, ob es weitergeht.«

Er nickte vor sich hin. »Und das andere?«

»Ich werde niemals lügen für Sie«, sagte ich. »Das, was man *Publicity* nennt. Oder Dinge vertuschen. Dafür bin ich nicht geeignet.«

Für einen Moment sahen wir uns schweigend an. Einer von uns lächelte. Ich war es nicht.

»Das sollen Sie auch gar nicht. Ich will ja gerade nicht, dass Sie das, was Sie herausfinden, jedem erzählen«, sagte Mr Laemmle freundlich. »Nur *mir* sollen Sie alles erzählen. Alles mit mir teilen. Jede Einzelheit.«

Ich sagte nichts. Der Korb mit dem toten Hahn und den Eiern in meiner Hand wog eine Tonne.

»Dann sollten Sie eines noch unbedingt wissen. Ich sage es Ihnen am besten jetzt gleich.«

»Bitte«, sagte er.

»Ich bin kein Jude, Mr Laemmle. Auch wenn das viele aufgrund meines Namens denken.«

Es war ein kindischer letzter Versuch, vielleicht doch noch einen Ausweg zu finden. Doch sein Lächeln zerfloss regelrecht, zu einem noch breiteren Lächeln.

»Ich bin kein Rassist, Hardy. Sie sind ein Landsmann, und das genügt mir vollkommen. Ich vertraue Ihnen.«

Es gab keine Widerrede. Es gab keinen Ausweg. Das Angebot, das er mir gemacht hatte, hatte er bereits längst für mich angenommen.

»Sagen Sie, Sie haben doch für *Famous Players* gedreht? Auch mit Fatty Arbuckle?«

»Ja, das habe ich«, sagte ich. Seine Gedankensprünge nachvollziehen zu wollen, war vollkommen aussichtslos. Er sprang von einem zum anderen wie ein Frosch über Steine in einem Teich. Über sehr viele verschiedene Steine in einem sehr großen Teich.

»Diese Sahnetorten, die er immer für die Tortenschlachten benutzt hat«, sagte Mr Laemmle. »Wie halten die so gut zusammen? Ich meine, im Flug, wenn man sie wirft? Sodass sie erst zerbrechen, wenn sie jemandes Gesicht treffen?«

Er meinte es ernst. Er lächelte nur ganz leicht.

»Das ist in der Tat schwierig«, sagte ich. »Es wurde viel damit experimentiert. Aber es gibt einen Bäcker in Hollywood, der sie genau richtig macht. Es gibt nur einen.«

»Beschaffen Sie mir bei dem eintausendfünfhundert davon bis Freitag«, sagte Mr Laemmle einfach und präzise. »Und drücken Sie den Preis auf nicht mehr als sieben Cent pro Torte. Ich drehe damit die größte Tortenschlacht-Komödie der Welt und leihe mir Ben Turpin dafür, und der verdient schon mehr als genug.«

»Wenn Sie das wollen. Soll ich darin mitspielen?«

Es war nur so ein Gedanke. Er sah mich irritiert an. Das Lächeln verschwand dabei nicht.

»Nein. Das ist nur Ihre erste Aufgabe in Ihrem neuen Job. Als mein Sicherheitschef …«, er zögerte, »oder unabhängiger Ermittler, wenn Sie es so wollen. Aber es ist eine gute Zeit für Komödien, verstehen Sie.«

»Ja, Mr Laemmle«, sagte ich und musste mich räuspern. »Ich verstehe.«

»Na dann, Hardy«, sagte Mr Laemmle voller Enthusiasmus und Elan. »Igor wird Sie zurückbringen und morgen um sieben Uhr abholen. Und dann fangen Sie an, für mich zu arbeiten!«

»Gut, Mr Laemmle«, sagte ich.

»Nennen Sie mich bitte Uncle Carl, wie jeder hier.«

Er lächelte mich freudig an. Und ich wusste, ich steckte so tief in der Hühnerkacke, wie es tiefer gar nicht ging. Und ich wünschte mir für einen kurzen Augenblick, der Russe und der andere Verrückte hätten mich nicht hierhergefahren, sondern wirklich umgebracht.

ZWEITER TEIL

27

Am nächsten Morgen um kurz nach acht saß ich in meinem neuen Büro bei der *Universal* an meinem neuen Schreibtisch und sah aus meinem neuen Fenster auf die Garage, in der mein neues Automobil geparkt stand. Es war ein Milburn Coupé, kein Zwölfzylinder, aber immerhin, ein brandneuer, blitzblank gewaschener Wagen in Schwarz zu meiner freien Disposition und mit meinem Angestelltenausweis hinter der Windschutzscheibe.

Kurz zuvor war ich von Igor von meiner Wohnung abgeholt und hierhergefahren worden, auf dem Rücksitz derselben Limousine wie gestern, über denselben Pass, doch diesmal ohne Angst. Zumindest ohne Todesangst. Diesmal hatte ich mich eher wie eine Zweihundertfünfzig-Dollar-Nutte gefühlt.

Nachdem Igor mir, mit derselben undurchdringlich gusseisernen Freundlichkeit wie gestern, den Weg zu meinem Büro gezeigt hatte – im Hauptgebäude nicht nach links zu den Privaträumen, sondern nach rechts in den Trakt der Studioleitung – und auf eine offene Tür gewiesen hatte, an die ein Schwarzer im Overall langsam meinen Namen malte, war ich dann im Vorzimmer über Pepper gestolpert, die gerade dabei gewesen war, einige Bürоutensilien aus einem Pappkarton auf ihrem Schreibtisch zu verteilen.

Sie hatte mich mit einem strahlenden Lächeln begrüßt, vor Igor mit einem »Guten Morgen, Mr Engel, ich bin Ihre Sekretärin«, und mir die Tür zu meinem Büro geöffnet, und kaum dass Igor mit einem angedeuteten Diener wortlos verschwunden war, hatte sie die Tür hinter sich zugezogen, sich an mich geschmiegt und mich geküsst.

»Lieber, ist das nicht großartig? Was sagst du?«

Nun war sie nebenan und bewachte das Telefon. Meine neue Sekretärin, mein neues Telefon. Ich legte meine Füße auf meinen neuen Schreibtisch und zündete mir eine neue Zigarette an, um zu sehen, ob ich mich damit besser fühlte. Ich tat es nicht.

Zu allem Überfluss wehte heute draußen der heiße Santa-Ana-Wind, der aus der roten Mojave-Wüste kam und einem die Kehle austrocknete und einem einen Durst machte, der nicht zu stillen war.

Ganz ruhig, Hardy. Ich versuchte mir einzureden, dass sich ja gar nicht so viel verändert habe. Na schön, ich musste das Spiel diesmal mitspielen. Aber zu meinen Regeln.

Hier bekam ich die Gelegenheit, zu tun, was zu tun ich sowieso im Begriff gewesen war: die Wahrheit herauszufinden, nur erheblich besser bezahlt und ausgestattet, und was könnte ich schon dagegen haben? Ein Bürobote in einer himmelblauen Uniform hatte mir vorhin einen Umschlag übergeben, in dem sich fünf knisternde Fünfzig-Dollar-Noten befanden, die so aussahen, als habe sie jemand von Hand geplättet.

Und warum sollte ich es nicht schaffen, diese Arbeit zu erledigen? Ich war schließlich ein Unteroffizier aus gutem deutschen Hause gewesen, Zugführer mit zwanzig Soldaten unter meinem Kommando, und hatte, aus der Bahn geworfen, hier nur vorübergehend vergessen, wie man sich um Dinge kümmerte.

Wie viel von dieser Wahrheit ich Mr Laemmle dann erzählte oder was ich sonst damit machte, konnte ich ja selbst bestimmen. Und nicht nur, soweit es Mr Thalberg betraf.

Ich beschloss, als Erstes das zu tun, was ich schon gestern vorgehabt hatte, und nach Chinatown zu fahren. Ich schnappte mir meinen Hut, öffnete die Tür und spazierte hinaus. Pepper sah hoch und strahlte mich an.

»Wo gehst du hin?« Ich zögerte einen Moment. »Ich bin deine Sekretärin. Ich muss wissen, was ich sagen soll.«

»Nur in die Stadt, einen neuen Anzug anmessen lassen.«

Bevor einer von uns noch etwas sagen konnte, klingelte ihr Telefon und sie hob ab.

»Büro von Mr Engel, Pepper Murphy am Apparat?«

Ich wollte eben ansetzen, zur Tür hinauszugehen, als sie sagte: »Ja, Mr Thalberg«, und einen Finger hob. Ich blieb stehen. »Sofort, Mr Thalberg.« Sie legte auf und sah mich an.

»Er will dich sehen. Jetzt gleich, er sagt, er habe etwas für dich.«

Das durchkreuzte zwar meinen Plan, aber auch ich wollte gerne einmal mit Mr Thalberg reden, unter vier Augen. Und ihm dabei so einiges sagen. Pepper stand auf, kam heran und richtete meine Krawatte.

»Sehen wir uns heute Abend?«

»Mal abwarten«, sagte ich. »Kommt darauf an, was er mir für einen Auftrag gibt.«

Sie zwinkerte mir zu und schenkte mir ein aufmunterndes Lächeln.

»Viel Glück, Boss.«

»Danke. Wo muss ich hin?«

Sie folgte mir zur Tür und erklärte mir den Weg.

Es ging eine Treppe hinauf. Ich brauchte drei Minuten, um zu Mr Thalbergs Büro zu gelangen.

Die Sekretärin von Mr Thalberg hieß Rhonda Merriwether und war diejenige, mit der ich schon einmal kurz von San Francisco aus telefoniert hatte. Sie war ein hochgewachsenes Schneewittchen mit pechschwarzen Haaren und weißer Haut, Ende zwanzig und so majestätisch und kühl wie ein Eisberg, der jeden Moment die *Titanic* erwartete. Ich sagte Rhonda meinen Namen und umschiffte sie weiträumig, als ich auf ihren Wink hin an ihr vorbei in die große Halle ging, die Mr Thalberg als Büro diente. Offenbar machte er gerne Spaziergänge oder spielte Federball oder Golf in seinem Arbeitszimmer. Mit Mühe machte ich ihn am Ende des Raumes aus und strebte dorthin.

Es gab keinen Teppich, nur einen Holzboden, auf den meine Ledersohlen hart knallten, sodass meine Schritte in dem großen, fast leeren Raum widerhallten. Es hingen ein paar Fotografien an den Wänden von Filmstars mit ihren Widmungen, aber das war alles. Die Kargheit war Absicht, keine Ablenkungen, nur Konzentration, Härte, Klarheit. Ein Raum, der darauf wartete, dass in ihm neue Geschichten geschrieben würden.

Irving Thalberg saß an seinem großen, geschnitzten Schreibtisch aus Kirschbaumholz und telefonierte gerade, grüßte mich jedoch mit einem galanten Heben der Hand und wies mir einen Platz zu, in einem von zwei geschnitzten Sitzmöbeln vor seinem Tisch mit sehr hohen gepolsterten Lehnen. Erst als ich um sie herumging, sah ich, dass in dem zweiten bereits jemand saß.

Es war Rosabelle Laemmle, seine Verlobte, und sie hatte die Beine übereinandergeschlagen.

Ich nickte ihr zu, setzte mich und beobachtete sie, während er weitersprach. Es gab nicht viel zu sehen. Sie trug ein vornehmes hellgrünes Kostüm, das sie lieber Pepper hätte schenken sollen, und eine mehrfach um den stämmigen Hals geschlungene Perlenkette. Sie wippte fortwährend mit dem Fuß, himmelte ihn an und sah ihm beim Arbeiten zu. Deswegen war sie hier.

Aus einer offenen Aussprache mit ihm würde also nichts werden. Aber man konnte ihr schlecht sagen, dass sie gehen solle. Sie war immerhin die Tochter des Studiobosses. Sie kümmerte sich nicht einmal um mich. Sie hatte nur Augen für ihn.

Ich fing Mr Thalbergs Blick auf, der auf mir ruhte, während er in den Apparat sprach: »Nicht mehr als fünfzehn Wiederholungen pro Einstellung, damit das klar ist, und sagen Sie ihm, dass ich sonst persönlich vorbeikomme.«

Er hängte ein und erhob sich: »Mr Engel.« Er knöpfte sein Jackett zu. Ich erhob mich ebenfalls. Wieder gab er mir nicht die Hand. Hier in seinem Büro fiel mir einmal mehr auf, wie mager, asketisch, fast zerbrechlich er wirkte. Er war kaum größer als sein Boss, wog bestimmt höchstens hundertzwanzig Pfund, und mir schien, als seien seine Beine unter der schlackernden Anzughose dünner als meine Oberarme.

»Guten Morgen, Mr Thalberg. Guten Morgen, Miss Laemmle.«

Rosabelle bedachte mich mit einem leichten Nicken ihres quadratischen Kopfes und erhob sich, doch zu keinem anderen Zweck, als ihren Hintern auf eine freie Stelle seines Schreibtisches zu schwingen und mit beiden in der Luft hängenden Beinen zu wippen. Die Tischplatte war völlig überfüllt, doch alles wirkte nach einem Prinzip geordnet. Mehrere Stapel mit gehefteten Drehbüchern befanden sich darauf. Sie nahm sich das oberste von einem der Stapel und begann ungeniert, es zu lesen.

Wir taten beide so, als wäre sie nicht da.

»Wie schön, Sie an Bord zu haben«, sagte Mr Thalberg. »Kaffee? Sodawasser? Oder etwas anderes?«

»Danke, nein.«

Wir setzten uns wieder.

Seine Verlobte ließ lesend ein unausgegorenes Kichern hören und streckte dazu einen Fuß in die Luft.

Mr Thalberg starrte mich weiter an und sagte, ohne den Tonfall zu verändern: »Ein äußerst heikler Fall, den wir da haben.« Er ließ den Satz einfach so im Raum stehen.

Ich stutzte. »Wie meinen Sie?«

Rosabelle Laemmle kicherte wieder. Das Drehbuch schien sehr lustig zu sein.

»Nicht gerade einfach, im Grunde äußerst delikat«, sagte er. »Aber genau dafür habe ich Sie ja engagiert.«

Ich sagte möglichst beiläufig: »Ich dachte, Uncle Carl habe mich engagiert.«

Rosabelle sah für einen Moment auf, als sie den Namen ihres Vaters hörte, dann blätterte sie um und las weiter.

»Ich leite dieses Studio, Mr Engel. Ich habe Sie ausgesucht.«

»Ich freue mich außerordentlich, mit Ihnen arbeiten zu können.«

Wir starrten uns für einige Momente wortlos an und musterten einander.

Seine Züge, die fein geschwungene Nase, die Wangenknochen und das Kinn wirkten italienisch und fast feminin. Sie bildeten ein perfektes Ensemble. Es war sehr angenehm, ihn anzusehen. Nur die Augen wirkten geradezu gefährlich.

»Ist denn bisher alles so, wie es sein soll?«, fragte er.

Ich schluckte. »Ja, durchaus, ich denke schon«, sagte ich.

Wir schwiegen uns wieder an.

Mein Blick blieb an einem Fotorahmen neben dem Telefon hängen, in dem sich ein Porträt von Rosabelle Laemmle befand. All diese Männer, die offizielle Fotos ihrer Liebsten auf dem Tisch stehen hatten, und all diese Dinge, die sie noch so trieben, die nicht in Fotorahmen auf ihren Schreibtischen standen.

Ich musste etwas sagen.

»Ist der Fall denn wirklich so heikel?«, fragte ich, nachdem ich blitzschnell einige andere Möglichkeiten im Kopf erwogen und verworfen hatte.

»Das werden Sie mir gleich sagen«, sagte Thalberg.

Ich wusste ehrlich nicht mehr weiter. »Was genau erwarten Sie denn von mir, Mr Thalberg?«

Er starrte mich weiter an. Dann, als er genug Spannung aufgebaut hatte, zog er eine Pappakte heran und schlug sie auf.

»Miss Babette Fielding«, sagte er nur. Ich hatte etwas ganz anderes erwartet.

»Die Schauspielerin?«, fragte ich.

Er nickte und verzog das Gesicht zu einer bedauernden Grimasse.

»Ich fürchte, sie hängt an der Nadel. Heroin. Hat den tragischen Unfalltod ihres Mannes nicht verkraftet. Sie ist nicht mehr Herrin ihrer Sinne.«

So arbeitete er also. Er hatte mich getestet und einfach mal sehen wollen, was ich sagte, ob ich nervös wurde. Dass seine Verlobte mit im Raum war, war vermutlich Kalkül. Natürlich war es Kalkül.

Rosabelle sah hoch, klappte das Drehbuch zu und legte es

wieder auf den Stapel. Fortan hörte sie uns zu. Offenbar hatte der prominente Name ihr Interesse geweckt und ihr Spannenderes versprochen als das, was sie gelesen hatte.

»Ihre Zugehfrau hat uns alarmiert. Sie steht in unseren Diensten. Das ist die Adresse, fahren Sie hin, räumen Sie auf, und tun Sie, was nötig ist.« Er schob mir einen Notizzettel über den Tisch.

Dieser Mann wollte nicht offen mit mir reden. Alles auf den Tisch packen, die ganze Wahrheit, wie Fritz Roth es ausgedrückt hatte, damit ich ihm half. Er wollte nur klarmachen, was zwischen uns genau *kein* Thema war.

»Selbstverständlich, Mr Thalberg.«

Ich erhob mich. Thalberg blieb sitzen. Er war noch nicht fertig mit mir.

»Für Ihre Aufgaben haben Sie selbstverständlich ein Spesenkonto, über das Sie nach eigenem Gutdünken verfügen können, Mr Engel«, sagte er und schob mir ein Blatt Papier zu. »Dies ist eine Vollmacht mit dem Namen der Bank und der Nummer. Die *Universal* kommt dabei natürlich nicht vor. Führen Sie immer Bargeld bei sich.«

Ich starrte darauf und nahm das Blatt nicht. Rosabelle langweilte sich offenbar, sie setzte die Füße auf den Boden und begann ziellos herumzulaufen, in Richtung des Fensters.

»Ich bekomme schon ein Gehalt, Mr Thalberg«, sagte ich. »Den Vorschuss für diese Woche habe ich vorhin erhalten.«

Thalberg schloss für einen Moment die Augen, dann zügelte er seine Ungeduld.

»Das ist für Zuträger, Helfer, Informationen aller Art. Sie müssen schließlich Bescheid wissen in Ihrer Position, ein Netzwerk haben. Das ist Ihnen doch hoffentlich klar?«

»Ja, natürlich«, sagte ich. Mein Zögern war deutlich zu spüren.

»Mir ist schon bewusst, dass das nicht Ihr Fachgebiet ist, Mr Engel. Sie haben offenbar andere Qualitäten. Aber man muss ja nicht alles selbst machen. Für manche Dinge muss man sich jemanden holen – oder halten. Und bezahlen.«

Alles, was er sagte, schien versteckte Botschaften zu enthalten.

»Ich weiß schon. So wie diese Zugehfrau. Bei meinem letzten Fall habe ich auch den entscheidenden Hinweis von einem Informanten bekommen, dem ich Geld gegeben hatte. Einem Arzt.«

Es war ein Schuss ins Blaue, um zu sehen, ob er darauf eingehen würde. Ich griff mir das Schriftstück. Rosabelle stand am Fenster und sah hinaus.

Thalberg blickte in die Ferne hinter mir. »Wie Sie das alles regeln, ist Ihnen überlassen. Natürlich werden Sie immer genau mit mir abrechnen. Jede Woche. Jeden Posten. Persönlich, nichts Schriftliches.«

»Verstanden. Selbstverständlich, Mr Thalberg.«

Ich wollte mich eben umdrehen und gehen.

»Hier sind Ihre Visitenkarten.« Er schob mir ein silbernes Etui zu. Ich öffnete es und sah einen Stapel Karten aus bestem Büttenpapier, und in Goldprägeschrift war darauf gedruckt: *Hardy Engel – Universal Film,* die Adresse – *Lankershim Boulevard* – und meine Telefonnummer hier im Büro bei *Universal City*. Keine Bezeichnung meiner Position.

Visitenkarten. Nun hatte ich welche. Ich nickte ihm zu und steckte sie ein.

Rosabelle öffnete das Fenster und lehnte sich weit hinaus. Offenbar hatte sie draußen etwas entdeckt.

»Und Mr Engel? Sie halten mich ständig auf dem Laufenden, über alles, was passiert. Sie haben jederzeit Zugang zu mir. Tag und Nacht. Wir lassen in Ihrer Wohnung eine Telefonleitung legen, falls Sie noch keine haben, wir schicken Ihnen jemanden vorbei. Und wenn Sie unterwegs sind, hält Pepper den Kontakt. Wir finden für alles eine Lösung.«

Rosabelle winkte nach draußen und rief fröhlich etwas Belangloses.

Ich beugte mich zu Mr Thalberg und sagte:

»Ich finde, Sie sollten es Mr Laemmle sagen. Am besten alles, was passiert ist. Ich habe das Gefühl, es wird sich vor ihm nicht ewig geheim halten lassen. Und dann wäre es besser, er erführe es von Ihnen.«

Er sah mich mit seinen dunklen undurchdringlichen Augen an. Seine Stimme war leise.

»Unterstehen Sie sich noch einmal, mir zu sagen, was ich zu tun habe. Das weiß ich selbst am besten.«

Dann nahm er das aufgeschlagene Drehbuch und begann übergangslos, es zu studieren, einen Füllfederhalter in der Hand. Nichts darin würde anders ablaufen als genau so, wie er es wollte.

Rosabelle schloss das Fenster und schlenderte zu ihm zurück, als ich hinausging.

28

Als ich von *Universal City* kommend auf den Cahuenga Boulevard Richtung Süden einbog, bemerkte ich hinter mir einen dunkelbraunen Roadster. Darin saß ein Mann mit einem dunklen Hut. Nicht Igor. Das Automobil folgte mir, erst über den Pass und dann nach West Hollywood hinein. Auf dem Sunset Boulevard parkte ich vor der Filiale der *Pacific Frontier Bank*, die auf der Vollmacht angegeben war. Ich hatte so ein Gefühl, dass ich heute noch Geld jener Art brauchen würde. Der Roadster parkte auf der anderen Straßenseite, als ich eben durch die gläserne Eingangstür ging.

Die Kassenhalle hatte einen dunklen Marmorboden mit geschwungenen Mustern, eine Ecke mit schwarzen Ledersesseln und eine hohe Decke mit prächtigen Intarsien, die sie insgesamt wirken ließ wie einen Tempel, in dem eine besonders wichtige Gottheit angebetet wurde.

Die Dame hinter dem Schalter gab eine merkwürdige Hohepriesterin ab, sie war um die fünfzig und ihr Gesicht sah so aus, als verspeise sie jeden Tag Gurken, die in einem ganz besonders sauren Essig eingelegt waren. Wahrscheinlich hatte sie das letzte Mal gelächelt, als Teddy Roosevelt noch Präsident war. Sie trug ein spanisches Kostüm mit Puffärmeln und einem roten Jäckchen, das nicht zu ihr passte, und nahm die Vollmacht, die ich ihr wortlos reichte, mit spitzen Fingern und einem Ausdruck vollkommenen Desinteresses entgegen. Der Name des Kontoinhabers auf der Vollmacht war der einer Privatperson, die mir nichts sagte, vermutlich ein Strohmann oder ein Deckname.

Sie studierte das Papier und dann geschah etwas Unglaubliches: Sie lächelte. Sie strahlte mich regelrecht an. Plötzlich war ich ungeheuer wichtig und mächtig. Sie wusste Bescheid über dieses Konto.

»Oh …! Ja bitte, Sir, was wünschen Sie?«

»Ich will fürs Erste zweihundert Dollar abheben«, sagte ich halblaut und mit so viel Understatement, wie ich aufbringen konnte. »Ein Hunderter, ein Fünfziger und der Rest in kleinen Scheinen, bitte.«

»Aber selbstverständlich«, flötete sie und öffnete ihre Kasse. »Oh, ihr Filmleute!«

Ich legte einen Finger auf die Lippen und sah mich nach allen Seiten um: »Pscht …!«

Sie holte die Scheine heraus und als sie sie in der Hand hielt, sah sie verschwörerisch zu mir hoch. »Kennen Sie Lon Chaney?«, flüsterte sie und kicherte mädchenhaft.

»Hab ihm gerade noch vorhin die Hand gegeben«, sagte ich. Sie kicherte erneut und zählte das Geld auf den Tresen vor mir. Als ich es nahm, ergriff sie kurz meine Hand.

»Wollte sie nur kurz anfassen, die Hand, die …«, sagte sie, errötete und verstummte. Kino, du magische Zauberwelt. Es machte selbst aus Lon Chaney, *Universals* markantestem Horrorfilmstar, noch einen Frauenschwarm.

Ich lehnte mich auf den Tresen und sagte: »Ich kann ihn ja mal vorbeischicken … Können Sie mir vielleicht gerade noch verraten, wie viel Geld insgesamt auf dem Konto ist?«

»Selbstverständlich, Sir«, sagte sie und schlug schnell wie der Wind in einem Kassenbuch nach. Sie schrieb etwas hinein, zog einen Strich darunter und rechnete jede einzelne Stelle nach, wie man das in der Schule lernte. Dann lehnte sie sich ihrerseits auf den Tresen und raunte, im selben Tonfall, den ich angeschlagen hatte: »Jetzt sind es noch achthundertsiebenundachtzig Dollar und dreiundzwanzig Cent. Aber …«, sie beugte sich noch weiter zu mir, »es kommt immer eine neue Überweisung, wenn wir melden, dass etwas abgehoben worden ist. Es sind immer um die tausend Dollar darauf. Neulich wurden sogar genau tausend abgehoben, aber drei Tage später war das Geld wieder drauf.«

»Danke, Mrs Bottomsly«, sagte ich, wobei ich von dem Namensschild auf dem Tresen ablas. Ihr Vorname war Marjorie.

»Miss«, korrigierte sie kokett.

»Miss Bottomsly«, sagte ich mit einem dieser tiefen Blicke, die mir bei anderen Frauen immer misslangen, »wer hat die tausend Dollar denn damals abgeholt?«

»Eine junge Dame«, sagte sie, »rothaarig, sehr hübsch. Eine Schauspielerin, wenn Sie mich fragen, aber niemand, den man kennt.« Sie sah in dem Buch nach. »Das war am 30. August. Am 2. September ging die nächste Einzahlung über die gleiche Summe ein. Ach, aber ich stelle ja keine Fragen …«

Ich nickte. »Das ist gut so. Aber *ich* hätte noch eine Frage, Miss Bottomsly.«

»Schießen Sie los.«

»Verfügt diese Bank über einen Hinterausgang?«

Ihre Augen weiteten sich. Davon würde sie noch ihren Enkeln erzählen. Das heißt, sie hätte, wenn jemand sie geheiratet und mit ihr Kinder und Kindeskinder produziert hätte. So blieb ihr nur Lon Chaney, ein vierschrötiger Mann mit irren Augen, auf einer Leinwand in einem dunklen Saal.

Und ja, natürlich verfügte diese Bank über einen Hinterausgang, hinten bei der Teeküche für die Angestellten; kein Bereich, wo Kunden Zutritt hätten, aber man mache ja auch einmal eine Ausnahme. Ich schlüpfte dort hinaus, winkte meiner neuen Freundin zum Abschied und spazierte dann außen herum zu meinem Automobil. Dahin musste ich ja in jedem Fall zurück. Aber ich hatte einen bleibenden Eindruck hinterlassen und wusste, Miss Bottomsly würde für mich von nun an durchs Feuer gehen, wenn ich eines legen würde.

Der braune Roadster folgte mir weiter, wie ich im Rückspiegel sehen konnte, über den Sunset südöstlich zum Echo Park.

Dort befand sich Babette Fieldings Haus. Mir kam durchaus der Gedanke in den Sinn, dass Thalberg mir diesen Auftrag nur erteilt hatte, um mich von meinen anderen Ermittlungen abzuhalten. Aber ich musste ihn als Erstes angehen und zu seiner Zufriedenheit erledigen, um künftig für alles andere Ruhe zu haben.

Ich parkte vor einem Haus direkt an dem kleinen See, das wie ein Hexenhaus aussah, mit spitzen Giebeln und dunklen Schindeln und einem ungepflegten Garten. Ich hatte ein oder zwei der *Universal*-Filme mit Babette Fielding gesehen und erinnerte mich dunkel an eine klassische Schönheit Ende zwanzig mit einem blonden Haarkranz, die gut darin war, die Augen weit aufzureißen. Sie war beim Publikum äußerst beliebt. Ihr Mann, ein bekannter Trinker, war vor einem Jahr mit dem Automobil verunglückt und hatte damit große Schlagzeilen verursacht.

Ich öffnete das niedrige Gartentor und ging auf dem zugewucherten Steinplattenweg auf die Veranda zu. Einen ausladenden Lorbeerbusch musste ich beiseitebiegen, um vorbeizukommen. Ein Seitenblick zeigte mir, dass der braune Roadster immer noch da war und ebenfalls gehalten hatte. Alles andere hätte mich auch sehr überrascht. Der Fahrer blieb darin sitzen.

Ein Windstoß fuhr in die tief hängenden Zweige der Bäume und im selben Moment meinte ich, einen klagenden Laut aus dem Haus zu hören. Ich konnte mich aber auch getäuscht haben.

Ich trat vor die Holztür und lauschte. Der Wind heulte ums Haus. Ich klingelte und klopfte mit der Faust an die Tür. »Miss Fielding?«

Nichts. Ich klopfte erneut, dringlicher, und wartete. In der Mitte der massiven Holztür war ein rautenförmiges Fenster aus Milchglas. Ich versuchte, hindurchzuspähen, doch es war nur ein trübes Ineinanderfließen von Grauschattierungen, wie unter Wasser. Noch einmal glaubte ich von drinnen sehr leise ein Geräusch zu hören, etwas wie ein Stöhnen, ganz kurz.

Ich musste hinein. Mein Bedarf an Herointoten war bereits ausreichend gedeckt.

Plötzlich fasste mich eine Hand an der Schulter. Ich schrie auf und fuhr herum. Vor mir stand eine zitternde junge Frau mit breiten mexikanischen Gesichtszügen und schwarzem Haar, das das runde Gesicht wie ein Kopftuch umrahmte. Die Augen waren tränennass.

»Bitte …«, stammelte sie, »bitte helfen … Miss Fielding, sie nicht aufmachen …«

Ich zitterte selbst. Auch mein Bedarf an Menschen, die sich von hinten anschleichen, war gedeckt. »Sind Sie die Zugehfrau?«

»*Si*«, sie nickte heftig.

Ich atmete durch.

»Dann müssten Sie doch einen Schlüssel haben?«

»*Si*«, sie nickte wieder.

»Ich komme von der *Universal*. Wie heißen Sie?«

»Frida.«

»Machen Sie dann bitte auf, Frida?«

»Aber ich kann nicht«, sagte sie verzweifelt. »Miss Fielding, sie hat etwas vor Türe …«

»Haben Sie versucht mit ihr zu sprechen? Durch die Tür? Ist sie dadrin?«

Sie nickte und begann zu weinen.

Aus dem, was ich unter dem Weinen aus ihr herausbekam, ergab sich, dass Frida genau wusste, dass Miss Fielding sich Heroin spritzte, dass sie aber heute besonders weggetreten zu sein schien, da sie nicht einmal die Tür öffnete. Deswegen hatte Frida von einem Nachbarn aus die *Universal* informiert.

»Das haben Sie sehr gut gemacht, Frida. Geben Sie mir den Schlüssel.«

Sie gab ihn mir. Ich steckte ihn ins Schloss und drehte ihn um. Die Tür blockierte. Die Vorhängekette war eingehängt, aber es war noch etwas im Weg. Ich hoffte inständig, dass es kein Körper war. Ich versuchte, durch den Spalt zu sehen, doch er war zu schmal.

Ich ging einen Schritt zurück und schob die Mexikanerin beiseite. Ich trat gegen die Tür. Sie gab nur leicht nach. Ich trat erneut. Dann nahm ich ein paar Schritte Anlauf und warf mich mit vollem Gewicht dagegen, die Schulter voraus. Die Kette riss. Ich rieb mir die Schulter und schob dann mit den Händen die Tür langsam auf. Frida sah angsterfüllt dabei zu. Ein Stuhl, der vor der Tür gestanden hatte, fiel um und ich konnte sie weit genug öffnen, um hineinzugehen.

Ein beißender Geruch empfing mich. Frida folgte mir zögernd. Wir sahen uns beide um.

Das Haus brauchte wirklich dringend den Besuch einer Putzfrau. Ein kleiner Vorraum mit Holzskulpturen war von Kleidern übersät, Jacken und Mäntel, die von der Garderobe gerissen worden waren.

Ich sah Frida fragend an, sie wies nach links, wo ein Durchgang in ein Wohnzimmer führte. Ich stieg über die Kleider hinweg und ging hinein.

Der Anblick war unbeschreiblich. In dem großen Zimmer mit Kamin, Sofa und Sesseln lag alles durcheinander. Auf dem Boden, der mit einem schweren Teppich ausgelegt war, gab es praktisch kein freies Fleckchen. Lebensmittel, Flaschen, Kleider, Müll, Kissen, Decken, Schuhe, alles lag durcheinander wie auf einer Müllkippe. Entsprechend stank es auch.

Direkt vor dem Kamin, in dem sich ein großer schwarzer Aschehaufen auftürmte, lag bewegungslos eine blonde Frau in einem weißen, nicht besonders reinlichen Nachthemd. Die lockigen langen Haare hingen wirr um ihr Gesicht herum, und die Augen waren geschlossen. Eine Spritze und Fixerbesteck lagen neben ihr, und drum herum noch weitere benutzte Spritzen. Die Mexikanerin schluchzte auf.

Miss Babette Fielding roch intensiv nach Urin. Ich stürzte zu ihr hin und untersuchte sie. Sie atmete noch, aber sehr flach. Ihre linke Armbeuge war von Einstichen übersät. Ich gab ihr zwei Ohrfeigen und dann noch mal zwei. Ihre Augenlider flatterten, aber sie kam nicht richtig zu sich.

Sie sagte etwas vor sich hin, und ich beugte mich zu ihr hinunter.

»Habe ich die Rolle?«, hauchte sie.

»Oh ja«, sagte ich. »Sie haben sie. Und es ist sogar die Hauptrolle.«

»Sie lebt«, sagte ich zu Frida. Sie kniete sich neben mich und nahm Miss Fieldings Hand.

»Wo ist das Telefon?«, fragte ich sie.

Frida zeigte mit tränenblinden Augen in Richtung einer Konsole. Doch sie war blank gefegt, alles darauf heruntergerissen.

Ich erhob mich und sah mich nach dem Telefon um. Irgendwo in all dem Chaos musste es sein. Plötzlich sah ich etwas in dem Müllhaufen.

Kein Telefon. Es bewegte sich.

Es war ein Säugling.

Er lag einfach da in seiner Windel und zuckte im Schlaf.

Ich sprang entsetzt zu ihm. Ich nahm ihn vorsichtig auf. Er war winzig, höchstens ein halbes Jahr alt. Man roch deutlich, dass die Windel vollgeschissen war. Das Baby erwachte und begann zu schreien. Ich war sehr glücklich.

29

Ich rief von dem Telefon, als ich es endlich gefunden hatte, Pepper an und berichtete ihr, dass Miss Fielding und ihr Baby am Leben und wohlauf seien. Sie war entsetzt – sie hatte Babette Fielding kennengelernt und wusste, dass sie nach dem Tod ihres Mannes ein kleines Mädchen namens Mary geboren hatte –, doch sie verdaute es schnell. Sie fand die Zeit, mich mit ein paar persönlichen Worten zu loben, und wandte sich dann der Lösung des Problems zu.

Ich fragte sie nach einer diskreten Entziehungsklinik, in die man Miss Fielding einweisen könnte. Sie sagte, sie werde nachfragen und mir dann jemanden schicken.

Ich sah Frida über die Schulter, die gerade dem Baby die Windel auszog und es säuberte, und ging auf ihre Anweisung im Kinderzimmer im ersten Stock eine frische Windel holen. Es war ähnlich unaufgeräumt, und benutzte Stoffwindeln lagen um eine hölzerne Wiege herum. Ich öffnete ein Fenster und ließ Luft herein. In einer Kommode fand ich eine saubere Windel. Auf dem Rückweg ging ich durch die Küche und stieß im Kühlschrank auf eine angebrochene Milchflasche, deren Inhalt noch nicht verdorben war.

Ich gab der kleinen Mary zu trinken, während sich Frida um Miss Fielding kümmerte. Sie war schwach und nur halb bei Bewusstsein. Sie musste mindestens einen Tag lang so gelegen haben. Die Kleine trank rasch und gierig und sah mich mit großen dankbaren Augen an und rülpste danach herzhaft.

Ich gab Frida einen Fünfzig-Dollar-Schein, den sie erst auf keinen Fall annehmen wollte, und bat sie aufzuräumen. Sie nahm ihn schließlich und wollte gar nicht aufhören, sich zu bedanken. Ich gab ihr eine meiner goldgeprägten Visitenkarten und sagte ihr, sie solle mich anrufen, wenn sie etwas brauche oder ihr wieder einmal etwas auffalle.

Ich empfing kurz darauf die Pfleger und die Krankenschwester, die von einer Privatklinik in Bunker Hill kamen und von Pepper informiert worden waren. Sie sagten, sie würden sich um beide kümmern und hätten klare Anweisungen, wie sie mit ihnen umgehen und wo sie sie hinbringen sollten.

Ich verabschiedete mich von Miss Fielding, während die Schwester ihr eine Infusion legte, und sagte ihr, sie solle sich alle Zeit nehmen, die sie brauche, um sich auszukurieren, die *Universal* sorge für sie. Sie sah mich unter schläfrigen Lidern an. Ich sagte ihr auch – als die Schwester kurz in die Küche ging –, sie solle künftig besser auf ihr Baby aufpassen, sonst nähme ich es ihr weg, und zwar für immer. Es war nicht klar, ob sie mich verstanden hatte.

Ich ging hinaus, überließ die beiden den Medizinern und ging an meinem Wagen vorbei direkt zu dem braunen Roadster und riss die Fahrertür auf.

Drinnen saß aufgeschreckt ein Mann in meinem Alter und sah mich entsetzt und abwehrbereit an.

Er war nicht sehr groß und nicht sehr klein, nicht sehr dick und nicht sehr dünn. Er trug einen dunklen Dreiteiler und einen schwarzen Hut, wie so viele, und machte insgesamt einen unscheinbaren Eindruck. Ich sah ihn mir an und auch seine Schuhe, gewöhnliche schwarze Treter. Ich überlegte für einen Moment, ob er der Mann gewesen sein könnte, den ich in den Hills von hinten gesehen hatte. Doch ich konnte es nicht sagen. Vermutlich nicht.

»Okay«, sagte ich, »den Rest überlasse ich Ihnen. Begleiten Sie die beiden in die Klinik und sagen Sie dann der *Universal* Bescheid, wie alles gelaufen ist.«

Es war einfach nur ein Versuch.

»Aber …«, protestierte er stammelnd, »ich arbeite doch gar nicht für …«

Er hatte einen deutschen Akzent, so dick wie ein Semmelknödel.

»Tun Sie's einfach. Sie sollten doch sowieso berichten.«

»Sie … glauben … doch nicht …« Das klang jetzt schon weniger überzeugend.

»Doch. Und ich hab noch was anderes zu tun.«

»Und was?«, presste er heraus.

»Ich muss mir einen neuen Anzug anmessen lassen«, sagte ich. »Sollten Sie bei Gelegenheit auch mal machen.« Ich steckte ihm einen Zehner in die Brusttasche und klopfte darauf. Schöne Sache, Geld zu haben. Ich drehte mich um, ging zu meinem Wagen und fuhr weg. Diesmal folgte er mir nicht.

Damals lag Chinatown noch nicht dort, wo es heute ist. Das alte Chinatown befand sich genau da, wo heute die Union Station steht. Es erstreckte sich die Alameda Street entlang bis hinunter zur Arcadia Street, zwölf oder fünfzehn Blocks voller Holzhäuser mit Balkonen, voller Wäschereien und Wettbüros und Spielhöllen und Opiumhöhlen für weiße Abenteurer und Restaurants mit davorhängenden Enten und Ferkeln. Es gab mehrere Tempel und sogar ein chinesisches Opernhaus. Anfang der Dreißigerjahre wurde das alte Chinatown dann auf Anordnung des Stadtrats von Los Angeles komplett abgerissen, um Platz für den neuen Bahnhof zu machen, und ein paar Blocks weiter nördlich neu aufgebaut. Die Chinesen wurden selbstverständlich nicht gefragt. Sie hatten nicht einmal Anspruch auf das Bürgerrecht. Sie waren nur dazu gut, den weißen Angelenos ihre Hemden zu waschen und ihre Hüte zu pressen und ihre Anzüge zu schneidern und, den Wagemutigen unter ihnen, Chop Sueys und Pekingenten zuzubereiten.

Damals, wenn man nach Chinatown fuhr, merkte man es sofort, wenn man angekommen war; und zwar nicht nur, weil sich am Ende der Straße ein großes, farbenprächtiges chinesisches Tempeltor erhob. Ich merkte es einfach daran, dass hier die Asphaltstraßen endeten und ich plötzlich auf festgestampfter Erde mit vielen tiefen Schlaglöchern fuhr, die meinen Milburn auf- und niederhüpfen und mich abbremsen ließen.

Dies war keine Straße für Autos, nur wenige Hundert Yards vom Pershing Square entfernt, dem Platz, wo Los Angeles gegründet worden war und man die frühesten Ansiedlungen der Mexikaner prächtig konserviert hatte und stolz in Ehren hielt.

Dies war eine Straße aus Dreck, für einspännige Pferdewagen, auf denen chinesische Gemüsehändler saßen. Manche zogen ihren Karren auch selbst und priesen dabei lautstark ihre Waren an. Es gab auch arme Chinesen – besser gesagt: *noch* ärmere –, die keinen Karren hatten, sondern ihre Lasten in Körben trugen, die sie an langen Stäben auf den Schultern balancierten. Und feindselig guckten, wenn ein Weißer in einem neuen Automobil an ihnen vorbeifuhr, sodass sie zur Seite springen mussten.

Einer von ihnen musste zu lange zu schwer getragen haben, denn er war tot und wurde soeben nun selbst durch die Temple Street getragen, in einem über und über mit Blumen geschmückten Sarg. Eine bunt gekleidete Gesellschaft lief hinter ihm her auf den Tempel zu. Sie hatten Schlafanzüge an, und einige spielten auf Flöten und Tschinellen eine dissonante heidnische Musik.

Ich betätigte meine Hupe und fiel mit in das Konzert ein. Doch niemand ging aus dem Weg. Ich schlich in meinem Wagen der Trauergemeinde hinterher.

Und stellte bald fest, dass diese Straße, wenn der Wind vom Ozean her einen kalifornischen Regenguss herantrug, sich in Sekundenschnelle in eine Schlammbahn mit zahlreichen Wasserlöchern verwandelte. Die Trauergemeinde stob auseinander und suchte Schutz unter den Balkonen der Holzhäuser. Regenschirmhändler schwärmten sofort aus und versuchten ihr Geschäft zu machen. Dicht gedrängt standen die Menschen an die Fensterscheiben mit den Warenauslagen gepresst, und ich gab Gas und fuhr an ihnen vorbei, dass es aus den Pfützen nur so spritzte.

Die Häuser hatten keine Nummern, und überall hingen nur Lampions mit chinesischen Schriftzeichen. Dass dies die Temple Street war, erkannte ich lediglich daran, dass an ihrem Ende ein Tempel stand.

Ich hielt vor einem Restaurant, dessen klapprige Eingangstür unten von zwei steinernen Löwen bewacht wurde und oben von zwei nackten Hähnen, die mit ihren Krallen an Haken befestigt kopfüber herabhingen. Vor der Tür stand ein Koch mit einem langen geflochtenen Zopf, einer flachen Mütze und einer blutigen Schürze und rauchte eine selbst gedrehte Zigarette aus Zeitungspapier und starrte hoch in den fallenden Regen. Er tat so, als sähe er mich nicht.

Ich stieg aus, klappte meinen Jackettkragen hoch und baute mich vor ihm auf. Er senkte langsam den Blick auf mich.

»Mr Yuan«, sagte ich und sah ihn fragend an. Ich zeigte auf mein Revers, formte dann mit zwei Fingern der anderen Hand eine Schere und fragte erneut: »Mr Yuan? Wo Mr Yuan?« Dann nähte ich mit Nadel und Faden an meinem Anzug. Er tat immer noch so, als verstünde er mich nicht.

Ich wechselte zu einer Pantomime, die er eher kapieren würde, griff in die Tasche und zeigte ihm einen Ein-Dollar-Schein. Sofort schnappte er danach, doch ich zog die Hand weg. Er zeigte auf die gegenüberliegende Straßenseite und sagte: »Mr Yuan.« Er nahm sich den Dollar.

Ich rannte durch den Schlamm hinüber auf die andere Straßenseite. Eingerahmt von zwei Wäschereien lag dort ein Laden, der Mr Yuans Schneidergeschäft sein musste. Eine Schelle an der Tür läutete, als ich sie öffnete, und wieder, als ich sie hinter mir schloss.

Ich stand in einem winzigen dunklen Raum, und als sich meine Augen daran gewöhnt hatten, sah ich an den Wänden Regale voller Tuchballen und darunter einen kleinen Tisch mit einer Registrierkasse und einem Geschäftsbuch mit schwarz lackiertem Einband. Und in der Ecke – soweit man in einem so kleinen, vollgestellten Raum von einer Ecke sprechen konnte –, einen mit einem Vorhang abgeteilten Bereich, der vermutlich als Umkleide diente. Ich schloss messerscharf, dass ich mir diesmal für einen Dollar die Wahrheit erkauft hatte.

Erst jetzt sah ich, dass hinter der Registrierkasse eine alte, in Schwarz gekleidete Chinesin saß, die kaum darüber hinwegblicken konnte, und etwas nähte. Sie nickte mir zu. Gerade als ich etwas sagen wollte, öffnete sich der Vorhang zum hinteren Bereich des Ladens und ein groß gewachsener Chinese trat heraus. Er musterte mich misstrauisch, dann erstarrten seine Gesichtszüge zu einem neutralen Ausdruck.

»Mr Yuan?«, fragte ich. Der Chinese antwortete nicht.

»Ich möchte mir von Ihnen einen Anzug schneidern lassen«, sagte ich, jedes Wort deutlich akzentuierend. Wieder keine Reaktion. Ich wiederholte meine Worte und unterstützte sie mit meinen Gesten: Jackett, Schere, Nadel und Faden. Nichts. Auch die Alte sah mich nur an. Offenbar war ich ein sehr schlechter Pantomime.

»Oh verdammt, sag mir bloß nicht, dass du nur Mandarin sprichst und kein Wort verstehst, was ich sage«, entfuhr es mir. Der Chinese reagierte nicht. »Einen Anzug, du bist ein Schneider und ich möchte einen Anzug von dir, ist das so schwer zu verstehen? Und zwar genau aus diesem Stoff«, sagte ich und zog den blau-weiß karierten Fetzen aus meiner Tasche.

Der Chinese sah darauf und sofort kam Leben in seine Augen.

»Kantonesisch«, sagte er. »Wir sprechen Kantonesisch, nicht Mandarin. Mandarin schreiben wir.« Er hatte nur einen leichten Akzent. Man hätte ihn von der Aussprache her auch für einen Mexikaner halten können.

»Meinetwegen auch Kantonesisch«, sagte ich erleichtert. »Endlich verstehen wir uns. Dieser Stoff ist doch von Ihnen?«

Er kniff die Augen zusammen und sah ihn an. »Woher haben Sie den?«

»Ein Freund von mir hat einen solchen Anzug. Sagt, er habe ihn bei Ihnen machen lassen. Hat mir so gut gefallen, dass ich auch so einen haben will.«

Er sah noch skeptischer drein und nahm den Stofffetzen in

die Hand. Ich ließ ihn nicht los dabei. Es war deutlich zu sehen, dass er abgerissen worden war.

»Ein Freund von Ihnen? Sieht so aus, als hätte er sich ein Loch in seinen Anzug gerissen? Sieht so aus, als bräuchte er auch einen neuen Anzug?«

Die alte Chinesin nähte derweil weiter, ohne sich um uns zu kümmern.

»Schon möglich«, sagte ich und nahm ihm den Fetzen wieder aus der Hand. »Ich kann ihn gerne zu Ihnen schicken. Wo wohnt er gleich noch mal – das hab ich jetzt doch glatt vergessen?«

»Ein Freund? Und Sie haben vergessen, wo er wohnt?«

»Das passiert«, sagte ich. »Und seinen Namen auch. Ich habe seltsame Freunde. Manche treffe ich nur flüchtig, beim Kartenspielen zum Beispiel. Immerhin haben sie gute Ratschläge parat, wenn jemand einen exquisiten Schneider sucht. *Ihren* Namen konnte ich mir merken. Sie wissen doch, von wem ich rede, Mr Yuan?«

»Ich habe keine Ahnung, Mister«, sagte er.

»Der Anzug hat ganz neu gewirkt. Es kann nicht lange her sein, dass Sie ihn angefertigt haben. Muss diesen Sommer gewesen sein.«

Mr Yuan sah sinnend nach oben und schüttelte stumm den Kopf.

»Haben Sie den Stoff denn noch da? Messen Sie mir davon einfach einen neuen an, ich zahle im Voraus.«

»Leider, ich habe dieses Tuch nicht. Hatte es nie«, sagte er wie singend.

»Wirklich nicht?«, fragte ich und zog einen Zwanzig-Dollar-Schein aus der Tasche und hielt ihn hoch. Der Chinese blinzelte ihn an und ich sah, wie es in ihm arbeitete.

»Wissen Sie, welches Jahr wir haben?«, fragte er.

»Ich glaube schon. Ich habe es damals erfahren, als ich das Feuerwerk gesehen und mich erkundigt habe. Das Jahr des Hahnes, nicht wahr?«

»Ja«, sagte er zufrieden. »Und wissen Sie, wofür das Zeichen des Hahnes steht?« Ich schüttelte den Kopf. »Für Stolz. Wir sind ein stolzes Volk, Mister. Und so sollte man uns auch behandeln.«

Ich steckte den Zwanziger wieder ein. So ging es also nicht.

»Na schön. Sie können mir den Namen nicht sagen. Ich will trotzdem einen neuen Anzug.« Ich rückte mir meinen Zelluloidkragen zurecht. Regen war hineingelaufen, und das steife Ding war feucht und eng und kratzte.

»Ach ja?«

»Ja, machen Sie mir einen anderen, einen schwarzen. Ich zahle einen guten Preis.«

»Sie wollen wirklich einen schwarzen Anzug?«, fragte er.

»Ja. Eine Freundin von mir ist gestorben und ich brauche etwas Passendes für ihre Beerdigung«, sagte ich und ließ den Blick suchend über die Regale streifen. »Bringen Sie mir bitte alle schwarzen Stoffe, die Sie sonst noch haben. Die hier drin gefallen mir nicht.«

»Ihre Freunde scheinen sehr gefährlich zu leben«, sagte er und drehte sich langsam um. »Ich hole die Stoffe und dann messe ich Sie aus.«

»Bitte«, sagte ich. Er verschwand hinter dem Vorhang.

Ich sah zu der alten Näherin und ging zu dem Tisch vor ihr, auf dem neben der Registrierkasse das Geschäftsbuch lag. Sie hörte auf zu nähen. Ich holte meinen Zwanzig-Dollar-Schein heraus und zeigte ihn ihr. Ich drehte das Geschäftsbuch herum und wollte es öffnen. Die alte Chinesin stand auf und gab mir mit der Hand das Zeichen zu warten. Ich hielt inne. Sie legte das Nähzeug beiseite und kam um den Tisch herum. Sie humpelte und ich sah hinunter auf ihre Füße. Sie steckten in Pantoffeln, doch es war nicht zu verkennen, dass sie verkrüppelt waren.

Die uralte chinesische Sitte, Frauen im Kindesalter die Füße abzubinden, weil man kleine Füße für ein Zeichen für Schönheit hielt, sie hatte hier in Chinatown überlebt. Was man nicht alles von chinesischen Kellnern erfährt, wenn man nur ein paar Dim Sums bei ihnen bestellt und sie behandelt wie normale Einwanderer, so wie man selbst einer ist.

Die alte Frau stand jetzt winzig vor mir. Sie streckte die Hand aus und zeigte auf meine Hosentasche. Ich verstand und zog noch einmal den Stofffetzen heraus und hielt ihn ihr hin. Sie befühlte ihn kurz und sah ihn grübelnd an. Dann nickte sie mir zu, drehte sich zum Tisch um, nahm sich dort einen Zettel und schrieb eilig etwas darauf. Sie war sehr schnell und geschickt. Ich hörte Mr Yuan hinten husten.

Und sie ihn auch. Sie wandte sich um und hielt mir den in der Mitte zusammengefalteten Zettel entgegen. Sie streckte die andere Hand fordernd aus.

Ich faltete den Zettel auseinander, sie ließ ihn dabei nicht los. Chinesische Schriftzeichen starrten mir entgegen, untereinander in drei Zeilen. Ich unterdrückte einen Fluch. Schon hörte ich ihn kommen.

Ich sah sie fragend an und schüttelte den Kopf. Sie hielt den Zettel fest und nickte mir zu. Ihr Blick war sicher und so stolz, wie es das Jahr des Hahnes offenbar gebot. Ich gab ihr den Zwanziger und stopfte den Zettel in meine Hosentasche.

Als er mit einem Ruck den Vorhang beiseitezog und misstrauisch hereinsah mit drei schwarzen Stoffballen unterm Arm, saß die Alte hinter ihrem Tisch und nähte mit stoischer Ruhe, so als hätte sie sich niemals bewegt, und ich war eben dabei, einen Tuchballen im Regal über mir zu begutachten.

»Jetzt habe ich doch etwas gefunden. Dieses Schwarz gefällt mir«, sagte ich, meinen Atem vollkommen unter Kontrolle.

»Dieser Stoff ist aber besonders teuer«, sagte er und sein Blick wanderte rasch nervös zu der Alten und dem Geschäftsbuch und dann wieder zurück zu mir.

»Geld spielt keine Rolle«, sagte ich und zog mein Jackett aus wie ein geübter Kunde. Ich legte es so auf einen Stuhl, dass man nichts herausnehmen konnte. »Und ich nehme auch ein halbes Dutzend weiße Hemden mit weichem Kragen; so wie Wallace Reid sie trägt.«

»Ich weiß den Namen trotzdem nicht«, sagte er und nahm ein Maßband und ein Nadelkissen. »Stellen Sie sich dahin.«

»Wie schade«, sagte ich. »Aber ich würde gerne noch etwas

anderes wissen. Veranstalten Sie dahinten vielleicht ab und zu ein kleines Kartenspiel? Um Geld?«

Er zuckte leicht zusammen, sah mich an und nahm eine große Schere.

»Ich bin ein Schneider«, sagte er. »Und Sie, ein Polizist?«

Ich langte in mein Sakko und gab ihm eine Visitenkarte. Er starrte darauf, ohne jeden Ausdruck.

»Ich kann das nicht lesen«, sagte er abwehrend.

»Hardy Engel, von der *Universal*-Filmgesellschaft. Wir interessieren uns für Spiele aller Art.«

Er sah mich kurz an, zuckte die Achseln und begann, das schwarze Tuch zuzuschneiden.

Ich dachte darüber nach, wie groß und kräftig er war für einen Chinesen. So groß wie ich. Von hinten, mit einem Hut auf, hätte man ihn glatt für einen Weißen halten können.

30

Beim Abendessen sah ich mir den Zettel noch einmal genau an, doch es blieben drei Zeilen mit hingekritzelten Hieroglyphen. Dann machte ich nebenbei meine Buchhaltung. Was ich nicht alles machen musste in meinem komischen neuen Beruf. Ich notierte mir in einem kleinen Buch meine Ausgaben, mit Kürzeln natürlich und nur als Erinnerungsstütze für mich selbst: *50,– F., 10,– U. 1,– C., 20,– C., 2,25 Y.*

Das Letzte war die Anzahlung für den schwarzen Anzug und die Hemden. Der Anzug, den Mr Yuan mir angemessen hatte, hatte mir im Spiegel wirklich gefallen; so etwas Feines hatte ich zuletzt in Deutschland getragen. Die Alte musste ihn nur noch zusammennähen und ich ihn abholen.

Ich saß bei Buck am Tresen und aß ein Rumpsteak mit French Fries. Ich fand, das hatte ich mir verdient, und leisten konnte ich es mir auch. Natürlich trennte ich das strikt von den nützlichen Ausgaben, die ich im Dienste der *Universal* machte.

Buck strich um mich herum, bevor er, wie ich es erwartet hatte, mich darauf ansprach: »Seltsame Sache, Hardy. Da reden wir neulich noch von Dr. O'Hara, und am nächsten Tag lese ich in der Morgenzeitung, dass er tot ist? Und dass wegen Mordes ermittelt wird?«

»Hab ich auch gelesen«, sagte ich kauend und wischte mit einem Stück Brot den letzten Rest Steaksoße auf. Die machten sie hier selbst, und sie war höllisch scharf. Genau das

Richtige, um einen für den Abend aufzuwecken. »Und dass der Mörder ein Idiot sein muss. Ist mit einem Polizeiwagen abgehauen.«

»Wenn sie den kriegen, geht's ihm schlecht«, sagte Buck, nahm meinen Teller weg und blinzelte. »Die Polizei von Los Angeles duldet nämlich keine anderen Verbrecher in der Stadt außer denen in ihren eigenen Reihen. Ich muss es wissen, ich schmiere sie schließlich. Und du, wie geht's dir?«

In diesem Moment marschierten sechs Zigarettenmädchen herein und stellten sich in einer Reihe vor uns auf. Eine hübscher als die andere, und sie strahlten uns mächtig an. Sie trugen alle eine gestreifte Sträflingsjacke, die ihnen bis kurz über die Knie reichte, darunter weder Rock noch Hose, und auf dem Kopf ein gestreiftes Sträflingsmützchen. Sie schleppten an einer Kette um den Hals hölzerne Bauchläden voller Tabakwaren und hatten an beiden Handgelenken neckische Handschellen, freilich solche, die ihnen genug Spielraum für die Hände gaben. Buck sah auf ihre Beine.

Ich brauchte einen Moment, bis ich kapierte, dass dies kein glücklicher Zufall war, sondern ein Casting für Zigarettenmädchen.

»Ausnehmend gut. Ich habe seit gestern einen neuen Job.«

»Keine Privatschnüffelei mehr?« Sein Blick wich nicht von den Mädchen ab und wanderte vom einen zum nächsten.

»Jetzt wird ganz offiziell geschnüffelt. Im Auftrag meiner Landsleute von der *Universal*.«

Buck hielt einen Moment inne.

»Hast du's also endlich mal zu denen geschafft?«

»Mr Laemmle hat mich zu sich rufen lassen.«

Buck hielt inne und sah zu mir, aber das einzige Zeichen von Verblüffung waren seine Augenbrauen, die sich hoben.

»Persönlich?« Sein Blick nahm wieder die Wanderung auf. Die Mädchen hielten eisern ihre Pose und ihr Lächeln, als posierten sie für eine Fotografie.

»Oh ja. Hatte wohl von mir gehört und da wollte er mich kennenlernen. Hat mich bereits fest ins Herz geschlossen, wie es scheint. Es gab sogar Braten. Und jetzt habe ich ein Büro, Visitenkarten und ein neues Automobil.«

»Nummer drei, vier und sechs«, sagte Buck und zeigte dabei nacheinander mit dem Finger. Bei drei Mädchen wurde das Lächeln breiter, bei drei anderen fror es ein. Sie schoben alle zusammen ab. Buck wandte sich wieder mir zu.

»Herzlichen Glückwunsch. Er habe ein besonders großes Herz, heißt es.«

Buck biss die Spitze seiner Zigarre ab und spuckte sie in einen Aschenbecher.

»Und viele Eier. Hat mir einen ganzen Korb voll geschenkt.«

»Was machst du dann hier? Warum isst du sie nicht zu Hause, in deiner neuen Wohnung?«

»Ich habe Angst, dass ein faules dabei ist und ich es vielleicht erwische«, sagte ich. »Und ich muss dich was fragen.«

Buck zündete seine Zigarre an, paffte kräftig und sah mich durch blaue Rauchwolken hindurch an.

»Jederzeit, das weißt du doch. Ich bin ein Spezialist für faule Eier.«

»Sogar offiziell, gegen Geld. Ernsthaft, ich habe ein Spesenkonto und soll mir damit ein Netzwerk aufbauen.« Ich holte einen Zwanziger heraus und legte ihn auf den Tresen.

Eines der Zigarettenmädchen, ein dunkelhäutiges, sehr apartes, das in der Nähe geblieben war, blickte aufmerksam herüber. So ein Zwanziger entfaltet manchmal erotische Wirkung. Sie strich mit einem Seitenblick an uns vorbei. Sie trug die krausen Haare kurz geschnitten und hatte einen kirschförmigen Mund, wie geschaffen, um süffisant zu grinsen.

»Was willst du denn dafür wissen? Ob ich ein loyaler Freund bin?«

»Weiß ich doch. Ich will dir was zurückgeben, wenn ich es schon kann.«

»Unnötig, Hardy. Frag einfach so, ohne Bezahlung. Du weißt, du kannst mich alles fragen. Wer schwul ist in dieser Stadt, wie die Ehe zwischen Mary Pickford und Doug läuft oder warum von Stroheims Film nicht fertig wird …«

»Was weißt du über Irving Thalberg? Was nicht jeder in der Stadt weiß?«

Buck verzog keine Miene. Er musste nicht lange nachdenken.

»Er hat einen angeborenen Herzfehler. Ist als Kind immer im Bett gelegen. Als er elf war, haben die Ärzte ihm vorausgesagt, dass er nicht älter wird als zwanzig.«

»Verstehe. Das wusste ich nicht.«

»Jung, wie er ist, der rechnet nicht damit, dass ihm noch viel Zeit bleibt. Kein Wunder, dass er mitnimmt, was er kann. Glaub mir, du führst dein Leben dann anders.«

Ich nickte nachdenklich und schüttelte den Gedanken wieder ab.

»Pepper Murphy, erinnerst du dich an sie? Einundzwanzig, rothaarig, scharf – die, der du mich als Privatdetektiv empfohlen hast.«

Bucks Augen leuchteten auf.

»Ach so, ja natürlich erinnere ich mich an die.«

»Durch sie bin ich letztlich in die ganze Sache reingerutscht. Sie hat für Thalberg gearbeitet. Hatte mich in seinem Auftrag engagiert. Und ist jetzt meine Sekretärin. Wir kennen uns mittlerweile … ziemlich gut.«

Buck nickte respektvoll. Dann, bevor es zu harmonisch wurde, sagte er:

»Noch mal, Hardy, warum bist du dann verdammt noch mal nicht zu Hause?«

»Es ist kompliziert«, sagte ich und bezahlte mein Essen mit dem Zwanziger.

»Blödsinn. Es ist immer ganz einfach.«

»Ich kann deinen Zigarettenmädchen vermutlich mehr vertrauen als ihr«, sagte ich.

»Einundzwanzig, sagst du? Kannst du dich noch daran erinnern, wie es war, als du einundzwanzig warst?«

»Ja«, sagte ich, »das war vor dem Krieg. Ich war ziemlich unreif und hatte den Kopf voller Flausen. Aber sie ist nicht so. Glaube ich zumindest. Sie ist sehr kontrolliert und vernünftig. Das ist ja gerade das, was mich irritiert.«

»Hardy«, sagte Buck und beugte sich über den Tresen. »Es ist wie mit deinem neuen Automobil. Du solltest es nicht den ganzen Tag lang nur in der Garage herumstehen lassen. Du musst es auch mal rausholen und damit rumfahren und ordentlich Gas geben. So ein Automobil ist dafür gemacht.«

Er machte keine große Sache daraus. Er wischte den Tresen ab – oder tat so – und redete weiter.

»An wen berichtest du denn bei der *Universal*? An Laemmle oder an Thalberg?«

»An beide«, sagte ich und machte eine Grimasse. Buck machte auch eine.

»*Das* ist kompliziert.« Und dann drehte er sich um und öffnete die Kasse mit einem lauten *Pling*!.

»Pass auf mit Laemmle. Unterschätz den Gnom nicht. Das ist ein harter Knochen.«

»Ganz bestimmt. Irgendetwas Konkretes?«

»In seiner Anfangszeit als Produzent hatte er gewaltige Probleme mit dem *Edison Trust* und bekam immer wieder Besuch von Schlägertrupps, die ihn aus dem Geschäft prügeln wollten. Er hat mit eigenen dagegengehalten, und seine Firma hat überlebt. 1915, als er *Universal City* mit einer großen Feier eröffnet hat, ist ein Kunstpilot mit dem Flugzeug abgestürzt und vor seinen Augen gestorben. Laemmle ließ die Party weitergehen.«

Ich nickte vor mich hin.

»Aber das war es gar nicht, was ich dich fragen wollte«, sagte ich. »Ich suche jemanden, der chinesische Schrift lesen und übersetzen kann.«

Buck sah zur Decke. »Hardy, Hardy … Ich weiß, darauf muss man erst mal kommen, aber warum gehst du dafür nicht nach Chinatown?«

»Da komme ich gerade her. Von Mr Yuan, dem Schneider.«

Buck verzog das Gesicht zu einem Grinsen.

»Ich gehe manchmal mittwochs bei ihm spielen. Im Hinterzimmer.«

»Hab schon gehört, dass da so was stattfindet. Lässt du etwa auch deine Anzüge dort machen?«

Er schüttelte den Kopf. »Ich kann mir was Besseres leisten. Aber frag ihn doch.«

»Das geht nicht.«

Buck stutzte.

»Zahlt seine Spielschulden immer pünktlich und ist diskret.«

»Ich brauche jemand anderen, einen, der vertrauenswürdig und verschwiegen ist.«

Buck überlegte und paffte blaue Ringe in die Luft.

»Bei mir in der Küche hat ein Chinese als Tellerwäscher gearbeitet«, sagte er plötzlich. »Li Wang oder so ähnlich, aus Shanghai.«

»Kann er Englisch lesen und schreiben?«

»Sprechen auf jeden Fall. Und er hat gelesen, wenn es nichts zu tun gab, ist mir aufgefallen. Dickens. Im Original.«

»Klingt gut. Und wo arbeitet er jetzt?«

»Das wird dir gefallen. Im *Universal*-Restaurant, hat da einen besseren Job bekommen«, sagte Buck glucksend. »Sag ihm einen schönen Gruß von Uncle Buck.«

»Buck, Buck«, sagte ich tadelnd. »Wenn die *Universal* deinem Chinesen schon mehr Geld gibt, dann muss Uncle Buck aber richtig mies bezahlen.«

»Ich bin schließlich Geschäftsmann«, sagte Buck und zwinkerte dem schwarzen Zigarettenmädchen zu, »und ich zahle offenbar immer noch gut genug.«

In der Tat: Es zwinkerte zurück, wie es kein Chinese jemals hinbekommen würde.

31

In einem hatte Buck recht. Ich machte mir zu viele Gedanken um Pepper. Ich musste mich jetzt intensiver um sie kümmern, so oder so.

Fünfzehn Minuten später stand ich vor ihrer Tür in der Orange Grove Avenue. Diesmal war die Wohnung hell erleuchtet. Ich überlegte, ob ich gleich mit dem Schlüssel aufschließen sollte, klingelte dann aber doch. Sie eilte an die Tür, öffnete sie barfuß und strahlte, als sie mich sah. So, wie ich sie noch nie hatte strahlen sehen.

»Hardy. Was für eine schöne Überraschung!«

Schon presste ich meine Lippen auf ihre und küsste sie. Ihre Zunge machte ein bisschen mit, dann löste sie sich von mir und lachte fast verlegen: »Warte doch mal …«

»Hab lange genug gewartet!« Es erregte mich geradezu, sie einmal in einer so häuslichen Situation zu sehen.

»Hardy … ich habe eine Überraschung für dich«, sagte sie und strahlte wieder, und es kam von ganz tief drinnen. Irgendetwas war seltsam. »Sieh doch mal …«

Sie nahm mich bei der Hand und ich folgte ihr zum Bett. Erst jetzt wurde ich gewahr, dass dort noch jemand lag.

Das Baby von Babette Fielding. Die kleine Mary trug jetzt einen neuen rosa Strampler und sah uns aus riesigen blauen Augen an und lachte. Pepper zerfloss fast vor Rührung und Freude.

»Den kennst du doch schon, oder, Mary?«

»Hallo …«, sagte ich zu der Kleinen und nahm die winzige Hand, die sie mir entgegenstreckte. Erst dann kam es mir in den Sinn, zu fragen: »Was macht sie hier?«

»Ich hab's nicht über mich gebracht, Hardy«, sagte Pepper und nahm das Baby hoch, auf den Arm. »Hab's einfach nicht über mich gebracht, das kleine Mädchen dort in der Klinik zu lassen, alleine in dem großen Saal mit den anderen Babys. Sie sagen, Babette … also, Miss Fielding brauche jetzt erst einmal Schlaf und Erholung und könne sich sowieso nicht um sie kümmern. Die Schwestern wollten sich der Kleinen hier annehmen, da hab ich gesagt, das mache ich lieber selbst.« Sie lachte Mary an, und Mary lachte zurück und fasste ihr an die Nase. Ich schloss langsam meinen Mund, der weit offen stand.

»Ich verstehe. Das ist … sehr fürsorglich von dir.«

»Sieh sie dir doch nur einmal an! Sie kann doch nichts dafür, dass ihre Mutter … gerade ein bisschen instabil ist … Setz dich doch zu uns, Hardy. Du weißt ja, wo der Whisky ist.«

Sie setzte sich mit der Kleinen aufs Bett und wiegte sie in den Armen. Sie war jetzt ganz bei sich, ohne irgendeine Rolle zu spielen.

»Du hast recht, Pepper. Aber wenn du dich in Zukunft immer so um jeden Filmstar kümmerst, der einmal eine schlechte Phase hat …« Ich nahm mir den Whisky vom Tresen und ging hinüber zu ihr. Ich setzte mich neben sie. Sie gab der Kleinen ihren Stoffhund, den aus ihren Kindertagen.

»Ich weiß. Das geht natürlich nicht. Ich hab nur Angst, dass sie sie ihr wegnehmen, wenn das so weitergeht. Ich habe die Schwestern gefragt und sie sagen, die Behörde sei da nicht zimperlich. Miss Fielding ist geschieden. Wenn sie es nicht hinbekommt, dann kommt Mary in ein Waisenhaus … Das werde ich nicht zulassen.«

Sie sah sehr traurig aus. Ich legte ihr die Hand auf den Arm. So saßen wir beieinander, Mann, Frau und Kind. Ich bot Pepper den Whisky an. Sie schüttelte den Kopf.

»Ihre Mutter wird schon wieder. Die kriegen sie schon hin«,

sagte ich. »Wie hast du die Klinik eigentlich gefunden, ich meine, so schnell?«

»Ich bin zu Mr Thalberg gegangen und habe ihn gefragt, was ich tun soll. Er hat einen Anruf gemacht und mir dann Bescheid gegeben, an wen ich mich wenden soll.«

»Bei wem hat er nachgefragt?«, fragte ich.

»Das weiß ich nicht«, sagte sie und gab dem Baby einen Kuss.

»Hat er keinen Namen fallen lassen?«

»Frag ihn doch selbst. Er ist der Studioleiter, er hat seine Leute, für alles. Ich habe dir gesagt, so etwas weiß ich nicht, Hardy«, sagte Pepper.

»Ich glaube, du weißt noch etwas. Und du sagst es mir nicht.«

Das Baby begann zu weinen. Offenbar hatte es den Tonfall in unseren Stimmen richtig gedeutet. Pepper warf mir einen vorwurfsvollen Blick zu und begann es zu trösten. Sie bewegte den abgewetzten beigen Hund vor dem kleinen Gesicht und ließ Mary damit schmusen. Eines der Stoffaugen hing nur noch an einem Faden.

»Es ist alles gut. Der Mann hat das nicht so gemeint.«

»Doch, das hat er, Mary. Er hat jede Menge Fragen«, sagte ich zu der Kleinen, doch jetzt in gemäßigtem Tonfall. »Er hat keine Lust, heile Familie zu spielen, wenn es keinen Anlass gibt, überhaupt Familie zu spielen. Erst will er seine Fragen beantwortet haben.«

»Pscht …«, machte Pepper und wiegte sie hin und her. Dann hauchte sie: »Sie hat sich wieder beruhigt …«

Jetzt blinzelte Mary schläfrig und atmete tiefer. Sie legte sie vorsichtig in die Mitte des großen Betts und deckte sie sorgfältig zu.

Sie kam zu mir.

»Lass uns nicht streiten. Nicht vor ihr«, sagte sie versöhnlich und umarmte mich. Sie lehnte den Kopf an meinen und sah hinüber zu dem Baby. Wir beide sahen dorthin. Es fühlte sich gut an.

»Bleib hier«, sagte sie sanft. »Ich weiß, du bist gekommen,

weil du mit mir schlafen wolltest. Und das ist süß, und ich will das auch. Aber mit ihr …«

»Nein, natürlich geht das nicht«, sagte ich. Wir sahen uns beide an und grinsten etwas.

Sie spürte, dass ich gehen wollte. »Du hast übrigens recht gehabt. Ich wollte dir schon lange etwas sagen«, wisperte sie.

Sie legte die Arme um mich.

»Was?«

Sie zögerte für einen Moment, dann kam sie damit heraus.

»Du bist ein guter Ermittler, Hardy«, sagte sie. »Ich kann das beurteilen. Aber weißt du, was dein Problem ist?«

»Nein, was denn?«, fragte ich ungeduldig.

»Du willst gar nicht gut sein in deinem Job. In diesem zumindest, aus irgendeinem Grund willst du immer noch nicht gut sein darin.«

»Will ich das nicht?«, sagte ich.

»Nein. Werde diesen Grund los, und werde dir klar, dass du gut darin bist. Du bist es nämlich. Wahrscheinlich bist du in nichts anderem besser. Die meisten Menschen wären froh, wenn sie in irgendwas so gut wären. Nur hast du dir in deinen dummen Kopf gesetzt, nach dem Krieg, dass du unbedingt ein Schauspieler und Komiker sein musst. Vergiss das endlich und sei verdammt noch mal dankbar.«

Sie gab mir einen Kuss, nicht auf den Mund, sondern direkt daneben, aber lange. Er ging mir viel näher als andere Küsse, die ich von ihr bekommen hatte. Auch wenn das, was sie mir gesagt hatte, nicht das gewesen war, was ich mir erhofft hatte.

»Wer sagt das gerade? Meine Sekretärin bei der *Universal* oder meine Freundin?«

»Merkst du das nicht?«, murmelte sie und rieb ihre Nase an meiner.

»Und worin bist *du* gut …?«, fragte ich.

»Bleib bei uns heute Nacht«, flüsterte sie.

Meine Magengrube brannte, wenn ich sie ansah. Meine Stimme klang verwaschen.

»Aber das war es nicht, was du sagen wolltest. Du wolltest

mir noch etwas anderes sagen. Das, was du die ganze Zeit zurückhältst.«

Wir sahen uns aus nächster Nähe an. Ihre braunen Augen riesengroß vor mir.

In diesem Moment begann die Kleine zu schreien. Pepper stieg von meinem Schoß herunter und kümmerte sich um sie. Sie nahm sie auf und sang ihr etwas vor, bis sie sich beruhigt hatte, dann legte sie sie sanft wieder hin.

Sie wandte sich erneut mir zu, auf dem Bett sitzend, doch ich sah, dass der richtige Moment vergangen war. Es würde nichts bringen, sie jetzt noch einmal danach zu fragen.

Ich sah zu dem Baby.

»Was wirst du mit ihr machen?«, fragte ich. »Du kannst sie doch nicht hierbehalten.«

»Ich weiß«, sagte sie gequält. »Ich werde sie morgen wieder zurückbringen, bevor ich arbeiten gehe. Aber ich werde aufpassen, dass sie ihrer Mutter auf keinen Fall weggenommen wird, und sie jeden Tag besuchen. Und heute Nacht ist sie bei uns.«

Ich zog meine Schuhe aus und stellte sie neben das Bett. Lockerte die Krawatte und legte mich dann zu ihr. Sie langte hinüber zum Nachttisch und löschte das Licht.

Wir lagen eng umschlungen und sahen Mary an.

Da fiel ihr noch etwas ein. »Ach so, und Hardy«, sagte sie schnell. »Mr Laemmle … Uncle Carl hat heute angerufen und … nach den Sahnetorten gefragt?«

»Jaja, die fünfzehnhundert Sahnetorten«, sagte ich beiläufig und küsste sie.

Meine Magengrube brannte immer noch.

Irgendwann schliefen wir ein. Es war die schönste Nacht, die ich mit ihr hatte.

32

Als ich am nächsten Tag aus dem hinteren Ausgang des Hauptgebäudes der *Universal* auf das Studiogelände hinaustrat, blickte ich den *Laemmle Boulevard* hinunter und auf die Berge des San Fernando Valley, die den sogenannten Backlot mit seinen Kulissenstraßen von drei Seiten umgaben. Linker Hand befand sich der höchste von ihnen, mit drei wie Orgelpfeifen ansteigenden, abgerundeten Zinnen. Direkt davor stand immer noch die gewaltige Kulisse von Monte Carlo, die von Stroheim für *Foolish Wives* hatte errichten lassen.

Das war im Sommer letzten Jahres gewesen, als ich gerade nach Hollywood gekommen war, und die gesamte Stadt war damals voller Klatsch darüber gewesen. Es gab hier schon je eine Kulissenstraße von London, New York, Paris und Berlin und die Hauptstraße eines Wildwest-Dorfes, doch diese neue am äußersten Rand hatte alles übertroffen.

Der riesige Monte-Carlo-Set hatte angeblich 175 000 Dollar gekostet und bestand aus drei mehrstöckigen Gebäuden im klassizistischen Stil. Jetzt sah ich sie zum ersten Mal mit eigenen Augen: das Casino, das *Hotel de Paris* und dazwischen das Glanzstück, das *Café de Paris*, mit einem hohen Glasdom in der Mitte. Es waren nur Fassaden, an der Rückseite gestützt von riesigen Holzstreben, doch von Stroheim hatte darauf bestanden, dass man echte Glasfenster einsetzte, sodass sich die Gebäude jeweils ineinander spiegelten, wenn man sie im richtigen Winkel aufnahm.

Das alles hatte mir Buck erzählt in jenen unseligen Tagen, die gar nicht so lange zurücklagen. In denen ich mich an einem labbrigen Sandwich festhielt, während er mir erzählte, dass den Statisten dort echter Kaviar und Champagner serviert wurde. Dass von Stroheim eine Massenszene wiederholen ließ, weil ein Kellner im Hintergrund keine weißen Handschuhe getragen hatte, und alle warten mussten, bis welche beschafft worden waren.

Der heiße Wüstenwind wehte wieder von Osten in das Tal, man konnte ihn förmlich hereinkriechen sehen und spüren, und er zerrte an meinem Hut und an meinen Nerven. Mir war schwindlig und mein Kopf dröhnte, obwohl ich gestern kaum mehr als drei Gläser Whisky getrunken hatte. Vielleicht war es nur der verdammte Wind, aber ich hatte so ein Gefühl, dass ich heute etwas Entscheidendes herausfinden würde. Und dass es mir nicht gefallen würde. Ich hatte im *Studio Inn*, dem riesigen Restaurant mit sechshundert Plätzen, nach Li Wang gefragt und erfahren, dass er inzwischen kellnerte, und ein Koch hatte mir erzählt, dass er heute in den Schneideräumen arbeitete. Bei Mr von Stroheim, ausgerechnet.

Sie hatten unter ihm elf verdammte Monate gedreht, und ich war bestimmt elf Mal bei ihnen vorstellig geworden, aber ich hatte keine einzige dieser Statistenrollen mit Kaviar ergattert. Nicht einmal eine mit Ölsardinen. Offenbar gab es zu viele Deutsche in Hollywood, die sich bei Uncle Carls deutschen Verwandten bereits vor mir in Position gebracht hatten. Sie hatten 1,18 Millionen Dollar Produktionskosten mit vollen Händen ausgegeben, ohne dass auch nur einer davon bei mir gelandet wäre.

Man kannte diese Summe so genau, weil sie sie in ihrer Werbung benutzten und in der ganzen Stadt plakatierten. Unter einem Bild von Stroheim, der bekannt war als »der Mann, den man gerne hasst«, stand geschrieben: *Er wird Sie dazu bringen, ihn noch mehr zu hassen – und wenn es eine Million Dollar von unserem Geld kostet!*

Sie aktualisierten die genauen Zahlen laufend. Laemmle arbeitete eben mit allem, um Geld zu machen, und wenn es seine eigenen Schulden waren.

Die Kulissen hatten sie stehen gelassen. Man konnte sie noch mal gebrauchen, so wie die anderen Straßen, für die unzähligen Filme, die im alten Europa spielten. Wenn die Amerikaner schon keine eigene Kultur besaßen, dann bauten sie wenigstens die unsere bei sich nach. Sie hatten eine irre Sehnsucht danach. Und wir hatten eine noch irrere Sehnsucht nach ihnen, und deswegen waren wir hier.

Ich ging durch die Westernstraße in Richtung der Schnittbüros. Ich bog um eine Ecke und erstarrte mitten in der Bewegung.

Auf der Kreuzung vor mir trottete ein ausgewachsener Löwe über die Straße und wendete den Kopf. Er blieb stehen und richtete seine grünen bösen Augen auf mich.

Im ersten Moment glaubte ich, nicht richtig zu sehen. Dann blickte ich mich um, ob er zu irgendwelchen Dreharbeiten gehörte und sein Dompteur in direkter Nähe war. Es schien mir ein naheliegender Gedanke. Einer, der mir Hoffnung versprach.

Nichts dergleichen. Der Löwe öffnete das Maul und gab ein bedrohliches Brummen von sich. Es war ein Männchen mit einer beeindruckenden Mähne. Und er nahm mich in Augenschein.

Verdammter Zoo, kam es mir in den Sinn. Er musste ausgebrochen sein.

Der Löwe ging langsam auf mich zu. Ich blieb wie erstarrt stehen und sah zu Boden. Nicht in die Augen schauen. Er ließ ein furchtbares Grollen hören. Es klang hungrig. Er beschnüffelte mich. Ich wagte nicht, mich zu rühren, bereit für alles. Oder doch nicht bereit.

Plötzlich erzitterte der Boden, und aus einer Seitenstraße kam ein Elefant getrampelt. Er sah den Löwen an, blieb stehen und richtete den Rüssel auf, um laut zu trompeten. Der Löwe brummte bösartig und wandte sich ab, trottete davon. Ich starrte den Elefanten an, immer noch unfähig, mich zu bewegen.

Er stand mit hochaufgerichtetem Kopf da, dann stieg er mit einem Mal auf die Hinterbeine. Er sah damit genau so aus wie die Elefanten in *Intolerance*. Die gewaltigen Vorderfüße schwebten über mir, und er sah auf mich herab. Er schien wütend zu sein. Er trompetete noch einmal und ich schloss die Augen.

»Mr Engel? Hier entlang, Mr Engel.« Ich öffnete die Augen und sah einen pickligen Bürobotenjungen vor mir stehen, genau da, wo eben noch der Elefant gestanden hatte. »Mein Name ist Jimmy, man hat angerufen, ich soll Sie abholen und Ihnen den Weg zeigen.«

Ich sah mich nach allen Seiten um. Der Löwe und der Dickhäuter waren nicht mehr zu sehen.

»Da war ein Löwe«, sagte ich mit einer Stimme, die nicht mir gehörte.

Ein Westernreiter sprengte auf seinem Gaul die staubige Straße herunter und an uns vorbei.

»Ach, das muss der alte Charlie gewesen sein. Hat schon bei DeMille und der *Metro* mitgespielt, kriegt hier sein Gnadenbrot. Ab und zu kommen sie aus dem Zoo herüber. Löwen, Elefanten, Giraffen, auch mal ein Känguru. Aber sie sind vollkommen harmlos, heißt es«, sagte der picklige Junge. »Geht es Ihnen gut, Sir?«

»Alles bestens«, stieß ich hervor. Dann beugte ich mich nach vorne und übergab mich in einem breiten Schwall auf die Treppe eines Saloons. Mein gesamtes Frühstück tropfte von den Stufen. Immerhin hatte ich es hinbekommen, meine neuen Schuhe nicht zu erwischen. Der Junge wurde grün im Gesicht und sah ganz so drein, als ob er gleich mitmachen würde. Ich spuckte noch einmal aus, wischte mir über den Mund und richtete mich wieder auf.

»Weiter geht's«, sagte ich. »Dort vorne, oder?« Der Junge nickte bloß stumm. Diesmal ging ich voran. Einmal rasch kotzen und dann einfach weitermachen, mit diesem Talent war ich wie geschaffen für die Branche. Ich zündete mir sogar direkt eine Zigarette an, um meinen Magen zu beruhigen und einen besseren Geschmack in den Mund zu bekommen.

Der Junge wurde daraufhin schon wieder grün, und ich verabschiedete ihn rasch mit einem freundlichen Schulterklopfen. »*Foolish Wives*, Sir«, brachte er noch mit Mühe hervor. Dann betrat ich das Schnittgebäude, in dem ich meinen Chinesen zu finden hoffte.

Es war ein einfacher Bungalow aus Backstein, in dem sich zahlreiche Schnitträume befanden. Ich ging einen lang gestreckten Flur entlang und las an den Türen die Titel der Filme, die dahinter bearbeitet wurden. Vier waren Western und fünf kurze Komödien, wie sie sie hier in schneller Abfolge seriell produzierten. Ganz am Ende kam ich zu einer Tür mit dem Schild: *Erich von Stroheim's Foolish Wives*. Man konnte gut sehen, dass der Name im Nachhinein über den Titel geschrieben worden war.

Von drinnen waren laute Stimmen zu hören. Ich klopfte, und da ich keine Antwort erhielt, trat ich einfach ein.

Der gesamte große Raum war voller Zelluloidstreifen, die von Dutzenden Holzrahmen bis auf den Boden herabhingen. Inmitten dieses Waldes aus Zelluloid befand sich eine ganze Versammlung von Menschen. In ihrem Zentrum saß Uncle Carl in einem Sessel, die nackten Füße über einem großen Wasserzuber aus Zinn schwebend, und erhielt eine Pediküre von einer vor ihm knienden hinreißenden jungen Frau in einem himmelblauen Kittel. Hinter seinem Sessel stand der unvermeidliche riesige Igor wie ein graues Felsmassiv.

Um ihn herum saßen sechs Herren im mittleren Alter, die aussahen wie Bankdirektoren oder Honoratioren einer mittleren Klasse. Direkt vor ihnen standen Irving Thalberg und Erich von Stroheim, der einen grauen eleganten Maßanzug trug, das Monokel beschlagen und der Kopf hochrot vor Zorn, einen dicken Stock aus mehrgliedrigem Bambus schwingend. Offenbar bekam auch ihm der Wüstenwind nicht. Sie waren mitten in einem Streit und sahen nun zu mir, der ich hereinplatzte, die

Zigarette locker im Mundwinkel. Laemmle und Thalberg hatte ich hier nicht erwartet.

Für einen Augenblick herrschte Stille und alle starrten mich an. Dann brach es aus von Stroheim heraus: »Sind Sie wahnsinnig, Mann? Wollen Sie uns alle umbringen? Machen Sie sofort die Zigarette aus, Sie unsäglicher Dummkopf!« Und er hob seinen Bambusstock drohend in meine Richtung.

Ich sah ihn verständnislos an. Irving Thalberg wandte sich zu mir.

»Wissen Sie nicht, wie feuerempfindlich Nitratfilm ist? Ein Funke genügt, und in Sekunden steht hier alles in Flammen.«

Ich hatte noch nie mit Filmmaterial selbst zu tun gehabt, nur vor einer Filmkamera agiert. Instinktiv nahm ich die Zigarette aus dem Mund. Alle wichen zurück. Igor sah aus, als würde er zum Sprung auf mich ansetzen. Von rechts eilte diskret ein Chinese zu mir. Ich hatte ihn bisher noch nicht bemerkt, er musste hinter einem fast raumbreiten Schneidetisch gesessen haben. Er hielt ein Wasserglas in der Hand, nahm mir die Zigarette einfach ab und warf sie hinein, dass es zischte.

»Raus, Sie schwachsinniger Kretin!«, brüllte von Stroheim. »Noch einer, der mein Werk ruinieren will! Es abfackeln, das könnte euch so passen! Das ist Sabotage! Li Wang, bring ihn weg!«

Erfreut sah ich den Chinesen an. Er trug eine seidene hellrote Jacke, die wie ein besonders schöner Schlafanzug aussah, und ein Käppchen in gleicher Farbe auf dem Kopf. Er war vielleicht Mitte dreißig, klein und zartgliedrig, und mit ebensolchen Fingern versuchte er, meinen Arm zu packen.

»Genau zu Ihnen will ich«, sagte ich. Li Wang blickte irritiert.

Uncle Carl hob die Hand und hielt ihn auf.

»*Raus!*«, brüllte von Stroheim mit sich überschlagender Stimme auf Deutsch.

»Bitte setzen Sie sich dahin, Hardy«, sagte Uncle Carl mit seiner freundlichsten Stimme und wies auf einen freien Sessel vor dem Filmbetrachter, in den das Zelluloid eingespannt war und auf dessen Bildfenster gerade eine Totale mit von Stroheim im Vordergrund und dahinter einer ganzen Armada halb nackter Frauen vergrößert prangte. Der Tisch war voll von aufgerollten und beschrifteten Zelluloidstreifen verschiedenster Längen.

Dann wandte er sich einfach wieder von Stroheim zu. Ich tat, was er sagte.

»Ich finde den Vorschlag dieser Herren durchaus vernünftig, Mr von Stroheim«, sagte Laemmle mit seinem sonnigen Lächeln, während unter ihm die junge Frau weiter an seinen winzigen Füßen herumschnitzte. »Ihr Film ist sowieso viel zu lang. Wir haben doch ausführlich besprochen, dass wir ihn radikal kürzen müssen. Dreißig Rollen …«

»Zweiunddreißig, C. L.«, sagte Thalberg. »Das sind dreizehn Stunden Filmmaterial.«

»Seien Sie doch froh, dass Sie so viel bekommen für Ihr Geld. Und was für einen Film! Das ist doch keine Wurst, die man in Pfunden bemessen kann!«, wütete von Stroheim. »Das ist ein Meisterwerk der Kinematografie! Zeigen Sie ihn einfach an zwei Abenden, à sechseinhalb Stunden!«

Mr Laemmle schüttelte lächelnd den Kopf, beinahe so, als hätte ein Kind etwas Ulkiges gesagt.

»Wir wollen nur einen zweistündigen Film zeigen«, insistierte Mr Thalberg.

»Das müssen Sie natürlich unter sich ausmachen«, sagte einer der Herren und erhob sich aus seinem Sessel, bevor von Stroheim einen weiteren Wutanfall bekommen konnte. »Unsere Vorschläge betreffen ja etwas ganz anderes. Bitte, wir sind ja auch keine Künstler …«

»Oh nein, Sie sind Metzger!«, brüllte von Stroheim.

Der Mann sah ihn überrascht an. Er war sehr groß und hatte abstehende Ohren und dicke Hände. »Das stimmt, woher wissen Sie das, ich habe zahlreiche Filialen in Iowa …«

»Sie sind unsere Gäste«, sagte Mr Laemmle beschwichtigend.

»Wir sind Zensoren, und wir nehmen unsere Aufgabe sehr

ernst«, der Mann setzte eine würdevolle Miene auf und hakte die gewaltigen Daumen in die Taschen seiner Weste.

»Wir wollen Ihnen nur helfen, gerade in diesen schweren Zeiten, das Richtige zu tun«, fiel ein anderer ein, der so dick war, dass er nicht ohne Weiteres aufstehen konnte, hob mühsam einen fetten Arm und zeigte auf eine Zeitung, die auf einem Tischchen lag. Ich legte den Kopf schräg, damit ich die Schlagzeile lesen konnte.

RICHTER VERTAGT ENTSCHEIDUNG IM FALL ARBUCKLE UM EINE WOCHE – FATTY WEITER IN HAFT. Das hatte ich heute Morgen noch nicht gesehen.

»Das ist wahr, Mr von Stroheim«, sagte Uncle Carl. Seine Füße wurden gerade mit einer duftenden Creme eingerieben, die roch, als wollte eine Frühlingswiese voller blühender blauer Jacarandabäume einen Kolibri anlocken. »Was auch immer dahintersteckt, es lässt Arbuckle weiterhin schuldig aussehen. Wenn wir Ihren Film herausbringen wollen, müssen wir momentan ganz besonders darauf achten, keinen Anstoß zu erregen.«

Thalberg sprang ihm bei: »Die *Vereinigung der Frauen* läuft gerade vor den Kinos Amok, und zwar landesweit. Sie tragen Transparente, verteilen Flugblätter und beschimpfen sogar die Zuschauer. In Des Moines haben sie eine Leinwand zerfetzt, auf der ein Arbuckle-Film lief. In Chicago hat der Mob ein Kino angezündet und daraufhin haben alle Kinobetreiber dort Fattys Filme abgesetzt.« Er zeigte auf den Schneidetisch, auf das Standbild direkt neben mir. »Die Damen hier die ganze Zeit in Unterwäsche zu zeigen, würde jeden Zuschauer mit der Nase darauf stoßen, was für ein Sündenpfuhl Hollywood ist. Und das ausgerechnet jetzt!«

»Monte Carlo! Mein Film spielt in Frankreich, in Europa, in einem Casino!«, sagte von Stroheim verzweifelt.

»Die ganze Welt weiß, dass wir in Hollywood gedreht haben und wie viel Geld das gekostet hat«, sagte Thalberg ruhig, aber bestimmt. »Unsere Werbekampagne baut darauf auf. Um so viel wie möglich wieder einzuspielen.«

»Dann müssen Sie Ihre Werbekampagne ändern, nicht ich

meinen Film!«, rief von Stroheim und rang dramatisch die Hände.

»Bitte, es ist nur unsere unmaßgebliche Meinung. Sie brauchen diese Szene nicht für den Fortgang der Handlung«, sagte der Herr, und er ging zu dem Filmbetrachter, rollte das Zelluloid heraus, suchte darauf eine Stelle und hielt es dann hoch. »Sie könnten hier einen Schnitt machen …«, sagte er und ließ den Streifen durch die Finger laufen, bis er nach ungefähr dreißig Fuß Material, die sich vor ihm auf dem Boden aufschichteten, wieder stoppte und mit Zeige- und Mittelfinger eine Schere nachahmte, »und hier …«, und er zeigte mit großartiger Geste auf den Haufen, »und könnten sich das alles sparen.«

Stroheim öffnete den Mund zu einem stummen Schrei und starrte auf seinen Film auf dem Boden des Schneideraumes, und auf die »Schere« des Mannes.

»Aber es ist nur eine Szene von vielen auf unserer Liste, die wir nach sorgfältiger Abwägung beanstanden würden …«, fuhr der Mann fort.

»… als Zensor eines Bundesstaats, dem das Recht zusteht, über die Veröffentlichung zu entscheiden …«, fiel ein Dritter ein, der schon lange auf die Gelegenheit gewartet hatte, auch etwas zu sagen.

»Das wissen wir doch, meine Herren, und auch wenn Sie nur sechs von achtundvierzig Zensoren sind, gerade *Ihre* Ansichten sind uns äußerst wertvoll, denn Sie sind die Meinungsführer, wenn ich das so sagen darf«, sagte Uncle Carl, der soeben in seine Schuhe schlüpfte. Die Fußpflegerin band ihm sogar Schleifchen in die Schnürsenkel. Er holte seine goldene Taschenuhr heraus und sah darauf. »Mr von Stroheim, warum gehen Sie nicht mit den Herren zum Lunch und hören sich an, was sie Ihnen zu sagen haben?«

Stroheim wollte aufbegehren, doch Thalberg fiel ihm ins Wort: »Hören Sie es sich einfach nur an und essen Sie etwas Gutes. Mehr verlangen wir doch gar nicht. Vielleicht bringt es Sie auf Ideen, wie wir den Film kürzen können. Denn kürzen müssen wir ihn.«

»Meine Ideen fließen auch ohne Hilfe! Ich gehe zum Essen, doch ich werde nach meiner eigenen Liste vorgehen«, rief von Stroheim. »Li Wang, bring sie mit!«

Der Chinese nahm eine schwere Notizkladde vom Tisch. Alle erhoben sich. Mr Laemmle gab der jungen Frau einen Zehn-Dollar-Schein und sie dankte mit einem Knicks. Sie packte ihre Utensilien und ging hinaus, wobei sie einen Fuß so vor den anderen setzte, dass ihr Hüftschwung einen sofort zu einem bekennenden Anhänger der Fußpflege machte. Alle sahen ihr nach.

Igor hob die Zinkwanne voller Wasser hoch, als wäre sie ein Puppenspielzeug, und trug sie hinter ihr her.

Stroheim verharrte noch und leerte langsam ein Glas Champagner. Der Chinese schickte sich an, den Raum zu verlassen.

»Einen Augenblick«, sagte ich zu ihm. »Ich habe kurz mit Ihnen zu reden.«

Stroheim stieß seinen Stock schwer auf den Boden und wollte angesichts dieser Missachtung seines Befehls schon wieder einen Streit anfangen. Uncle Carl erhob sich jetzt ebenfalls.

»Li Wang kommt gleich nach«, sagte er besänftigend zu von Stroheim und legte seinem Meisterregisseur die Hand auf den Arm. Von Stroheim schüttelte sie ab und marschierte ohne ein weiteres Wort aus dem Zimmer.

Die sechs Zensoren folgten ihm im Gänsemarsch.

»Meine Herren, lassen Sie es sich schmecken in unserer Chef-Kantine«, sagte Laemmle.

»Oh, es ist immer sehr gut dort«, sagte der mit den abstehenden Ohren.

»Vielleicht gibt es wieder Lammbraten wie gestern …?«, sagte einer, dem wohl schon das Wasser im Mund zusammenlief.

»Oder eine schön fette Gans?«, meinte der Dicke und leckte sich die Lippen.

Jetzt waren sie hinaus. Der Chinese legte die Kladde wieder hin.

»Li Wang, drei Kaffee bitte, mit Milch und Zucker«, sagte Mr

Laemmle knapp. Der Angesprochene erhob sich und schwebte wie eine Feder zur Tür hinaus.

»Wir müssen ihm den Schnitt wegnehmen, C. L.«, sagte Thalberg zu Laemmle, kaum dass die Tür sich geschlossen hatte.

»Ich fürchte, das müssen wir«, sagte Uncle Carl, wie ihn jeder andere außer Thalberg nannte, und wiegte den Kopf. »Wir dürfen keinesfalls so viel Geld verlieren. Nicht wie die von *Famous Players*, die ihre Arbuckle-Filme bald nirgendwo mehr werden zeigen können. Den Goldesel, in den man so viel investiert hat, einfach aus dem Rennen nehmen? Ich kann mir das auf keinen Fall leisten.«

Thalberg schlug am Schneidetisch die Kladde auf. »Ich setze mich hier hin, Tag und Nacht, und überwache es. Ich mache es selbst, wenn es sein muss. Bei diesem Film kann man nicht einfach alles aneinanderhängen wie in den alten Tagen, man muss das Beste auswählen. Und die Einwände unserer Herren Gäste dabei berücksichtigen.«

Ich sah ihm über die Schulter. Es war eine genaue Auflistung der Szenen und verschiedenen Takes, die Schnittliste von *Foolish Wives*, und sie war umfangreicher als *Krieg und Frieden.*

»Irgendwer muss dieses Monster in den Griff bekommen, Irving«, sagte Uncle Carl und lächelte diesmal ein besorgtes Lächeln.

»Wir müssen die Geschichte ganz neu erzählen«, sagte Thalberg, so selbstverständlich, als rede er über das Rezept für einen Käsekuchen. »Wir müssen den Film vollkommen neu montieren und uns auf einen Hauptstrang konzentrieren. Ich kürze ihn auf zwei Stunden herunter. Zweieinhalb, höchstens.«

»Was meinen Sie, Hardy? Sie sind doch selbst ein Künstler«, sagte Uncle Carl freundlich.

»Mr Laemmle …«, ich hatte immer noch Schwierigkeiten, mich an die gewünschte Anrede zu gewöhnen, »Uncle Carl … Worum geht es genau?«

»Das waren die Zensoren aus ausgewählten Bundesstaaten, Mitglieder des *National Board Of Review*«, sagte Mr Thalberg. »Wie Sie vielleicht wissen, entscheidet jeder Staat selbst über die Filme. Es gibt noch keine bundesweite Zensur in den Vereinigten Staaten …«

»Und das wollen wir auch keinesfalls, da es nur zu unserem Nachteil sein kann«, sagte Uncle Carl. »Und Mr von Stroheim kann es auch nicht wollen, nicht bei den dekadenten, teuren Filmen, die er dreht.«

Er ging ein paar Schritte auf und ab und seufzte wohlig auf. Offenbar gefiel ihm das Resultat der Fußpflege, das Gefühl seiner Füße in den rahmengenähten Schuhen.

»Deswegen sind wir auf die Idee gekommen, bereits lange vorab einige Zensoren einzuladen. Sie mit ins Boot zu holen, sozusagen.«

»Ich verstehe, um gute Stimmung zu machen. *Publicity*. Um so den Film durchzubekommen«, sagte ich.

»Sie wohnen in den besten Hotels und wir führen sie in Hollywood aus«, sagte Mr Thalberg. »Unsere Stars stehen Schlange, um sie zu unterhalten, jeden Abend ein anderer. In den besten Nachtclubs.«

»Irving arrangiert das alles. Ich habe ihm gesagt, er solle keine Kosten und Mühen scheuen«, sagte Uncle Carl. »Die Kosten, die wir tragen müssten, wenn es auf diese Weise nicht mehr funktionierte, wären erheblich größer. Nur Mr von Stroheim versteht das leider noch nicht ganz. Er sieht nur sein Werk.«

»Lassen Sie ihn jeden Tag die Schlagzeilen lesen«, sagte ich achselzuckend und hob die Zeitung hoch.

Die beiden Männer sahen sich an und grinsten und nickten sich zu.

»Ich finde es trotzdem richtig, C. L., dass wir uns in Zukunft noch mehr auf große Prestigeprojekte einlassen«, drängte Mr Thalberg. Er hatte offenbar darauf gewartet, das loszuwerden. »Natürlich nicht so teuer wie dieses. Ausgerichtet auf ein breites Publikum. Das, das gerade in die Filme von Doug Fairbanks strömt, von *United Artists*.«

Uncle Carl lächelte milde und sah mich kopfschüttelnd an. »Irving möchte mich immer wieder überreden, meinem guten

Geld noch viel mehr gutes Geld hinterherzuwerfen«, sagte er mit leisem Tadel.

»Um damit neues zu verdienen«, insistierte Thalberg. »Ein großes Studio wie Ihres kann nicht mehr nur billige Dutzendware herstellen wie vor noch fünf Jahren. Diese Industrie hat sich verändert. Sie brauchen hier und da eine echte Attraktion, die für Aufmerksamkeit sorgt, die für die Leute da draußen den Namen *Universal* aufwertet.«

»Ihr jungen Leute, was ihr euch immer vorstellt«, sagte Uncle Carl. Offenbar war diese Diskussion zwischen ihnen schon lange im Gang, und dies war nur ein weiterer Aufguss. Mr Thalberg redete sich in Rage:

»Und *Der Glöckner von Notre-Dame* wäre dafür ideal geeignet, Lon Chaney hat recht, und Ihren Star haben Sie damit auch schon. Seine Maskentests waren doch großartig.« Uncle Carl verzog das Gesicht und wiegte den Kopf gequält hin und her.

»Wer will schon einen hässlichen Buckligen sehen? Ich halte mich lieber an das, von dem ich sicher weiß, dass es an der Kasse funktioniert. Unsere Reihen, die sich bewährt haben, klein, billig, verlässlich, und die die Schauspieler nicht zu groß werden lassen, zu ambitioniert und zu teuer. Man sieht doch bei Arbuckle, was passiert, wenn man das macht.«

Die Tür öffnete sich, und Li Wang jonglierte ein Tablett mit drei Tassen herein.

»Hardy, was wollen Sie eigentlich hier?«, fragte Uncle Carl und nahm sich einen Kaffee. Er ergriff die Gelegenheit, das Thema einfach zu beenden und Thalberg elegant auflaufen zu lassen.

»Ich muss Mr Li Wang nur etwas fragen, ein Detail, das mir bei meinen Ermittlungen weiterhelfen könnte. Dann bin ich auch schon wieder weg.«

Uncle Carl sah mich an und blinzelte für einen Moment. »Erzählen Sie mir dann, was dabei herausgekommen ist?«

»Selbstverständlich«, sagte ich.

»Worum ich Sie bitten wollte«, sagte Mr Thalberg zu mir,

»wenn Sie nachher nach Hollywood fahren, können Sie dann Mr Vandenberg mitnehmen? Den Herrn aus Iowa, der soeben der Wortführer war? Er möchte in sein Hotel.« Es war keine Frage.

Ich sah zu Uncle Carl.

»Uncle Carl wollte, dass ich für ihn ermittle, und das habe ich auch zugesagt. Nicht mehr. Ich fange gerade damit an. So etwas würde mich dabei nur aufhalten«, sagte ich.

»Das soll es nicht. Ich bitte Sie ja nur, zwei Dinge miteinander zu verbinden, wenn es möglich ist«, sagte Mr Thalberg freundlich. Uncle Carl lächelte mich genauso freundlich an.

»Das mache ich«, sagte ich.

»Ich bin sehr gespannt, was Sie da ermitteln. Klingt hochinteressant«, sagte Mr Laemmle. »Und denken Sie auch an meine Sahnetorten!« Er gab mir seine Tasse in die Hand und klopfte mir auf die Schulter. Beide gingen hinaus.

Mr Thalberg hatte seinen Kaffee nicht angerührt. Ich nahm meine Tasse und wandte mich wieder dem Chinesen zu. In der Tat lag, wie Buck es gesagt hatte, auf dem Schneidetisch neben ihm ein dicker Roman und wartete darauf, in einer Pause aufgeschlagen zu werden.

»Mr Li Wang, danke, dass Sie mir zur Verfügung stehen«, sagte ich. »Mein Name ist Hardy Engel und ich führe spezielle Ermittlungen für die *Universal* durch, wie Sie soeben gehört haben. Ich soll Ihnen viele Grüße von Uncle Buck aus dem *Jail Café* ausrichten.«

Er verzog kaum eine Miene.

»Ja, Sir.«

»Ein schönes Buch, das Sie da lesen.«

Auf dem Buchrücken stand *A Tale Of Two Cities*.

»Ja, Sir.«

»Aber Sie können natürlich auch chinesische Schrift schreiben und lesen?«

»Ja, Sir.«

Er verhielt sich sehr vorsichtig und neutral. Er erwartete

vermutlich, gefeuert zu werden, aus einem Grund, den er womöglich gar nicht erfahren würde.

»Ich habe nur eine Bitte. Würden Sie mir das hier übersetzen?« Ich holte den Zettel hervor, den ich von der alten Chinesin bekommen hatte, und legte ihn ihm hin. »Alles, was da steht. Ich habe keine Ahnung, was es ist, aber denken Sie sich nichts aus, ich würde es merken. Sie bekommen dafür zwanzig Dollar.«

Er sah darauf.

»Ja, Sir«, sagte er einfach.

Und während ich meinen Kaffee schlürfte und meine Spannung nur mühsam verbergen konnte, nahm er sich ein Blatt Papier und schrieb langsam und sorgfältig in großen Blockbuchstaben etwas auf. Es war keine Aussage oder Botschaft, wie ich vielleicht gedacht hatte.

Es waren einfach drei Namen. Drei Namen von Männern. Es mussten die drei Männer sein, die einen solchen Anzug geordert hatten, einen Anzug in Blau mit weißen Karos.

Stanley Vandeweghe. Keith Jansen. Beide sagten mir nichts.

Der letzte lautete *Byron Hamilton.* Über den stolperte ich. Ich hatte ihn schon einmal gehört.

Plötzlich sah ich ein jugendlich glattes Gesicht mit einem schwarzen Schnauzbart vor mir. Hatte den süßlichen Duft eines Parfüms in der Nase. Erinnerte mich an einen Nadelstreifenanzug mit einer Nelke darin. An anzügliche Bemerkungen und Aufdringlichkeit.

Diesen Kunden von Mr Yuan kannte ich. Aus dem Castingbüro von *Famous Players.*

33

Kurz darauf fuhr ich über den Sunset Boulevard, und neben mir auf dem Beifahrersitz saß Mr Ian Vandenberg aus Sioux City, Iowa, und verdaute seinen Lunch. Leider machte er Geräusche dabei.

»Sind Sie auch Deutscher, Mr Vandenberg?«, fragte ich, nur um etwas zu sagen.

»Oh nein, meine Familie stammt aus den Niederlanden. Aus Groningen, immerhin an der deutschen Grenze, wenn es Sie glücklich macht«, sagte er und versuchte vergeblich, einen Rülpser zu unterdrücken, den man wahrhaftig als von Herzen kommend bezeichnen musste. Als ich ihn in der Kantine abgeholt hatte, hatten auf seinem Teller die abgenagten Knochen irgendeines größeren Tieres gelegen. »Aber wir Vandenbergs sind schon seit den Siebzigerjahren in Iowa. Meine Eltern sind herübergekommen, direkt als hier der Bürgerkrieg zu Ende war.«

»Ach wirklich?«

»Kennen Sie Sioux City? Habe mein ganzes Leben dort verbracht.«

»Nein, leider noch nicht«, sagte ich. »In welchem Hotel wohnen Sie gleich?«

»Im *Beverly Hills Hotel*«, sagte er. »Bungalow 11. Sie haben mir einen ganzen Bungalow gemietet.« Er beugte sich vertrauensvoll herüber. Ich konnte seinen Atem riechen. Ich konnte eine ganze Kuh in seinem Atem riechen. »Und dort wartet gerade eine gewisse junge Dame auf mich. Sie arbeitet ebenfalls für die *Universal*.«

Ich sagte nichts. Ich stellte mir vor, wie eine junge Dame die ganze Kuh in seinem Atem riechen musste, viel länger als ich und von viel näher.

Er war kaum zu bremsen. »Wissen Sie, es gibt Schauspielerinnen, die sieht man einmal auf der Leinwand, und man ist sofort hingerissen«, schwärmte er. »Es muss gar keine so große Rolle sein, es ist eher ein bestimmter Ausdruck. Auf ihrem Gesicht. Und dann möchte man sie unbedingt persönlich kennenlernen.«

»Und das haben Sie getan«, sagte ich und sah ihn von der Seite an.

»Oh ja, das habe ich«, sagte er und ein Lachen stieg in ihm auf. »Persönlicher geht es wirklich nicht!« Er prustete los. »Komödien, ich könnte auch welche machen, was?«

Und er lachte noch lauter.

»Und sie war bestimmt nicht die Einzige, oder?«, fragte ich. Ich hielt mich sehr zurück, aber für ihn klang es offenbar komplizenhaft.

»Nein, natürlich nicht«, er zwinkerte mir zu. »Es gibt so viele Talente in dieser Stadt. Ich weiß das, ich bin schließlich Experte.«

»Selbstverständlich.«

»Oh ja, Sie müssen nicht glauben, ich sei ein Kulturbanause, nur weil ich im Zivilberuf Metzgermeister bin. Ich bin schon seit vier Jahren der Oberzensor von Iowa. Ich bin ein großer Kinofan, der größte. Bin schon in die ersten Nickelodeons gegangen. Meine Frau, sie hat keinerlei Sinn für Filme. Da habe ich letztes Jahr im Keller meines Hauses einen privaten Kinosaal einrichten lassen, stellen Sie sich vor. Mit Plüschsesseln, einer vollständig ausgestatteten Bar und einem Bett. Ich übernachte dort auch manchmal.« Er beugte sich herüber. »Ich habe sogar ein eigenes System entwickelt, wie man sich diese Filme ansehen muss.«

»Nämlich? Im Bett mit einer jungen Schauspielerin?«

»Natürlich nicht, wo denken Sie nur hin«, er sah mich tadelnd an und wischte es weg. »Ich sehe immer die längsten Filme zuerst! Erst danach die kurzen. Die Gefahr ist dann nicht so groß, dabei einzuschlafen. Ist doch klar, oder?«

»Und ob«, sagte ich, »sehr klar. Aber Sie sind trotzdem nicht immer alleine, oder?«

»Ich bin ein gläubiger und gottgefälliger Mann, Mr Engel«, sagte er beinahe empört. »So sind wir in Iowa. Ich habe übrigens schon einigen Menschen von dort geholfen, hierherzukommen. Die ich für würdig befunden habe.«

»Ist das wahr?«, fragte ich.

»Wussten Sie, dass Chester Conklin aus Iowa ist?«

»Nein«, sagte ich, »das wusste ich nicht.«

Er kam jetzt richtig schön ins Plaudern. Gleich würde er mir noch das Geheimnis erzählen, womit er seine Würste füllte. Oder andere noch hässlichere Dinge, die ich niemals hatte wissen wollen.

»Sehen Sie. Und na, sagen Sie selbst: Jemand, der sich den ganzen Abend beruflich Filme ansieht – Filme jeder Art, unterschiedlichste Filme, kurze, lange, Komödien, Western, die ganze Palette –, jemand, dessen Aufgabe es ist, Vorschläge zu machen, wie man sie, nun ja, verbessern, dem Publikum näherbringen kann … so jemand, was macht der letztlich schon anderes als ein Filmproduzent?«

»Da haben Sie einen guten Punkt angeführt«, sagte ich. »Sie sind ein wichtiger Mann. Sie können über eine Karriere entscheiden, sie voranbringen oder ruinieren. Und hier in Hollywood wird so etwas erkannt.«

»Dessen bin ich mir sicher«, sagte er. Wir fuhren jetzt über den Teil des Sunset, von dem aus man einen erhöhten Blick über die verschiedenen Enklaven Hollywoods hatte und Central Los Angeles in der Ferne liegen sah. Es glitzerte verheißungsvoll in der Mittagssonne, als hätte es von einem Aufnahmeleiter das Einsatzsignal bekommen. »Ich sage Ihnen etwas: Ich liebe diese Stadt! Und ich werde alles daransetzen, dass unser Hollywood bestehen bleibt! Dass es nicht untergeht in einem Sturzbach von Skandalen und dreckigen Gerüchten! Dafür bin ich da als Zensor! Dafür werde ich sorgen!«

Wir hielten jetzt an einer Kreuzung und wieder saß im Wagen neben mir Buster Keaton, in seinem großen offenen Rolls-Royce, wie neulich, als ich mit der Straßenbahn gefahren war. Diesmal war er alleine. Er lächelte nicht und war tief in Gedanken. Buster war einer der besten Freunde von Fatty Arbuckle, fiel mir ein. Er hatte mit seiner Hilfe Karriere gemacht.

Mr Vandenberg bemerkte ihn nicht. Er war viel zu beschäftigt damit, von sich zu erzählen.

»Und Mr Laemmle ist auf meiner Seite. Er weiß meine Meinung zu schätzen. Er weiß, dass sich inzwischen viele nach mir richten, im ganzen Land. Ein Wort von mir, und die Zeitungen drucken es. Und ich sage Ihnen noch etwas. Wir werden diesen Film schon hinbekommen, da bin ich sicher. Ich werde harte Arbeit da hineinstecken. Und ich *habe* schon viel Arbeit da hineingesteckt.«

Mir kam ein Gedanke.

»Wie lange sind Sie denn schon in Hollywood?«, fragte ich Vandenberg, so harmlos wie möglich.

»Oh, seit August«, sagte er in einem Versuch, weltläufig daherzukommen. »Wir hatten am 18. die große Probevorführung im *Beverly Hills Hotel*. Danach habe ich ein paar Anmerkungen gemacht, eine ganze Menge sogar, weil ich sehr aufgewühlt war, und dann haben sie mich gleich dabehalten. Mich und ein paar andere, die sie sorgfältig ausgewählt haben. Es sind schon ein paar Wochen. Wer weiß, wie weit sie ohne mich heute wären.«

»Sagen Sie, und diese Virginia Rappe – die aus den Zeitungen –, haben Sie die auch kennengelernt?«, fragte ich.

Er zögerte einen Moment. Seine abstehenden Ohren glühten rot.

»Nun ja …«, sagte er langsam. »Über Tote redet man doch nicht, nicht wahr, als Gentleman …«

Das war keine Antwort. Vielleicht war es nur Angeberei, von einem gewaltigen Angeber.

»Ja«, sagte ich, »aber was ist mit Ihnen?«

Das Lächeln verschwand.

»Was wollen Sie damit denn sagen?«, erwiderte er eingeschnappt.

»Nur, dass sie ja auch für die *Universal* gearbeitet hat. So wie ich. Mir können Sie es also ruhig erzählen …«, sagte ich und sah ihn erwartungsvoll an.

»Ich weiß es nicht mehr«, sagte er nach einem Zögern. »Wirklich nicht. Es könnte sein. An diesem einen Tag, nachdem wir die ganze Nacht hindurch den kompletten Film gesehen hatten und uns davon erholten – da waren mehrere Frauen.«

»Mehrere? Auf einmal?«

»Ich habe sie mir einzeln vorgenommen, nacheinander«, sagte er widerwillig.

»War Virginia dabei?«, hakte ich nach.

Er furchte die Stirn. Er schien ernsthaft zu grübeln. »Es war ein ständiges Kommen und Gehen … Als ich dann später in den Zeitungen die Meldungen über ihren Tod gelesen und ihr Bild gesehen habe, da habe ich plötzlich darüber nachgedacht … dass es sein könnte … aber man bildet sich ja auch viel ein, wenn man so ein Bild sieht …« Er stutzte und sah mich ärgerlich an. »Ich sagte doch, ich schweige darüber. Wie haben Sie mich jetzt gleich darauf gebracht?«

»Und Sie sind schon die ganze Zeit in diesem Bungalow?«, fragte ich.

»Ja«, sagte er und blickte mich von der Seite an. »Ich weiß, was Sie jetzt denken. Das schöne Hotel, das gute Essen, die Gesellschaft von jungen Schauspielerinnen … aber ich weiß genau, was hier abläuft. Was er vorhat. Ich lasse mich nicht korrumpieren.«

»Natürlich nicht«, sagte ich und wechselte die Spur.

»Ich habe ganz klare moralische Vorstellungen, was Filme betriffft, und von denen weiche ich keinen Inch ab. Hören Sie, Filme haben eine Vorbildfunktion, sie haben einen erzieherischen Auftrag. Also müssen sie entsprechend gestaltet sein. Wir müssen an das einfache Volk denken!«

»Was weiß ich«, sagte ich. »Ich bin kein Zensor.«

»Ein Film ist nicht das Leben. Ein Film muss größer sein als das Leben!«, rief er aus.

»Aber geht es nicht vielmehr darum, darzustellen, wie das Leben wirklich ist? Um die Wahrheit?«, fragte ich. »Und hat Mr von Stroheim das nicht beherzigt? In der Szene, die wir eben gesehen haben – die, die Sie entfernen wollen –, da zeigt er doch das, was Sie in Ihrem Hotel auch machen. Vermutlich gleich wieder, aber viel größer?«

»Es ist eine Orgie!«, sagte er, und er war doch tatsächlich zutiefst empört. »Es ist keineswegs, was ich betreibe.«

»Die Geschichte seiner Figur, wenn ich es richtig gehört habe, ist die eines Bösewichts«, sagte ich, mich mühsam zurückhaltend. »Eines Hochstaplers, der sich in eine Welt einschleicht, in die er nicht gehört, um sich Vorteile zu verschaffen. Bei Frauen, bei Geschäften, der so seinen Status verbessert.«

»Das hat mit mir nicht das Geringste zu tun«, sagte er.

»Und ich habe auch gehört, wie sie endet. Nämlich damit, dass dieser Bösewicht bestraft wird, mit dem Feuertod.«

»Natürlich stirbt er am Ende. Bösewichte müssen immer sterben. Es zahlt sich nicht aus, was sie tun. Es *darf* sich nicht auszahlen!«

»Wenn es nur im wahren Leben auch so wäre.«

»Es ist im wahren Leben doch so! Weil Leute wie wir dafür sorgen, dass die Richtigen gewinnen. Gottesfürchtige Leute.«

»Nein. Ich werde Ihnen sagen, was im wahren Leben anders ist. Da glauben die Bösen nämlich, dass sie gar nicht böse sind. Sie glauben, sie seien die Guten.«

Er starrte mich an, erst fassungslos, dann fast wütend.

»Vielleicht ist das in Europa so. Da, wo Sie herkommen und Mr von Stroheim, und da, wo sein Film spielt«, sagte er eingeschnappt. »Mir geht es um die Vereinigten Staaten von Amerika. Und deshalb sage ich Ihnen: Wenn dieser Film nicht geändert wird, nicht gereinigt wird von den Szenen, die mir nicht gefallen, die unanständig, die unamerikanisch sind – dann wird er nicht herauskommen. Und ich werde hierbleiben und darüber wachen. Und wenn es noch so lange dauert.«

Ich hielt vor dem Eingang des *Beverly Hills Hotels*, direkt vor dem grün-weiß gestreiften Baldachin und den roten Kordeln, an denen ein Portier wartete. Vandenberg sah mich mit seinem geröteten Metzgergesicht herausfordernd an.

»Ich bin kein Dummkopf, den man manipulieren kann. Ich bin eine Größe des Filmgeschäfts. Ein echtes Schwergewicht. Sagen Sie ihm das.«

»Wenn ich ihn sehe«, sagte ich und schaffte es doch tatsächlich, nicht laut loszulachen.

Er hatte schon die Hand auf dem Türgriff, da beugte ich mich zu ihm hinüber.

»Viel Erfolg bei Ihrer Mission, Mr Vandenberg«, sagte ich, und dann, als fiele es mir gerade erst ein: »Ach so, und noch eins: Die Dame, die in Ihrem Zimmer wartet, wird von der *Universal* heute ab drei Uhr dringend zu Proben für einen Film benötigt. *Die keusche Nonne*, sie spielt die Hauptrolle und wird von jetzt an Tag und Nacht beschäftigt sein. Bitte sorgen Sie dafür, dass sie pünktlich im Studio erscheint. Wir schicken Ihnen dann jemand anderen.«

»Aha«, sagte er perplex. »Jaja, ich verstehe … *Die keusche Nonne*?«

»Ja. Er wird Ihnen gefallen«, sagte ich ernst. »Brauchen Sie noch etwas? Vielleicht etwas zu trinken?«

Vandenberg öffnete die Tür. »Danke. Ich werde hier gut versorgt. So viele Flaschen, wie ich will. Ich brauche nur in die Bar zu gehen. Und genau das werde ich jetzt erst einmal tun.« Er wuchtete sich aus dem Wagen und schlug die Tür zu.

Ich sah ihm nach, wie er durch den Eingang ging. Der Portier grüßte ihn mit gemessener Höflichkeit. Doch als er an ihm vorbeigegangen war, konnte man einen leichten Zug von Verachtung um seine Mundwinkel sehen. Auch Portiers sind nur Menschen. Menschen, die Trinkgeld wollen und die einschätzen können, wer es ihnen geben kann oder wer selbst nur ein Trinkgeld bekommt.

Statt weiterzufahren, schaltete ich den Motor aus, stieg aus dem Wagen und ging zu ihm.

»Wenn die Dame, die bei diesem Herrn ist, sich nicht spätestens um zwei auf den Weg zur *Universal* macht, holen Sie sie bitte heraus und veranlassen das«, sagte ich und zückte einen Fünf-Dollar-Schein.

Ein Lächeln erschien auf seinem Gesicht.

»Das ist überhaupt kein Problem, Sir.« Unwillkürlich sah er nach hinten, wohin Vandenberg soeben verschwunden war. »Sie können sich darauf verlassen.«

Ich gab ihm den Schein, stieg in meinen Wagen und ließ ihn an. Als ich losfuhr, grüßte ich zu dem Portier hinüber. Er grüßte zurück.

34

Ich fuhr den Sunset Boulevard wieder zurück nach Osten und bog dann in die Vine Street ein. Zu meinem ganz speziellen Freund von *Famous Players*.

Mein deutscher Freund Eugene bewachte die Schranke. Er pfiff durch die Zähne, als ich mit einem eigenen Wagen vorfuhr.

»*Hallo, Eugen*«, sagte ich.

»Bist du zu Geld gekommen, Hardy?«

»Auch. Vor allem bin ich jetzt der neue Sicherheitschef bei der *Universal*.«

»Machst du Witze?«

»Nicht mehr«, sagte ich. »Lass mich rein, ich muss jemanden treffen.«

»Immer noch so geheimnisvoll, wie?«

»Jemanden im Castingbüro. Es ist keine Frau. Byron Hamilton, sagt dir der was?«

»Warmer Bruder. Was willst du denn von dem?«

»Jedenfalls keine Rolle als Schauspieler. Was macht er für einen Eindruck auf dich, außer –«

Eugen schob seine Uniformmütze nach hinten und kratzte sich am Scheitel.

»Er will unbedingt Karriere machen, um jeden Preis«, sagte Eugen.

»Ganz was Neues in Hollywood.«

»Aber der würde dafür alles tun, wirklich alles.«

»Du meinst, wie ein Flittchen?«

»Noch mehr. Dinge, die wir niemals tun würden. *Den* Eindruck macht er auf mich. Er ist jedenfalls erst sechs Wochen da und hat schon mehr Wind gemacht als andere in sechs Jahren. Jeder hier weiß, wer er ist. Der ist bestimmt nicht mehr lange Assistent.«

»Das glaube ich auch«, sagte ich und reichte ihm einen Fünfer und meine Visitenkarte. »Wenn dir sonst noch Informationen einfallen, ruf mich an.«

Eugen bedankte sich mindestens fünfmal, öffnete die Schranke und winkte mir hinterher, als ich hineinfuhr.

Ich parkte den Milburn vor dem Castingbüro.

Davor wartete eine lange Schlange von hoffnungsvollen Menschen, die mir dabei zusahen. Frauen, die stark geschminkt und zurechtgemacht waren und die Haare zurückwarfen, wenn jemand aus einem Wagen wie meinem stieg und lässig an ihnen vorbeiging. Männer, die sofort die Brust herausstreckten, den Bauch einzogen und das Kinn reckten.

Ich lief an ihnen allen vorbei in das Büro. Einer der Männer, die auf der Schwelle standen, hielt mir beflissen die Tür auf.

Ich blickte mich suchend nach meinem jungen Freund um. Ich war enorm gespannt auf seine Garderobe. Und ich wollte ihn erst einmal auf die Probe stellen, sehen, wie er auf mich reagierte.

Byron Hamilton trug einen schwarzen Zweireiher mit rotem Einstecktuch. Dem Stoff nach zu urteilen konnte er gut von Mr Yuan stammen, und wenn er mir dort begegnet wäre und in diesem Anzug Modell gestanden hätte, hätte ich vermutlich genau so einen geordert.

Er war gerade dabei, die Daten einer jungen Brünetten aufzunehmen, sah kurz hoch und streifte mich mit einem Blick unter seidigen Wimpern. Er stutzte kurz und erkannte mich. Dann tat er so, als hätte er mich noch nie gesehen, und wandte sich wieder ihr zu. Ich ging zu ihm.

»Hallo, Byron«, sagte ich.

»Ich bin gerade beschäftigt«, sagte er mit der Attitüde eines

Stars, der von einem Fan beim Löffeln einer Mousse belästigt wird. »Bitte hinten anstellen.«

»Deswegen bin ich nicht hier. Es geht um meinen neuen Job bei der *Universal*«, sagte ich und legte ihm eine meiner neuen Visitenkarten hin.

Er sah darauf. Die Brünette sah darauf. Sie begann so zu strahlen, dass sie fast erblondete.

»Können wir uns kurz unterhalten?«, fragte ich Byron.

»Na schön«, antwortete er nach einer Pause, die er offenbar seinem Hochmut schuldete.

»Unter vier Augen, wenn es geht.«

»Warum nicht. Hardy, nicht wahr?« Er blühte auf.

»Ja, Byron. Es geht um nichts Sexuelles. Rein beruflich«, sagte ich – nicht zu ihm, sondern zu der Brünetten, die daraufhin so rot wurde wie sein Einstecktuch. Sie warf den Kopf zurück und richtete sich die Haare auf eine Art, die man auch ohne Zwischentitel verstand. Ein großes Talent der Stummfilm-Kunst. Mr Vandenberg wäre begeistert gewesen.

Ich folgte Byron in einen größeren Raum ohne Fenster, der voller Karteikästen war. Hier landeten also die Bewerbungen all der hoffnungsvollen Schauspieler. Hier gab es gewiss auch eine Karteikarte mit meinem Namen, unter »E« wie Engel.

Byron ging ein Stück in den Raum hinein, lehnte sich dann gegen einen der Karteikästen und verschränkte die Arme.

»Also, was? Und was machst du genau bei der *Universal*?«

»Ich bin der neue Sicherheitschef. Und ich habe ein Angebot für dich.«

Seine Stimme klang gleich um ein paar Grad wärmer.

»Ich höre.«

Ich bot ihm eine Zigarette an, nahm mir dann selbst eine und gab uns Feuer.

»Für meine Aufgabe benötige ich exklusive Informationen aller Art. Klatsch, Gerüchte, Fakten.«

»Und da fragst du die Schwuchtel, ob sie dir helfen kann?« Er spielte erst einmal den Beleidigten.

»Nicht deshalb. Du hast mir schon einmal eine sehr wertvolle Information gegeben und bist mir damit aufgefallen. Wenn du mir auf regelmäßiger Basis noch mehr Interessantes weitergeben könntest, würde ich dir ein festes Honorar dafür zahlen.«

Er sah zu Boden und überlegte.

»Muss ich meine Arbeit hier bei *Famous Players* dafür aufgeben?«

»Nicht notwendigerweise. Eigentlich wäre es mir sogar lieber, wenn du weiter hier arbeiten würdest. Ob in der Castingabteilung oder in einer anderen Position. Egal welcher. Ich glaube, du wirst einen schnellen Aufstieg hinlegen. Ich würde darauf wetten. Und um es ganz offen zu sagen, das will ich mir zunutze machen. Du bist ein schlauer Junge, du wirst schon wissen, welche Art Information ich hören möchte.«

Er sah mich direkt an.

»Ich glaube schon. Und ich glaube auch, dass du mit der Brünetten von vorhin ins Bett gehen könntest, wenn du wolltest. Sie heißt übrigens Constance Cherry.« Er grinste süffisant.

»Sie hat *mich* angegrinst, nicht umgekehrt. Und so was finde ich schon selbst raus. Aber guter Name. Von dir?« Ich grinste zurück. Es begann mir beinahe Spaß zu machen mit ihm.

»Ja. Oh, ich habe schon eine Menge von ihnen beraten. Ich helfe auch gerne dir.«

»Ich meine andere Informationen.«

»Wie viel Geld springt dabei heraus?«

»Erst mal will ich was sehen. Die Probeaufnahmen von Virginia Rappe. Die, die am Tag vor ihrer Abreise nach San Francisco hier bei euch gedreht wurden. Lässt sich das machen?«

»Kein Problem. Die kann ich beschaffen«, sagte er, ohne zu zögern.

»Wann kann ich sie sehen?«

»Komm heute Abend zu mir. 1321 North Sycamore Avenue. Ich habe zu Hause einen Filmprojektor.«

Er sah mich grinsend an.

»Wirklich?«, sagte ich.

»Wirklich. Um zehn Uhr? Ich habe vorher noch ein Casting.«

»Um zehn hier, und dann gehen wir in einen eurer Projektionsräume.«

Ich drehte mich zur Tür.

Als Nächstes fuhr ich zum Santa Monica Boulevard und hielt vor *Bernstein's Bakery* auf der Höhe La Brea Avenue. Eine Herde älterer Frauen, mit Hüten so groß wie Wagenräder, schob sich gerade aus dem Eingang heraus. Sie kicherten, als ich mich an ihnen vorbeidrängte, und eine hielt mir gar die Tür auf. Ich lüftete meinen Hut und trat ein. Die große Cafeteria war voll mit grünem Plüsch, in dem ein paar verstreute Farbtupfer saßen wie verblühte Rosen auf einer Wiese, und fast alle waren ältere Frauen, die sich Kuchen in den Mund schoben.

Ich mag nichts, was süß ist, aber ich war letztes Jahr bei den Dreharbeiten zu Fattys Film – jenem, in dem er mich umhaute – in einer Pause losgeschickt worden, um zehn Sahnetorten zu holen; nur für den Fall, dass der Meister sie verwenden wollte. Er hatte so etwas vor sich hin gesagt, und ein eifriger Assistent hatte es gehört.

Ich hatte den Chef, Mr Moshe Bernstein, in ein riesiges Kühlhaus begleitet, wo er inmitten großer, durchsichtig grüner Eisblöcke die gängigste Ware für alle Fälle bereithielt. »Zehn Sahnetorten für Fatty, kein Problem.«

Ich hatte nicht einmal etwas bezahlen müssen. Fatty hatte dann eine davon gegessen und war danach zum Werfen zu faul gewesen. Sie waren in der kalifornischen Sonne zerflossen, und mit einer, die im Schatten gestanden hatte, hatte ich nach Drehschluss einen Wurf versucht.

Sie hatte eine Statistin am Hintern getroffen, wie ich es beabsichtigt hatte, ein schöner sauberer Wurf, bei dem das Geschoss erst beim Aufprall perfekt auseinandergeplatzt war. Leider hatte sie in mein Lachen nicht einstimmen wollen, und so hatte ich alleine die Tram nach Hause nehmen müssen. Nicht der einzige Gag von mir, der nicht zum Erfolg geführt hatte.

Eine dralle junge Rothaarige begrüßte mich hinter dem Tresen. Eher der Typ zum Heiraten. Ich verlangte, den Chef zu sprechen, und sie stellte sich als die Tochter des Hauses heraus. Offenbar warf sie ebenfalls leidenschaftlich gerne Sahnetorten, nur leider in ihren Mund.

Mr Bernstein eilte aus seinem Büro nach vorne, als seine Tochter ihn rief, und begrüßte mich wie so viele Geschäftsleute, mit dieser neutralen Begeisterung, der man nicht anmerkte, ob er einen wirklich erkannte oder nur so tat: »Ach, Sie sind's. Wie geht's denn immer? Was kann ich für Sie tun?«

Er war ein sechzigjähriger mittelgroßer Mann mit schütterem grauen Haar, das in Strähnen über den Schädel zurückgelegt war, und einem Schmerbauch über sehr dünnen Beinen, den er hinter seiner bemehlten Bäckerschürze geschickt herumzuschieben verstand.

Ich gab ihm eine meiner Zauberkarten und sagte: »Hardy Engel von der *Universal*. Carl Laemmle schickt mich, um ein paar Sahnetorten zu kaufen.«

»Mr Laemmle, hm?« Seine Augen wanderten einmal an mir auf und ab. »Wie viele sollen's werden?«

»Das müssten wir dann sehen. Es geht um eine Komödie.«

»Verstehe. Sie wissen hoffentlich, dass meine die besten sind. Ein Probewurf gefällig?«

»Ich wollte gerade danach fragen.«

»Kein Problem. Folgen Sie mir bitte, Mr Engel.«

Er drehte sich um und eilte voran, sodass ich Mühe hatte, ihm zu folgen.

Wir stürmten durch eine Eisentür auf den Hinterhof hinaus, wo wir einen großen, fleischigen Mann mit Glatze aufschreckten, der herumlungerte und soeben eine Zigarette rauchte. Er trug eine Polizeiuniform mit einem Abzeichen, das nur aufgenäht war.

»Hallo Edgar«, sagte ich.

»Hardy«, sagte Edgar Kennedy, mein alter Konkurrent, mit einem gemessenen Nicken. Er warf seine Zigarette weg und setzte die Polizeimütze auf.

»Edgar, Ihr Auftritt, wenn ich bitten darf«, sagte Mr Bernstein und schlug eine Plane an einem abgekoppelten Lastanhänger zurück. Darunter standen aufgereiht Dutzende Sahnetorten, so groß wie Damenhutschachteln, komplett mit Schokoverzierung und Kirschen. Manche waren aus hellgelb leuchtender Zitronencreme, manche aus pinkroter Brombeer- oder Erdbeersahne. Sie ergaben, das hatten Kameramänner festgestellt, auf Schwarz-Weiß-Film ganz unterschiedliche Schattierungen von Weiß. Deshalb wählte man sie jeweils danach aus, ob die Schauspieler helle oder dunkle Haut und Haare hatten.

»Na Hardy, wie läuft's?«

Edgar stellte sich in Positur auf einer Kreidemarkierung auf dem Boden. Er zog seine Uniform glatt und rückte die Mütze zurecht.

»Besser als bei dir, würde ich sagen.«

Ich nahm eine der Torten, die auf einem Pappteller stand – helle Zitronencreme für den schwarzhaarigen Edgar –, und Mr Bernstein wies mir eine zweite Markierung zu, die exakt zehn Fuß vom Ziel entfernt aufgemalt worden war. Ich stellte mich auf und wog die Torte vorsichtig in der Hand. Sie fühlte sich fest und gut an. Ich bewegte sie hin und her. Die Sahne auf dem festen Tortenboden wabbelte fast nicht.

»Liegt gut auf der Hand«, sagte ich.

»Allerbeste Qualität, eine wie die andere«, sagte Mr Bernstein. »Sie können gerne mehrere werfen.« Edgar reckte das Kinn und hielt das Gesicht in meine Richtung. Er versuchte, würdevoll dabei zu gucken. Ich kniff ein Auge zu und zielte, holte mit dem rechten Bein Schwung wie beim Baseball und warf, so kräftig ich konnte. Die Torte flog, ohne auseinanderzufallen, auf ihn zu, erwischte ihn zu sechs Zehnteln an der linken Gesichtshälfte, zerpflatschte dort und verrückte seine Mütze, sodass sie nur noch an einem Ohr hing. Der Pappteller glitt langsam seine Wange hinunter und fiel zu Boden, die Mütze nahm er dabei mit. Edgars linke Seite war weiß von der Sahne und er begann zu blinzeln. Mr Bernstein lachte von Kräften und klopfte mir auf die Schulter.

»Guter Wurf. Der Letzte, den ich eine Torte so habe werfen sehen, war Mr Arbuckle persönlich!«

»Danke auch. Jetzt würde ich nur gerne noch sehen, wie sie sich im Gesicht verreiben lässt.« Edgar hatte nicht nur bei Sennett immer die Rollen bekommen, für die ich mich beworben hatte.

»Selbstverständlich. Jeder Kunde will das, es wäre nicht vollständig ohne«, sagte Mr Bernstein und winkte mir, ihm zu folgen. »Da haben wir hier etwas vorbereitet ...«

Wir gingen hinüber zu einer Holzwand, auf die ein Haus mit einem Fenster aufgemalt war. In dem Fenster war ein rundes Loch, und Edgar trat von hinten an die Wand und streckte den Kopf hindurch. Er sah mich erwartungsvoll an, während ich mit der zweiten Torte auf ihn zuging, die Mr Bernstein mir gereicht hatte.

»Damit ich die Uniform nicht hundertmal am Tag wechseln muss«, sagte er zu mir.

»Guter Einfall. Polizist und Sahnetorte, das gehört einfach zusammen«, sagte ich. »Von dir?«

Er nickte und hielt dann still, mit nach oben gerichteten Augen. Ich nahm Maß und drückte ihm die Torte kontrolliert ins Gesicht, und verrieb sie dann mit kreisförmigen Bewegungen. Ich nahm den Pappteller weg und die Sahne blieb an fast allen Stellen fingerdick kleben. Edgar öffnete jetzt die Augen, zwei schwarze Löcher in einer weißen Maske, und klimperte verdutzt mit den Wimpern.

»Und, was sagen Sie? Perfekt, nicht wahr?«

»Nahezu, Mr Bernstein, nahezu perfekt. Bei den meisten anderen ist entweder der Flug in Ordnung oder das Verreiben, aber niemals beides zusammen. Wie kriegen Sie das nur so hin? Das Mehl? Die Sahne? Eine geheime Zutat?«

»Das ist natürlich Betriebsgeheimnis. Es liegt daran, wie wir die Sahne schlagen, mehr kann ich nicht verraten«, sagte Mr Bernstein mit breitem Grinsen und zückte einen Auftragsblock. »Also Mr Engel, wie viele darf ich Ihnen und Mr Laemmle aufschreiben?«

»Das Folgende bleibt bitte unter uns. Wir dachten an eine Größenordnung von fünfzehn. Also, fünfzehnhundert.«

Edgar klimperte vor Verblüffung noch einmal mit den Wimpern.

»Das ist ja … warum nicht, sehr gerne«, Mr Bernstein überwand seine Überraschung. »Bis wann?«

»So schnell wie möglich. Ein Drittel Brombeer, zwei Drittel Zitrone.«

»Sind Sie sicher?«, sagte Mr Bernstein und hielt inne. »Bei *Universal* ist doch die Mehrzahl der Darsteller blond?«

»Aber Ben Turpin nicht, und der wird die meisten abkriegen«, sagte ich. »Natürlich rechnen wir mit einem angemessenen Mengenrabatt.«

»Natürlich …«, sagte Mr Bernstein und fügte dann schnell hinzu: »Andererseits muss ich dafür extra Personal einstellen, Nachtschichten einlegen lassen, und ich muss diese Menge an Zutaten erst einmal auftreiben. Das ist ein beträchtlicher Aufwand. Das sollte auch Mr Laemmle verstehen. Lassen Sie mich kurz rechnen …«

Er wollte schon eine Zahl nennen, doch ich schnitt ihm das Wort ab.

»Fünf Cent pro Stück, darüber können wir keinesfalls abschließen.«

»Wollen Sie mich ruinieren?«, stöhnte Mr Bernstein auf. »Fünf Cent? Da zahl ich ja drauf! Uncle Carl macht seinem Ruf wirklich alle Ehre …«

»Er ist ein guter Geschäftsmann. Und er weiß, dass Sie auch einer sind und den Auftrag für die größte Tortenschlacht der Filmgeschichte nicht an jemand anderen gehen lassen wollen.«

»Geben Sie mir wenigstens zehn! Ich habe Familie!«

»Sieben. Dann muss Ihre Tochter eben mal weniger essen und mehr arbeiten.«

Er stöhnte auf. »Alle Kunden sagen das! Ich muss sie wirklich mal dazu bringen. Sie macht mir noch das ganze Geschäft kaputt.«

»Und wir erwähnen Ihren Namen im Vorspann.«

Ich streckte ihm die Hand hin. Er schlug ein.

»Liefern Sie morgen ein Dutzend Probeexemplare an die *Universal*, zu Händen Carl Laemmles. Der Chef hat einen dreizehnjährigen Sohn«, fügte ich an und zwinkerte ihm zu.

»Selbstverständlich, Mr Engel.«

»Denkst du an mich, Hardy, wenn die Dreharbeiten beginnen?«, fragte Edgar, der sich mit einem weißen Handtuch die Glatze säuberte.

»Mach ich. Viel Spaß hier noch einstweilen«, sagte ich.

Ich fuhr bei meiner Wohnung vorbei, parkte vor dem Haus hinter einem großen Kastenwagen mit der Aufschrift *The Pacific Telephone & Telegraph Co.* und sprang die Stufen hinauf. Eigentlich wollte ich nur die Armeepistole holen, doch meine Tür stand offen.

Ich hätte die Luger jetzt gut gebrauchen können, aber es musste auch ohne gehen. Ich schlich so leise wie möglich heran. Drinnen hörte ich Stimmen. Es waren zwei Männer. Genaueres konnte ich nicht verstehen. Dann rief einer plötzlich laut etwas aus dem Fenster, den Namen eines Mannes: »Eddie …!«

Ich verstand die Welt nicht mehr.

Drinnen klingelte ein Telefon. Einmal, zweimal, dann wurde abgehoben. Dann rief wieder ein Mann aus dem Fenster. »Ist gut!«

Ich öffnete die Tür ganz und ging hinein. Im Wohnzimmer standen zwei Männer mit Arbeitsschürzen, auf denen *Pacific Telephone* stand. Sie sahen mich ohne größere Erregung an. Der eine hatte einen buschigen Schnauzbart und schielte. Der andere, mit einer Melone auf dem Kopf, hatte offenbar die guten Augen abbekommen und hatte in den Händen einen Werkzeugkasten, den er eben wieder einräumte.

»Was machen Sie in meiner Wohnung?«

»Wir haben Ihnen eine Telefonleitung gelegt, Mr Engel«, sagte der mit dem Werkzeugkasten und zeigte mit einer

Zange auf den Apparat, der auf meinem Wohnzimmertisch stand.

»Im Auftrag der *Universal*«, sagte der, der schielte. Sie wirkten vollkommen harmlos.

»Sie sind Telefontechniker von der *Pacific Telephone Company*?«

»Erraten«, sagte der Schielende. »Die Leitung funktioniert ab sofort. Haben's eben überprüft.«

Er zeigte aus dem Fenster. Dort war ein dritter Mann gerade dabei, von einer Leiter hinabzusteigen, die an einem Mast mit einem dicken Kabel lehnte. Er trug ebenfalls einen Kittel.

»Und wie sind Sie hier hereingekommen?«

»Ihr Vermieter hat uns aufgeschlossen, Mr Soerensen. Wir sind dann auch schon fertig. Das ist Ihre neue Telefonnummer, Mr Engel«, sagte der mit der Melone und gab mir einen Zettel in die Hand. »Wenn Sie hier noch unterschreiben wollen.« Er hielt mir ein Formular und einen Stift hin und ich setzte meine Unterschrift darunter.

»Viel Spaß und viele schöne Gespräche mit der *Pacific Telephone Company*«, sagte er zwinkernd und ging hinaus. Der andere folgte ihm und tippte an seinen Hut.

Ich setzte mich an den Tisch und starrte das Telefon an. Ich hatte in Amerika noch nie ein eigenes besessen. In Mannheim hatten meine Eltern schon einen Apparat gehabt, als ich noch ein Kind war. Mein Vater wurde dort oft aus dem Präsidium angerufen.

Ich holte meine Visitenkarte heraus und sagte dem *Operator* die Nummer darauf an.

»Büro von Hardy Engel, Pepper Murphy.«

»Ich bin's selbst«, sagte ich und sah auf den Zettel. »Ich habe jetzt eine eigene Nummer hier. 62006.«

»Ich weiß. Mr Thalberg hat das in die Wege geleitet.«

»Notiere dir bitte folgende Adresse«, sagte ich. »1321 North Sycamore Avenue.«

»Gemacht. Was ist damit?«

»Ist nur für alle Fälle. Dort fahre ich heute Abend hin. Aber ich werde nicht lange bleiben. Danach bin ich noch bei *Famous Players*.« Ich wollte schon einhängen, dann fiel mir etwas ein. »Ach … Pepper?«

»Ja?«

»Kennst du einen Mr Vandenberg, Ian Vandenberg?«

»Nein. Nicht dass ich wüsste. Wieso?«

»Ist nicht wichtig.«

Ich hängte ein und holte meine Pistole hinter der Fliese hervor. Gleich würde ich mir auch Patronen dafür kaufen. Man brauchte umso mehr Patronen, je paranoider man wurde. Ich steckte die Pistole ein und fuhr los.

35

Summer Breeze Apartments stand in einer kunstvoll modernen, neonbeleuchteten Schrift quer über dem Eingang des eleganten brandneuen Gebäudes, das ich an der North Sycamore vorfand. Es war geformt wie ein kleiner Ozeandampfer, in Zitronengelb, mit weißen Linien um die Fenster und abgerundeten Ecken und in der Mitte des flachen Daches zeigte so etwas wie ein Schornstein gen Nachthimmel, und zufällig führte sich genau darüber eine kleine weiße Wolke so auf, als wäre sie soeben von ihm ausgestoßen worden. Es war alles andere als ein Haus, in dem man einen vor sechs Wochen eingestellten jungen Castingassistenten als Mieter vermutete.

Vielleicht bezog Byron ja auch schon länger ein Gehalt von *Famous Players* und war nur pro forma in die Castingabteilung gesteckt worden? Ich musste jedenfalls in seine Wohnung, um den Verdacht zu überprüfen. Und zwar alleine.

Ich parkte den Milburn etwas weiter entfernt um die Ecke und stieg aus. Es war bereits dunkel. Ich sah auf die Uhr. Es war erst kurz nach acht. Ich hatte also knapp zwei Stunden.

Ich wäre nicht der erste Ermittler, der Katz und Maus spielte und sich täuschte, wer dabei die Katze und wer die Maus war. Doch es blieb mir nichts anderes übrig. Ich hatte meine Pistole, geladen. Ich hatte mir eine kleine elektrische Handlampe und einen Dietrich gekauft.

Byron Hamilton wohnte laut Türschild in Appartement 16 im zweiten Stock. Die Fenster waren dunkel.

Es gab keinen Portier. Ich konnte durch die Eingangstür hineingehen und entschied mich gegen den Aufzug und für das Treppenhaus, das ebenfalls in Sonnengelb gestrichen war und ein Geländer mit einem runden Handlauf aus hellem Holz hatte.

Ich klingelte im zweiten Stock bei ihm. Drinnen rührte sich nichts. Ich klingelte noch einmal.

Ich holte meinen Dietrich heraus und steckte ihn in den Zylinder des Schlosses. Es war ein neuartiges, kleines mit Sicherheitsmechanismus, und ich musste ziemlich darin herumstochern. Ich hatte das gelernt, als ich damals nach der Ankunft in New York den Schlüssel für mein Zimmer verloren hatte und nicht dafür bezahlen wollte. (Am Ende hatte ich trotzdem bezahlen müssen.)

Mehrmals rutschte ich ab und musste erneut ansetzen. Als ich mitten dabei war, kam jemand die Treppe hoch. Es war ein älterer Mann, Ende vierzig, mit einem Frack und einem aufgestellten Kragen und einem altmodischen Binder, der offenbar eben von der Arbeit nach Hause kam. Er zückte seinen Schlüssel und wandte sich zum Ende des Flurs, wo sich Appartement 15 befand. Er hielt inne und sah zu mir herüber.

»Guten Abend«, sagte ich.

»Guten Abend«, sagte er und sah mich befremdet an.

»*Pacific Telephone Company*«, sagte ich routiniert. »Wir müssen etwas überprüfen und Mr Hamilton hat mir seinen Schlüssel gegeben.«

Im selben Moment gelang es mir, mit einer Drehung der Hand die Wohnungstür aufzusperren.

Eine Spur von Ekel mischte sich in seinen Ausdruck. »Dies ist ein anständiges Haus«, sagte er und schloss bei sich auf. Er glaubte mir nicht, und er schien keineswegs verwundert, dass ein fremder Mann sich an Byrons Tür zu schaffen machte. Reger Verkehr, vermutlich. Er ging mit einem letzten verachtungsvollen Blick hinein und warf die Tür hinter sich krachend ins Schloss.

»Schönen Abend, Sir«, sagte ich und schlüpfte in die Wohnung und schloss die Tür hinter mir.

Ich stand im Dunkeln in einem Vorraum und wartete, bis mein Atem wieder normal war. Meine Pistole hatte ich griffbereit in der rechten Jackentasche. Aber nichts rührte sich. Niemand hatte mir aufgelauert und fiel über mich her.

Dann schaltete ich die Handlampe ein und ging ganz hinein und sah mich um.

Das Appartement war anders eingerichtet, als ich es erwartet hatte. Viel nüchterner und in einem Stil, den man bei seiner Kleidung und seinem Habitus gar nicht vermutet hätte. Die vorherrschenden Farben im Wohnzimmer, in dem ich nun stand, waren Creme und Schwarz, und überflüssigen Schnickschnack suchte ich vergebens; bis auf eine seltsam geformte Vase mit einem kunterbunten Blumenstrauß darin. Es gab sogar Gemälde an den Wänden, und sie waren echte Kunstwerke, womöglich sogar selbst gemalt, im modernen, abstrakten Stil. Abgeguckter Kandinsky und Klee, nicht einmal schlecht.

Nur der süßliche Nelkenduft war auch hier sehr präsent. Zu präsent.

Zentral stand eine Sitzgruppe mit Sesseln und ein Couchtisch, mit jener Vase darauf. In einer Ecke gab es einen Barwagen mit zwei schwarzen Glasböden, auf dem ein halbes Dutzend Flaschen, ein Cocktailmixer und ein Sodazerstäuber standen. In der Nähe der Tür war ein Spiegel mit schlichtem schwarzen Rahmen. Vermutlich wurden hier in längeren Sitzungen seine Augenbrauen und sein Schnauzbart und seine Garderobe in Form gebracht.

Hinter der Sitzgruppe stand ein Sideboard, auf der ein großer Filmprojektor aufgebaut war. Die Wand, auf die er gerichtet war, war weiß und leer, und ein größeres Gemälde, das dort gehangen haben musste, stand mit der Rückseite gegen die Wand gelehnt.

Byron hatte nicht gelogen. Er sah sich hier öfter Filme an. Und ich wollte gar nicht unbedingt wissen, was für eine Art Filme.

Die Wohnung hatte zwei Zimmer. Nach rechts ging es in eine

Küche, und geradeaus lag wohl das Schlafzimmer, dessen Tür angelehnt war.

Ich sah kurz in die Küche, wo ein großer Esstisch stand mit zwei Stühlen daran. Es war aufgeräumt, der Tisch war leer und wirkte so, als habe schon lange niemand mehr daran gesessen.

Ich ging zurück und direkt auf das Schlafzimmer zu. Ich war sehr auf der Hut.

Auch dieses Zimmer war elegant, geschmackvoll. Die Wand war erdfarben gestrichen, der Teppichboden schwarz-weiß gemustert. Bett und Nachttisch und Kleiderschrank waren aus gebeizter Eiche und im selben Stil gehalten. Das Bett war gemacht und mit einer Tagesdecke aus Satin bedeckt.

Nach rechts ging eine Tür ins Bad. Ich öffnete sie ruckartig und sah in den kleinen Raum hinein. Eine Dusche, deren Vorhang ich beiseiteschob. Nichts. Keine Kleider aufgehängt.

Ich ging zurück zum Schrank und öffnete erst die linke Tür und dann die rechte.

An einer Stange hingen dicht an dicht, perfekt aneinandergereiht, ungefähr ein Dutzend Anzüge. Ich ging sie durch. Sie waren alle aus gutem Tuch. Keiner war blau mit weißen Karos.

Verdammt. Ich überlegte.

Ich nahm einen der Anzüge von der Stange, es war der mit den Nadelstreifen von neulich, und schaute in der Jacke nach dem Etikett. Dort stand tatsächlich *Mr Yuan, Temple Street, Los Angeles* mit chinesischen Schriftzeichen darüber.

Ich ging die anderen Anzüge durch. In dreien war kein Etikett, in den anderen das von Mr Yuan. Ich hängte sie alle wieder auf die Stange und achtete auf Präzision.

Ich durchsuchte eine Kommode, doch ich fand nur Socken und Leibwäsche, die ich lieber nicht hatte sehen wollen. Keine weiteren Anzüge.

Ich durchsuchte die Schubladen des Sideboards im Wohnzimmer, doch darin waren nur Bücher und Fotoalben und Krimskrams, keine Kleider, und keine Schuhe. Immerhin, die *Medal Of Honor*, die *World War I Victory Medal* und eine Urkunde, die seinen Dienst in der US-Army belegte. Er hatte also gekämpft, auf der anderen Seite, und er hatte getötet.

Ich fand außerdem achtunddreißig Dollar in Scheinen, und einen Brief ohne Absender, auf einem Briefbogen des *Hotel Alexandria*, der mit den Worten *Für immer Dein* und einer vollkommen unleserlichen Unterschrift endete. Die Handschrift, schnell hingekritzelt, hätte auch von einer Frau sein können, doch ich tippte auf einen Mann. Ich legte ihn wieder zurück.

Ich ging in das kleine Bad und sah mich noch einmal genauer um. Ein Klosett mit Seilzug. Ein Wandschrank mit mehr Parfüms, als Pepper besaß. Ein Unterschrank mit Putzutensilien. Ich sah in einen geflochtenen Wäschekorb und entdeckte nur Socken und Hemden. Ich nahm einen Besenstiel aus der Ecke und wühlte darin herum, ihn weit von mir weghaltend. Keine Schuhe, kein Anzug.

In diesem Augenblick ging meine Handlampe mit einem dumpf knallenden Geräusch aus und ich stand im Dunkeln. Ich schob den Schalter hin und her, doch sie ging nicht wieder an. Die Birne musste geplatzt sein. Dreckszeug.

Dunkelheit. Und ich musste die Schuhe finden.

Ich sah auf die Uhr und versuchte, die Zeit in dem fahlen Mondlicht zu lesen, das durch das Fenster hereinfiel. Es war fast genau neun Uhr.

Das normale Licht konnte ich keinesfalls einschalten. Ich holte aus der Hosentasche eine Schachtel Streichhölzer vom *Jail Café*.

Ich hatte nur noch drei davon in dem schwarz-weiß gestreiften Briefchen.

Ich strich das erste an, was mir erst beim vierten Mal gelang. Der Zündkopf war sehr klein und dünn und abgeschabt. Mit diesem kam ich zurück ins Schlafzimmer und zum Kleiderschrank und sah mich eilig um.

Ich verbrannte mir die Finger und die Flamme ging aus. Ich blies auf den Daumen und holte das zweite Zündholz hervor. Als ich es anriss, fiel es brennend zu Boden, und ich trat schnell darauf. Jetzt hatte ich nur noch eines.

Ich zündete es an und nutzte es erst einmal, um festzustellen, ob ich mit dem zweiten kein Loch in den Teppichboden gebrannt hatte, dann bückte ich mich und sah unter das Bett und dann in die andere Richtung, und es reichte gerade, um unter dem Kleiderschrank eine Reihe von Schuhen zu entdecken, die mir noch nicht aufgefallen waren. Ich robbte hin, doch bevor ich etwas sehen konnte, ging die Flamme endgültig aus.

Ich ertastete im Dunkeln fünf Paare, alle aus Leder und mit Schuhspannern aus Zedernholz, wie ich roch; doch ich konnte ihre Farbe nicht erkennen.

Ich trug jeweils einen einzelnen Schuh zum Fenster und hielt ihn ins Mondlicht. Fünf Mal machte ich das. Keiner davon war schwarz-weiß wie die *Spectators*, die ich bei Dr. O'Haras Mörder gesehen hatte. Enttäuscht wog ich den fünften, letzten Schuh in der Hand, einen schwarzen *Half Brogue*.

Er konnte sie weggeworfen haben, wie ich meine weggeworfen hatte. Und den zerrissenen ausgefallenen Anzug genauso, den blau-weiß karierten von Mr Yuan. Ich hatte keinen Beweis, und ich hatte keine andere Wahl, als zu meinem Rendezvous mit Byron zu gehen.

36

Eine Stunde später saß ich in einem der Ledersessel des Projektionsraums.

Das *Famous-Players-Lasky*-Gelände war bis auf uns und den Nachtpförtner vollkommen verwaist. Auch die Vorführer waren nach Hause gegangen. Byron stand am Projektor, hinter und über mir. Ich musste mich halb zu ihm herumdrehen.

»Wie bist du an ihr Castingmaterial rangekommen?«

»Ist schließlich meine Abteilung.«

»Hat das niemand unter Verschluss genommen? Es betrifft immerhin die Frau, die gemeinsam mit eurem größten Star in einen Skandal verwickelt ist.«

»Bisher nicht.«

Ich sah ihm zu, wie er das Zelluloid in den Projektor spannte, sodass die Stanzen der Rolle in die Perforierung griffen.

»Schöner Anzug«, sagte ich beiläufig und wie aus Langeweile. »Wo lässt du deine machen?«

»In Chinatown. Bei einem Mr Yuan, kann ich nur empfehlen. Wieso, willst du auch so einen?«

»Nicht nur einen. Brauche ich jetzt in meiner Stellung, ich muss mich neu einkleiden. Wie viele hast du denn dort machen lassen?«

Er war mit dem Einlegen des Films beschäftigt und sah mich nicht an.

»Gehört das zu den Informationen, für die du mich bezahlen willst?«

»Ich will nur wissen, wie teuer er ist. Ob er Mengenrabatt gibt, wenn man drei bestellt, oder etwas in der Art.«

»Ich weiß nicht mehr, wie viele es waren. Ein halbes Dutzend? Ich kann sie dir ja nachher einmal vorführen, bei mir zu Hause.«

»Ich hab dir gesagt, du sollst das lassen.«

»Verstanden. Du hast ein Problem mit homosexuellen Männern, aber du willst trotzdem Kleidertipps von mir.«

»Ich habe kein Problem. Ich brauche nur einen Anzug.«

»Ich muss demnächst mal wieder hin. Hab mir neulich einen ruiniert.«

Er langte zu einem Schalter hinter sich und machte das Licht aus. Jetzt stand er im Dunkeln hinter mir.

»Ach ja? Wie denn?«

Halb umgewandt, behielt ich ihn im Auge. Ich stellte mir noch einmal den Mann in dem karierten Anzug vor, als er dem Doktor die Spritze in den Arm gab.

»Bin in der Straßenbahn irgendwo hängen geblieben.«

Wie er mich niederschlug. Die Position, aus der er das tat. Ich verglich sie im Kopf mit der, in der Byron jetzt über mir stand, an seinem Projektor, während ich in meinem Stuhl saß.

Er beugte sich plötzlich vor, das Gesicht dicht neben meinem Kopf.

»Und was ist mit Schuhen?«, fragte ich. »Dein Anzug würde doch auch sehr gut aussehen mit schwarz-weißen *Spectator's*, oder?«

Er sah mich hämisch an. Es schien, als habe er nur den Projektor einschalten wollen.

»Für einen Mann, der nicht Männer liebt, bist du aber sehr an so was interessiert.«

»Hast du solche Schuhe?«

»Nein, verdammt noch mal. Sollte ich? Was soll der ganze Quatsch mit den Schuhen?« Er wirkte jetzt verärgert. Aber bei jemandem, der generell affektiert sprach, war es unmöglich zu sagen, ob er etwas überspielte oder ob es nur seine normale Haltung war.

»Und wo ist der Anzug, den du dir ruiniert hast?«

»Den habe ich weggegeben, an einen Wohnungslosen auf der Straße. Ich bin ein guter Christenmensch«, sagte er. »Warum willst du das alles wissen? Ist das wichtig, wenn wir zusammenarbeiten? Oder bist du betrunken?«

Er hatte die Sachen weggegeben. Natürlich hatte er sie weggegeben.

Am weitesten würde ich kommen, wenn ich ihn zur Mitarbeit verpflichtete. Ich musste riskieren, dass er womöglich mit mir spielte, um selbst mit ihm spielen zu können. Und um herauszufinden, ob mein Verdacht zutraf.

Katz und Maus, dachte ich.

»Schon gut. Zeig mir den Film.«

Er begann gleichmäßig zu kurbeln, und der Projektor fing an zu surren, und ein trichterförmiger bläulicher Strahl richtete sich auf die Leinwand. Wir sahen Virginia Rappe in einem langen dunklen Kleid, die sich auf ihre Aufnahme vorbereitete. Ein Mann mit einer Ballonmütze kam ins Bild und schlug eine Klappe vor ihrem Gesicht. Darauf stand *Virginia Rappe, 2. September 1921, Test I/1*. Er verschwand wieder, und offenbar auf einen Zuruf hin veränderte sich Virginias Ausdruck plötzlich.

Sie lächelte und spielte jemanden außerhalb der Kamera an. Wie es schien, einen Liebhaber, dem sie etwas mitteilen sollte, mit großen Gesten und reichlich exaltierten Grimassen. Es war nicht besonders gut. Man hätte beinahe jeden Zwischentitel dazu einblenden können.

Die Aufnahme brach ab, das Bild sprang und wieder wurde eine Klappe geschlagen, wieder begann Virginia zu spielen. Anders, aber nicht besser.

Zwischen den Aufnahmen sah sie zu Boden und wirkte abgelenkt, irgendwie bedrückt. Vielleicht hörte sie auch nur zu, was man ihr sagte. Man sah, dass sie dem unsichtbaren Regisseur gefallen und nicht nervös wirken wollte. Aber man sah auch, dass etwas sie beschäftigte, hemmte.

»Was hat sie gesagt, wie hat sie gewirkt? Fällt dir noch etwas ein?«

»Außer dem, was sie mit ihrer Freundin geredet hat – nein. Da, das ist sie. Maude, nicht wahr, die, die auch mit ihr auf der Party war? Und die ausgesagt hat und in allen Zeitungen gewesen ist.«

Nun trat Maude kurz ins Bild, während die Aufnahme weiterlief, und sagte etwas zu Virginia. Offenbar war es ein Scherz, um sie aufzumuntern. Aber auch der Versuch, sich aufzuspielen, sich selbst vielleicht ins Spiel zu bringen bei dem Unbekannten.

»Wer ist der Mann hinter der Kamera?«

»Wie, der Regisseur?«

»Wer auch immer. Auf der Klappe steht nichts und auf der Dose auch nicht. Wer ist es, du warst doch dabei?«

Ich sah im Dunkeln, wie er angestrengt überlegte.

»Wer war das nur … Es sind andauernd andere …«

»War es Fatty Arbuckle?«, fragte ich aus einer Eingebung heraus.

»Fatty? Nein, der ist doch Schauspieler, kein Regisseur …«

»Euer größter Star. Er könnte es doch jederzeit anordnen und leiten.«

Er überlegte und schüttelte den Kopf.

»Ich weiß es einfach nicht mehr. Hast du eine Ahnung, wie oft wir solche Aufnahmen machen?«

Das brachte nichts. Und vielleicht wusste er es wirklich nicht.

Die Aufnahme lief weiter. Das Bild machte wieder einen Sprung, dann sahen wir Virginia Rappe nach vorne gebeugt. Sie sah hoch, in die Kamera, und für einen Augenblick hatte ihr Gesicht den Ausdruck totaler Hilflosigkeit, den einer vollkommen Verlorenen. Dann fing sie sich wieder, richtete sich auf und stellte sich in Position.

»Hat Virginia krank gewirkt?«

»Nein. Sie war ganz normal. Aber vielleicht war sie nur eine gute Schauspielerin.«

Es kam die Klappe, und sie spielte, als sei nichts gewesen. Als die Szene zu Ende war, lachte sie und flirtete offenbar mit ihrem Ansprechpartner. Dann wurde das Bild weiß und der Zelluloidstreifen löste sich aus der einen Rolle, die sich nur noch leer drehte, während das Streifenende klirrend gegen die volle stieß. Byron hörte auf zu kurbeln.

»Hatte sie Schmerzen?«

Ich ging zum Schalter und machte das Deckenlicht wieder an.

»Du fragst wegen all dem, was jetzt in der Zeitung über sie steht?«, fragte er.

»Und weil es gerade für einen Moment so aussah«, sagte ich und beobachtete ihn genau. »Vielleicht wollte sie zu einem Arzt gehen?«

»Woher soll ich das wissen?«, fragte er schrill. Dann senkte er die Stimme wieder auf normale Lautstärke. »Darüber haben sie nicht geredet. Ich weiß nichts von einem Arzt.«

»Ist ja gut.«

»Nur, dass sie nach San Francisco wollten. Sie wirkten etwas nervös, das stimmt schon. Vor allem Virginia. Aber das schien ihre Art zu sein. Konnte kaum stillstehen. Aber du weißt ja selbst, wie das bei einem Casting ist …«

»Woher weißt du, dass ich Schauspieler bin?«, fragte ich.

»Hab deine Karteikarte angesehen«, sagte er. »Ich bin gerne gut informiert.«

»Soso. Was sagt dir ein Dr. O'Hara?«

Er zuckte mit keiner Wimper.

»Ist umgekommen. Aber das stand alles in der Zeitung. Ich nehme nicht an, dass du mich für etwas bezahlen willst, was du dort nachlesen kannst.«

»Das ist richtig. Jemals bei ihm gewesen?«

»Nein. Was hat das damit zu tun? Was soll das alles mit dem Arzt?«

»Keine Ahnung. Ich stelle einfach ein paar Fragen«, sagte ich und stand auf. »So wird das auch in Zukunft laufen.«

»Also, wie viel zahlst du mir, wenn ich dir helfe?«

»Was bezahlt dir Fritz Roth?«

Er sah mich mit großen Augen an. Die Unschuld in Person.

»Wer sagt, dass er mich bezahlt?«

»Wie viel?«

»Das werde ich dir nicht sagen.«

»Dann frage ich anders«, sagte ich. »Wofür? Was machst du für ihn?«

»Soll das eine schmutzige Anspielung sein?«

»Keine Ahnung, sag du's mir.«

»Ich hab nichts mit ihm, falls du das meinst«, erwiderte er.

»Das meine ich nicht. Fritz hat es mit den Frauen, das weiß ich nun wirklich! Ich frage, ob du für ihn in der Stadt herumfährst und da Dinge für ihn erledigst? Andere Dinge?«

»Nein. Ich weiß nicht, wovon du sprichst. Und ich verstehe nicht, was ich für dich tun soll. Du musst dich schon klar ausdrücken.«

Auch so kam ich nicht weiter. Er war wirklich ein hartgesottener Bursche.

»Ich will nur Informationen. Alles, was der *Universal* Ärger bringen könnte, direkt oder indirekt. Und alles, was du über Arbuckle oder die Rappe in Erfahrung bringen kannst.«

»Die Anhörung ist ausgesetzt. Fatty sitzt immer noch da oben fest und schwört Stein und Bein, dass er's nicht war«, ratterte er herunter, »aber jede Menge Zeugen sagen gegen ihn aus, und die komplette Presse hält ihn offenbar für schuldig. Sollten sie ihn anklagen, läuft es auf eine Glaubensfrage hinaus. Ausgang offen. Virginia Rappe: Nymphomanin und verrückt. Tot. Die Probeaufnahmen hast du gerade gesehen.« Er hielt inne und fixierte mich. »Wie viel?«

»Kein Wort zu Fritz oder jemand anderem bei *Famous Players*, verstanden?«

»Wie viel?«

»Fünfzig im Monat für den Anfang. Wenn es sich lohnt. Das werden wir ja sehen.«

»Sechzig«, schnappte er.

»Fünfundfünfzig. Und dafür erwarte ich einiges.«

Ich streckte ihm die Hand hin und nach einem kurzen Zögern schlug er ein. Erst war sein Händedruck ganz weich und feucht und dann fiel ihm auf, dass er sich anders geben sollte, und er drückte noch einmal ganz fest zu.

Ich gab ihm einen Fünfziger und einen Fünfer. Für einen Moment hielt ich inne.

»Was weißt du über *mich*?«

»Über dich? Du bist ein homophober Paranoiker, das ist mal sicher. Du warst Schauspieler, ein schlechter, dann hast du auf Privatdetektiv umgesattelt, da warst du auch nicht viel besser, obwohl du in Deutschland angeblich mal Polizist gewesen bist. Aus irgendwelchen Gründen, die sich mir nicht erschließen, hast du es aber jetzt zum Sicherheitschef gebracht. Bei der *Universal*, da kommen ja viele Deutsche unter, sie müssen dafür nichts können und es ist meistens nicht für lange.«

»Wenn du dich da mal nicht täuschst.« Ich wollte schon gehen.

»Du wohnst 5858 Wilshire Boulevard, Ecke Curson Avenue, direkt neben den Teergruben, aber davor hast du noch viel schlechter gewohnt, in der North Crescent Heights. Du hast was mit einer Rothaarigen, Pepper Murphy, einundzwanzig, deine neue Sekretärin, wie ich höre, und wahrscheinlich führt sie dich die ganze Zeit am Nasenring herum.«

»Du redest wirklich oft mit Fritz Roth, was?«, sagte ich.

»Du bist ein hoffnungsloser Romantiker und dazu ein korrekter Deutscher. Beides solltest du besser nicht sein, denn dir wird die ganze Scheiße bald bis zum Hals stehen und immer weiter ansteigen. Und du bist nicht von der Sorte, die mit so etwas umgehen kann.«

»Lass uns einfach zusammenarbeiten«, sagte ich. »Wir werden schon herausfinden, wie wir das machen, ohne uns gleich die Köpfe einzuschlagen.«

37

In den nächsten Tagen ging ich jeden Morgen ins Büro, saß an meinem Schreibtisch und telefonierte und genoss es, Pepper nebenan zu wissen, und ging sogar zum Lunch in die *Universal*-Kantine wie einer der Tausenden ganz normalen Studioangestellten. Mr Thalberg ließ mich weitgehend in Ruhe.

Bald hatte ich genug davon, und eines Vormittags überließ ich Pepper den Laden mit der vagen Aussage, ich wolle in der Stadt Hinweisen nachgehen, die Mr Laemmles Auftrag betrafen, und zog los, um mir die anderen Anzugkäufer näher anzusehen.

Stanley Vandeweghe und Keith Jansen hatten beide auf den ersten Blick mit dem Filmgeschäft nichts zu tun. Das mussten sie ja auch nicht, um Aufträge der Art zu erhalten und durchzuführen, deren Zeuge ich geworden war.

Ich ging zur Verwaltung der Stadt Los Angeles, die damals noch nicht in einem riesigen Phallus von Gebäude saß wie heute, sondern in einem kleinen alten Rathaus am Broadway, und sah im Meldeverzeichnis nach, wo sie wohnten.

Dann beobachtete ich sie; fand heraus, wie sie lebten, wohin sie gingen, wen sie trafen. Natürlich immer aus der Distanz, ohne mich ihnen zu zeigen.

Vandeweghe war Mitte dreißig, groß und schlank, Manager in einem Nachtclub auf dem La Cienega Boulevard, *The White Door*. Angestellter, der Club gehörte nicht ihm, sondern einem Mann namens Randolph Mortimer.

Es wurde Alkohol ausgeschenkt, wenn man danach fragte, und auf einer Bühne tanzten Frauen, für deren Kleidung keine besonders großen Tuchballen benötigt worden waren. Ein ganz normaler Club eben.

Welchem Beruf Jansen nachging, wurde mir zunächst nicht recht klar. Er war einundddreißig, ledig, wohnhaft in Bunker Hill, 568 3rd Street, ein mittelgroßer kräftiger Mann mit einer schiefen Nase, der Mitglied im *Los Angeles Athletic Club* war. Ich folgte ihm zweimal hinunter nach Downtown und beobachtete, wie er dort ein und aus ging. Ich fand an der Rezeption heraus, dass er dadrin vor allem boxte, aber auch andere Sportarten ausübte. Ebenfalls Mitglied im Club war ein Großteil der feinen Gesellschaft von Hollywood, inklusive einiger Stars; Charlie Chaplin wohnte dort sogar ab und zu, wenn er sich gerade wieder einmal scheiden ließ und einer seiner Frauen das Haus überlassen musste. Es ließ sich nichts daraus ablesen, außer dass er sich den Jahresbeitrag leisten konnte und Wert auf körperliche Ertüchtigung legte oder auch nur auf das gesellschaftliche Leben im Club. Ansonsten war Jansen augenscheinlich eher der Typ des Einzelgängers.

Vandeweghe sah aus wie ein Filmstar, der einen Gangster spielte. Oder umgekehrt. Seine Kleidung war durchweg ausgesucht, ja ausgefallen. Einmal in der Woche hatte er einen festen Termin mit seinem Boss in dessen Büro und sie besprachen sich bei Zigarren und Whisky.

Er hatte eine Ehefrau und zwei stramme Jungen, neun und sechs, mit denen er in einer guten Wohngegend in Silver Lake eine ganze Etage eines Appartement-Hauses bewohnte, 836 Sanborn Avenue, in dessen Vorgarten sie herumtollen konnten. Und er hatte eine Geliebte Anfang zwanzig, die in seinem Club tanzte und die er häufiger in einer kleinen Wohnung direkt darüber traf, wo er über Nacht mit ihr herumtollen konnte.

Wenn er daneben noch Zeit für andere Aktivitäten hätte finden können, wie etwa einen Mord an einem Doktor in den Hills, wäre das schon recht erstaunlich gewesen. Dachte ich zumindest, bis ich feststellte, dass er noch eine andere Geliebte hatte, die Handschuhverkäuferin in Downtown war und ihm bald nicht mehr nur Handschuhe anpasste.

Eines Morgens sah ich ihn seine Familienwohnung in einem blau-weiß karierten Anzug verlassen, der exakt wie jener war, den ich in den Hills gesehen hatte. Er schien jedoch tadellos intakt zu sein.

Ich riskierte es, ihm abends im *White Door* persönlich gegenüberzutreten, und ich fand an seinen Ärmeln keine Risse oder geflickten Stellen, als ich ihn um eine Karte seines Clubs bat, falls ich einmal eine Betriebsfeier hierher verlegen wolle. Er gab mir eine und reagierte nicht weiter auf mich, und das hätte er ja nun tun müssen, wenn er mich von Dr. O'Hara her gekannt hätte. Er war also entweder ein sehr guter Lügner – was er freilich bei seinem Lebenswandel auch sein musste – oder so unschuldig, wie seine Schuhmode eher konservativ war: braun oder schwarz.

Ich folgte Keith Jansen an einem Wochentag zur Pferderennbahn nach Santa Anita, immer darauf bedacht, nicht von ihm gesehen zu werden, und sah zu, wie er Geld setzte, moderate Summen nach einem nicht allzu ausgeklügelten System, und durch Zufall gewann er fast genau zurück, was er bei anderen Wetten verloren hatte. Er fuhr alleine hin, in einem Ford, der auf ihn zugelassen war, und traf dort auch niemanden. Freunde schien er nicht zu haben und Geschäftskontakte auch nicht.

Ich fragte auf der Rennbahn herum, nachdem er gegangen war, und hörte, dass er früher Polizist gewesen, aber nach einem Vorfall suspendiert worden sei. Ich setzte selbst auf einen Gaul namens »My Lucky Star« und gewann doch tatsächlich 1,75 Dollar, die ich sofort vertrank.

Ich studierte einige Zeitungsartikel in den Archiven der öffentlichen Bibliothek und fand heraus, dass Jansen bis vor einem Jahr Detective im Sitten-Dezernat der Polizei von Los Angeles gewesen war. Dort kam es dann zu einigen Unregelmäßigkeiten, und er wurde damit in Verbindung gebracht und vorläufig suspendiert. Korruption, so die Vermutung, nichts Besonderes oder zumindest nichts, was auf eine Karriere als Mörder schließen ließ.

Was mich elektrisierte, als ich es las, war die Tatsache, mit wem er dort gearbeitet hatte: Es waren meine beiden guten Bekannten, Ulisses Gordon und Vincent Catanza.

Sie waren im Gegensatz zu ihm sauber aus der Sache herausgekommen, ja sie waren danach versetzt und befördert worden. In die Mordkommission von Hollywood. Wo sie mich dann kennenlernen durften. Es schien so, als hätten sie ihren Kollegen Jansen angeschwärzt. Ihre Leben waren seither jedenfalls höchst unterschiedlich verlaufen, und auf eine andauernde Freundschaft oder Komplizenschaft zwischen alten Partnern deutete nichts hin.

Den Gefallen, Mr Yuans karierten Anzug oder schwarzweiße Schuhe zu tragen, tat mir Jansen jedoch nicht. An einen Einbruch in seine Wohnung verschwendete ich keinen weiteren Gedanken. Ich hatte ja gemerkt, dass mich das nicht viel weiterbrachte. Die Kontakte dieser Leute waren es, denen ich nachgehen musste.

Ich folgte zweimal Byron Hamilton zu Treffen mit Schauspielern, beide männlich. Mit beiden verbrachte er die Nacht. Sein Typ war blond. Kräftig, mittelgroß. Hätte man seinen Liebhaber in einem Film besetzen müssen, wäre ich eine sehr gute Wahl gewesen. Ich ging jeweils, sobald klar war, was sich hier gleich abspielen würde.

Byron stammte aus einer reichen Familie. Seinem Vater gehörte das Haus, in dem er wohnte, ja er hatte es sogar entworfen und gebaut. Er war vor Kurzem gestorben, und sein Sohn hatte alles geerbt. Das erklärte hinlänglich Byrons aufwendigen Lebenswandel. Es erklärte auch seinen beträchtlichen Ehrgeiz, im Filmgeschäft etwas zu werden, was über die Castingabteilung hinausging.

Byron hielt mich indessen weiter auf dem Laufenden. Wir trafen uns auf der Premiere des *Famous-Players*-Films *Der Scheich* im *Million Dollar Theatre* – er in einem perfekt sitzenden Smoking, ich in einem geliehenen, etwas ausgebeulten –, und während wir vor der Vorstellung zusahen, wie der Hauptdarsteller, ein exotisch aussehender Schönling namens Rudolph Valentino, mit einer atemberaubenden Frau am Arm den roten Teppich entlangschritt, von Blitzlichtern geblendet, und die Frauen neben uns reihenweise schrille Schreie ausstießen, und während es Konfetti und Luftschlangen regnete und riesige farbige Navyscheinwerfer den Himmel mit ihren Lichtern abtasteten, erzählte mir Byron, was sich sonst noch bei *Famous Players* tat.

Man bereite sich auf den Tag vor, an dem die Anhörung in San Francisco wiederaufgenommen würde. Es gebe Diskussionen über die Strategie und darüber, ob man einen anderen Anwalt einschalten solle. Gleichzeitig habe man – Fritz Roth, um genau zu sein, im Auftrag der Bosse – Fattys Ehefrau Minta Durfee, auch wenn sie seit vier Jahren getrennt von ihm lebte, dazu gebracht, öffentlich für ihn einzutreten. Sie setzten also nun ihre Lobeshymnen gegen die zahlreichen negativen Aussagen in der Presse, und ja, sagte Byron auf meine Nachfrage, *Famous Players* bezahle die Frau für ihr Engagement, aber sie sei auch wirklich von seiner Unschuld überzeugt, schließlich kenne sie ihren Ehemann am besten.

Byron war zuverlässig, rief mich regelmäßig an und war sein Geld wert. Gleichzeitig verhielt er sich unverändert herablassend, und ich hatte den Eindruck, dass er wusste, dass ich ihn beschattete. Dass er mit mir spielte.

Und weil ich gerade dabei war, folgte ich auch Pepper; nachdem ich an einem Abend im Büro mitbekommen hatte, wie sie sich telefonisch verabredet hatte. Vermeintlich mit einer Freundin, aber ich war vorsichtig geworden und fragte auch gar nicht erst genauer nach. Ich wollte mich nur auf das verlassen, was ich sah. Also ging ich etwas früher und wartete dann einfach gegenüber dem Ausgang der *Universal Studios*.

Sie fuhr in ihrem kleinen Ford, den sie sich von ihrem aufgebesserten Gehalt gekauft hatte, nach West Hollywood und ich folgte ihr in größerem Abstand, meine Magengrube in Flammen und die Kehle wie zugeschnürt. Sie fuhr hinunter nach Bunker Hill und ich achtete darauf, dass sie mich im Dunkeln nicht sah. Sie hielt dort in einer belebten Straße und stieg aus. Das Gebäude, in das sie ging, sah wie ein Privathaus aus, doch es stellte sich als eine Klinik heraus.

Sie sah nach Babette Fielding, die hier immer noch behandelt wurde. Ich war sehr erleichtert, als ich das feststellte; zu einem Fenster im zweiten Stock spähend, hinter dem Pepper die kleine Mary hochhielt und mit ihr scherzte.

Ich kümmerte mich an jenem Abend erst um andere Dinge und fuhr dann später zu Peppers Apartment, und wir schliefen endlich wieder miteinander.

Ich holte den Wagen aus der Garage, sozusagen, und gab tüchtig Gas und fuhr ihn aus, und ich fühlte mich selbst dabei wie einundzwanzig.

Es war wie in San Francisco, nur viel besser, intensiver. Es war nicht mehr nur Sex. Wir hielten uns danach an den Händen und nur davon bekamen wir wieder Lust, und statt ihr nachzugeben, hielten wir sie zurück. Wir taten all die Dinge, die Leute taten, die sich liebten. Außer uns zu sagen, dass wir uns liebten. Ich tat das nicht und sie auch nicht.

Ab und zu fuhr ich zur *Pacific Frontier Bank*, charmierte Miss Bottomsly und bat sie dann so verschwörerisch wie immer, mir Geld von jenem Konto auszubezahlen: Es sei von höchster Dringlichkeit. Sie erschauerte jedes Mal vor Erregung, bevor sie das Geld aus dem Tresor holte und mir die Summe vorzählte. Jedes Mal dankte ich ihr mit tiefem Blick und verließ dann, nur um ihr einen Gefallen zu tun und aus alter, lieb gewordener Gewohnheit, die Bank durch den Hinterausgang und sprang dann vorne wieder in meinen Wagen.

Ich fuhr noch einmal nach Chinatown, um meinen schwarzen Anzug bei Mr Yuan abzuholen. Er war so stoisch wie eh und je und kassierte die ausstehende Rate, während die alte Chinesin schweigend und nähend danebensaß und nicht einmal hochsah.

Der Anzug passte mir wie angegossen und machte einen ganz neuen Menschen aus mir – einen seriösen Herrn, der mir im Spiegel einen würdevollen Blick zuwarf und den ich noch nie zuvor in meinem Leben gesehen hatte; der mich jedoch an meinen Vater in seinen besten Zeiten erinnerte –, und ich behielt ihn gleich an, als ich direkt danach auf Weisung von Mr Thalberg zum *Hollywood Memorial Cemetery* am Santa Monica Boulevard fuhr, um dort auf der Beerdigung von Virginia Rappe einen Kranz mit einer Schleife der *Universal* niederzulegen.

Ich war der ranghöchste Vertreter meiner Firma, die keine große Sache daraus machen wollte, dass Virginia bei ihr unter Vertrag gestanden hatte. Alle Filmgesellschaften hatten einen Kranz gestiftet, auch *Famous Players*.

Vorbeigebracht hatte ihn mein alter Bekannter und Landsmann Fritz Roth.

Ich trat neben ihn und begrüßte ihn mit angemessen gesenkter Stimme.

»Hallo Fritz.«

»Hallo Hardy. Ich habe gehört, dass du jetzt ein Kollege von mir bist.«

»Da hast du richtig gehört.«

Wir maßen uns mit einem Blick und blieben nebeneinander stehen.

Produzenten ließen sich auf der Totenfeier nicht sehen, ebenso wenig Virginias Freundin Maude Delmont, die immer noch in San Francisco in der Obhut der Staatsanwaltschaft weilte, und selbst der Verlobte der Toten, Henry Lehrman, zog weiterhin offenbar wichtigere Angelegenheiten in New York vor. In großer Zahl vertreten hingegen waren die Journalisten, von denen manche über alle Gräber trampelten, um ihre Fotos zu machen, und die Matronen von der *Vereinigung für die Rechte der Frauen von Los Angeles*, die Schilder mit der Aufschrift *Virginia Rappe – Opfer von Hollywoods Filmindustrie* hochhielten und mit ihrem lautstarken Protest nicht einmal innehielten, als der Sarg unter frommen Worten in die Grabstelle hinabgesenkt wurde.

Ich musste unwillkürlich an das Glas mit den Organen denken und ob es wohl mit dabei war. Und dass ihr Körper nun, da er zur Ruhe gebettet wurde, sein Geheimnis mit ins Grab nehmen würde.

Ein Witzbold warf eine Flasche hinterher; es könnte sehr gut ein Journalist von Hearst gewesen sein.

Ich wollte gerade gehen, als Fritz sich umdrehte und mich am Ärmel fasste.

»Ich hätte dich sowieso angerufen«, sagte er. »Es gibt da ein Treffen, bei dem du dabei sein solltest.«

Ich blieb stehen, halb abgewandt. »Was für ein Treffen?«

»Nachher. Du weißt wahrscheinlich noch nicht, dass sich die Sicherheitschefs aller Studios regelmäßig treffen. Wir tauschen uns hinter verschlossenen Türen aus. *United Artists, Fox, Selznick Pictures, Hal Roach Studios, Sennett,* und von denen alle, die den Laden wirklich schmeißen ...«

»Nein«, sagte ich, »das wusste ich noch nicht.«

»Da wird alles besprochen, was in Hollywood los ist. Ganz offen. Glaub mir, das ist enorm hilfreich. Gerade jetzt.«

»Klingt interessant.«

»Komm doch dazu. Du gehörst ja jetzt zu uns. Heute Abend im *Hotel Alexandria*. Wir haben einen exklusiven Raum.«

»Ich hätte sowieso mit dir zu reden.«

»Dafür ist es da. Es ist für alles gesorgt. Du wirst es nicht bereuen. Sag nur an der Tür das Codewort.«

»Wie lautet es?«, fragte ich.

38

»*Virginia*«, sagte ich zu dem Portier des *Alexandria*, der mir schon von Weitem so abschätzig entgegengesehen hatte, als käme ich, um ihn anzubetteln. Ich trug noch immer meinen neuen schwarzen Anzug, aber er machte keinerlei Eindruck auf ihn.

Das Codewort hingegen schon. Seine Züge entspannten sich augenblicklich, er wurde übergangslos höflich, ja unterwürfig, und trat beiseite.

»Selbstverständlich, Sir. Das Treffen ist im *Golden Room*. Ich bringe Sie persönlich hin. Wenn Sie mir bitte folgen wollen.«

Er ging dienstbeflissen voran, immer einen halben Schritt vor mir, wie um mir den Weg durch die bunte Schar der Hotelgäste zu bahnen, und wir durchquerten den *Palm Court*. Über uns wölbte sich eine hohe Decke, von der prächtige elektrische Leuchter herabhingen und die von mehreren Oberlichtern mit Buntglas im Jugendstil-Dekor durchbrochen war. Das einfallende Licht verlieh allem, was in der Lobby darunter passierte, die Atmosphäre einer unwirklichen Zauberwelt.

Wir gingen zwischen Palmen hindurch über den »Eine-Million-Dollar-Teppich«, den die ganze Stadt so nannte, weil hier angeblich so viele hoch dotierte Filmverträge abgeschlossen wurden, und sofort kam man sich selbst so vor, als sei man eine Million Dollar wert. Dabei war es nur ein ausladender Perser mit verschnörkelten Mustern, weitestgehend in Rot und Gelb gehalten. Auf diesem Teppich hatte Louis B. Mayer von der Metro einst Charlie Chaplin auf die Nase gehauen, als sie sich um einen Filmvertrag für dessen Frau stritten, und das war gewiss nicht das einzige Blut, mit dem er getränkt worden war.

Ich hielt kurz an, bückte mich und berührte ihn. Jeder Filmmensch in Hollywood machte das, es herrschte der Aberglaube, dies bringe Glück. Er war ganz abgegriffen und ausgetreten von den vielen Leuten, die hier nach Ruhm und Geld suchten und dabei auf der Legende herumtrampelten, die mittlerweile ziemlich heruntergekommen aussah.

An den Wänden des *Palm Court* befanden sich zahlreiche Spiegel, in denen die, die hier wandelten, nicht den abgetretenen Teppich sahen, sondern immer nur sich selbst, in dem mild gedämpften, farbigen Zwielicht.

Wir ließen das berühmte luxuriöse Restaurant, das sich an die Lobby anschloss, rechts liegen und bogen in einen Flur, der zu einem Anbau des Hotels führte.

Dieser Teil hieß *The Phantom Wing*, und mit diesem Namen war er bestens geeignet für die Art von Treffen, zu der ich ging. Ich beachtete meinen Führer so wenig, wie es vermutlich meinem Status angemessen war, und ging einfach am Ende des Flurs durch die goldene Pforte, die er mir aufhielt, in einen gleißend hellen Saal.

Der *Golden Room* trug seinen Namen völlig zu Recht. Alles war golden: die mit Damasttapeten bespannten Wände, der Teppich zu unseren Füßen, die im Raum verteilten Sofas und Sessel, die Tischdecken und Leuchter und Holzpaneele. Ob dabei echtes Gold verwendet worden war oder einfach nur goldene Farbe, konnte man nicht sagen. Sogar die Decke und das Licht, das durch eine Glaskuppel von oben hereinfiel, waren golden. Es war jedenfalls der beste, prunkvollste Saal des Hotels.

Darin standen etwa ein halbes Dutzend Männer und ebenso viele Kellner in weißen Fräcken, die sich zu ihrer Bedienung bereithielten.

Man sah ihnen nicht auf Anhieb an, dass sie die wichtigsten Geheimnisträger der Filmindustrie waren. Zumal einer von ihnen Fritz Roth war, dem man das nun wirklich am allerwenigsten ansah. Fritz entdeckte mich und eilte freudig herbei. Auch die anderen Köpfe wandten sich mir zu. Die meisten davon hatte ich auf dem Friedhof gesehen, aber sie waren mir noch niemals zuvor begegnet, oder zumindest waren sie mir nicht aufgefallen.

»Hardy, wie schön, dass du es einrichten konntest!« Fritz schüttelte mir die Hand und führte mich dann zum Buffet. »Was möchtest du trinken?«

In der Mitte bog sich ein riesiger, golden ausstaffierter Tisch unter einem prächtigen Buffet voller Speisen, Fleisch und Fisch und Salate und alles, drapiert um eine Platte, auf der ein ausgestopfter Pfau mitsamt voll aufgerichteter Federpracht thronte. Ich entdeckte auch eine riesige Schüssel mit einer schwarzen Marmelade, die ich bei näherem Hinsehen als Kaviar identifizierte.

Auf Barwagen standen ganze Batterien von Flaschen und Gläsern bereit.

»Whisky bitte«, sagte ich zu dem Kellner, der mich mit schief gelegtem Kopf ansah, als wäre ich ein besonders seltenes Exemplar meiner Art, ein weißer Tiger oder so etwas.

»Bourbon oder Single Malt? Wir sind bestens ausgestattet!«, fragte Fritz.

»Single Malt. Ohne Eis.«

»Leute, das ist Hardy Engel, der Neue von der *Universal.*« Alle Blicke ruhten auf mir, während mir ein schweres geschliffenes Kristallglas mit einem köstlich duftenden irischen Import in die Hand gedrückt wurde. Ich hob mein Glas und prostete unbestimmt in die Runde. Einzelne nickten mir zu und weitere Gläser wurden gehoben. Ich trank einen Schluck, und er wirkte wie ein Zaubertrank: Sein torfiger, wohliger Geschmack und das köstliche Brennen in meiner Kehle machten mir unwiderruflich klar, dass das alles wirklich passierte und ich Teil davon war.

»Lass mich dir alle vorstellen«, sagte Fritz und nahm mich

am Arm. Als er mich zum ersten der Männer führte, der vor einem Sofa mit goldenen Seidenbezügen stand, entdeckte ich neben ihm einen Tisch mit einem großen Teller aus blauem Glas, auf dem sich ein Haufen weißes Pulver auftürmte.

»Ralph Huston, *Selznick Pictures*«, stellte Fritz ihn vor. Der Mann musste sich eben daran bedient haben, denn er zog mit gewaltigem Schniefen die Nase hoch. Es war ein riesiger schiefer Zinken in einem Gesicht, wie gemacht für einen Komiker, doch seine Haltung und der Blick waren im Kontrast dazu äußerst selbstsicher und ernst, als er mir die Hand gab.

»Ralph hat letztes Jahr den Selbstmord von Olive Thomas in Paris betreut, du wirst dich erinnern.« Olive Thomas, der zwanzigjährige liebliche braun gelockte Star des Studios, einst das schönste Tanzgirl der berühmten New Yorker *Ziegfeld Follies*, war in ihrem Hotelzimmer leblos aufgefunden worden und bald darauf im Krankenhaus gestorben. Ihr Tod war der erste große Schock für Hollywood gewesen, zumal Olive mit Jack, dem Bruder von Mary Pickford, verheiratet gewesen war, dem größten weiblichen Star des Landes, die jedermann als *America's Sweetheart* verehrte.

»Wer würde das nicht«, sagte ich. »Hallo Ralph.«

»Sah von außen so aus, als hätte es da gar nicht mehr viel zu retten gegeben, nicht wahr?«, fragte Ralph grinsend.

»Na ja«, sagte ich. »Die Berichte in den Zeitungen waren schon sensationell. Nackt auf ihrem Zobel liegend ...«

Er grinste noch breiter: »Sie trug in Wahrheit alle ihre Kleider. Sogar ihren Hut. Sehr langweilig. Wir haben das ein bisschen bearbeitet.«

»Und eine Flasche mit Gift neben sich.«

»Quecksilberchlorid«, sagte Ralph. »Je konkreter der Fachbegriff, desto glaubwürdiger, und die Presse hat immer schön was zum Nachschlagen. In Wahrheit hatte die gute Olie natürlich Heroin genommen, wie sie alle, und zu viel erwischt.«

»Klingt nach sauberer Arbeit, was?«, sagte ein untersetzter und sehr leutseliger Mann, dem die blonden Haare ins Gesicht fielen.

»Selbstmord, weil ihr guter Ehemann Jack Pickford heroinsüchtig gewesen sei und sie das alles nicht mehr habe ertragen können, das klang doch viel besser. Alle bedauerten ihr tragisches, unverschuldetes Schicksal … Ach übrigens, wenn du einen Schuss von dem Zeug willst – wir haben alles da!«

Ralph zeigte auf ein weiteres Tischchen neben der Couch. Dort lag auf einem weißen Teller ein Haufen braunes Pulver. Löffel und Spritzbesteck lagen ebenfalls bereit.

»Wir sitzen ja schließlich an der Quelle«, lachte der Blonde. »Wer, wenn nicht wir!«

»Danke, im Moment nicht …«, sagte ich. Und dann zu Ralph: »Wie konntest du das von hier aus in Paris steuern?«

Ralph hob die Schultern und zog die Nase gleich mit hoch. »Per Kabel. Ich hab der französischen Polizei einfach eine Bestechungssumme gedrahtet, zu der sie nicht *Non* sagen konnten.«

»Sind denn alle bestechlich?«

»Ist nur eine Frage der Summe. Das wirst du noch sehen!«

»Alle außer William Randolph Hearst«, murmelte Fritz Roth.

»Der natürlich auch«, sagte der Blonde, »in deinem Fall, Fritz, hatte er nur mit den ersten Sonderausgaben schon mehr Geld verdient, als ihr ihm jemals hättet bieten können!«

»Wir haben es natürlich trotzdem versucht … Jason Butcher von *United Artists*.« Fritz machte eine müde Geste und ich wandte mich ihm zu.

»Sehr erfreut«, sagte er mit ausgestreckter Hand.

»Hardy Engel. Ebenfalls.«

»Jason betreut Chaplin«, sagte Fritz, »und seine ganzen kleinen Mädchen.«

Jason lächelte bescheiden. »Die, die er geheiratet hat, und die anderen auch alle. Am schlimmsten war Mildreds Scheidung. Mein Gott, hat die ihm die Hölle heißgemacht. Sie und ihre Mutter. Wollten ihn sogar noch wegen Verführung Minderjähriger drankriegen.«

»War sie denn noch minderjährig?«, fragte ich.

»Sie war vierzehn, als er sie kennengelernt hat, und sechzehn, als sie von ihm schwanger geworden ist, und nur deshalb hat er sie geheiratet«, sagte Jason.

»Er hat *The Kid* vor ihnen gerettet«, sagte ein riesiger, baumlanger Kerl mit einer wuchtigen Hornbrille und einem Bauerngesicht mit roten Wangen dahinter und schlug dem gedrungenen Mann respektvoll auf die Schulter.

Jason grinste. »Sie wäre imstande gewesen, seinen Film pfänden zu lassen, als sie ihre Klage losgelassen hatte und er erst mal nicht zahlen wollte. Sein Meisterwerk, an dem er so lange gearbeitet hatte wie an nichts zuvor. Da hab ich ihn mit dem Negativ des Filmschnitts weggeschickt, nach Salt Lake City, bis sich der Sturm gelegt und die Presse sich einigermaßen beruhigt hatte. Wir haben uns mit ihr geeinigt, Charlie kam mit den Filmrollen zurück, am 6. Januar war Premiere, und der Rest ist eine einzige Erfolgsgeschichte.«

»Inzwischen ist er schon an der nächsten kleinen Nymphe dran«, rief Ralph dazwischen.

»Und streitet sich mit Griffith, wer sie haben darf!«, ergänzte Fritz.

»Die Arbeit geht mir eben nie aus«, sagte Jason.

»Apropos, wo bleiben denn die ganzen Frauen?«, fragte der Baumlange. Er wirkte ungeschickt, zu laut und zu sehr darum bemüht, den Eindruck zu machen, er gehöre hier voll und ganz dazu.

»Colin Vasecky«, sagte Fritz. »Er ist der Mann von Mack Sennett.«

Ich schüttelte Colins Hand. Es war, als greife man sich eine Bratpfanne. »Da war ich eine Zeit lang als Schauspieler«, sagte ich zu ihm. Ich war mir sicher, ihn noch nie irgendwo gesehen zu haben. »Bis ich dann vor Kurzem …«

»Ich weiß. Mach dir nichts draus, du bist nicht der Erste, dem so etwas passiert.« Er verzog das Gesicht. »Mack darf alles flachlegen, seine ganzen *Bathing Beauties*, aber was Mack darf, darf nun mal nicht jeder andere. Zumindest darf Mack es nicht mitbekommen.« Er grinste.

»Leider hatten wir beide da nie miteinander zu tun«, sagte ich und grinste zurück.

»Um so etwas kümmert sich der Boss selbst, ich soll mich im Hintergrund halten und habe ganz andere Baustellen. Ich sage nur: Mabel Normand.«

Der Lange bekam glühende Ohren. Mabels Ruf war in der ganzen Stadt bekannt. Einst ein großer Comedy-Star, der vor vielen Jahren mit Fatty und Mack bei den *Keystone Studios* gearbeitet hatte, war sie inzwischen kaum mehr in der Lage, zu Dreharbeiten pünktlich zu erscheinen, geschweige denn, sie konzentriert und ohne Zusammenbrüche durchzustehen.

»Gut, dass sie nicht hier ist. Sonst hätte sie schon längst den Tisch da komplett leer gemacht«, sagte ich und zeigte auf den Tisch mit den Flaschen.

»Und den da auch!«, ergänzte er und zeigte auf den mit dem Koks, wo sich gerade ein anderer Kollege ausgiebig bediente. Er war sehr gut aussehend, trug einen feinen Nadelstreifenanzug und hatte bisher im Hintergrund gewartet, bis das richtige Stichwort kam.

»Aber immerhin wären wir dann alle schon längst flachgelegt worden«, sagte er mit perfektem Timing. Alle lachten los. Offenbar war es sein Ding, locker aus der Hüfte zu schießen. Er sah aus wie ein Schauspieler, aber ein sehr intelligenter.

»Peter Rutten, *Fox Studios*«, sagte Jason. »Wenn du ein Problem mit einer Frau hast, schick ihn. Sie fressen ihm alle aus der Hand.«

»Na, dann holt die Frauen doch einfach rein«, sagte Peter ohne Umschweife.

»Nein, wir bleiben erst noch unter uns und machen das, was wir immer machen«, sagte Fritz.

Die Männer sammelten sich mit ihren Drinks in der Hand grinsend um den Tisch. Der eine von ihnen, der mir noch nicht vorgestellt worden war, kam auf mich zu.

»Torvald Kaarboe«, sagte er und gab mir die Hand. »*Hal Roach Studios*. Wir mögen nicht so viele Stars haben wie Sennett, aber es ist trotzdem ein harter Job.«

Bei Hal Roach würde ich nie einen Fuß auf den Boden bekommen. Ich hatte es versucht. Aber wer bei Sennett, seinem großen Comedy-Rivalen, gearbeitet hatte, gehörte für immer zur anderen Seite.

»Angenehm. Hardy.«

Ich hatte bisher gute Miene zu diesem Spiel gemacht, doch ich war immer noch fest entschlossen, Fritz hart anzugehen. Dass sich hier eine handfeste Orgie anbahnte, auf die ich überhaupt keine Lust hatte, half mir, mich daran zu erinnern.

»Nehmt euch zu essen, es ist genug für alle da«, rief Fritz in die Runde.

»Den Kaviar müsst ihr probieren«, sagte Jason. »Almas-Kaviar von ausgesuchten Belugas, beste Qualität. Ich bekomme ihn bei Myschkin für einen Spottpreis. Mengenrabatt, und er ist ein großer Fan von Charlie.«

»Der Truthahn ist von *Musso & Frank's*. Bestellt ihnen einen Gruß von mir, und ihr bekommt auch meinen Rabatt«, legte Colin eifrig nach.

Offenbar hatte jeder seine Verbindungen genutzt, und man tauschte sich bei dieser Gelegenheit großzügig darüber aus und glich sie ab.

»Und das Kokain, wo bekommt ihr das her?«, fragte ich.

»Das sagen wir hier nicht«, sagte Fritz. »Das muss jeder selbst rausfinden.«

Die Männer gingen ans Buffet. Ich fragte mich, was jetzt kommen würde. Alle luden sich die Teller voll. Ich stellte mich an, es ihnen nachzutun.

»Warum ist niemand von *Metro* hier oder von *Goldwyn*?«, fragte ich Fritz.

»Die werden zu schnell gefeuert von ihren Bossen, gerade war es wieder so weit.«

Ein paar Scherze flogen hin und her, aber es war nur vorbereitendes Geplänkel.

»Wir hatten Virginia Rappe auch mal unter Vertrag«, sagte Peter zu mir. »Vor zwei Jahren. Mussten sie loswerden, ihr zweiter Vorname war ›Ärger‹.«

Ich stand jetzt vor der großen Schüssel mit dem Kaviar. Dem Kaviar, den ich seinerzeit nicht bekommen hatte, weil ich nicht in von Stroheims Film besetzt worden war. Ich hatte noch nie welchen gegessen.

Alle hatten sich davon genommen, und keiner hatte es bei einer kleinen Portion belassen.

Ich ließ ihn aus und ging weiter. Ich nahm mir Truthahn und Lachs. Ich wollte nur ein mäßig korrumpierter Scheißkerl sein.

Die Männer setzten sich an einen großen, gedeckten Tisch und ich setzte mich in die Lücke, die sie mir gelassen hatten. Direkt neben Fritz.

Fritz hob sein Glas. Die anderen taten es ihm gleich.

»Auf Virginia Rappe!«

»Auf die Toten«, rief Ralph. Wir alle prosteten einander zu. Dann tranken wir alle auf einen Schlag aus. Die anderen warfen die Gläser hinter sich an die Wand, und ich mit etwas Verzögerung meines hinterher. Sie zerschellten klirrend auf dem goldenen Damast.

Alle begannen zu essen. Blicke flogen hin und her.

»Wer fängt an?«, fragte Peter.

»Jeder erzählt ein Geheimnis«, raunte Fritz mir zu.

Jason stand feierlich auf und alle sahen ihn an.

»Mary Pickford kann keine Kinder bekommen, weil ihr erster Ehemann sie verprügelt hat«, sagte er. Die anderen bedachten es und nickten anerkennend. Dann fuhr er fort: »Seit wir uns das letzte Mal getroffen haben, habe ich mit folgenden Stars geschlafen«, sagte Jason auf, als sei der Satz ein festgelegtes Ritual. Er langte in einen Ständer mit Zahnstochern und griff sich drei. »Theda Bara. Edna Purviance. Barbara La Marr.« Er legte die drei Hölzchen in die Mitte des Tisches. Die anderen sahen darauf und nickten wieder anerkennend.

Torvald stand auf. Er nahm sich keinen Zahnstocher.

»Etwas über Harold Lloyd, das nicht so komisch ist wie seine Filme. Er hat bei einem Dynamit-Unfall Daumen und Finger seiner rechten Hand verloren und schwere Verbrennungen erlitten«, sagte er. »Wir haben es vertuscht – er war nicht ein Jahr lang im Urlaub, um Kraft für sein neues Projekt zu schöpfen. Er wurde mehrfach operiert, sie haben sein Augenlicht nur mit Mühe retten können, und er trägt jetzt stets eine Prothese mit einem Handschuh darüber, macht aber trotzdem seine Stunts alle selbst.«

Niemand reagierte. Alle starrten vor sich hin. Torvald setzte sich wieder. Er war kein Showman, der seine Sensationen verkaufen konnte, aber darauf kam es ihm auch nicht an.

Peter erhob sich. Er griff in den Ständer und holte eine ganze Handvoll Zahnstocher heraus. Die anderen guckten überrascht. Peter grinste und begann, vorzuzählen: »Mabel Normand. Theda Bara. Lillian Gish. Dorothy Gish. Lillian Gish. Beide Gishs. Babette Fielding. Mabel Normand. Mary Miles Minter. Mabel Normand.« Es war wie ein Gedicht. Er warf die Hölzer in die Mitte. Die anderen lachten und applaudierten.

Ralph erhob sich und nahm mit großer Geste langsam einen Stocher aus dem Glas. Dann legte er ihn feierlich in die Mitte.

»Gloria Swanson.«

Lachen, Pfeifen und Applaus folgten.

Jetzt verstand ich es. Alle hier taten so, als gäbe es einen Ehrenkodex unter ihnen und als ginge es um die schonungslose Wahrheit. Dabei war es nur ein Club zum Angeben und Belauern und Manipulieren.

Fritz war an der Reihe. Er erhob sich und streckte die Hand aus – dann zog er sie zurück. »Ich schlafe nur mit meiner Sekretärin«, sagte er. Sein schuldbewusster Blick traf mich.

»Abgesehen davon bin ich glücklich verheiratet«, sagte er und verschränkte die Arme.

»Sind wir das nicht alle?«, rief Peter. Alle lachten laut.

»Erzähl uns was über Fatty, verdammt«, sagte Ralph. Die anderen verstummten.

Fritz stand immer noch. Er hatte sich seinen Coup bis jetzt aufgehoben.

»Fatty kommt nächste Woche auf Kaution raus. Wir haben keine Abmachung mit dem Gericht und ich weiß nicht, was sie beschließen werden. Aber sie werden ihn auf jeden Fall rauslassen. Und er kommt zurück nach Hollywood.«

Fritz setzte sich wieder.

Ich war der Nächste. Alle Sicherheitschefs sahen mich erwartungsvoll an. Ich blickte in die Runde und beschloss, Fritz anzugreifen. Ich nahm mir drei Zahnstocher und hob den ersten hoch. In Peters Augen stand bereits ein gespanntes Grinsen, komplizenhafte Erwartung meiner sexuellen Enthüllungen.

»Stanley Vandeweghe.« Ich hob die anderen hoch. »Keith Jansen. Byron Hamilton.« Ich sah Fritz an. Um sein rechtes Auge zuckte es nervös. Ich legte die drei Zahnstocher vor ihn.

»Was soll das?«, fragte Jason.

»Ist er schwul?«, fragte Colin irritiert. Ich beachtete sie nicht.

»Byron Hamilton macht bei uns das Casting ...«, sagte Fritz fragend. Er sah mich sehr alarmiert an.

»Ist das alles, was dir dazu einfällt? Na komm schon«, sagte ich zu Fritz.

»Ich weiß nicht, was du meinst.«

»Das ist doch noch lange nicht alles, was er für euch macht.«

»Da bist du offenbar auf dem ganz falschen Dampfer, Hardy.«

»Du hast das Spiel nicht verstanden«, sagte Ralph zu mir.

»Doch. Ich glaube schon«, sagte ich mit Blick auf Fritz. »Es geht doch darum, wer mich aufs Kreuz legen will? Oder?« Er schüttelte leise tadelnd den Kopf. »Ein wahrhaft gefährlicher Mann. Ein echter Killer, und sogar mit der *Medal of Honor*!«

Fritz stand auf und ging zu dem Couchtisch mit dem blauen Teller. Er beugte sich tief darüber und schniefte Koks direkt, ohne Röhrchen, in sein Nasenloch. Eine unangenehme Pause entstand.

»Und wer hat alles mit Virginia Rappe geschlafen, egal wann?«, rief Colin plötzlich mitten hinein.

Fast alle Hände gingen hoch. Nur Ralph und ich enthielten uns. Selbst Torvald hatte sich gemeldet. Und Fritz Roth. Ich sah ihn böse an.

»Das ist schon länger her«, sagte er halblaut zu mir. »Damals war ich noch Assistent.«

»Du auch?«, sagte Peter zu Colin und lachte. »Wirklich? Das glaube ich jetzt nicht.«

»Machen wir doch eine Séance«, sagte Jason plötzlich. »Lassen wir es uns doch von Virginia selbst sagen. Auch, was wirklich in Frisco passiert ist. An diesem Tisch hier wird sie uns alles verraten, von drüben aus dem Jenseits!«

Die Kellner räumten auf Ralphs Wink die Teller ab und nahmen das goldene Tischtuch weg. Die Platte darunter war nicht golden. Sie war aus ganz normalem poliertem dunklem Wurzelholz. Ralph stellte sein halb volles Whiskyglas darauf ab. Wir alle setzten uns nun wieder rund um den Tisch.

Aufgeregt redeten sie durcheinander.

»Erinnert ihr euch noch an Olives Geheimnisse damals?«

»Wir können den ganzen Skandal klären«, sagte Ralph zu Fritz. »Die Wahrheit erfahren. Vielleicht entkommt dein Mann so doch noch seinem Prozess?«

»Oder wird erst so richtig reingeritten!«, sagte Colin.

»Fasst euch schön an den Händen, Kinder«, sagte Peter. Wir taten es. Ich gab Fritz Roth meine Rechte und Torvald meine Linke. Fritz' Hand fühlte sich an wie ein sehr nasser Waschlappen.

»Licht aus«, sagte Jason in Richtung der Kellner. Einer ging zum Schalter neben dem Eingang und es wurde auf einen Schlag dunkel.

Keine angenehme Sache für jemanden, der einmal blind gewesen ist. Ganz abgesehen davon, wie hier über die Tote gesprochen wurde. Ich hatte Mühe, ruhig sitzen zu bleiben.

Weit entfernt kam ein schwacher Lichtschein unter einer Tür hindurch und zeichnete einen schwebenden Strich in das Schwarz.

»Virginia«, rief Jason. »Wenn du hier bist, dann gib dich uns zu erkennen!«

Alle warteten mit angehaltenem Atem. Fritz' Hand in meiner zuckte plötzlich.

Ich hörte das Kratzen von Glas auf Holz. Meine Nackenhaare stellten sich auf. Ich hielt die Hände meiner Nebenmänner, so fest ich konnte. Plötzlich klopfte es laut. Ich hätte nicht einmal sagen können, woher das Klopfen kam. Ich zuckte zusammen und die anderen auch.

»Virginia, bist du hier?«, rief Jason.

»Dann klopfe bitte noch einmal!«, sagte Ralph.

Wir starrten gebannt in die Dunkelheit. Ein erneutes Klopfen ertönte. Ich entließ meinen Atem in einem Stoß. Fritz' Hand hörte nicht auf zu zittern. Das Glas kratzte wieder über das Holz.

»Niemand unterbricht die Kette!«, rief Jason. »Wenn doch, sofort melden!«

»Virginia, hat Fatty Arbuckle dich vergewaltigt?«, rief ich.

Fritz neben mir stöhnte auf. Eine gespannte Pause folgte.

Dann folgte ein lauter Schlag gegen Holz.

Und gleich darauf noch einer.

»Verdammt, wer ist das?«, fragte ich.

»Was heißt das?«, flüsterte Torvald.

»Zwei Mal heißt ›Nein‹«, sagte Ralph.

»Virginia«, rief Fritz Roth, »war es jemand anderes, der dich umgebracht hat? Klopfe einmal für ›Ja‹!«

Gespannte Stille folgte. Plötzlich presste Fritz meine Hand heftig zusammen. Ich presste zurück. Ich hatte keine Ahnung, was das sollte. Um mich begann sich alles zu drehen. Es war, als würde die Schwärze sich auf mich stürzen.

Das Glas war wieder zu hören, doch diesmal leise; nicht kratzend, eher hörte es sich so an, als wische es leicht über den Tisch. Es schien sich schneller zu bewegen, auf uns zu, dann von uns weg, wurde lauter, dann leiser, dann wieder lauter. Plötzlich fiel das Glas zu Boden und zersplitterte mit einem hässlichen lauten Klirren an dem Stuhlbein direkt zwischen mir und Fritz. Ich ließ instinktiv Fritz' Hand los.

»Licht an!«, schrien alle. Es dauerte ein paar Momente, dann wurde es hell. Ich war zunächst vollkommen geblendet. Ich blinzelte, und als ich mich wieder an das Licht gewöhnt hatte, sah ich die anderen um den Tisch sitzen, und dann blickte ich hinunter zu dem zerbrochenen Glas direkt zu unseren Füßen.

»Nun werden wir es nie erfahren«, sagte Jason.

»Offenbar hatte sie etwas dagegen«, sagte Fritz und sah mich sauer an.

»Hat irgendwer die Hand seines Nachbarn losgelassen?«, fragte Ralph und sah streng in die Runde. Alle schüttelten den Kopf.

»Nein.« – »Nein.«

»Wie hat das Glas sich dann bewegt?«, fragte Colin.

»Das war sie selbst. Sie war hier, aber unsere Fragen haben ihr nicht gefallen«, sagte Peter.

»Mir reicht es«, sagte Fritz Roth und stand unvermittelt auf. »Ich habe heute keine Lust auf diesen Mist. Es geht hier um ein Leben, verdammt noch mal. Um eine Existenz, die exemplarisch ist für ganz Hollywood.«

»Niemand kann sie wieder lebendig machen«, wandte Peter ein.

»Ich meine Arbuckle, ihr Arschlöcher!«, schrie Fritz. »Wenn er untergeht, dann geht ihr auch mit unter! Versteht ihr das nicht? Es geht doch gar nicht mehr um Schuld oder Unschuld. Das ist ein Skandal zu viel. Was Chaplin mit seinen minderjährigen Nymphen macht oder Sennett mit den Badeschönheiten und der Castingcouch, was Olive Thomas passiert ist oder den echten Selbstmördern, es wird allmählich einfach zu viel. Vielleicht ist es ganz gut, wenn dieses Sündenbabel verschwindet. Es ekelt mich an. *Ihr* ekelt mich an.« Er wütete jetzt richtiggehend. »Wisst ihr was? Im Grunde haben die Puritaner da draußen mit ihrem Protest recht. Es muss sich alles ändern in dieser Stadt, alles!«

»Ein Zensor, meinst du? Wirklich?«, fragte Ralph.

»Nicht, wenn mein Boss es verhindern kann. Und er *kann*!«, sagte Jason.

»Am besten brennt man diese Stadt ab und überlässt sie wieder den Kojoten!« Fritz Roth warf seine Serviette hin und stürmte zur Tür hinaus. Ein Kellner riss sie ihm gerade noch rechtzeitig auf und schloss sie gleich hinter ihm.

Zurück blieb betretene Stille. Ich sah wieder zu dem zerbrochenen Glas auf dem goldenen Teppich.

»Kein Wunder, dass er so angespannt ist«, sagte Ralph. »Das wäre ein Himmelfahrtskommando für jeden von uns. Du kannst jederzeit gefeuert werden, ohne dass du das Geringste falsch gemacht hast. Und das Schlimmste ist, er kann seinen Star nicht mehr retten. Fattys Karriere ist dahin.«

»Das glaube ich nicht. Er bekommt einen fairen Prozess«, sagte Peter.

»Ich wette tausend Dollar, dass er ruiniert ist«, sagte Ralph.

Peter maß ihn mit einem Blick. Die anderen beobachteten sie.

»Ich wette tausend Dollar, dass er freigesprochen wird.«

»Darum geht es nicht. Es geht darum, was *Famous Players* machen wird.«

»Weiß irgendwer, was Zukor vorhat?«, fragte Colin.

»Das weiß selbst Fritz offenbar nicht«, sagte Ralph. »Für mich hat er so geredet, als sei Fatty schuldig.«

»Ich wette auch, dass er freigesprochen wird.« Jason stand auf. Wir sahen zu ihm. »Die lassen Fatty doch nicht hängen. Irgendwer wird sich finden, der sich bezahlen lässt. Schreib meine Tausend auf.«

Ralph holte eine goldene Stoffserviette und kritzelte mit einem Füllfederhalter darauf.

»Ruiniert«, insistierte er. »Die Schlagzeilen überlebt er nicht. Und er ist der perfekte Prügelknabe.«

»Freigesprochen«, sagte Torvald.

»Freigesprochen, aber trotzdem ruiniert«, sagte Colin. Er wirkte jetzt gar nicht mehr ungeschickt, sondern sehr klar und vernünftig.

Alle sahen mich an. Den Mann von der *Universal*, Virginias Studio.

»Ich glaube, es wird furchtbar böse ausgehen«, sagte ich. »Aber Hollywood wird am Ende daraus trotzdem stärker und strahlender hervorgehen, auf wundersame Weise.«

»Darauf kann man nicht wetten«, sagte Ralph und sah mich abschätzig an. Es war ein ähnlicher Blick wie der des Portiers, bevor ich ihm das Codewort gesagt hatte.

Auch die anderen sahen mich plötzlich befremdet an. Mir war es egal.

»Was soll's«, rief Peter und stand auf. »Wir sind hier, um uns zu amüsieren. Wir sind die verdammten Könige von Hollywood. Schickt die Mädchen rein!«

Er nickte einem der Kellner zu und dieser öffnete eine Tapetentür auf der gegenüberliegenden Seite des Raumes, und schon strömten ungefähr zwanzig Frauen herein.

Sie trugen nicht viel mehr am Leib als die babylonischen Tempeltänzerinnen bei Griffith, und eine war schöner als die andere. Vermutlich waren es Starlets und Statistinnen. Offensichtlich handverlesen.

Manche Frauen stürzten sich auf den Kaviar, manche auf das Koks, manche gleich auf die Männer. Ein großes Durcheinander entstand. Ich goss mir selbst einen neuen Whisky ein und wies den Kellner ab, der mir helfen wollte. Meine Kollegen kümmerten sich nur noch um die Frauen.

Eine von ihnen taumelte gegen mich. Sie hatte offensichtlich schon einiges getrunken und vielleicht auch bereits von dem Spaßpulver gekostet. Ihr nacktes festes Fleisch streifte mich, und sie drehte sich um und sah mich von unten herauf an.

Sie hatte dunkle Haare und einen blassen Teint. Sie sah aus wie eine Göttin und gleichzeitig ungeheuer krank.

»Für welches Studio arbeitest du?«, fragte sie und drückte sich an mich. »Kannst du mich in einen Film reinbringen?«

»Nein«, sagte ich böse, »ich kann nur welche erfinden, die es gar nicht gibt.«

Sie wandte sich ab und ging weiter zu dem Teller mit dem Koks.

Torvald kam zu mir: An seinen Armen hingen links und rechts Frauen, die ihn von der Seite anhimmelten. »Du darfst das alles nicht so ernst nehmen«, sagte er. »Genieß es einfach.«

»Ich passe«, sagte ich. Ich hielt ihn für einen Moment auf.

»Bei Harold Lloyd, wer hat da die Operationen durchgeführt?«

Er überlegte nur kurz. »Dr. O'Hara«, sagte er.

Dann zogen ihn die Frauen weg. Die junge Göttin taumelte hinter ihnen her.

39

Einige Tage später kam der Vormittag, an dem Uncle Carl bei Pepper anrufen und mich zu sich bestellen ließ. Er habe mit mir zu reden.

Als ich ihn zwei- oder dreimal auf dem *Universal*-Gelände getroffen hatte, das er häufig und unvorhersehbar durchmaß, hatte er mich stets hellwach gefragt, ob ich Fortschritte mache. Ich hatte es bejaht, aber hinzugefügt, ich hätte noch keine abschließenden Erkenntnisse, werde es ihn aber wissen lassen, falls sich das änderte. Er hatte mir daraufhin immer wieder Eier geschenkt, die ich, wie beim ersten Mal, an meinen Vermieter Mr Soerensen weitergegeben hatte.

Mr Laemmle behielt mich im Blick, so wie auch ich meine Verdächtigen im Blick behielt, und er schien ansonsten sehr beschäftigt zu sein. Mit dem Studio, mit Thalberg, mit von Stroheims Film und mit den Vorbereitungen für die Komödie mit der größten Sahnetortenschlacht der Filmgeschichte.

Ich glaubte tatsächlich erst, es sei wegen der Sahnetorten, denn Mr Bernstein hatte die Lieferung der fünfzehnhundert bis zu diesem Tag zugesagt und kurz zuvor hatte mir seine Tochter gemeldet – am Telefon, und sie kaute etwas dabei –, dass sie die letzten zweihundert heute Vormittag zu uns herüberfahren würden.

Es war kurz vor der Mittagszeit, und ich erwartete, vielleicht wieder zum Essen eingeladen zu werden, das Uncle Carl regelmäßig mit zahllosen Verwandten einnahm.

Diesmal jedoch sollte ich in sein Büro kommen. Ich war noch nie dort gewesen und musste mir von Pepper den Weg beschreiben lassen, hinüber in den anderen Flügel, ins Erdgeschoss.

Im Vorzimmer begrüßte mich wieder eine alte Deutsche mit Raubvogelgesicht – eine andere als damals, was mir aber erst danach aufging –, sie meldete mich über eine Sprechanlage an und ließ mich dann in Uncle Carls Büro ein.

Es war ein riesiger Raum mit einem Holzboden, dessen Fenster fest geschlossen waren. Die Luft war stickig wie in einem Mausoleum, doch dessen Bewohner war höchst lebendig und eilte hinter einem riesigen, überquellenden Schreibtisch aus gebeizter Eiche hervor, um mich zu begrüßen.

»Hallo, Hardy, da sind Sie ja!«

Über seinem Schreibtisch hing an der Wand in einem Rahmen der Wahlspruch *It can be done* und darunter tatsächlich dessen Urheber: *Carl Laemmle*. Ich sah staunend auf die anderen Wände, die dicht an dicht mit gerahmten Fotografien behängt waren. Sie zeigten seine Tochter und seinen Sohn in allen möglichen Posen und Altersstufen; außerdem Dutzende Fotos von Familienangehörigen – sie ähnelten einander –, alten und jungen, Vorfahren wie Nachkommen, als ginge es darum, zu beweisen, wie vielköpfig und mächtig die Laemmle-Familie war.

Viele zeigten aber auch Uncle Carl selbst, in seinem Büro, auf dem Hühnerhof, zu Pferde, mit mindestens drei Präsidenten der USA, mit Schauspielern und bei der Eröffnung von *Universal City*, immer lächelnd, immer die rechte Hand in einer Jacketttasche, als sei sie dort festgewachsen; die Hand, die er mir auch jetzt wieder nicht zur Begrüßung reichen wollte.

Eine besonders große Fotografie war zentral aufgehängt, sie zeigte eine dunkelhaarige hübsche Frau in ihren Vierzigern. Er bemerkte, dass ich sie ansah.

»Das ist meine Recha, Gott hab sie selig«, sagte er auf Deutsch. Ich nickte aufmerksam und murmelte etwas Bewunderndes. Er wirkte nun sehr abwesend, in Gedanken bei seiner Frau. Ich wartete und sah derweil auf seinen ausladenden Schreibtisch.

Er war noch dichter mit Blättern und Zetteln und Papierstapeln bedeckt als die Wand mit Fotografien.

Er schwieg immer noch.

Ich redete von den Sahnetorten, die wie versprochen nun vollständig eingetroffen seien, und hoffentlich sei Uncle Carl zufrieden und ob er selbst einmal einen Wurf gemacht habe oder zumindest sein Sohn. Und wann die Dreharbeiten beginnen würden.

Er wandte sich jetzt zu mir und ging rasch darüber hinweg. »Den Film habe ich hintenangestellt, Hardy«, sagte er. »Es ist gerade doch keine Zeit für Komödien. Die Torten verfüttern wir an die Hühner.«

Er wies unbestimmt in Richtung der geschlossenen Fenster, hinter denen der Garten lag.

»Übrigens, *Die keusche Nonne* – sagt Ihnen das etwas?«, fragte er plötzlich.

»Ach so«, sagte ich verlegen. »Nun ja, das war ...«

»Wir drehen den Film gerade!«, brach es enthusiastisch aus ihm hervor. »*The Chaste Nun*! Nachdem Mr Vandenberg mich neulich darauf angesprochen hat, habe ich sofort einen Drehbuchautor eine Geschichte entwerfen lassen. Sie handelt von einer Nonne, die in Not geratenen Frauen hilft, weil sie selbst einmal in dieser Situation war. Theodora Young spielt die Hauptrolle, man hat sie bisher noch viel zu selten gesehen!«

Er sah mich mit einem breiten, begeisterten Lächeln an.

»Wie interessant«, war alles, was ich sagen konnte.

»Eine exquisite Idee, genau das Richtige für diese Epoche! Es wird ein großer Erfolg werden«, sagte er.

Dann wandte er sich um und zeigte auf die Morgenzeitungen, die auf seinem Schreibtisch ausgebreitet lagen. »Haben Sie die schon gelesen?«

»Ja, Uncle Carl, selbstverständlich, das habe ich.«

Darin stand, dass Fatty Arbuckles Anhörung in San Francisco zu Ende gegangen war. Die Mordanklage der Staatsanwaltschaft wurde nicht zugelassen, doch es würde zum Prozess gegen ihn kommen, hatte der Richter beschlossen, in einigen Wochen, wegen Verdachts auf Totschlag und Vergewaltigung von Virginia Rappe. Und der Anwalt von *Famous Players* hatte erreicht, dass Fatty gegen Zahlung einer Kaution von 5000 Dollar freigelassen wurde. Zum ersten Mal seit achtzehn Tagen hatte er gestern das Gefängnis wieder verlassen können.

Das Telefon auf Laemmles Schreibtisch klingelte. Er ging hin und hob ab.

»Ja?«, war alles, was er sagte. Er lauschte und dann hängte er sofort ein.

»Kommen Sie, Hardy«, sagte Uncle Carl. »Ich höre gerade, dass es in Kürze so weit ist. Und Sie können mir unterwegs von Ihren Fortschritten berichten.«

Er nahm seinen Hut und Stock und stürmte aus dem Büro. Ich folgte ihm verdattert.

»Was wird so weit sein?«, fragte ich seinen Rücken. Uncle Carl antwortete nicht.

Wir gingen hinaus auf den Vorplatz, Uncle Carl voran, und dort wartete die große Limousine, mit Igor als Chauffeur, der uns die Tür zum Fond aufhielt. Auf Uncle Carls Wink hin stieg ich als Erster ein, und dort saß zu meiner Überraschung bereits Mr Thalberg und grüßte mit einem knappen Kopfnicken. Ich setzte mich neben ihn. Hinter mir stieg Uncle Carl ein, sodass ich in ihrer Mitte saß.

Die Limousine fuhr sofort los, so schnell, dass wir in unsere Sitze hineingedrückt wurden, und in rasender Fahrt ging es zum Southern Pacific Depot.

Man erwartete in Kürze den Zug aus San Francisco. Man erwartete, wie Fritz Roth es angekündigt hatte, die Ankunft von Roscoe Arbuckle in Hollywood.

Zunächst sahen wir nur Hüte. Ein unübersehbares Meer von Hüten. Männerhüte in Grau und Schwarz und Braun und zahlreiche Strohhüte; viele mit einem weißen Zettel *Presse* im Hutband und zahlreiche viel größere und buntere Hüte von Frauen. Eine riesige Menschenmenge drängte sich vor dem Eingang des Bahnhofsgebäudes. Polizisten in schwarzen Uniformen mit weißen Mützen versuchten sie von der Fahrbahn der Central Avenue zu drängen, Autos fuhren hupend um sie herum, Straßenbahnen stoppten und ließen ihre Glocke schrillen, bis sie weiterfahren konnten. Fotoreporter standen bereit. Alle standen und warteten, mit dem Rücken zu uns.

Uncle Carl ließ die Limousine auf der anderen Straßenseite halten. Wir stiegen nicht aus. Sie wollten das Ganze nur beobachten. Und er wandte sich jetzt mir zu.

»Nun denn, wie ist Ihr Stand heute, Hardy? Ist er schuldig?«, sagte Uncle Carl lächelnd und sah an mir vorbei zu der Menge.

»Das werden die Juristen beurteilen müssen, Uncle Carl«, sagte ich. »Wir alle wissen doch, dass die Fakten das eine sind und was das Gericht daraus macht, etwas ganz anderes.«

»Uns geht es nur um die Fakten. Wie weit sind Sie mit Ihren Ermittlungen?«, sagte Mr Thalberg.

Igor sah in den Rückspiegel und beobachtete mich ausdruckslos. Ich versuchte, ihn, so gut es ging, zu ignorieren.

»Alles, was ich in diesem Moment habe, sind Ansätze von Indizien und darauf basierende vorläufige Schlussfolgerungen«, sagte ich.

»Erzählen Sie mir davon, jedes Detail, Hardy. Beginnen Sie ganz am Anfang, als Sie zum ersten Mal damit zu tun bekommen haben.« Uncle Carl sah mich an, als gebe es nur mich auf der ganzen weiten Welt.

Genau das hatte ich befürchtet. »Hat Mr Thalberg Ihnen das nicht schon berichtet?«, fragte ich und sah diesen an.

»Nur in groben Zügen«, sagte Mr Thalberg, mit einer Pause davor und einer dahinter.

»Ich will Ihre Schritte und Überlegungen nachvollziehen können«, sagte Laemmle so freundlich, dass es einem regelrecht Angst machte.

Uncle Carl wollte, dass ich die Karten offen auf den Tisch

legte, und Mr Thalberg wollte, dass ich manche davon verdeckte. Also los.

»Gerne, wenn Sie das wünschen«, setzte ich an. »Also, ich wurde Anfang September engagiert, um Virginia Rappe zu suchen, denn sie war verschwunden.«

»Von meiner damaligen Sekretärin, Pepper Murphy«, sagte Mr Thalberg einfach und nickte mir zu. Ich fuhr fort:

»Ich habe mich also umgehört und kam zu *Famous Players*, wo Miss Rappe kurz zuvor einen Castingtermin gehabt hatte. Ich weiß nicht, ob sie den ausgemacht hatte, bevor sie von der *Universal* verpflichtet wurde ...«

Laemmle grinste breit und vergebend: »Schauspielerinnen ... Die wollen einfach jede Rolle haben. Die wenigsten kümmern sich um ihre Verträge, leider!«

»Wann wurde sie denn überhaupt von Ihnen verpflichtet?«, fragte ich und sah zwischen Mr Thalberg und Mr Laemmle hin und her.

Mr Laemmle lächelte einfach weiter. Nur Mr Thalberg antwortete:

»Nicht lange vor ihrem Verschwinden, deswegen ist es ja so tragisch.«

»Mitte August? Oder erst später?«

»Das müsste ich nachsehen«, sagte er und schlüpfte mir davon wie ein Fisch in einem Bergbach.

Mr Laemmle sah mich weiter an. Am wahrscheinlichsten war, dass Thalberg sie ohne sein Wissen zur *Universal*-Schauspielerin gemacht hatte. Mir blieb nichts anders übrig, als fortzufahren.

»Jedenfalls, jemand dort hatte sie sagen hören, dass sie nach San Francisco fahren wollte. Ein alter Freund bei *Famous Players* hat mir seinen Wagen gegeben und den Auftrag, etwas zu Fatty Arbuckle zu bringen, der dort eine *Labor-Day*-Party feierte. Er ist der Sicherheitschef.«

»Fritz Roth?«, fragte Thalberg.

»Ja.«

Uncle Carl nickte vor sich hin.

»Ich habe bisher nur von ihm gehört. Ein Landsmann, nicht wahr? Was hat er Ihnen mitgegeben?«

»Es war ein Kilo Kokain«, gab ich zu. »Ich bin nicht stolz darauf, aber …«

So koboldhaft und nicht von dieser Welt er auch wirkte, hielt sich Uncle Carl doch nicht lange mit Erstaunen darüber auf.

»Sie haben es mitgenommen und ihm übergeben?«

»Fatty persönlich?«, fragte Mr Thalberg und beugte sich vor. Es war ein Detail, das auch er noch nicht gekannt hatte, hieß das.

»Ja. Er hat es in meiner Gegenwart konsumiert. Auf derselben Party, noch vor der Übergabe, traf ich zu meiner Überraschung auch Virginia. Sie war vollkommen nackt und weggetreten.«

Uncle Carls Lächeln drückte jetzt leise Enttäuschung aus. Oder vielleicht auch weise Einsicht in die menschlichen Schwächen. »Also war sie doch nicht so ordentlich und unverdorben, wie man überall lesen kann?«

»Wenn sie Alkohol getrunken hat, hat der wohl etwas Besonderes mit ihr getan«, sagte ich. Mr Thalbergs Ausdruck war so leer wie ein jungfräuliches Blatt Papier. »Offenbar war Fatty kurz zuvor mit ihr alleine gewesen. Sie murmelte etwas davon, Schmerzen zu haben, aber sie wirkte eigentlich nicht so. Fatty ließ ihr ein Zimmer zuweisen und einen Arzt holen, und dann ging die Party weiter.«

»Er hat sich um sie gekümmert?«

»Eher oberflächlich. Er hat dafür gesorgt, dass sich jemand der Sache annahm. Er selbst verließ die Party kurz darauf. Und am nächsten Tag fuhr er mit dem Schiff nach Los Angeles zurück.«

»Was haben Sie zu diesem Zeitpunkt vermutet? Dass er für ihren Zustand verantwortlich war?«, fragte Uncle Carl.

In diesem Augenblick erklang drüben vor dem Bahnhof ein großer Lärm. Es war, als stöhnte die Menge auf. Offenbar war Fatty eben eingetroffen. Aber er war für uns noch nicht zu sehen.

»Ich wusste nicht genau, was ich denken sollte«, sagte ich. »Er hat auf mich eher unsympathisch gewirkt, wenn ich ehrlich bin, aber das ist ja kein taugliches Kriterium. Was er für sie getan hatte, könnte genauso gut die großzügige Geste eines Außenstehenden gewesen sein wie der Versuch eines Beteiligten, sein Tun zu kaschieren.«

»Sie sind noch länger dort geblieben?« Mr Thalberg übernahm jetzt wieder.

»Ich habe meine Auftraggeberin angerufen und dann gewartet, bis sie nach San Francisco gekommen ist.«

»Um Virginia abzuholen?«, fragte Uncle Carl.

Einige der Wartenden schoben nach vorn, und die Masse wogte wie ein Ozean ungleichmäßig vor und zurück. Weit hinten, im Inneren, zuckten jetzt immer wieder grelle Blitzlichter auf.

»Ursprünglich schon, aber ich hatte ihr gesagt, dass sie mir nicht transportfähig erscheine. Am nächsten Tag habe ich noch einmal nach Virginia gesehen, ein Arzt war bei ihr und hatte ihr einen Katheter gelegt.«

»Es war also klar, dass sie Probleme mit der Blase hatte? Das kam ja im Prozess zur Sprache«, sagte Uncle Carl.

»Offenbar. Ich habe darauf gedrängt, sie in einer Klinik untersuchen zu lassen, aber musste vorsichtig vorgehen. Ich war schließlich mit einem Auftrag von *Famous Players* dort, der nicht öffentlich werden sollte.«

»Genau genommen hatten Sie sogar zwei Auftraggeber, wenn ich das richtig sehe«, sagte Mr Thalberg, »mit unterschiedlichen Interessen.«

»So könnte man es sagen. Aber das konnte ich ja nicht wissen, als ich die einzelnen Aufträge annahm. Jedenfalls ist der Hoteldetektiv gekommen, und ich bin dann weggegangen, bevor er weitere Fragen stellen konnte. Ich habe Virginia ihm, dem Arzt und einer Freundin überlassen, die stets dabei war – Maude Delmont.« Ich wollte sie wenigstens erwähnt haben. Und es war ein Angebot, das Mr Thalberg annehmen konnte oder auch nicht.

»Das war alles?«, fragte Mr Thalberg.

»Das war das letzte Mal, dass ich Virginia Rappe gesehen habe. Das zweite und das letzte Mal.«

»Aber die Staatsanwaltschaft weiß nicht, dass Sie jemals dort waren? Niemand hat Sie als Zeugen angefordert?«

»Nein. Sie haben wohl alle geschwiegen. Fatty und *Famous Players* hatten ja keinerlei Anlass, mich und meine Lieferung zu erwähnen.«

»Was haben Sie dann gemacht?«, fragte Laemmle. Er hatte den Kopf in den Nacken gelegt und hielt die Augen geschlossen, als versuchte er, sich das alles bildlich vorzustellen.

Ich zögerte für einen Moment. »Ich … ich habe mich mit meiner Auftraggeberin getroffen und ihr davon erzählt. Wir waren beide der Meinung, dass wir im Moment nicht viel machen konnten.«

Drüben brandete wieder Jubel auf und gleichzeitig hörte man laute Schreie der Abscheu, die sich darunter mischten. Die *Vereinigung für die Rechte der Frauen von Los Angeles* war da, mit denselben Schildern wie auf der Beerdigung, doch sie waren von Polizeibeamten ganz an den Rand der Menge gedrängt worden, von wo aus sie ihre Protestrufe losließen. Wir sahen Menschen, die auf Leitern stiegen, um einen besseren Überblick zu haben. Wir sahen noch immer nichts.

Thalbergs Gesicht war eine weiße Maske. Laemmle machte keinerlei Anstalten, auszusteigen oder unser Gespräch zu beenden. Er sah an mir vorbei hinüber und redete weiter.

»Ihr Auftrag war ja erledigt. Oder schien es zu sein.«

»Ich weiß, wie das aussieht. Aber es war genau so. Wir haben uns nicht weiter um sie gekümmert, weil die Sache in anderen Händen gelegen hat«, sagte ich und bemühte mich, es nicht ausdrücklich zu Mr Thalberg hin zu sprechen. »Einige Zeit später bekam ich einen Anruf von dem Arzt, der bei Virginia gewesen war. Ich hatte ihm Geld gegeben und er fühlte sich mir wohl verpflichtet. Er sagte mir, dass Virginia Rappe ins Krankenhaus gekommen und dort gestorben sei. Eine Obduktion sei gerade im Gange. Ich bin sofort hingefahren.«

»Eine Obduktion? Um was zu erreichen?«, fragte Mr Thalberg, als höre er davon zum ersten Mal.

»Offenbar, um die Todesursache zu vertuschen. Ich kann nur spekulieren, da ich den Auftraggeber und seine Absicht nicht kenne, immer noch nicht.«

»Aber die Todesursache wurde doch in der Anhörung genannt. Es war ein Blasenriss«, sagte Uncle Carl.

»Aber verursacht wodurch oder durch wen? Das ist die entscheidende Frage.«

»Warum haben Sie die Ärzte nicht befragt? Danach, wer sie beauftragt hat?« Thalberg sah dabei aus dem Fenster, wie abwesend.

»Als ich sie getroffen habe, kam ein Reporter dazu, und vor ihm konnte ich nicht reden. Er übernahm, und letztlich hat er auch den Skandal ausgelöst.«

Dass nur meine Anwesenheit und mein Eingreifen die Ärzte so lange aufgehalten hatte, bis der Reporter dazukam, ließ ich lieber weg. Ebenso die Sache mit den Organen.

»Warum sind Sie überhaupt hingefahren und haben sich umgesehen?«, fragte Thalberg. Seine Stimme war so leise, dass man ihn kaum verstand. Er wirkte dadurch besonders gefährlich.

»Ich fühlte mich verantwortlich. Verpflichtet. Jemand war gestorben, jemand, den ich beauftragt worden war zu suchen und den ich soeben erst gefunden hatte. Ich war schockiert und konnte mir den Grund nicht erklären. Also bin ich losgegangen, auf eigene Faust.«

»Das ist sehr löblich, Hardy, wirklich sehr löblich«, sagte Uncle Carl.

Ich sah auf Igors Hinterkopf.

»Sie haben also nicht erfahren, wer hinter der Vertuschung gesteckt hat? Oder wer sie in diese Klinik gebracht hat?«, fragte Mr Thalberg.

»Nein.«

»Könnte es *Famous Players* gewesen sein?«, fragte Uncle Carl.

»Ich dachte das zu diesem Zeitpunkt. Sie hatten am ehesten einen Grund, dafür zu sorgen. Sofern Fatty Fritz Roth oder wen auch immer über die Probleme auf der Party informiert hatte. Vielleicht gab es auch eine andere Vorgeschichte.«

Eine Limousine fuhr drüben vor und schob sich langsam in die Menge, die auf den Bürgersteig zurückwich. Gleichzeitig kam von der anderen Seite Bewegung auf. Menschen drängten langsam aus dem Eingang. Die anderen sahen alle zur Mitte. Arbuckle kam heraus, sein dicker Kopf alles überragend das Zentrum der Aufmerksamkeit. Wir sahen hinüber.

»Was für eine andere Vorgeschichte?«, fragte Uncle Carl.

»Vielleicht haben sie schon vorher etwas miteinander gehabt, hier in Hollywood, habe ich mir überlegt. Aber das ist reine Spekulation«, sagte ich zu Mr Thalberg gewandt.

Fatty drängte jetzt durch die Masse hindurch, links und rechts mühsam abgeschirmt durch Polizeibeamte, die sich untergehakt hatten. Grellweiße zischende Blitzlichter aus an Stäben hochgehaltenen Magnesium-Blitzbeuteln erhellten fortlaufend sein Gesicht und ließen weiße Wolken gen Himmel steigen. Er grinste und grüßte nach allen Seiten. An seinem Arm hing Minta Durfee, seine Immer-noch-Gattin, eine vollschlanke Mittdreißigerin in Hut und Mantel, eine Schauspielerin. Fatty und sie gaben sich fröhlich und schienen die Schmähungen nicht zu bemerken, die sich in den Jubel mischten. Hinter seinem massigen Körper machte ich jetzt Fritz Roth aus. Er sah sich nervös nach allen Seiten um und versuchte ebenfalls zu lächeln. Er wirkte, als sei er sich bewusst, dass auch er auf den Fotos zu sehen sein würde. Und um die ging es ihnen schließlich.

»Fritz Roth, den ich zurück in Hollywood befragt habe, hat alles von sich gewiesen. Er behauptete, erst durch die Zeitungen von Virginia Rappes Tod und den Anschuldigungen gegen Fatty erfahren zu haben. Also lange im Nachhinein.«

»Haben Sie ihm das geglaubt?«

»Zunächst schon.«

»Und auch Sie hatten ihm davon nichts erzählt?«

»Nein. Für mich schien ja erst einmal alles unbedenklich zu sein und Virginias Verletzungen wie etwas, was die Ärzte in den Griff bekommen würden.«

»Was denken Sie denn, wer es sonst noch hätte vertuschen wollen außer ihm?«

»Es hätte auch das Hotel sein können, das *St. Francis*, in dessen Räumen die Party stattgefunden hatte. Oder eine dritte Partei.«

»Was für eine dritte Partei?«, fragte Uncle Carl.

»Keine Ahnung. Es ist nur eine Möglichkeit, die ich nicht ausschließen will. Beweise habe ich keine dafür.«

»An die Ärzte kommt man nicht heran?«, fragte Thalberg.

»Nein. Selbst *Famous Players* nicht. Die Staatsanwaltschaft in San Francisco hält sie unter Verschluss. So wie alle Zeugen des Falles. Sie suchen sich sehr genau aus, wen sie aussagen lassen und wessen Aussage sie weglassen. Die werden längst auf Linie sein, auch die Ärzte, und sich vor Angst in die Hosen machen, entschuldigen Sie den Ausdruck.«

»Aber Sie hat niemand kontaktiert?«, fragte Uncle Carl.

»Nur *Famous Players*«, sagte ich und sah überrascht hoch.

Thalberg, der soeben noch auf seine Hände hinabgesehen hatte, schoss mir plötzlich einen Blick zu.

Buster Keaton sprang vor Fatty und sah zu ihm hoch. Er wies ihm den Weg zu der wartenden Limousine. Fatty winkte mit seinem Hut in der rechten Hand auf und ab und drehte sich einmal im Kreise. Seine Frau drehte sich mit und lächelte stolz und aufmunternd. Fritz Roth beugte sich vor und flüsterte Fatty etwas zu. Fatty stieg auf eine Leiter, die ihm hingestellt worden war. Offensichtlich wollte er etwas zu der Menge sagen. Als er auf der obersten Stufe stand, tat er so, als verliere er den Halt, und ruderte mit den Armen. Dann fing er sich und grinste. Die Menge johlte.

»Igor«, sagte Uncle Carl, »gehen Sie da hin und hören Sie, was er zu sagen hat.«

Igor öffnete sofort die Tür und stiefelte hinüber auf die andere Seite. Er überragte alle anderen, und er schob sie zur Seite wie die Zweige einer Trauerweide, bis er dicht neben Fatty stand.

»Als Sie dann wieder in Los Angeles waren, was geschah dann?«, fragte Uncle Carl, den Blick in die Ferne, auf Fatty gerichtet. Ich sah ebenfalls hinüber, in der leisen Hoffnung, dass mir detaillierte Antworten durch Fattys Rede erspart bleiben würden. Aber wir hörten fast nichts, der Wind wehte durch den Straßenlärm nur leise den hohen Ton seiner Stimme herüber, ohne dass wir die Wörter verstanden. Thalberg betrachtete seine Fingernägel, als wollte er sie gleich in mich schlagen.

»Ich habe den Wagen zu *Famous Players* zurückgebracht, und zu diesem Zeitpunkt war die Sache ja schon öffentlich geworden, also hat Fritz Roth mir aufgeregt Fragen dazu gestellt. Er war ziemlich aufgelöst, auch wenn sie Fatty bereits vernommen hatten und er seine Unschuld beteuert hatte.«

»So hat Fritz Roth Fattys interne Aussage wiedergegeben?«, hakte Thalberg nach.

»Ja. Er habe nicht mit ihr geschlafen, weder auf der Party noch sonst wann. Und dann hat Fritz mich verpflichtet, nun ja …«, ich dachte für einen Moment nach, ob ich den nächsten Schritt tun wollte, »für sie weiter zu ermitteln.«

»In welche Richtung?«

»Ich sollte Belege dafür finden, was für eine Frau Virginia gewesen war. Es war wohl allgemein bekannt, dass sie sich ganz schön durch die Betten geschlafen hat.«

»Ist das also wirklich wahr?«, fragte Uncle Carl sanft und immer noch fast wie ungläubig. Thalberg sagte keinen Ton.

»Ja, sie war kein Kind von Traurigkeit. Ich habe ihren Terminkalender gesehen, den sich *Famous Players* beschafft hatte.«

Für einen Moment war Stille.

»Den von Virginia?«, fragte Thalberg.

»Ja. Sie hat ihn nicht sehr ordentlich geführt, es standen vor allem Termine für Castings oder Anrufe bei ihrem Verlobten in New York darin.«

»Haben Sie den noch?«, fragte Thalberg.

Das machte es mir leicht. »Nein. Ich habe ihn abgegeben. Weil es danach Ärger gab.«

»Standen Namen von Prominenten darin?«, fragte Uncle Carl.

»Nein, keine. Irgendwelche Kürzel hier und da, ich habe daraus auf niemanden schließen können. Interessant war vor allem ein Arzttermin. Direkt vor ihrer Reise nach San Francisco.«

Wenn Thalberg erleichtert war, war es ihm nicht anzumerken.

Drüben lachte die Menge auf und applaudierte. Fatty musste einen Gag gerissen haben. Er hob die Hände und brachte sie wieder zum Schweigen. Dann redete er weiter. Sie hingen offenbar begierig an seinen Lippen. Nur Igor stand da wie in Erz gegossen. Und ein paar Frauen riefen verzweifelt dazwischen, doch die Polizisten hielten sie auf Distanz.

Thalbergs Mund war ein dunkler Strich.

»Was für ein Arzttermin?«, fragte Uncle Carl.

»Bei Dr. Seamus O'Hara. Einem Privatarzt in den Hollywood Hills, der … kennen Sie ihn?« Ich sah Thalberg an.

»Jeder Studioleiter kannte ihn«, sagte Thalberg. »Aber ich hatte aufgehört, mit ihm zu arbeiten. Er war unzuverlässig geworden und zu teuer dazu. Was war mit dem Doktor?«

»Das ist es ja. Was jetzt folgt, ist der interessanteste Ansatzpunkt, den ich habe. Ich bin zu ihm gegangen, um ihn zu befragen. Als ich ankam, sah ich, wie jemand ihn zu Tode spritzte. Mit Heroin.«

Eine Falte erschien auf Laemmles Stirn. Er lächelte natürlich trotzdem weiter.

»Zu Tode? Wer?«

»Ich habe ihn nicht sehen können, nur von hinten. Ich bin hineingegangen, um den Doktor zu retten, doch ich wurde von hinten niedergeschlagen, und als ich wieder zu mir kam, traf eben die Polizei ein. Der Mörder hatte sie benachrichtigt und wollte mich als Sündenbock benutzen.«

»Die Polizei weiß, dass Sie drinhängen?«, fragte Mr Laemmle.

»Ich bin entkommen, ohne dass mich die Polizei erkannt hat.«

»Darüber hat etwas in der Zeitung gestanden«, sagte Mr Thalberg.

»Und ich habe ihre Krankenakte mitnehmen können. Die von Virginia. Es fehlte das letzte Blatt, das über den Besuch bei ihm. Der Mörder muss es mitgenommen haben.«

»Wie schade!«, rief Laemmle aus. Drüben wurde wieder gelacht und applaudiert.

»Gibt die Krankenakte nicht irgendeinen Hinweis?«, fragte Thalberg. Es war ein bisschen, als wäre er in einer Drehbuchbesprechung, und klopfte die Geschichte auf Schwachstellen ab.

»Es wimmelt von Einträgen zu Geschlechtskrankheiten, und das kann natürlich der Grund für ihren Besuch gewesen sein. Der Doktor behandelte aber alles Mögliche, er war ein sehr diskreter Wunderarzt. Ihr Tod kann schlicht und einfach eine natürliche Ursache haben oder durch eine Vorerkrankung zustande gekommen sein, und es wäre dann nicht die Schuld von irgendjemandem.«

»Aber dann hatte der Doktor es vielleicht nicht erkannt oder sie falsch behandelt.« Uncle Carl zog gute Schlüsse, das musste ich sagen. Wenn ich nicht etwas vor ihm zu verbergen gehabt hätte, hätte ich ihn mir als Widerpart für solche Überlegungen ausgesucht.

»Es könnte sein, dass ihn jemand deswegen umbringen wollte, das halte ich nicht für ausgeschlossen. Das wäre dann ein sehr persönliches Motiv, eher von jemandem, der ihr nahestand. Jedenfalls wusste der Doktor durch die Untersuchung irgendetwas über sie und ihren Zustand, und der Mörder, oder sein Auftraggeber, hat nicht auf die ärztliche Schweigepflicht vertraut, so viel ist sicher.«

Drüben brach jetzt wieder Applaus los, diesmal länger anhaltend. Fatty stieg von der Leiter und begann, Autogramme zu geben. Eine Frau um die fünfzig mit einem großen grünen Hut stieg auf die Leiter und begann unvermittelt, ihn zu beschimpfen. Seltsamerweise hatte sie es als Einzige der Matronen in das Zentrum des Geschehens geschafft. Einige Zuhörer widersprachen ihr. Fatty versuchte sie zu ignorieren. Reporter schossen Fotos.

»Haben Sie die Krankenakte noch?« Mr Thalberg wirkte kühl und neutral.

Igor drehte sich um und marschierte zurück in unsere Richtung. Zwei Autos mussten seinetwegen abbremsen. Er ging einfach weiter, als wäre er unsterblich.

»Nein. Ich habe das alles wieder zurückgegeben an *Famous Players*. Ich wollte nicht mehr für sie arbeiten, das war mir zu schmutzig. Kurz darauf sind dann Sie mit Ihrem Angebot gekommen.«

Igor riss die Tür vorne auf und enterte den Fahrersitz. Er setzte sich, sah ergeben nach oben in den Rückspiegel und wartete, bis sein Boss ihn ansprach.

»Und, Igor, was hat er gesagt?«

»Er freut sich, wieder hier zu sein, und bedankt sich für den warmen Empfang«, sagte der große Mann leiernd mit seinem starken russischen Akzent. »Er geht jetzt nach Hause mit seiner Frau und freut sich darauf, wieder zu arbeiten und alle zu erfreuen mit seinen Gags.«

»Danke, Igor.«

»Er muss viel mehr gesagt haben«, sagte ich.

Igor richtete den Blick auf mich.

»Nein. Nur mit viel mehr Wörtern.«

Mr Thalberg wandte sich wieder mir zu.

»Sie sind also damals entkommen, aber Sie haben keine Anhaltspunkte, wer dahintergesteckt hat?«, sagte Mr Thalberg.

»Anhaltspunkte schon, aber viel ist es nicht. Ich habe den Mörder nicht richtig gesehen, nur von hinten. Er trug einen ungewöhnlich gemusterten Anzug, blau-weiß kariert, und ich habe ihm ein Stück Stoff aus dem Ärmel gerissen. Und ich habe seine Schuhe gesehen, schwarz-weiße *Spectator's*.«

»Das ist wirklich nicht viel«, sagte Mr Laemmle leise bedauernd.

Ich atmete tief ein. Ich musste das meiste erzählen. Auch wenn nicht alles aufgehen konnte.

»Ich habe mich aufgrund des Stofffetzens in Chinatown umgesehen. Ich habe die Namen und Adressen von drei Männern, die einen solchen Anzug aus diesem Tuch haben anfertigen lassen. Sie sind insofern alle verdächtig. Einer von ihnen arbeitet für *Famous Players*.«

»Er ... für *Famous Players*?« Uncle Carl hörte für einen Moment auf zu lächeln. Selbst Igor war über die Reaktion seines Chefs so verwundert, dass er ihn anstarrte.

»Aber das kann ja wohl kaum ein Zufall sein?«, sagte Mr Thalberg stirnrunzelnd.

»Es war sogar derselbe, der sie beim Casting betreut hatte. Er kannte Virginia – hatte aber nie etwas mit ihr, er ist homosexuell. Ich habe seine Wohnung durchsucht, den Anzug und die Schuhe aber nicht gefunden.«

Uncle Carl hörte zu und nickte dabei fortwährend vor sich hin.

»Er kann sie weggeworfen haben«, sagte Mr Thalberg.

»Das sage ich mir alles auch. Aber es ist kein Beweis.«

»Sie werden doch wohl an diesem Mann dranbleiben, oder?«, fragte Uncle Carl.

»Ich habe ihn sogar dazu gebracht, für mich zu arbeiten. Ich bezahle ihn, mir heimlich Informationen aus dem Innenleben von *Famous Players* zu liefern.« Ich sah Mr Thalberg an. »So halte ich ihn bei der Stange und kann ihn weiter überprüfen.«

»War schon etwas Interessantes, Neues über den Skandal dabei?«, fragte Uncle Carl.

»Nur, dass Fatty auf Kaution herauskommen würde, das hat Fritz Roth mir schon vorher gesagt, ich habe neulich mit ihm geredet ...«

Ich überlegte und wollte gerade weiterreden, da warf Mr Laemmle ein:

»Dass sie den Vertrag mit Arbuckle lösen, wissen Sie auch schon?«

Ich glaubte, mich verhört zu haben.

»Nein«, sagte ich. »Was ... Wieso sollten sie das tun? *Famous Players*? Mit welcher Begründung?«

Fatty konnte sich jetzt aus der Menge lösen. Er schob sich

langsam, nach allen Seiten winkend, zu der Limousine hinüber, dicht hinter ihm Fritz Roth. Ich sah unwillkürlich in seine Richtung.

»Ich habe es von Lasky«, sagte Uncle Carl und wiegte den Kopf mit diesem bedauernden Lächeln. »Wegen Vertragsbruch. Er sollte schon vor Tagen mit neuen Dreharbeiten beginnen und ist dazu nicht erschienen.«

»Weil er die ganze Zeit in San Francisco in Untersuchungshaft gesessen hat«, sagte ich.

»Dafür kann *Famous Players* ja nichts. Das ist zumindest ihr Standpunkt. Sie begleichen nur noch seine Prozesskosten. Er ist kein *Famous-Players*-Star mehr.«

Fatty war jetzt an der Limousine angekommen. Man jubelte ihm zu. Er winkte noch einmal freundlich nach allen Seiten. Dann stiegen er und seine Begleitung in den großen Wagen ein. Die Türen wurden zugeschlagen, und, von einem höllischen Blitzlichtgewitter erleuchtet, fuhr er an und zog nach links auf die Fahrbahn und verschwand im Verkehr.

»Warum tun sie das, wenn sie doch an seine Unschuld glauben?«, sagte ich. Mir war richtig flau im Magen.

»Dafür gibt es nur zwei mögliche Gründe. Der eine ist, dass sie sehr vorsichtig geworden sind. Die öffentliche Meinung hat sie in die Enge getrieben und sie geben dem Druck vorerst nach, bis seine Unschuld bewiesen ist. Der andere ...« Uncle Carl ließ den Mund offen stehen und zeigte seine Zahnlücken.

»Sie glauben nicht wirklich, dass er unschuldig ist«, sagte ich. »Oder vielleicht wissen sie es sogar.«

»Ich würde wetten, dass sie sein Telefon längst abhören«, sagte Mr Thalberg. »In seinem Haus, in das er gerade fährt. Sie haben es sicher angezapft.«

Uncle Carl nickte. »Lasky sagt es nicht genau so, aber das muss dahinterstecken: Sie glauben nicht mehr an ihn. Jedenfalls ist keiner von den Bossen hier, um Fatty zu begrüßen«, er zeigte hinüber zum Bahnhof. »Und Sie müssen selbst zugeben, Hardy, es passt zu dem, was Sie uns gerade erzählt haben.«

»Das würde bedeuten, Fatty wäre schuld an Virginias Tod,

und sie bereiten sich darauf vor, ihn fallen zu lassen. Oder vielmehr haben sie es bereits getan.«

»Und Ihr *Famous-Players*-Informant mit dem blau-weißen Anzug hätte Ihnen nicht die Wahrheit gesagt«, sagte Mr Thalberg. »Weil er darin verstrickt ist. Weil der Arzt, der getötet wurde, für *Famous Players* tätig war. Weil dieser Mann sein Mörder ist und Sie der Polizei ausliefern wollte. Weil er die Vertuschung für Fritz Roth übernommen hat. Weil keiner von ihnen die Wahrheit sagt.«

Und Fritz Roth schon gleich gar nicht, dachte ich.

»Die Lösung liegt also hier, nicht in San Francisco«, sagte Uncle Carl. »Und die … Gewohnheiten von Miss Rappe, die lassen sich doch unter dem Deckel halten?«

»*Famous Players* hat es mir zugesagt. Wie weit man sich darauf verlassen kann, weiß ich nicht.«

»Seltsam. Sie schien mir so ein sauberes Mädel zu sein«, sagte Uncle Carl sinnend. »Als ich ihr Foto gesehen habe, hat sie mich sogar an jemanden erinnert. An jemanden, den ich in Laupheim gekannt habe, damals als junger Schüler …«

Er verstummte und sah aus dem Fenster. Er legte den Kopf in den Nacken. Ich sah ihn an. Mr Thalberg sah ihn an. Igor sah ihn im Rückspiegel an.

Uncle Carl schaute wieder nach vorne und rückte seine Brille zurecht.

»Ich werde das regeln. Mit Jesse Lasky und Joseph Schenck und Adolph Zukor. Wenn Sie mir Ergebnisse bringen, Hardy, dann werde ich mit ihnen darüber reden. Wir haben nicht viel Zeit, bis der Prozess in San Francisco beginnt. Ich vertraue auf Sie.«

»Ich tue mein Bestes. Ich habe da schon eine Idee, wie ich meinen *Famous-Players*-Mann aus der Reserve locken kann. Schon heute Abend. Heute ist doch Mittwoch?«, sagte ich.

Mr Thalberg wandte sich mir zu. »Wir haben noch ein neues Problem, Hardy. Einer unserer Schauspieler. Herbert Brunswick.«

»Was ist mit ihm?«

Brite, Theaterlegende, Mitte fünfzig, elegante Erscheinung, vielseitig einsetzbar und entsprechend viel beschäftigt bei der *Universal*.

»Er ist homosexuell.«

Und so stockschwul, wie man nur sein konnte.

»Davon hat die ganze Stadt schon gehört. Er hält damit auch nicht im Geringsten hinterm Berg.«

»Aber die Hearst-Presse will damit rauskommen. In der heutigen Abendausgabe des *Examiner*. Und das wäre etwas völlig Neues.«

Ich stöhnte auf und schloss die Augen. »Das ist wahr …«, sagte ich.

»Es gibt viele Homosexuelle in dieser Stadt, Schwule und Lesbierinnen. Und weiß Gott, jeder soll in seinem Privatleben tun, was er will. Aber der Arbuckle-Skandal hat alles verändert. Weil jetzt alles öffentlich ist. Weil das Private nicht mehr heilig ist. Die Meute hat Blut geleckt, und sie giert nach mehr.«

Ich sah nach drüben, wo sich die Menge eben zu zerstreuen begann. Einige der protestierenden Frauen zettelten auf dem Parkplatz einen Streit an, doch sie wurden von Fattys Fans, die viel zahlreicher waren, in die Flucht geschlagen.

»Das stimmt. Keiner kommt mehr durch mit dem, was er nach Feierabend alles treibt«, sagte ich. Ich sah Thalberg dabei nicht an.

»Sie haben ihn dummerweise in einem einschlägigen Club in Downtown erwischt. Arthur Blowfish hat den Artikel bereits geschrieben und mich vorhin um einen Kommentar gebeten, so habe ich davon erfahren«, sagte Mr Thalberg.

»Wir können uns das nicht leisten, Hardy. Nicht jetzt«, sagte Uncle Carl mit seinem verbindlichsten Lächeln. »Ich weiß, das sind viele Feuer, die Sie da gleichzeitig austreten müssen.«

»Ich habe gesagt, dass ich mich um so etwas nicht kümmern werde«, sagte ich. »Ich werde nicht für Sie lügen, bestechen oder was auch immer Sie sich vorstellen. Natürlich gefällt es mir ganz genauso wenig wie Ihnen, was diese Reporter da vorhaben …«

»Sie müssen das abwenden. Wie auch immer Sie es anstellen, aber tun Sie es schnell«, sagte Mr Thalberg mit Nachdruck. »Sonst passiert Brunswick etwas Ähnliches wie Arbuckle. Wenn die Katze einmal aus dem Sack ist, wenn Blowfish diesen Artikel veröffentlicht, ist seine Karriere am Ende … Wollen Sie wirklich, dass einem harmlosen alten Männerliebhaber ein solches Unglück widerfährt?«

»Nein. Na gut. In diesem Fall werde ich mich darum kümmern«, sagte ich. »Auf meine Art.«

»Gut. Tun Sie Ihr Bestes, wir können keinen weiteren Hollywood-Skandal gebrauchen«, sagte Thalberg und sah mich durchdringend an.

»Und finden Sie diesen Mörder!«

40

Zunächst fuhr uns Igor zurück nach *Universal City*, wo Laemmle und Thalberg mich mit vielen guten Wünschen absetzten.

Pepper erwartete mich in meinem Büro. Sofort trug ich ihr auf, mich nacheinander mit zwei Telefonanschlüssen zu verbinden.

Einmal mit Buck im *Jail Café*. Er hatte mir gesagt, dass jeden Mittwoch eine Pokerrunde bei Mr Yuan stattfinde. Ich fragte ihn, ob er mich heute Abend dorthin mitnehmen könne. Er bejahte, und er habe nach Wochen der Abstinenz große Lust auf ein Spielchen, sagte er. Wir verabredeten uns für die gemeinsame Fahrt.

Dann rief ich Byron Hamilton in der Castingabteilung von *Famous Players* an und drängte darauf, ihn heute Abend unbedingt zu sprechen. Er hielt dagegen, wie viel er zu tun habe, und dass er bereits verabredet sei. Doch ich machte ihm begreiflich, dass ich das für mein Geld von ihm erwarte, es gebe auch einen speziellen Anlass, und natürlich ließ er sich am Ende doch breitschlagen. Ich sagte ihm ohne weitere Begründung und Erläuterung, ich werde ihn um neun zu Hause abholen, und hängte ein, bevor er nachfragen konnte.

Mr Yuans Pokerrunde würde frisches Blut bekommen, und ich hoffte, ich würde aus ihm und aus Byron mehr herausbekommen, wenn ich sie zusammen in einem Raum hatte.

Inzwischen hatte Pepper für mich die Adresse aufgeschrieben, unter der ich die Redaktion des *Examiner* finden würde. Ich bedankte mich mit einem Kuss und dem Auftrag, Herbert Brunswicks Anschrift und Telefonnummer herauszusuchen.

Ich fuhr meinen Milburn aus dem Studiotor, so schnell es nötig war, um den Terminplan einzuhalten, und schoss über die Hügel und den Pass wie eine Kanonenkugel. Es war früher Nachmittag, als ich in Downtown mein Ziel erreichte, Broadway Ecke 11th Street.

Das *Examiner*-Gebäude war ein gewaltiger Kasten, der einen ganzen Block einnahm, errichtet auf einem Fundament aus Protz und Skrupellosigkeit, mit viel Backstein und maurischen Rundbogen und Erkern und Türmchen und geschmiedeten Dächern und Spitzen, die einem frech vorlogen, dass sie alt und von historischem Wert seien, dabei waren sie frisch gewuchert und neureich. Der Eingang befand sich in einem massiven Mittelturm mit hohen Zinnen, so als erwarte sein Erbauer, man müsse jederzeit kochendes Pech auf eine wütende Menge hinabgießen können.

Die Redaktion des *Examiner* befand sich im zweiten Stock. Zwei große Glastüren mit der Aufschrift *Los Angeles* und *Examiner* bildeten die Pforte zu einem großen Raum, der fast das ganze Stockwerk einnahm, und dahinter sah man es durcheinanderwuseln wie an der Börse.

Davor saß an einem hölzernen Pult ein junger Schnösel mit einem Brett vor dem Kopf – es war nur getarnt als der grüne Schirm einer Mütze.

»Kann ich Ihnen helfen?«, fragte er hochmütig.

»Ich möchte zu Mr Arthur Blowfish«, sagte ich und setzte bereits an, an ihm vorbeizugehen.

»Tut mir leid, Sir. Zutritt nur für die Redaktion.«

Menschen, die den ganzen Tag lang Arschlöchern Einlass gewähren und dazu ergeben nicken müssen, lieben nichts mehr auf dieser Welt, als ausnahmsweise einmal einem davon den Einlass verwehren und den Kopf schütteln zu dürfen.

Ich zückte meine Visitenkarte und sagte, ich käme von der

Universal und hätte eine wichtige Information für Mr Blowfish.

»Da kann ich Ihnen nicht viel Hoffnung machen. Mr Blowfish ist unten in der Druckerei und überwacht soeben den Satz für eine Sonderausgabe über Fatty Arbuckle. Andruck ist in zehn Minuten.«

»Ich denke, für meine Information hat er trotzdem Zeit. Sie ist äußerst dringend.«

»Ich kann es ja einmal versuchen«, sagte er, kritzelte etwas auf ein Stück Papier und steckte es zusammen mit meiner Visitenkarte in ein Rohr aus Pappe, das er ploppend verschloss und sodann durch eine Rohrpostleitung nach drinnen sandte. Es verschwand mit einem saugenden Geräusch, wie in einem Zauberakt im Varieté.

Er sah mich mit einem schwachen Lächeln an und dann an mir vorbei in die Ferne. Der grüne Schirm schien ihn am Denken zu hindern.

Es dauerte zwei Minuten, dann öffnete sich die Glastür und eine Sekretärin kam heraus. Sie begrüßte mich professionell und bat mich, ihr zu folgen. Sie war weder besonders jung noch besonders hübsch, vermutlich war sie recht tüchtig. Dem Schwung ihrer Hüften nach zu urteilen, konnte sie lesen; zumindest die Wörter *Universal-Film*.

Wir stiegen in einen Aufzug und ein Liftboy fuhr uns wieder nach unten. Sie streifte mich unterwegs mit einem kurzen Blick. Sie stieg vor mir aus, woraufhin sie sich über den langen Flur bewegte und seinem fernen Ende zustrebte.

Eine Glastür mit der Aufschrift *Druckerei* durchschritten wir ohne Probleme.

Gewaltige Rotationsdruckmaschinen, durch Bänder und Straßen über zwei Etagen verbunden, empfingen uns starr und stumm. Doch sie warteten nur darauf, loszulegen. Arbeiter in Schürzen waren damit beschäftigt, riesige dicke Rollen mit weißen Papierbahnen auf die Maschinen zu hieven und einzuspannen. Ein Vorarbeiter trieb sie an.

Die Sekretärin führte mich zu einem großen Tisch inmitten der Halle. Dort standen, über einen riesigen Setzkasten mit Bleilettern gebeugt, vier Männer. Einer von ihnen trug Hemd und Krawatte, die Jacke hatte er abgelegt und die Ärmel hochgekrempelt. Er war um die vierzig, dunkelhaarig und hatte einen Stiernacken, der nicht zu seiner sonstigen eher schmalen Silhouette passte. Sein Körper sah aus, als habe er sich nicht zwischen einem Intellektuellen und einem Footballspieler entscheiden können. Aus der Nase und den Ohren wuchsen ihm Büschel mit schwarzen Haaren. In eines dieser Büschel wisperte die Sekretärin etwas.

»Einen Augenblick, Mr Engel«, sagte Arthur Blowfish, ohne mich anzusehen, und beugte sich wieder über den Setzkasten.

Ich warf einen Blick darauf. Dies also war die Sonderausgabe der Hearst-Zeitungen über Fattys Rückkehr, mit einem riesigen Foto als Aufmacher, das fast die ganze obere Hälfte der ersten Seite einnahm und auf dem, hier als seitenverkehrtes Negativ, Fatty und Minta und Fritz Roth und Buster Keaton zu sehen waren.

»Ändere die Schlagzeile und mach sie ganz groß über dem Foto, schieb es dafür nach unten«, sagte er zu dem Setzer neben ihm und diktierte: »HOLLYWOOD: UNRÜHMLICHER EMPFANG FÜR FATTY«.

Der Mann nahm riesige Bleilettern aus einem bereitstehenden Kasten und setzte sie spiegelverkehrt in das Setzblatt ein. Es waren die größten Bleilettern des Arsenals und die größten, die ich jemals gesehen hatte.

Blowfish begutachtete sein Werk, ganz darin versunken. Ich studierte es ebenfalls und entzifferte mit Mühe die spiegelverkehrte Schrift in den Zeilen darunter.

Sie besagten, Fatty sei mit Schimpf und Schande empfangen worden, man habe ihn niedergeschrien und angespuckt, und sie hatten doch tatsächlich ein Foto genommen, auf dem er ernst blickte und so wirkte, als reagiere er auf Hohn und Spott und die Schmähungen, die die Frau ausstieß, die es direkt neben ihn geschafft hatte und auf die Leiter gestiegen war. Es musste schwer gewesen sein, es zu finden unter all den lächelnden Posen, die er eingenommen hatte. Dies war die Welt, wie sie sie sich hier zurechtlegten.

»Nette Sonderausgabe«, sagte ich. »Das haben Sie sehr gut hinbekommen, Blowfish. Wird sich bestimmt ungeheuer gut verkaufen.«

»Besser als die vom Krieg«, sagte Blowfish und sah hoch. »Sogar besser als die vom Waffenstillstand. Oder was meinen Sie, warum wir immer neue Sonderausgaben drucken, seit es losgegangen ist? Warum wir damit einen verdammten Rekord aufstellen und ihn dann immer wieder aufs Neue übertreffen?«

Er klatschte in die Hände und rief: »Andrucken! Los, los!«

Sofort setzten sich alle in Bewegung. Der Setzer rollte den Kasten mit der Titelseite zur Druckmaschine. Er legte ihn vorsichtig auf die Druckwalze und passte ihn ein.

»Es war kein unrühmlicher Empfang. Ich war dort«, sagte ich. »Sie haben ihm zugejubelt. Es gab nur ein paar vereinzelte Proteste am Rand.«

»Unser Foto sagt etwas anderes.«

In diesem Moment geschahen zwei Dinge: Die Druckmaschinen setzten sich in Bewegung. Und eine Frau trat zu uns, herbeigeführt von der Sekretärin. Sie war um die fünfzig.

»Mr Blowfish …«, sagte sie schüchtern. Er drehte sich um.

»Ach ja, richtig … gute Arbeit!«, schrie er gegen den Lärm an. Jetzt erkannte ich sie: Es war die Frau auf dem Foto. Ihren grünen Hut hatte sie abgenommen.

Und während die Rotationspressen ratterten und die vibrierenden Druckstraßen uns umzingelten, seitlich an uns vorbei und nach oben zur Decke steigend, und in ungeheurer Geschwindigkeit Zeitungen transportierten, übergab ihr Mr Blowfish einen Umschlag. Sie bedankte sich vielmals und zog sich rasch zurück. Ich hatte keinerlei Zweifel, was in dem Umschlag war.

Ohne das geringste Zeichen von Verlegenheit wandte sich Blowfish zu mir und nahm mich am Arm.

»Kommen Sie hier weg, es ist zu laut …«

»Mit *Famous Players* können Sie's ja machen, da die Geschichte nun schon mal draußen ist«, rief ich gegen den Lärm an. »Aber mir ist zu Ohren gekommen, dass Sie gerade auch etwas über einen Mann von uns planen. Über Herbert Brunswick nämlich. Ist das wahr?«

»Lesen Sie die nächste Abendausgabe, dann werden Sie's schon sehen. Bereits in drei Stunden. Das geht bei uns Schlag auf Schlag. Und sie wird wieder eine Schlagzeile haben, die sich bestens verkauft.«

»Warten Sie damit lieber noch. Zumindest, bis ich Ihnen eine weitere wichtige Information zu diesem Thema gegeben habe.«

Wir standen nun am Ende der Druckstraße, da, wo die fertigen Ausgaben der Zeitungen ankamen und von Arbeitern einzeln zugeklebt und zu Bündeln gerafft und für den Verkauf fertig gemacht wurden. Gedruckt sah die Extraausgabe noch mieser, noch furchterregender aus. Vor allem in unmittelbarer Gegenwart des Mannes, der sie verbrochen hatte.

»Der Artikel ist längst in Blei gesetzt. Wir drucken sofort, wenn diese Ausgabe durch ist. Wenn Sie dazu noch etwas zu sagen haben, sollten Sie es also besser sehr schnell loswerden«, sagte Blowfish mit dem Selbstverständnis und der Arroganz, die die vierte Gewalt so ungeheuer sympathisch machte. Er nahm ein Exemplar und wog es in der Hand. Es war eine Waffe.

»Stimmt, Sie sind nicht gerade bekannt dafür, zu warten«, erwiderte ich. »Deswegen habe ich mich entschlossen, Ihnen die Information persönlich zu überbringen. Zumal es Sie vor einer furchtbaren Falschmeldung bewahren könnte. Mr Brunswick wird nämlich in Kürze bekannt geben, dass er geheiratet hat.«

Blowfish sah mich verblüfft an.

»Nie im Leben! Eine Frau?«

»Selbstverständlich. Und nicht irgendwen«, sagte ich.

»Wen?«, fragte er.

»Das kann ich Ihnen noch nicht verraten, aber ich würde Ihnen das frischgebackene Hochzeitspaar exklusiv präsentieren«, sagte ich mit meinem durchtriebensten Gesichtsausdruck.

Blowfish sah nach hinten. Dann warf er die Zeitung zurück auf das Band, als wäre sie etwas Altes, das er aus dem Müll gefischt hatte.

»Das ist eine sehr interessante Information, Mr Engel. Das muss ich natürlich erst einmal abwarten und den Artikel vorerst zurückhalten. Wir haben einstweilen ja noch genug an dem hier«, sagte Blowfish mit einer unbestimmten Geste zu der aktuellen Ausgabe. »Sie haben bis morgen um fünf Uhr nachmittags. Dann ist Redaktionsschluss.«

»Es ist ein Star«, sagte ich halblaut und zwinkerte ihm zu. »Ich bräuchte übrigens den Entwurf des Artikels, den Sie geschrieben haben.«

»Wehe, Sie legen mich rein oder enttäuschen mich«, sagte er.

Den Blick auf die Uhr am Hearst-Gebäude gerichtet, sprang ich kurz darauf in meinen Wagen, das Brunswick-Manuskript in der Tasche. Zeitungsjungen verkauften davor die druckfrische Extraausgabe und riefen laut die Schlagzeilen aus: »UNRÜHMLICHER EMPFANG FÜR FATTY!«

Die Leute rissen sie ihnen nur so aus den Händen. Träger brachten Nachschub direkt aus dem Gebäude. Passanten stürzten sich darauf wie ein Schwarm von Geiern.

Ich raste in mein Büro bei der *Universal*, wo mich Pepper schon erwartete. Sie hatte die Extraausgabe gekauft und mir auf den Schreibtisch gelegt.

»Hab ich schon gesehen!«, sagte ich grimmig.

Doch plötzlich wurde ich aufmerksam auf etwas, was ich erst jetzt, als kleine Meldung unter dem Knick entdeckte. Ein verheerendes Explosionsunglück hatte sich vor einigen Tagen ereignet, am 21. September, mit fünfhundert Toten und Tausenden Verletzten. Eine Katastrophe, weit entfernt, abstrakt und unvorstellbar; dachte ich, bis ich mich vorbeugte und dann las, dass es in Deutschland geschehen war.

Bei Ludwigshafen, im Werk der BASF direkt am Rhein; und

das benachbarte Mannheim, meine Heimat, hatte ebenfalls furchtbare Zerstörungen erlitten, bei dem in ganzen Straßenzügen die Häuser beschädigt und Menschen getötet wurden, so stark war die Explosion des Chemiewerks gewesen. Von dort, wo ich als Kind gespielt hatte, hatte man es auf der anderen Rheinseite liegen sehen können.

Die alte Heimat. Sie schien mir in diesem Moment so fern, als wäre sie selbst in einem gewaltigen Feuerball explodiert und für immer verschwunden. Ich schüttelte den Gedanken ab und gab Pepper in dieser Reihenfolge: einen Kuss, den Auftrag, im Kostümfundus ein weißes, möglichst prächtiges Brautkleid zu besorgen, einen Termin bei einem Standesamt für morgen Mittag auszumachen und dann eine gewisse Dame aufzusuchen; und das alles müsse unbedingt klappen, sonst würde das bedeuten, ich hätte ganz entgegen meinen Prinzipien gelogen; wieder einen Kuss und ein breites Lächeln und dann war ich auch schon zur Tür hinaus mit einem Zettel in ihrer Schrift, auf dem *Herbert Brunswick, 2021 Benedict Canyon* stand. Mit einem Herzchen auf jedem ›i‹.

Ich fuhr hinunter zum Sunset. Die Sonne ging gerade unter, als ich am *Jail Café* ankam.

Ich ging nach hinten ins Café und holte Buck ab. Er wartete bereits in bester Laune und in seinem besten Anzug. Nadelstreifen in Rot und Weiß, feines italienisches Tuch. Ausbeulungen zeigten mir, dass auch er nicht unbewaffnet zum Pokern ging und ein bisschen Spielgeld mitgenommen hatte.

Ich überprüfte den Sitz der Luger in meinem Hosenbund. Mit ihr fühlte ich mich irgendwie vollständiger. Und besser gerüstet für das, was jetzt kam.

Ich fragte Buck, ob er das Fahren übernehmen könne. Wir würden noch jemanden mitnehmen und ich müsse mit diesem reden und dabei die Hände frei haben. Er zuckte nur mit den mächtigen Schultern und setzte sich ohne weitere Fragen ans Steuer.

Es war jetzt ganz dunkel, und die Autos, die uns entgegenkamen, schienen uns bedrohlich aus Augenpaaren anzustarren, bis sie links vorbeifauchten. Wir redeten nicht viel.

»Es wird vielleicht ein bisschen knallen heute«, sagte ich.

»Umso besser«, sagte Buck.

Ich ließ ihn in die Sycamore Street einbiegen und vor dem Ozeandampfer halten. Byron hatte uns schon erwartet und sprang die Stufen herunter. Er hielt kurz inne, als er Buck sah. Ich stellte beide einander vor, ohne Näheres zu erklären, und ließ Byron vorne einsteigen. Buck bemerkte die Parfümwolke, sah mich an und zog einmal die Nase hoch. Ich setzte mich nach hinten.

Buck fuhr an und nahm die Straße nach Südosten Richtung Chinatown.

Byron wirkte leicht nervös. Er drehte sich einmal nach hinten um und fragte, wo es hingehe.

»Wir gehen Poker spielen«, sagte ich. Ich behielt meine Hand in der Jackentasche dicht bei der Pistole. Das hätte ich am Steuer nicht tun können. Ich hätte keine Kontrolle gehabt.

»Gehört das wirklich zu meinen Aufgaben?«, begehrte er auf.

»Ja.«

Das war alles an Protest. Aber man konnte förmlich sehen, wie es in ihm arbeitete. Umso mehr, desto näher wir Chinatown kamen und desto klarer wurde, dass dies das Ziel war. Wir bogen in die Temple Street ein.

»Das ist der Weg zu Mr Yuan«, sagte Byron und drehte sich wieder zu mir um.

»Es geht nur um Poker«, sagte ich.

»Oh ja«, sagte Buck und grinste breit. Er konnte wohl nicht widerstehen. Byron brach der Schweiß aus. Der Wagen hielt direkt vor der Schneiderei. Ich rechnete jeden Moment damit, dass Byron mir abhauen würde. Ob er selbst eine Waffe trug unter seinem Anzug, konnte ich nicht ausmachen.

»Aussteigen«, sagte ich, »wir gehen jetzt da rein. Du kennst den Weg ja. Hier lässt du doch deine Anzüge machen.«

»Was soll das?«, fragte Byron, doch er stieg aus und ging

langsam vor mir her zu der Tür. Buck übernahm die Führung. Er öffnete die Ladentür, die Glocke erklang. Wir traten ein. Der kleine Raum mit den Tuchballen war fast dunkel, nur eine chinesische Ampel in der Ecke wies uns mit ihrem rötlichen Licht den Weg.

Hinter dem Vorhang schien Licht hervor, und Buck schlug ihn zurück und ging den schmalen Gang hinunter. Ich nickte Byron zu, ihm zu folgen, und er gab mir einen fiebrigen Blick und tat es. Ich ging hinter ihnen her.

Im Gänsemarsch gelangten wir durch den schmalen Schlauch zu einem Hinterzimmer. Es war größer als der Raum vorne und hell erleuchtet. Die beiden vor mir traten hinein und gaben den Blick frei auf eine Runde, die um einen Tisch saß, auf dem Karten und Geldscheine lagen. Umgeben von Tuchballen in hohen Regalen, von Anzügen auf Stangen, saßen mehrere Männer. Drei davon waren Chinesen. Einer davon war Mr Yuan. Er blickte auf Buck, mit einem freundlichen Erkennen, dann auf Byron, er nickte ihm zu. Dann fiel sein Blick auf mich und er stutzte. Er erstarrte regelrecht.

»Diesmal komme ich wegen eines kleinen Spiels«, sagte ich.

Die beiden anderen Männer, die mit dem Rücken zu mir saßen, drehten sich um, und nun sah ich, dass es Weiße waren. Einen von ihnen kannte ich nicht, er wirkte bieder.

Der andere trug einen schwarzen Anzug mit Weste. Es war Keith Jansen.

Ich sah hinunter auf seine übereinandergeschlagenen Beine und entdeckte schwarz-weiße Schuhe, die ich kannte, *Spectators*.

Mr Yuan sagte zu mir: »Ist das der Freund, den Sie suchten?«

Jansens Blick und meiner trafen sich. Er schrak zusammen. Er sah mich zum ersten Mal – zum ersten Mal seit damals in den Hills. Und es konnte für ihn keinen Zweifel geben, dass auch ich wusste, wer er war.

Er sprang auf, griff in die Jacke und zog einen Revolver. Er hob einen schwarz-weiß beschuhten Fuß und trat den Spieltisch um, in Richtung der anderen, und legte sofort auf mich an. Die Männer schrien auf. Ich nestelte an meiner Waffe, doch ich war zu spät und duckte mich instinktiv weg. Jansen schoss aus ungefähr acht Fuß Entfernung auf mich.

Bam. Bam. Zwei Schüsse. Ich wusste nicht, ob ich getroffen war.

Jansen drehte sich um und stieß panisch die Männer aus dem Weg, fegte Byron beiseite. Buck versuchte aufzustehen, musste aber erst den Tisch wegdrücken, der gegen ihn geworfen worden war. Jansen machte einen Satz von uns weg und floh durch eine Tür, die auf den Hinterhof hinausging. Ich rappelte mich auf, die Schüsse mussten die Tuchballen getroffen haben. Ich spürte keinen Schmerz.

Ich zog meine Pistole, stürzte hinter ihm her und aus der Tür hinaus.

41

Der Hinterhof war voller Mülltonnen, in die ich hineinlief. Zwei kippten scheppernd um. Tuchreste und Stoffknäuel fielen heraus. Ich stolperte und fing mich wieder.

Ein schmaler Durchgang führte zwischen zwei fragilen Holzhäusern hinaus auf die Temple Street. Ich zwängte mich hindurch. Im Zwielicht konnte ich kaum etwas sehen, doch ich arbeitete mich voran, vertraute darauf, dass Jansen fliehen, nicht auf mich warten würde.

Ich erreichte die Straße und erst als ich auf ihr stand, wurde mir klar, dass ich die Lage besser vorweg aus der Deckung sondiert hätte. Doch Jansen schoss nicht auf mich, er rannte im Licht der hoch oben schaukelnden Laternen auf das Tempeltor zu, ohne sich umzusehen. Chinesen standen am Rand der Straße in Gruppen zusammen und sahen ihm nach. Ich sprintete hinterher.

Jetzt kam der Bogen des Tores, das aussah wie ein Drachenmaul und mit Feuerzungen verziert war. Ich lief hindurch, erreichte eine große Straße, auf der reger Verkehr herrschte. Ich konnte trotz der Geräusche Jansens schwarz-weiße Schuhe auf den Asphalt knallen hören, er floh nach Westen. Ich folgte ihm, so schnell ich konnte.

Nach all den Ungewissheiten und falschen Verdächtigungen und dem Stochern im Nebel wollte ich endlich etwas Handfestes haben, ihn festnageln. Den Mörder nicht entkommen lassen und ihm damit die Gelegenheit geben, seine Spuren zu verwischen oder seine Auftraggeber zu warnen.

Außerdem hatte er eben auf mich geschossen und mich nur knapp verfehlt.

Auf mich war seit Juli 1918 nicht mehr geschossen worden, einen Tag vor dem Gasangriff. Die Erinnerung war sofort wieder da und mit ihr die Instinkte, die Wachheit, das Adrenalin. Die Jagd und der Trieb. Mich kriegst du nicht. Ich kriege dich.

Ich sah Jansen hundert Fuß voraus, den Revolver noch immer in der Hand, mit wehenden Jackenschößen rennen, in einem seltsamen Laufstil; sein Oberkörper war länger als die Beine. Automobile fuhren hupend an uns vorbei. Chinesen auf Fahrrädern mit Karren dahinter, die nach Kräften in die Pedale traten, die wir trotzdem mit Leichtigkeit überholten. Einer geriet vor Überraschung ins Schlingern und kippte um. Äpfel rollten auf die Fahrbahn, zerplatzten unter den Reifen der Automobile und ließen sie bremsen, ausweichen.

Jansen sah sich im Laufen um. Er sah mich. Er rutschte aus und fiel fast hin, fing sich und änderte urplötzlich die Richtung: Er zog nach links und überquerte die Fahrbahn. Ein Wagen, der in vollem Tempo auf ihn zusteuerte, vollführte ein abruptes Bremsmanöver und stellte sich quer. Er rutschte auf ihn zu, doch Jansen schlug einen Haken wie ein Hase und sprang auf die andere Fahrbahnseite. Dort wich er einem Pferdekarren aus, der Gaul scheute und schlug mit den Hufen, und der Chinese auf dem Bock, der ihn zügeln wollte, verlor seinen Hut und schrie laut auf. Es war mit Sicherheit nicht das Jahr des Pferdes.

Ich folgte Jansen und schlängelte mich zwischen den Fahrzeugen durch, die seinetwegen gehalten hatten, hinüber auf die andere Seite. Er sah mich kommen und lief in eine Seitenstraße. Ich verlor ihn nicht aus den Augen.

Die Straße war eng und belebt, voller Chinesen in ihren Schlafanzügen und Roben, die lauter kleine Garküchen umstanden, runde Töpfe auf Feuerstellen am Boden, an denen Köche und Köchinnen saßen und Essen zubereiteten und ausgaben. Jansen lief im Zickzack durch die Menschen hindurch.

Plötzlich hob er im Laufen seine Waffe in die Luft und feuerte sie einmal ab. Der Schuss hallte laut in der engen Gasse wider. Ein Aufschrei der Menge folgte. Ein Chinese fiel ins Feuer und heulte auf. Die Leute stoben auseinander. Nicht alle rechtzeitig, manche schob Jansen mit der Schulter aus dem Weg. Einer taumelte in die anderen Passanten, und wie beim Domino kippten weitere um und Töpfe klapperten, Menschen brüllten.

Ich rannte durch die Schneise, die Jansen schlug, immer weiter hinter ihm her, meine Waffe in der Hand. Die Gasse war nun zu Ende und mündete in eine breite, befahrene Straße. Automobile rumpelten über sie in beide Richtungen. Jansen bog nach rechts ab.

Meine Lunge brannte mittlerweile, als wäre sie verätzt, mein Atem ging stoßweise. Aber ich dachte nicht daran, lockerzulassen. Jansen wurde langsamer. Ich holte alles aus mir heraus. Er war nun fünfzig Fuß entfernt von mir. Er sah panisch über die Schulter zu mir zurück. Wir näherten uns einer weiteren Kreuzung.

Als er sie erreichte, wirbelte er auf einmal herum und hielt an. Ein, zwei Schritte brauchte er, um festen Stand auf der Straße zu bekommen. Ich bremste ebenfalls ab und legte meine Pistole auf ihn an. Er zog den Arm hoch.

Ich drückte ab. Ich wollte ihn nicht töten, ich wusste instinktiv, dass ich das nicht durfte. Ich zielte auf seine Beine. Doch nichts geschah. Meine Luger blockierte. Verdammtes Ding. Ewig nicht mehr geschossen damit, zu lange. Zu tödlich lange.

Ich drückte erneut ab, nichts. Jansen hatte auf mich angelegt. Er stand im Dunkeln, doch ich glaubte zu sehen, wie ein Grinsen sein Gesicht verzerrte. Ich zog panisch den Schlitten zurück und lud durch, drückte erneut vergeblich ab, bewegte mit dem Daumen die Federsicherung über dem Griff, vor und zurück, als könnte das helfen.

Ich drückte wieder ab und wieder. Nichts. Scheiß-Luger. Damals im Krieg war sie oft genug meine Rettung gewesen, aber jetzt war ich dran. Ich hätte öfter schießen sollen.

Jansen ließ ein höhnisches Lachen hören. Er zielte weiterhin auf mich und stand direkt an der Straßenecke. Wir beide atmeten stoßweise und sahen uns an. Er wollte etwas sagen, aber er musste erst wieder zu Atem kommen. Er wollte mich fertigmachen. Mir noch etwas mitgeben. Sagen, wie er mit mir gespielt hatte oder dass er mich schon einmal hätte umbringen können, damals bei Dr. O'Hara.

Plötzlich ertönte ein lautes Kreischen und Grollen und Fauchen, es rollte von links heran, die Straße herauf und klang furchtbar, wie ein Drache oder wie die Stimme einer übernatürlichen Macht.

Wir stutzten beide. Jansen erschrak und drehte den Kopf nach links. Im nächsten Moment traf ihn ein Lastwagen mit voller Geschwindigkeit von der Seite und Jansen flog im hohen Bogen durch die Luft, ins Licht, Arme und Beine seltsam verrenkt. Er landete auf der anderen Seite der Fahrbahn, kam hart auf dem Asphalt auf und wurde durchgeschüttelt, als er noch einen Salto schlug und dann liegen blieb. Der Lastwagen fuhr einfach weiter und die roten Rücklichter verschwanden in der schwarzen Nacht.

Mein erster Gedanke war nicht, davongekommen zu sein, sondern der, ob er noch lebte. Tot war er mir nichts wert. Mit einem saftigen Fluch rannte ich quer über die verlassene Kreuzung zu ihm.

Jansen lag auf dem Rücken, die Beine hässlich verdreht, und ich sah sofort, dass sein Rückgrat gebrochen sein musste. Aus seinem Mund lief dunkles Blut und er hatte eine klaffende Wunde am Schädel, die seinen Haarschopf durchzog wie ein blutiger Canyon. Seine Augen waren offen und auf mich gerichtet.

Er lebte noch. Und er wusste auch noch, wer ich war.

»Jansen«, presste ich heraus, während ich immer noch Luft in meine Lunge pumpte, »ich … hole Hilfe.«

Er schloss die Augen für einen Moment, es ersetzte ein Kopfschütteln. Er war vollkommen bei Bewusstsein.

»Sie hätten nicht nur den Anzug loswerden sollen, Jansen. Auch Ihre Schuhe.«

Er verzog die Lippen zu einem furchtbaren Grinsen. Seine

Füße waren im rechten Winkel zueinander verdreht. Was nützten ihm seine schönen Schuhe jetzt noch?

»Meine Schuhe ...«, sagte er mühsam. »Niemals die Schuhe ...«

Es war ein Wunder, dass er noch reden konnte. Aber eines, das ich ausnutzen musste.

»Für wen haben Sie gearbeitet? Na los, sagen Sie's ...«

Er hustete und stöhnte auf. Seine Lippen bewegten sich. Ich beugte mich tief zu ihm hinab. Ich verstand nicht, was er zu sagen versuchte.

»War es *Famous Players*? Haben Sie den Doktor in deren Auftrag umgebracht?«

Statt einer Antwort spuckte er mir Blut entgegen. Er wusste, sein Leben war nichts mehr wert und er war nicht zu retten. Er spuckte auf mich und das Leben.

»Sie werden sterben, sagen Sie's mir. Und was haben Sie sonst noch getan?«

»Werden dir das Leben zur Hölle ... machen«, sagte er langsam.

»Wer? Verdammt noch mal, wer?«

»Gordon ... Catanza ...«, brachte er hervor. Ich riet die Namen eher, als dass er sie artikulierte. Aber das war, was er sagte.

»Warum haben Sie denen nicht gleich alles über mich gesteckt?«

Aus seinem Mund drangen blutige Blasen. Er machte eine Grimasse. »Arschlöcher ...«

»Ist mir auch schon aufgefallen. Aber das waren nicht Ihre Auftraggeber! Wer hat Ihnen verboten, mich direkt fertigzumachen? Wer war es, Jansen?«

Ich packte ihn. Wieder bewegten sich seine Lippen. Ich hielt mein Ohr dicht an seinen Mund.

»Holen Sie ... die Flasche ...«

»Welche Flasche?« Ich sah ihn von Nahem an.

»Mit der ... er es gemacht hat ...«, flüsterte er mit großer Mühe. Aber ich hörte es ganz deutlich.

»Wer? Und wo ist sie?«, fragte ich.

Sein Mund formte nun langsam lautlose, unverständliche Wörter. Es konnte auch bereits der Todeskampf sein. Seine Augen waren schon halb geschlossen.

»Sagen Sie mir die Wahrheit. Es ist Ihre letzte Chance«, sagte ich schnell.

Jansens Pupillen kippten nach oben weg. Sein Kopf fiel zur Seite, und er war tot.

Ich hämmerte mit den Fäusten auf die Straße und rief alle Flüche, die mir einfielen, auf Englisch und auf Deutsch.

Als ich mich leer geschrien hatte, fasste ich mich wieder. Ich dachte fieberhaft nach.

Es war ein Unfall. Der Lastwagenfahrer war abgehauen, und sonst war niemand hier.

Aber halb Chinatown und die Pokerrunde waren Zeuge geworden, wie Jansen auf mich geschossen hatte und wie ich ihn durch die Straßen verfolgt hatte. Die Polizei würde kommen. Sie würde bald hier sein. Gordon und Catanza würden davon hören.

Ich musste sicherstellen, was sicherzustellen war, sonst wäre sein Tod umsonst gewesen, eine einzige verdammte chinesische Sackgasse.

Jansen hatte unter sich gelassen, auf seiner Hose war ein dunkler, feuchter Fleck. Ich verzog das Gesicht. Ich griff in sein Jackett, das blutverschmiert und angerissen war, sodass es kein Schneider mehr hätte flicken können.

In seiner linken Innentasche fand ich nur einen Kamm aus braunem Horn.

In der rechten ertastete ich sein Portemonnaie. Ich zog es mit spitzen Fingern heraus und sah mich nach allen Seiten um. Noch war niemand zu sehen.

Ich öffnete es.

Da war sein Ausweis, mit der Adresse, die ich kannte. Sein Führerschein. Einige Geldscheine, immerhin fast dreißig Dollar insgesamt; kein schlechter Bestand für einen Bullen außer Dienst.

Ich blies die Backen auf und ließ dann die Luft aus dem Mund. Ich steckte das Geld in meine Hosentasche.

Im Münzfach fand ich neben ein paar Quarterdollar zwei Schlüssel, einen großen aus Messing und einen kleinen aus Kupfer, mit einer aufgeprägten Nummer: *634*.

Ich hörte sehr entfernt das leise Wimmern einer Polizeisirene und hob den Kopf.

Nicht schon wieder. Nicht jetzt.

Ich nahm den kleinen Schlüssel mit der Nummer an mich, den großen, den Wohnungsschlüssel, legte ich zurück. Ich sah keinen Sinn darin, seine Wohnung zu durchsuchen. Wenn er etwas versteckt hatte, dann bestimmt woanders; und außerdem war mir das Risiko zu groß, dabei von der Polizei überrascht zu werden.

Ich schloss das Portemonnaie wieder und steckte es vorsichtig mit zwei Fingern in die Innentasche seiner Jacke, wie ein Taschendieb, der seinen Trick noch einmal umgekehrt ausführen wollte. Meine Finger stießen dabei auf etwas, das ich bisher noch nicht bemerkt hatte, ganz unten.

Es war ein zusammengefaltetes Briefchen aus Papier. Ich öffnete es. Darin war ein weißes Pulver. Ich befeuchtete einen Zeigefinger und stippte ihn hinein und dann in den Mund. Es schmeckte bitter und machte die Zunge taub. Es war Kokain.

Ich überlegte und verschloss das Briefchen wieder, das Pulver sorgfältig entlang des mittleren Knicks verteilt. Ich verstand, was ich jetzt tun musste. Dann steckte ich es ein.

Buck und Byron kamen um die Ecke gerannt und sahen sich suchend um. Als sie mich entdeckten, stürzten sie zu mir.

Ich stützte mich auf ein Knie und stand auf.

Sie standen außer Atem da und sahen auf den Toten hinab.

Jansen starrte mit leeren, verdrehten Augen in Richtung Himmel.

»Es war ein Unfall«, sagte ich. »Ich habe ihn verfolgt, und beinahe hätte er mich erledigt. Dann hat ein Lastwagen ihn überfahren.«

»Du musst weg hier«, sagte Buck.

»Ich weiß.«

Das Wimmern kam näher. Es war nur noch ein paar Blocks entfernt.

»Die werden gleich hier sein und Fragen stellen. Wir halten sie auf«, sagte Buck. Er agierte umsichtig und gelassen, als ginge es nur um eine besonders umfangreiche Bierbestellung einer Studenten-Bruderschaft in seiner Bar.

»Gut, ich brauche Zeit«, sagte ich. »Muss Dinge erledigen. Er war der Mörder, den ich gesucht habe.«

»Mein Gott, wie furchtbar«, sagte Byron.

»Kennst du ihn? Keith Jansen, hast du den Namen bei euch schon mal gehört?«, fragte ich ihn scharf.

»Nein, verdammt noch mal, sollte ich?« Er wirkte ernsthaft geschockt. »Aber woher auch, ich arbeite nur für die Castingabteilung!«

»Hat er dir etwas sagen können?«, fragte Buck.

»Nicht alles. Aber genug.«

»Dann beeil dich«, sagte Buck zu mir. »Viel Zeit wirst du nicht haben. Und fahr nicht nach Hause.«

»Natürlich nicht«, sagte ich.

Ich konnte mich jetzt nicht verhaften lassen. Ich konnte mich jetzt nicht mal verhören lassen, zumal ich ahnte, bei wem ich am Ende landen würde.

Ich musste erst meine Arbeit erledigen. Für die *Universal*.

Ich musste dem hier nachgehen, bevor die Polizisten es taten und ihre Nasen überall hineinsteckten. Ich musste dem Hinweis mit der Flasche folgen, und es war auch sonnenklar, wohin mich das als Nächstes führen würde.

Sie würden mich bald finden, und ich musste mir bis dahin eine gute Geschichte ausdenken.

42

Ich schlich mich zurück zur Temple Street und rauchte mit zitternden Händen eine Beruhigungszigarette. Mein Automobil stand noch vor der Schneiderei. Drinnen herrschte ein großes Chaos. Davor standen Chinesen mit dem Rücken zu mir und versuchten, in den Laden zu sehen. Niemand beachtete mich, als ich ganz selbstverständlich zu dem Milburn ging, hineinstieg und losfuhr, die Temple Street hoch, aus Chinatown heraus. Ein Polizeiwagen mit Blaulicht und Sirene kam mir in vollem Tempo entgegen, ich sah ihn im Rückspiegel quietschend halten.

Danach noch zwei weitere, als ich nach Westen abbog. Passanten sahen ihnen nach. Ich glitt davon, zwei gelbe Scheinwerfer im Dunkeln und dann zwei Rücklichter, die sich entfernten.

Der West Adams Boulevard war eine breite, ruhige Wohnstraße, an der vereinzelt große Häuser zurückgezogen hinter ausladenden Vorgärten standen. Vor einem davon waren mehrere Wagen geparkt, in denen wartende Männer saßen, jeder von ihnen eine schwarze Silhouette mit Hut und einem glühenden Punkt, aus Langeweile rauchend. Ich hielt hinter einem von ihnen. Es war kurz vor zehn. Ich hatte mir auf dem Weg überlegt, ob ich richtiglag mit dem, was ich vorhatte. Es war gewagt, doch gleichzeitig fiel mir kein einziger triftiger Grund ein, warum ich es nicht tun sollte.

Ich stieg aus und ging an den Wartenden vorbei zum Eingang des Gartens, der von mannshohen Hecken eingefasst war. Einer der Männer sagte aus seinem offenen Wagenfenster zu mir: »Er ist zu Hause, aber keine Chance, mit ihm zu reden, die schirmen ihn vollkommen ab. Stell dich einfach zu uns.«

Zum Glück war Arthur Blowfish nicht dabei, es waren nur seine Handlanger. Ich zwinkerte ihm zu und ging durch das Gartentor und den gekiesten Weg auf das Haus zu.

Die großen Hollywoodstars wohnten damals noch nicht in Schlössern in den Bergen. Oder nicht alle von ihnen. Fatty hatte dieses Haus bereits vor Jahren gekauft, Theda Bara hatte einmal darin gewohnt und nach ihr andere Stars; es hatte achtzehn Zimmer und er bewohnte es alleine mit seinem Dienstpersonal. Es reichte für ihn vollkommen aus. Es hätte auch für mich ausgereicht. Für mich und das gesamte Personal, das ich hatte.

Ich ging auf die Tür zu, ein Ungetüm aus massivem spanischem Holz, so selbstverständlich, als wollte ich einen alten Freund besuchen, und drückte einfach auf die Klingel.

Nach kurzer Zeit öffnete ein schwarzer Butler in einer Uniform die riesige Tür nur so weit, dass er gerade heraussehen konnte, und musterte mich von oben bis unten. Er war etwa in meinem Alter und so aristokratisch wie ein britischer Lord. Er trug weiße Handschuhe.

»Ja, bitte?«, fragte er.

»Ich möchte zu Mr Arbuckle«, sagte ich.

»Mr Arbuckle ist nicht zu sprechen.«

»Für mich schon. Ich bin Hardy Engel und arbeite für *Famous Players*«, sagte ich. »Er kennt mich. Und ich bringe ihm wieder etwas Bestimmtes vorbei.«

Er sah mich erneut prüfend an.

»Einen Augenblick, Sir«, sagte er und zog die Tür zu. Es dauerte etwa zwei Minuten. Ich drehte mich zwischendurch um und sah zur Straße, wo an der Gartenpforte ein halbes Dutzend Journalisten zusammengerottet stand und zu mir herüberstarrte. Ich winkte ihnen fröhlich zu. Keiner winkte zurück. Sie hassten mich.

Die Tür wurde wieder geöffnet, diesmal sperrangelweit, und der Butler trat zur Seite.

»Bitte sehr, Mr Engel. Mr Arbuckle lässt bitten.«

Ich trat ein und gab ihm meinen Hut in die Hand.

Er wies mir den Weg durch eine große Vorhalle, in der das viktorianische Zeitalter heftig erblühte. An der Decke hing ein Kronleuchter mit Hunderten von blitzenden Kristallen, und links und rechts führten zwei bogenförmige Treppen nach oben zu einer Empore. Mittig darunter öffnete sich eine breite Schwingtür in ein großes Wohnzimmer, mein Führer blieb stehen und hielt sie auf, und ich ging hindurch. Der Butler schloss dic Tür hinter mir.

Fatty stand an einem knisternd brennenden Kamin und sah so düster hinein, als wollte er ins Feuer springen. Er trug wieder einen seidenen Hausmantel, doch dieser wirkte glanzlos, ja verwahrlost, leicht beschmutzt. Ich glaubte Essensreste darauf zu entdecken.

Der Raum war so groß, dass man hier problemlos eine Studioparty hätte feiern können, mit sämtlichen Angestellten inklusive Putzfrauen, Komparsen und Pferden.

Er sah erwartungsvoll hoch und eilte zu mir.

»Hardy, mein deutscher Freund, mein Retter«, rief er aus und schüttelte mir mit beiden Händen die Hand. »Hast du das dabei, von dem ich denke, dass …«

»Aber selbstverständlich, wie immer«, sagte ich, holte das Briefchen heraus und gab es ihm. Er starrte erst etwas enttäuscht auf die kleine Gabe, dann nahm er es und öffnete es mit zitternden Händen.

»Also hat mich *Famous Players* doch nicht vergessen …«, sagte er. »Ich wusste es! Ein neuer Anwalt und eine neue Strategie, na schön, aber das konnte ja nicht alles gewesen sein …!«

Ich biss mir auf die Lippen und dachte mir meinen Teil und sah zu, wie er das Pulver begutachtete. Er lief zu einem geschnitzten Eichentisch mit verschnörkelten Beinen, wischte das Tischtuch beiseite und schüttete das Pulver auf das Holz der Platte.

»Oh, wie hab ich es vermisst!«, rief er aus und rührte mit dem Finger darin. Er zerteilte den kleinen Haufen zu Linien.

»Genau das, was wir Ihnen immer gebracht haben, nicht wahr?«, fragte ich. »Sie erkennen es doch, Roscoe, das gute Studiozeug?«

Er kostete davon mit dem Finger.

»Beste Qualität«, sagte er schmatzend. »Es duftet immer so intensiv nach Benzin, das mag ich besonders daran! Erinnert mich an mein Automobil …« Er lachte auf.

»Das ist deshalb, weil der gute Doktor es mit Benzin reinigt«, sagte ich wie selbstverständlich. »Doktor O'Hara, der weiß eben, wie es geht …«

»Fritz Roth wollte mir erst nichts mehr geben«, sagte Fatty und rollte einen Zehn-Dollar-Schein zusammen. Vielleicht hatte er gerade keinen größeren. »Sagte, es sei keine gute Idee in meiner Situation, mit all den Geiern da draußen …«

Er beugte sich hinunter und zog sich das Pulver in die Nase. Erst in das eine Loch, nun in das andere. Und schniefte genussvoll.

»Gerade in Ihrer Situation«, sagte ich, »ist es doch nötig, um sich einmal zu entspannen. Man darf sich nur nicht dabei erwischen lassen, Roscoe. Wie bei allem.«

»Oh ja, wem sagst du das«, sagte er wieder mit einem Anflug von Düsternis, auf das kleine Briefchen und den schmalen verbleibenden Rest auf dem Tisch starrend. »War das alles? Es ist ja nicht sehr viel, ich hatte auf mehr gehofft.«

»Kennen Sie Dr. O'Hara? Dr. Seamus O'Hara, oben am Coldwater Canyon?«, fragte ich.

»Warum?«, entgegnete er aufmerksam.

»Oh, ich meine nur. Wenn ich einmal nichts besorgen kann – wer weiß, ob ich immer zur Stelle sein werde? –, dann könnten Sie eben selbst zu ihm gehen, denn von ihm kommt es ja. Sie kennen ihn doch, oder?«

»Soll ich wieder zu ihm?«, fragte er plötzlich. »Ist es das?«

»Nein«, sagte ich. »Was haben Sie denn damals dort gemacht? Und wann war das?«

Er ließ sich in einen Sessel fallen und schenkte sich ein Glas Wein ein. Für mich sorgte er nicht. Es war mir egal. Ich zündete mir eine Chesterfield an.

»Für eine Diätkur. Auf Geheiß des Studios. Und für diverse andere Zwecke.«

»Welche waren das?«

»Pillen. Spritzen«, sagte er achselzuckend. »Ich habe auch Heroin von ihm bekommen. Ich wusste, dass er welches vertreibt. Aber normalerweise hab ich es über das Studio bekommen. Von Fritz Roth oder … oder von dir.«

»Kennen Sie Keith Jansen?«, fragte ich aufs Geratewohl.

»Nein. Wer ist das?«, erwiderte er.

Das musste nichts heißen.

»Waren Sie auch mit Frauen dort? Beim Doktor? Oder haben Sie welche zu ihm geschickt?«, fragte ich weiter und setzte mich ihm gegenüber. Er trank einen tiefen Schluck aus seinem Glas. Ich wollte jetzt sowieso keinen Wein trinken.

»Frauen?«

»Virginia Rappe, zum Beispiel. Haben Sie sie zu ihm geschickt?«

»Nein!«, sagte er. Er schrie es beinahe.

»Aber Sie kannten sie doch, schon vor der Party?«

»Schickt dich Fritz Roth zu mir, um all das zu fragen? Dein sauberer deutscher Landsmann?«, zischte Fatty.

»Nein«, sagte ich. »Nein, Roscoe, ich bin von ganz alleine gekommen, um Sie all das zu fragen. Ich bin da hinter etwas her, aber Fritz Roth hat damit nichts zu tun.«

Er starrte mich an. Das Koks begann offenbar zu wirken. Hoffentlich zu meinem Vorteil. »Also. Sie haben Virginia doch schon länger gekannt, aus Hollywood?«

»Wer hat sie nicht gekannt?«, sagte er. »Wir alle haben sie gekannt. Sie ist auf jeder Party gewesen, nicht nur auf der in San Francisco.«

»Ich bin es leid, das zu hören. Haben Sie schon mal etwas mit ihr gehabt? Hier in Hollywood, waren Sie mit ihr im Bett? Irgendwann, bevor Sie nach San Francisco gefahren sind?«

»Nein, verdammt noch mal, war ich nicht«, sagte er, stand auf und ging wütend umher. »Was habt ihr alle denn immer mit ihr? Dass ich angeblich gesagt hätte, schon seit fünf Jahren hinter ihr her zu sein und endlich sei sie fällig ... Das haben die da oben in San Francisco behauptet. Ich hätte sie doch schon lange haben können! Ich habe vor Jahren einen verdammten Film mit ihr gedreht, sie hatte irgendeine Nebenrolle und hat sich an mich rangeworfen, so wie an alle ... Jeder hätte sie haben können!« Immerhin löste das Kokain ihm die Zunge.

»Und? Haben Sie sie gehabt, Roscoe?«

»Nein!«, rief er. Er ging zum Tisch und schenkte sich nach. Er verschüttete einiges von dem Wein.

»Haben die beiden versucht, Sie zu erpressen? Oder nur ihre Freundin? Womit auch immer? Mit Fotos? Mit ihrer Zeugenaussage? Mit Beweisstücken?«

»Maude Delmont?«, sagte er. »Diese furchtbare alte Zicke ...«

Er hatte Angst, das war deutlich zu sehen. Er war ein vollkommen verzweifelter Mann. Vermutlich war er das immer gewesen und hatte es durch seine Späße zu verstecken versucht.

»Zum Beispiel mit einer Flasche?«, fragte ich. Er glotzte mich überrascht an. »Sagen Sie es ruhig, es bleibt unter uns. Was hat sie gesehen? Was hat Maude in der Hand gehabt?«

»Ach, lass mich doch bloß mit der in Ruhe! Es sind alles Lügen! Ich bin unschuldig!«

»Aber sie hat Sie doch erpressen wollen? So wie sie es mit allen tut? Oder?«

»Ja, das hat sie versucht, bevor sie damit zum Staatsanwalt gegangen ist, aber warum hätte ich darauf eingehen sollen? Keiner wird doch nur ein Wort von dem glauben, was die sagt! Sie sind nur darauf eingegangen, weil sie einen Fall gegen mich haben wollten!«

Er stampfte mit dem Fuß auf und warf das Glas in den Kamin. Er traf damit mindestens so gut wie mit einer Sahnetorte. Flammen schlugen hoch.

Ich stand auf.

»Haben Sie Virginia Rappe hier in Hollywood Anfang September, vor dem *Labor-Day*-Wochenende, ein Casting bei *Famous Players* verschafft?«

»Warum hätte ich das tun sollen?«, rief er.

»Bei Ihrem Studio? Bei dem Sie alle Möglichkeiten hatten? Irgendeinen Grund muss es dafür ja geben«, sagte ich. Ich wollte ihn jetzt auf keinen Fall vom Haken lassen. »Sie war dort, Roscoe, und hat vorgesprochen. Was ist wirklich geschehen? Sagen Sie es mir, ich will Ihnen helfen! Ich *kann* Ihnen helfen!«

»Nichts«, brüllte er. »Es ist nichts geschehen. Ich kann das alles auch nicht erklären.«

»Warum war sie da oben nackt, Roscoe?«, fragte ich.

»Weil sie sich ausgezogen hat. Selbst ausgezogen. Ich habe sie dadrin nicht angefasst, bei Gott, das musst du mir glauben. Ich weiß nicht, warum sie Schmerzen hatte.«

Er ging wieder zum Tisch, stülpte das Briefchen um und klopfte es aus. Es waren nur noch ein paar Stäubchen darin gewesen.

»Und was war mit der Flasche?«

»Was hast du denn immer mit der Flasche?«, schrie er auf. »Da war keine Flasche!«

»Da waren jede Menge Flaschen, Fatty. Ich habe Sie selbst mit einer gesehen.«

»Weil ich getrunken habe. Wie alle anderen auch!«

»Ich habe noch etwas anderes gehört. Dass es die Flasche noch irgendwo gibt. Vielleicht hat Maude sie jetzt. Vielleicht die Staatsanwaltschaft. Vielleicht ist sie aber auch gut verwahrt. Wo ist die Flasche, Roscoe?«

»Ich weiß nichts von einer Flasche, außer den Lügen, die in der Zeitung gestanden haben!«, rief er wütend.

Er befeuchtete einen Finger und stippte ihn in das Briefchen und leckte ihn ab. Er würde nichts Taugliches mehr dazu sagen.

»Aber dass sie Schmerzen gehabt hat, das haben Sie gemerkt?«

»So wie sie geschrien hat, ja! Ich habe einen Arzt geholt, hast du das nicht mitbekommen?«

»Und dann? Dann hat sich Fritz Roth um alles gekümmert, nicht wahr, und Ihnen gesagt, Sie sollen abfahren, damit Sie den Rest nicht mitbekommen, damit Sie nicht reingezogen werden in das, was er dann getan hat oder hat tun lassen?«

Er befeuchtete erneut den Finger und wischte damit manisch die Tischplatte ab, hinterließ Schlieren darauf und steckte den Finger in den Mund.

»Ich weiß nicht, was dann passiert ist«, sagte er. »Ich weiß es nicht, und ich habe damit nichts zu tun. Frag doch *Famous Players*. Frag Fritz Roth. Ich war am Boden zerstört. Tage später, als ich gehört habe, dass Virginia gestorben ist.« Er sah plötzlich aus, als sei er kurz davor zu weinen.

»Doktor O'Hara ist auch tot. Ermordet. Und es hat etwas mit Ihrem Fall zu tun«, sagte ich und beobachtete seine Reaktion.

Er starrte mich verblüfft an.

»Tot? Ich verstehe das alles nicht«, sagte er.

Die Schwingtür ging auf und Minta Durfee kam hereingestürmt. Sie trug ein wallendes Kleid und einen seidenen Schal, der hinter ihr herwehte, und sie sah mich böse an.

»Was ist hier los? Wer sind Sie?«

»Hardy Engel. Ich habe Ihrem Mann nur etwas gebracht.«

»Warum hast du ihn reingelassen?«, fragte sie Fatty. Sie sah auf den Tisch. Sie sah den zusammengerollten Geldschein.

»Ich muss telefonieren«, sagte ich zu Fatty. »Wo kann ich das machen?«

Er sah mich an, mit einem Mal wieder voller Hoffnung. Wie ich es beabsichtigt hatte, dachte er, dass ich womöglich Nachschub besorgen wollte.

»In der Halle«, sagte er. Ich nickte ihm zu und ging nach draußen. Als die Tür hinter mir zuschwang, hörte ich sie auf ihn einschimpfen.

Ich ging zu dem Apparat auf einem Marmortischchen, das vermutlich mehr kostete, als ich jemals verdient hatte.

Ich ließ mich erst mit *Famous Players* verbinden. Dann, als ich dort niemanden erreichte, mit Fritz' Privatanschluss.

»Fritz Roth?«

»Hardy Engel. Das überrascht mich jetzt wirklich, dass ich dich zu Hause erreiche«, sagte ich.

»Es ist nach elf Uhr abends, Hardy.«

»Genau deshalb.«

»Was willst du?«

»Mit dir reden. Dringend. Zum Beispiel darüber, dass du Drogen von Dr. O'Hara bezogen hast. Und was du sonst noch mit ihm zu tun hattest. Welche Termine du mit ihm vereinbart hast. Aber diesmal ehrlich. Und unter vier Augen.«

Einen Moment war Stille am anderen Ende der Leitung.

»Das hab ich dir doch alles schon erzählt.«

»Gerade wird ein ganz neues Licht darauf geworfen. Ich will auch darüber reden, was du alles angeordnet hast, nachdem es die Probleme in San Francisco gab. Und über eine bestimmte Flasche.«

»Du glaubst wirklich, Virginia Rappe wurde mit einer Flasche …? Das ist doch reine Fantasie, von Maude Delmont.«

»Nein, das ist es nicht. Es gibt diese Flasche und ich werde sie finden. Ich komme morgen bei dir vorbei. Und übrigens, ich bin gerade bei Fatty«, sagte ich. »Schöne Grüße.«

Ich legte auf, ohne auf seine Reaktion zu warten. Es war schöner, sie mir vorzustellen und ebenso die Reaktionen von denen, die womöglich in der Leitung mithörten.

Im Wohnzimmer konnte ich Fatty und seine Frau richtig laut streiten hören. Vermutlich hatte er das mit dem Koks zugegeben. Oder vielleicht ging es auch um das, was er angeblich mit anderen Frauen machte. Auch wenn man getrennt lebte, Ehefrauen hörten so etwas meist ungern.

Ich öffnete die Tür und sah hinein. Fatty hielt mitten in einer Rechtfertigungstirade inne und sah hoffnungsvoll zu mir.

»Ich gehe dann«, sagte ich.

»Und …?«, sagte er.

»Was?«, erwiderte ich. Minta sah von mir zu ihm. Er konnte nicht offen nach Kokain fragen.

»Und das mit der Komödie über die Deutschen, das sollten wir unbedingt angehen«, sagte Fatty. »Den Film sollten wir bald machen.«

»Sicher«, sagte ich. »Sobald *Famous Players* Sie wieder drehen lässt. Schreiben Sie doch ein paar Ideen auf. Oder gleich das Drehbuch, mit allen Gags. Man sollte immer etwas Lustiges in der Schublade haben.«

Sein Blick wurde glasig und er starrte regelrecht ins Nichts.

»Alles Gute für den Prozess«, sagte ich. Ich drehte mich um und ließ die Tür los. Sie schwang hinter mir zurück, ein halbes Dutzend Mal, und jedes Mal verlor sie etwas mehr an Schwung, bis sie dann endgültig zu war.

43

Es war kurz vor Mitternacht, aber ich war für heute noch lange nicht am Ende. Ich musste mich noch um all die anderen Dinge kümmern. Und hatte die Polizei im Nacken.

Ich genoss die neugierigen Blicke der Reporter, als ich wieder hinauskam und zu meinem Wagen spazierte. Sie riefen mir Fragen zu, doch ich ignorierte sie vollständig. Letztlich fuhr ich unbehelligt davon. Wenn die Schreiberlinge gewusst hätten, wohin, hätten sie sich gleich zweimal in den Hintern gebissen.

Herbert Brunswick war nicht einfach ein schwuler Schauspieler – davon gab es viele –, er war sozusagen die Bienenkönigin der Schwulen in Hollywood. Er hatte um sich herum ständig einen Schwarm junger Männer, »Brunswicks Männer« oder »Herberts Homos« genannt oder was auch immer die bösen Zungen in dieser ständig vor Klatsch summenden Stadt dazu von sich gaben. Kostüm- und Maskenbildner, hoffnungsvolle junge Schauspieler und Produktionsassistenten, eine große Entourage.

Seine Liebhaber wechselten ständig. Einmal hatte er sogar mich ins Visier genommen, als ich ihm in der Bar des *Hollywood Hotels* über den Weg gelaufen war. Ich hielt es erst für einen glücklichen Zufall, mit dem bekannten Mimen ins Gespräch zu kommen. Das war, bevor er mir auf die Toilette folgte und mir von hinten in den Schritt griff. Meine Chance für die große

Karriere, ja sicher. Ich hatte mich nur mit Mühe beherrschen können, ihm nicht die Nase zu brechen. Sie war schließlich sein Markenzeichen, ein gewaltiger Zinken, an dem ich mich vorbeischieben musste, um ihm zu entkommen. Das war alles gewesen.

Es schien für ihn vollkommen üblich zu sein, sich so zu verhalten, ganz offen und nicht nur unter seinesgleichen. Folglich wusste beinahe die ganze Stadt aus persönlicher Erfahrung, dass er vom anderen Ufer aus fischte. Bisher hatte es vermutlich die stillschweigende Verabredung gegeben, ihn damit nicht in der Presse bloßzustellen. Die Presse brauchte und pflegte ihre Stars. Doch solche Verabredungen galten offenbar nichts mehr.

Man musste nur eine gewisse Grenze überschreiten, so wie Fatty, so wie er, und dann bekam man keinen Schutz mehr. Sie hatten Brunswick in einem Homo-Club in Downtown erwischt, in flagranti. Das stand in Blowfishs Entwurf für den Enthüllungsartikel.

Man durfte sich eben nicht erwischen lassen.

Ich schaffte es in einer knappen halben Stunde hinunter nach Bunker Hill. Ich fand die Seitenstraße erst nicht wieder und musste einmal um den Block fahren und dann in die andere Richtung abbiegen. Ich stellte den Wagen vor der Klinik ab und ging auf den Eingang des Gebäudes zu.

Der Empfangsbereich war hell und freundlich, und die diensthabende Schwester, eine Nonne mittleren Alters mit einer riesigen Flügelhaube, wirkte diskret, verbindlich und kompetent, so als habe sie eine Menge Erfahrung.

Während die Nachtschwester mich telefonisch anmeldete, ging mir auf, dass ich vor nicht allzu langer Zeit eine ähnliche Situation erlebt hatte, in San Francisco; und man hatte mich erheblich weniger freundlich empfangen. Ich war aber auch nicht in der privilegierten Lage von heute gewesen, hier war ich so etwas wie der Auftraggeber, und meine Schutzbefohlene war noch am Leben.

Miss Fielding schlug sich sogar recht gut, wie ich mir hatte berichten lassen, sie entgiftete ihren Körper und inzwischen übergab sie sich angeblich nicht einmal mehr. Sie hatte auch das Rauchen aufgegeben, pflückte regelmäßig unten im Garten der Nonnen Gemüse und bereitete es sich dann selbst zu, ohne Fleisch. Sie trank ausschließlich Quellwasser aus der Sierra Nevada, das sie ihr täglich anliefern ließen. Sie wusch sich sogar damit.

Ich fuhr mit einem Aufzug nach oben in den zweiten Stock, und dort erwartete mich Pepper. Sie trug ein sehr schönes schwarzes Kleid mit einer weißen Verzierung auf der linken Brustseite.

»Hallo, Boss.«

Wir grinsten uns an. Berührten uns aber nicht und verzichteten auf einen Kuss. Hinter einer Glasscheibe waren Schwestern mit Kitteln und Häubchen zu sehen.

»Und, wie weit hast du sie?«

Sie verzog leicht das Gesicht. »Ich hab's versucht, Hardy, so wie du's mir aufgetragen hast. Ich glaube, sie ist fast überzeugt. Aber noch nicht ganz.«

»Na schön. Gehen wir zu ihr.«

Pepper ging voran, den Flur hinunter. Der Rock schwang ihr im Wechsel links und rechts um die Waden, unter dem gleichmäßigen Taktschlag ihrer Absätze auf dem Linoleum. Ich sah ihr gerne dabei zu. Sie sah zurück und lächelte mich an.

»Wie war dein Tag sonst? Du siehst müde aus.«

Sie blieb stehen und hielt mir ein flaches Zigarettenetui hin. Ich nahm eine und ließ mir von ihr Feuer geben.

»Viel passiert. Ich erzähl's dir später.«

Sie stellte den Fuß auf ein Sims und schob den Rock hoch. An ihrem linken Strumpfband hatte sie eine kleine silberne Flasche befestigt. Sie nahm sie ab, schraubte sie auf und hielt sie mir hin. Ich grinste ihr zu und nahm einen tüchtigen Schluck. Sie nahm auch einen und verstaute die Flasche wieder unter ihrem Rock.

Dann klopfte sie an eine Tür, öffnete sie, und wir betraten Babette Fieldings Zimmer.

Miss Fielding saß aufrecht im Bett, in einem Nachthemd und mit so dunklen Augenringen, dass sie beinahe wie Filmschminke aussahen. Sie blickte mir skeptisch entgegen.

»Guten Abend, Miss Fielding. Hardy Engel, ich weiß nicht, ob Sie sich erinnern.«

»In etwa«, sagte sie und schlug die Augen nieder. »Pepper hat mir alles von Ihnen erzählt. Haben Sie noch einmal vielen Dank. Ich werde mich natürlich bemühen, mich zu bessern. Die *Universal* muss sich keine Sorgen machen.«

Die kleine Mary lag in einer Wiege mit zugezogenem Vorhang. Pepper schlug ihn zurück und zeigte mir, wie selig die Kleine schlief. Wir sahen sie an und lächelten alle drei.

»Oh, davon bin ich überzeugt, Miss Fielding«, sagte ich und setzte mich auf die Kante ihres Bettes. »Und auch Sie müssen sich keine Sorgen machen, niemand wird erfahren, was passiert ist. Hier geht es nicht um die *Universal*. Es geht uns ausschließlich um das Wohl Ihres Kindes und um Ihren guten Ruf.«

»Mir doch auch«, flüsterte Babette Fielding und ihre Augen füllten sich mit Tränen. Sie hatte sich noch nicht ganz im Griff. Ihr Aussehen glich immerhin schon viel mehr dem Filmstar, den alle Welt kannte; eine bildhübsche blonde Frau Ende zwanzig. Man hörte ihr an, dass sie aus Texas stammte.

»Bedenken Sie Ihre Situation. Seit dem Tod Ihres Mannes sind Sie alleinstehend, und Ihre Mutter kann sich nicht um Mary kümmern. Wenn Sie wieder im Studio sind und arbeiten, meine ich.«

»Da haben Sie recht. Da haben Sie natürlich vollkommen recht«, sagte sie und sah auf einen Kleiderständer, an dem ein großes blütenweißes Brautkleid hing, ein wahrer Traum mit Brüsseler Spitze. Es war jenes, das ich Pepper aus dem Fundus hatte holen lassen. In von Stroheims Film *Blind Husbands* hatte seine Frau Valerie es getragen. Auch ein züchtiger weißer Schleier gehörte dazu.

»Sie sollten wieder heiraten, das würde viele Ihrer Probleme lösen«, sagte ich. »Und viele Frauen würden sich darum reißen, Herbert Brunswick zum Gatten zu bekommen.«

»Eine ›Lavendelhochzeit‹, ich verstehe schon«, sagte sie und nahm sich sichtlich zusammen. »Ich meine, ich weiß ja, dass er … kein Familienmensch ist …«

»Es ist natürlich nur eine Rolle, die Sie für die Öffentlichkeit spielen, Sie beide«, sagte ich und lächelte. »Um sich zu schützen. Und auch er wird sich damit arrangieren müssen, nicht nur Sie.«

»Sind Sie auch sicher, dass er mitspielt? Er ist nicht dafür bekannt, dass er damit hinterm Berg hält, wen er liebt«, sagte sie und hielt ein Taschentuch an die Nase.

»Glauben Sie mir, Mr Brunswick hat ebenfalls große Sorgen. Alle haben etwas davon, wenn die Schlagzeilen über Ihre Hochzeit herauskommen. Ihren prominenten Leinwand-Namen werden Sie natürlich behalten.«

Die Uhr zeigte mittlerweile weit nach Mitternacht.

Babette Fielding zog die Nase hoch und nickte tapfer. Ich sah, dass sie überzeugt war. »Sie beide haben kein Problem mit so etwas, nicht wahr?«, fragte sie und sah von mir zu Pepper. »Und Sie lieben sich, das sieht man sofort. *Sie* sollten heiraten.«

Pepper und ich tauschten einen schnellen Blick. Ich sah wieder weg.

»Es geht hier nicht um uns«, sagte ich. »Es geht um Sie, Miss Fielding. Und um Herbert Brunswick. Warum fahren wir nicht zu ihm und besprechen es gemeinsam? Oder wollen Sie sich noch einmal hinlegen und schlafen?«

»Ich kann jetzt sowieso nicht schlafen«, sagte Miss Fielding und straffte sich.

»Er ist ein Nachtmensch, ein Künstler wie Sie«, sagte ich und stand auf.

»Der Termin ist bereits festgesetzt, für morgen Mittag«, sagte Pepper und nahm die kleine schlafende Mary vorsichtig aus der Wiege und schaukelte sie sanft auf ihrem Arm. »Sie tun das Richtige. Sie ermöglichen Mary eine glückliche Kindheit. Glauben Sie mir, wenn Sie sie später einmal fragen, wird das das Wichtigste für sie sein.«

»Als verheiratete Frau wird mir alles viel leichterfallen, ich weiß«, sagte Miss Fielding und schlug die Decke zurück. »Das Brautkleid ist wunderschön. Kann ich es anziehen?«

»Tun Sie das, während ich mit den Schwestern rede«, sagte ich. »Wir lassen dann Mary bei ihnen und fahren zu Mr Brunswick.«

Ich warf Pepper einen Blick zu, als ich zur Tür ging. Sie erwiderte ihn und ging mit der kleinen Mary auf dem Arm zu Miss Fielding.

44

Etwas später machten wir mithilfe einer auf der Station aufgetriebenen Kamera eine standesgemäße Fotografie von Babette Fielding als Braut. Sie warf sich in Pose. Zieh einer Schauspielerin das Kostüm an, und sie wird sich sofort in ihre Rolle hineinfinden.

Kurz darauf halfen wir ihr die Stufen hinunter zum Wagen, die sie unsicher ging, noch etwas wacklig nach den Tagen des Entzugs, und dann in den Fond des Milburn.

Sie saß neben Pepper auf dem Rücksitz, als ich wieder auf die nächtliche Straße fuhr. Ich hatte von der Station aus ein Telefonat mit Brunswicks Villa am Benedict Canyon geführt und feststellen müssen, dass er nicht dort war. Ich machte seinem Diener klar, dass die *Universal* als sein Arbeitgeber sofort wissen müsse, wo er sich in diesem Moment befinde. Er sagte mir mit hoher Stimme, ich solle es in einem Club in Downtown versuchen, und nannte mir die Adresse.

Es war zwar zum Glück nicht derselbe Club, in dem er erwischt worden war. Trotzdem hatte er offenbar nicht viel dazugelernt durch das Auftauchen der Reporter. Ich musste ihn dringend da herausholen. Ich hatte noch nicht mit ihm gesprochen und ahnte, es würde sehr schwierig werden, ihn von der Hochzeit zu überzeugen.

Ich schaffte es in zehn Minuten hinüber in die Olvera Street. Der Club war nicht leicht zu finden. Wenn man wusste, wonach man suchte, erkannte man es schließlich an dem besonders breitschultrigen Leichtmatrosen, der davor eine permanente Rauchpause machte und dessen Schiff niemals kommen würde.

»Lassen Sie mich rasch alleine nach dem Rechten sehen und ihn holen«, sagte ich zu Miss Fielding. »Es ist vermutlich ein Club nur für Männer.«

»Nein«, sagte die Braut stolz, »ich komme natürlich mit und helfe Ihnen.«

»Wenn Sie unbedingt Wert darauf legen.«

Wir stiegen alle drei aus.

Meine Visitenkarte und ein Fünfer öffneten uns eine Eisentür, die in einen Keller hinabführte. Gegen die beiden Damen hatte der Matrose nichts einzuwenden.

Wir durchschritten einen lang gestreckten Gang mit Leitungsrohren an der Decke. Als wir ganz hinten um die Ecke bogen, gelangten wir in einen großen Raum, der mit Teppichen ausgelegt war. In einer Ecke stand eine improvisierte Bar, in einer anderen spielte eine Band mit schwarz bemalten Gesichtern hektischen Jazz. Doch niemand tanzte. Im trüben Licht einiger roter und oranger Lampen konnten wir mit etwas Mühe ungefähr ein Dutzend Gäste ausmachen, auf Couches verteilt, die eher darauf lagen, als dass sie saßen.

Ich sah auch eine Frau. Dann noch eine.

Und sie war soeben dabei, sich eine Spritze zwischen die nackten Zehen zu setzen.

Es war kein Homo-Club. Wir hatten unsere Entzugspatientin Babette Fielding in einen exklusiven Rauschgiftclub gelotst.

Die Frau sank eben in die Kissen zurück und seufzte wohlig, die Spritze noch in ihrem Fuß.

Babette Fielding sah sie mit großen Augen an, so als wäre sie im Besitz des Heiligen Grals.

Pepper und ich wechselten einen panischen Blick. Pepper stellte sich vor sie.

»Es ist besser, wenn Sie draußen warten«, sagte ich schnell.

»Kommen Sie, wir gehen ein bisschen frische Luft schnappen«, sagte Pepper und wollte Babette hinausschieben.

»Sieh an, wen haben wir denn da?«, sagte eine Stimme, die mir bekannt vorkam. Es war Herbert Brunswick, und er war nicht nur sehr berauscht, er trug auch lediglich einen seidenen Kimono, der vorne weit offen stand. Und das war nicht das vorteilhafteste Kostüm, das sich ein Mittfünfziger mit Genießerbauch hätte aussuchen können, der breitbeinig auf ein Sofa geflätzt dasaß.

»Hardy Engel, *Universal*«, sagte ich hochoffiziell. »Mr Brunswick, diese Party ist vorbei. Ich muss mit Ihnen reden.«

»Seid doch nicht langweilig, Freunde«, rief ein Mann, der auf einer Couch neben der von Brunswick lag. »Macht es euch bequem und feiert mit. Es ist eine kleine Filmparty!«

Er war sehr groß und kräftig, in einem schneeweißen Anzug, und er war einer der berühmtesten Filmschauspieler der Stadt. Wallace Reid.

Und ja, hier wurde endgültig bestätigt, worüber ganz Hollywood klatschte. Sein linker Ärmel war hochgerollt, und seine Pupillen waren so groß wie die Dessertteller im *Cocoanut Grove*. Neben der Couch lag auf einem Tischchen das Spritzbesteck und eine Ampulle bereit.

Miss Fielding sah über Peppers Schulter hinweg wie gebannt darauf.

Wally Reid nahm die Spritze, klopfte sich auf die Armbeuge und stach sie sich zielsicher in eine Vene. Er stöhnte wohlig auf und legte mit geschlossenen Augen den Kopf zurück.

Pepper nahm Miss Fieldings Hand und hielt sie fest. Es war Morphin, kein Heroin, doch wir befürchteten beide, sie würde in Versuchung geraten.

Brunswick rauchte Opium aus einer langen Pfeife, und die Luft war voll mit blauem Rauch. Er blies direkt in Babette Fieldings Richtung.

»Es geht um den Artikel, den der *Examiner* über Sie veröffentlichen will«, sagte ich eilig zu Brunswick. »Ich habe große Mühe gehabt, ihn zu verhindern. Sie kommen jetzt mit mir hinaus. Lassen Sie sich bloß nicht zweimal von denen erwischen, sonst kann ich nichts mehr für Sie tun.«

Zwei junge Männer, ebenfalls in Kimonos, kamen von hinten an die Couch heran. Sie waren offensichtlich seine Begleiter und nur in den Hintergrund getreten, damit er sich in Ruhe mit seinem prominenten Kollegen unterhalten konnte, den er hier getroffen hatte.

»Und was genau wollen Sie tun?«, sagte Brunswick, der das alles für einen großen Witz zu halten schien.

»Hallo Herbert«, sagte Babette Fielding mit zitternder Stimme und trat an Pepper vorbei vor, ganz in Weiß ausstaffiert als Braut.

Erst in diesem Augenblick fiel Brunswicks Blick auf sie. Er hatte bis dahin nur mich angesehen.

»Babette, altes Mädchen … wen man hier nicht alles trifft«, sagte er und wandte sich wieder an mich, »ich verstehe, aber das können Sie sich abschminken.«

Wally Reid sah ebenfalls her, lachte laut auf und warf den Kopf nach hinten.

»Herbert, doch, das wäre das Richtige für dich!«, sagte er laut. »Eine Frau zu heiraten und womöglich noch ein Kind zu bekommen! Ich kann es dir nur empfehlen!«

Miss Fielding zuckte kurz zusammen.

»Über die Details reden wir noch, Brunswick«, sagte ich. »Kommen Sie erst einmal mit nach draußen, sofort!«

Er reagierte nicht. Stattdessen legte Reid nun richtig los.

»Auch wenn das hier«, sagte Reid mit schwerer Zunge, »mich an die Zeiten erinnert, als ich noch vollkommen frei war und machen konnte, was Spaß macht.«

Er hatte die Spritze aus dem Arm gezogen und nahm sich ein Cocktailglas vom Tischchen. Er wirkte jetzt vollends berauscht und hemmungslos. Er war nicht mehr der große, fast scheue Mann, den ich am Filmset gesehen und für den seine Frau das Reden übernommen hatte. Es war, als hätte sich seine ganze Persönlichkeit verändert.

»Hallo Rotschopf«, sagte er, jetzt zu Pepper gewandt,

»mein Knie wäre noch frei. Du darfst dich gerne draufsetzen. Du bekommst auch einen richtig schönen Schuss von mir, und weißt du was? Den Alkohol verträgst du danach noch einmal so gut!«

Der Filmstar streckte die Hand nach Pepper aus. Ich überlegte bereits, ob ich den Riesen in diesem Zustand umhauen könnte. Sie machte sofort einen Schritt zurück und schüttelte nur stumm und ablehnend den Kopf.

Reid winkte lachend ab, trank und verschüttete dabei etwas auf seinen weißen Anzug.

Babette Fielding schwankte und musste sich an Brunswicks Couch festhalten.

»Also was ist jetzt, Mr Brunswick?«, fragte ich drängend. »Das Studio will, dass Sie beide heiraten.«

»Entspannt euch!«, sagte Brunswick beschwingt zu uns. »Komm Babette, nimm doch erst mal einen Zug!«

Und er hielt ihr seine Opiumpfeife hin. Seine beiden jungen Begleiter kicherten.

Babette Fielding stand einfach nur da und starrte auf die süßlich duftende Pfeife, als würde sie gleich wahnsinnig werden.

Sowohl Pepper als auch ich wollten dazwischengehen, doch es war zu spät. Sie hatte schon danach gegriffen.

Ein Schauder durchlief ihren Körper, während sie die Pfeife ansah. Dann aber richtete sich Babette Fielding auf, sandte uns einen stolzen Blick zu und warf sie nach hinten weg.

Sie baute sich vor Brunswick auf, sehr sicher jetzt, jeder Zoll ein texanisches Cowgirl, das auf dem Weg zu seiner Hochzeit ist, und sagte:

»Jetzt pass mal schön auf, Herbie. Ich nehme so ein Dreckszeug nicht mehr. Und du wirst jetzt deinen Arsch hochheben, da rausgehen und mich heiraten. Einfach heiraten, mehr nicht, einmal ›Ja‹ sagen. Natürlich werden wir nicht unter einem Dach leben, wir werden nur hier und da Filmpremieren zusammen besuchen oder in ein Restaurant gehen und mal ein Foto von uns schießen lassen. Soll ich's dir aufmalen, wie die Nummer geht? So eine richtig schöne Hollywood-Lüge eben! Aber sie wird uns Ruhe verschaffen, Herbie, dir und mir. Damit wir unsere Karrieren als Schauspieler fortsetzen können. Ich will meine jedenfalls fortsetzen, gottverdammt noch mal, und deswegen brauche ich das von dir! Und du brauchst es auch! Also komm!«

Brunswick starrte sie mit offenem Mund an, ernüchtert, und seine beiden Begleiter ebenso.

Pepper und ich grinsten uns zu, während wir ihn nach draußen schoben, hinter Babette Fielding her, die stolz voranschritt und sich dabei nur noch ein ganz kleines bisschen an der Wand abstützen musste. Wally Reids irres Lachen verfolgte uns den Kellerflur entlang.

Draußen verfrachteten wir Braut und Bräutigam in den Wagen. Wir fuhren zu Brunswicks Haus und ich flößte ihm Kaffee ein und kleidete ihn persönlich in seinen besten Frack mit Zylinder. Ich musste ihn mir dabei ein paarmal vom Leib halten.

Vielleicht verlor das Opium allmählich seine Wirkung, jedenfalls ließ er eine wahre Schimpftirade los. Der Artikel sei ihm egal. Seine Karriere sei ihm egal. Er wolle nicht heiraten. Er benutzte viel schlimmere Wörter dafür, die er alle nicht von Shakespeare hatte.

Miss Fielding und Pepper kamen wieder dazu und gemeinsam versuchten wir, ihn zu überzeugen. Um ihr Leben wie bisher weiterleben zu können, sagte Pepper, müssten sie beide diese Lüge auf sich nehmen. Weil sie immer noch besser sei als das, was ihnen sonst blühte. Wenn sie an der Wahrheit festhielten, würden sie ihr wahres Leben gerade verlieren und alles, was ihnen wichtig war.

Es war ein Satz, der in mir nachklang.

Pepper und ich ergänzten und unterstützten uns und genossen es zu sehen, wie gut wir hierbei harmonierten. Als wollten wir uns beide endgültig zusammenbringen, indem wir dieses Paar zusammenbrachten.

Schließlich gab Brunswick seine Zustimmung zur Hochzeit,

nachdem Babette Fielding ihn dazu gedrängt hatte, den Finger in den Hals zu stecken und sich zu übergeben. Es brachte ihn wieder einigermaßen in Form. Sie selbst schien kuriert. Zuzusehen, wie der junge, kraftstrotzende Reid innerhalb von Minuten zu einem Wrack degenerierte, konnte einen Menschen endgültig heilen.

Danach ließen wir sie noch etwas ausschlafen. Und auch Pepper und ich schliefen ein wenig, auf einer Couch nebeneinander hingestreckt.

Ein neuer strahlender Tag in Hollywood begann und schickte sich an, einer der heißesten des ganzen Jahres zu werden. Ganz Kalifornien wurde von einer neuen Hitzewelle erfasst, gegen die die letzte eine Eiszeit gewesen war.

Pepper benachrichtigte Irving Thalberg – wir hatten bis jetzt gewartet, falls es schiefging –, und ich rief Arthur Blowfish an und bestellte ihn mitsamt Fotografen zum Standesamt nach Silver Lake. Wir holten Mary ab und kauften einen Brautstrauß und jagten dann durch den dichten Verkehr zu dem kleinen Gebäude, mit dessen Beamten Pepper alles arrangiert hatte.

Dort erwartete uns in der stechenden Sonne neben den Hearst-Reportern eine Meute junger Männer, die Brunswicks ebenfalls anwesende Begleiter aus dem Club heimlich benachrichtigt haben mussten, unter den höhnischen Blicken von Mr Blowfish. Doch er schien sehr zufrieden mit seiner Exklusivgeschichte. Ebenso wie Mr Thalberg, der in seiner besten Garderobe erschien und als Studioleiter den Trauzeugen abgeben sollte. Pepper würde es für Babette tun.

Ein Menschenauflauf entstand vor der Tür, als Passanten die Reporter entdeckten und das prominente Paar erkannten. Er wuchs stetig an, und als wir nach der rasch abgewickelten Hochzeit hinaustraten und auf den Stufen des Standesamtes den Reis warfen, den Pepper mitgebracht hatte, da gab es regelrechtes Gerangel und Geschrei, und sogar eine Polizeistreife traf ein und übernahm es, das Brautpaar abzuschirmen. Fast wie bei einer richtigen Star-Hochzeit. Die Fotografen schossen ihre Bilder, und es fiel kaum auf, dass der Bräutigam leicht schwankte und Mühe hatte, aufrecht zu stehen. Dann machten sie auch noch welche von den beiden mit Mary, von der glücklichen Familie, die sich neu gefundenen hat.

Ich beugte mich zu Blowfish und sagte: »Nun, ich habe Sie nicht reingelegt, und ich habe auch nicht gelogen. Ist das jetzt eine heiße Exklusivstory oder ist das eine heiße Exklusiv-Story?«

Mr Thalberg stand in der Nähe und hörte zu. Blowfish lächelte und sagte: »Es ist eine *gute* Story, Mr Engel. Und der *Examiner* wird sie bringen.«

Thalberg trat heran und sagte: »Wir haben also eine Abmachung?« Und er warf ihm einen seiner Blicke zu. Blowfish nickte. Mr Thalberg lächelte. Und da er so selten von Herzen lächelte, war man, wenn er's mal tat, ungeheuer glücklich. Kurz darauf war er auch schon wieder verschwunden; ich hatte keine Gelegenheit gehabt, ihm von meinem kleinen Abenteuer gestern Abend zu berichten. Ich war nicht unfroh darüber.

Babette, dutzendfach aus der Menge dazu aufgefordert, ihren Brautstrauß zu werfen, drehte sich auf den Stufen um, holte aus und warf das Bukett in hohem Bogen hinter sich. Und es flog direkt auf Pepper zu, und Pepper fing es nicht auf, ließ es vor sich zu Boden fallen. Eine andere stürzte sich auf die Blumen und hielt sie jubelnd hoch, während Pepper zu mir sah und mich achselzuckend angrinste. Ich grinste zurück.

Wir setzten unser seltsames Hochzeitspaar samt Mary in den Milburn, auf dessen Seitenscheibe Pepper mit Lippenstift *Just married* geschrieben hatte, und dann fuhr Pepper die beiden unter Jubelgeschrei davon. Der Wagen mischte sich in den Mittagsverkehr Richtung Hollywood.

Ich war hundemüde und ungeheuer glücklich, es überstanden zu haben.

Bis sich plötzlich eine Hand schwer auf meine Schulter legte und eine hohe Stimme mit italienischem Singsang sagte: »Mr

Engel, begleiten Sie uns bitte aufs Revier. Wir haben ein paar dringende Fragen an Sie.«

Ich drehte mich um und blickte in die grinsende Fratze von Vincente Catanza.

Mein längster, schlimmster Tag war noch nicht vorbei. Und das war noch der nette Teil gewesen.

45

Es machte die Situation nicht besser, dass ich kaum geschlafen hatte und die Temperatur draußen gerade die magische Marke von 100 Grad Fahrenheit überschritt. Zum Glück gab es in dem kahlen Verhörraum an der South Cahuenga Avenue kein Fenster, das man hätte aufmachen können.

Der Schweiß lief mir an verschiedenen Stellen in ganzen Bächen hinunter, am Kopf, in den durchfeuchteten Kragen, am Rücken und den Beinen. Immerhin konnte ich mein Jackett ausziehen; auf Catanzas Geheiß, der mich direkt nach der Ankunft abtastete und durchsuchte. Die Hitze schien ihm kaum etwas auszumachen. Glückliche Südländer.

Ich hätte direkt auf die Anwesenheit eines Anwalts der *Universal* bestehen können, gewiss eines hervorragenden, doch so weit wollte ich nicht gehen. Man sieht gleich schuldig aus, wenn man so etwas bei einer bloßen Befragung fordert. Ich wollte erst einmal abwarten, wie ernst das hier werden würde. Vielleicht war ich auch etwas übermütig, weil ich sie beim ersten Mal so prima abserviert hatte. Bestimmt sogar.

Gordon sah zu, wie sein Partner mich bearbeitete, erschöpft auf einem Stuhl hockend und so hochrot wie ein Hummer, den man gerade in kochendes Wasser gesteckt hatte. Man hatte spontan den Wunsch, ihn zu schälen und von seiner purpurnen Hülle zu befreien.

»Was haben wir denn da?«, Catanza holte die Luger hervor und pfiff tatsächlich dabei durch die Zähne. Vielleicht wollte er nur erreichen, dass ich irgendwann zusammenbrach und alles zugab, bloß damit er zu pfeifen aufhörte. »Sieh mal einer an. Haben Sie eine Genehmigung für die?«

Ich warf statt einer Antwort meine Brieftasche auf den Tisch. Mit meiner Detektiv-Lizenz, die er schon kannte, und auch der für die Waffe darin. Gordon pulte sie heraus und sah sie sich gelangweilt an.

Catanza roch an der Luger und holte das Magazin heraus. Alle Patronen waren drin.

»Die sind durchgezählt«, sagte ich. »Es fehlt keine. Nur damit Sie nicht auf blöde Gedanken kommen.«

Er warf die Waffe auf den Tisch. Gordon langte stöhnend herüber und sah sie sich an.

»Damit habe ich zuletzt geschossen, als ich Sergeant in der deutschen Armee war. Mein Ehrenwort als Unteroffizier«, sagte ich. Wenn ich besonders müde bin, bin ich besonders lustig.

Sie hatten ihre Jacketts ebenfalls abgelegt und ich sah ihre Schulterholster mit den Revolvern darin. Der Schweiß bildete wundersame schwärzliche Muster auf ihren Hemden, wie riesige Tintenkleckse.

»Taschen ausleeren«, sagte Gordon ächzend.

»Dazu haben Sie kein Recht.«

»Wenn Sie nichts zu verbergen haben, tun Sie's einfach. Erhöht Ihre Glaubwürdigkeit. Und die hat's nötig.«

Ich zuckte mit den Achseln und holte aus meiner Tasche nur das Etui mit den Visitenkarten, fischte eine heraus und warf sie ihm hinüber.

»Vielleicht tut's *das* ja schon. Ich arbeite jetzt für die *Universal*.«

Er nahm sie und las.

»Hier steht nicht, als was?«

»Sicherheitschef.«

»Wie sind Sie denn *dazu* gekommen?«

»Ich habe mich nützlich gemacht. Und ich bin Deutscher. Das zählt dort eine Menge.«

Er nickte vor sich hin. Catanza beobachtete ihn ungeduldig.

»War das schon Ihr Auftraggeber, als wir zuletzt mit Ihnen gesprochen haben?«

»Da war ich noch Privatdetektiv. Über meine Klienten gebe ich keine Auskunft. Berufsehre.«

»Gib ihm doch gar nicht erst die Gelegenheit, wieder seine blöden Scherze zu machen und einem das Wort im Mund umzudrehen«, sagte Catanza. »Frag ihn nach den anderen Sachen.«

»Halt's Maul«, sagte Gordon und wischte sich mit einem gelblichen Taschentuch den Schweiß aus dem Nacken. »Ich mache das so, wie ich will.«

»Ja«, sagte ich. »Halt's Maul und überlass das den Erwachsenen. Sonst ruf ich bei der *Universal* an und bin im Nullkommanichts hier raus.«

Catanza starrte mich wütend an. Gordon stand ächzend auf und ging um den Tisch herum. Er nahm die Luger am Lauf und erst dachte ich, er wolle sie begutachten. Dann schnellte er überraschend wendig herum und schlug mir ihren Griff stumpf ins Gesicht. Mein Kopf wurde nach hinten geschleudert und meine Wange begann zu brennen. Tränen schossen mir in die Augen.

»Er ist gestolpert«, sagte Catanza. »Ich hab's genau gesehen.«

Gordon holte noch einmal mit der Luger aus und sah mich drohend an.

»Taschen ausleeren«, sagte er.

Es stand nicht dafür. Ich zuckte erneut mit den Achseln und holte aus meinen Taschen: ein zusammengerolltes Geldbündel mit hundertsiebenundzwanzig Dollar sowie zahlreiche Münzen. Meinen Wohnungsschlüssel. Den kleinen Schlüssel mit der Nummer *634*, den ich Jansen abgenommen hatte. Eine Streichholzschachtel vom *Jail Café*. Keine Zigaretten. Die waren mir leider ausgegangen. Mein Notizbuch, in das ich die Zahlen und Buchstaben gemalt hatte. Den Zettel, auf den Pepper Brunswicks Adresse geschrieben hatte. Den Zettel mit der chinesischen Schrift von der alten Frau. Den Zettel, auf den Li Wang die drei Namen geschrieben hatte:

Stanley Vandeweghe. Keith Jansen. Byron Hamilton.

Und den blau-weiß karierten Stofffetzen, den ich wie einen Talisman immer mit mir herumtrug.

Catanza ließ mich die leeren Taschen umstülpen und tastete mich grob ab. Von meinem Stuhl tropfte Schweiß und bildete auf dem glatten Betonboden unter mir eine kleine Pfütze.

Gordon starrte auf meine Habseligkeiten. Catanza setzte sich wieder, er leckte sich die Lippen und sah erwartungsvoll zwischen ihm und den Sachen hin und her; wie ein Dackel, der darauf wartet, von der Leine gelassen zu werden. Aber sein Herrchen hatte das erste Wort.

»Hochinteressant. Ganz schön viel Geld für jemanden, der gerade noch ein kleiner Schnüffler war.«

Ich schmeckte Blut und meine Zunge fand im Mund einen schmerzhaften Riss seitlich am Gaumen.

»Alles gespart. Ich lebe nur von Luft und Liebe«, sagte ich und sah schwärmerisch in die Luft.

Ich war es rasch im Kopf durchgegangen. Das meiste konnte ich erklären oder zusammenreimen.

»Hau ihm eine rein, bis er damit aufhört«, drängte Catanza.

»Fangen wir anders an«, sagte Gordon zu mir gewandt. Er war sehr gelassen. »Gestern Nacht ist in Chinatown etwas passiert. Es gab eine Auseinandersetzung, es wurde geschossen, und dann gab es eine Verfolgungsjagd zwischen zwei Männern. Zwei Weißen. Einer davon waren Sie. Eine Menge Chinamänner können das bezeugen.«

»Für die sehen wir doch alle gleich aus«, sagte ich.

»Halt's Maul«, sagte Catanza.

Gordon fuhr fort:

»Der Mann, den Sie verfolgt haben, ist kurz darauf zu Tode gekommen. Blöderweise war er ein Ex-Polizist. Blöderweise haben wir ihn gekannt.«

»Er war einmal unser Partner«, sagte Catanza. »Wir mögen es nicht, wenn unsere Partner getötet werden.«

»Ich habe damit nichts zu tun. Es war ein Unfall«, sagte ich. »Das haben ja wohl selbst Sie an der Leiche feststellen können.«

»Was denn für ein Unfall, sagen Sie's uns?«

»Er ist auf die Straße gelaufen, direkt vor einen Lastwagen.«

»Ein Lastwagen, soso«, sagte Catanza.

»Passt zu den Verletzungen. Aber Sie haben ihn nicht zufällig geschubst? Immerhin waren Sie hinter ihm her?«

Gordon setzte sich mit einer Hinterbacke auf den Tisch und sah auf mich herab.

Jede Bewegung tat mir plötzlich weh, und mir war, als stünde ich unter Drogen, aber welchen, die schlecht zusammengepanscht waren.

»Nein, verdammt noch mal. Er war einfach zu dämlich … oder sagen wir, in Panik. Da hat er nicht richtig aufgepasst.«

»Warum ist er vor Ihnen weggelaufen? Warum hat er auf Sie geschossen? Wir haben die Aussagen der Pokerrunde, das können Sie sich ja wohl denken. Aber was hatten Sie mit ihm zu tun?«

»Gar nichts, zunächst einmal. Ich wollte nur mit zwei Freunden an einem kleinen Pokerabend teilnehmen, im Laden eines Schneiders, bei dem ich neulich war. Ich bin dort zufällig auf ihn getroffen. Ich hatte nicht damit gerechnet, es war völlig überraschend.«

Gordon verdrehte die Augen. »Was hatten Sie dann vorher mit ihm zu tun? Keine Ausflüchte, erzählen Sie einfach.«

»Ich bin bei Ermittlungen auf ihn gestoßen und habe dann recherchiert. Dabei haben sich ein paar Fragen ergeben, die ich ihm stellen wollte. Nun, offenbar wusste er bereits von meinen Recherchen, wusste, wer ich war, und hatte Angst vor mir. Deshalb dann die Panik, als er mich sah.«

»Woher hat er Sie gekannt?«

»Das weiß ich nicht. In dieser Stadt spricht sich einiges herum. Auch mein neuer Job hat sich herumgesprochen, wenn auch noch nicht bis zu Ihnen.«

»Kommen Sie uns nicht so!«, knirschte Catanza und schlug auf den Tisch. Ich ignorierte ihn wieder. Ich musste mich auf Gordon konzentrieren. Er war vernünftiger. Und gefährlicher.

»Vielleicht hat er mich gesehen, als ich ihm ein-, zweimal gefolgt bin. Vielleicht war ich dabei nicht immer vorsichtig oder geschickt.«

»Oho«, sagte Catanza, »er war ungeschickt.«

»Wollen Sie damit sagen, Ihre ›Ermittlungen‹ haben Sie für die *Universal* angestellt?«, fragte Gordon. »Worum ist es dabei gegangen?«

»Das kann ich Ihnen wirklich nicht sagen. Meine Bosse wären furchtbar sauer.«

»Sie müssen. Sie müssen es uns erklären. Hier steht ein Mordverdacht im Raum.«

Catanza stand auf und tippte mit dem Finger auf einen der Zettel.

»Sein Name steht hier drauf. Keith Jansen. Zusammen mit zwei anderen Namen. Wer sind die und was haben sie mit denen zu schaffen?«, fragte er.

Ich sah wieder nur Gordon an. Bestimmt hatten sie schon mit Mr Yuan gesprochen. Auch bei Byron war ich mir nicht sicher, ob er dichtgehalten hatte. Diesen Teil musste ich ihnen geben. Nur den anderen, den mit dem Doktor, durfte ich nicht erzählen, um keinen Preis, sonst war ich dran.

Ich griff hinüber und nahm den Stofffetzen und hielt ihn hoch.

»Diese drei Männer haben sich alle aus diesem Stoff einen Anzug machen lassen, bei Mr Yuan. Ich habe dieses abgerissene Stück gefunden, als ich über den Tod von Virginia Rappe Nachforschungen angestellt habe. Sie haben gewiss davon gelesen. Das gehörte zu meinem neuen Job, weil sie Schauspielerin der *Universal* war. Dem Besitzer des Stofffetzens musste ich ein paar Fragen stellen. Stanley Vandeweghe ist Nachtclubmanager im *White Door*. Byron Hamilton arbeitet für *Famous Players*.«

»Stimmt ja. Das ist der Name von einem der Burschen, die die Leiche aufgefunden haben«, sagte Catanza. »Haben uns eine ganze Menge Zeug erzählt. Nur von Ihnen war nicht die Rede.« Gordon holte sein Notizbuch heraus und blätterte suchend darin.

»Er war beim Pokerabend mit vor Ort, weil ich noch dabei war, ihn zu überprüfen«, fuhr ich fort. »Aber dort traf ich dann auf Keith Jansen. Noch bevor ich ihn etwas fragen konnte, schoss er auf mich und rannte weg. Vielleicht verstehen Sie, dass ich hinterhergerannt bin. Ich wollte wissen, was los ist. Ich will es immer noch wissen.«

Gordon hob eine der großen roten Hände und gebot mir Einhalt.

»Wo haben Sie diesen Stofffetzen gefunden? Und wobei?«

»Vor Virginia Rappes Haus, hier in Hollywood«, sagte ich. »Nach ihrem Tod. Mein Verdacht war, dass Jansen ihr hinterhergeschnüffelt hat. Für *Famous Players*. Wie gesagt, nur ein Verdacht.«

»Und warum sollte er das gemacht haben?«, knurrte Gordon. Er wirkte beinahe neidisch.

»Aus dem gleichen Grund wie ich. Er war ja ein suspendierter Polizist, kein aktiver. Ich habe einfach angenommen, er arbeite nun für die. Was auch immer.«

»Das heißt also, er hat für *Famous Players* gearbeitet und Sie für die *Universal*«, grübelte Gordon. »Er hat wegen Fatty Arbuckle recherchiert und Sie wegen Virginia Rappe. Gegenläufige Interessen und Ziele, sollte man annehmen?«

»Ich nehme an, dass er das auch angenommen hat«, sagte ich dankbar. »Und deshalb auf mich geschossen hat, seinen Konkurrenten, und dann weggelaufen ist.«

»Das ist mir als Grund viel zu dünn«, sagte Gordon. Er stocherte nach irgendetwas in seinen goldenen Zähnen.

»Und was ist mit Virginia Rappe? Was gibt es denn über ihren Tod herauszufinden?«, fragte Catanza hinterher. »Es ist doch Fatty gewesen?«

»Das wird im Prozess geklärt werden«, sagte ich und versuchte, sie weiter zu locken. »Ich habe noch nicht viel gefunden. Wir können auch nicht mehr viel tun, unsere Klientin ist tot, wie inzwischen das ganze Land weiß.«

Ich hoffte, dass die Sensationsgier sie ablenken würde. Catanza ging in diese Falle, aber Gordon nicht.

»Zurück zu Jansen. Er ist also vor Ihnen weggelaufen und direkt vor einen Lastwagen?«

»Ja. Der ist aus dem Nichts gekommen und hat ihn einfach umgefahren. Jansen stand auf der Straße. Pech gehabt. Der Fahrer ist abgehauen, ohne anzuhalten. Es war offensichtlich keine Absicht, niemand konnte es so geplant haben. Ich kann nicht viel über das Fahrzeug sagen. Es hatte einen geschlossenen großen Aufbau mit einem hellen Verdeck. Es ging alles sehr schnell, und ich war vollkommen geschockt.«

»Keine weiteren Zeugen in der Nähe?«

»Niemand zu sehen.«

»Haben Sie mit Jansen geredet?«

»Nein, er war sofort tot«, sagte ich.

»Und davor? Sie wollten ihm doch Fragen stellen?«

»Ich hatte keine Gelegenheit mehr dazu.«

Gordon sah mich misstrauisch an.

»Wo hat er gestanden, als er getroffen wurde? Mit dem Gesicht zu Ihnen?«

»Nein, er ist vor mir davongelaufen auf die Kreuzung, und dann ist es passiert. Er wurde weit durch die Luft geschleudert.«

»Ich verstehe nach wie vor nicht, warum er vor Ihnen davongelaufen ist«, sagte Catanza kopfschüttelnd. »Keith ist ein Mann gewesen, der sich den Dingen gestellt hat.«

»Hat er ja zunächst. Er hat auf mich geschossen«, wandte ich ein. »Wie war es denn, mit ihm zusammenzuarbeiten?«

»Er war kein guter Kollege. Gab dauernd Streit. Hat nicht verstanden, wie's läuft, deswegen war er ja suspendiert«, sagte Catanza.

»Halt's Maul«, sagte Gordon wieder und wandte sich mir zu. »Warum haben Sie nicht auf die Polizei gewartet, nachdem das passiert war? Sie waren ein wichtiger Unfallzeuge, Sie hätten sich nicht einfach entfernen dürfen.«

»Hatte noch etwas sehr Dringendes zu erledigen. Eine Hochzeit zu arrangieren, Sie haben's doch mitbekommen. Für die *Universal*.«

»Das ist noch lange kein Grund. Klingt wie eine ziemlich blöde Ausrede. Kann es zufällig sein, dass Sie Jansen dort etwas weggenommen haben? Einem Toten? Etwas, das hier liegt, vielleicht sogar?«

Er sah sich die Sachen noch einmal an. Das Ganze nahm eine Wendung, die mir überhaupt nicht gefiel.

»Na los, Engel, reden Sie!«

»Nein, was sollte das auch sein?«

Gordon hielt die beiden Schlüssel hoch, den großen und den kleinen.

»Was ist das?«

»Mein Wohnungsschlüssel und der Schlüssel zu meinem Spind bei der *Universal*«, sagte ich. »Da sehen Sie, wie ordentlich wir Deutschen sind – immer die Nummer drauf.«

Catanza spuckte auf den Boden neben sich. Gordon wischte sich wieder die Stirn ab. Der Schweiß auf seinem Hemd bildete mittlerweile ein Muster, für das ein Kunstsammler drüben in der Heimat getötet hätte.

»Irgendetwas schmeckt mir hier nicht«, sagte Gordon. Er wirkte sehr bestimmt. Ich spürte, dass das Gespräch auf dem Weg war, meiner Kontrolle zu entgleiten.

»Überprüfen Sie Ihren lieben Kollegen doch mal«, sagte ich. »Finden Sie heraus, ob er für *Famous Players* gearbeitet hat und woran. Mit dem stimmte etwas nicht. Vollziehen Sie seine Schritte nach. Da werden Sie einiges erfahren.«

»Moment mal«, sagte Catanza plötzlich, »Sie wollen uns wohl anschmieren? Dieser Byron Hamilton arbeitet schon für *Famous Players*, sagten Sie – und Keith Jansen auch? Daran ist doch etwas faul, Engel, das merkt ja selbst ein Kind.«

Ich wollte eigentlich etwas Harsches antworten, aber es blieb mir im Hals stecken.

»Ich habe Sie im Verdacht, Keith Jansen umgebracht zu haben«, sagte Gordon und bleckte seine Zahngoldmine. »Dass Sie danach geflohen sind, haben Sie ja selbst zugegeben. Und auch Ihr Alibi für die Todesnacht von Doktor O'Hara ist keinen feuchten Furz wert. Wir haben inzwischen übrigens herausgefunden, wer zu seinen Patienten gehört hat. Virginia Rappe. Ihr Schützling bei der *Universal*. Ihre Unterlagen waren zwar nicht in seinem Schrank, ihre Akte muss jemand entfernt haben – aber in dem Terminkalender, den wir bei ihm zu Hause gefunden haben, war sie eingetragen.«

»Ach ja«, sagte ich. »Und woher sollte ich davon wissen?«

»Sie haben ihr doch hinterhergeschnüffelt«, sagte Catanza.

»Ich glaube, dass die beiden Fälle zusammenhängen und Sie sind das verbindende Glied«, sagte Gordon. »Ich glaube nach wie vor, Sie sind der Mann, der Doktor O'Hara umgebracht hat. Mit Heroin, seinem eigenen Zeug, die Obduktion war eindeutig. Vielleicht sollte auch das ursprünglich wie ein Unfall aussehen, eine versehentliche Überdosis, von ihm selbst injiziert, und Sie wollten ihn danach noch losbinden. Doch dann ist jemand dazwischengekommen. Jansen. Sie behaupten, Sie seien zur Tatzeit zu Hause gewesen, aber Ihr Vermieter konnte dummerweise nicht bestätigen, dass Sie die ganze Nacht da waren.« Er zuckte höhnisch dreimal mit den Schultern. Verdammter Norweger.

»War ich aber«, sagte ich.

Er schnaubte. »Was ich glaube, ist: Keith Jansen hat Sie dort oben überrascht, warum auch immer er dort war. Jetzt, wo ich darüber nachdenke, glaube ich, es ist seine Stimme gewesen, die uns am Telefon den Tipp gegeben hat, Sie deshalb aufzusuchen.«

»Ja, das passt zu Jansen. Uns zu benutzen, aber uns nichts Genaues zu stecken. Hat uns gehasst, diese Mistsau«, sagte Catanza. Wir sahen mittlerweile alle aus, als hätten wir in unseren Klamotten gebadet.

»Tolles Indiz, tolles Motiv«, sagte ich und bleckte die Zähne. Der Riss in meinem Mund tat immer noch weh. »Aber im Ernst, das ist völlig aus der Luft gegriffen.«

»Vielleicht musste er nur seinen Auftraggeber schützen, so wie Sie, und ist deshalb lieber anonym geblieben«, sagte Gordon und lächelte. Er hatte jetzt einen Plan. »Ich glaube, Sie haben dort oben in den Hills versucht, Jansen als lästigen Zeugen Ihrer Tat auszuschalten, und ihm dabei diesen Stofffetzen aus dem Anzug gerissen.« Er hielt ihn hoch. Ich wusste, worauf er hinauswollte. »Aber er ist davongekommen. Wahrscheinlich konnte er Sie umhauen, er war ein guter Boxer. Er hat dann uns informiert, die Mordkommission, damit wir Sie als Mörder am Tatort verhaften, aber Sie sind rechtzeitig wach geworden und haben sich in unserem Wagen davongemacht.«

»Das reimen Sie sich doch völlig frei zusammen«, sagte ich.

»Und nun wussten Sie nicht, wer er war, dieser Zeuge, der Sie belasten konnte, aber Sie hatten dieses Stück Stoff, das ein ziemlich einzigartiges Muster hat und Sie auf die richtige Spur führte.«

»Er hat schon immer einen beschissenen Kleidergeschmack gehabt«, sagte Catanza mit seinem Wollschlips. »Typisch Aufsteiger.«

»Und Sie mussten ihn unbedingt finden und ausschalten. Bevor er uns die ganze Wahrheit über Sie sagen konnte. Also sind Sie hinter ihm her gewesen und haben ihn auch gefunden.« Ulisses Gordon stutzte. »Oder hat er Sie vielleicht erpresst?«

»Nein, das hat er nicht«, sagte ich mit belegter Stimme. »Da sind Sie vollkommen auf dem Holzweg. Und Sie haben keinen Beweis, dass ich dort war.«

»Sie müssten vielmehr beweisen, wo Sie stattdessen gewesen sind, und das können Sie nicht«, sagte er. »Leider erklärt es ganz hervorragend, warum er auf Sie geschossen hat, als Sie plötzlich aufgetaucht sind, und vor Ihnen weggelaufen ist. So panisch, dass er einen Unfall hatte. Oder Sie haben ihn absichtlich getötet.«

»Den Boxer. Der mich locker niederschlagen konnte«, sagte ich lahm.

Gordon stand auf und reckte sich zu voller Höhe.

»Reinhard Engel, ich verhafte Sie wegen des dringenden Verdachts, Doktor Seamus O'Hara ermordet zu haben. Und womöglich auch Keith Jansen.«

»Ich habe das Recht auf einen Anwalt«, sagte ich. »Sie wissen, Sie müssen die *Universal* anrufen, wenn Sie mich verhaften.«

»*Vaffanculo*«, sagte Catanza.

»Sie machen einen großen Fehler«, sagte ich. »Sie haben nur eine blöde und vollkommen falsche These.«

»Stehen Sie auf. Hände auf den Rücken«, sagte Gordon und packte mich am Kragen.

Ich erhob mich. Dann kam Catanza mit den Handschellen und legte sie mir an.

»Jetzt haben wir dich, du kleiner deutscher Klugscheißer«, sagte er.

46

Die Zelle für Untersuchungshäftlinge war eine Gemeinschaftszelle, ein einziger großer Raum, ungefähr sechzig auf hundert Fuß groß, und hier hinein wurde ausnahmslos jeder gebracht, den sie verhafteten. Ganz gleich, ob es nun ein Taschendieb vom Hollywood Boulevard war oder ein Bankmanager in feinem Zwirn, der in seiner Villa in den Hills seine Mätresse verprügelt hatte, oder zwei besoffene Streithähne aus einer Kneipe oder ein Obdachloser, der in der Straßenbahn nicht bezahlen konnte und sich dann gegen die herbeigerufenen Polizisten gewehrt hatte.

Oder ein vermeintlicher Doppelmörder, der einen Ex-Polizisten und einen ehrenwerten Doktor auf dem Gewissen haben sollte.

Immerhin wurde ich meine Handschellen schon nach einer kurzen Fahrstuhlfahrt wieder los, als mich Gordon und Catanza mit einem höhnischen Abschiedsgruß hier hineinschubsten.

Die Zelle war überfüllt, es gab keinen freien Platz mehr auf den Bänken, und ich musste mich auf den Boden setzen. An einem Tag, der so heiß war wie heute, war das besonders unangenehm. Dummerweise wurden an einem so heißen Tag eben auch besonders viele Verbrechen begangen. Die Leute waren durch die Hitze nicht ganz richtig im Kopf und drehten leichter durch.

Hier drin wurde einem klar, was es hieß, jemanden in seiner Zelle schmoren zu lassen. Es war deutlich unkomfortabler als im *Jail Café*, auch wenn es dort manchmal am Samstagabend genauso voll sein konnte. Die Zellentür hier war leider stets geschlossen, und der Getränkeservice ließ sehr zu wünschen übrig.

Selbst wenn es genug Platz dafür gegeben hätte, hätte ich jetzt nicht schlafen können, so müde ich auch war. Nicht nur, weil ein Landstreicher in der Ecke geräuschvoll in einen Eimer schiss. Und sich zwei schubsten und dann prügelten, bis ein riesiger Ochse dazwischenging und sie zur Vernunft brachte. Mir ging zu viel im Kopf herum.

Anfangs denkt man, dass schon alles gut werde und dass sie einen hier herausholen würden, weil man ja unschuldig ist.

Später denkt man darüber nach, wie bitter und beinahe komisch es ist, dass sie die richtigen Fakten falsch zusammengesetzt haben, aber so, dass es sogar durchaus logisch erscheint und einen schwer belastet.

Dann, dass man, bei aller Unschuld, ja gelogen habe und dass es womöglich doch besser wäre, mit der Wahrheit herauszurücken, auch wenn sie ihnen nicht gefallen würde. Ihnen zu erzählen, dass ihr Ex-Kollege der Mörder gewesen sei und man ihn dabei ertappt habe und dann von ihm als Sündenbock hingestellt werden sollte.

Dann denkt man, dass man ja völlig verrückt wäre, wenn man ihnen das erzählte. Dass es sich unglaubwürdig anhören würde, durch nichts belegbar wäre und sie es nur für eine dumme Ausrede halten müssten, jetzt, da Jansen tot war; und selbst wenn sie es glaubten, hätte man damit immer noch zugegeben, dass man sie seinerzeit an der Nase herumgeführt und ihnen ihr Polizeiauto gestohlen hatte, und sie würden sich gewiss dafür rächen. Und dass man ihnen dann mit ihrer Willkür und Bösartigkeit ausgeliefert wäre.

Der Bankmanager bat den diensthabenden Polizisten höflich um einen Schluck Wasser, und der ging und kam mit einem großen Schlauch zurück und spritzte uns damit durch die Gitterstäbe ab, unter den höhnischen Rufen seiner Kollegen, bis auch der Letzte von uns nass geworden war. Einer kotzte in die

Ecke und der Gestank wurde unerträglich. Ein anderer verprügelte ihn dafür.

Man denkt dann irgendwann, dass man nie mehr hier herauskomme.

Dass es alles nur ein kurzer schöner Traum gewesen sei, die gute Stellung und das sehr gute Gehalt; ein Spesenkonto, Visitenkarten, eine Sekretärin und Liebhaberin wie Pepper, eine Wohnung mit mehreren Zimmern und eigenem Bad, ein Automobil und eine Waffe; und dass man jemand war in der Welt des Films. Dass man an alldem nur kurz habe schnuppern dürfen.

Der Nachmittag verging quälend langsam in der stickigen Zelle. Ich fand mich schließlich mit meinem Schicksal ab, rollte mich in einer Ecke zusammen und beschloss, erst einmal zu schlafen.

Da wurde die Zellentür aufgesperrt und mein Name gerufen: »Hardy Engel!«

Mühsam rappelte ich mich hoch, und da standen der uniformierte Polizist, der uns nass gemacht hatte, und ein hagerer, bebrillter, eulenhafter Mann in einem Anzug mit einer Fliege.

Er sagte, er sei Jan Weber, Anwalt, und im Auftrag der *Universal* hier, um mich auf Kaution herauszuholen. Er präsentierte zu meiner freudigen Überraschung die schriftliche Aussage meines Vermieters, Mr Soerensen, dass er bezeugen könne, dass ich mich in der Nacht vom 12. auf den 13. September in meiner Wohnung aufgehalten habe. Der Anwalt konnte damit Gordons Argument, mich wegen des fehlenden Alibis in der Tatnacht als Hauptverdächtigen festzuhalten, aus juristischer Sicht entkräften.

Die Kaution für meine Freilassung war auf fünfhundert Dollar festgesetzt und der Anwalt bezahlte sie, ohne mit der Wimper zu zucken. Er ließ sich eine Quittung ausstellen und begleitete mich nach unten.

Man gab mir dort an einem Tresen all meine Sachen zurück, die sie in einem Pappkarton gesammelt hatten. Ich sah sie mit Weber genau durch. Sie waren vollständig. Auch der kleine

Schlüssel mit der Nummer war dabei. Und selbstverständlich meine Luger mitsamt Magazin.

Als ich im Vorraum gerade damit beschäftigt war, alles in meinem noch feuchten Anzug zu verstauen, öffnete sich die Tür, und Gordon und Catanza kamen heraus.

Catanza dampfte vor Wut, wie der Ätna in einer besonders aktiven Phase.

Gordon wirkte gefasster.

»Es ist noch nicht vorbei, Engel. Sie werden nicht immer jemanden finden, dem Sie so viel Geld wert sind. Ich weiß schließlich genau, wer und *was* Sie sind. Auch wenn Sie diesen Norweger jetzt doch noch überredet haben, Ihnen ein falsches Alibi zu geben.«

»Das ist eine schwere und falsche Beschuldigung, und ich werde dieses eine Mal so tun, als hätte ich sie nicht gehört«, sagte Mr Weber.

Gordon beachtete ihn gar nicht weiter.

»Wir behalten Sie im Auge, und wir kriegen Sie schon noch dran, Engel. Bleiben Sie in der Stadt. Wir sehen uns bald wieder.« Und er bleckte die goldenen Zähne und sah mir nach, wie ich mit meinem Anwalt hinausging. Catanza zischte noch etwas Italienisches.

Dann fiel die Tür hinter mir ins Schloss.

Vor dem Revier wartete Pepper, an ihren Ford gelehnt und rauchend. Sie trug ein cremefarbenes eng geschnittenes Kleid und einen dazu passenden Hut, unter dem heraus mir ein paar kupferne Strähnen entgegenleuchteten.

Auf den Stufen verabschiedete sich der Anwalt, und ich gab ihm die Hand und bedankte mich bei ihm.

»Danken Sie nicht mir, danken Sie der *Universal* und Mr Laemmle, der mich instruiert hat«, sagte er, lüftete seinen Hut und ging davon.

47

Pepper fuhr mich in ihrem kleinen Ford zu meiner Wohnung. Die Sonne warf lange Schatten. Wir öffneten alle Wagenfenster, um wenigstens etwas Abkühlung durch den Fahrtwind zu bekommen. Sie war sehr aufgedreht und sprudelte regelrecht über und erzählte mir: dass Mr Blowfish einen großen Artikel auf der Titelseite über die Hochzeit gebracht habe. Dass Brunswick und Babette sich an der nächsten Ecke getrennt und in verschiedenen Taxis weggefahren seien. Und dass sie Himmel und Hölle in Bewegung gesetzt habe, um mich herauszuholen, als sie zurück im Büro durch einen Anruf von meiner Verhaftung erfahren habe.

Ihr sei sofort klar gewesen, dass es um den Mord an dem Doktor ging und dass nur ein handfestes Alibi für die Tatnacht mich entlasten könne. Sie habe über Uncle Carl den Anwalt aufgetrieben und sei mit ihm zu meinem Vermieter Mr Soerensen gefahren und habe ihn nach seiner Aussage vor der Polizei gefragt. Und als sie ihm dann angeboten hätten, für hundert Dollar seiner Erinnerung auf die Sprünge zu helfen, da habe er nur mit den Schultern gezuckt – so wie er es eben immer machte – und das von Mr Weber formulierte Papier unterschrieben.

Ich war viel zu müde und ließ sie reden.

»Tut mir leid, dass das alles so lange gedauert hat«, sagte sie. »Uncle Carl lässt dir übrigens sagen, dass er dich nachher abholen wird. Heute Abend ist ein Treffen, bei dem sich einige Studiobosse über den Arbuckle-Fall besprechen wollen.«

»Und was soll ich da?«, sagte ich.

»Er will dich dabeihaben. Kurz vor sieben.« Sie sah auf die Uhr. »Es reicht gerade, um dich unter die Dusche zu stellen und umzuziehen.« Sie lachte und verzog das Gesicht. »Du riechst!«

Als sie kurz darauf vor meinem Haus hielt und wir darauf zugingen, rümpfte sie erneut die Nase – wegen des Gestanks der Teergruben, die sich heute alle Mühe gaben –, und dann sagte sie übermütig, dass sie ja noch nie in meiner neuen Wohnung gewesen sei, und sie ging voller Vorfreude schneller und hüpfte die Treppe hinauf. Soerensen tauchte diesmal nicht auf. Im ersten Stock blickte sie mir lachend entgegen und sah mir zu, wie ich mich hinaufquälte.

»Du gehst ja wie ein alter Mann«, sagte sie. »Das mit dem Schlafen kannst du vergessen, alter Mann. Du wirst nie mehr schlafen.«

»Hätte ich aber dringend nötig. Immerhin war ich nicht nur im Knast und habe mir den größten Teil der letzten Nacht mit unserem Paar um die Ohren geschlagen. Den Teil davor habe ich dir noch gar nicht erzählt. Komm, es ist die dahinten.«

Ich führte sie zu meiner Wohnungstür mit dem Zettel daran und schloss auf. Sie ging hinein, lief sofort herum wie ein Wirbelwind und machte alle Lichter an.

»Schon viel besser als deine andere Bude! Aber es gibt ja kaum etwas Persönliches hier drin!«, rief sie aus und warf ihren Hut aufs Bett. »Nicht einmal ein Grammofon, um Platten zu hören! Das muss sich aber ändern, wenn ich öfter bei dir sein soll!«

Sie gab mir einen Kuss und lockerte meine Krawatte und half mir, mich auszuziehen. Sie bemerkte meine angeschwollene Wange und fragte, was auf dem Revier passiert sei, und ich fing an zu erzählen.

Sie wurde sehr ernst und hörte schweigend zu, während ich mich im Bad unter die Dusche stellte. Wir waren wie ein Ehepaar, das sich viel zu selten sieht dafür, wie gut es sich versteht.

Ich merkte, dass ich froh war, endlich einmal mit jemandem offen reden zu können. Ich hatte keine Lust mehr zu lügen. Oder Rücksicht auf die Lügen anderer zu nehmen. Dazu war ich zu weit vorgedrungen. Ich erzählte ihr alles, was passiert war, bevor ich sie in der Klinik abgeholt hatte. Von Jansens Tod, durch den ich wieder ins Visier der Mordkommission geraten war, und seinen letzten Worten, und dann, als sie verwirrt nachfragte, begann ich noch einmal von vorn, und erzählte jetzt auch, was ich ihr stets vorenthalten hatte: von Dr. O'Haras Mörder und wie ich durch den Stofffetzen zunächst auf Byron Hamilton gekommen war.

»Bis ich zur Pokerrunde gefahren bin, habe ich gedacht, es sei Byron gewesen und *Famous Players*, aber dann war da Jansen, und es wurde sofort klar, dass er der Mörder war, und das hat meine ganze These auf den Kopf gestellt. Dabei hatte ich gar keine Zeit zu denken, er hat auf mich geschossen und ist abgehauen, und ich dachte nur, ich darf ihn nicht entkommen lassen, ich muss ihn kriegen und die Wahrheit aus ihm rausholen. Wer zum Teufel dahintersteckt, wenn es nicht *Famous Players* ist.«

»Ich verstehe«, sagte sie und wusch mir den Rücken und seifte mich tüchtig ein.

»Dann ist er umgefahren worden, und was er mir als Letztes sagen konnte, bevor er gestorben ist, das mit der Flasche, ist so eindeutig gewesen, dass ich es endlich verstanden habe: Es war trotzdem *Famous Players*, und alles andere waren nur Ablenkungsmanöver.«

Sie hörte für einen Moment auf, meinen Rücken zu bearbeiten.

»Du meinst …«

»Fatty ist schuldig, es war genau so, wie Maude es gesagt hat, und *Famous Players* weiß es!«, rief ich. »Er ist nicht zu retten, und sie werden ihn fallen lassen, deswegen haben sie auch bereits seinen Vertrag gekündigt und ihn kaltgestellt. Sie haben Jansen damals losgeschickt, um alles aufzuräumen. Er hat die Flasche an sich genommen und aufbewahrt – wo und wie auch immer. Und er musste zu dem Doktor gehen, bei dem Virginia den Termin gehabt hatte. Vielleicht hat O'Hara seinen Mund nicht gehalten, jedenfalls hat Jansen wohl gemeint, er müsse ihn für immer zum Schweigen bringen. Und dabei habe ich ihn erwischt. Vielleicht war es auch Absicht und sie wollten mich gleich miterledigen, das haben wir ja nun abgewendet. Aber dadurch bin ich der Einzige, der davon weiß, der es ihnen nachweisen kann.«

»Ich verstehe«, sagte sie wieder und reichte mir das Handtuch. Ich trocknete mich ab.

»Und das werde ich. Nicht nur aus Eigeninteresse, damit sie in mir nicht mehr den Mörder sehen. Oder mich irgendwer am Ende umbringt, weil ich zu viel weiß, so wie O'Hara, und das letzte Glied in der Kette bin, der Letzte, der ihnen noch gefährlich werden kann.«

Wir gingen aus dem Bad hinüber ins Wohnzimmer. Pepper folgte mir nachdenklich. Ich öffnete den Kleiderschrank und holte meinen braunen Anzug heraus und ein frisches Hemd. Jetzt war ich es, der vor Worten nur so übersprudelte.

»Nein, einfach deshalb, weil ich sie nicht davonkommen lassen kann. Fritz Roth. Und die *Famous-Players*-Bosse. Mit dem Geheimnis um ihren Mann fürs Grobe, den toten Jansen. Und Fatty, der mir ins Gesicht gelogen hat, während er das Kokain nur so vom Tisch geleckt hat. Ich war bei ihm zu Hause, das war das Erste, was ich getan habe. Ich habe gleich gemerkt, dass er lügt. Der war völlig durch den Wind. Und ich habe es ihm auch gesagt. Ich weiß nicht, ob er Virginia erst in San Francisco missbraucht hat oder schon davor, hier. Sie müssen schon in Hollywood etwas miteinander gehabt haben. Ich weiß auch noch nicht, ob er mit ihr bei Dr. O'Hara war – den er kannte, weil er ihm seine Drogen besorgt hat, das hat er bereits zugegeben. Aber ich werde es aus ihm rausholen, wenn es das Gericht nicht tut.«

»Aus Fatty?«, sagte sie abwesend.

»Oh, ich kann mir schon denken, wie das laufen soll«, sagte ich und knöpfte mir das Hemd zu. »Die von *Famous Players* stellen ihn erst einmal kalt, aber sie werden den Prozess so beeinflussen, dass er davonkommt. Er darf nicht schuldig sein. Und man kann ja alles kaufen.«

»Du glaubst also, dass er schuldig ist?«, sagte sie. Sie nestelte gedankenverloren am Vorhang.

»Und ob er das ist. Und ich habe jetzt alles zusammen, also kann ich endlich alles offenlegen, zumindest bei der *Universal*. Ich habe auch wirklich keine Lust mehr, zwischen allen Stühlen zu sitzen, zwischen Uncle Carl und Mr Thalberg.« Ich nahm mir die beiden Krawatten, die ich besaß. Eine war rot und eine war blau. Ich hielt sie beide am Spiegel vor mich. »Uncle Carl hat gesagt, ich solle ihm alles erzählen, was ich herausfinde, die Wahrheit und jedes Detail. Und das werde ich nun tun. Gleich jetzt, wenn wir da hinfahren.«

»Sie war schwanger«, sagte Pepper plötzlich. Sie stand am Fenster und sah hinaus.

»Was?«, sagte ich.

»Virginia war schwanger«, wiederholte sie, mit festerer Stimme, »und es war eine Abtreibung, der Termin beim Doktor. Ich hab ihn für sie ausgemacht.« Sie drehte sich zu mir und sah mich an.

Ich starrte mit offenem Mund zurück. Ich hatte zwei Schlipse in der Hand.

»Du meinst … von Fatty?«, fragte ich.

Pepper ging auf mich zu und drückte sich an mich.

»Ich muss es dir endlich sagen«, sagte sie in meine Brust. »Ich konnte es doch vorher nicht …«

»Was meinst du damit?«, sagte ich. »Soll das heißen, sie ist an einer Abtreibung …?« Ich stutzte. Ich nahm sie an den Schultern und schob sie von mir weg, um sie ansehen zu können.

»Wer war der Vater?«

Sie antwortete nicht. Sie erschrak plötzlich, als habe sie zu viel gesagt. Als sei ihr etwas Furchtbares eingefallen.

»Wer war der Vater? Für wen hast du das …?«

Sie drückte mir beide Hände auf den Mund, die Augen voller Angst. Ich verstand nicht, was in sie gefahren war. Ich hatte sie noch nie so gesehen.

Sie kam ganz nahe heran und flüsterte, kaum hörbar:

»Nicht hier. Kann sein, dass sie dich belauschen.«

Ich sah sie an wie eine Verrückte.

Pepper sah mir stumm, beschwörend in die Augen und zeigte in Richtung meines Schreibtisches, auf dem der neue Telefonapparat stand.

Ich sah die Männer von der *Pacific Telephone Company* wieder vor mir. Den Mann draußen am Leitungsmast.

Nun, wir telefonierten hier nicht. Ich sah sie fragend an. Doch Pepper hielt weiter den Finger an die Lippen und schüttelte heftig den Kopf.

Meine Gedanken liefen Amok.

Ich sah Virginia vor mir, auf dem Bett, stöhnend und mit dem Katheter zwischen den Beinen.

Ich sah Dr. O'Hara, in Todesangst mit der Spritze im Arm.

Ich sah Fatty vor mir, verzweifelt und aufgelöst.

Ich sah Jansen vor mir, im Sterben liegend.

»Aber was war mit der Flasche?«, fragte ich.

Pepper hielt warnend eine Hand hoch und zeigte hinüber. Erst jetzt verstand ich: Sie zeigte nicht auf das Telefon, sondern auf die Wand. Die Wand, hinter der die Nachbarwohnung lag.

Dort hing ein großes gerahmtes Bild, ein Foto von Catalina Island. Es hing leicht schief. Ich hatte es nie korrigiert.

»Du meinst, da drüben …?«, entfuhr es mir.

Im nächsten Moment hörten wir nebenan ein Geräusch, ein Poltern, als fiele ein Stuhl um oder als stolpere jemand. Dann das Klirren von zerbrechendem Glas und ein unterdrückter, nicht näher identifizierbarer Ausruf.

Ich schrak hoch.

Drüben waren Schritte zu hören, von jemandem, der schnell durchs Zimmer lief, dann eine Tür, die aufging und zugeschlagen wurde. Dieser Jemand rannte die Treppe hinunter.

Mit einem Satz war ich bei der Tür und riss sie auf. Ich sah hinaus auf den dunklen Flur, doch ich konnte niemanden mehr sehen.

Ich lief zurück in meine Wohnung. Pepper war kreidebleich.

Ich hörte Catanza sagen, dass daran etwas nicht stimmen könne: Jansen und *Famous Players*.

Die Klingel meiner Wohnung läutete.

Wir fuhren beide zusammen.

Es klingelte wieder, zweimal.

Ich ging zum Fenster und sah hinaus.

Vor dem Haus parkte jetzt die große Limousine von Mr Laemmle.

Pepper stand neben mir. Wir tauschten einen Blick.

Pepper sagte schnell und leise: »Heute Nacht, bei mir?«

Sie sah mich fragend, beinahe bittend an.

Ich sah sie vor mir, wie sie in San Francisco im Hotelbett bei mir lag, schlafend, nackt. Nach dem Sex mit mir. Dann der Anruf, dass Virginia gestorben war.

Sie hatte Tränen in den Augen. Als wüsste sie, was mir eben eingefallen war, als könne sie meine Gedanken lesen. Um Entschuldigung bittend. Liebevoll und flehend. Es war ihr ernst. Es war alles echt, diesmal war alles echt. Sie küsste mich auf den Mund.

Es klingelte wieder. Die vor dem Haus hatten es sehr eilig.

Ich schob sie von mir weg und sah sie an und nickte.

»Pass auf dich auf, Hardy«, flüsterte sie.

Es klingelte dreimal nacheinander.

Ich nahm den roten Schlips und meinen Hut und gab ihr einen Kuss. Pepper zupfte sich die Haare schnell zurecht, setzte sich ihren Hut auf und straffte die Schultern. Dann öffnete ich die Tür und ging voran. Sie folgte mir.

Unten vor der Haustür wartete Igor. Er grinste, als er mich sah, und deutete eine Verbeugung an. Er brachte mich zu der Limousine, die an der Straße wartete. Pepper ging hinter mir die Stufen hinunter, als wäre nichts geschehen, und dann weiter vorne zu ihrem Ford.

»Ich muss noch mal ins Büro«, sagte sie leichthin. »Bis morgen, Mr Engel.«

Als ich an der Limousine stand, die Krawatte zu einem Knoten bindend, blickte ich mich noch einmal nach ihr um. Für einen Moment sah ich hinter dem spiegelnden Glas der Windschutzscheibe ihren roten Schopf aufleuchten. Dann stieg ich ein.

48

Mir ging so viel im Kopf herum, dass ich ganz froh war, nicht das Sprechen übernehmen zu müssen. Uncle Carl war diesmal alleine, und er war in redseliger Stimmung. Er trug einen Gabardine-Anzug mit Hahnentrittmuster und eine gewaltige Fliege, über der sein übliches Lächeln noch breiter zu sein schien als sonst.

»Irving hat heute andere Dinge zu tun«, sagte er, »und außerdem ist es ein Treffen nur für die Studiobosse. Selznick hat es angeregt, und Mayer und ich haben es einberufen, zusammen mit Lasky und Zukor. Und Goldwyn. Schenck und Fox.« In ihm schienen der Stolz auf die eigene Leistung und das Bestreben, alle aufzuzählen, einen seltsamen Kampf auszufechten.

»Wir werden über Arbuckle reden und die Konsequenzen für uns alle. Es ist höchste Zeit. Wir müssen uns der Wahrheit stellen und ich befürchte, *Famous Players* ist noch nicht ganz dazu bereit. Und deshalb will ich Sie dabeihaben, Hardy, damit Sie uns von dem neuesten Stand der Ermittlungen berichten.«

Oh ja, dachte ich und sah aus dem Fenster. Die neuesten Erkenntnisse, das wäre wirklich interessant, für ihn und für sie alle.

Doch genau die konnte ich ihm jetzt nicht sagen. Ihm nicht und den anderen auch nicht. Nicht das, was ich soeben erfahren hatte. Und über das ich bei Weitem noch nicht genug wusste.

»Sie machen übrigens eine ganz großartige Arbeit für uns, Hardy. Ich hatte noch gar keine Gelegenheit, Ihnen das zu sagen.«

Uncle Carl legte mir väterlich die Hand auf den Arm und lächelte mich an, sodass alle Ruinen seines Gebisses frei zur Schau standen.

Ich wusste lediglich genug, um zu ahnen, dass sich alles verändert hatte. Dass ich ganz fürchterlich falschgelegen hatte die ganze Zeit.

Wir fuhren den Santa Monica Boulevard hinunter und die Palmenallee entlang immer nach Westen, durch eine große Einöde, nur unterbrochen durch einzelne verstreut liegende Siedlungen, in Richtung Santa Monica und auf das Meer zu. Die Sonne stand wie ein glühender Ball dicht über den Häusern. Igors breiter Rücken ragte wie ein Massiv vor uns auf.

Schwanger, hallte es in mir wider. Und ich sah Thalberg vor mir und Rosabelle, die auf dessen Schreibtisch saß und mit den Füßen wippte.

Das kannst du Laemmle nicht einfach so hinwerfen, dachte ich, ihm als Thalbergs Boss und zukünftigem Schwiegervater.

Du brauchst Peppers konkrete Aussage, heute Nacht; so bald wie möglich.

Ein Abtreibungstermin. Eine Flasche. Maudes plötzliche Aussage in San Francisco, dass es mit einer Flasche passiert sei. Mir wurde schlecht, wenn ich daran dachte.

Mir war doch noch nicht einmal selbst klar, wie das alles zusammenhing. Und was genau Pepper darüber wusste. Und hier saß er neben mir, mein Auftraggeber, ahnungslos und von Ohr zu Ohr grinsend wie ein Elf an Weihnachten. Und dabei so gefährlich wie eine Handgranate ohne Stift.

Von Thalberg selbst ganz zu schweigen. Für den es schon die ganze Zeit um alles ging. Um seine Karriere, seine Ehe, um sein Leben; die kurze Spanne, die sein schwaches Herz ihm ließ.

»Ich war schon ewig nicht mehr so lange in Hollywood«, sagte Laemmle neben mir und legte den Kopf schief. Er war jetzt zu Deutsch gewechselt, mit seinem schwäbischen Einschlag. »Ich vermisse New York. Und vermutlich gehe ich allen hier gehörig auf die Nerven. Meiner Tochter. Dem jungen Paar, das lieber seine Ruhe hätte vor mir altem Mann …«

Du brauchst erst verdammt gute Beweise, Hardy. Ganz eindeutige. Unzweifelhafte.

»Sagen Sie das doch nicht, Uncle Carl.«

»Wissen Sie, Hardy, darum schätze ich es so sehr, einen Landsmann an meiner Seite zu haben. Einen, dem ich voll und ganz vertrauen kann. Letztlich suchen wir doch in allem die Heimat, wie?«

Es würde Widerstände geben. Jemand, der so weit ging, mich ständig überwachen zu lassen, war ungeheuer gefährlich. Und verzweifelt. Wenn sie mich in meiner Wohnung belauscht haben, dachte ich – erst jetzt dachte ich darüber nach –, was haben sie dann alles gehört?

»Es ist sehr gut, dass Sie jetzt hier sind«, sagte ich. »Sie werden hier gebraucht.«

Was Pepper gesagt hatte – halblaut gesagt hatte, bevor sie sich Einhalt gebot –, hatten sie vermutlich gehört. Sonst wäre derjenige, der uns belauscht hatte, nicht geflüchtet aus Furcht, entdeckt zu werden.

»Das sehen Sie doch auch so? Kinder, Hardy, haben Sie eigentlich auch welche?«

»Nein«, sagte ich.

Ich sah zu Igor. Sein Blick war heute stur nach vorne gerichtet.

»Das wird aber sicher noch kommen«, sagte Uncle Carl und nahm die Brille ab und bedeckte seine Augen mit einer Hand, als sei er müde. »Sie werden bestimmt ein guter Vater sein. Das Treffen ist bei Jesse Lasky«, sagte er übergangslos und nahm die Hand weg und setzte die Brille wieder auf. Seine Gedanken waren schon wieder ganz woanders. »Er hat ein Haus unten in Santa Monica am Strand. Die meisten von ihnen haben dort Häuser.«

Igors Schritte hätten viel schwerer geklungen, dachte ich.

Außerdem war er im Dauereinsatz für Uncle Carl, hatte ihn soeben zu mir gefahren. Er konnte es nicht gewesen sein.

»Aber Sie nicht?«, fragte ich, nur um etwas zu sagen.

»Nein, ich nicht«, sagte Uncle Carl. »Ich bin nicht gerne draußen am Strand.«

Der Wagen bog jetzt auf den Ocean Drive ein. Wir hatten das Meer bereits riechen können, und jetzt sahen wir es auch. Vor uns lag der Pier, eine schwarze Silhouette gegen das Orange und Gold der nur noch knapp über dem Horizont stehenden Sonne. Sie waren eben dabei, die ersten Aufbauten eines Karussells darauf zu errichten. Hier unten standen viele Häuser, hier hatte sich jenseits der Einöde eine richtige Kleinstadt gebildet.

»Das ist das Strandhaus von Hearst«, sagte Laemmle und zeigte aus dem Fenster. Wir passierten gerade eine riesige Villa mit Türmchen, die offenbar derselbe Architekt verbrochen hatte wie das *Examiner*-Gebäude. Sie sah aus wie eine monumentale Sandburg, die ein vollkommen Verrückter mit zu viel Zeit und Geld errichtet hatte. »W. R. hat es für seine Geliebte bauen lassen. Marion Davies, die Schauspielerin. Die, die stottert.«

Ich kannte Marion Davies, hatte sie einmal bei Dreharbeiten erlebt. Sie hatte sehr nett gewirkt, doch in der ganzen Stadt sprach man über sie nur als Hure eines verheirateten Pressefürsten, der in seinen Zeitungen jeden Ehebruch anprangerte, außer den eigenen. Und gleichzeitig hatte sie nicht sehr intelligent und beinahe verletztlich gewirkt durch ihren Sprachfehler. Hearst hatte es sich trotzdem in den Kopf gesetzt, Marion zum Star zu machen, und unternahm alles dafür. Zum Glück drehten wir Stummfilme.

Wir fuhren weiter die Strandpromenade entlang. Links von uns ragte ein steiles Kliff von dreißig Fuß Höhe auf, wie um die Promenade und die Häuser der Reichen zu schützen. Rechts der Straße lagen in unablässiger Folge weitere Villen, alle in ähnlicher Größe und mit direktem Zugang zum Strand, der zwischen ihnen immer wieder zu sehen war, mit weißen schäumenden Wellen, die sich an ihm brachen.

»Das ist das von Jesse Lasky«, sagte Uncle Carl und zeigte mit seinem Mahagoni-Stock voraus. Igor fuhr langsamer und bog in das nächste Grundstück ein.

Darauf stand eine Art Hazienda, lang gestreckt und zwei Stockwerke hoch. Wir fuhren auf den Vorplatz und umkurvten einen großen Springbrunnen, in dem ein gewaltiger weißer Marmor-Neptun und ein Gefolge aus Meerjungfrauen und Fischen thronten. Eben hielt vor dem Eingang des Hauses ein großer silberner Pierce-Arrow und ein massiver Mann mit einem riesigen Gesicht und einer vorspringenden Nase stieg aus.

»Louis B. Mayer von der *Metro*«, sagte Uncle Carl, während Igor hinter dem Automobil hielt und mit laufendem Motor wartete. »Das ›B.‹ hat er sich erst nachträglich in den Namen eingepasst. Es heißt gar nichts. Und sein Geburtsdatum hat er geändert, als er ins Filmgeschäft einstieg. Auf den 4. Juli.«

»Ein echter Patriot also«, sagte ich.

Zu ihm gesellte sich ein alter, ebenso gebrechlich wie grobschlächtig wirkender Mann, dem Mayer wie aus dem Gesicht geschnitten war.

»Aus Minsk«, sagte Uncle Carl lächelnd. »Das dort ist sein Vater, ein Schrotthändler, er ist verwirrt und will immer dabei sein.« Mayer redete auf seinen Vater ein und expedierte ihn zurück zu seinem Pierce-Arrow. »Aufsteiger und Neulinge wie Louis sind immer die größten Renegaten. Sie haben einiges gutzumachen, glauben sie. Wir sind alle nicht von hier, alle nicht in Amerika geboren, außer Lasky.«

Ein freundlich und intelligent aussehender Mann mit einer schmalen runden Brille trat aus dem Haus. Mr Lasky begrüßte Mayer, der sich auf die ihm dargebotene Hand stürzte und den Arm schüttelte wie einen Pumpenschwengel.

Mr Laemmle streckte seinen Stock nach vorne und betätigte damit direkt neben Igor die Signalhupe, die laut aufheulte und die anderen draußen zusammenzucken ließ.

Mayers Wagen startete und steuerte einen Parkplatz an, und Igor fuhr die Limousine auf den Platz vor dem Eingang. Er stieg aus und öffnete den hinteren Wagenschlag für uns.

Louis B. Mayer war stehen geblieben und erwartete uns zusammen mit Jesse Lasky und seiner Frau. Er sah aus, als wäre er selbst der dritte Gastgeber. Lasky ging einfach darüber hinweg. Seine Gattin war vielleicht zehn Jahre jünger als er, mit kastanienbraunen Locken und sehr elegant gekleidet in einem schokobraunen Kostüm mit einer riesigen silbernen Brosche.

»Mr Laemmle, wie schön, unseren Nestor begrüßen zu dürfen – den Mann, dem wir alle so viel verdanken«, sagte Mr Lasky mit großer Freundlichkeit.

Mr Laemmle lächelte so breit, wie ich ihn kaum je hatte lächeln sehen. Er ging zu ihnen, wobei er seinen Stock elegant nach Gentleman-Art schwang, und begrüßte zuerst die Dame des Hauses formvollendet mit einem Diener.

»Sind die Förmlichkeiten endlich beendet, Laemmle? Willkommen, willkommen«, drängte Mayer daneben und winkte Mr Laemmle achtlos zu, schon halb im Umwenden.

»Folgen Sie uns doch. Die anderen sind schon alle da«, sagte Bess Lasky und ging nach drinnen. Niemand beachtete mich. Mir war es recht.

»Ein Glas Champagner?«, fragte Lasky und winkte einen Butler heran, der mit einem Tablett auf seinen Einsatz wartete.

»Champagner ist etwas für neureiche Regisseure«, sagte Mayer und scherte sich nicht im Geringsten darum, wie verletzend das für seine Gastgeber klang. »Ich nehme Whisky. Eine Flasche, für den Anfang.«

Er ging mit großen, raumgreifenden Schritten voraus.

»Bringen Sie mir bitte eine gute Zitronenlimonade mit viel Zucker«, sagte Mr Laemmle zu dem Butler.

Wir durchquerten eine kleine Vorhalle und betraten einen hellen, großen Wohnraum mit mexikanischen Teppichen an den Wänden und Panoramafenstern, dessen offene Schiebetür auf eine große Terrasse hinausführte.

»Wir setzen uns zur Beratung alle auf die Terrasse, Uncle Carl, weil heute so ein schöner Tag ist«, sagte Lasky zu Laemmle. Der verzog das Gesicht, sagte aber nichts weiter und folgte ihnen nach draußen.

Auf der Terrasse befanden sich bereits mehrere Männer im mittleren Alter. Alle waren in hervorragende und sehr teure Anzüge gekleidet. Keiner von ihnen war größer als ich. Mindestens fünf von ihnen, Carl Laemmle eingeschlossen, waren kaum größer als die Tischkante. Ich kam mir vor wie bei den sieben Zwergen. Doch wenn Schneewittchen einen von ihnen geküsst hätte, dann hätte dieser sich gewiss als ein böser Wolf herausgestellt und sie bei lebendigem Leibe aufgefressen.

Da war ein sehr kleiner, sehr dünner Mann mit einer Glatze und einem Zweireiher, der ihm wie angegossen saß und in dem er posierte wie ein Pfau. Doch sein Gesicht sah haargenau so aus wie das eines griechischen Satyrs, eine permanent grinsende Fratze mit Äuglein, die sich zu schmalen Schlitzen verengt hatten, aber alles sehr genau wahrnahmen.

»Hallo, Mr Goldwyn«, sagte Uncle Carl.

Da war ein noch kleinerer, noch dünnerer Mann mit feinen Gesichtszügen und großen braunen Augen, der äußerst distinguiert wirkte und eine natürliche Autorität ausstrahlte. »Guten Tag, Mr Zukor«, sagte Uncle Carl und nickte ihm zu. »Wie schön, dass Sie nach Hollywood gekommen sind.«

Es war ein respektvoller Gruß, und Zukor antwortete, doch er sprach so leise, dass ich seine Worte nicht verstand. Unwillkürlich beugte man sich leicht zu ihm hinunter, um besser zu hören, was er zu sagen hatte, denn es war sicherlich etwas Kluges und Wissenswertes. Und man hatte den Eindruck, es könnte auch etwas sein, das jemanden in nur einem Satz für immer vernichtete.

Da war ein etwas größerer Mann mit dunklen lichten Haaren, der einen dünnen schwarzen Schnurrbart hatte und ein einnehmendes Lächeln und so wirkte, als sei er ein sehr guter Hochstapler mit einer Menge Geschmack und Geschick, weswegen man ihn seiner Verbrechen kaum überführen konnte.

»Bill Fox, welche Freude!«, sagte Uncle Carl.

Danach begrüßte er Joseph Schenck, einen Mann mit einer

mehrfach gebrochenen Boxernase und einem Profil, mit dem man Papierbogen hätte zuschneiden können. Er hatte eine bemerkenswerte Ähnlichkeit mit Buster Keaton, als wäre er dessen großer, gemeiner Bruder; der jeden, der den Kleinen ärgerte, verprügelte und somit sicher eine ganze Menge zu tun hatte, es aber klaglos, ja äußerst gerne und mit geradezu sadistischem Vergnügen verrichtete.

Und da war ein weiterer Zwerg, dessen Gesicht einen harten, gnadenlosen Ausdruck hatte. Er trug mit großen Steinen besetzte Ringe an den Fingern. Mit der Rechten wollte er Mr Laemmles Hand greifen, der ihn mit »Mr Selznick, wie schön, dass das geklappt hat!« begrüßte und die Hand schnell zurückzog, die Berührung nur knapp umgehend.

Kurzum, diese Handvoll kleiner Männer war die besorgniserregendste Ansammlung von Gangstern, die ich jemals gesehen hatte.

Ich war heilfroh, dass mich keiner ansprach und sie zu sehr mit sich selbst beschäftigt waren. Die Luft schien vor Hass und Missgunst regelrecht elektrisch aufgeladen zu sein. Wahrscheinlich hätte man alleine damit das gesamte Haus beleuchten können.

»Seht euch diesen verdammten Hurensohn an!«, rief der glatzköpfige Satyr zu Mayer hinüber, der breitbeinig zu ihnen trat. »Louis, gib mir die tausend Dollar zurück, die ich dir schulde!«

Ich dachte zunächst, dass er einen schlechten Scherz gemacht habe. Doch er schien vollkommen arglos zu sein. Er legte sogar nach: »Oder du bezahlst es mit zwei von deinen Schauspielern, die du mir dafür ausleihst.«

Der bullige Mayer hielt sich nicht lange damit auf, er gab ihm direkt Contra.

»Samuel Goldfish. Du musst einen Raum wirklich nur betreten, und sofort bemerkt jeder, dass du nicht da bist«, sagte er mit breitem Lächeln und schlug dem Kleineren so hart auf die Schulter, dass der beinahe zusammengebrochen wäre.

»Er hat diesen Raum nicht betreten«, sagte der mit den

Krallen und lächelte maliziös, »du bist zu *uns* herausgetreten, Mayer, ins Freie.«

»›Das Freie‹ gibt es bei dir nicht, Selznick«, sagte Mayer. »Du würdest sofort zehn Cent von jedem Besucher nehmen.«

Es war, als unterhielten sie sich in einer ganz eigenen Sprache, in der jedes Sprichwort stets auf den Kopf gestellt wurde und die für Außenstehende kaum verständlich war. Es war, als sähe man Löwen zu, die sich an einem Wasserloch in der Wüste um den besten Platz stritten. Sie umschlichen einander spielerisch, doch jederzeit konnte ein tödlicher Kampf ausbrechen.

Ich und Uncle Carl verharrten am Eingang, auf der anderen Seite des großen gedeckten Tisches, während sie durcheinander redeten und dabei versuchten, sich gegenseitig zu übertrumpfen.

»Er nennt ihn immer noch stets Goldfish«, sagte Uncle Carl leise auf Deutsch zu mir. Ganz Hollywood kannte die Geschichte. Samuel Goldfish hatte sich mit Edgar Selwyn zusammengetan und die Goldwyn-Produktionsfirma gegründet. Bald freundete er sich mit dem Namen an, der amerikanischer zu klingen schien, und taufte sich um, nach seiner Filmgesellschaft.

»Sie sind wirklich schräge Vögel, nicht wahr?« Laemmle lächelte mich von der Seite an und sah dabei selbst wieder aus wie ein Marabu. »Ich kenne sie alle, schon sehr lange. Die meisten haben einmal für mich gearbeitet, so haben sie angefangen.«

»Dann müssten sie Ihnen ja verpflichtet sein«, sagte ich. Er wollte erzählen.

»Selznick war ein Juwelenhändler, der sich in meiner Firma einfach ein leeres Büro genommen und während meiner Abwesenheit als *General Manager* ausgegeben hat. Doch ich musste ihn loswerden, denn er war äußerst ehrgeizig und es gab Ärger. Dann tat er sich mit Zukor zusammen. Aber es gab Ärger, und Selznick zahlte ihn aus. Zukor wiederum tat sich mit Schenck und Lasky zusammen, als sie ihren ersten Film in Hollywood drehten, 1913, in der Scheune, die dann zum *Famous-Players-Lasky*-Gelände erweitert wurde, und Lasky brachte seinen Schwager mit – Samuel Goldfish, früherer Handschuhmacher.«

»Lasky und Goldwyn sind verschwägert?«

»Sam hat Jesses Schwester geheiratet, so kam er ins Filmgeschäft«, erzählte Mr Laemmle. »Es gab aber Ärger, und Zukor zahlte ihn aus. Mayer war mein Vertriebschef in New England, bis er mir die Rechte an Griffiths *Birth of a Nation* klaute und es *gewaltigen* Ärger gab. Danach haben Mayer und Selznick und Goldfish eigene Firmen gegründet, und sie werben uns jetzt immer wieder Leute ab. Zukor und Schenck und Lasky hingegen haben eine gemeinsame Firma, wie Sie wissen, und ich meine, die älteste in Hollywood.«

»Und Fox?«

Uncle Carl sah den Mann mit dem schwarzen Schnurrbart an, der alles mit distanziertem Lächeln beobachtete und sich etwas abseits hielt.

»Oh, der hat nichts mit den anderen zu tun. Er hat mit Nickelodeons begonnen, so wie ich, sie zu richtigen Kinos ausgebaut und dann ebenfalls einen Vertrieb und ein eigenes Studio gegründet und begonnen, selbst Filme zu produzieren, statt auf die von anderen angewiesen zu sein. Mit ihm hatte ich nie Ärger. Er ist Ungar, so wie Zukor. Goldfish ist Pole und Mayer und Schenck und Selznick sind Russen. Und ich bin der einzige Deutsche.«

Uncle Carl grinste mich strahlend an. Die glühende Scheibe der Sonne war in den Pazifischen Ozean eingetaucht und verschwand nun vollends darin.

»Und gibt es mit Thalberg auch ›Ärger‹?«, fragte ich schnell. Die Gelegenheit war zu günstig, um sie vorbeiziehen zu lassen.

»Keineswegs«, sagte Uncle Carl, und er wirkte so arglos wie zuvor Goldwyn. »Er hat einen eigenen Kopf, aber er ist ein ganz feiner Mensch.«

Dann wandte er sich dem Gastgeber zu und wechselte wieder ins Englische.

»Lassen Sie uns anfangen, Mr Lasky«, sagte er. »Normalerweise mache ich mich um diese Zeit fast schon bereit, ins Bett zu gehen.«

49

Jesse Lasky versammelte uns um den lang gestreckten gedeckten Tisch auf der Terrasse. Er wies auf die um ihn herum aufgestellen Korbsessel und es gab ein kurzes Geplänkel darum, wer wo sitzen durfte. Louis B. Mayer beharrte vehement darauf, den Blick aufs Meer zu haben, und weinte beinahe. Ich setzte mich neben Uncle Carl, der sich ohne zu fragen in der Mitte platziert hatte. Auch Selznick und Fox hatten jeweils einen Begleiter dabei, jüngere Männer in dunklen Zweireihern, die am Rande gewartet hatten wie ich. Die anderen waren alleine gekommen.

Auf der Terrasse waren Windlichter aufgestellt, die die Szenerie in ein weiches Licht tauchten. Im Meer, über dem der Himmel lila nachglühte, waren als Punkte noch vereinzelte Schwimmer zu sehen, die sich nicht darum sorgten, was ihnen an Haien darin auflauerte. Nur ein Stück von hier den Strand hinunter befand sich »das Tintenfass«; jener Uferabschnitt, an dem Schwarzen das Baden erlaubt war. Auf der anderen Seite sah man in der Ferne die Lichter des weit ins Meer hineinragenden Santa-Monica-Piers mit seinen Aufbauten, und sie schienen in ein unbestimmtes Nirgendwo zu führen.

Butler stellten, angeleitet von Bess Lasky, Getränke und Sandwiches auf den Tisch und zogen sich dann mitsamt der Ehefrau diskret in den Innenraum zurück.

Jesse Lasky erhob sich und strich sich die Weste glatt, bevor er anhob zu sprechen.

»Er ist berüchtigt dafür, wie gerne er Reden hält«, flüsterte mir Mr Laemmle zu, auf Deutsch.

»Liebe Kollegen«, begann Lasky und sah glücklich in die Runde. »Ich freue mich, dass Sie alle so zahlreich unserer Einladung gefolgt sind. L. J. Selznick hatte die Idee«, er zeigte auf das Raubtier mit den beringten Fingern, »und Carl Laemmle und ich wollten Sie alle dabeihaben, auf Rat von Louis B. Mayer und William Fox haben wir natürlich auch Adolph Zukor und Joseph Schenck um diesen Tisch versammelt«, er hatte jeden, wirklich jeden, in der Runde mit einem Nicken und einem freundlichen Blick bedacht, »weil wir Wichtiges zu besprechen haben, etwas, das uns alle angeht, die wir in der Hollywood-Gemeinde der Produzenten etwas gelten …«

Man hörte seiner warmen, sonoren Stimme an, dass er gerne redete. Und man sah es den anderen an, dass sie schon vor langer Zeit zu der Einsicht gekommen waren, ihn gewähren zu lassen.

»Es geht, wie Sie alle wissen, um den Fall Arbuckle. Mittlerweile droht uns, droht Hollywood eine gewaltige, existenzielle Gefahr …«

»Wieso uns?«, blaffte Mayer dazwischen. »Doch wohl eher denen von *Famous Players*, die ihren Laden mal wieder nicht im Griff haben!« Er hatte sich eine Zigarre angezündet und goss sich andauernd Whisky nach, der in einer großen Kristallflasche vor ihm stand.

»Was soll das denn jetzt, Mayer?«, sagte Zukor und richtete sich zu voller Größe auf. Er konnte damit immer noch nicht über die Flasche auf dem Tisch hinwegsehen.

»Ist doch wahr. Es ist doch zuallererst euer verdammtes Problem, wenn dieser fette Bastard von euch zu dumm zum Scheißen ist!«

Zukor blitzte wütend hinüber. Er sah so aus, als wollte er gleich zuschlagen. Es ging das Gerücht, er sei früher ein hervorragender Boxer gewesen. Wohl in einer Gewichtsklasse noch unterhalb des Fliegengewichts.

»Bitte, meine Herren, bitte«, Mr Laemmle streckte die Hände aus, als wollte er dirigieren.

»Wir müssen handeln, das ist uns allen klar!«, sagte Mr Lasky konziliant. »Und zwar sofort! Aber wir wollen doch eines festhalten: Roscoe Arbuckle ist natürlich vollkommen unschuldig!«

»Und warum hat *Famous Players* dann den Vertrag mit ihm gelöst?«, rief Selznick.

»Meine Herren, zu der Frage von Arbuckles Unschuld möchte ich auch etwas sagen.« Mr Laemmle erhob sich. Er war dadurch nur einen halben Kopf größer als vorher. Doch alle sahen zu ihm. Er war der Älteste hier.

»Ich habe Ihnen jemanden mitgebracht.« Er zeigte auf mich und lächelte mir zu.

»Wer ist das denn, Laemmle?«, fragte Selznick. »Einer Ihrer Verwandten? Wie ein Anwalt sieht er nicht aus. Ich erkenne einen Gauner, wenn ich einen sehe. Der da hat ein ehrliches Gesicht.«

»Das ist Hardy Engel, mein Sicherheitschef.«

Alle sahen mich an, so aufmerksam und prüfend, als wäre ich die sechzehnjährige frisch gekürte *Miss America*.

»Von Ihnen habe ich schon nichts gehört!«, rief Goldwyn kryptisch und fixierte mich mit seinen diabolischen Augen.

Mr Laemmle sagte: »Mr Engel hat in dem Fall bereits ausnehmend viel ermittelt und war von Anfang an involviert, wenn ich das so sagen darf. Sie wissen ja wohl, dass Virginia Rappe bei der *Universal* unter Vertrag war.«

»Wussten wir das?«, sagte Mayer und sah fragend in die Runde.

Mr Laemmle fuhr fort: »Er wird Ihnen jetzt Auskunft darüber geben. Und dann können wir sehen, wie ernst es ist.«

Ich sah zu ihm, sein Gesicht fast auf gleicher Höhe mit meinem, und wusste nicht, was ich tun sollte.

»Mr Engel, bitte, sagen Sie den Herren, wie Ihrer persönlichen Einschätzung nach der Stand der Ermittlungen ist. Ist Roscoe Arbuckle wirklich unschuldig an dem Tod von Virginia Rappe?« Uncle Carl wies mich mit einer freundlichen, aber unerbittlichen Geste an, aufzustehen.

Ich schob meinen Stuhl nach hinten und erhob mich langsam. Ich räusperte mich und sah in die Runde. Mein Magen brannte und meine Eingeweide zogen sich zusammen. Das Blut rauschte in meinen Ohren. Verdammt. Aber es ging nicht anders.

»Nun, mein vorläufiger Stand ist der, dass es diesbezüglich vielleicht noch Überraschungen geben könnte«, sagte ich.

Mr Laemmle hörte auf zu lächeln. Die anderen starrten mich mit offenen Mündern an. Ich musste nachlegen.

»Was aber nun den Skandal betrifft«, sagte ich, »so denke ich, dass Sie auf jeden Fall gut daran täten, sich auf das Schlimmste einzustellen.«

Ich sah zu Mr Laemmle und registrierte, dass meine letzten Worte ihn wieder einigermaßen beruhigt hatten.

Ich räusperte mich erneut und setzte mich wieder.

Unter den Produzenten setzte Unruhe ein.

»Was zum Teufel wollen Sie damit sagen?«, fragte Zukor. »Natürlich ist er unschuldig!«

Mr Laemmle sah mich an und das Lächeln erschien wieder auf seinem Gesicht. Er erhob sich noch einmal.

»Aber natürlich ist er das, Mr Zukor. Nur ob es bewiesen werden kann und ob er *freigesprochen* wird, das will Mr Engel sagen, das steht doch sehr infrage, solange es keine neuen Indizien gibt.«

Ich sah in die Runde und nickte bestätigend und etwas erleichtert.

»Vielleicht kann ich seine Unschuld ja doch noch beweisen. Ich werde jedenfalls alles daransetzen, natürlich in Kooperation mit meinem alten Freund Fritz Roth von *Famous Players*«, sagte ich und sah von Mr Lasky zu Mr Laemmle. Und das Tolle war, beide schienen mit dieser Aussage zufrieden zu sein.

»Für den Moment gilt: Er muss vor Gericht«, sagte Lasky und stand wieder auf. »Der Skandal ist nicht mehr aufzuhalten, der Prozess wird kommen, und das wird uns noch viel mehr schlechte Schlagzeilen bringen. Hearst ist völlig unzugänglich, ich habe ihn schon mehrfach deswegen gesprochen, aber er lässt sich einfach nichts sagen.«

»Oder *geben*?«, fragte Fox.

»Meinst du, wir hätten das nicht versucht, Bill?«, fragte Schenck und beugte sich nach vorne. Das flackernde Licht ließ seine Nase wie den Zacken einer Kreissäge erscheinen. »Es ist nicht mehr so einfach wie früher!«

»Boston 1917!«, rief Selznick.

»Ja, da ging das noch!«, sagte Mr Zukor und winkte ab.

»Warum müsst immer ihr es sein, die solchen Mist anstellen?«, rief Goldwyn. »Damals – und heute wieder! Ihr seid eine Schande für unseren Berufsstand. Immer macht *Famous Players* Ärger!«

»Alle machen den«, sagte Uncle Carl.

»Es betrifft nicht nur uns. Wir müssen uns *alle* damit beschäftigen, ob uns das nun passt oder nicht«, sagte Mr Lasky.

»Blödsinn!«, sagte Mayer scharf.

»Das sehe ich auch noch nicht«, sagte Fox zu den Herren von *Famous Players*. »Das müsst ihr alleine lösen.«

»Wollen wir jetzt Skandale gegeneinander aufrechnen?«, fragte Zukor und blickte ihn strafend an.

»Ja, was war mit Olive Thomas?«, fragte Mr Laemmle Selznick und legte lächelnd den Kopf schief.

Selznick explodierte sofort und zeigte mit seiner Zigarettenspitze auf ihn: »Du hast gut reden, Carl. Du mit deinen Von-Stroheim-Filmen. Dekadenter geht es ja wohl nicht!«

»Ja!«, sagte Goldwyn. »Ihr Hunnen führt euch doch auf, als hättet ihr den verdammten Krieg gewonnen!«

Mr Laemmle schüttelte gequält lächelnd den Kopf.

»Ich bin Amerikaner!«, hielt er dagegen.

»Sam hat recht«, sagte Mr Schenck. »Bei unseren Stars ist es nur das Privatleben, das aus Versehen manchmal öffentlich wird. Doch von Stroheims Filme sind für die Öffentlichkeit bestimmt, und er verdirbt sie mit all seinen Ausschweifungen, Exzessen, Ehebrüchen und Skandalen!«

»Oder was Griffith sündhaft teuer in Szene setzt und in vorbiblisch perversen Zeiten spielen lässt!«, sagte Mr Lasky. »Deshalb, und nicht wegen der erfundenen Geschichten von Mr

Hearst, ist Hollywood in der Öffentlichkeit längst mit Babylon gleichgesetzt worden!«

»Sie sind nicht erfunden, Jesse«, sagte Mr Selznick. »Das ist es ja gerade. Das hier *ist* Babylon.«

»Es ist ein natürlicher Anspruch des Kinos, solche Geschichten zu erzählen. Wer große, spektakuläre Filme will, der wird immer Grenzen überschreiten«, sagte Mr Fox.

»Wahr gesprochen«, sagte Mayer und zog lüstern an seiner Zigarre.

»Dekadent sind wir alle!«, rief Goldwyn und schlug mit der Hand auf den Tisch, sodass die Gläser tanzten. »Wie können wir uns das bewahren?«

»Erst haben sie den Alkohol verteufelt und verboten, jetzt haben sie mit unseren Filmen ganz genau das Gleiche vor!«, sagte Selznick düster.

»Das Publikum will diese Filme sehen. Und das Publikum hat niemals unrecht«, sagte Mr Zukor.

»Und es will auch die Stars«, sagte Mr Laemmle.

»Das sagst du doch nur, weil du den ersten Star *geschaffen* hast«, sagte Goldwyn. »Florence Lawrence, mit ihr hast du die böse Büchse geöffnet!«

»Die Büchse der Pandora«, korrigierte Lasky milde.

»Du hast als Erster ihren Namen auf ein Plakat geschrieben«, insistierte Goldwyn. »Und seither wollen sie das natürlich alle!«

Mr Laemmle nickte sanft. »Ich gebe es gerne zu. Dass wir den Schauspielern die Publicity gegeben haben, ist jetzt Segen und Fluch zugleich.«

»In Massachusetts hat gestern eine ganze Stadt beschlossen, keine Filme mehr zu zeigen. Nicht nur keine Arbuckle-Filme oder *Famous-Players*-Filme, überhaupt keine Filme aus Hollywood mehr«, sagte Schenck und richtete sich halb auf. »Keine Leinwand wird dort mehr bespielt. *Das* ist ein Alarmzeichen. Für uns alle.«

»Was ist das nur mit diesem verdammten Massachusetts?«, sagte Mayer. »Erst Boston und jetzt das!«

»Man sollte diese gottverdammte Insel mit all ihren Scheißliberalen die Toilette runterspülen, ein und für alle Mal!«, brüllte Goldwyn.

»Massachusetts ist keine Insel, Sam«, sagte Mr Lasky ruhig und ebenso bestimmt wie verzeihend.

»Dann sollte man es zu einer Insel *machen*, die nicht zu unserem schönen Land gehört«, brüllte Goldwyn, ohne zu zögern. »Und sie raustreiben lassen auf den Atlantik, in Richtung Scheißeuropa!«

»Red nicht so. Bist du meschugge?«, sagte Mr Zukor.

»Da kommen wir alle her.« Carl Laemmle schaffte es, selbst dabei noch zu lächeln.

»Zugegeben, es ist nur eine Minderheit, die da draußen dagegen protestiert. Leider eine äußerst bedeutungsvolle und einflussreiche Minderheit«, sagte Mr Selznick.

»Und es wird immer schlimmer! Selbst die Kirchen machen uns Ärger. Von jeder Kanzel im Land aus sind wir schon verdammt worden. Die Politik auch; und die verfluchten schwanzlutschenden Frauenverbände«, sagte Mayer laut.

»Bitte, Louis«, sagte Lasky.

»Wieso? Sind Frauen anwesend?«, fragte Goldwyn zurück und sah sich besorgt nach links und rechts um. Auch Mayer tat das. Ganz offensichtlich meinten sie es ernst: Vor Frauen hätten sie nicht so geredet.

»Was denkt ihr, kann man denn gar nichts mehr tun, um das abzuwenden?«, sagte Mayer. Er hatte die Augen weit aufgerissen und es schien tatsächlich so, als würde er gleich in Tränen ausbrechen.

Mr Laemmle sah besorgt zu ihm. »Er kann auf Kommando weinen«, sagte er halblaut zu mir.

»Meine Herren, wenn Sie mich nur einmal ausreden lassen würden«, sagte Mr Lasky und erhob sich wieder. Er tupfte sich die Stirn mit einem weißen Taschentuch. »Schon die ganze Zeit versuche ich, Ihnen Folgendes offiziell mitzuteilen: Um den Skandal in unser aller Interesse einzudämmen, hat sich *Famous Players* heute Nachmittag entschlossen, nicht nur die drei neuen Filme von Fatty Arbuckle vorerst nicht zu zeigen …«, Lasky machte eine Kunstpause und betonte dann jedes Wort, wobei er mit der Hand auf den Tisch schlug wie ein Senator im Capitol: »Sondern auch alle anderen Filme von Fatty Arbuckle weltweit sofort aus dem Verkehr zu ziehen!«

Die Männer sahen sich überrascht an. Mir stockte der Atem.

Lasky wiederholte mit Nachdruck: »Wir werden sie nicht mehr zeigen – natürlich nur so lange, bis Fatty Arbuckle freigesprochen wird.«

Unruhe kam auf.

»Bravo!«, rief Goldwyn. »Das ist die richtige Entscheidung!« Ein Blinder konnte sehen, dass er sich nur aus egoistischen Motiven darüber freute.

»Wir verzichten dadurch alleine bei den neuen Filmen auf Einnahmen von ungefähr drei Millionen Dollar!«, rief Joseph Schenck. »Und insgesamt gewiss auf zweistellige Millionenbeträge!«

»Das sollte Sie nicht freuen«, sagte Mr Zukor in die Runde. »Das sollte Ihnen vielmehr klarmachen, was auch Ihnen droht. Die Politik fordert bereits die Einführung einer bundesweiten Zensur!«

»Das können wir nicht zulassen!«, brüllte Mayer und Tränen stürzten aus seinen Augen. Ich konnte sie deutlich im Licht der Laternen glitzern sehen. Sie flossen wie ein Sturzbach in seinen Whisky und löschten seine Zigarre.

»Das habe ich zuerst auch gesagt, Louis«, sagte Selznick und erhob sich. »Unser System mit den bundesstaatlichen Zensoren ist schon hart genug.«

»Aber auch angenehm!«, rief Mr Laemmle dazwischen.

»Hart, aber auch angenehm«, sagte Adolph Zukor, ohne auch nur mit einer Wimper zu zucken.

»Aber dann habe ich nachgedacht …«, sagte Selznick.

»Du?«, schrie Goldwyn.

Selznick ließ sich nicht beirren. »Es war alles unter Kontrolle, aber diese Kontrolle haben wir jetzt verloren. Wir müssen sie wiedererlangen.«

»Und wie?«, sagte Mayer und schaffte es, unter Tränen neugierig zu schauen.

Selznick hob einen Finger. Alle schwiegen und sahen ihn an.

»Wie beim Baseball«, sagte er.

Die anderen machten große Augen. Mayer hörte augenblicklich auf zu weinen.

»Wie? Als Werfer? Oder als Schläger?«, fragte Goldwyn sinnlos in die Runde.

»Vor zwei Jahren, wir erinnern uns alle, war die *World Series* am Ende«, sagte Selznick.

»Der Black-Sox-Skandal, natürlich!«, sagte Zukor.

»Manipulationen, Bestechungen, abgesprochene Ergebnisse. Die Vereine und die Liga hatten ihre Glaubwürdigkeit vollkommen verspielt, die Stadien waren leer. Was haben sie gemacht?«

»Sie haben jemanden von außen geholt. Sie haben einen neuen Chef für ihre Liga bestellt!«, sagte Mr Laemmle und nickte vor sich hin.

»Den ehrenwerten Richter Kenesaw Mountain Landis«, sagte Selznick und grinste wie ein Gauner, der den größten Diamanten der Welt gestohlen hatte. »Eine integre, allseits respektierte öffentliche Figur, engagiert als Spitzenmann und Kontrolleur der Organisation. Und der Baseball war gerettet!«

»Natürlich …!«, sagte Adolph Zukor lächelnd. Er hatte vorher noch nie gelächelt.

»Ich liebe dich, Lewis, ich liebe dich! Du bist unbezahlbar!«, sagte Mayer. Er stürzte sich auf Selznick und umarmte und küsste ihn.

»Freiwillige Selbstkontrolle«, sagte Mr Laemmle vor sich hin und lächelte seliger als jemals zuvor.

»Gründen wir dazu besser gleich eine neue, allumfassende Organisation, verdammte Scheiße!«, sagte Mayer.

»Ja«, schrie Goldwyn und sprang auf, »und wir nennen sie *Motion Picture Producers Association*!«

»*And Distributors*!«, sagte Zukor.

»Das ist es«, sagte Samuel Goldwyn. »So, wie ich es mal gelernt habe: Wer hässliche Hände hat, zieht einfach einen schönen Handschuh darüber!«

»Und zwar nicht bloß einen«, sagte Selznick rasch. »Sondern zwei, über jede Hand einen!«

Alle wollten jetzt dabei sein und ihre Ideen einbringen. Keiner wollte zu kurz kommen.

»Und sie müssen passen!«, rief Fox.

»Sie dürfen nicht zu klein sein«, sagte Zukor.

»Sie dürfen aber auch nicht zu groß sein«, sagte Goldwyn stirnrunzelnd.

»Er muss sie immer tragen, überall«, sagte Schenck.

»Samthandschuhe«, sagte Mr Laemmle sanft.

»Boxhandschuhe«, sagte Mr Zukor versonnen. »Schützen die Hände beim Schlagen.«

»Er darf sie nie ausziehen, sonst sind die Hände ungeschützt«, sagte Mayer und leckte sich die Lippen.

Goldwyn sah verständnislos von einem zum anderen. Er war richtig sauer.

»Ich verstehe nicht, was ihr sagt. Handschuhe eben. Verdecken hässliche Hände. Soll ich's euch aufmalen?«

»Es ist eine gottverdammte Metapher, Goldfish«, sagte Zukor. »Und du selbst hast sie ins Spiel gebracht.«

»Willst du mich beleidigen?«, schrie Goldwyn.

»Beruhige dich, Sam«, sagte Mayer. »Glaub mir, jeder hier weiß, dass du keine Ahnung hast, was eine Metapher ist.«

»Dann ist es ja gut«, sagte Goldwyn und setzte sich wieder.

Und ich hatte gedacht, Uncle Carl sei verschroben. Doch er erhob sich jetzt und brachte alle wieder zum Thema zurück:

»Und wer soll dieser neue Frontmann sein?«

Die anderen hielten inne.

»Damit können wir uns doch Zeit lassen«, sagte Mayer und zündete sich paffend eine weitere riesige Zigarre an.

»Brauchen wir den überhaupt?«, fragte Joseph Schenck. »Brauchen wir wirklich so einen verdammten Bastard, der uns in unsere Filme hineinquatscht?«

»Aber er würde *unser* verdammter Bastard sein«, sagte

Selznick, »und er würde nicht zu viel quatschen, verstehst du?«

»Wir brauchen ihn für den Fall«, sagte Mr Lasky, »dass Fatty Arbuckle nicht freigesprochen wird. Weil das einen riesigen Aufschrei gäbe, der alles Bisherige in den Schatten stellte. Weil der Skandal sich dann so ausweiten würde, dass wir sofort Gegenmaßnahmen ergreifen müssten. Wir hätten dann keine Zeit zu verlieren, meine Herren. Wir alle müssen uns darüber schon jetzt Gedanken machen. Und deshalb sollten wir hier und heute beschließen, hier bei dieser Gründungsveranstaltung unserer Organisation, wer dieser Oberzensor sein soll, und bereits einen Vertrag anfertigen, den wir ihm dann sofort übergeben können, sollte dieser Fall eintreten.«

Einer sah zum anderen, und sie nickten sich zu.

»Verdammt, und wer könnte das sein?«, fragte Mayer.

»Ja? Wer will überhaupt noch mit uns zu tun haben und seinen Kopf für uns hinhalten?«, fragte Fox.

»Da fallen mir einige ein, gerade auch unter den Bundesstaatszensoren«, sagte Mr Laemmle und lächelte fein. Ich befürchtete, dass er an Männer wie Vandenberg dachte.

»Ich glaube, wir sollten noch weiter denken«, sagte Selznick. Er stand immer noch. Er hatte einen Plan, das war klar. Und er war fest entschlossen, ihn umzusetzen.

Mir ging auf, dass es ihnen allen hier nur darum ging, später behaupten zu können, die entscheidende Idee gehabt zu haben.

»Ich habe sogar schon Kontakt zu jemandem aufgenommen.«

»Ich bin dagegen!«, brüllte Samuel Goldwyn.

»Ich habe noch gar nicht gesagt, wer«, sagte Selznick.

»Spuck's schon aus, Lewis«, sagte Mayer und packte ihn am Revers. Selznick hob lächelnd die Hand. Mayer ließ ihn los.

Selznick sagte langsam:

»Es ist kein anderer als der Wahlkampfmanager unseres glorreichen Präsidenten Harding. Der aktuelle Postminister. Ein allseits respektierter Presbyterianer, der bereits mehrere Prozesse gegen die Versendung pornografischen Materials mit dem

US Postal Service gewonnen hat.« Er sah triumphierend in die Runde.

»Will Hays!«

»Ein Republikaner!«, sagte Mayer wie erleuchtet.

»Dieser hässliche Hurensohn?«, rief Goldwyn.

»Nicht hübscher als du, Schmock!«, sagte Zukor.

»Er ist einer von den Guten«, sagte Selznick.

»Nein, er ist einer von uns!«, rief Goldwyn. »Ich bin für ihn!«

»Ich glaube, wir alle«, stellte Zukor fest. »Was hat er denn dazu gesagt?«

»Er war überrascht, doch im Grunde nicht abgeneigt«, sagte Selznick.

»Was zum Teufel soll das heißen?«, fragte Mayer. »Er will nicht?«

Er sah so aus, als ob er gleich wieder in Tränen ausbrechen würde.

»Bist du verrückt, Louis? Was verlangt er?«, sagte Fox.

»Natürlich dürfen wir ihn nicht einfach nur bestechen«, sagte Mr Laemmle. »Wir werden sein Engagement groß in der Presse veröffentlichen.«

»Na dann. Wie viel bezahlt man dem als Gehalt?«, fragte Schenck.

»Hunderttausend Dollar im Jahr«, sagte Zukor abwägend.

»Hundertfünfzigtausend, wenn es sein muss«, rief Mayer.

»Hunderttausend«, sagte Mr Laemmle. »Eine gute runde Summe. Wir werden sein Gehalt öffentlich machen. Wir werden damit zeigen, wie seriös das alles ist.«

»Ich bin sicher, damit kriegen wir ihn. Ich und mein Anwalt bereiten das alles vor«, sagte Selznick.

»*Mein* Anwalt«, rief Fox dazwischen und zeigte auf seinen Begleiter. »Wir machen das zusammen, schließlich sind wir jetzt eine Organisation!«

»Aber alles nur für den Fall, dass Fatty *nicht* freigesprochen wird«, sagte Mr Lasky. »Wird er freigesprochen oder platzt der Prozess – dann wird niemand jemals von dem Vertrag erfahren. Dann wird es keinen Oberzensor geben.«

Er sah in die Runde und alle nickten.

Louis B. Mayer schenkte sich Whisky ein und hob sein Glas.

»Kinder, ich bin stolz auf uns!«, rief er.

»Bis dahin, lasst uns alle die Mätressen auf zwei oder drei reduzieren«, sagte Lasky in die Runde.

»Auch du, Lasky!«, sagte Goldwyn.

Alle prosteten sich zu. Man trank. Die meisten in einem Zug. Ich schenkte mir Whisky nach und trank mit. Ich brauchte ihn jetzt. Dies also waren die Gründerväter des Filmbusiness: ein Handschuhmacher, ein Schrotthändler, ein Hühnerzüchter, ein Pelzhändler, ein Wäscheverkäufer und ein Juwelenhändler, die sich verbündeten, um ihre Sünden zu kaschieren. Und die beschlossen, sich dafür einen Politiker zu kaufen, ohne jeden Zweifel, dass er sich würde kaufen lassen.

»Wir sind wie die Römer!«, sagte Goldwyn.

»Die Römer?«

»Noble Geister. Demokratie«, sagte Goldwyn stammelnd. »Eine Gemeinschaft.«

»Und wir schlagen jemanden ans Kreuz«, sagte Mayer. »Fatty.«

»Brot und Spiele«, sagte Zukor. »Brot und Spiele!«

Goldwyn sah von ihm zu Mayer und begann plötzlich übergangslos zu schreien.

»Wenn einer von euch Hundesöhnen einen Film über die Römer macht, nur weil ich das jetzt gesagt habe, dann klage ich ihm sein Arschloch heraus. Und verpasse ihm noch ein zweites!«

Ich trank mein Glas leer und schenkte mir erneut nach. Das hier war wirklich unterirdisch.

Plötzlich öffnete sich die Tür und ein alter Mann kam herausgeschlurft. Es war Mayers Vater. Seine Krawatte hing auf Halbmast und sein Hosenstall stand offen.

Louis B. Mayer stöhnte gequält auf.

Der Alte ging zu seinem Sohn und schlug ihm die Hand auf die Schulter.

»Ah, glaubt dem jungen Angeber kein Wort«, sagte er mit

einem knarrenden Akzent in die Runde. »Er kann sich mal eben gerade so die Schuhe zubinden. Wenn es ums Geschäft geht, bin *ich* der Mann, mit dem ihr reden müsst!« Er wirkte vollkommen selbstsicher und bei Verstand. Etwa so sehr wie sein Sohn.

Mayer stand auf.

»Bitte entschuldigen Sie. Mein Vater glaubt immer noch, dass er an Besprechungen teilnehmen muss …«, sagte er.

»Mr Mayer«, sagte Samuel Goldwyn, »glauben Sie mir, hier gibt es keinerlei Missverständnisse, wer von Ihnen die Filme verkauft und wer den Schrott.«

Mayer packte seinen Vater am Revers. »Ich habe dir doch gesagt, du sollst im Wagen warten.«

»Lassen Sie nur, Louis«, sagte Mr Laemmle und stand auf. »Ich bringe ihn zurück.« Er ging zu dem alten Mann und nahm ihn am Arm. »Mr Mayer, ich habe ein paar wichtige Dinge mit Ihnen zu besprechen.«

»Sie gefallen mir, junger Mann«, sagte der Alte.

Uncle Carl zwinkerte mir zu. Und der Vater ließ sich von dem Hollywood-Mogul anstandslos nach draußen bringen.

Ich gähnte und sah auf die Uhr. Die Runde teilte sich in eifrig diskutierende Grüppchen auf. Sie besprachen schon wieder neue Projekte, ohne Zweifel Deals, bei denen es nur um die eigenen Vorteile ging und mit denen sie einander übers Ohr hauen wollten.

Ich wollte nur noch raus hier. Raus, zu Pepper, um endlich alles mit ihr bereden zu können.

Unsere Gastgeberin, Bess Lasky, kam zu mir an den Tisch und sprach mich an.

»Entschuldigen Sie, Mr Engel, da ist ein Anruf von der *Universal* für Mr Laemmle.«

»Er ist gerade nicht da.«

»Sie sagen, es sei sehr dringend. Würden Sie ihn entgegennehmen?«

»Selbstverständlich.«

Ich nahm meinen Drink und folgte ihr nach drinnen. In einem Arbeitszimmer mit Blick auf das Meer hielt mir ein Butler den Telefonhörer entgegen. An der Wand hingen Fotografien von Stars mit Widmungen und Gemälde moderner Meister nebeneinander. In der Ecke standen mehrere Musikinstrumente, darunter ein Flügelhorn. Ich sah darauf, während ich dranging.

»Hier ist Hardy Engel?«

Die Stimme am anderen Ende war weiblich und hatte einen harten deutschen Akzent. Ich hörte ihr sofort an, dass die Sprecherin schwer erschüttert war. Sie hatte Mühe, nicht in Tränen auszubrechen.

»Oh, Mr Engel ... Hier ist Doris Goldstein. Mr Laemmle ist nicht zu sprechen?«

Ich sah die alte Frau vor mir, die mich neulich in Mr Laemmles Vorzimmer empfangen hatte. Die Verwandte mit dem Raubvogelgesicht.

»Nein, aber ich kann es ihm weitergeben. Worum geht es?«

»Es ist ein Unfall passiert.«

Die Stimme brach. Ich nahm einen kräftigen Schluck von meinem Whisky.

»Erzählen Sie.«

»Oh, Mr Engel, es ... es ist furchtbar.«

»Nur heraus damit, Mrs Goldstein. Ich werde eine Lösung finden. Dafür bin ich da.«

»Oh, Mr Engel, ich traue mich kaum, es Ihnen zu sagen ...«, die Stimme zitterte. »Ihre Sekretärin, Miss Murphy ...«

Es war, als stieße mir jemand ein glühendes Eisen direkt ins Herz.

»Was?«, hörte ich mich sagen.

»Einer der Löwen«, sagte die Frau weinend, »ist ausgebrochen ... er wurde wütend und ...«

»Nein, nein!«, schrie ich.

»Sie war bestimmt sofort tot ...«

Ich warf den Hörer von mir, und ich erinnere mich nur noch, dass ich schrie.

DRITTER TEIL

50

Die Bilder sind verschwommen und verzerrt und zusammenhangslos, wie in einem Albtraum.

Die sieben kleinen Männer, die alle plötzlich vor mir standen und mich anstarrten.

Einer, der mir ein großes, randvolles Glas Whisky gab und mich so lange drängte, bis ich es austrank.

Ich weinte in Mr Goldwyns Armen, sein edler Anzug ganz nass und das fratzenhafte Gesicht wie verformt über mir.

Mr Laemmle kam dazu, der achte kleine Mann, und weinte mit mir, als er davon hörte, und tätschelte unablässig meinen Rücken.

Mr Mayer weinte mehr als ich, mehr als wir alle zusammen.

Irgendwann blies Mr Lasky eine Melodie auf dem Flügelhorn, ich kann nicht sagen, warum. Vielleicht war ich auch nur betrunken und bildete es mir ein.

Ich wollte zur *Universal*. Zu Pepper. Sie sehen.

Ich musste.

Von der Autofahrt quer durch die Stadt und über die Hügel weiß ich nichts mehr. Ich erinnere mich nur, dass nicht Igor der Fahrer war.

Ich erinnere mich, dass ich auf dem Backlot stand, unmittelbar hinter dem Hauptgebäude, und auf eine Szenerie blickte, die von Filmscheinwerfern ausgeleuchtet wurde. Ich erinnere mich deutlicher, als ich es möchte. An die Schaulustigen und an die Ambulanzwagen und die Polizisten der Studiowache.

Da lag ein riesiger Löwe, der, dem ich auch schon begegnet war, auf der Seite, zusammengekrümmt, erschossen, und unter ihm eine dunkelrote Lache.

Und daneben, unter einer großen grauen Decke aus Filz, etwas, das wie ein weiterer Körper aussah, aber ein viel kleinerer. Die Decke hatte sich voll Blut gesaugt.

Mein Herz drohte zu zerspringen. Trotzdem wollte ich näher herangehen. Jemand hielt mich fest. Mr Laemmle redete auf mich ein. Plötzlich war auch Mr Thalberg da und redete ebenfalls auf mich ein. Ein Wachmann sei dazugekommen und habe den Löwen erschossen, doch leider zu spät. Er winkte einige Männer heran, die sich zwischen mich und die Leichen stellten.

Ich bestand darauf, sie sehen zu dürfen. Egal, wie schwer verwundet sie sei, wie furchtbar der Anblick. Ich sei Soldat gewesen, ich sei so etwas gewohnt. Ich *müsse* sie sehen.

Sie verhinderten es.

Es kann sein, dass mich jemand schlagen musste. Es kann sein, dass ich jemanden geschlagen habe.

Ich schrie, dass sie mich wenigstens ihr Gesicht sehen lassen sollten, nicht mehr; damit ich begreifen könne, dass das wirklich sie war und dass sie wirklich tot war.

Mr Laemmle beriet sich mit einigen Leuten, und dann führten sie mich heran und schlugen die Decke von ihrem Kopf zurück, kurz oberhalb des Halses.

Sie lag friedlich auf der Seite, mit geschlossenen Augen, das Gesicht unberührt, und eine widerspenstige kupferrote Strähne fiel ihr in die Stirn. Sie sah aus, als würde sie schlafen. Ich sah auf das Muttermal neben ihrem Mund.

Mr Laemmle beugte sich zu mir und versprach, er werde sie untersuchen lassen und natürlich auch herausfinden, wie es zu dem Unfall habe kommen können. Dann deckten sie ihren Kopf wieder zu, während man mich gegen meinen Willen zurück in Mr Laemmles Automobil brachte, und luden sie erst in einen Leichensack, als ich es nicht mehr sehen konnte.

Ich muss Flüche, Verwünschungen, Drohungen losgelassen

haben, gegen niemand Besonderen, einfach nur Ausbrüche von Schmerz. Ich muss nach Pepper geschrien haben.

Ich weiß nicht mehr genau, wie ich nach Hause gekommen bin.

Ich fand mich in meiner Wohnung auf dem Bett wieder und trank meine alkoholischen Vorräte leer.

Ich zog mir die Decke über den Kopf und aß tagelang nichts.

Wie ich Nachschub an Whisky erhielt, weiß ich nicht mehr. Vermutlich schaute ich bei Buck vorbei, aber die Erinnerung daran ist gelöscht. Jedenfalls musste er erfahren haben, was passiert war. Irgendwann begann er, sich um mich zu kümmern, und kam zu mir nach Hause.

Irgendwann saß ich in meinem Wagen, dem Milburn – keine Ahnung, wie ich zu ihm gekommen war –, und fuhr zu *Famous Players-Lasky*.

Fritz Roth, den ich dringend zu sprechen wünschte, ließ mich sofort herein.

Natürlich hatte er schon alles gehört. Er behandelte mich wie ein rohes Ei. Er deutete eine Umarmung an und sprach mir mit hochrotem Kopf sein tief empfundenes Beileid aus.

Ich ließ ihn nicht zu Wort kommen, bezichtigte mich selbst, ein Idiot zu sein, der nicht auf ihn gehört habe, der vollkommen falschgelegen habe und der schuld an allem sei.

Er versuchte, mir das auszureden, füllte mir ein Glas und ließ mich trinken und fragte, ob er irgendetwas für mich tun könne, egal was. Ich bat ihn um Kokain, und er gab mir ohne Umstände eine reichliche Portion, von der ich direkt auf seinem Schreibtisch etwas zu mir nahm.

Als ich mit dem Wagen wieder wegfuhr, von nichts und niemandem aufzuhalten, fiel mir auf, was mir zuvor seltsamerweise nicht aufgefallen war: dass auf der Seitenscheibe immer noch *Just married* stand, mit rotem Lippenstift in Peppers Handschrift geschrieben.

Ich brüllte vor Schmerz. Zu Hause schrubbte ich die Scheibe und den ganzen Wagen blitzblank, bis nichts mehr zu sehen war, und nahm wieder Kokain und versetzte mich in einen gnädigen Rausch, der alles unwirklich erscheinen ließ.

Immer wenn ich zu Bewusstsein kam, nahm ich noch mehr Koks und kämpfte es damit sofort nieder.

Es kann sein, dass ein Telegramm von Irving Thalberg kam, der mir anbot, erst nach einer angemessenen Zeit der Trauer meine Arbeit wiederaufzunehmen, die bis dahin auf mich warte.

Als mir das Kokain ausging, brachte mir Fritz neues vorbei, das wir in meinem Wohnzimmer zusammen konsumierten, während er mir ungeschickt Trost zusprach. Buck war manchmal da, wenn ich hochsah. Er machte mir Essen – Eier, Steaks –, das ich nicht anrührte.

Einmal fand ich in meinem Bad ein kupferrotes Haar von ihr.

Eines Tages steckten sie mich in einen Anzug, Fritz und Buck, und fuhren mich durch die Stadt. Wir hielten auf einem Parkplatz und sie ließen mich ein Häufchen Kokain wegschnupfen. Dann stiegen sie mit mir aus und stützten mich auf dem Weg über ein Stück Rasen.

Es stellte sich heraus, dass es Peppers Beerdigung war.

Sie hatten ihr Grab nur drei Reihen hinter dem von Virginia Rappe ausgehoben, auf dem *Hollywood Memorial Cemetery*.

Mr Thalberg und Mr Laemmle waren da, und es gab einen Kranz der *Universal*.

Beide gaben mir stumm die Hand und sahen mich besorgt an.

Auch Babette Fielding war da, und sie schluchzte die ganze Zeit in ihr Taschentuch. Neben ihr stand eine Schwester, eine Nonne aus der Klinik mit einer hohen weißen Flügelhaube, und sie hatten die kleine Mary in einem Kinderwagen bei sich.

Das waren schon alle Trauergäste.

Es war nicht zu kapieren, dass in diesem Sarg *sie* liegen sollte. Ich weinte. Einmal lachte ich auch, ein verzweifeltes, absurdes Lachen. Vermutlich war es, als der Priester anprangerte, dass schon wieder in Hollywood eine junge Frau vom Film gestorben sei, und forderte, dass diese schrecklichen Ereignisse ein Ende nehmen müssten und die Filmwelt innehalten und sich säubern solle von all ihrem Schmutz.

Als ihr Sarg hinabgelassen wurde, gab mir Buck eine Flasche und ich trank. Ich stand kurz stumm an ihrem Grab, noch unfähig, mich von ihr zu verabschieden.

Danach kam Mr Laemmle zu mir.

»Mein Beileid, Hardy«, sagte er. »Wir alle wissen, wie sehr Sie sie gemocht haben.«

Er lud mich zu sich ein, um mit ihm zu essen, und ich folgte ihm fast willenlos zu seinem Automobil. Kurz darauf fuhr uns Igor in Richtung *Universal City* über den Pass, nur Uncle Carl und mich.

Mr Laemmle war sehr fürsorglich und informierte mich unterwegs ebenso schonend wie sachlich über die Umstände von Peppers Tod – dass sie gerade auf dem Weg über den Backlot gewesen sei und dass der Löwe offenbar trotz der Zäune aus dem Zoo habe ausbrechen können und dass er wohl rätselhafterweise und ganz gegen seine sonstige Gewohnheit wütend geworden sei und sie dort angefallen habe und dass sie, nach Beifügung tiefer Wunden im Bereich von Hals und Brust, wegen des Schocks und des Blutverlusts ohnmächtig geworden sei und vermutlich nicht lange gelitten habe, bevor sie dann an mehrfachem Organversagen gestorben sei. Aufgrund der Gegebenheiten – der nächtlichen Stunde und der Entfernungen auf dem Gelände – sei erst danach ein Wachmann der Studio-Polizei herbeigekommen, der den Löwen erschossen habe. Das alles sei unendlich zu bedauern, und natürlich sei der Zoodirektor gefeuert worden wegen des unverzeihlichen Unfalls, und man erhöhe und befestige die Zäune.

Ich sagte nicht viel dazu. Sie brachten mich vorne herein, sodass ich den Ort des Geschehens nicht noch einmal sehen musste. Im Garten, der an das Esszimmer grenzte, liefen Hühner umher, und ich meine mich zu erinnern, dass sie ihre Schnäbel in Überreste von Sahnetorten stießen, die die von Mr Bernstein sein mussten.

Die Mahlzeit nahmen wir im kleinen Kreis ein. Nur Mr Laemmle, der mir persönlich Brust und Keule eines großen Huhns auftat, und sein Sohn Julius und seine Tochter Rosabelle – ohne ihren Verlobten, der nach der Beerdigung wieder in sein Büro zurückgegangen war –, und sonst nur zwei oder drei graugesichtige alte Tanten aus Deutschland, die in ihren Tellern herumpickten, als wären sie selbst Hühner.

Ich glaube, ich aß sogar ein paar Bissen.

Die Tanten verschwanden nach Beendigung der Mahlzeit nach oben und wir vier, der engste Familienkreis und ich, saßen um den leer geräumten Tisch, und Uncle Carl holte einen Satz Spielkarten hervor und fragte mich, ob ich Skat spiele. Er selbst spiele sonst am liebsten Poker, aber mit mir wolle er in Erinnerung an die Heimat Skat spielen.

Ich bejahte und da mischte sein Sohn auch schon die Karten und teilte sie aus, und wir anderen drei nahmen sie auf und spielten. Natürlich war ich alles andere als in der Laune, Skat zu kloppen. Doch ich machte einfach mit und seltsamerweise beruhigte es mich. Mir war, als sei ich im Kreis meiner Familie zu Hause in Deutschland, und die Rituale des Spiels, das ich damals immer mit ihnen gespielt hatte, waren mir vertraut. Und ebenso die Sprüche, die sie auf Deutsch dazu sagten: »Wie soll das Kind denn heißen?« – »Na dann, Hosen runter!« Der Skat erzeugte ganz und gar heimatliche Gefühle, und die Heimat tröstete einen Deutschen immer.

Wir spielten über Stunden. Der halbwüchsige Julius warf einmal die falsche Karte hinein – Pik, obwohl er noch Karo auf der Hand hatte, und Karo war Trumpf und musste bedient werden – und versuchte damit bewusst zu betrügen, doch sein Vater bemerkte es und schimpfte ihn aus, wie verzogen er sei und dass er ihn, wenn Julius so weitermache, sein Studio nicht eines Tages würde leiten lassen. Und der Knabe weinte beinahe. Danach spielte er brav Hand um Hand so, wie die Karten es hergaben.

Ich erinnere mich, wie ich müde wurde und Uncle Carl die Kinder ins Bett schickte und mich dann draußen vor der Tür mit einer väterlichen Umarmung verabschiedete.

»Lasset Sie sich alle Zeit der Welt, Hardy«, sagte er in seiner schwäbischen Mundart und sah an mir hoch, »das habe ich nach dem Tod meiner geliebten Recha auch getan. Es isch schon in Ordnung.«

Igor fuhr mich nach Hause, ich sah die ganze Fahrt lang auf seinen Nacken, und er brachte mich bis zur Tür. So endete der Tag von Peppers Beerdigung.

Ich war danach mit einem Mal ganz ruhig. Gelassen, fast wie euphorisch. Ich war in einer Phase, in der ich mir einredete, dass dies noch nicht das Ende gewesen sein könne. Sie erschien mir noch so lebendig, als könnte ich mit ihr reden.

Ich führte im Geist unsere Gespräche weiter und besprach mit ihr ihren eigenen Tod. Ich sagte ihr, was ich darüber wusste und mutmaßte, und es war, als antwortete sie mir, ich sah die Grübchen um die braunen Augen, das Muttermal neben dem Mund.

Ich erweckte sie so zum Leben, und es tröstete mich. Sie war immer noch bei mir. Alles, was ich ihr vergessen hatte zu sagen oder noch mit ihr tun wollte, konnte ich immer noch sagen oder tun, und ich wusste genau, wie sie darauf reagierte. Selbst das Unerwartete, das ihr zu eigen war, stellte ich mir mit vor, machte einen ihrer Witze und lächelte dann darüber.

»Du wirst nie mehr schlafen, alter Mann.«

Diese Phase ging vorbei und mündete in tiefer Verzweiflung.

Irgendwann tobte ich durch die Wohnung und nahm in einem Wutanfall den Telefonapparat und warf ihn gegen die Wand und untersuchte dann die Trümmer auf dem Boden, doch ich fand nichts, was mich weitergebracht hätte. Er war bis zur Unkenntlichkeit zersplittert und zerstört.

Ich begutachtete die Wand zur Nebenwohnung und nahm das Bild der Insel Santa Catalina ab, doch dahinter verbarg sich nichts.

Ich befragte meinen Vermieter Mr Soerensen, hektisch, manisch. Er zuckte mit den Schultern, er habe die Wohnung vermietet. Einem Mr Smith. Nähere Angaben konnte er nicht machen, auch nicht, nachdem ich ihm Geld gab. Auf die Frage, wie dieser Mr Smith ausgesehen habe, zuckte er wieder mit den Schultern: etwa in meinem Alter, er habe ihn nur einmal kurz gesehen. Ob er besonders groß gewesen sei? – Er schüttelte den Kopf. Wie oft er hier gewesen sei? Schulterzucken, er habe wie jeder Mieter einen Schlüssel bekommen und er habe den Mann schon länger nicht mehr gesehen. Ich gab Soerensen noch mehr Geld, er schloss die Wohnung auf und ließ mich hinein.

An der Wand zu meiner Wohnung lag ein umgefallener Stuhl, und es war sonst nichts Besonderes zu sehen außer einem überfüllten Aschenbecher und einer leeren Flasche Whisky sowie einem zerbrochenen und einem intakten Glas. Ich nahm das intakte Glas, hielt es an die Wand und presste mein Ohr dagegen. Ich konnte meinen Kühlschrank nebenan rumoren hören. Es war keine sehr dicke Wand.

Buck sorgte irgendwann dafür, dass Fritz mir kein weiteres Koks gab – obwohl ich danach schrie und er freigiebig damit war – und ich jetzt etwas aß und nicht nur trank.

Und dann, dass ich, um etwas trinken zu können, das Haus verlassen und zu ihm kommen musste.

Ich wusste nicht, wie viel Zeit vergangen war. Ich lebte wie in Watte und doch von einem ständigen Schmerz erfüllt, aber ich konnte mich rasieren und duschen und anziehen, und ich konnte mit der Straßenbahn fahren und an der richtigen Station aussteigen und zum *Jail Café* hinübergehen und hinein, wieder unter normale Menschen; ganz normale Freunde des Alkohols und alle hatten sie eine Geschichte dazu, so wie ich.

51

Buck begrüßte mich mit einem stummen Nicken, als wäre es ein ganz gewöhnlicher Tag zwischen zwei meiner Fahrten durch die Stadt und mit Pepper drüben im Valley in meinem Büro am Telefon. Ich setzte mich zu ihm auf einen Barhocker am Tresen. Sie waren alle noch frei. Es war erst Mittag, Lunchzeit.

»Gib mir einen Doppelten«, sagte ich mit fester Stimme, »und eine große Karaffe mit Sodawasser. Und danach ein Rumpsteak mit allem.«

Buck nickte mir wieder zu und langte nach oben, nach einem Glas. Als er mir den Drink hinstellte, stürzte ich mich nicht sofort darauf. Ich wartete, bis er zur Küche gegangen war, die Tür geöffnet und meine Essensbestellung hineingerufen hatte und wieder zurückgekommen war.

»Es war kein Unfall«, sagte ich, »sie haben sie umgebracht, und ich werde es beweisen. Ich werde die ganze Wahrheit herausfinden, über alles, was sie getan haben, das bin ich ihr und mir schuldig.«

Erst jetzt trank ich meinen Drink. In winzigen Schlucken und mit Pausen dazwischen. Ich langte in die Tasche, holte einen kleinen Beutel heraus und hielt ihn ihm hin. Darin war das restliche weiße Pulver, das ich noch hatte.

»Versteck das vor mir, bevor ich es selbst wieder verstecke.«

Buck legte die Hand darauf und zog sie weg und der Beutel war verschwunden.

»Ein Löwe ist aus dem Zoo ausgebrochen«, sagte Buck und

beugte sich über den Tresen. »Was dann geschehen ist, ist furchtbar und grotesk, aber ich kenne mindestens drei oder vier ähnliche Geschichten von der *Universal*.«

»Ich auch. Er war an sich harmlos und an Menschen gewöhnt, ich konnte mich selbst davon überzeugen. Aber diesmal hat er jemanden angefallen und getötet.«

Buck schüttelte den Kopf.

»Wie könnte irgendwer das mit Absicht geschehen lassen?«

»Es war ein alter Film-Löwe, Buck. Ein dressierter.«

»Klingt immer noch verrückt.«

»Aber das Wichtigere ist der Zeitpunkt. Pepper hatte mir am selben Abend etwas Entscheidendes gesagt. Und sie wollte mir später noch mehr erzählen. Sie stirbt in der Nacht, bevor sie dazu kommt? Ich glaube nicht an solche Zufälle.«

»Wie sollten sie das gewusst haben?«

»Sie haben mich belauscht. Sie haben gehört, was Pepper zu mir gesagt hat.«

Buck runzelte die Stirn. »Belauscht, wie denn? Woher weißt du das?«

»Von ihr. Sie ist plötzlich verstummt und hat zur Nebenwohnung gezeigt. Und hat von da an nichts mehr gesagt. Nur, weil ich es nicht verstanden habe: ›Kann sein, dass sie dich belauschen.‹ Dann haben wir drüben jemanden gehört, aber er ist abgehauen, bevor ich die Gelegenheit hatte, ihn zu Gesicht zu bekommen.«

Buck hob die Augenbrauen und steckte sich eine Zigarre in den Mund.

»Du hast keinerlei Beweise dafür?«

»Mr Soerensen hatte die Wohnung vermietet, einem Mr Smith, er kann ihn nicht näher beschreiben. Im Wohnzimmer lag ein Glas, vermutlich hat er es als Schalltrichter benutzt. Das ist alles.«

»Ich glaube dir, Hardy, aber dann hast du rein gar nichts in der Hand, ist das richtig?«

Ich goss mir Soda in ein Glas und gab Buck Feuer und zündete mir eine Chesterfield an.

»Nur das, was sie mir gesagt hat. Sie war an diesem Abend zum ersten Mal bei mir in dieser Wohnung, Buck. Sie hatte mich aus dem Gefängnis holen lassen und wir waren beide ziemlich mitgenommen von den letzten Tagen. Ich erzählte ihr, was ich herausgefunden hatte und dass ich glaubte, *Famous Players* stecke dahinter und Fatty sei schuldig ...«

»Das hast du geglaubt?«

»Ja. Da plötzlich sagte sie mir etwas, was sie mir bis dahin immer verschwiegen hatte. Hat es wohl nicht mehr ausgehalten, mich auf der falschen Spur zu sehen, und ist damit herausgeplatzt.«

»Was war's denn?«

»Dass Virginia schwanger war. Dass sie wegen einem Abtreibungstermin zu Dr. O'Hara ging, den Pepper für sie vereinbart hatte. Direkt bevor sie nach San Francisco fuhr.«

Buck paffte blaue Wolken in die Luft, in Richtung der Gläser, die im Regal über ihm aufgereiht auf Gäste warteten. »Schwanger von wem?«

»Pepper war die Assistentin von Irving Thalberg. Sie war die Einzige, die wusste, dass Virginia ihn erpresste, nachdem sie mit ihm im Bett gewesen war.«

Buck sah auf das polierte Holz des Tresens hinab.

»Warum hat sie das gesagt in deiner Wohnung, wenn sie gewusst hat, dass du belauscht wirst?«

»Es fiel ihr erst im nächsten Moment ein. Es muss über sie gekommen sein, ohne dass sie darüber nachgedacht hat. Vielleicht war sie auch nicht sicher, ob wirklich jemand zuhört. Du hättest sie sehen sollen, sie war ... aufgeregt, bei mir zu sein. Sie wollte mit mir zusammen sein ... Es war ein Liebesbeweis, dass sie es mir nach all den Heimlichkeiten endlich sagte.«

Mein Glas war schon wieder leer. Ich sah mich um. Buck nahm die Sodaflasche und füllte es daraus schnell wieder auf.

»Und womöglich ihr Todesurteil, wenn du recht hast.«

»Ich habe erst überhaupt nicht verstanden, worauf sie hinauswollte, und Fragen gestellt. Sie hat mir verboten weiterzusprechen. Ich dachte zunächst, sie meinte das Telefon – dass sie das angezapft hätten. Sie hatte die Leitung in Auftrag gegeben, für Mr Thalberg.«

»Vielleicht haben sie beides gemacht. Um ganz sicherzugehen«, sagte er.

»Danach sagte sie nur noch: ›Heute Nacht, bei mir.‹«

»Den Rest wollte sie dir dann erzählen«, sagte Buck und nickte. »Aber sie hat genug gesagt, um dir etwas Entscheidendes klarzumachen. Und dem Lauscher da drüben auch, wenn er es gehört hat.«

»Direkt danach hat es an der Tür geklingelt, und Mr Laemmles Fahrer hat mich abgeholt. Igor, so eine ganz unangenehme Type.«

Buck schüttelte den Kopf. »Das kann dann ja nicht er gewesen sein. Das ist es doch wohl nicht, was du meinst?«

»Nein, natürlich nicht. Es war angekündigt. Sie kamen, um mich abzuholen, weil Uncle Carl mich bei dem Treffen der Studiobosse dabeihaben wollte. Ich glaube, es ging von Thalberg aus, er muss jemanden dafür engagiert haben, wen auch immer. Und sie müssen dann äußerst alarmiert gewesen sein, als Pepper anfing, zu plaudern. Es war unverkennbar, dass sie verliebt in mich war. Sie wurde zu einem Risiko, und das wussten sie. Auch Thalberg wusste es.«

Buck wiegte den Kopf.

»Diese Pepper …«, begann Buck. »Hardy, verzeih mir, dass ich das sage, aber wenn ich das richtig sehe, hat sie dich die ganze Zeit angelogen. Hat dich prima an der Nase herumgeführt. Woher weißt du, dass sie in diesem Moment die Wahrheit gesagt hat?«

»Ich weiß es einfach. Du hättest sie sehen sollen.«

»Sie war es, die dich am Anfang engagierte. Auf meine Empfehlung – aber unter völlig falschen Angaben«, gab er zu bedenken.

»Ja.« Ich lachte bitter auf. »Und sie hat mit mir geflirtet.«

»Und dann mit dir geschlafen«, sagte Buck, mit diesem Blick, dem man nicht ausweichen konnte. »Mein Gott, nicht, dass ich dich nicht verstehen könnte … aber wie kam es denn dazu?«

»Erst, nachdem sie mir gestanden hat, dass sie anfangs gelogen hatte«, wandte ich ein. »Weil ich selbst drauf gekommen war und sie hart angegangen bin, in San Francisco. Erst da hat sie mir das von Thalberg erzählt – dass sie für ihn arbeite und dass er von Virginia und ihrer Freundin Maude erpresst werde. Mit einem Foto.«

»Was hast du dann gesagt? Hast du's ihr diesmal geglaubt?«

»Ja, natürlich, es war die Wahrheit, sie hatte gar keine andere Wahl.«

»Und daraufhin ist sie mit dir ins Bett gegangen? Hardy, Hardy …«

Buck schüttelte wieder den Kopf.

»Nein, Herrgott, dann hat sie mich engagiert, um die Erpressung abzuwenden. Na ja, ich hab mich selbst eingeschaltet. Ich habe sie dann zunächst sitzen lassen, ohne weiter auf ihren Flirtversuch einzugehen, und bin gegangen, um meinen Auftrag zu erledigen …«

»Was wir Männer so glauben, weil wir es glauben wollen«, sagte Buck und goss sich einen Whisky ein und kippte ihn hinunter.

»Wenn ich das nicht gemacht hätte, wäre es nicht so gekommen«, sagte ich. »Ich bin nach oben gegangen und habe Maude klargemacht, dass sie sich verkalkuliert hatten, und das Geld wiederbekommen. Als ich damit zurück zu Pepper gekommen bin, sind wir übereinander hergefallen. Und dann sind wir die ganze Zeit im Bett gewesen und haben nichts anderes getan …«

»Wahrscheinlich hatte sie den Auftrag dazu erhalten, während du oben warst. Dich abzulenken, aus allem rauszuhalten. Du hattest schon genug mitbekommen und dich eingemischt. Sie hat dich eingewickelt wie einen Fisch auf dem *Farmer's Market*, oder?«

»Ja, verdammt, das hat sie. Aber da war mehr. Wir haben uns wirklich gut verstanden, Buck. Das hat sich zuletzt auch immer mehr gezeigt.«

»Oh, das will ich keineswegs bezweifeln«, sagte Buck. Er

schonte mich, soweit es ging. Er rieb mir nur so viel Salz in die Wunden, wie nötig war. »Aber als du nach Hollywood zurückgekommen bist, hat sie dich immer noch weiter angelogen, oder?«

»Ja, das hat sie«, sagte ich. »Selbst auf konkrete Fragen, und glaub mir, ich habe die richtigen gestellt. Ob sie etwas darüber wisse, warum Virginia bei Dr. O'Hara gewesen ist. Ob Thalberg damit etwas zu tun habe. Sie hat Nein gesagt. Sie hat mir glatt ins Gesicht gelogen.«

»Für Mr Thalberg, ihren Boss«, sagte Buck und goss mir jetzt doch einen neuen Whisky ein. »Du und sie, ihr habt eine geschäftliche Beziehung gehabt, verwechsle es nicht mit Liebe.«

»Ich wusste die ganze Zeit, dass ich ihr nicht trauen kann.«

Ich zündete mir eine Zigarette an und spielte zunächst einmal nur mit meinem Glas. Blies den Rauch hinein und drüber hinweg.

»Das hast du gesagt, hier an diesem Tresen. Und gleichzeitig hätte ein Blinder gemerkt, was wirklich mit dir los war. Und stell dir vor, was sie zu dieser Zeit gedacht haben muss. Sie und ihr Boss, Mr Thalberg, der um keinen Preis wollte, dass seine miese Affäre mit Virginia auffliegt. Und dann warst da du, dieser hartnäckige kleine Schnüffler, der sich unerwarteterweise nicht mit ein paar Dollar abspeisen ließ, sondern ihr wie ein verliebter Hornochse hinterherrannte und nicht aufhörte, ihr lauter blöde Fragen zu stellen. Und nebenbei für *Famous Players* arbeitete und der Konkurrenz laufend berichtete.«

»Ja, verdammt«, sagte ich. »Ich muss ihr ziemlich lästig gewesen sein.« Ich nahm einen Schluck. Ich wollte nur den bitteren Nachgeschmack vertreiben.

»Bestimmt hat sie alles versucht, um nicht reden zu müssen. Hat weiter versucht, dich ins Bett zu ziehen und dir den Mund mit ihrem Mund zu verschließen.«

»Ja, das hat sie«, gab ich zu. »Aber ich hab mich nicht darauf eingelassen.«

»Gut für dich. Aber noch schlimmer für sie. Da setzen sie

schon eine einundzwanzigjährige heiße Braut auf dich an, und sie haben dich trotzdem nicht unter Kontrolle.«

»Deswegen haben sie dann wohl versucht, mich unter Druck zu setzen und hinzuhängen«, sagte ich. »Wegen des Todes von Dr. O'Hara. Es war eine Warnung, damit ich aufhöre.«

»Und gleichzeitig die Honigfalle mit dem Rotschopf. Eine ganz klassische Taktik, Hardy.«

»Schon. Aber ich glaube, ihr hat das auch gefallen, dass ich nicht aufgehört habe«, sagte ich und trank das Glas aus. »Dass ich mich nicht so einfach habe abhalten lassen von meinen Ermittlungen, durch nichts und niemanden, nicht einmal durch sie.«

»Bestimmt hat sie Respekt vor dir gehabt; und Thalberg auch. Und deswegen haben sie dir dann auch die Stelle angeboten. Alles, um dich endlich unter Kontrolle zu bekommen.«

Ein Schwarzer mit einer hohen Kochmütze kam aus der Küche und stellte mein Essen vor mich hin. Ein riesiger Teller mit einem Steak und goldenen, knusprigen *French Fries* und der scharfen Soße.

»Ja«, sagte ich und ging es für mich durch. »Thalberg hat Uncle Carl von mir berichtet, und schon war ich eingestellt, ein deutscher Landsmann. Und somit Pepper und Thalberg zu Dank verpflichtet, um sicherzugehen, dass ich dem Chef nichts sage.«

»Und ständig unter Beobachtung«, sagte Buck und legte mir Besteck und eine Serviette hin. »Und immer noch hat sie dir nicht die Wahrheit erzählt, obwohl sie inzwischen deine Sekretärin geworden ist. Sie hat dich einfach ermitteln lassen, in die ganz falsche Richtung, in dem Glauben, dass *Famous Players* hinter alldem steckt.«

Ich starrte auf das Steak und auf das Besteck und war unfähig, es anzurühren. »Ja. Sogar mit dem Wissen, dass ich überwacht werde, wenn ich es recht bedenke. Und hat nichts gesagt, selbst als es noch einmal Streit gegeben hat, als ich sie zur Rede gestellt habe. Vermutlich wusste sie einfach, wie gefährlich es war, für sie, vielleicht auch für mich. Man sieht es ja daran, was passiert ist, als sie doch noch damit rausgerückt ist.«

»Hardy, sie war ganz offensichtlich eine begnadete Lügnerin. Woher willst du wissen, dass sie dir an diesem letzten Abend wirklich die Wahrheit gesagt hat?«

Ich sah hoch. »Weil ich es einfach weiß. Weil sie danach gestorben ist, verdammt noch mal. Und weil es zu allem passt.« Ich nahm das Besteck in die Hand und stieß die Gabel in das Steak und begann es mit dem Messer klein zu schneiden, nach amerikanischer Art. Brocken für Brocken schnitt ich aus dem Steak heraus. Ich hatte jetzt Hunger. Ich hatte jetzt einen Plan.

»Es passt auch zu dem, was Jansen mir gesagt hat, bevor er gestorben ist. Ich habe es damals nur ganz falsch interpretiert.«

Ich nahm die Gabel und steckte mir ein Stück Fleisch mit Soße in den Mund. Es schmeckte köstlich, und es weckte meine Lebensgeister.

»Was war das? Du hast es mir nie erzählt.« Buck sah mir zu, wie ich aß, und es gefiel ihm offensichtlich.

»Jansen sagte, ich solle die Flasche finden«, sagte ich kauend und schob weiteres Essen nach. »›Die Flasche, mit der er es gemacht hat‹. Ich habe gedacht, ich höre nicht richtig. Es gab demnach wirklich eine Flasche, und vermutlich gibt es sie noch, irgendwo. Er sagte, er habe sie jemandem übergeben. Das war alles, dann starb er. Und ich Idiot habe angenommen, dass er nur Fatty gemeint haben könne. Dass das, was als Gerücht in den Zeitungen stand und was Maude behauptet hatte, die Wahrheit sei und Jansen davon gewusst habe, und seine Auftraggeber auch. *Famous Players*, wie ich dachte.«

»Dabei meinte er jemand anderen …«, sagte Buck vor sich hin.

»Ich war so wütend auf Fritz Roth, dass ich nicht richtig nachgedacht habe. Und Fatty, als ich ihn dann aufgesucht habe, hat sich so merkwürdig und abstoßend verhalten, also schien er mir schuldig zu sein. Und ich habe ihn mit einer Flasche gesehen, in San Francisco im Hotel, direkt nachdem er mit Virginia alleine gewesen war. Einer Ginflasche. Ich dachte, es müsse diese Flasche sein und jemand habe sie dann aufgehoben und behalten.«

»Um ihn zu erpressen …?«, fragte Buck.

»Genau das haben sie ja versucht, direkt nachdem ich sie von der Erpressung Thalbergs abgebracht hatte. Maudes Vergewaltigungsvorwurf kam mir vollkommen dubios vor, als sie ihn plötzlich äußerte. Aber als ich dann das von Jansen hörte, da erinnerte ich mich daran, und da ergab es doch wieder Sinn.«

»Aber es muss eine ganz andere Flasche gemeint gewesen sein, und jemand anderes hat sie eingesetzt«, sagte Buck. »Immer vorausgesetzt, man glaubt Jansens Worten.«

»›Die Flasche, mit der er es gemacht hat‹…«, wiederholte ich. »Aber wer?«

»Du denkst doch wohl nicht an den guten Doktor und dass er deshalb ermordet wurde?«

»Keine Ahnung«, sagte ich. »Ich versuche nur, Jansens Worten Sinn zu geben, weil ich glaube, er hatte keinen Grund, zu lügen. Er wusste, dass er sterben würde.«

»Der Doktor sollte eine Abtreibung bei Virginia vornehmen, das ist das Letzte, was dir Pepper sagen konnte. Und die soll er mit der Flasche gemacht haben?« Buck tippte sich an die Stirn und zündete sich seine Zigarre an, die ausgegangen war. »Das glaubst du doch selbst nicht.«

»Das ist es auch nicht, was ich meine. Aber wenn es nicht Fatty war in San Francisco, vielleicht war es dann jemand hier in Los Angeles«, sagte ich und stopfte mir *French Fries* in den Mund, dass mir das Fett übers Kinn tropfte.

»Du brauchst jedenfalls handfeste Beweise, Hardy. Und konkrete Aussagen, keine Spekulationen. Im Augenblick hast du nur Hinweise von Pepper und Jansen, die du als Einziger gehört hast. Beide sind tot. Das ist alles viel zu dünn. Du brauchst mehr.«

»Erheblich mehr«, sagte ich. »Weiß ich doch selbst.«

»Du brauchst diese Flasche. Du musst herausfinden, was damit passierte und was wirklich bei diesem Abtreibungstermin geschah.«

»Das fehlende Blatt der Krankenakte«, sagte ich. »Jansen muss es haben. Ich habe noch keine Zeit gehabt, mir genauer anzusehen, was ich in seinen Taschen gefunden habe. Ich muss dem sofort nachgehen. Bevor sie noch irgendetwas vertuschen können.« Ich hörte nicht auf zu kauen dabei. Meine Instinkte funktionierten wieder einigermaßen.

»Du brauchst das Foto, mit dem Virginia und Maude Thalberg erpresst haben. Wenn ich es richtig verstanden habe, hast du es nicht einmal selbst gesehen?«

»Nein«, sagte ich, »ich weiß nur, was Pepper mir darüber erzählt hat. Dass Thalberg es wiederbekommen habe, das Negativ und alle Abzüge.«

»Aber vielleicht war es auch anders.«

»Vielleicht«, sagte ich. »Ich muss auch zu Thalberg. Ich muss die Verbindung zwischen Thalberg und Jansen belegen. Ich schätze, der Wunderknabe hat alle Beweise gegen sich gesichert. Ich muss sie ihm abnehmen.«

»Wenn er sie nicht längst vernichtet hat«, sagte Buck. »Aber der Polizei, die dich nach wie vor des Mordes verdächtigt, musst du mehr bieten als bloße Behauptungen.«

Einer der Kellner in Sträflingskleidung stolperte mit einem Tablett, und dann zerbrachen Teller und Gläser laut klirrend auf dem Boden. Alle Gäste sahen auf. Er sammelte die Scherben eilig und verlegen ein. Wir hatten kaum einen Blick für ihn.

»Vergiss die Polizei. Es geht um Mr Laemmle«, sagte ich. »Er ist der entscheidende Mann, und das alles wird für ihn aus heiterem Himmel kommen, wenn ich es ihm erzähle: dass sein Studioleiter, der Verlobte seiner Tochter, fremdgegangen ist, dabei fotografiert und damit erpresst worden ist. Dass nur das der Grund ist, warum er Virginia einen Vertrag bei der *Universal* gegeben hat. Und dass Thalberg sogar eine Abtreibung für sie organisieren musste. Bei der irgendetwas schiefgegangen ist.«

Der Kellner ging mit seinem Tablett voller Scherben schnell weiter zur Küche. Auf seiner schwarz-weißen Gefängnisjacke war ein großer roter Soßenfleck, genau über dem Herzen, der aussah wie ein Blutfleck. Buck sah hinter ihm her.

»Und dass die Sache dann so groß geworden ist, dass er nicht einmal vor einem Mordauftrag zurückgeschreckt ist.«

Ich nickte grimmig: »Uncle Carl wird aus allen Wolken fallen, wenn er das von mir hört. Das Problem war, dass ich vor ihm bisher ja nicht offen reden konnte. Und das, obwohl er darauf drängte. Ich war in einem schönen Scheißdilemma, in das Thalberg mich gebracht hatte.«

»Und in dem bist du immer noch. Du brauchst konkrete Indizien, mit denen du zu Mr Laemmle gehen und die du ihm vorlegen kannst. Überleg mal, was alles daran hängt, nicht nur für ihn. Der größte verdammte Skandal, den diese Stadt je erlebt hat.«

»Der Skandal ist nicht mehr aufzuhalten, egal was das Resultat ist«, sagte ich. »Ob es nun Fatty war oder Thalberg oder sein Handlanger, Hollywood ist so oder so daran schuld. Für die Öffentlichkeit ist Hollywood ein Sündenpfuhl und muss gründlich gereinigt werden.«

»Aber wir wissen: Fatty Arbuckle ist unschuldig. Morgen beginnt sein Prozess, und du kannst vielleicht beweisen, dass er es nicht war«, gab Buck zu bedenken. »Und den Prozess stoppen.«

»Ich werde mein Bestes tun«, sagte ich.

»Und du wirst Gottes Hilfe brauchen«, sagte Buck und nahm aus einer Kaffeemaschine hinter sich eine Glaskanne und goss mir eine Tasse voll und stellte sie vor mich hin.

»Wenn der mal bloß keine Erfindung der Filmindustrie ist«, sagte ich und trank den schwarzen Kaffee. »Könntest du mir einen Gefallen tun, Buck?«

»Seltsame Frage. Natürlich.«

Ich zog einen Schlüssel aus der Tasche und legte ihn vor ihn hin. Es war der Schlüssel, den Pepper mir gegeben hatte.

»Jemand muss zu Peppers Wohnung gehen und dort nachsehen, ob sie irgendwelche Beweise hinterlassen hat.«

»Ich verstehe.«

»Ich kann das aber nicht tun. Ich kann alles andere tun, aber das nicht. Noch nicht.«

»Ich habe doch gesagt, ich verstehe. Kannst dich auf mich verlassen.«

Er nahm den Schlüssel und steckte ihn ein.

Der Kellner von eben kam mit einer neuen, sauberen Sträflingsjacke aus der Küche und balancierte eine Runde Cocktails auf einem Tablett zu einer Zelle, deren Insassen so aussahen, als müsste man sie dringend darin einschließen. Wir beobachteten ihn.

»Warum tust du das alles eigentlich für mich?«, fragte ich Buck.

Er sah mich beinahe empört an.

»Noch nie einen Freund gehabt, Hardy?«

»So hab ich's nicht gemeint.«

Buck zögerte. »Außerdem hab ich auch mal eine Frau verloren«, sagte er dann. »Eine, die ich wirklich geliebt habe.«

Er zog seine Brieftasche aus der Jacke und entnahm ihr ein Foto. Er legte es vor mich hin.

Es war das abgegriffene Porträtfoto einer hübschen Schwarzen Ende zwanzig. Vor ihrem Mund war ein Mikrofon und sie schien zu singen. Sehr leidenschaftlich, dem Ausdruck auf ihrem Gesicht nach zu urteilen.

»Habe ich selbst geschossen, damals, als ich Fotograf gewesen bin. So habe ich sie kennengelernt«, sagte Buck.

»Was ist passiert?«, fragte ich.

»Phyllis hat ein Filmangebot bekommen. Nur eine winzige Nebenrolle natürlich, als Sängerin in einem Nachtclub. Eines Tages ist sie mit ein paar Schauspielern nach einer Studioparty zum Baden nach Venice gefahren. Sie war ziemlich betrunken, als sie ins Meer ging. Sie haben sie nie gefunden.«

»Das tut mir leid. Warst du glücklich mit ihr?«, fragte ich.

»Du meinst, weil sie schwarz war?«, fragte Buck und paffte. »Das hat keine Rolle gespielt. Wir waren glücklich, aber viel zu kurz.«

Ich sah auf die Kaffeetasse und umschloss sie mit der Hand.

»Ich werde Peppers Tod rächen. Verlass dich darauf«, sagte ich. »Egal, was es dafür braucht. Und wenn ich dabei draufgehe.«

Ich trank die Tasse aus und stand auf.

»Pass auf dich auf, Hardy. Pass verdammt noch mal auf dich auf.«

52

Ich rief von Bucks Telefonzelle aus mein Büro an.

»*Universal Film*, Anschluss von Hardy Engel«, sagte eine Frauenstimme. Sie klang jung, aber ganz anders, viel profaner als die von Pepper.

»Hier *ist* Hardy Engel. Wer sind Sie?«

»Ich bin Ihre neue Sekretärin, Mr Engel«, sagte sie rasch. »Mein Name ist Millicent Munroe. Man hat mich Ihnen zugeteilt. Kommen Sie ins Büro, Mr Engel?«

»Millicent«, sagte ich, »ist Mr Thalberg jetzt in seinem Büro?«

»Nein. Ich habe vorhin mitbekommen, dass er nach Hause gefahren ist.«

»Wo ist das, Millicent?«

»446, South Norton Avenue«, sagte sie nach einem kurzen Zögern.

»Woher wissen Sie das?«, fragte ich.

»Ich ... denken Sie bitte nichts Falsches, Mr Engel«, stotterte die Stimme.

»Ich denke gar nichts«, sagte ich und wollte schon aufhängen.

»Die Adresse steht auf unserer Notfallliste«, sagte sie schnell. »Haben Sie irgendeine Aufgabe für mich, Mr Engel?«

»Ja, Millicent. Spitzen Sie bitte all Ihre Bleistifte. Ich mag sie besonders spitz. Und es wird bald eine Menge zu schreiben geben.«

»Ich verstehe, Mr Engel. Selbstverständlich, Mr Engel.«

»Danach gehen Sie schön nach Hause – zu *sich* nach Hause, versteht sich –, und bevor Sie schlafen gehen, wünschen Sie sich etwas, Millicent, ganz fest. Vielleicht kommt dann heute Nacht eine gute Fee zu Ihnen und erfüllt Ihren Wunsch. Es gibt sie nämlich wirklich, Feen. Und sie sind überall.«

Ich hängte in ihr verblüfftes Schweigen hinein auf.

Ich fuhr ein paar Blocks mit der gelben Straßenbahn durch Downtown und ging dann ein Stück hinüber zur Norton. Auf dem Weg atmete ich tief durch und versuchte mich in Form zu bringen für Mr Thalberg. Ich fühlte mich jetzt sehr leicht, gereinigt, so als hätte ich destilliertes Wasser in meinen Adern, und an den Schmerz tief in mir hatte ich mich gewöhnt. Ich fühlte mich bereit.

Das Haus, in dem Thalberg wohnte, war ein hübsches Gebäude im maurischen Stil mit vier Stockwerken, doch es sah erheblich weniger luxuriös und modern aus als das Haus, in dem Byron Hamilton wohnte. Es war nur zehn Minuten von meiner Wohnung entfernt.

Ich ging zur Tür und klingelte. Ich überlegte mir meinen ersten Satz, während ich Schritte hörte. Die Tür wurde geöffnet, und ich sah überrascht auf eine dunkelhaarige kleine Frau in ihren Fünfzigern.

»Guten Tag. Sie wünschen?«

»Ich bin Hardy Engel«, sagte ich, nahm meinen Hut ab und versuchte, an ihr vorbei ins Innere zu spähen, »ich arbeite für Mr Thalberg und muss ihn sprechen. Ist er da?«

»Mein Sohn ist in den *Athletic Club* gefahren, Mr Engel«, sagte die Frau.

»Sie sind seine Mutter?«, fragte ich. Sie hatte dieselben feinen Züge, dieselben dunkel glühenden Augen. Sie war eine attraktive Frau.

»Ja. Henrietta Thalberg, Mr Engel.« Sie reichte mir ihre schlanke, grazile Hand.

Er wohnte mit seiner Mutter zusammen, mitten in Hollywood.

»Es ist mir eine Ehre«, sagte ich und nahm sie und deutete eine Verbeugung an. Man vergaß so schnell, dass er erst zweiundzwanzig war. Wenn man seine Mutter vor sich sah, fiel es einem wieder ein.

»Sie sind Deutscher, nicht wahr?«

»Ja, Mrs Thalberg«, sagte ich. »Wie so viele bei der *Universal*.«

»Wir auch, Herr Engel, wir auch«, sagte sie auf Deutsch, mit einem Hamburger Einschlag. »Mein Mann kam aus Hessen herüber, nach New York. Hören Sie, mein Sohn hält von diesem Haus seine Geschäfte fern, aber im *Athletic Club* können Sie ihn sprechen. Er ist dort sicher den ganzen Nachmittag.«

»Ist er oft dort, Mrs Thalberg?«, fragte ich.

»Er ist häufig unterwegs, aber er kommt immer wieder nach Hause«, sagte sie mit einem feinen Lächeln. »Er ist nicht sehr sportlich, wenn Sie das meinen, dafür ist seine Konstitution zu zart, aber er schätzt den Umgang mit den anderen Mitgliedern. Sie sind kein Mitglied, Mr Engel?«

»Nein.«

»Vielleicht sollten Sie es werden«, sagte sie und nahm die Türklinke in die Hand. »Meine Lieblings-Radiosendung beginnt jetzt. Auf Wiedersehen, Mr Engel, und grüßen Sie meinen Sohn«, sagte sie auf Englisch. Ich setzte meinen Hut wieder auf und legte die Hand an die Hutkrempe, während sie die Tür schloss.

Auf dem ganzen Weg zum *Athletic Club*, drei Stationen zurück mit der Straßenbahn, musste ich daran denken, wie ich Keith Jansen damals durch die Stadt gefolgt war, noch ohne zu wissen, dass er Dr. O'Haras Mörder war. Unter anderem hierher.

In der 7th Street stand ich kurz darauf vor dem hell erleuchteten Gebäude des Clubs, das mit den beiden vorspringenden, rechteckig hochgezogenen Erkerfronten aussah wie eine schmalere, in die Höhe gestreckte Version des *St. Francis*. Es war eine Festung, in der man sich nicht nur zum Spaß ertüchtigte, mit zahlreichen Courts und Krafträumen und türkischen Bädern. Man stählte sich dadrin für alle Widrigkeiten, die das Leben bereithielt, für den unbarmherzigen Überlebenskampf in Hollywood.

Ich nannte am Empfang Mr Thalbergs Namen und erhielt einen Gästeausweis, den ich mir ans Revers pinnen musste. Ich fuhr mit dem Aufzug nach oben. Der Clubraum befand sich im vierten Stock, doch man stieg im dritten aus und vertraute sich einem diskreten Angestellten an, der aussah wie der Sohn reicher Leute, mit einem honigfarbenen Scheitel.

»Wussten Sie schon«, plauderte er auf dem Weg durch den Flur, von dem verschiedene Courts und Räume mit Boxringen abgingen, in denen wir zahlreiche Männer beim Training beobachten konnten, »dass dies das erste Gebäude mit einem Swimmingpool oberhalb des ersten Stocks ist? Er befindet sich im fünften.«

»Herzlichen Glückwunsch«, sagte ich. »Allerdings bevorzuge ich eine andere Art, mir Flüssigkeiten zuzuführen.«

Er begleitete mich zu einer Bücherwand und blieb davor stehen. Dann betätigte er seitlich einen Knopf, und die Bücherwand schwang zur Seite. Eine Treppe wurde dahinter sichtbar, und der diskrete Clubangestellte wies mir höflich den Weg.

»Das haben wir im Januar 1920 so eingerichtet«, sagte er lächelnd. »Genießen Sie oben Ihre Drinks, Sir.«

Ich dankte ihm und begann den Aufstieg. Er schloss die Bücherwand wieder hinter mir. Ich erreichte am Ende der Treppe den Clubraum und betrat ihn.

In einem weitläufigen holzgetäfelten Raum mit Wänden voller dicker alter Bücher saßen mehrere Herren in Sesseln aus grobem weinrotem Pferdeleder und rauchten, und ich platzte mitten in ein Gespräch hinein.

»Ihre Eifersucht ist sogar so schlimm, dass ich da draußen nicht einmal eine Kellnerin an meinen Tisch winken kann«, sagte Wally Reid gerade zu Irving Thalberg, »wenn Dorothy es mitbekäme, würde sie sofort tief beleidigt davonrauschen. Womöglich sogar ausziehen. Neulich hat sie genau das getan, nur weil sie irgendeinen Klatsch gehört hatte, dass ich etwas mit der Swanson hätte. Noch schlimmer, ich hätte DeMille gesagt, ich würde sie für Gloria verlassen … Ob ich denn manchmal gar nicht mehr wisse, was ich tue … Ich hatte ernsthaft Schwierigkeiten, sie wieder zurückzuholen, und ich könnte doch niemals ohne sie auskommen, das wäre eine Katastrophe für mich, Irving.«

Ein ganz normales Gespräch zwischen Schauspielstar und Produzent, so schien es.

Mr Thalberg sah plötzlich hoch und nahm mich wahr. Reid drehte sich zu mir um und grüßte freundlich, keineswegs verlegen. Er erinnerte sich offenbar trotz seines damaligen Drogenrauschs sofort daran, wo wir uns zuletzt begegnet waren.

»Meine liebe Gattin, Mr Engel«, sagte er komplizenhaft zu mir. »Als Braut hat sie so schön ausgesehen wie Babette, aber jetzt? Hüten Sie sich vor eifersüchtigen Frauen, wäre mein Ratschlag, sie machen nur Ärger. Ein Glück, dass sie hier nicht zugelassen sind!«

Er zwinkerte mir zu, stand mit etwas Mühe auf und eilte gemessenen Schrittes davon. Vermutlich, um sich den nächsten Schuss zu setzen.

Mr Thalberg sah mit einem neutralen, beinahe abweisenden Blick zu mir auf. Er trug einen tadellosen hellbraunen Zweireiher mit einem blütenweißen Ziertuch in der Brusttasche. Er rauchte mit einer Zigarettenspitze aus Elfenbein, und vor ihm stand auf einem Tisch, der aussah wie eine hohe Trommel, ein Glas Limonade mit Eis. Ich setzte mich einfach ihm gegenüber in den Sessel, den Reid soeben frei gemacht hatte.

»Mr Thalberg, ich bin gekommen, um mit Ihnen abzurechnen«, sagte ich. Ich schlug ebenfalls die Beine übereinander. Dann griff ich in meine Tasche und zog mein kleines Notizbuch heraus.

»Mr Engel. Wie schön, dass Sie sich dazu entschlossen haben, wieder zu arbeiten. Aber meinen Sie nicht, das kann warten?«

»Sie wollten, dass wir regelmäßig abrechnen. Und ich finde,

wir haben viel zu wenig miteinander geredet in der Vergangenheit, über alles.«

»Ich habe Ihnen eine neue Sekretärin zugeteilt«, sagte Mr Thalberg. »Arbeiten Sie sie ein, und lassen Sie es ruhig langsam angehen. Was Ihr Spesenkonto betrifft, so habe ich großes Vertrauen in Sie.«

»Zum Beispiel über Keith Jansen, Mr Thalberg«, sagte ich.

»Wen?« Er wirkte vollkommen arglos.

»Der Mitglied in diesem Club ist, so wie Sie. Oder ich sollte wohl eher sagen, *war*.«

»Ich glaube nicht, dass ich weiß, von wem Sie sprechen.«

»Keith Jansen. Der Ex-Polizist und Boxer, der in Ihrem Auftrag diverse Erledigungen durchführte.«

»Das«, sagte er, »ist nicht richtig.«

»Ich weiß es von Pepper. Und ich weiß es von ihm selbst – er sagte es mir, bevor er starb. Ich war dabei. Ich konnte noch mit ihm reden.«

Er streifte die Asche seiner Zigarette in einem Aschenbecher aus chinesischem Porzellan ab, mit dem Wappen des *Los Angeles Athletic Clubs*, das einen sichelförmigen Neumond zeigte.

»Was genau wollen Sie mir sagen, Mr Engel?«

»Ich will, dass wir offen reden. Ich nehme die Ermittlungen wieder auf, und als Ihr Sicherheitschef muss ich mehr wissen. Am besten alles, was geschehen ist.«

»Dabei *glauben* Sie schon einiges zu wissen«, sagte Mr Thalberg und nahm den Zigarettenstummel aus der Spitze.

Ich musste mich bremsen. Ich beschloss, es bei einigen Andeutungen zu belassen, um ihn möglichst aus der Reserve zu locken.

»Noch nicht genug«, sagte ich. »Zum Beispiel würde ich gerne einmal das Foto sehen, mit dem man Sie erpresst hat.«

»Das ist nicht mehr Ihre Angelegenheit. Darum müssen Sie sich nicht kümmern.« Er steckte sich eine neue Zigarette in die Elfenbeinspitze und zündete sie an. »Ich bekam es zurück, und damit war der Fall erledigt.«

»Alles? Auch das Negativ? Haben Sie es noch?«

»Ich habe es selbstverständlich vernichtet. Die Sache ist abgeschlossen«, sagte er.

»Dann weiter. Ich weiß zwar das meiste, das Jansen getan hat. Aber ich weiß nicht alles. War er es zum Beispiel auch, den Sie angerufen haben, als es darum ging, eine Klinik für Babette Fielding zu finden? Eine neue, diskrete Privatklinik, als Ersatz für die, die Dr. O'Hara betrieben hatte. Bis zu dem Mord an ihm. Oder war es jemand anderes?«

»Es gibt viele Ärzte«, sagte Mr Thalberg und zeigte mir sein Profil. »Ich weiß gar nicht mehr, wie ich damals darauf gekommen bin. Wer sagt denn, dass ich jemanden angerufen habe?«

»Pepper«, sagte ich. »Sie hat mir so einiges gesagt. Wir haben uns geliebt, Mr Thalberg.«

»Das Ganze tut mir aufrichtig leid für Sie«, sagte Mr Thalberg. »Sie war ein wunderbarer Mensch. Ich habe sie sehr geschätzt.«

»Sie waren selbst hinter ihr her, deshalb haben Sie sie engagiert«, sagte ich. »Und weil Ihnen ihre Vorzüge nützlich sein konnten. In San Francisco haben Sie ihr gesagt, sie solle mich ablenken, indem sie mit mir ins Bett geht.«

»Ich habe ihr gar nichts dergleichen gesagt«, sagte Mr Thalberg indigniert. »Das hat sie, wenn Sie es sagen, schon von sich aus getan.«

Wir starrten uns an.

»Ich würde gerne wissen, ob es einen Nachfolger für Jansen gibt, Mr Thalberg. Jemanden, der seine Aufgaben übernommen hat.«

»Hören Sie, wenn ich den Mann nicht kenne, wie soll ich Ihnen dann seinen Nachfolger benennen können? Das ist unlogisch.«

»Sie und Jansen kannten sich von hier, aus dem Club«, sagte ich.

»Der Club hat so viele Mitglieder«, sagte Mr Thalberg. »Und ich gehe nie in die Sportabteilung hinunter. Ich betreibe keinen Sport.«

»Woher wissen Sie, dass er Sportler war?«, fragte ich. »Er ist der Mann gewesen, den Sie – wie haben Sie sich damals ausgedrückt? – sich für bestimmte Aufgaben, die Sie nicht selbst übernehmen, geholt und gehalten und bezahlt haben. Ich werde es beweisen.«

»*Sie* erwähnten, er sei Boxer. Sonst noch etwas?«, fragte er und langte nach einer Zeitung, die auf einem Tisch bereitlag.

»Dann wäre da noch die Frage, seit wann genau Virginia Rappe Vertragsschauspielerin der *Universal* war?«

»Das habe ich Ihnen schon einmal beantwortet.« Sein Ton wurde schneidend. Er zog die Hand zurück.

»War sie es schon am 18. August, als Sie von Stroheims Film den Zensoren vorführten? War sie eine der Frauen, die Sie diesen im *Beverly Hills Hotel* aufs Zimmer schickten? Ian Vandenberg, zum Beispiel?«

»Nein«, sagte er und starrte mich forschend an. »Das kann ich ausschließen. Vandenberg? Da sind Sie auf einer ganz falschen Spur.«

»Ich frage nur deshalb, weil ich versuche herauszufinden, von wem Virginia schwanger war«, sagte ich und beobachtete seine Reaktion.

Sein Gesicht verschloss sich sofort wieder.

»Sie überschreiten bei Weitem Ihre Kompetenzen.«

»Ich ermittle im Auftrag von Mr Laemmle. Sie war schwanger von Ihnen und erpresste Sie damit, nicht wahr?«

»Nicht ich habe Ihnen Rechenschaft abzulegen. Sondern Sie haben mir Rechenschaft abzulegen, Mr Engel. Sie müssen mir, Ihrem Boss, Ihre Loyalität beweisen.«

Er hatte die Stimme erhoben, und zwei alte Clubveteranen, die zwei Tische weiter in ihren Sesseln sanft vor sich hin geschlummert hatten, schreckten hoch. Dahinter drehte sich ein weiterer Gast zu uns um, und ich erkannte Harold Lloyd, auch ohne seine Brille. Er sah wieder weg und ich dämpfte meine Stimme. Aber nur ein wenig.

»Ach wissen Sie: Egal wie hoch man zu stehen glaubt, wir alle haben jemanden, dem wir Rechenschaft ablegen müssen. Ich mache nur meine Arbeit, so wie Mr Laemmle es will.«

»Ich kann Sie jederzeit feuern«, sagte er.

»Aber Sie können damit nicht verhindern, dass ich meine Ermittlungen fortführe. Und dass ich Mr Laemmle berichte. Deswegen finde ich ja, Sie sollten es ihm erzählen. Alles. Und Sie können es genauso gut mir sagen.«

Er sah mich stumm an, mit einem Blick voll unterdrückter Wut. Ich machte mich bereit zu gehen.

»Wie Sie wollen. Es gibt nicht mehr viel, was ich noch brauche.«

»Sie werden gewiss wieder einmal auf einer ganz falschen Spur sein«, sagte Mr Thalberg. »So wie immer.«

»Sie mögen uns vielleicht abgehört haben, aber Sie haben nicht alles gehört«, sagte ich.

»Ich habe Verständnis für Ihre Trauer und Ihren Schmerz«, sagte Mr Thalberg. »Aber allmählich gehen Sie mir mit Ihren seltsamen Andeutungen auf die Nerven, lieber Mr Engel. Wollen Sie mir drohen?«

»Nein, Mr Thalberg«, sagte ich und stand auf und sah auf ihn hinunter. »Sie drohen *mir*. Der Tod von Pepper ist eine Drohung, ebenso wie der Mord an Dr. O'Hara. Sie gehen über Leichen, um Ihre Karriere zu retten. Über mich werden Sie dabei nicht gehen.«

Irving Thalberg starrte mich an, als sei ich völlig verrückt geworden.

Doch er widersprach mir nicht. Oder vielleicht wollte er es tun, aber in diesem Moment betraten drei Männer den Raum. Einer von ihnen war Wally Reid, dessen Augen nun in frischem, ungesundem Glanz erstrahlten, und bei ihm war Erich von Stroheim, in dessen Gesicht es zuckte, als er mich erkannte.

»Was machen Sie denn hier?«

»Ich habe nur meine schmutzige Wäsche vorbeigebracht«, sagte ich.

Von Stroheim wirkte ertappt und beinahe ängstlich. Offenbar befürchtete er, dass ich auch hier für Unruhe sorgen könnte.

Der dritte Mann war Ende vierzig, sehr dick, und er sah aus

wie eine Bulldogge, die eine Zigarre im Maul hatte. Sein beiger Anzug war nicht ganz sauber und seine Krawatte hing schief unter dem Kragen heraus, dessen oberster Knopf offen stand. Er trug ein volles Whiskyglas bei sich und war ganz offensichtlich nicht mehr nüchtern.

»Darf ich Ihnen Sir Winston Churchill vorstellen, Mr Thalberg, den britischen Kriegsminister?«, sagte Reid aufgedreht und schob die Bulldogge auf Thalberg zu. »*Famous Players* gibt morgen Abend ein Dinner zu seinen Ehren. Kommen Sie doch auch.«

Churchill richtete seine Schweinsäuglein auf Mr Thalberg, der sich augenblicklich erhob. Churchill wog ungefähr dreimal so viel wie er. Thalberg schüttelte auch ihm nicht die Hand, er nickte ihm nur gemessen zu.

»Sir Winston, wie gefällt es Ihnen in Hollywood?«

»Prächtig, Mr Thalberg«, sagte Churchill mit seinem singenden Akzent. »Hier fühle ich mich ganz zu Hause, denn ich habe den Eindruck, es macht keinen großen Unterschied, ob man einen Film macht oder einen Krieg führt!«

Alle lachten übertrieben auf, als amüsierten sie sich königlich.

»Ich bin ganz der Meinung von Sir Winston«, sagte ich zu Mr Thalberg. »Denn beim Film wie im Krieg ist immer das erste Opfer die Wahrheit.«

Dann marschierte ich aus dem Clubraum hinaus.

53

Am nächsten Morgen holte ich in meiner Wohnung, bevor ich aufbrach, die Pistole aus dem Versteck und alle Notizen und Beweise, die ich hatte, von Jansen – den Schlüssel mit der Nummer – und die Abschriften, die ich von Virginias Kalender und der Akte gemacht hatte.

Ich nahm diesmal den Milburn und fuhr als Erstes hinunter nach Westlake und dort in eine Straße voller Wohnhäuser, in der es so früh ruhig war wie auf einem Friedhof. In den Einfahrten standen blitzende Automobile. Jeder Resident schien eines zu besitzen. Es war eine gute Nachbarschaft. Ich war schon einmal hier gewesen, als ich einem von ihnen sein Automobil zurückgebracht hatte.

Ich ging zu einem zweistöckigen Haus mit einem kleinen Vorgarten und einer Garage, vor der ein sonnengelber Packard mit schwarzen Ledersitzen stand. Seine Stoßstange und Vorderfront glänzten wieder wie neu.

Ich klingelte, und ein siebenjähriges Mädchen mit blonden Zöpfen öffnete die Tür einen kleinen Spalt und sah mich ebenso neugierig wie schüchtern an. Die rechte Hälfte ihres Gesichts war hinter der schweren Eichentür verborgen.

»Wer bist du?«, fragte sie.

»Ich bin Hardy. Und ich weiß, dass du Martha bist und eine Schwester hast, die Laura heißt. Erinnerst du dich, ich habe euch im Frühjahr einmal besucht?«

»Nein«, sagte sie, aber sie streckte den Kopf etwas weiter heraus und musterte mich. Sie hielt sich dabei immer noch an der Tür fest.

»Ich bin ein Freund von deinem Papa«, sagte ich. »Und ich möchte ihn gerne sprechen. Ist er da?«

»Er fährt heute Abend nach San Francisco«, sagte das kleine Mädchen. »Er weiß noch nicht, wie lange er dort bleibt.«

»Ich weiß, wieso«, sagte ich. »Kannst du ihn bitte holen?«

»Martha, wer ist es denn?«, fragte Fritz Roths Stimme. Die Kleine drehte sich zu ihm um und er öffnete die Tür ganz. Er trug kein Jackett und sah abgearbeitet und verschwitzt aus. Seine Glatze glänzte.

»Hardy«, sagte er. »Du bist es.«

»Du hast versprochen, mir eine Geschichte vorzulesen«, sagte die Kleine und sah an ihrem Vater hoch.

»Das werde ich auch«, sagte Fritz und strich ihr über den Kopf. Hinter ihm kam seine semmelblonde Frau heran.

»Wie viele Hemden willst du denn mitnehmen?«, fragte sie, bevor sie hochsah.

»Ich hab doch gesagt alle«, sagte Fritz, ohne sich umzudrehen.

»Hallo Erika«, sagte ich.

»Hallo Hardy«, sagte sie und wischte sich die Hände ab. »Wir packen gerade den Koffer für Fritz. Willst du hereinkommen und etwas trinken? Ein Stück Käsekuchen essen?«

»Ich brauche ihn nur für fünf Minuten«, sagte ich und sah das Mädchen an. »Ich muss deinem Papa auch eine kleine Geschichte erzählen.«

»Aber das ist nichts für Kinder«, sagte Fritz und schob die Kleine zu seiner Frau. »Ich komme dann gleich zu dir, Liebes.«

Er nahm mich am Arm und ging mit mir einige Schritte hinaus auf den Rasen vor dem Haus. Erika schloss die Tür hinter uns wieder.

»Morgen beginnt der Prozess«, sagte Fritz und nahm sich die Zigarette, die ich ihm anbot. Ich gab ihm Feuer und schirmte die Flamme mit einer Hand ab. »Fatty ist schon dort, er und sein neuer Anwalt Gavin McNab. Sie gehen alles durch. Wünsch' uns Glück.«

»Vielleicht kann ich mehr tun als das«, sagte ich und zündete mir ebenfalls eine Zigarette an.

Wir konnten in einiger Entfernung hinter einem der Fenster seines Hauses die beiden kleinen blonden Mädchen sehen, Martha und Laura, die uns beobachteten. Wir drehten uns um und sahen beide weg, zur Straße.

»Vielleicht kann ich beweisen, dass jemand anderes für den Tod von Virginia Rappe verantwortlich ist.«

»Sie wollen nicht über ihren Lebenswandel gehen, das sagte ich doch«, sagte Fritz stirnrunzelnd und begann, auf und ab zu gehen.

»Sie war schwanger«, sagte ich und beobachtete seine Reaktion.

»Ja. Steht im Obduktionsbericht der Ärzte«, sagte Fritz wie selbstverständlich. Er hielt nicht einmal inne, sondern lief weiter um mich herum.

»Es steht dadrin? Ihr wusstet das?«, fragte ich, für einen Moment fassungslos.

»Ja. Es spielt keine Rolle, weder bei der Anhörung noch beim Prozess und auch nicht in der Presse. Die Schwangerschaft war in einem ganz frühen Stadium, und gestorben ist sie an dem Blasenriss.«

»Warum hast du mir nichts davon gesagt?«, fragte ich.

Er blieb vor mir stehen.

»Warum hätte ich das tun sollen? Wir waren Konkurrenten. Du hast dich sehr feindselig verhalten. Unsere Strategie steht. Die von McNab steht. Er wird Widersprüche in den Aussagen der Zeugen aufzeigen, die die Staatsanwaltschaft auffährt. Die Schwangerschaft brauchen wir nicht.«

Hinter Fritz konnte ich jetzt wieder die beiden Mädchen sehen, die am Fenster Grimassen zu uns herüberschnitten, in der Hoffnung, dass wir darauf reagieren würden.

»Maude Delmont wird nicht aussagen?«, fragte ich.

»Nein. Und die wissen genau, warum. Sie ist als Zeugin nicht zu gebrauchen. Hast du ja selbst gesagt.« Ich nickte. »Wir haben trotzdem versucht, mit Maude Kontakt aufzunehmen und ihre Version zu hören, aber es war unmöglich. Sie ist wie vom Erdboden verschluckt, wie die Ärzte. Wir haben uns regelrecht eine blutige Nase geholt bei dem Versuch, herauszufinden, wo sie alle sich befinden.«

»Sie wollen natürlich ihren schönen Fall nicht gefährden«, sagte ich. »Eins habe *ich* dir bisher noch nicht erzählt, aber du solltest es wissen. Es gab eine Erpressung. Ich vermute, auch wegen der Schwangerschaft. Gegen den Vater.«

»Und wer soll das sein?«

Fritz sah mich mit gerunzelter Stirn an.

»Irving Thalberg«, sagte ich und nahm einen Zug von meiner Chesterfield.

»Was sagst du da? Dein Boss?«

»Sie haben ihn reingelegt und in flagranti mit ihr fotografiert. Virginia und Maude. Sie haben so was wohl öfter gemacht. Aber diesmal wurde sie schwanger. Also konnten sie ihn so richtig drankriegen. Daraufhin hat er gezahlt und eine Abtreibung in Auftrag gegeben.«

Fritz kniff die Augen zusammen. Hinter ihm zeigten uns Martha und Laura lange Nasen und sprangen auf und ab und winkten fröhlich.

»Kannst du das belegen?«

»Pepper hat es mir gesagt.«

»Pepper ist tot, Hardy.«

»Und dann muss etwas passiert sein. Es kam zu jenem Blasenriss. Verursacht durch eine Flasche.«

Fritz seufzte auf und verdrehte die Augen.

»Schon wieder das?«, sagte Fritz. »Das werfen sie ja noch nicht einmal mehr Fatty vor!«

»Das hat mir Jansen gesagt, bevor er gestorben ist. Der Handlanger, den Thalberg engagiert hatte. Er hat den Doktor umgebracht, der den Abort machen sollte.«

Er starrte mich an.

»Jansen?«, fragte er. »Den du im Verdacht hattest, für uns zu arbeiten? Schon wieder eine Aussage von jemandem, der tot ist … Sonst noch irgendwas?«

»Ich selbst habe das erpresste Geld von Maude wiederbekommen da oben«, sagte ich.

Er strich sich wütend über das Gesicht.

»Du hast da schon alles darüber gewusst …? Und das Foto?«

»Das leider nicht.«

Er blinzelte. »Du hast es nie gesehen?«

»Nein. Fritz, ich arbeite noch dran, alles zusammenzutragen. Ich ermittle jetzt wieder mit Hochdruck, das wollte ich dir nur sagen, bevor du fährst. Da steckt was Großes dahinter, ich weiß nur noch nicht, was. Sobald ich weitere Beweise habe, bist du der Erste, der davon erfährt, versprochen.«

Die Tür öffnete sich und die beiden Mädchen sahen heraus.

»Papa!«, quengelte Martha, die Ältere. »Komm endlich rein!«

Fritz nickte ihr zu und sah dann wieder mich an.

»Gut. Ich wohne im *Palace Hotel*. Ruf mich an, sobald du etwas weißt.«

»Mach ich«, sagte ich und schüttelte den Kopf. »Da ist auch sie abgestiegen, damals. Virginia.«

»Manche kriegen eben das gute Hotel und manche das andere«, sagte Fritz.

Er ging zur Tür. Ich winkte, und Martha winkte zurück.

54

Ich bog auf das *Universal*-Gelände ein, die Schranke öffnete sich und niemand hielt mich auf. Ich war also immer noch hier angestellt, und Mr Thalberg schien andere Dinge zu tun gehabt zu haben, als sich um mich zu kümmern.

Ich parkte vor meinem Büro und spazierte hinein.

Millicent Munroe sah genauso aus, wie ich es erwartet hatte: wie eine Sekretärin, die man jemandem schickt, der gerade gewaltigen Trost nötig hat.

Sie war Anfang zwanzig und ihre Figur hatte mehr Kurven als die Küstenstraße nach Malibu. Ihre Haare leuchteten in kräftigem Rot, doch es war eindeutig gefärbt, und ich hatte sofort den Verdacht, sie habe ihre Haare extra für den neuen Job färben lassen, für mich. Sie saß an ihrem Schreibtisch und besah sich so intensiv ihre lackierten Nägel, als ob dort das Kinoprogramm abzulesen wäre. Vor ihr stand eine gefüllte Kaffeetasse. Als ich eintrat, sprang sie auf, und ihre gesamte, atemberaubende Figur konnte in voller Pracht bewundert werden.

»Ich bin Mr Engel«, sagte ich. »Hallo Millicent.«

»Mr Engel«, sagte sie glucksend. »Ich freue mich, Sie kennenzulernen. Sehen Sie – ich habe sie alle gespitzt.« Sie zeigte auf ein Arsenal an Bleistiften, die aufgereiht auf ihrem Schreibtisch lagen.

»Oh ja«, sagte ich, »das sehe ich.«

»Lassen Sie mich sagen, wie leid es mir tut«, sagte sie, und es klang wie aufgesagt, »dass meine Vorgängerin gestorben ist,

Ihre Sekretärin, das muss ja ganz furchtbar für Sie gewesen sein …«

»Danke, Millicent. Sind Sie eigentlich Schauspielerin?«, fragte ich.

»Nein.« Sie sah leicht verwirrt aus.

»Gut.«

»Ich bin aus Wisconsin«, sagte sie, als wäre das eine Erklärung. Ich hob die Augenbrauen.

»Was kann ich als Nächstes für Sie tun, Mr Engel?«, fragte Millicent und drückte sich etwas näher heran, als schicklich war. Sie stand immer noch relativ weit von mir weg, doch eine leichte Drehung von ihr genügte, damit mich ihre gewaltige Oberweite streifte. Und es bestand kein Zweifel daran, dass sie ihren Wendekreis einschätzen konnte.

»Da habe ich was Schönes«, sagte ich und behielt meinen Hut auf, den sie mir abnehmen wollte. »Rufen Sie die Sekretärin von Mr Thalberg an. Sie heißt Rhonda. Bestellen Sie sie herunter, hierher, weil Sie ein Problem haben. Und wenn sie kommt, dann halten Sie sie möglichst lange auf. Wie, ist Ihre Sache. Haben Sie das verstanden?«

Millicent sah mich an und klimperte mit den Wimpern. »Ja, Mr Engel, ich glaube schon.«

»Jetzt gleich«, sagte ich.

Millicent drehte sich mit kokettem Schwung um und beugte sich über das Telefon. Sie wählte eine Nummer und stand leicht abgewandt von mir. Ich sah ihr Gesicht im Viertelprofil. Ich nahm mir derweil einen der Bleistifte und ein Blatt Papier.

»Rhonda? Hier ist Millicent, die Sekretärin von Mr Engel. Oh, es ist schrecklich«, sagte sie und ihre Stimme klang, als würde sie gleich weinen. Es war sehr authentisch. Und offenbar tat Rhonda, was jeder getan hätte: Sie fragte nach, was los sei. »Ich glaube, ich habe etwas gemacht, weswegen ich gefeuert werden könnte«, sagte Millicent schluchzend, »und dann ist etwas noch Schrecklicheres passiert, und jetzt weiß ich gar nicht …« Sie hielt inne und lauschte. »Das wäre rasend nett!«, sagte sie erleichtert. Und legte sofort auf.

Sie drehte sich zu mir und sah mich mit einem Augenaufschlag an, den sie nicht aus Wisconsin hatte. »Sie kommt jetzt sofort herunter«, sagte sie. Dann nahm sie die Kaffeetasse vom Tisch und schüttete sie sich ohne Zögern aus Kinnhöhe über ihr Kleid, vom Busen abwärts bis über den Schoß. Sie erschauderte kurz und sah mir wieder in die Augen.

»Millicent«, sagte ich. »Ich glaube beinahe, Sie haben doch Talent als Schauspielerin.«

Ich verlor keine Zeit. Ich drückte mich am Ende des Ganges hinter den Treppenabsatz und wartete, bis Rhonda herunterkam. Sie eilte auf hohen Absätzen klackernd die Treppe herab und den langen Flur nach vorne. Sie trug ein feuerrotes Kleid, sodass es aussah, als stünde sie in Flammen. Ich sah ihr nach und schlich die Treppe nach oben.

Ihr Vorzimmer war verwaist. Ich probierte zunächst die Tür zu Mr Thalbergs Büro, doch sie war verschlossen. Ich beugte mich über Rhondas Schreibtisch und sah mich um.

Da war ihr Terminkalender, und ich schlug ihn auf. Für gestern ab drei Uhr nachmittags war für Mr Thalberg der *Athletic Club* vermerkt.

Ich blätterte zurück, mit fliegenden Fingern.

Da war der 31. August, ein Mittwoch. Für den Abend war ein Treffen eingetragen im *Ambassador Hotel*. Es stand nicht da, mit wem. Doch ich wusste es. Ich konnte es vergleichen mit dem Eintrag in Virginias Terminkalender. Ich holte meine Abschrift heraus.

Sie hatte am 31. August abends ein Kreuz eingetragen.

Da war der 1. September, ein Donnerstag. Da standen vormittags und nachmittags zahlreiche Termine. Quer über den Abend war ein Strich gezogen und ein Pfeil und dann der Name *Pepper*.

Ich überlegte. Das war der Abend gewesen, an dem Dr. O'Haras Termin mit Virginia stattgefunden hatte. Den Pepper ausgemacht hatte. Damals war sie noch Mr Thalbergs Sekretärin gewesen. Eine von zweien. Und die, die über Mr Thalbergs Probleme Bescheid wusste, weil sie seine Post geöffnet hatte.

Ich blätterte weiter und sah zwischendurch kurz zur Tür. Es musste schnell gehen.

Da war der 6. September. Nichts. Auch nichts über Jansen. Da war der 7. September, der Tag, an dem Pepper nach San Francisco gekommen war. Mr Thalberg hatte jede Menge Termine gehabt, die gesamte Kalenderseite war voll davon. Ich blätterte um.

Über die Seiten des 8. und des 9. Septembers war je ein langer Querstrich gezogen und wieder stand da *Pepper*. Sonst nichts, an beiden Tagen.

Ich überlegte. Da war Pepper bei mir gewesen, in San Francisco. Ich schüttelte den Kopf, dann riss ich die Seiten heraus, die vom 8. und dem 9. September und auch die vom 1. und die vom 31. August.

Ich blätterte eilig zurück und durchstöberte den Juli. Viele Termine. Nichts von Jansen. Am 4. Juli wieder *Ambassador Hotel*, ohne Namen. Es war ein Rendezvous mit Virginia, vermutlich das erste. Auch bei ihr war das Treffen vermerkt, mit einem ihrer Kreuze.

Am 29. Juli abends ebenso. Dies hatte ich mir als den Tag markiert, an dem Maudes Falle zugeschnappt war und sie das Foto geschossen hatte. Ich riss auch diese Seiten heraus und steckte sie ein.

Ich hatte keine Zeit mehr. Ich musste noch ins Büro hinein.

Ich klappte den Terminkalender zu und zog die oberste Schublade auf. Ein Schlüsselbund war darin. Der dritte, größte Schlüssel passte in das Schloss und öffnete die Tür.

Ich machte das Licht im Büro an und überwand mit schnellen Schritten die große Entfernung zu Mr Thalbergs Schreibtisch. Meine Schuhe knallten laut auf den Boden.

Sein Schreibtisch war noch immer bedeckt mit Stapeln von Drehbüchern und Akten. Ich überblickte kurz, was da lag, es war Studiokram. Obenauf lag ein Entwurf zu *Der Glöckner von Notre-Dame*.

Er würde seine tiefsten Geheimnisse nicht offen herumliegen lassen, für diese Erkenntnis musste man kein Genie sein.

Ich zog die erste Schublade auf und fand eine Tube Pomade, einen Kamm, eine Haarbürste, einen Flakon Eau de Cologne, sowie eine Postkarte seiner Mutter aus New York, von vor einem Jahr. Ich zog die zweite Schublade auf und da waren Papiere, lose hineingestopft. Ich wühlte darin herum und besah sie mir. Ich hoffte auf das Foto, auf eine Lohnabrechnung von Jansen oder irgendeinen Beleg für den Kontakt zu ihm, aber kein Erfolg. Schon gleich gar keine Flasche.

Es waren Verträge, Produktionsnotizen, Karten von Schauspielern. Solches Zeug. Unmöglich, es alles durchzusehen in der kurzen Zeit. Ich erinnerte mich daran, wie Mr Thalberg zu mir gesagt hatte, ich solle nichts Schriftliches hinterlassen. Das Gleiche würde für Jansen gegolten haben. Ich würde hier nichts über ihn finden. Ich musste mich an Jansens eigene Hinterlassenschaften halten.

Ich drückte die Schublade zu und sah hoch. Da waren die Aktenregale, mit Drehbüchern und Unterlagen in beschrifteten Ordnern. Da war ein Schrank mit einer Rolljalousie aus Holz. Ich ging hin. Ich zog die Jalousie auf. Da war ein Tresor.

Da war ein Tresor. Ich richtete mich auf. Ich wollte schon nach dem kleinen Schlüssel in meiner Tasche greifen, den ich von Jansen hatte, da sah ich, dass er ein mechanisches Zahlenschloss hatte, mit zweifacher Scheibenkombination. Man musste zwei je zweistellige Zahlen einstellen. Ich drehte daran herum und probierte ziemlich wahllos ein paar Kombinationen aus. Natürlich vergeblich.

In diesem Augenblick hörte ich das Klacken von Schuhen drüben im Vorzimmer, das jäh abbrach. Dann wieder das Klacken, schneller, und dann kam Rhonda herein. Sie blieb in der Tür stehen und sah mich entsetzt an.

»Oh, Rhonda«, sagte ich und schickte ihr einen schmachtenden Blick. »Ich habe extra alles so arrangiert, weil ich Sie so sehr begehre. Damit wir endlich alleine sein können, hier drin.«

Und ich ging hinüber und fegte mit der Hand die rechte Seite des Schreibtisches einfach leer, alle Drehbücher und sonstigen Stapel zu Boden. Und sah sie erwartungsvoll an.

Ihr eisblauer Blick ließ keinen Zweifel daran, dass sie wusste, was ich da tat.

»Das sollten Sie nicht tun«, sagte sie. »Machen Sie mich nicht wütend.«

»Ich glaube, ich würde Sie gerne wütend sehen«, sagte ich. »Seit ich Sie kennengelernt habe, mit Ihrem kühlen unwiderstehlichen Charme, hinter dem etwas ganz anderes versteckt ist ...«

»Mr Engel«, sagte Rhonda und begann langsam, näher zu kommen. »Ich will einmal darüber hinwegsehen, für wie dumm Sie mich offenbar halten. Und ich kenne ja auch Ihre verzweifelte Situation ...«

Sie strich sich über die Haare und ich spürte deutlich, dass sie ernsthaft Mitleid empfand. Womöglich hätte sie mich sogar davonkommen lassen.

»Ach ja?«, sagte ich. »So wie meine neue Sekretärin?«

Sie stutzte. Ihre Augen blitzten auf.

»So ein dreckiges kleines Luder«, sagte sie wütend. »Und ich habe ihr noch eines meiner Kleider aus dem Spind geliehen.«

Sie blickte zur Seite und bemerkte die aufgezogene Holzjalousie. Sie stutzte und sah auf den Tresor.

»Tja«, sagte ich, »wenn man ein dreckiges kleines Luder auf mich ansetzt und ihm noch die Haare rot färbt, damit es aussieht wie eine Frau, die ich geliebt habe – dann muss man sich nicht wundern, wenn ich dieses dreckige kleine Luder durchschaue und zu meinen Zwecken einsetze.«

»Ich muss Sie bitten, sofort zu gehen, Mr Engel«, sagte sie und richtete sich zu voller Größe auf.

»Noch nicht gleich, Rhonda«, sagte ich.

»Ich kann Sie nicht alleine in Mr Thalbergs Büro herumschnüffeln lassen«, sagte sie. »Das darf nur Miss Laemmle ... ich meine, alleine hier drin sein«, korrigierte sie sich schnell und wurde so rot wie ihr Kleid.

Mir kam ein Gedanke.

»Wann hat Miss Laemmle eigentlich Geburtstag?«, fragte

ich. »Das war eigentlich alles, was ich hier herausfinden wollte.«

»Am 3. Dezember«, sagte sie. »Warum wollen Sie das wissen?«

Ich drehte mich um und ging zu dem Tresor.

Ich probierte die Zahlen einfach aus: Die *1* und die *2*, und die *0* und die *3*. Ich drehte den Knopf herum und der Tresor sprang auf.

»Mr Engel, das dürfen Sie nicht!«, sagte Rhonda zitternd.

»Ich muss«, sagte ich nur und streckte den Arm aus und hielt sie mir mit einem drohenden Blick vom Leib. Sie trat von einem Bein aufs andere.

In dem Tresor lagen keine Fotoabzüge und keine Negative. Darin waren ungefähr fünftausend Dollar in bar, große Scheine, und ansonsten ein kleiner Stapel mit Akten. Ich schlug die oberste auf. Es war ein Regievertrag mit Erich von Stroheim. Ich runzelte die Stirn und blätterte ihn mit dem Daumen durch. Auch eine Darsteller-Gage war vereinbart. Sie war sehr hoch, fünfunddreißigtausend Dollar.

Daneben lagen weitere Zettel. Es waren Rechnungen und Notizen, die alle die Budgetüberschreitungen von *Foolish Wives* betrafen. Von Stroheim war Thalbergs teuerstes Pferd im Stall, und die Kosten für seinen Film waren von Tag zu Tag noch weiter gestiegen. Thalberg hatte es alles fein säuberlich hier gesammelt, und er hatte es auch bezahlen müssen. *Universal* hatte es bezahlen müssen.

Ich sah die anderen Akten an, sie betrafen weitere Künstler der *Universal* – Lon Chaney und einige Schauspielerinnen und Regisseure.

Virginia Rappes Vertrag war nicht dabei. Und über Jansen fand ich ebenfalls nichts.

Ich sah wieder Rosabelle vor mir, wie sie hier auf seinem Schreibtisch saß und mit den Füßen wippte. Ihren Geburtstag als Code zu nehmen, war ein naheliegender Liebesbeweis für seine Verlobte, die ja häufig dabei war, wenn er den Tresor öffnete.

Aus dem gleichen Grund aber würde er nichts Kompromittierendes hier hineinlegen. Sie kannte die Kombination, und er konnte es nicht riskieren, dass sie nachsah.

Rhonda quengelte immer lauter. Ich schloss den Tresor wieder.

»Ich bin auch gleich wieder weg«, sagte ich und ging zum Schreibtisch und probierte einen Augenaufschlag aus. »Wollen Sie es sich nicht doch noch einmal überlegen?«

Sie blitzte mich wütend an. »Sie wissen, dass ich das hier Mr Thalberg melden muss.«

»Tun Sie, was Sie nicht lassen können. Und bevor Sie es selbst bemerken, erzähle ich Ihnen lieber gleich von den fehlenden Seiten in Ihrem Terminkalender. In Mr Thalbergs Terminkalender, besser gesagt.« Ich ging hinaus ins Vorzimmer, und Rhonda folgte mir mit trippelnden, klackernden Schritten.

»Oh, Sie werden doch nicht …«

»Ich habe sie herausgerissen, es war notwendig. Ach übrigens, was heißt es denn eigentlich, wenn in Mr Thalbergs Kalender *Pepper* steht?«

Sie sah mich nur stumm und verächtlich an.

»Bevor Sie hier auf dumme und ganz falsche Gedanken kommen«, sagte sie scharf, »sage ich Ihnen lieber, dass das etwas ganz anderes bedeutet. Pepper hat, in der Zeit, als sie seine zweite Sekretärin war, einen eigenen Terminkalender für ihn geführt. Es war ja nicht lange.«

»Das heißt«, sagte ich, »immer wenn dadrin ihr Name steht, dann heißt das nicht, dass er bei ihr war, sondern dass er in dieser Zeit mit Terminen beschäftigt war, die ausschließlich Pepper koordiniert hat. Und von denen Sie nichts wussten?«

»Genau«, sagte sie. »Sie müssen jetzt wirklich gehen, Mr Engel. Und ich werde umgehend Mr Thalberg über all das informieren.«

55

Ich ging hinunter zu Millicent, die jetzt ein anthrazitfarbenes Kostüm trug, das ihr so sehr zu eng war, dass sie es fast sprengte.

Sie empfing mich mit einem koketten Lächeln und richtete mir aus, ein gewisser Buck habe angerufen und lasse mir mitteilen, er habe alles wie geplant erledigt. Seinen Nachnamen habe er nicht sagen wollen.

Ich lobte sie und schickte sie für heute nach Hause.

»Vielen Dank, Millicent. Bitte passen Sie auf dem Nachhauseweg gut auf sich auf.«

Dann setzte ich mich in meinen Wagen. Ich durfte nicht hierbleiben. Ich musste jetzt schnell handeln, vermutlich würde mir Mr Thalberg nicht mehr viel Zeit lassen. Während der Fahrt sah ich immer wieder aufmerksam in den Rückspiegel. Ich konnte keinen Wagen ausmachen, der mir folgte.

Ich fuhr in Richtung von Bucks Café auf dem Sunset Boulevard.

Einen Block weiter passierte ich die Filiale der *Pacific Frontier Bank*, und aus einem Impuls heraus hielt ich an. Die Bank hatte noch geöffnet. Ich ging hinein und zu Miss Bottomsly hinüber. Sie wand sich mir über den Tresen entgegen.

»Mr Engel. Wie schön, Sie wieder einmal zu sehen.«

»Gleichfalls, Miss Bottomsly. Ach, geben Sie mir heute doch bitte fünfhundert Dollar.« Ich beobachtete gespannt ihre Reaktion.

»Selbstverständlich«, sagte sie und wandte sich ab und zählte die Scheine. Offensichtlich hatten Rhonda und Mr Thalberg noch keine Sanktionen gegen mich verhängt, zumindest was das Konto betraf.

»Sie haben sich rargemacht«, sagte sie und reichte mir das Geld herüber. »Ich war schon besorgt, ob Ihnen etwas geschehen sei?«

»Mir nicht, Miss Bottomsly, aber einem Mitarbeiter von mir. Können Sie mir vielleicht sagen, ob von diesem bewussten Konto, außer durch die junge Rothaarige, noch weitere Abhebungen vorgenommen wurden? Von einem Mann, Mitte dreißig, mit einer schiefen Nase?«

Ich holte den *Examiner* mit der kurzen Meldung von Jansens Tod heraus, die ich ausgeschnitten hatte, und zeigte ihr sein Foto neben dem Artikel.

»Oh, Mr Engel«, sagte sie und verzog das Gesicht. »Das darf ich Ihnen aber eigentlich nicht sagen.«

»Dieser Mann war mein Kollege, Miss Bottomsly, und er ist jetzt tot. Er wurde ermordet, und ich recherchiere, warum.« Sie erbleichte und legte sich eine Hand aufs Schlüsselbein. »Es ist äußerst wichtig. Er hieß Keith Jansen.«

Ich gab alles. Hardy Engel, der Detektiv auf den Spuren des Bösen. Für sie reichte es.

»Es war dieser Mann, Mr Engel. Er hatte eine Vollmacht wie Sie, aber auf den Namen Miller. Abgehoben hat er nur ein Mal, einen Betrag von ein paar Hundert Dollar.« Ich nickte und wollte mich schon abwenden. Sie sah sich nach allen Seiten um und beugte sich vor. »Aber er hat außerdem ein Schließfach hier.«

Ich glaubte im ersten Moment, ich hätte mich verhört.

»Ein Bankschließfach?«, fragte ich.

»Ja. Er hat es am selben Tag eröffnet, privat. Ebenfalls auf den Namen Miller. Es muss ihm wohl sehr dringend gewesen sein, dort etwas zu hinterlegen.«

»Ist es das hier?«, fragte ich und zog den kleinen Schlüssel hervor, den ich bei Jansen gefunden hatte, mit der Nummer darauf.

»634, ja, das wird es sein.« Sie bückte sich und holte ein Buch heraus, in dem sie die Nummer überprüfte. »In der Tat, das ist es.«

»Miss Bottomsly«, sagte ich und beugte mich weit, weit vor. »Sie helfen mir gerade, einen Mordfall aufzuklären. Ich muss in dieses Schließfach hineinsehen.«

»Dafür bräuchten Sie aber auch eine Vollmacht.« Sie zierte sich.

»Ich habe den Schlüssel«, sagte ich. »Von ihm, aber mehr konnte er mir nicht mehr geben, bevor er starb. Die Informationen, die ich darin vermute, tragen entscheidend zur Aufklärung bei.« Ich gab ihr das volle Blau meiner Augen.

»Dann … dann sehen Sie natürlich bitte hinein«, sagte sie. »Ich denke, das ist schon in Ordnung.«

Sie bat mich um den Tresen herum und wir gingen zu einem Raum mit einer imposanten Stahltür. Sie sperrte sie mit einem großen Schlüssel auf, machte das Licht an und bat mich hinein. Hunderte Schließfächer mit Nummern darauf starrten uns an. Wir suchten und fanden die 634.

Sie zog eine Stahlkassette heraus. Sie schien recht schwer zu sein, und darin hörte man etwas klappern. Ich half ihr und gemeinsam stellten wir sie auf einen hohen Tisch in der Mitte des Raumes. Sie zögerte.

»Wollen Sie gerne dabei sein?«, fragte ich.

»Oh nein, oh nein, das geht nicht«, flüsterte sie und flatterte davon wie ein Rabenvogel.

Die Stahlkassette war ungefähr zwei Fuß lang und anderthalb hoch. Ich nahm den Schlüssel und musste erst warten, bis sich meine zitternden Hände beruhigten. Ich führte ihn ein und schloss auf.

Ich öffnete die Kassette.

Sie war prall gefüllt.

Ganz oben lag eine braune leere Ginflasche. *King's Gin.*

Es war die Flasche, die ich bei Dr. O'Hara gesehen hatte.

Jansen musste sie dort gesichert und dann hier aufbewahrt haben. Ich streckte die Hand danach aus, hielt plötzlich inne und zog sie zurück. Ich holte mein Taschentuch heraus, fasste die Flasche damit ganz vorsichtig am Hals an und stellte sie auf den Tisch. Ich ging in die Knie und sah sie im Gegenlicht der Deckenlampe an. Sie war nicht besonders sauber, leicht verschmiert, und an ihrem unteren Ende machte ich Fingerabdrücke aus.

Ich ging nahe heran und schnupperte an ihr. Sie roch muffig, und ich meinte darunter noch etwas Wacholder und den Alkohol des Gins zu riechen. Ansonsten war es eine ganz normale Flasche. Ihr Geheimnis würde nur eine genauere Untersuchung aufdecken können.

Ich wandte mich wieder der Kassette zu und sah hinein.

Darin lagen ganz oben zwei identische Abzüge einer Fotografie.

Darauf sah man Mr Thalberg in einem Bett, seitlich fotografiert und nur leicht unscharf, und unter ihm lag Virginia Rappe. Beide waren nackt. Sein jugendliches Gesicht war der Kamera zugewandt und wirkte erschrocken, wie ertappt.

Ich überlegte. Keith Jansen musste Maude in San Francisco dazu gebracht haben, ihm zu sagen, wo er das Foto finden würde. Er hatte sich offensichtlich, im Gegensatz zu mir, nicht darauf verlassen, dass Maude ihnen das Material später übergeben würde. Zurück in Hollywood, hatte er es dann beschafft und an Thalberg übergeben. Dies war die fehlende Erklärung dafür, wie dieser es erhalten hatte. Doch zuvor musste er diese Abzüge gemacht haben. Vermutlich um sich abzusichern, um einen Beweis zu haben, dass diese Erpressung und der Auftrag an ihn wirklich stattgefunden hatten.

Genau der Beweis, den ich suchte. Endlich hielt ich ihn in den Händen.

Das Glasnegativ war nicht dabei.

Seitlich heruntergefallen war ein weiteres Foto, das nun hochkant neben dem Papierstapel lag. Ich zerrte es heraus und sah es an.

Es war die Fotografie eines Notizzettels, und ich erkannte sofort die Handschrift von Dr. O'Hara. Es war tatsächlich das fehlende Blatt aus Virginia Rappes Krankenakte, das Jansen oben in den Hills daraus entfernt haben musste. Denn es betraf ihren Besuch beim Doktor, jenen Abtreibungstermin.

Offensichtlich hatte Jansen es abfotografiert, da er das Dokument selbst an Thalberg hatte weitergeben müssen.

Ich legte das Foto vor mich und las.

Dr. O'Hara hatte unter dem Datum *1. September 1921* festgehalten: *Bei Untersuchung der Patientin vermutete Schwangerschaft bestätigt. Patientin sehr nervös. Verweigerte vereinbarten Abort. Patientin zum Bleiben überredet, Telefonat. Eintreffen 9 p. m., Streit. Kein Abort.*

Mit einem anderen Stift hatte er offenbar später hinzugefügt: *Bezahlung 2000,– wie vereinbart.*

Ich starrte darauf und las es nochmals; und dann noch einmal.

Darunter, auf einem Stapel Papier, lag ein kleines hellblaues Stück Karton. Es war ein Schiffsticket, San Francisco – Los Angeles, ausgestellt für den Dampfer *Harvard*. Gestempelt worden war es am 10. September.

Ich überlegte. Das war der Tag, an dem Pepper zurückgereist war. Sie musste sogar dasselbe Schiff genommen haben wie Jansen.

Der Stapel Papier darunter betraf eine andere Sache, bezüglich deren Jansen sich absichern wollte. Es waren Notizen, die er als Polizist angefertigt hatte, die seinen Dienst im Sittendezernat der Polizei von Los Angeles betrafen.

Ich blätterte sie rasch und nur oberflächlich durch. Darin festgehalten waren Bestechungsgelder, die von diversen Clubs, Drogenkaschemmen und Bordellen an ihn und seine Einheit geflossen waren. Vermerkt waren die Zahlungen an ihn, aber auch die an die Herren Ulisses Gordon und Vincente Catanza. Sie hatten pro Monat jeder um die tausend Dollar kassiert.

Ich lachte kurz auf.

Darunter war auch das Gedächtnisprotokoll einer internen Vernehmung Jansens durch den Bezirksstaatsanwalt von Los

Angeles, Thomas L. Woolwine, das ich kurz und in der gebotenen Eile überflog. Ich las genug, um zu verstehen, dass Jansen seine Kollegen verpfiffen hatte und danach trotzdem seinerseits wegen Bestechung suspendiert worden war. Sie hatten ihn nicht als Kronzeugen behandelt, sondern als Verräter gesehen und aussortiert, und Gordon und Catanza waren danach zur Mordkommission versetzt worden und hatten dort Karriere gemacht.

Es hatte Jansen nichts genutzt und ihn auf den freien Markt geworfen und zu einem anderen Auftraggeber gebracht: Thalberg. Aber er hatte die Unterlagen aufgehoben. Offenbar hatte er seinen beiden Ex-Kollegen alles zugetraut.

Sonst war nichts in der Kassette, keine weiteren Aufzeichnungen. Aber boxende Bullen wie Jansen sind nun mal keine passionierten Tagebuchschreiber.

Ich machte ein paar stichpunktartige Notizen über diese Papiere, die mir so unverhofft in die Hände gefallen waren. Dr. O'Haras Sätze schrieb ich mir wörtlich in mein Notizbuch ab und legte die Fotografie und die Papiere in die Kassette zurück. Die Unterlagen würden dort am sichersten sein. Nur das Schiffsticket und einen der Abzüge von Mr Thalberg und Virginia Rappe steckte ich ein.

Ich ging hinüber in den Kassenraum, wo Miss Bottomsly mich nervös und angespannt erwartete. Ich bat sie um einen großen Beutel aus Zellophan und einen weiteren aus Tuch, wie man ihn zum Transport größerer Geldsummen benutzte. Sie suchte fahrig danach und gab mir beide in die Hand.

Ich ging zurück in den Raum und stülpte die durchsichtige Zellophantüte ganz vorsichtig über die Flasche. Dann verstaute ich das derart gesicherte Beweisstück in dem Beutel aus grauem Tuch. Ich verschloss die Kassette wieder und schob sie in die Lücke zurück.

Ich verließ den Raum mit dem Beutel. Miss Bottomsly sah auf und konnte ihre Neugier kaum bezähmen, als sie den Raum eilig wieder verschloss.

Ich setzte eine wichtige Miene auf.

»Der Fall ist so gut wie gelöst, Miss Bottomsly. Die *Universal* ist Ihnen zu großem Dank verpflichtet. Lon Chaney wird hiervon erfahren, seien Sie versichert. Ich werde dafür sorgen, dass er Sie besucht.«

Sie errötete.

»Und bitte erlauben Sie mir, dieses Schließfach von Mr Miller als meines fortzuführen.«

Sie nickte lächelnd.

»Selbstverständlich, Mr Miller«, sagte sie und kniff angestrengt-verschwörerisch ein Auge zu.

Ich stellte noch eine Blankovollmacht aus für einen Mr Buck Carpenter.

Dann drückte ich ihr einen Kuss auf die alte Wange und verließ die Bank, fröhlich pfeifend wie ein Millionär.

56

Ich machte mit dem Wagen eine Kehrtwende und fuhr zurück. Es hatte geregnet.

Ich bewegte mich durch den einsetzenden Feierabendverkehr auf den Pass zu. Die Neonlichter, die überall nervös zuckten, in Rot, in Grün und in Gelb, spiegelten sich in den Pfützen, als wären sie zerrissen worden. Sie kamen mir viel bunter und schreiender vor als sonst. Die dunklen Wolken verzogen sich eben wieder.

Vor dem Pass hielt ich an einem Drugstore, ging zum Fernsprecher, warf eine Münze ein und ließ mich verbinden.

»Eines vorweg, Hardy«, sagte Buck, kaum dass ich meinen Namen gesagt hatte. »Ich fürchte, in Peppers Wohnung gibt es leider nichts, was dir helfen könnte.«

»Kein Terminkalender, kein Tagebuch, irgendwelche Notizen?«, fragte ich und zündete mir eine Chesterfield an.

»Nein, leider.«

»Hatte es fast schon befürchtet. Ich hatte ihre Wohnung ja selbst mal durchsucht …«, sagte ich. »Neben dem Telefon war ein Notizblock, da stand nichts drauf?«

»Nein. Und im Müll war nichts.«

»Ist vielleicht jemand da gewesen und hat die Wohnung durchsucht?«

»Könnte schon sein. In den Schubladen und überall sonst war alles ordentlich. Aber vielleicht waren die nur besonders sorgfältig.«

»Sie hat einen eigenen Terminkalender geführt, als sie Thalbergs Sekretärin war. Sagt ihre Kollegin. Und der muss irgendwo sein.«

»Falls sie ihn aufbewahrt hat, dann woanders. Vielleicht war sie auch nicht der Typ, der sich absichert oder sich Gedanken um so etwas macht«, sagte Buck.

»Eigentlich schon«, sagte ich. »Aber ich bin zum Glück inzwischen auf ein paar Leute gestoßen, die definitiv zu diesem Typ gehören. Halten ihre Sachen sogar sehr ordentlich zusammen.«

»Irving Thalberg?«, riet Buck. Man konnte seine Spannung selbst durch das Telefon spüren.

»Der auch. Muss ihm seine deutsche Mutter beigebracht haben, mit der er zusammenwohnt. Leider hab ich in seinem Büro nichts gefunden, obwohl ich sogar den Tresor durchsucht habe.«

»Schade.«

»Aber dafür bei Jansen. Da hab ich reichlich Beweise gefunden. Und auch die Flasche, Buck.«

Ich hörte, wie er regelrecht aufseufzte. »Wirklich? In seiner Wohnung?«

»In seinem Bankschließfach. Ich werde sofort losgehen und etwas versuchen. Ich erzähl's dir dann. Im Moment nur eines, falls mir etwas passiert: Schau nach in Schließfach 634 bei der *Pacific Frontier Bank*, Sunset Boulevard. Frag nach Miss Bottomsly.«

»Hab ich notiert. Übrigens, noch etwas«, sagte Buck. »Eine Sache habe ich doch aus Peppers Wohnung für dich mitgenommen. Die Fotografien an den Wänden. Von ihr. Ich fand sie sehr hübsch.«

Ich sagte nichts. Ich konnte nichts sagen.

»Keine Sorge. Ich hebe sie für dich auf, bis du bereit dafür bist, sie anzusehen. Dachte nur, du willst sie eines Tages haben, und hab sie abgehängt und für dich mitgenommen.«

»Danke, Buck.«

Ich legte auf und ging zurück zu meinem Wagen.

Als ich den Sunset Boulevard nach Norden fuhr, standen an jeder Straßenkreuzung mehrere Zeitungsverkäufer, von Hearst ebenso wie von seinen Rivalen, der *Times* und dem *Chronicle*, und riefen ihre Schlagzeilen aus, die den Arbuckle-Skandal betrafen.

»PROZESS-BEGINN MORGEN FRÜH!«

»DER GRÖSSTE SENSATIONSPROZESS DES JAHRHUNDERTS!«

»FATTY IN SAN FRANCISCO WEGEN VERGEWALTIGUNG UND TOTSCHLAGS VOR GERICHT!«

Es war, für jemanden mit meinem Wissen, eine Parade der Dummheit und der Lüge.

Ich öffnete im Fahren das Seitenfenster und ließ frische Luft einströmen. Es roch noch nach Regen, doch die Sonne war nun herausgekommen. Über dem San Fernando Valley hing doch wahrhaftig ein doppelter Regenbogen, als ich über den Pass fuhr.

Ich lenkte den Milburn direkt auf den Vorplatz vor der riesigen weißen Hazienda, dem Hauptgebäude, wohin mich damals Igor gebracht hatte. Ich stellte ihn neben dem Brunnen ab und kümmerte mich nicht um die Blicke der Gärtner, die mich verfolgten. Die Sonne stand schon knapp über den Bergen, und alles warf lange Schatten; die perfekt geschnittenen Hecken und Bäume und das Haus und der Brunnen und auch ich.

Ich hatte aus dem Wagen den Korb mitgenommen, in dem Uncle Carl mir damals die Eier und den Hahn mitgegeben hatte. Ich hatte ihn immer zurückgeben wollen und war bisher noch nicht dazu gekommen. Jetzt konnte ich mein Mitbringsel vorläufig unauffällig darin verstauen.

Ich enterte mit meinem Korb den Eingang und ging schnellen Schrittes nach links, folgte dem langen Flur mit dem schäbigen Teppich, den ich bereits mehrmals entlanggegangen war. An dessen Ende angekommen, sah ich an der Tür mit dem Schild *Privat – Eintritt strengstens verboten. Carl Laemmle* Igor stehen. Er sah hoch und blickte mir aufmerksam entgegen.

Er stellte sich mir in den Weg.

»Mr Engel«, sagte er mit seinem knarrenden Akzent. »Wie kann ich Ihnen helfen?«

»Ich muss Uncle Carl sprechen. Es ist äußerst dringend.«

Das riesige Gesicht mit dem breiten Kiefer neigte sich leicht zu mir herab.

»Worum geht es?«

»Er hat mich gebeten, ihn sofort zu informieren, wenn ich bei meinen Ermittlungen auf etwas Wichtiges stoße. Das ist jetzt der Fall. Bringen Sie mich bitte zu ihm.«

Er sah auf den Korb, dann wieder weg. Seine Lider klappten sich über die Augen, wie bei einem Krokodil, und er schien nachzudenken. Er öffnete die Augen wieder.

»Er ist bei seinen Hühnern«, sagte er dann. »Kommen Sie mit.«

Wir gingen durch die Tür und durch die Flure der Wohnräume, wo es nach gutem deutschen Braten duftete. Wir traten aus dem Wohnzimmer hinaus in den Garten und gingen durch Gemüsebeete hindurch zum Anfang des Tales, geblendet von der tief stehenden Sonne. Wir sprachen nicht. Igor tappte mit ausladenden Schritten voraus, und ich ging hinterher und sein riesiger Schatten fiel auf mich, als wäre er selbst ein Berg. Er stapfte mitten durch die Hühner, die flatternd und gackernd beiseitestoben. Ich wäre jede Wette eingegangen, dass er die Viecher hasste.

Uncle Carl stand in einem cremefarbenen Anzug, barhäuptig vor einem Stall und fütterte aus einem Eimerchen die Hühner mit Körnern. Er sah blinzelnd hoch, als er uns kommen hörte; das Geschrei der Tiere wie die Rufe einer Schar Herolde.

»Sie warten hier«, sagte Igor zu mir gewandt und sah mich an. Ich blieb stehen.

Igor ging zu Uncle Carl und beugte sich tief zu dem kleinen Mann hinunter und sagte etwas zu ihm, was ich nicht verstehen konnte. Er war mindestens doppelt so groß und doppelt so breit wie er, und es sah aus wie eine Szene aus *Gullivers Reisen*. Tolle Idee für einen Film, dachte ich. Muss ich ihm bei anderer Gelegenheit mal sagen.

Igor kam zu mir zurück, blieb vor mir stehen und wies mit dem Kinn hinter sich. Ich ging mit dem Korb an ihm vorbei und hinüber zu Uncle Carl.

»Hardy«, sagte er und stellte seinen Eimer zu Boden. Eine mexikanische Arbeiterin übernahm ihn und fütterte die Hühner weiter.

»Kommen Sie, wir gehen ein Stück zusammen«, sagte er und ging voran, einen halben Schritt vor mir. »Was gibt es Wichtiges?«

»Sie hatten mich ja beauftragt, Uncle Carl, Ihnen alles mitzuteilen, was ich herausfinde, egal, wie unliebsam es sein mag«, begann ich.

»In der Tat«, sagte Uncle Carl und sah mich mit seinem nie versiegenden Lächeln an, »und ich dachte, das hätten Sie bereits getan.« Um die Augen hatte er Fältchen, die aussahen wie zersprungenes Glas.

»Es hat sich nun etwas Neues ergeben«, fuhr ich fort. »Etwas, was meine Sekretärin mir gesagt hat, Pepper, bevor sie gestorben ist.«

»Davon haben Sie mir noch gar nichts erzählt«, sagte Uncle Carl und sah mich an. Erwartungsvoll, aber immer noch lächelnd.

Ich würde dieses Lächeln beenden müssen. In diesem Moment wusste ich, dass es auch wirklich genau das war, was ich tun wollte: Ich wollte Carl Laemmle dazu bringen, aufzuhören zu lächeln. Sein Lächeln ging mir auf die Nerven. Es passte einfach nicht zu all dem, was geschehen war.

»Ich musste erst ganz sicher sein«, sagte ich, »Sie werden gleich sehen, wieso. Ich wollte und konnte es Ihnen nicht erzählen, ohne Beweise zu haben. Und die habe ich nun.«

»Reden Sie weiter, Hardy«, sagte Uncle Carl und ging voran, zwischen den Hühnern hindurch. Ich lief neben ihm her. »Ganz offen.«

Wir erreichten einen Teil des Tals, in dem ich zuvor noch nicht gewesen war. Es erstreckte sich nach Norden, auf die Berge und den Los Angeles River zu, der sich hier seinen Weg mitten durch die Hügel und Felsen zur Stadt hinüber bahnte. Der Fluss trug einiges an Wasser in diesem November.

»Was ich Ihnen zu sagen habe, wird Ihnen nicht gefallen, das vorweg.«

»Haben Sie eine Ahnung, woran man als Studiochef so alles gewöhnt ist …«, sagte Uncle Carl lächelnd und erklomm einen Hügel, den er hinaufstieg wie eine Berggämse. »Aber ich sage immer, es gibt kein Problem, das man nicht lösen kann. Meine ganze Geschichte ist der beste Beweis dafür, Hardy. Also?«

»Ich weiß, wer für den Tod von Virginia Rappe verantwortlich ist«, sagte ich. »Es war nicht Fatty Arbuckle. Es war jemand anderes.«

»Wer, Hardy?«, fragte Uncle Carl und blieb stehen. Wir standen nun auf dem Hügel und sahen hinab auf die Hühner, eine wogende weiße Masse unter uns, nur unterbrochen von kleinen Ställen, bis hinüber zum Ende des Tals, zu den Bergen.

»Ihr Studioleiter, der Verlobte Ihrer Tochter. Irving Thalberg«, sagte ich. Er sah mich kurz forschend an, und für einige Augenblicke lächelte nur noch sein Mund, die Fältchen um die Augen waren verschwunden. Dafür erschien auf der Stirn eine steile Falte.

»Ich habe gesagt, es würde Ihnen nicht gefallen. Es ist ein schwerer Vorwurf, gegen jemanden, der Ihnen sehr nahesteht. Ich bin mir dessen bewusst.«

»Weiter«, sagte er kurz und legte den Kopf in den Nacken, wie ich es schon einmal gesehen hatte.

»Dass er Virginia Rappe kurz vor ihrem Tod einen Vertrag als Studioschauspielerin gab, das wussten Sie. Was ich Ihnen bisher nicht sagen konnte, ist, dass sie ihn dazu erpresst hat. Gemeinsam mit ihrer Freundin Maude Delmont.«

»Erpresst womit?«, fragte er.

»Virginia hat ihn verführt, offenbar gezielt, und sich mehrmals mit ihm im *Ambassador Hotel* getroffen. Dort sind sie miteinander ins Bett gegangen. Es tut mir ehrlich leid, Ihnen das sagen zu müssen.« Sein Lächeln war jetzt mechanisch und ausdruckslos. »Während eines Treffens hat Maude sie dabei in flagranti fotografiert. Es war ein abgekartetes Spiel. Sie haben ihm das Foto geschickt und damit gedroht, es Ihnen zu zeigen. Oder Ihrer Tochter, seiner Verlobten.«

»Haben Sie diese Fotografie?«, fragte Mr Laemmle, und er wandte den Kopf und sah mich scharf an.

»Ja«, sagte ich.

»Wirklich? Hier? Ich will sie sehen«, sagte er.

Ich zog Jansens Abzug heraus und reichte ihn ihm. Er ergriff ihn mit seiner kleinen Hand, nahm etwas umständlich die Brille ab und hielt das Foto nahe vor seine großen, eng beieinanderstehenden Augen, die ohne Brille fast so aussahen, als schielten sie.

Er besah sich den Verlobten seiner Tochter und Virginia Rappe im Bett. Er ließ sich Zeit dabei.

Dann streckte er mir das Foto wieder hin und als ich es nahm, putzte er seine Brille mit einem Taschentuch. Dann setzte er sie wieder auf. Er sah vor sich hin, leise lächelnd und in Gedanken, so als habe er sich so etwas schon gedacht. Vollkommen überrascht oder hellauf empört war er jedenfalls nicht.

»Warum haben Sie mir das bisher nicht sagen können?«, fragte er.

»Ich habe diese Fotografie erst heute in die Hand bekommen.«

»Sie haben doch offenbar schon länger davon gewusst? Ich nehme an, Sie waren in Wahrheit mit dieser Erpressung befasst und es war das, was Sie so hervorragend für Mr Thalberg erledigt hatten?«

»Mr Thalberg hat darauf bestanden, dass ich es verschweige. Dass ich *ihm* zum Rapport verpflichtet sei, dass *er* mich habe einstellen lassen.«

»Hat er das genau so gesagt?«, fragte er leise. Es klang beinahe traurig.

»Nicht genau in diesen Worten, aber er hat mich an meine Loyalität erinnert. Und er war ja auch dabei, als ich Ihnen berichten sollte, damals am Bahnhof. Ich konnte dort nicht konkreter werden, nicht nur, weil er danebensaß und bei jedem Wort genau hinhörte, sondern auch, weil ich Ihnen eben noch keine Beweise vorzeigen konnte. Und ich wusste, er würde alles abstreiten und vehement widersprechen.«

»*Mir* gegenüber waren Sie verpflichtet, Hardy«, sagte er und schüttelte lächelnd den Kopf. »Mir und niemand anderem.«

»Ich war in einem schweren Dilemma, ohne Zweifel. Er hatte mich überhaupt nur eingestellt, oder von Ihnen einstellen lassen, um mich jederzeit unter Kontrolle zu haben. Denn er wusste, ich würde immer weitermachen. Ich habe ihn dann unter vier Augen gedrängt, Ihnen zu sagen, was er getan hatte, aber er wollte nicht.«

Er begann, von dem Hügel hinunterzugehen, in die nächste Senke voller Hühner. Ich folgte ihm auf dem Fuß.

»Das haben Sie, wirklich?«

»Ja. Aber in der Tat empfand ich ihm gegenüber Loyalität, weil er mein erster Klient war. Er hat mich engagieren lassen, von Pepper, um Virginia zu suchen. So hat es angefangen.«

Er begann jetzt, Eier einzusammeln, in meinen Korb, dessen Zweck er offenbar missverstand. Vielleicht half es ihm auch nur dabei, seine Gefühle im Zaum zu halten.

»Es hat damit angefangen, dass Sie sich in Pepper verliebt haben, oder ist das nicht wahr, Hardy?« Er sah mich weise und fast verzeihend an. »Und ihr zuliebe haben Sie auch so lange geschwiegen, nicht wahr?«

»Ja, das mag schon sein«, sagte ich. »Aber Mr Thalberg war noch aus einem anderen Grund so in Sorge und in Eile. Aus einem Grund, von dem ich erst vor Kurzem erfahren habe, von Pepper, vor ihrem Tod. Den sie bis dahin strikt vor mir verheimlicht hatte, denn er war der Schlüssel zu allem. Virginia Rappe war schwanger von Irving Thalberg.«

Mr Laemmle war eben dabei, ein Ei aufzuheben, und hielt mitten in der Bewegung inne. Er sah mich an, und es zerbrach in seiner Hand. Eigelb tropfte ihm zwischen den Fingern hervor, und er nahm das Taschentuch und säuberte sich die Hände.

»Es muss bei einem ihrer Rendezvous passiert sein, und natürlich haben sie und Maude das ausgenutzt. Nur deshalb hat Virginia überhaupt ihren Vertrag bei der *Universal* bekommen. Im Gegenzug sollte sie eine Abtreibung machen lassen, um alles zu vertuschen. Pepper hat in Mr Thalbergs Auftrag einen Termin dafür ausgemacht. Bei Doktor Seamus O'Hara.«

»Jenem Doktor, der ermordet worden ist?« Mr Laemmle steckte das Taschentuch weg. Er ging langsam weiter. Ich folgte ihm mit dem Korb. Wir gingen weiter auf die Berge zu.

»Genau. Ich habe Ihnen ja alles darüber erzählt, ich habe es beobachtet. Ich habe den Mörder gefunden und überführt, es war ein gewisser Keith Jansen. Ein ehemaliger Polizist, suspendiert und von Mr Thalberg beauftragt, besondere Aufgaben zu erledigen. Ich dachte erst, sein Auftraggeber wäre *Famous Players*, so wie wir es am Bahnhof besprochen hatten, aber da lag ich ganz falsch. Ich habe das erst durch Peppers Hinweis erkannt.«

»Sie wollen damit sagen, dass Irving Thalberg, dass mein ...«, er überging es schnell, »einen *Mord* in Auftrag gegeben hat?«

»Ja, das will ich damit sagen.«

Er sah mir forschend in die Augen. Sein Lächeln war zu einer Grimasse gefroren.

»Wie können Sie das beweisen, Hardy? Denn ich nehme an, Sie können es, sonst würden Sie ja niemals eine solch ungeheuerliche Behauptung aufstellen.«

»Durch mehrere Dinge. Zunächst einmal weiß ich, wie die Verbindung zwischen beiden zustande gekommen ist. Beide sind Mitglied im *Los Angeles Athletic Club*. Jansen als Sportler, als Boxer, Thalberg wegen des gesellschaftlichen Lebens.«

»Viele sind dort Mitglied. Haben Sie Belege für Geldflüsse zwischen den beiden gefunden?«

»Er hat Geld abgehoben von einem Konto, das der *Universal* gehört. Und von dem ich ebenfalls in Mr Thalbergs Auftrag Geld abhebe. Eine Bankangestellte der *Pacific Frontier Bank* am Sunset Boulevard hat das bestätigt«, sagte ich. »Aber ich habe noch andere Beweise. Die, aufgrund deren ich mich heute entschlossen habe, zu Ihnen zu kommen. Erst vorhin habe ich dort auch ein Bankschließfach entdeckt, das Jansen eingerichtet hatte, um sich abzusichern. Darin lagen Abzüge des Erpressungsfotos, das ich Ihnen zeigte. Er sollte die Originalabzüge und das Negativ an seinen Auftraggeber abgeben, aber hat welche aufgehoben. Das ist eine weitere, ganz klare Verbindung.«

»Was war noch darin?«, fragte Mr Laemmle. Er nahm ein neues Ei auf und legte es in meinen Korb. Er trug die Eier Stück für Stück zusammen, als wären sie meine Beweise. Wir gingen nun zwischen den Hühnerhäusern umher, von denen Dutzende aufgereiht standen.

»Eine Schiffsfahrkarte nach San Francisco, von Jansen. Genau für die Zeit, als auch Pepper dorthin gefahren ist, um mich zu treffen. Er muss dann dafür gesorgt haben, dass Virginia in die Klinik kam, bevor sie starb. Und als sie gestorben ist, muss er die Obduktion angeordnet haben, mit der Thalberg alles vertuschen wollte. Die Ärzte wollten ja sogar Virginias Organe wegschaffen, offenbar um in seinem Auftrag zu verhindern, dass man herausfindet, dass sie schwanger war. Das ist aber nicht gelungen, weil ich wieder dazwischengekommen bin. Ohne zu wissen, was vorgegangen war, wohlgemerkt«, sagte ich.

»Das heißt, Jansen hat sich dort um das alles gekümmert? Für Mr Thalberg?«

»Ganz offensichtlich.«

»Warum nicht Sie? Oder warum hat man Sie beide daran arbeiten lassen? Und warum haben Sie dann gegen ihn gearbeitet, ich verstehe das alles nicht?«

»Ich habe einfach nicht genug darüber gewusst, nur den Teil, auf den ich selbst gekommen bin. Sie haben es mir nicht gesagt. Die ganze Sache war ihm vermutlich zu heiß. Jansen hat sich deshalb um den Rest gekümmert, um die Vertuschung und die Aussage von Maude.«

»Und was hat Pepper Ihnen dazu gesagt? Sie waren doch ein Paar?«, fragte er.

»Ja. Sie hat mich, rundheraus gesagt, lange angelogen. Dann plötzlich hat sie es nicht mehr ausgehalten und geredet, aber sie konnte mir nur noch sagen, dass Virginia schwanger gewesen sei, und mich damit auf die richtige Spur bringen. Mehr hat sie mir nicht gesagt, da sie davon ausgegangen ist, dass ich in meiner Wohnung belauscht werde. In derselben Nacht ist sie dann umgekommen, wie Sie wissen.«

Mr Laemmle blieb stehen und starrte mich entsetzt an.

»Wollen Sie damit sagen …? Es war doch eindeutig ein Unfall, ein tragischer Unfall!«

»Ich glaube nicht, dass es ein Unfall war. Nicht nach allem, was davor geschehen ist.«

»Und wer sollte das gemacht haben? Jansen? Er war ja da schon tot! Es war doch der Abend, als wir bei Mr Lasky waren?« Immerhin erwog er, was ich sagte. Ich versuchte, meine Gefühle so gut wie möglich zu unterdrücken und sachlich zu bleiben. Wir waren jetzt fast am Ende des Tals angekommen.

»Es muss ein anderer gewesen sein. Ich werde herausfinden, wer, verlassen Sie sich darauf«, sagte ich. »Aber kommen wir zurück zu Jansen, da gibt es noch mehr. Ich habe in Jansens Schließfach auch eine Fotografie des fehlenden Blattes der Krankenakte gefunden, das Miss Rappes Termin betrifft. Dieses Blatt hat Jansen beim Mord mitgehen lassen und dann gewiss an Thalberg übergeben. Hier, ich habe eine Abschrift davon angefertigt.« Ich stellte den Korb ab und holte mein Notizbuch hervor, schlug es auf und hielt es ihm hin. »Es ist eine Notiz, in der der Doktor festhielt, dass sie bei dem Termin plötzlich Probleme gemacht hatte. Den vereinbarten Eingriff verweigert hatte.«

»Vielleicht wollte sie die Erpressung noch weiter treiben«, sagte Uncle Carl und nahm wieder die Brille ab und studierte die Notiz. Unsere Köpfe waren dabei sehr nahe beieinander.

»Aber hier steht nur *Streit*«, sagte er. »Und dann ist sie gegangen. Ich verstehe das nicht. Danach ist sie doch offenbar nach San Francisco gefahren, und dann sind Sie beauftragt worden, sie zu suchen. Nichts ist passiert.«

»Ich verstehe, dass Sie das gerne glauben wollen, Uncle Carl«, sagte ich. »Aber Virginia hatte plötzlich Schmerzen in

San Francisco. ›Er hat mir wehgetan‹, hat sie noch auf der Party gesagt, ich habe es selbst gehört, und da sind ihre Beschwerden dann allen aufgefallen.«

»Weil es Arbuckle war, auf der Party!«, rief er.

»Nein, es war anders. Es gibt da noch etwas, das Entscheidende. Ich war dabei, als Jansen gestorben ist, und ich habe noch mit ihm reden können.«

Mr Laemmle richtete sich auf.

»Wirklich?«, sagte er aufmerksam. »Wenigstens davon hätten Sie mir schon längst erzählen sollen. Was hat er gesagt? Hat er Ihnen den Hinweis auf das Schließfach gegeben?«

»Nein, darauf musste ich selbst kommen, und es hat mich eine ganze Menge Zeit gekostet. Jansen hat den Mord an Dr. O'Hara zugegeben, und dann hat er noch etwas anderes gesagt, im Angesicht des Todes, und ich bin überzeugt davon, dass es die Wahrheit gewesen ist.«

Uncle Carl lächelte jetzt nicht mehr. Kein bisschen.

»Er sagte, wörtlich: ›Holen Sie die Flasche. Die Flasche, mit der er es getan hat.‹«

Mr Laemmle ließ das kurz auf sich wirken. Er legte den Kopf in den Nacken.

»Hat er meinen Schwiegersohn – Mr Thalberg direkt belastet?«

»Nein, das hat er nicht. Er hat gesagt *er*, und bevor ich genauer nachfragen konnte, ist er gestorben. Aber der Bezug war sehr deutlich, meine Fragen dazu auch. Ich habe da keine Zweifel. Es war Irving Thalberg.«

»Was genau soll er getan haben, zum Teufel? Mit einer Flasche?«, rief Uncle Carl aus. Er wirkte angewidert, geradezu empört. Ja, er war jetzt richtig empört. »Was für eine Flasche? Sie meinen, die Abtreibung … die der Doktor nicht gemacht hat?«

»Eben, das hat er ja nicht. Und bedenken Sie die Aussage von Jansen. ›Die Flasche, mit der er es gemacht hat‹.«

»Warum nicht Fatty?«, rief er, beinahe verzweifelt optimistisch und immer noch auf einen Ausweg hoffend.

»Er hat sich auf Thalberg bezogen, seinen Auftraggeber. Und er hat die Flasche aufbewahrt, und ich habe sie soeben in seinem Schließfach gefunden. Hier, ich habe sie Ihnen mitgebracht.«

Und ich griff in den Korb, unter die Eier, und zog aus dem Tuch den Beutel hervor und hielt ihn hoch, dabei das untere Ende der Flasche über dem Zellophan mit der Hand umfassend.

Mr Laemmle starrte darauf und geriet für einen Moment ins Taumeln. Dann fing er sich wieder. Ich wartete noch einen Augenblick, bevor ich weiterredete. Er sah unverwandt auf die Flasche, die im Licht der untergehenden Sonne bräunlich aufleuchtete.

»Und ich glaube, ich kann mir erschließen, was geschehen ist. Es würde auch erklären, warum der Doktor sterben musste, als Zeuge der Vorgänge. So passt es dann alles zusammen. Nur so.«

»Reden Sie endlich, Hardy«, sagte Uncle Carl. »Wie krank es auch immer sei, Herrgott!«

»Virginia hat die Abtreibung verweigert, obwohl sie ihr zuvor zugestimmt hatte. Der Doktor hat Thalberg alarmiert, den Mann, von dem er das Geld bekommen hat, und Thalberg ist offenbar sofort zu ihm in den Coldwater Canyon gefahren.«

»Hier steht kein Name!«, sagte Mr Laemmle und tippte auf die Notiz.

»Thalberg ist der Auftraggeber gewesen, den hat er angerufen. Er hatte Virginia bezahlt, und sie wollte trotzdem nicht tun, was er verlangte. Er hat also mit ihr geredet. Er hat sie zu überreden versucht, darin ist er ja gut – doch vergeblich. Sie war eine Bedrohung für ihn. Für seine gesamte Karriere, die er sich so schön ausgemalt hatte, die abgesichert schien, Uncle Carl, durch die Hochzeit mit der Tochter des Chefs eines der renommiertesten Studios!«

»*Des* renommiertesten«, sagte Uncle Carl. »Das ich ihn eines Tages nicht nur hätte leiten lassen, sondern ihm komplett übergeben hätte, ihm und Rosabelle!«

Er stand da und setzte die Brille wieder auf. Vermutlich gab ihm das Halt. Direkt vor uns stiegen die Berge auf, davor eine Kette von Felsen.

»Er muss sehr verzweifelt gewesen sein«, erklärte ich weiter. »Ein äußerst ehrgeiziger junger Mann, mit einem Herzfehler, der ihn schon bald das Leben kosten wird. Er hat nicht viel Zeit. Und jetzt ist da dieses dumme, versoffene Starlet, das ihn nach Strich und Faden betrügt und erpresst und einfach nicht aufhört damit. Er geht alleine mit ihr in einen Raum. Der Doktor ist außen vor. Sie trinkt gerne, das weiß jeder. Also versucht er als Erstes, sie betrunken zu machen. So betrunken, dass sie sich nicht mehr ziert und den Abort vornehmen lässt. Er hat eine Flasche Gin, die er mitgebracht hat oder die der Doktor ihm gegeben hat, und nun beginnt er, ihn ihr einzuflößen.« Ich hielt immer noch die leere Flasche hoch.

»Aber sie verträgt einiges, ist große Mengen gewohnt. Sie wird einfach nicht so betrunken, wie er es will. Sie wird nur noch störrischer. Sie verweigert immer noch den Eingriff. Sie hat schon ein paar Abtreibungen gehabt, ich habe ihre vollständige Akte gesehen, aber ausgerechnet diese verweigert sie. Wahrscheinlich hatte sie noch nie einen so prominenten, vielversprechenden Vater für ihr Kind. Vielleicht will sie es wirklich bekommen, sieht jetzt plötzlich ihre große Chance. Oder vielleicht sagt sie ihm das auch nur, um den Preis zu erhöhen. Er wird wütend. Die Flasche ist leer, und sie ist immer noch nicht bereit, nachzugeben. Er dreht durch und verliert vollkommen jedes Maß, er nimmt die Flasche, und dann tut er das, was Jansen gesagt hat: ›Er macht es mit der Flasche‹…«

»Das glauben Sie?«, sagte er. »Das trauen Sie ihm zu?«

»Oh ja. Das traue ich ihm zu, und ich bin sicher, Sie tun es auch.«

Mr Laemmle starrte mit einem Ausdruck voller Ekel auf die Flasche.

»Und der Doktor? Hält ihn nicht auf?«

»Er hat gar keine Möglichkeit dazu gehabt, wenn die beiden alleine gewesen sind. Und an Thalbergs Stelle hätte ich dafür gesorgt, dass der Doktor nicht dabei ist. Mag sein, dass O'Hara nun dazu gekommen ist, als er die Handgreiflichkeiten mitbekommen hat, dass er eingeschritten ist, vielleicht, als sie geschrien hat. Es ist sogar wahrscheinlich, denn es würde erklären, warum er später sterben musste: weil er ein direkter Zeuge war.«

Mr Laemmle schüttelte lächelnd den Kopf. Es war diesmal eine seltsame Übersprungshandlung.

»Wahrscheinlich hat er sogar versucht, Thalberg aufzuhalten, hat ihn weggeschickt«, fuhr ich fort. Das meiste hatte ich mir schon vorher zusammengereimt, aber dieser Teil erschloss sich mir erst jetzt, als ich darüber redete. »Hat sie dann vielleicht versorgt; je nachdem, vielleicht schienen die Auswirkungen im ersten Moment auch gar nicht so schlimm zu sein. Und dafür spricht vieles. Sie war ja in der Lage, am nächsten Tag zum Casting bei *Famous Players* zu gehen. Ich habe die Probeaufnahmen gesehen, sie sah nicht so aus, als hätte sie Schmerzen gehabt. Bestimmt wusste sie gar nicht, wie schwer ihre inneren Verletzungen waren. Als Nächstes hat sie beschlossen, nach San Francisco zu fahren, wo sie mit ihrer Freundin an der Party teilgenommen hat. Erst dort sind die Schmerzen dann richtig stark und unerträglich geworden. Wahrscheinlich hatte der Doktor sie nicht einmal genauer untersucht.«

»Und warum hat O'Hara das alles dann nicht aufgeschrieben?«, fragte Uncle Carl. »Warum schreibt er nur *Kein Abort* und dass er das Geld bekommen habe?«

»Das war vermutlich alles, was ihn interessierte. Es war ja nur eine interne Notiz. Sie dürfen nicht vergessen, er war ein korrupter, erprobter Studioarzt. Er war gewohnt zu schweigen, Geheimnisse zu wahren. Er hat nur festgehalten, was ihm selber gedient hat, was ihn abgesichert hat. *Kein Abort* – er ist nicht schuld. *Streit*, es war der andere. Und der, Thalberg, hat ihm die volle Bezahlung dafür gegeben. Es war ein Auftrag, wie er schon Dutzende durchgeführt hatte für Produzenten.« Ich steckte mein Notizbuch wieder weg.

»Und warum sollte man den Doktor dann umbringen, wenn er gewohnt und darin erprobt war, zu schweigen?«, fragte Uncle Carl.

»Weil man sich darauf nicht verlassen wollte. Es nicht konnte. Der Fall wurde sehr groß. Fatty Arbuckle wurde beschuldigt. Zunächst von Maude. Sie ist zum Staatsanwalt gegangen und hat erzählt, Fatty habe es mit der Flasche getan. Und plötzlich stand es in allen Zeitungen, nachdem die Hearst-Blätter sich darauf gestürzt hatten. Eine Menge Journalisten haben überall herumgeschnüffelt. Spätestens ab da ging es darum, den gefährlichen Zeugen aus dem Weg zu schaffen, der es besser wusste.«

»Und was ist mit der Flasche?«, fragte Uncle Carl, und als er das sagte, klang seine Stimme heiser. »Wer sagt, dass das die richtige Flasche ist, Hardy?«

»Ich habe eine solche Flasche dort oben stehen sehen, eine leere braune Flasche *King's Gin*, in Dr. O'Haras Behandlungszimmer, als ich den Mord beobachtet habe. Der Doktor muss sie aufbewahrt haben, nachdem er Thalberg zum Gehen gedrängt hatte. Das war sein Todesurteil. Nachdem mich dann Jansen niedergeschlagen hatte und ich wieder aufwachte, war sie verschwunden. Deswegen kann ich so sicher sagen: Er muss sie mitgenommen und sichergestellt haben.«

»Warum?«, fragte Mr Laemmle. »Um Thalberg zu erpressen?«

»Nein, das hat er ja nicht getan. Einfach nur, um sich abzusichern. Niemand wusste es. Und niemand hätte es je erfahren, wenn er nicht durch den Unfall zu Tode gekommen wäre, bei dem ich dabei gewesen bin.«

»Aber es ist nur eine leere braune Flasche. Fast jeder hat eine Menge davon zu Hause, volle, leere, Sie wahrscheinlich auch …«

In diesem Moment tat er mir unendlich leid. Ich beharrte trotzdem auf der Wahrheit.

»Wir müssen sie nur untersuchen lassen und die Spuren darauf sichern. Dann wird sich herausstellen, dass es die Flasche ist, die Thalberg benutzt hat, Mr Laemmle; die Flasche, von der Jansen mir gesagt hat, ich solle sie holen. Dann kann ich es beweisen. Dann können *Sie* es beweisen. Ich bin zu Ihnen gekommen, weil Sie ein Anrecht darauf haben, es zu erfahren, und weil ich weiß, Sie werden damit das Richtige tun.«

Ich hielt sie ihm hin, und er streckte vorsichtig die Hand danach aus.

Er nahm sie, oben am Flaschenhals, mit dem Zellophan dazwischen, aus meinen Händen.

»Und was wäre«, sagte er und holte sie zu sich heran, nahe vor die Augen, »wenn Ihre ganze Geschichte sich nur als ein Hirngespinst herausstellte, basierend auf den Bruchstücken der Behauptungen von Menschen, die alle tot sind?«

»Pepper, der Doktor, Jansen – ich weiß. Aber es wird sich als wahr herausstellen. Die Indizien, die ich zusammengetragen habe, sind schlüssig. Ich bin nicht nur der Ermittler, sondern auch der Kronzeuge, und ich weiß, Uncle Carl, dass Sie mir vertrauen. Sie haben es mir neulich selbst gesagt.«

Er drehte sich um und sah mich an. Er lächelte wieder. Er hatte sein vollkommenes Lächeln wiedergefunden.

»Ich vertraue nur mir selbst, Hardy«, sagte er. »Nicht Thalberg, nicht Ihnen, nur mir selbst.«

Er ging plötzlich los, begann die Felsen hinaufzusteigen, die den Bergen vorgelagert waren; die Flasche in der ausgestreckten Hand.

»Vorsichtig«, sagte ich. »Verwischen Sie nicht die Fingerabdrücke, das geht schnell …«

Ich folgte ihm. Aber er war viel schneller als ich.

»Denn wenn Sie sich nun irrten, Hardy«, sagte er. »Wenn das, was Sie da erzählen, nur eine völlig unzutreffende Behauptung wäre, für die es keinerlei Belege gäbe? Was dann?«

Er war jetzt auf der Spitze des Felsens angekommen, hinter dem der Los Angeles River dahinströmte, und blickte zu mir herunter.

Ich erstarrte für einen Moment und sah wie betäubt zu ihm nach oben.

»Dann sollten Sie sie besser nicht noch einmal wiederholen«, fuhr er fort. »Nicht vor mir, nicht vor Thalberg und nicht vor irgendjemand anderem. Denn Sie haben nichts in der Hand, rein gar nichts.«

Ich hetzte den Felsen hinauf, doch es war zu spät. Uncle Carl warf die Flasche in weitem Bogen hinunter, wo sie tief unten am Ufer des Flusses auf einem Kliff zersplitterte.

Ich war unfähig, etwas zu sagen.

»Ich meine es gut mit Ihnen, Hardy, das wissen Sie«, sagte Uncle Carl. »Aber sollten Sie herumlaufen und diese falsche Hypothese noch einmal irgendwo äußern, dann werde ich dafür sorgen, dass Sie in dieser Stadt so tot sind, als wären Sie wirklich gestorben.«

Wir sahen beide hinab in die Tiefe, und die Flasche war dort unten nicht mehr auszumachen. Das Wasser umspielte weiß brodelnd den Felsen und spülte alles weg.

»Wie lange haben Sie es schon gewusst?«, fragte ich keuchend.

Der kleine Mann sah mich an und lächelte nur.

»Er ist zu Ihnen gekommen, oder«, sagte ich, »und hat Ihnen alles gestanden, damit Sie das Problem lösen?«

Uncle Carl sah mich nur weiter an und lächelte dieses verdammte, vermaledeite Lächeln.

»War es, nachdem Sie mich eingestellt hatten, oder war es schon davor, als er Ihnen zum ersten Mal von mir erzählt hatte? Nein, es muss direkt danach gewesen sein, nachdem ich ihn gewarnt hatte; er hat gemacht, was ich ihm gesagt habe, und ist zu Ihnen gegangen … Und Sie haben es die ganze Zeit gewusst und haben mitgespielt …«, meine Stimme versagte.

»Es stimmt nicht, was Sie da sagen, Hardy«, antwortete er. »Sie ziehen die vollkommen falschen Schlüsse, glauben Sie mir. Immerhin haben Sie das Richtige getan, indem Sie zu mir gekommen sind, etwas anderes ist Ihnen ja gar nicht übrig geblieben. Was Sie in meinem Auftrag herausgefunden haben, gehört mir, nur mir allein, und ich kann damit anstellen, was immer mir beliebt. Ist das klar?«

»Sehr klar«, sagte ich wütend.

»Fatty Arbuckle ist nicht zu retten. So oder so. Und der Prozess wird so ausgehen, wie er ausgehen wird«, sagte Uncle Carl und sah hinunter zum Los Angeles River und folgte ihm mit seinem Blick in die Ferne, in Richtung des Cahuenga-Passes, hinter dem Hollywood lag. »Irving Thalberg hat nicht das getan, was Sie glauben. Aber wenn es Sie beruhigt, er wird meine Tochter nicht heiraten. Sie sind nicht mehr verlobt. Auf ihren eigenen Wunsch hin. Er wird mein Studio weiter leiten, nur dass Sie sich da nicht täuschen. Er ist ein guter Mann, sehr ehrgeizig, das haben Sie richtig beobachtet, und sehr talentiert. Er kann ausnehmend gut mit Regisseuren und Schauspielern umgehen, mit ihren Macken, ihren Problemen. In ein, zwei Jahren wird er vielleicht nicht mehr zu halten sein. Er wird ein besseres Angebot bekommen, von einem der anderen Studiobosse, ganz gewiss wird er das sogar, und dann wird er dorthin wechseln.«

Es schnürte mir die Kehle zu, als ich ihn ansah. Ich bekam kaum Luft.

»Bis dahin müssen Sie mit ihm arbeiten. Ich muss es auch. Gehen Sie zurück in Ihr Büro, und tun Sie genau das. Ihre Ermittlungen sind hiermit abgeschlossen.«

»Sie haben es bereits so besprochen«, sagte ich mit vor Wut zitternder Stimme. »Sie werden Fatty opfern, und Sie hatten nie etwas anderes vor. Um Ihr Studio zu retten.«

»Um Hollywood zu retten«, korrigierte er. »Hardy, ich trage Verantwortung für Tausende Menschen. Nicht nur für Irving oder meine Tochter oder Sie oder einzelne Schauspieler. Ich habe nicht nur ein Studio gegründet, ich habe Hollywood gegründet. Und ich werde alles dafür tun, um es zu erhalten. Wissen Sie, man darf seinen Optimismus nicht verlieren. Das ist es, was die Deutschen falsch machen, immer schon falsch gemacht haben, und überwinden müssen. Sie sind Pessimisten. Hier gewinnen die Optimisten, die an sich glauben.

Der Zensor wird kommen, und *wir alle* sind dann gerettet. Auch Sie. Sie haben doch selbst davon gesprochen, dass sich hier jeder seine Heimat neu erfindet. Ja! Es wird ein ganz neues Hollywood geben, eines, das wir gerade erfinden. Seien Sie ein Teil davon, Hardy.«

Er legte mir lächelnd die Hand auf die Schulter und zeigte nach unten zu dem Hühnerhaus, wo ich seinen Korb abgestellt hatte.

»Und nehmen Sie doch unbedingt die Eier mit!«

Ich trat einen Schritt weg, den Hügel hinab, und entzog mich seiner Hand.

»Aber Pepper«, sagte ich, »*sie* ist nicht gerettet worden.«

»Ihr Tod war ein Unfall. Wir haben damit nichts zu tun, das schwöre ich Ihnen«, sagte er.

Er stand auf dem Felsen und sah auf mich herunter. Ich konnte sein Gesicht nicht sehen, er war nur eine Silhouette.

Ich ging an dem Korb voller Eier vorbei, ohne ihn aufzunehmen, und dann den langen Weg zurück durch das dunkle Tal.

57

Uncle Carls Anordnung, niemandem davon zu erzählen, widersetzte ich mich schon am selben Abend. Ich kippte ein paar Drinks bei Buck und ließ ihn wissen, wie ich den Fall geklärt hatte.

Er putzte, während er zuhörte, einige Gläser mit einem Tuch so sauber, dass es am Ende regelrecht wehtat, sie anzusehen im Licht der Tresenlampen. Er rauchte seine Zigarren so, als wollte er sie vernichten, als wollte er sie mitsamt der Glut aufessen. Und er drückte sie nicht einfach aus, er zerquetschte sie mit dem Daumen im Aschenbecher, bis sie nur noch kleine stinkende Brösel waren.

Er konnte letztlich auch nicht viel anderes sagen, als ich mir selbst schon gesagt hatte: dass ich mir verdammt gut überlegen müsse, was ich jetzt tun würde. Immerhin seien die Fronten geklärt. Aber eine offene Konfrontation wäre nicht klug. Wir gingen durch, welche Möglichkeiten mir blieben.

»Ich muss Fritz Roth Bescheid sagen«, sagte ich. »Ihm von alldem erzählen. Er ist zur Prozesseröffnung nach San Francisco gefahren.«

»Ruf ihn an«, sagte Buck und nickte in Richtung der Telefonzelle.

Ich schüttelte den Kopf. »Sie hören sein Telefon bestimmt auch ab. Ich will niemanden wissen lassen, was ich vorhabe.«

»Was bleibt dir sonst? Du darfst die Stadt nicht verlassen. Sagt die Mordkommission«, wandte Buck ein.

Ich hörte nach dem sechsten Glas auf, ohne zu einem Entschluss gekommen zu sein. Ich hielt mir leicht schwankend ein Taxi an und ließ mich nach Hause bringen. Meinen Wagen ließ ich vor dem *Jail Café* stehen. Ich wollte mir nichts zuschulden kommen lassen jetzt. Nicht auffallen. Erst nachdenken und eine Entscheidung treffen, wie ich weiter vorgehen wollte.

Nach einer Nacht, in der ich nicht viel geschlafen hatte, stand ich viel zu früh auf, duschte und rasierte mich und sah mich lange im Spiegel an. Dann tat ich ausnahmsweise einmal das, was mir am klügsten erschien. Ich fuhr mit der Straßenbahn zum *Jail Café*, holte dort den Milburn ab und fuhr damit ganz normal zur Arbeit.

Auf dem Weg dorthin, schon im Valley, sah ich in den Bergen einen einsamen Wanderer, der gerade hinunterstieg zu den Studios. Es war Erich von Stroheim. Wie mir Buck erzählt hatte, weigerte er sich, das Autofahren zu lernen oder sich einen Fahrer anzuschaffen, und so ging er jeden Morgen, an dem er in den Studios zu tun hatte, zu Fuß von seinem Haus auf der anderen Seite der Berge die vielen Meilen hinüber zur *Universal*. So auch heute. Gewiss würden sie wieder über seinen Film sprechen, der Uncle Carl bereits weit über eine Million Dollar gekostet hatte. Und immer noch nicht fertig war.

Nachdem ich durch den Torbogen von *Universal City* gefahren war, sah ich auf dem Zaun des Zoos Igor sitzen. Eine Giraffe beäugte ihn neugierig und aß von einem hohen Baum Blätter, die sie sich mit ihrer blauen Zunge in das Maul schob. Ein anderer Mann reichte Igor eine Rolle Draht nach oben und er nahm sie. Er hielt inne und blickte zu mir. Wir sahen uns an. Igor grüßte, dann nahm er den Draht und begann, den Zaun zu erhöhen. Ich sah ihn im Rückspiegel kleiner werden.

Millicent war bereits an ihrem Platz. Sie trug ein moosgrünes Kleid, in dem sie aussah wie eine Reliefplastik des San Fernando Valley mitsamt der Berge, und las die Morgenzeitung. PROZESS BEGINNT MIT VERLESUNG DER ANKLAGE GE-

GEN FATTY – STAATSANWALT FORDERT VERURTEILUNG WEGEN MORDES!

Sie schien beinahe überrascht, mich zu sehen, und klappte den *Examiner* schnell zu.

»Guten Morgen, Mr Engel!«

Ich bestellte Kaffee und setzte mich, während ich an meinem Schreibtisch ihre Zeitung studierte. Darin waren Fotos von Fatty Arbuckle auf der Anklagebank, umrahmt von seinem Anwalt, Gavin McNab, einem Respekt einflößenden, älteren Mann mit der Aura eines römischen Senators, und dem gegnerischen Team der Staatsanwaltschaft: Matthew Brady, selbstbewusst, würdevoll und streng für die Kamera posierend wie eine Allegorie des heiligen puritanischen Volkszorns, und seine Stellverteter U'Ren und Friedman, ein höllisches Duo verschlagener Ganovengesichter. Fatty hatte eine Hand auf die Lehne der Bank vor sich gelegt und versuchte, unschuldig zu schauen. Doch er sah schuldig aus, wie er so dasaß auf der Anklagebank. Sie präsentierten ihn wie ein Nashorn, das sie auf Safari in Afrika erlegt hatten.

Millicent brachte mir meinen Kaffee, wie ich ihn wollte, ohne Zucker. Sie war seit gestern, seit sie ihre erste Probe bestanden hatte, noch zutraulicher geworden. Sie beugte sich weit herunter und strich sich eine rote Haarsträhne, die ihr in dic Stirn fiel, hinter das Ohr, und durch die Bewegung wehte eine Brise Sandelholzparfüm in meine Richtung, die jeden anderen Mann vermutlich so rot hätte werden lassen wie einen Pavianhintern.

»Etwas Klatsch gefällig, Boss?«, fragte sie und legte auch schon los. »Die Studioleitung bekommt einen neuen Co-Chef, habe ich vorhin an der Pforte gehört. Julius Stern ist jetzt gleichgestellt mit Mr Thalberg. Er sei ein Schwager von Uncle Carl, aus Deutschland, heißt es.«

»Was Sie nicht sagen.«

»Oh, und Mr Thalberg hat Mr von Stroheims Film neu geschnitten und fertiggestellt. Sie wollen ihn Mr von Stroheim heute vorführen.« Sie flüsterte verschwörerisch lächelnd: »Er soll sehr kurz sein! Keine drei Stunden …«

»Hochinteressant«, sagte ich. »Haben Sie noch mehr davon?«

Sie strahlte mich aus nächster Nähe an und ich hatte für einen Moment die Befürchtung, sie würde sich gleich auf meinen Schoß setzen.

»Und dann«, sagte sie und kam so dicht heran, dass ihre widerspenstige Haarsträhne mich am Scheitel berührte, »habe ich gehört, dass sie jetzt noch mehr solcher großen Filme machen wollen. Mr Thalberg wolle das. Und sie haben gerade grünes Licht gegeben für«, sie wisperte es in mein Ohr, »den *Glöckner von Notre-Dame*.«

Eine ihrer Lippen berührte meine Ohrmuschel, exakt auf dem »m« von »Dame«.

»Vielen Dank, Millicent, das ist sehr aufschlussreich. Jetzt habe ich selbst eine Frage«, sagte ich und lehnte mich in meinem Sessel zurück. Es war reine Notwehr.

»Ja, Mr Engel?«, sagte Millicent und sah mich erwartungsvoll an und atmete einmal tief ein, sodass ihr Busen erbebte wie nach einem erheblichen Erdstoß.

»Was haben Sie eigentlich vorher gemacht? Waren Sie jemals im *Beverly Hills Hotel*?«

»Ein- oder zweimal«, sagte sie. »Bei einem Tanztee. Ansonsten war ich unten in der Sekretärinnenabteilung und habe Skripts abgetippt, solche Sachen.«

Ich nahm sie in voller Größe in Augenschein und nickte vor mich hin.

»Kennen Sie Mr Ian Vandenberg?«

Sie lächelte ohne jede Scham. »Oh ja, Mr Engel, einer der Zensoren. Sie sind allerdings gestern alle abgereist. Das Studio hat ihre Räume im *Beverly Hills Hotel* gekündigt.«

»Sieh mal einer an.«

»Wollen Sie, dass ich Ihnen etwas abtippe, Mr Engel?«, fragte Millicent und wiegte die Hüften. Es war ein guter Trick, um ihre Kurven zu voller Geltung zu bringen.

Wie sie da vor mir stand, wurde mir plötzlich alles klar.

Ich könnte hier sitzen bleiben in meinem Büro und mich von Millicent verwöhnen lassen und mit ihr eintauchen in eine tröstliche Welt aus Sex und Alkohol und dem weißen Spaßpulver. Ich könnte wöchentlich mein schönes Honorar kassieren, dafür nur Dienst nach Vorschrift machen und ab und zu sogar mit ihr ins Kino gehen, in einen der großen Filme, die sie hier auf dem Gelände produzierten, und damit vor der echten, bösen Welt da draußen flüchten wie alle anderen Kinozuschauer.

Das war es, was Laemmle und Thalberg wollten und von dem sie dachten, dass ich es tun würde.

Oder ich könnte das andere tun, hier rausgehen und versuchen zu verhindern, was bereits im Gange war. Eine beschissene Alternative.

Genau das Richtige für Hardy Engel.

»Millicent«, sagte ich und stand auf. »Ich möchte, dass Sie alle meine Termine für heute absagen.«

Sie lächelte, weil sie es falsch verstand. »Oh, Sie haben gar keine, Mr Engel …«

»Ich muss nämlich noch mal weg«, sagte ich, nahm meinen Hut vom Tisch und setzte ihn wieder auf.

Jetzt begriff sie. Ihr Lächeln gefror. Ich ging an ihr vorbei ins Vorzimmer.

»Sagen Sie, diese Notfallliste, von der Sie Mr Thalbergs Adresse hatten, können Sie mir die zeigen?«

»Selbstverständlich«, sagte sie und zog eine Schubladc auf. Ihr Gesicht war knallrot. Sie schämte sich. Sie hatte versagt. »Das ist es, was man als Sekretärin als Erstes bekommt. Von der Chefin der Sekretärinnenabteilung.«

Sie gab mir ein Blatt Papier, auf das mit Schreibmaschine Adressen und Telefonnummern geschrieben waren. Uncle Carls Privatadresse stand ganz oben, und Irving Thalbergs und Erich von Stroheims und die von weiteren Regisseuren und Schauspielern des Studios, und auch meine und Peppers, ganz unten auf der Rückseite. Sonst nichts Auffälliges.

»Mr Engel«, sagte sie plötzlich in meinen Rücken. »Sie dürfen nichts Falsches von mir denken.«

»Ach ja?«, fragte ich. »Was denke ich denn?«

»Nun ja, dass ich in Wahrheit für jemand anderen arbeite

oder gegen Sie. Ich werde ab sofort nur für Sie arbeiten, und Sie können mir voll vertrauen. Ich bin schließlich Ihre Sekretärin, dafür haben die mich ja eingestellt, nicht wahr?«

Ich drehte mich um und sah sie an. Ihr Ausdruck war jetzt ein anderer als zuvor. Sie hatte nichts Kokettes mehr. Sie war jetzt ehrlich zu mir. »Mein Gott, es ist schwer genug für eine junge Frau, erst einmal herauszufinden, worauf es hier wirklich ankommt«, sagte sie wie entschuldigend. »Und wer der richtige Mann hier ist. Der, der am Ende gewinnt. An den man sich halten muss. Jetzt weiß ich's.«

»Ich bin alles andere als sicher, dass es darauf ankommt, Millicent«, sagte ich. »Und es ist noch lange nicht raus, ob ich am Ende gewinne. Erst wenn ich das alles überlebt habe, werden wir's wissen.«

»Sie machen mir aber den Eindruck«, sagte sie. Sie hielt jetzt respektvoll Abstand. »Jedenfalls bin ich ganz auf Ihrer Seite.«

»Herzlich willkommen«, sagte ich und wandte mich der immer noch offen stehenden Schublade zu. »Haben Sie denn auch irgendetwas bekommen, das von Ihrer Vorgängerin stammt? Hat sie hier irgendwelche Dinge zurückgelassen?«

»Nein«, stotterte Millicent. »Nicht, dass ich wüsste.«

Ich sah in die Schublade und durchforstete rasch die Dinge darin, doch es waren vor allem Büromaterialien.

»Schauen Sie noch mal genau nach«, sagte ich und ging zur Tür.

»Wohin gehen Sie?«, hörte ich sie noch hinter mir herrufen.

Die Antwort war relativ einfach: Ich ging zu meinem Wagen und fuhr los.

Ich fuhr nach San Francisco.

58

»Und das ist alles?«, fragte Fritz Roth.

Er war ganz weiß im Gesicht. Er sah wieder einmal aus wie ein Gespenst.

»Ja, mehr oder weniger«, sagte ich und hielt mein Gesicht unter den Strahl eines Trinkbrunnens. Ich trank einen Schluck und benetzte mein Gesicht mit Wasser.

Wir standen im riesigen, von Palmen umrandeten Innenhof des *Palace Hotel* und achteten darauf, dass sich niemand in unserem näheren Umkreis aufhielt. Aus Angst vor Lauschern waren wir hierhingegangen.

Fritz sah nervös hinüber zu zwei schwarzen Hotelangestellten, Tellerwäscher oder Küchenhilfen mit langen weißen Schürzen, die sich hinten am Lieferanteneingang bei einer Zigarette unterhielten. Es waren nur zwei Hoteljungs, aber sie machten ihn nervös, so paranoid war er.

Ich hatte gut reden. Ich war in Los Angeles, nachdem ich zur Bank gefahren war, alle meine Beweise – bis auf einen Abzug des Fotos – im Bankschließfach untergebracht und den Schlüssel bei Miss Bottomsly hinterlegt hatte, mehrmals im Kreis gefahren und hatte zweimal, mit voller Absicht, Straßenbahnen beim Linksabbiegen ganz knapp geschnitten, sodass sie schrillend zum Stehen gekommen waren, und ich hätte wetten können, dass mindestens einer der Fahrer mit einem Herzanfall in eine Klinik gebracht worden war.

Alles nur, um sicherzugehen, dass mir niemand folgte. Aus demselben Grund hatte ich auch den Gedanken verworfen, diesmal mit dem Zug zu fahren oder mit dem Schiff, wie damals Jansen. Sie würden diese Wege überwachen. Das Auto war sicherer, anonymer. Wenn man ab Bakersfield einen Umweg fuhr, hinüber zur Küstenstraße und diese entlang nach Norden, zumindest.

Unterwegs hatte ich einmal in einer einsamen Bucht angehalten, meine Luger auseinandergenommen, alle Teile gereinigt, wieder zusammengesetzt, das Magazin neu beladen und einen Probeschuss abgegeben, sodass ich nun sicher war, dass sie bei Bedarf funktionierte.

Ich war ebenfalls paranoid. So paranoid, wie es angemessen war.

Ich wischte mir mit dem Taschentuch über das Gesicht.

»Ein ganz schöner Brocken, ich weiß, ziemlich unglaublich und schwer, es plausibel zu vermitteln«, sagte ich. »Und deshalb stelle ich mich euch als Kronzeuge zur Verfügung.«

Fritz japste nach Luft.

»Für *Famous Players*, für Fatty Arbuckle«, legte ich nach. »Schreib mich auf die Zeugenliste, und ich werde vor Gericht alles erzählen.«

»So einfach, wie du dir das vorstellst, ist es aber nicht!«, sagte er und lief zwei Schritte weg, drehte sich abrupt um und kam wieder zurück.

»Warum nicht? Ich bin der Einzige, der alle Punkte verbinden kann, der Einzige, der alles von Anfang an miterlebt hat. Ich war sogar auf der Party. Ich habe Virginia noch lebend gesehen.«

»Bist du wahnsinnig, Hardy?«, sagte Fritz und musste sich Mühe geben, seine Stimme dabei zu dämpfen. »Noch einmal: Du warst der Drogenlieferant, im Auftrag des Studios! Das können wir niemandem erzählen, ich bin froh, dass ich dich bislang aus allem heraushalten konnte!«

»Ich kann einen anderen Grund angeben. Ich habe ja auch nicht vor, mich selbst ans Messer zu liefern, Fritz, oder dich.

Aber die Alternative ist, dass Fatty Arbuckle unschuldig ins Gefängnis wandert, wenn es schlecht läuft. Lass uns stattdessen die Wahrheit erzählen oder eine Version davon. Lass uns erzählen, wer wirklich schuldig ist, und wer könnte das besser als ich? Ich habe die ganze Erpressung mitbekommen und was darauf gefolgt ist, alles! Ich habe das Foto!«

Ich hielt ihm den Abzug mit Thalberg und Virginia noch einmal hin, den ich ihm eben gezeigt hatte.

»Aber du musst beides miteinander verbinden, und dazu hast du nur die Aussagen von toten Leuten«, sagte Fritz und schüttelte den Kopf. »Und das vollständige Bild ergibt sich nur durch deine äußerst gewagten Schlussfolgerungen!«

»Deswegen muss ja *ich* aussagen. Die Beweise aus dem Bankschließfach präsentieren und erzählen, wie Mr Laemmle darauf und auf meine Schlussfolgerungen reagiert hat.«

»Er wird es alles abstreiten«, sagte Fritz auflachend und hielt sich den Kopf wie der Mann auf dem Bild von Edvard Munch, *Der Schrei*. »Er *hat* es doch sogar schon abgestritten, im Gespräch mit dir. Er hat rundheraus abgestritten, dass es so gewesen ist, das sagst du selbst, und das wirst du auch denen sagen müssen.«

»Und er hat dabei die Flasche weggeschmissen, die ich ihm übergeben habe«, sagte ich. »Auch das werde ich denen erzählen.«

»Dann steht Aussage gegen Aussage. Du gegen den wichtigsten Studioboss von Hollywood. Und ich weiß wirklich nicht, was *meine* Bosse davon halten würden!«

»Nun ja«, sagte ich und zündete mir eine Zigarette an. Ich brauchte jetzt eine. »Man sollte denken dass sie froh darüber sind. Dass sie an sich selbst denken und an ihren Star Fatty. Und dass sie zuallererst an das denken, woran Studiobosse immer zuallererst denken: an ihre Kinoeinnahmen. Dass sie Fattys Filme, wenn er freigesprochen wird, wieder herausbringen können. Die bisherigen und die drei neuen Filme, die sie alle auf Eis gelegt haben und die sie bereits Millionen gekostet haben. Was könnte eine bessere Publicity darstellen als sein Freispruch und der Sieg der Gerechtigkeit? Was könnte die Einnahmen besser sprudeln lassen?«

»Ich weiß nicht, ob sie so denken«, sagte Fritz und knirschte mit den Zähnen. »Ist dir schon einmal in den Sinn gekommen, dass es genauso gut sein kann, dass sie längst Bescheid wissen? Dass sie eingeweiht worden sind von Laemmle und es mit ihnen abgesprochen ist? Und dass sie Fatty schon längst haben fallen lassen, egal ob er schuldig oder unschuldig ist?«

Wir sahen uns an. Ich war mir nicht sicher, ob er mir das tatsächlich mitteilen oder nur darüber spekulieren wollte.

»Ja, das könnte schon sein«, sagte ich. »Und es würde sehr gut erklären, was passiert ist, als Uncle Carl mich zu dem Treffen der Bosse mitgenommen hat. Als er wollte, dass ich ihnen klarmache, dass Fatty schuldig und nicht zu retten ist. Nur dass ich das nicht getan habe. Aber es war ihnen piepegal!«

»Und dann schlägst du so einen Blödsinn vor?«, sagte Fritz und holte eine Zigarette heraus, die ihm zu Boden fiel. »Der nicht nur deinen Job kosten wird, sondern auch meinen!«

Ich gab ihm eine von mir und auch gleich Feuer.

»Ich glaube, das können wir vermeiden, wenn wir es richtig machen. Sind sie denn hier, in San Francisco, Lasky und Zukor und Schenck?«, fragte ich.

»Bist du verrückt?«, sagte Fritz und tat, als würde er grinsen. »Sie haben doch mit der Sache nicht das Geringste zu tun. Sie haben mich geschickt. Ich berichte ihnen.«

»Der Punkt ist doch, irgendwer wird bluten müssen für den Tod von Virginia Rappe, so viel steht fest. Fatty Arbuckle oder Irving Thalberg. Einer der prominentesten Männer von Hollywood wird auf jeden Fall am Pranger stehen. Hollywood wird sich so oder so verändern müssen. Die Frage ist nicht mehr, *ob* der Zensor kommt. Es wird auf genau das hinauslaufen, was bereits beschlossen wurde von den Bossen. Sie werden bekommen, was sie wollen oder was sie selbst für unvermeidlich halten«, sagte ich. »Aber hier geht es um Gerechtigkeit, Fritz. Die Frage ist doch nur noch, wird der *richtige* Mann dafür bluten oder der *falsche*, der von *Famous Players*?«

Er paffte zitternd.

»Tu mir das nicht an. Im Unterschied zu dir habe ich eine Familie, Hardy. Eine Frau und zwei kleine Kinder.«

»Und eine heiße kleine Sekretärin, wie wir alle«, sagte ich. »Ist sie mit dir hergekommen?«

Fritz ging darüber hinweg und wischte sich über die Stirn.

»Hast du auch nur die leiseste Ahnung, was die Staatsanwälte mit dir machen werden?«

Er war bleich und schwitzte unmäßig. Ich fragte mich, ob er wieder Kokain genommen hatte. »Ich habe sie gestern gesehen, als sie ihre Anklage verlesen haben. Die haben Blut geleckt, Hardy, und sie wollen Fatty zur Strecke bringen, nichts anderes, so einfach ist das. Sie haben Zeugen manipuliert, Aussagen unterdrückt, gerade wie sie es brauchen. Sie wissen genau, dass er unschuldig ist, oder könnten es wissen, aber sie wollen ihren Fall durchziehen, um jeden Preis. Die Wahrheit ist denen vollkommen egal, Hardy. Und jemand wie du auch!«

»Ich weiß, dass sie alle korrupt sind, so wie ich weiß, dass der Papst nicht verheiratet ist. Und ich weiß auch, dass Brady im Wahlkampf steht und dem Teufel seine Seele verkaufen würde, um Gouverneur von Kalifornien zu werden, und glaubt, dass dieser Prozess ihm dazu verhelfen wird. Deswegen müssen wir es ja geheim halten und sie damit vollkommen überraschen.«

»Du hast nicht genügend Beweise«, sagte Fritz, warf seine Zigarette zu Boden und trat darauf. »Ich will einen Drink, verdammt noch mal.«

»Ich brauche mehr Informationen darüber, was hier in San Francisco geschehen ist, das ist mir klar. Was meinst du, warum ich hier bin?«

»Um mir Ärger zu machen?«, fragte Fritz. »Du brauchst zumindest die Aussage von Maude Delmont, die *echte* Aussage. Den verdammten Grund, warum sie das mit der Flasche damals eigentlich aufgebracht hat, denn darauf werden sie herumreiten, wenn du damit kommst.«

»Keine Frage, ich muss an sie rankommen, irgendwie. Hast du eine Ahnung, wie?«

Er sah mich wütend an.

»Zum tausendsten Mal: Sie haben sie weggesperrt, ich weiß nicht wo, niemand weiß es. Sie wollen nicht, dass sie noch mal mit der Presse redet, ist doch klar. Es ist unmöglich, an sie ranzukommen, oder glaubst du, wir haben nicht schon alles versucht?«

»Mach *noch mehr*. Und ich mach es auch. Der Schlüssel liegt bei Maude. Sie wusste vermutlich, dass Virginia mit der Flasche verletzt wurde. Wollte die Erpressung gegen Thalberg damit weitertreiben, aber dann habe ich diesen Plan durchkreuzt, und dann ist Virginia gestorben. Da hat sie sich ein neues Opfer gesucht und Fatty belastet. Oder es hat sie jemand erst darauf gebracht. Sie dazu gezwungen, das so zu behaupten.«

Fritz seufzte auf.

»Eine tolle Hypothese, nur leider ganz und gar unbewiesen«, sagte er.

»Jansen«, fiel mir ein. »Der ja vor Ort war …« Ich nickte vor mich hin. »Vielleicht sollte es zu den Verletzungen passen. Um davon abzulenken, wie sie wirklich zustande kamen. Dann hätten sie darauf reagiert, dass es ihnen nicht gelungen ist, die Obduktion in der *Wakefield*-Klinik zu vertuschen und Virginias Organe verschwinden zu lassen. Dann *mussten* sie nämlich darauf reagieren.«

»Eine reichlich gewagte Verschwörungstheorie«, sagte Fritz und leckte sich über die Lippen.

»Aber sie passt. Denn was als Nächstes geschah: Maude Delmont kam damit raus, dass Fatty eine Flasche genommen hatte. Erst dann, das hat sie vorher nicht gesagt. Ja, das muss abgesprochen gewesen sein. Mit Jansen. Damit es zu der wahren Todesursache passte, die durch die Obduktion ermittelt wurde. Und Fatty stand als Täter da und nicht Thalberg oder irgendwer anderes.«

»Finde Maude und lass dir das von ihr bestätigen«, sagte Fritz. »Du darfst jedenfalls nicht alleine vor Gericht gehen. Du musst sie mitbringen. Jemanden, der lebt und deine ganze hochabenteuerliche Geschichte bestätigt.«

»Niemand hat ihr geglaubt, weil sie eine bekannte Erpresserin ist«, sagte ich. »Deswegen haben sie sie bisher da rausgehalten. Deswegen muss ich sie auch dazu bringen, ihre ganze erbärmliche Geschichte zu erzählen, mitsamt der Erpressung. Keine Lüge, wie die Staatsanwaltschaft es wollte, die man leicht widerlegen könnte, sondern die Wahrheit, in ihren eigenen Worten und freiwillig, sodass es einem Kreuzverhör standhält.«

Fritz strich sich über die Glatze. »Na schön. Sagen wir, vermutlich würden meine Bosse dann ihre Strategie umwerfen und dich aussagen lassen. Aber *nur* dann.«

Er trat von einem Bein aufs andere. Er brauchte jetzt wirklich einen Drink und einen Muntermacher der pulvrigen Sorte.

»So sieht's aus, Hardy: Du musst eine notorische Lügnerin dazu bringen, mit der Wahrheit rüberzukommen, damit du den besten Job verlieren kannst, den du jemals hattest«, sagte er.

»Das ist mir vollkommen egal. Und du, du solltest nicht so viel trinken und koksen.«

»Das sagt der Richtige«, sagte Fritz, »der mich noch vor ein paar Tagen um das Zeug angebettelt hat. Ich muss jetzt wieder zurück zur Verhandlung. Finde Maude, bevor das Gericht die Beweisaufnahme abschließt, und kümmere dich vor allem um deine eigenen Probleme. Sie sind groß genug.«

»Ich werd's versuchen. Da wohne ich.«

Ich drückte ihm einen Zettel in die Hand. Darauf stand der Name der Pension, in der ich mich eingenistet hatte. *Dolores Mansion*, Dolores Street.

»Was ist denn das für eine Absteige?«

»Ein ganz mieses Loch. Eines, wo mich keiner findet außer dir«, sagte ich und zwinkerte ihm zu. Es ging schon wieder ganz gut.

59

Das *St. Francis* stand hoch und hell in der Novembersonne, die über der Bay erstrahlte. Menschen starben und Babys wurden geboren, manchmal alles zur selben Zeit, und so ein Gebäude nahm es mit stoischem Gleichmut hin. Es sah aus, als wäre darin nie etwas Böses geschehen und immer nur Milch getrunken worden.

Dass zumindest bei Fattys Party noch andere Getränke konsumiert worden waren, wusste mittlerweile die ganze Welt. Aber es schien der Beliebtheit des Hotels keinen Abbruch zu tun. Zahlreiche Menschen drängten sich vor dem Eingang zusammen. Eine Abordnung der *Vereinigung für die Rechte der Frauen* und sogar einige Prohibitionsbefürworter und die üblichen sonstigen Verrückten demonstrierten davor, mit Schildern und Gekreische und allem, was dazugehört.

Der goldbetresste Portier hatte alle Hände voll zu tun damit, sie draußen zu halten. Er hatte sich dafür jeglichen Gesichtsausdruck abgewöhnt.

»Ja, hier drin im zwölften Stock ist es passiert«, sagte er, als ich vor ihm stand und ohne mich anzusehen. »Nein, Sie können nicht hinein, wenn Sie kein Hotelgast sind.« Er sagte es so, wie Sisyphos sagen würde, dass er auch heute wieder einen Stein den Berg hinaufrollen möchte.

»Darum geht es nicht«, sagte ich und holte einen Zehner heraus. »Ich *war* mal Hotelgast hier, und ich will nur ein paar Worte mit dem Hausdetektiv sprechen. Ich weiß seinen Namen nicht, aber er ist groß und stark, hat ein richtiges Ohrfeigengesicht und ist so dumm, dass er diesen besagten Namen bestimmt nicht richtig schreiben kann. Klingelt's?«

Er sah auf den Zehner und dann auf mich, und dann war der Zehner plötzlich weg.

»Die beste Beschreibung von Caleb Potter, die ich jemals gehört habe.«

Er grinste sogar beinahe.

»Kann ich rein? Oder holen Sie ihn raus?«

Er sah in die Ferne, in Richtung Union Square hinter mir.

»Arbeitet nicht mehr hier. Sie sind nicht der Einzige, dem seine Dummheit aufgefallen ist. Ist nämlich nicht zu übersehen gewesen, als sich der ganze Mist da oben abgespielt hat, direkt vor seinen kleinen trüben Augen, ohne dass er mit seinen großen plumpen Händen eingegriffen hätte.«

Ich hatte das Gefühl, dass auch er einmal, so wie ich, diese großen plumpen Hände zu spüren bekommen hatte. Schien seine Haltung zu ihm negativ beeinflusst zu haben, so wie bei mir.

»Irgendeine Ahnung, wo ich ihn jetzt finden kann?«

Er senkte den Blick und musterte mich von oben bis unten.

»Zeitung oder Staatsanwaltschaft?«

»Keins von beiden«, sagte ich und hielt seinem Blick stand. Er überlegte es sich kurz.

»Probieren Sie's in Miller's Warenhaus drüben im Finanzdistrikt. Habe gehört, dass er da inzwischen als Wachmann arbeiten soll.«

Ich nickte ihm zu.

»Danke.« Die Menge drängte schon wieder heran. Leute zückten Fotoapparate. Ich wies mit dem Kinn auf sie. »Ziemlich viel los hier, was?«

»Nur das beste Publikum«, sagte er und verzog seinen Mund um eine Winzigkeit. »Immerhin, keine verdammten Filmstars mehr. Ist doch auch schon was.«

Ich grinste ihm zu, drehte mich um und bahnte mir einen Weg durch die Umstehenden zurück zu meinem Wagen. Es gelang mir tatsächlich, dabei einem Prohibitionsbefürworter, auf dessen Schild das Wort *Gott* stand, einen tüchtigen Knuff zu versetzen.

Auf dem Weg durch die Stadt fiel mir im Rückspiegel ein dunkles Automobil auf, das hartnäckig hinter mir blieb und stets zwei, drei Wagenlängen Abstand zwischen uns ließ, aber nicht mehr. Es folgte mir rund um den Union Square und dann weiter zum Finanzdistrikt. Ich konnte nicht sehen, wer darin saß. Es hielt in einiger Entfernung, als ich schließlich parkte und ausstieg.

Miller's Warenhaus war von außen ein Beaux-Arts-Gebäude der feineren Sorte, aber drinnen gab es jede Menge Schund: Anzüge und Kleider von der Stange und Hosenträger für Herren und Strumpfhalter für Damen, jeweils drei Stück für zehn Cent. Es herrschte ein großes Gewimmel. Die meisten Herren und Damen sahen selbst aus wie Menschen, die bereit waren, sich billig zu verkaufen.

Ein riesiger breiter Kronleuchter mit Hunderten herabhängender elektrisch beleuchteter Glasketten schwebte hoch über ihnen, und man hatte irgendwie das bedenkliche Gefühl, dass er sich am liebsten auf sie hätte herabfallen lassen.

Weibliche Schaufensterpuppen trugen dünne, seidene Kleider nach der neuesten Mode, mit schmalen Spaghettiträgern und Perlenketten um den Hals; solche, wie Pepper sie gerne getragen hatte. Ich verdrängte den Gedanken gleich wieder.

Männliche Schaufensterpuppen waren mit Knickerbockerhosen und Schlägermützen ausstaffiert, wie sie zurzeit bei den Herren der einfacheren Klasse en vogue waren.

Eine besonders breite Schaufensterpuppe seitlich dahinter in der gleichen Kleidung stellte sich als Caleb Potter heraus, mein alter Bekannter aus dem *St. Francis*. Er glotzte dumpf und unbeweglich in die Menge und ließ seinen Blick so langsam schweifen wie ein alter, maroder Leuchtturm sein Licht.

»Na, Caleb«, sagte ich und stellte mich neben ihn. »Heute schon irgendwelche Diebe gestellt?«

Er wandte den Kopf und stierte mich an. Ich merkte, ich musste ihm auf die Sprünge helfen.

»Hardy Engel. Wir kennen uns aus Ihrem vorigen Job.« Er brauchte noch mehr. »Im *St. Francis*.«

Es dauerte einige Momente, dann leuchtete in seinen kleinen trüben Augen so etwas wie ein Erkennen auf.

»Der Privatschnüffler. Von *Famous Players*?«

»Exakt«, sagte ich der Einfachheit halber.

»Was wollen Sie hier?«, knurrte er.

»Ich will nur zwei Dinge von Ihnen wissen. Das wäre mir zehn Dollar wert.«

Ich zeigte sie ihm. Zum Glück hatte ich Zehnernoten in einem Bündel aus Los Angeles mitgebracht. Viele davon waren allerdings nicht mehr da.

Er leckte sich über die Lippen. Wahrscheinlich verdiente er hier drin so viel in einer Woche.

»Können wir uns irgendwo unterhalten?«

»Hier«, sagte er und starrte wieder in die Menge. Man sah richtig, wie es in seinem Gehirn arbeitete. Nicht vergessen, was man ihm aufgetragen hatte: Diebe erwischen.

»Warum sind Sie nicht vor Gericht geladen?«, fragte ich. »Als Hausdetektiv damals?«

»Wurde gefeuert, als die Schlagzeilen rauskamen. Und der Arzt hat den ganzen Ruhm für sich haben wollen. Hat ziemlich angegeben und mich da rausgehalten«, sagte er. »War mir ganz recht. Mich hat keiner befragt.«

»Dr. Hayden?«

Er nickte. »Sind Sie? Vor Gericht?«

»Noch nicht«, sagte ich. »Erste Frage. Nachdem Sie Virginia Rappe dort oben gesehen hatten, warum hat es noch so lange gedauert, bis sie in die Klinik gekommen ist? Und wer hat das letztlich veranlasst, das Hotel oder jemand anderes?«

»Wieso das Hotel?«, fragte er. Das hatte ich mir gedacht.

»Weil sie schwer verletzt war. Oder wenn Sie das besser verstehen: weil dies dem Ruf Ihres Arbeitgebers hätte schaden können.«

»Der Doktor sagte, es wär nichts Schlimmes. Hat ihr Spritzen gegeben. Sie war dann wieder ruhig.«

»Aber nicht für lange. Und dann kam irgendwann ein Mann? War es dieser Mann?« Ich zeigte ihm das Zeitungsfoto von Jansen. Er sah darauf.

»Ja, den hab ich gesehen. Hat auch ziemlich angegeben. Ex-Bulle. Hat einen neuen Arzt kommen lassen.«

»Und dieser Mann hier hat auch dafür gesorgt, dass sie in die Klinik kam? In das *Wakefield Sanatorium*?«

»Glaube schon«, sagte er. »Glaube, er sagte, es müsse ein Hospital für Schwangere sein.«

Ich dachte, ich hätte mich verhört.

»Das hat er wirklich gesagt?«

»Hab ich so gehört. Der neue Arzt hat dann was Passendes in der Nähe rausgesucht.«

Ich sah wieder das *Wakefield* vor mir. Das Paar, das mit einem Neugeborenen glücklich herauskam, als ich es betrat. Die hochschwangere Patientin mit dem zeltartigen Kleid, die von der gummikauenden Schwester aufgerufen wurde.

Natürlich, es war eine Schwangerschaftsklinik.

»Haben Sie diesen Mann mit Maude Delmont reden sehen? Mit der Freundin, die mit Virginia da war, der Älteren?«

Er legte die Stirn in Falten und kniff die Augen zusammen. Er dachte nach. Man konnte es wirklich sehr gut sehen.

»Glaube schon.«

»Glauben Sie's oder wissen Sie's?«, fragte ich.

»Sie haben in der Ecke geredet. Ziemlich lange. Haben gestritten. Sie hat sich gewehrt, aber er hat sie niedergeschrien. Sah etwas bedrohlich aus. Sie hat dann auch den Schwanz eingekniffen …« Er stutzte. »Äh, sie hatte natürlich gar keinen Schwanz. Ist nur bildlich.«

»Und sie ging mit ins Hospital?«

»Was weiß ich. Bin ja dageblieben.«

Dieser Mann hätte Virginia womöglich retten können. Er genauso gut wie mein tapferer Dr. Hayden. Ich hätte ihn am liebsten angeschrien, aber jedes Wort an ihn war verschwendet.

»Die ganzen Untersuchungen danach, als der Fall herausgekommen ist, haben Sie nicht mehr mitbekommen?«

»Hab ich doch schon gesagt. Nein. Da war ich ja schon weg und nicht mehr zuständig. *Ich* hätte das ganz anders geregelt …«

»Haben Sie eine Ahnung, wo sie jetzt ist?«, schnitt ich ihm das Wort ab. »Maude Delmont? Wo sie sein könnte?«

Er sah wieder auf den Zehner.

»Wie viele Fragen waren das jetzt?«

»Wo?«, insistierte ich.

Er zuckte die Achseln. »Hab sie danach jedenfalls nicht mehr gesehen.«

Er wollte nach dem Zehner greifen. Ich zog ihn weg.

»Aber Sie sind sich sicher, dass dieser Mann das alles dort geregelt hat?«

»Ja … Jansen. Keith Jansen«, fiel es ihm plötzlich ein und er schnippte mit dem Finger. Toll, wie sehr Geld dazu beitragen kann, versunkenes Wissen aus den – noch so seichten – Untiefen eines Gedächtnisses zutage zu fördern.

»Würden Sie das auch vor Gericht bezeugen?«, sagte ich und gab ihm den Zehner. Er steckte ihn weg.

»Wenn es dafür noch mal Geld gibt, klar. Aber mehr!«, fügte er rasch hinzu und sah mich auf eine Weise an, die er wohl für schlau hielt.

»Ich komme auf Sie zurück«, sagte ich und klopfte ihm auf die Schulter. »Halten Sie hier so lange durch, bis ich Sie raushole.«

Er öffnete den Mund und ich spürte seinen stieren Blick in meinem Rücken, als ich mich durch die Masse der Kunden davondrängte, ganz ohne auch nur einen Hosenträger oder gar einen Strumpfhalter zu kaufen. Ich erstand lediglich zum regulären Preis einen Wecker mit Federaufzug, weil ich ahnte, ich würde einen brauchen.

60

Ein kalter Wind kam von der Bay herauf, als ich zu meinem Wagen zurückging, und zerrte an meinem Hut und fuhr mir unter das Jackett. Ich klappte den Kragen hoch und hielt ihn vor meinem Hals zusammen. Ich hätte nicht gedacht, dass es hier oben so kalt sein würde. Und ebenso wenig, dass ich mich einmal nach Hollywood zurücksehnen würde, und sei es nur wegen des Wetters.

Ich fuhr los, in Richtung des *Wakefield Sanatorium*, wo ich mit der Krankenschwester diesmal ein paar vernünftige Worte zu reden hoffte. Und außerdem, eine nähere Auskunft zu erhalten, welche Rollen Jansen und Maude dort gespielt hatten. Auf dem Weg zurück zur Innenstadt folgte mir wieder der schwarze Wagen. Ich machte mit meinem eine Kehrtwende, die er mitmachte. Seine Distanz hielt er eisern ein. Mir war unheimlich zumute.

An einer Kreuzung, vor der ich auf das Zeichen des Verkehrspolizisten hin angehalten hatte, fand ich ihn nicht mehr hinter mir. Ich wollte schon aufatmen, da sah ich zur Seite. Der schwarze Wagen stand links neben mir. Ich spähte hinüber. Doch die Sonne schien direkt auf das Fenster auf der Beifahrerseite und es war nur die Spiegelung der Gebäude rechts von mir zu sehen.

Die Automobile neben mir fuhren an und hinter mir wurde gehupt. Der Polizist pfiff auf seiner Trillerpfeife und zeigte mit großer Geste auf mich. Der schwarze Wagen stand ebenso wie ich weiter da. Ich fuhr reflexartig an und geradeaus. Ich konnte im Rückspiegel sehen, dass der andere nun ebenfalls anfuhr und sich hinter mir in der Spur einordnete.

Er folgte mir wie ein Schatten, doch kam nicht mehr auf gleiche Höhe. Wenn ich langsamer fuhr, fuhr auch er langsamer.

Ich versuchte, den Fahrer im Rückspiegel zu erkennen, doch ich sah nur blendende Lichtreflexe auf der Windschutzscheibe. Ich beschloss, einfach weiterzufahren, und hoffte, den Wagen im Feierabendverkehr loswerden zu können. Ich nahm einen Umweg, und als ich durch die Kearny Street fuhr, bemerkte ich einen Menschenauflauf vor einem großen Gebäude, das den ganzen Block einnahm, mit fächerförmigen Verzierungen um die hohen Fenster. Erst als ich mich mit dem Milburn langsam näherte, ging mir auf, dass dies das Gerichtsgebäude sein musste, in dem der Prozess stattfand.

Es waren noch viel mehr Reporter als seinerzeit am Bahnhof, die sich davor drängelten. Ich sah Bewegung in der Masse, und die Menschen richteten sich nach etwas in ihrer Mitte aus wie Eisenspäne nach einem Magneten. Die Verhandlung schien eben zu Ende zu sein, und ich sah Fatty Arbuckle, einen Kopf größer als alle anderen, dem man langsam einen Weg nach draußen bahnte. Fritz konnte ich in der Menge nicht ausmachen. Blitzlichter zuckten auf und es gab eine Menge Geschrei.

Ich fuhr langsam weiter, und ich sah zu Fatty hinüber und mir wurde fast schlecht bei dem Gedanken, dass er unschuldig war. Er lächelte freundlich, als wäre er auf der Premiere einer seiner komischen Filme. Doch Filmpremieren waren nicht in Sicht für Roscoe Arbuckle.

Nur ein paar Schritte weiter ging das Geschrei der Reporter über in das der Zeitungverkäufer, die die aktuellen Abendausgaben anpriesen. Alle Blätter erschienen mehrmals am Tag, um jeden noch so geringfügig neuen Stand abzudecken. Der Aufruhr erzeugte einen Stau, und darin stehend, musste ich mir alles anhören.

»FATTY IM KREUZVERHÖR – STELLT SICH DEN DRÄNGENDEN FRAGEN DER STAATSANWALTSCHAFT!«

»FATTY UNTER FEUER: ANKLAGE PRÄSENTIERT MORGEN ZEUGINNEN DER PARTY – SCHAUSPIELERIN ALICE BLAKE WIRD GEGEN FATTY AUSSAGEN! – Lesen Sie alles darüber!«, brüllte ein Bengel dicht neben meinem Fenster und hielt mir die Zeitung auf Augenhöhe. Ich sah ihn so finster an, dass er sie augenblicklich herunternahm. Aber ich wollte eine haben. Ich holte Kleingeld aus meiner Tasche und er reichte sie mir herein. Es war der *San Francisco Examiner*, und es war die vierte Ausgabe an diesem Tag.

Auf der Titelseite prangte ein Foto der hübschen und bekannten Schauspielerin Alice Blake. Ich erinnerte mich nur allzu gut. Sie war es gewesen, die halb nackt mit Fatty gekokst und die er mir angepriesen hatte. Die so selbstbewusst und stolz gewesen war.

Sie und eine andere junge Schauspielerin, die ebenfalls auf der Party im *St. Francis* gewesen war und an die ich mich nicht erinnerte, Zey Prevon, würden morgen als Kronzeuginnen der Anklage auftreten. Offenbar waren sie bereit, die Vergewaltigung von Virginia durch Fatty zu bezeugen.

Von Maude war in dem Artikel keine Rede. Sie war nicht als Zeugin benannt, und sie würde bleiben, wo auch immer sie steckte. Wo auch immer die Staatsanwaltschaft sie verborgen hielt, deren Team auf einem Foto auf Seite drei stolz im Gerichtssaal posierte.

Ich fuhr weiter, doch ich schlug nun einen anderen Kurs ein, die Klinik konnte warten.

Ich fuhr noch einmal am *Palace* vorbei und hinterließ an der Rezeption einen Zettel mit einer kurzen Nachricht für Fritz Roth. Er solle mir für morgen Zugang zum Prozess verschaffen. Ich unterschrieb mit *Dolores*.

Und zur Dolores Street fuhr ich dann auch. Ab dem *Palace Hotel* fiel mir der schwarze Wagen nicht mehr auf. Ich fuhr zur Sicherheit einmal um den Block, ohne seiner ansichtig zu werden, und dann in den Hof der Pension.

Ich aß und trank etwas und legte mir einen Plan zurecht, wie ich Maude womöglich finden könnte.

Sie würden morgen die seit Wochen versteckt gehaltenen Zeuginnen zum Gericht bringen, wo sie ihre Aussagen machen würden. Und vor allem, sie würden sie danach auch wieder in ihr geheimes Versteck zurückbringen.

61

Ich stellte meinen neuen Wecker auf sechs Uhr früh und legte die Luger unter mein Kopfkissen. Und sei es nur als Talisman, um Ungeziefer von meinem Bett fernzuhalten.

Ich lag auf meiner durchgelegenen Matratze wach bis um drei. Mir ging viel im Kopf herum. Und ich konnte meinen Nachbarn nebenan schnarchen hören.

Immer wenn ich die Augen schloss, sah ich Pepper vor mir. Wie sie in ihren Wagen stieg und ich sie vor meiner Wohnung zum letzten Mal sah.

Als der Wecker schrillte, fuhr ich sofort hoch. Es erwies sich als klug, früh aufzustehen, denn so stand auf dem Flur bei der Gemeinschaftsdusche nur einer vor mir an. Es war ein Ire mit schwarzen Haaren und Sommersprossen, und er trug den Overall der Stadtreinigung von San Francisco.

»Heute werden sie ihn drankriegen, was«, sagte er zu mir, während wir auf dem zugigen, dunklen Flur von einem Bein aufs andere traten, und fügte überflüssigerweise hinzu: »Fatty!«

Ich sah ihn nur leer an und sagte nichts. Wenig später strömten andere Tagelöhner aus ihren Zimmern und bildeten hinter uns eine Schlange.

Nach dem Duschen und Anziehen frühstückte ich Eier, die gewiss nicht von einer gut geführten Hühnerfarm wie der von Uncle Carl stammten, und trank dünnen, aber trotzdem grauenvoll bitteren Kaffee bei der alten spanischstämmigen Witwe,

Mrs Gonzalez, die hier das Regiment führte und die die schlechteste pechschwarze Perücke trug, die ich jemals gesehen hatte. Es war hier beinahe alles wie bei Mrs Balzheimer. Als wäre ich im Kreis gegangen und wieder auf das Leben gestoßen, in das ich eigentlich gehörte.

Ich schüttelte den Gedanken ab und steckte meine Luger ein. Dann fuhr ich mit dem Milburn zur Kearny Street. Spätestens als ich das Rathaus passierte, hatte ich wieder den Eindruck, ein Wagen folge mir, diesmal ein roter. Sicher war ich mir nicht. Die Strecke war zu kurz, um es sagen zu können.

Ich fuhr um das Gerichtsgebäude herum und stellte fest, dass es auch hinten, in der Washington Street, einen Zugang gab. Ich parkte meinen Wagen gegenüber, sodass ich von dort aus die Tür im Blick haben würde.

Dann ging ich zu Fuß nach vorne zum Haupteingang. Prozessbeginn war um acht. Die Zeitungsausrufer waren schon da und schrien die Schlagzeilen der Morgenausgaben quer über den Platz, hin zu den Reportern, die sie verfasst hatten und jetzt vor dem Eingang auf die Fortsetzung lauerten. Sie waren noch reißerischer als gestern und niemand schien daran zu zweifeln, dass Fatty ein harter Tag erwartete.

»TAG DER WAHRHEIT – ZERREISST HEUTE FATTYS LÜGENGESPINST?«

»SELBST SEINE FREUNDINNEN GEGEN IHN!«

Ich hatte richtig geraten: Die Staatsanwaltschaft ließ es sich nicht nehmen, für ihre wichtigsten Zeuginnen einen großen Auftritt zu inszenieren. Sie fuhren kurz vor acht mit drei Limousinen vor, die so schnell heranrauschten, dass Leute beiseitespringen und sich in Sicherheit bringen mussten. In der vorderen befanden sich Bezirksstaatsanwalt Matthew Brady und seine jungen Stellvertreter, Leo Friedman und Milton U'Ren. Aus der hinteren, einem Polizeiwagen, stiegen vier kräftige Polizisten in Uniform. Sie drängten nach vorn und schirmten sofort die mittlere Limousine ab, deren Türen sich erst jetzt öffneten.

Heraus kamen zwei junge Damen, deren Hüte tief ins Gesicht gezogen waren, als schämten sie sich, Zey Prevon und Alice

Blake. Die Reporter stürzten sich auf sie und schrien Fragen und schossen Fotos. Hinter ihnen entstieg dem Wagen ein junger Schwarzer in einem Anzug, der eine Brille aus dunkelbraunem Horn trug. Niemand achtete auf ihn, außer mir. Ich sah, wie U'Ren ihm kurz zunickte, und er nickte zurück. Er begleitete die Zeuginnen und schirmte sie zusammen mit den Polizisten ab.

Ich ließ sie alle vorangehen, in das Gerichtsgebäude, und stellte mich dann an einer Seitentür an. Ich sagte dem Beamten dort meinen Namen und dass Fritz Roth mich angemeldet habe, und er sah auf einer Liste nach und nickte mich mit dem Kinn durch, in Richtung einer Treppe.

Auf der breiten Holzempore schob ich mich auf den letzten Platz der Bank in der zweiten Reihe, direkt neben drei oder vier ältere Frauen, die streng dreinblickten und mich in ihren schwarzen Kleidern an Lämmergeier erinnerten, die auf frisches Aas warteten.

Steil unter uns saßen in dem Gerichtssaal, der erstaunlich klein und eng war, linker Hand die Zuschauer und Reporter mit ihren gezückten Notizblöcken. Voraus, an der Stirnseite, befanden sich zwei Reihen mit den zwölf Geschworenen, es waren sieben Männer und fünf Frauen, die meisten älter, über vierzig Jahre alt.

Ihnen vorgelagert saßen Fatty, den sie jederzeit gut im Blick hatten, und seine Verteidiger; allen voran Gavin McNab, in einem maßgeschneiderten Anzug und mit einem weißen Haarkranz um das kahle Haupt, und die weiteren vier Anwälte seines Teams. Fritz Roth saß hinter ihnen in der vordersten Zuschauerbank. Er schickte mir einen Blick nach oben, und ich nickte ihm zu.

Auf der anderen Seite saßen die Vertreter der Anklage, Brady und seine Leute, vier Mann insgesamt. Der junge Schwarze saß seitlich hinter ihnen.

Nun betrat der Richter den Saal, Judge Louderback, ein mittelgroßer Mann um die fünfzig mit einer großen, schnabelartigen Nase, der sich eitel reckte und mit blitzenden Augen Blicke in den Saal schoss, seiner Bedeutung und der dieses Prozesses ganz offensichtlich nur zu sehr bewusst.

Es stank nach Schweiß, und darunter lag ein trockener Geruch nach Staub und Holz in der Luft. Viele der Leute husteten, während der Richter sich setzte. Ich bekam sogar einen richtigen Hustenanfall, der so übel war, dass ich mir eine Zigarette anstecken musste. Danach hörte er auf.

Als erste Zeugin der Anklage rief der Richter Alice Blake auf, mit einer Stimme, die das Schreien gewohnt war, und ein Gerichtsdiener führte sie herein. Sie hatte jetzt ihren Hut abgenommen, und nun, da ich sie deutlich in Augenschein nehmen konnte, sah sie erschreckend aus.

Das Verführerische, Kokette, das sie noch auf der Party an sich hatte, war vollkommen verschwunden, und nicht nur, weil sie hier ein hochgeschlossenes Kleid mit einem Spitzenkragen trug. Die junge blühende Schauspielerin, deren Gesicht einst hübscher gewesen war als das von Mary Pickford, sah verhärmt aus; mit eingefallenen Wangen und Augen, die hilflos und ängstlich flackerten.

Als ihr umherstreifender Blick Fatty traf, sah sie ganz schnell weg.

Als Richter Louderback sie auf die Bibel schwören ließ, war ihre Stimme so leise und brüchig, dass er sie auffordern musste, lauter zu sprechen. Er tat es streng, fast bellend. Sie nannte ihren Namen und ihre Adresse in Hollywood.

Staatsanwalt Matthew Brady erhielt das Wort.

Die Daumen in seinen Westentaschen eingehakt und auf und ab gehend, in einem scharfen, anklagenden Ton, der aus allem einen beißenden Vorwurf herausklingen ließ, stellte er seiner Zeugin Fragen zum Verlauf der Party.

»Was wurde dabei konsumiert, Miss Blake? Was haben Sie konsumiert?«

»Gin.«

»Wie bitte? Sagen Sie es so laut, dass es alle hier im Saal verstehen.«

»Gin!«, stieß sie hervor.

»War das alles? Oder gab es noch mehr verbotene Getränke?«

»Ja, Sir. Es gab auch Whisky, und anderen Alkohol … aber ich weiß nicht genau, was, ich habe nur Gin getrunken.« Sie blickte ihn immer wieder ängstlich an, wie fragend; bemüht, ihn zufriedenzustellen.

Brady kannte keine Gnade.

»Gab es auch Drogen? Haben Sie Drogen konsumiert?«, fragte Brady streng.

»Nein«, sagte Alice Blake laut und schüttelte heftig den Kopf. »Nein, keine Drogen. Ich habe keine genommen, und ich habe niemanden Drogen konsumieren sehen. Nur Alkohol.«

Fritz Roth sah zu mir nach oben.

Mir war sofort klar, warum sie das von der Anklage gefragt wurde und so antwortete. Sie war ihre Kronzeugin. Sie brauchten ihre Aussage über etwas, das sie bei einigermaßen klarem Verstand beobachtet hatte. Und nicht randvoll mit Kokain.

Ich sah Fritz an, dass er selbst in diesem Moment mal wieder reichlich zugekokst war. Und dass er es zunehmend schlecht vertrug.

»Haben Sie den Angeklagten auch Alkohol trinken sehen?«, fragte Brady und zeigte theatralisch auf Arbuckle.

»Oh ja, das habe ich«, sagte Alice Blake. Ihr Blick und der von Fatty trafen sich kurz. Fatty ballte wütend und voller Schmerz die Fäuste auf dem Tisch, und Alice sah schnell weg.

Direkt hinter ihm lehnten an der Wand die beiden großen und prächtigen Flügel einer schweren Holztür. Wie ich aus den Zeitungen wusste, stammten sie aus dem *St. Francis*, aus Suite 1219, und die Anklage hatte sie hierherschaffen und aufstellen lassen, als sie einen Experten aussagen ließen, dass er Fattys Fingerabdrücke darauf sichergestellt habe. Das bewies gar nichts, aber es war eine tolle Show, und sie hatten sie anklagend hinter ihm stehen gelassen.

Es war wie ein Prozess am County-Gericht von Sodom und Gomorrha.

Brady schoss weiter seine Fragen ab. Er ließ Alice erzählen, wie Fatty getanzt habe, wie Virginia getanzt habe, wie Fatty und Virginia dann zusammen in Zimmer 1219 verschwunden seien, und er etablierte den Zeitrahmen, in dem sich das abgespielt hatte, mindestens zehn Minuten. Die Matronen neben mir schnaubten vor Wut und mussten an sich halten, um ihrem Abscheu nicht in lauten Rufen Ausdruck zu verleihen.

Brady ließ seine Zeugin dann schildern, wie Fatty wieder herausgekommen sei, sichtlich angetrunken und in einem Morgenmantel, und gesagt habe, dass Virginia über Schmerzen klage. Wie Alice und andere dann hineingegangen seien und eine nackte Virginia auf dem Bett vorgefunden hätten.

Natürlich folgte er einer ausgeklügelten und abgesprochenen Dramaturgie, und auch die Requisiten dafür hielt man aufs Stichwort bereit. Ein Gerichtsdiener präsentierte die bis zur Unkenntlichkeit in Streifen gerissene Unterwäsche von Virginia, und Brady fragte Alice mit dramatischer Geste, ob sie sie wiedererkenne und ob sie sie in dem Zimmer gefunden habe, in dem Virginia mit dem Angeklagten alleine gewesen war. Sie bestätigte es mit tonloser Stimme.

Ich konnte es kaum glauben, war dies doch die Wäsche, die Maude Delmont aufgehoben und mir damals gezeigt hatte; zum Beweis, dass Fatty sie zerrissen hatte, als er sich angeblich über Virginia hergemacht hatte.

Aber von Maude war mit keiner Silbe die Rede; weder dass sie die Wäsche gefunden oder übergeben hatte noch dass sie überhaupt in diesem Raum bei Virginia gewesen war. Sie ließen sie einfach weg und übertrugen Maudes Geschichte auf Alice.

Es wurde noch schlimmer.

Brady führte seine Inquisition fort, und Alice erzählte gequält, dass Virginia sich in ihrer Gegenwart beklagt habe: »Fatty hat mir wehgetan.«

Und dass sie auch gesagt habe, wie.

»Er hat es mit einem großen Eisstück gemacht«, zitierte sie Virginia mit dünner Stimme.

Das Publikum stöhnte auf und ich mit ihm.

Brady wandte sich zur Jury und rief aus, dass man jenes ominöse Eisstück aus naturgegebenen Gründen nicht mehr als Beweis vorzeigen könne. Es sei zerflossen.

Dann beendete er das Verhör an dieser Stelle.

Alice brach jetzt beinahe zusammen, und man holte ihr ein Glas Wasser.

Mich schauderte. Nicht einmal Maudes Aussage hatte sich gehalten. Über Alice, die eindeutig von der Anklage dazu gedrängt worden war, hatten sie sich ihre eigene Wahrheit zurechtgelegt, die zu Virginias Verletzung passte und nicht mehr nachweisbar war. Und von der Schwangerschaft war immer noch keine Rede. Sie spielte für sie keine Rolle.

Die Verteidigung bekam das Wort erteilt, und Gavin McNab erhob sich und stellte der Zeugin Fragen. Er tat es nicht ungeschickt und keineswegs unvorbereitet. Dann las er minutenlang das Protokoll der Anhörung vor der Grand Jury vor.

Auch dort war Alice Blake von der Staatsanwaltschaft befragt worden, und sie hatte auf wiederholtes Nachhaken von Bradys Stellvertreter U'Ren, ob sie gehört habe, dass Virginia Fatty direkt beschuldigt habe, stets mit »Nein« geantwortet. Es war vollkommen klar, dass U'Ren genau das Gegenteil von ihr hatte hören wollen, er hatte es ihr regelrecht in den Mund legen wollen, doch sie hatte es damals, vor zwei Monaten, konsequent verneint.

Dann las er minutenlang das Protokoll der Anhörung von der Grand Jury vor.

Der Richter gab schließlich dem Einspruch der Staatsanwaltschaft statt, dies sei irrelevant, und beendete die Verlesung. Aufkommende Unruhe im Zuschauerraum kämpfte er sofort mit lauten Warnungen nieder.

McNab versuchte nun herauszuarbeiten, dass aus anderen Zeugenaussagen hervorging, was es mit dem Eisstück wirklich auf sich hatte: dass nämlich Fatty in Gegenwart all der um Virginia besorgten Zeugen ein Stück Eis genommen und auf ihren nackten Bauch gelegt habe, um zu sehen, ob es ihre Schmerzen linderte. Dass Fishback, sein Freund, der Riese, schließlich die nackte Virginia genommen und, um die schreiende Frau zur Vernunft zu bringen, kopfüber in ein Eisbad getaucht habe.

McNab befragte Alice, ob dies die Wahrheit sei, doch sie verneinte es vehement. Sie tat mir unendlich leid, denn es war offensichtlich, dass sie aus Angst log; lügen musste, nach zwei Monaten im Gewahrsam der Staatsanwaltschaft. Und ihr Martyrium war noch nicht zu Ende.

Ein neutraler Beobachter konnte hundert Meilen gegen den Wind riechen, dass die ganze Geschichte stank. Doch wenn man in die Gesichter der Jury blickte, konnte man keineswegs sicher sein, dass sie das ebenso wahrnahmen. Und nur auf sie kam es schließlich an. Die Münder eines älteren Mannes und einer jüngeren Frau waren vor Sensationsgier weit aufgerissen, so als verfolgten sie ein besonders widerliches, aber auch unwiderstehliches Drama.

Alice wurde aus dem Zeugenstand entlassen und ging mit gesenktem Blick stolpernd davon, und die Komödienschauspielerin Zey Prevon wurde hereingeführt, eine hübsche kleine Blondine, die einen ähnlich eingeschüchterten Eindruck machte wie Alice und die noch dünner und zerbrechlicher wirkte.

Sie hatte sich jedoch erstaunlicherweise besser im Griff als diese, und ihre Stimme war fester, doch sie trug dieselben Aussagen vor und bestätigte Alice in allen Punkten. Sie versuchte verzweifelt, ihre Würde bei diesem öffentlichen Auftritt zu wahren und zumindest nicht die Fassung zu verlieren, wenn sie denn schon vor aller Welt zur Lügnerin gemacht wurde. Es war furchtbar und deprimierend, dem zusehen zu müssen.

Als McNab aufstand, um auch diese Zeugin zu befragen und ihre Glaubwürdigkeit zu erschüttern, erhob ich mich und verließ die Empore. Es war bereits beinahe Mittag, und ich wusste, dass dabei nicht mehr viel Neues herauskommen würde.

62

Als ich zum Milburn zurückging, sah ich am Hinterausgang bereits zwei der drei Limousinen von zuvor warten. Ich setzte mich in meinen Wagen und rauchte, als könnte Rauch den schlechten Geruch vertreiben, der mir immer noch in der Nase lag, den von trockenem Staub und Holz und miesen Lügen.

Ich hätte gerne etwas getrunken oder gegessen, aber es gab hier hinten keine Verkaufsstände. Und ich musste jetzt scharf aufpassen.

Zwei Reporter hatten sich das ebenfalls vorgenommen und waren so schlau wie ich, hier zu warten. Plötzlich kam ein dritter gelaufen und rief ihnen zu: »Brady gibt vorne eine Erklärung ab, schnell!« Alle drei sprinteten los und verschwanden um die Ecke.

Ich blieb sitzen. Ich musste nur zwei Minuten warten.

Die Uhr schlug zwölf und direkt darauf öffnete sich die Tür des Hinterausgangs, und der junge Schwarze mit der Brille lugte heraus und sah sich vorsichtig nach allen Seiten um. Dann, da niemand zu sehen war, winkte er nach hinten und Alice und Zey wurden von zwei Polizisten hinausgeleitet, die sie am Arm hielten wie Gefangene. Beide wirkten am Boden zerstört und schluchzten hemmungslos vor sich hin, jetzt, da sie glaubten, unbeobachtet zu sein. Sie wurden direkt zu einer der Limousinen geleitet, deren hintere Tür der Schwarze ihnen aufhielt, und hineingedrängt. Er schloss die Tür schnell und setzte sich nach vorne. Die Polizisten liefen zu der zweiten Limousine und als sie eingestiegen waren, fuhren beide in schnellem Tempo los.

Ich fuhr an und folgte ihnen in einigem Abstand, aber achtete darauf, immer in Sichtweite zu bleiben. Um keinen Preis durfte ich sie verlieren.

Ich folgte ihnen durch den dünnen Mittagsverkehr, und sie nahmen Kurs in Richtung des Meeres. Wir fuhren am Hafen vorbei und ich sah für einige Augenblicke die Küste auf der anderen Seite der Bay durch den dichten Nebel schimmern. Schiffe ließen ihre Nebelhörner erklingen.

Die Fahrt ging weiter. Ich hatte Sorge, dass die Polizisten in der zweiten Limousine, die ohne Zweifel als Absicherung mitfuhren, mich entdecken könnten, doch sie blieben dicht an der anderen dran, und ich konnte ihnen weiter unbehelligt folgen.

Das Viertel, in das wir nun kamen, bestand aus kleineren, ärmlichen und heruntergekommenen Holzhäusern. Ich sah nur noch Schwarze auf den Straßen, auf den Veranden vor den Häusern, schwatzend zusammenstehend, Familien und Nachbarn.

Ein gutes Versteck, niemand würde in diesem Teil der Stadt die Zeugen des Arbuckle-Prozesses vermuten: zwei Blondinen aus Hollywood. Und eine Brünette, wenn ich Glück hatte: Maude Delmont.

Ich ließ mich etwas zurückfallen und zog den Hut tiefer, sodass die Krempe mein Gesicht beschattete.

Die Straße war nun mit groben Steinen gepflastert, über die man holpernd fuhr, und stieg leicht an und ich sah, wohl vierzig oder fünfzig Fuß voraus, wie die beiden Wagen langsamer wurden und in eine Einfahrt bogen. Sofort fuhr ich rechts ran und stoppte den Milburn. Ich ließ mich tief in meinen Sitz sinken und blickte gerade so über das Lenkrad hinweg nach vorne. Neben mir war ein unbebautes Grundstück, das mit Sträuchern und hohem Gras zugewuchert war.

Einen Augenblick später kamen die beiden Wagen wieder aus der Einfahrt heraus und fuhren zurück, an mir vorbei. Ich ging wieder in Deckung. Ich hörte sie vorbeituckern. Als ich vorsichtig wieder hochkam, konnte ich zusehen, wie sie weit entfernt hinter mir um eine Kurve verschwanden.

Ich nahm an, dass es die beiden Polizisten gewesen waren, die nun die Wagen wegbrachten, und dass der junge Schwarze, der Mitarbeiter von Brady, bei den Zeuginnen geblieben war. Vermutlich handelte es sich um sein Haus.

Ich überprüfte meine Luger. Sie war einsatzbereit.

Ich sah mich um. Auf der anderen Straßenseite waren Häuser, doch ich sah niemanden davor und keine Bewegung darin. Als ich sicher genug war, stieg ich aus. Ich ging durch das hohe Gestrüpp des unbebauten Grundstücks, das mich fast vollständig verbarg, und näherte mich der Einfahrt, in die sie hineingefahren waren.

Etwas zurückgesetzt von der Straße stand, hinter einem kleinen Vorgarten mit rotbrauner Erde statt Rasen, ein Holzhaus mit zwei Stockwerken und einem schiefen Giebel. Ich zog mir den Hut ins Gesicht und drückte mich an die Bäume, die es vom Nachbargrundstück abgrenzten. Ich schlich mich in ihrer Deckung seitlich am Haus entlang, ungefähr zwanzig Fuß entfernt davon, und konnte in ein Fenster blicken, hinter dem sich die Küche befand.

Ich blieb hinter einem Baum stehen, lugte vorsichtig an ihm vorbei und beobachtete das Fenster und den Raum. Nichts schien sich darin zu tun.

Ich wartete eine Ewigkeit. Ich hätte sonst was dafür gegeben, rauchen zu dürfen.

Als ich schon glaubte, sie hätten mich vielleicht reingelegt und seien ganz woanders, sah ich den jungen Schwarzen hereinkommen. Er wischte sich die Stirn mit einem Taschentuch ab und putzte seine Brille. Er holte eine Flasche und mehrere Gläser und rief etwas nach hinten. Nacheinander kamen die beiden Frauen herein. Er schenkte ihnen die Gläser halb voll und bedeutete ihnen, sich zu ihm an den Tisch zu setzen. Alice stützte den Kopf in die Hände und weinte vor sich hin. Die andere strich ihr über den Kopf.

Der junge Mann drängte sie zu trinken. Er sah nicht bedrohlich aus, aber es war klar, dass er gewohnt war, ihnen Befehle zu erteilen. Sie tranken beide. Es schien Alice etwas zu beruhigen. Er redete auf sie ein. Ich konnte nicht hören, was.

Alice drehte sich plötzlich um und warf das Glas an die Wand. Der junge Mann stand auf und brüllte sie an, es wirkte, als wollte er ihr eine Ohrfeige geben, doch dann überlegte er es sich anders.

Ich hatte wie gebannt nach drüben gesehen, bereits auf dem Sprung, einzugreifen. Plötzlich nahm ich in einem Fenster darüber eine Bewegung wahr und hob instinktiv den Kopf.

Ganz oben, direkt unter dem Dach, stand am Fenster Maude Delmont.

Offenbar hatte der Lärm des splitternden Glases oder des Streits sie aufgestört. Sie starrte traurig und mit dumpfem Ausdruck aus dem Fenster, das genau über dem Küchenfenster lag, und sah nach unten. Sie bemerkte mich nicht, dazu schien sie viel zu sehr in Gedanken versunken zu sein. Sie ging langsam wieder von dem Fenster weg. Sie schien alleine dort oben zu sein.

Ich sah wieder zum Küchenfenster. Der junge Mann holte ein neues Glas und schenkte Alice und ihrer Freundin noch einmal ein. Ein weiterer Streit schien sich zu entspinnen, da sie beide nichts mehr trinken wollten. Er ging zu einem Radio in der Ecke und drehte an den Knöpfen. Er redete weiter auf die beiden ein.

Ich zog meine Waffe und lief auf das Haus zu. Ich war jetzt entschlossen, mein Glück zu versuchen. Ich ging die zwei Stufen hoch zur Tür. Ich öffnete sie langsam mit einer Hand, die Waffe im Anschlag, und ging vorsichtig hinein. Jetzt hörte ich das Radio. Es spielte eine langsame Jazznummer.

Vor mir lag der Flur und von diesem ging hinten die Küche ab. Ich hörte durch die Musik hindurch den Mann reden und die Frauen hier und da antworten. Links führte eine Holztreppe nach oben.

Ich ging den Flur langsam nach hinten, auf die Küchentür zu. An der Tür hörte ich den Mann, der beschwörend auf die Frauen einsprach.

»Ich sage euch, ihr habt das Richtige getan. Und außerdem ist es doch bald vorbei.«

Ich kam mit der Waffe voran um die Ecke herum und sah ihn neben dem Tisch stehen, an dem die Frauen saßen. Ich zielte auf ihn.

»Hände hoch.«

Er fuhr herum und starrte mich an.

Die Frauen schrien auf.

Er hob langsam die Hände.

»Los, da rüber.« Ich drängte ihn zurück zur Wand. »Keine Bewegung oder Sie werden es bereuen.«

Er lachte auf. »*Sie* werden das bereuen, wer auch immer Sie sind.«

Alice wollte aufstehen.

»Sitzen bleiben«, sagte ich, ohne hinzusehen. Sie folgte meinem Befehl augenblicklich.

»Du«, sagte ich zu der anderen. »Geh zum Vorhang und bring mir die Schnur.«

Zey nickte langsam, zögernd. Dann stand sie auf und während ich den Mann in Schach hielt, nahm sie die Schnur ab, die den Küchenvorhang zusammenraffte. Es war eine Kordel aus einfachem Seil.

»Umdrehen«, sagte ich zu dem Mann. Er drehte sich mit dem Gesicht zur Wand. Ich trat hinter ihn, riss seine Hände nach hinten und nickte zu Zey hinüber. Sie fesselte sie ihm auf den Rücken. Die kleine Blonde zog den Knoten so fest zu, als wollte sie die *Titanic* vertäuen.

Ich ging zum Radio und drehte es aus. Die Frauen begriffen allmählich, dass sie ihren Peinigern nun tatsächlich entkommen könnten. Sie schlugen die Hände vors Gesicht, konnten ihr Glück kaum fassen und begannen zu weinen.

»Wartet hier«, sagte ich. »Und behaltet ihn im Auge.«

Ich ging wieder nach draußen in den Flur und dann die Treppe hinauf. Die Luger behielt ich in der Hand. Die Tür des ersten Zimmers stand offen.

»Maude?«, rief ich. Sie antwortete nicht. Ich ging langsam

hinein und sah sie auf dem Bett sitzen. Sie war vollständig angezogen, aber nicht frisiert und wirkte verwahrlost. Sie starrte dumpf vor sich hin, als hätte sie mich nicht gehört.

»Maude, hallo.« Sie sah langsam hoch und in meine Richtung. »Erkennen Sie mich?«

In ihrem Gesicht regte sich nichts.

»Ich bin Hardy Engel, Maude. Sie kennen mich doch von der Erpressung.«

Sie sah suchend in mein Gesicht. Plötzlich sprach sie, langsam, leise.

»Welche Erpressung meinen Sie?«

Sie sprach wie durch einen Schleier, tastend. Sie wusste wirklich nicht, was ich meinte, und sie wusste wahrscheinlich gerade einmal ihren eigenen Namen.

»Die mit dem Foto, über die wir gesprochen haben, die in Hollywood.«

»Aber welche?«, sagte sie leise.

»Irving Thalberg, Maude. Ich weiß, dass Sie wissen, was er mit der Flasche gemacht hat.«

»Aber doch nicht Thalberg«, flüsterte sie und sah sich panisch um, als könne jemand es hören. Sie schüttelte abwehrend den Kopf und zitterte am ganzen Leib.

Ich stutzte. Meinte sie das ernst? Oder fürchtete sie sich nur? Verdammt, dachte ich, in diesem Zustand wird sie als Zeugin nicht zu gebrauchen sein. Ich musste sie beruhigen.

»Sie brauchen keine Angst mehr zu haben, Maude. Ich weiß auch, dass Jansen Sie gezwungen hat, stattdessen Fatty zu beschuldigen. Aber Jansen ist tot. Es war Jansen, nicht wahr? Dieser Mann?«

Ich holte mit der Linken den Zeitungsausschnitt heraus und zeigte ihr das Foto.

Ich musste es direkt vor ihr Gesicht halten, damit sie es ansah.

Sie sah kurz darauf, starrte auf den Holzboden, dann schien es ihr zu dämmern.

»Ja …, er ist tot?«

Plötzlich sah sie hoch und erschrak. Ich verstand es im ersten Moment vollkommen falsch. Ich dachte, es sei wegen Jansen.

Im nächsten Augenblick schlug mir jemand von hinten die Pistole aus der Hand, jemand anderes zog mir eine Decke über den Kopf und es wurde dunkel.

Sie hielten meine Arme fest und fesselten mir die Hände. Sie zogen die Fessel so eng zu, dass sie mir in die Haut schnitt. Ich hörte Maude erschreckt aufstöhnen.

»Bring sie weg, zu den anderen«, sagte eine Stimme. Sie war nur ein Brummen durch die Decke hindurch, die meinen Kopf eng umschloss.

»Wer seid ihr?«, fragte ich. Ich bekam kaum Luft.

Und es war dunkel. Rabenschwarz.

»Halt's Maul«, sagte einer und versetzte mir einen heftigen Stoß in die Nierengegend. Es tat verdammt weh.

»Bring ihn runter und ab in den Wagen«, sagte der andere.

Der Angesprochene hielt mich fest wie eine Schraubzwinge. Ich wurde umgedreht und vorangestoßen. Ich stieß mit dem Knie gegen etwas Hartes, vielleicht den Türstock.

Ich stolperte hinaus. Ich wurde zur Treppe geleitet. Geleitet wie damals nach dem Gasangriff, als ich durch den Graben stolperte.

Ich war wieder blind.

Und das Blödeste bei alldem war der Gedanke, dass jetzt mit mir dasselbe geschah – vor ihren Augen –, was ich damals mit Maude gemacht hatte, als ich ihr die Erpressung ausreden wollte. Mit der alles begonnen hatte.

Ich wurde unsanft die Treppe hinabgestoßen, immer noch fest im Griff des Mannes, stolperte Stufe um Stufe nach unten.

»Zum Hafen«, sagte der zweite Mann. Ich hörte es dumpf, wie von sehr weit her.

Sie schubsten mich ohne große Umstände aus dem Haus hinaus und über den Lehmboden und zur Straße und in ein Automobil hinein, an dessen Tür ich mir den Kopf stieß. Der Mann setzte sich neben mich. Der zweite startete den Wagen und wir fuhren los.

»Luft«, versuchte ich zu sagen, »ich bekomme keine Luft.«

»Halt's Maul«, sagte der Mann neben mir. »Dann erstickst du eben.«

Das überlebst du nicht, Hardy, dachte ich. Wieder einmal.

Ich hatte es herausgefordert. Und ich war vorbereitet.

Ich überlegte eigentlich nur noch, was das für Burschen waren. Die Stimme des Schwarzen war nicht dabei.

Leute von der Staatsanwaltschaft. Oder von der Polizei. Die, die durch die Stadt hinter mir hergefahren waren, die mich vermutlich nie aus den Augen verloren hatten. Die eingegriffen hatten, sobald sie es wollten, sobald es nötig war.

Die sind alle korrupt, stecken alle unter einer Decke, dachte ich. Im nächsten Moment musste ich beinahe lachen. Ich war es selbst, der unter der Decke steckte. Schon komisch, was man für einen Blödsinn denkt in so einer Lage.

Die letzten Minuten versuchte ich nur an Pepper zu denken. Ich versuchte, meinen Schmerz damit zu betäuben, und es gelang; bis dann der Schmerz über ihren Tod die Oberhand gewann.

Irgendwann stoppten wir, und ich wurde nach draußen gezogen und auf die Beine gestellt. Ich hörte dumpf Möwen schreien. Ich hörte leise Schiffe tuten. Man zerrte mich vorwärts, und dann hielt man mich abrupt an. Ich tastete mit einem Fuß nach vorne und er schwebte in der Luft.

»Das hast du jetzt davon, dass du einfach nicht aufhören konntest zu schnüffeln«, sagte eine Stimme nahe an meinem Ohr. »Stirb, du mieser Schnüffler.«

Ich drehte den Kopf zum Sprecher hin. Im selben Moment erhielt ich einen harten Schlag, der mich direkt auf das rechte Auge traf, und ein unglaublicher Schmerz explodierte in meinem Auge, in meinem ganzen Kopf, während ich fiel. Und platschend ins Wasser eintauchte.

63

Das Wasser war so kalt, dass ich glaubte, mein Herzschlag würde aussetzen. Als wäre ich direkt in flüssiges Eis gefallen. Die Decke legte sich sofort um meinen Kopf wie eine zweite Haut und drohte mich zu ersticken. Der Schmerz in meinem rechten Auge ließ mich brüllen und den Mund öffnen, und ich schluckte gurgelnd Wasser, während ich weiter sank.

Ich überließ mich meinen Instinkten und hustete und schloss schnell den Mund, und strampelte mit den Beinen und schüttelte heftig den Kopf.

Ich war tief im Meer, und das Gewicht der Decke und meiner Kleider zog mich hinab. Das Wasser in meinem Mund war eine ekelhafte Brühe, die schmeckte, als würden genau hier alle Miasmen von Hollywoods schlimmsten Exzessen eingeleitet.

Ich bewegte die gefesselten Arme und hob sie, soweit es ging, nach oben, in Richtung der Decke um meinen Kopf. Gleichzeitig stieß ich mit beiden Beinen so kräftig nach unten, wie ich nur konnte, und versuchte wieder zur Oberfläche zu gelangen.

Ich begann tatsächlich aufzusteigen. Ich glaubte zu ersticken und wollte trotzdem wieder schreien, wegen des unerträglichen Schmerzes in meinem Auge, der sich anfühlte, als hätte man eine Eisenstange quer durch meinen Kopf gerammt.

Ich zwängte die Hände unter die Decke und versuchte, sie anzuheben. Weg von meinem Gesicht.

Ich dachte nicht ans Sterben. Ich kämpfte.

Immer weiter nach unten tretend, verlor ich den rechten Schuh. Dann den linken.

Ich hatte das Gefühl, dass meine Lunge im nächsten Moment platzen würde.

Ich wand den Oberkörper hin und her und zerrte mit untauglichen Händen an dem, was meinen Kopf bedeckte, und plötzlich war er frei. Das Brennen in meinem Auge war schier unerträglich. Ich sah nur auf dem linken etwas, und nur eine trübe Brühe voller Schemen.

Ich stieß weiter die Beine in den stinkenden Ozean. Ich presste die Lippen aufeinander und hielt die Luft krampfhaft an.

Ich hustete mit geschlossenem Mund und glaubte, ich könne es nicht mehr aushalten.

Ich stieß nach oben durch die Wasseroberfläche und mit voller Wucht gegen etwas Hartes. Es gab einen dumpfen, metallischen Schlag, doch der Schmerz, auf den ich wartete, stellte sich nicht ein. Der Schmerz in meinem Auge überdeckte alles.

Ich war direkt unter einem Steg hochgekommen, der niedrig, fast auf Wasserebene in den Hafen hineinragte, und ich war darunter verborgen. Um mich herum schlug das Wasser glucksend und schmatzend gegen die Eisenplatte, und weiter entfernt gegen Schiffe und die Hafenmauer. Ich hustete konvulsivisch, spuckte und würgte, doch ich konnte mich selbst nicht husten hören.

Ich hatte Mühe, mich mit den gefesselten Händen oben zu halten, und mir blieb unter dem niedrigen Steg nur ungefähr ein Inch, um den Kopf über Wasser zu heben. Es gab nichts, um sich festzuhalten, ich strampelte weiter mit den Beinen, das Gesicht tauchte ständig wieder unter. Die Kälte kroch mir gierig in die Glieder. Mein Auge war dagegen wie in Glut getaucht, als brannte man es mir aus.

Die können mich nicht sehen, dachte ich, was für ein Glück, sie können mich nicht sehen. Sie müssen glauben, dass ich untergegangen und nicht wieder aufgetaucht sei.

Doch was würde das bringen, wenn ich jetzt hier krepierte?

Ich tauchte schon wieder unter, schluckte schon wieder Wasser, bekam es in die Nase.

Ich brachte die Hände nach oben, über den Kopf, und versuchte mich an dem Eisen des Stegs festzukrallen. Ich rutschte immer wieder ab.

Plötzlich hörte ich knallende Schritte, metallischen Widerhall. Die Männer, die mich hineingeworfen hatten, gingen den Steg entlang. Jetzt stoppten sie, genau über mir. Sie sahen vermutlich von dort aus in das Becken des Hafens, um nach mir zu suchen.

Ich strampelte weiter. Nicht husten, dachte ich panisch, bloß nicht husten.

Ich verhielt es. Ich verhielt es nur für kurze Zeit.

Ich hustete los. Doch im selben Moment ertönten wieder die Schritte, und der metallische Hall übertönte alles, auch mein Husten.

Sie gingen. Sie hielten mich für tot.

Nun waren sie nicht mehr zu hören. Ich wartete einige Zeit, die mir wie eine Ewigkeit vorkam. Ich wusste, ich würde erfrieren, wenn ich zu lange wartete. Ich musste es riskieren, gesehen und gefasst zu werden, bevor ich in dem kalten Wasser umkam.

Ich stieß mit den Beinen und es fiel mir bereits schwer, sie zu bewegen. Ich kam unter dem Steg hervor und sah mich um, mit dem linken Auge, während die Wasserlinie es immer wieder überspülte.

Am Ufer sah ich einen Mann. Er sah mich. Ich dachte, das müsse einer von ihnen sein. Ein zweiter kam dazugelaufen.

Doch es waren zwei Hafenarbeiter im blauen Drillich, und sie reichten mir eine lange Stange und halfen mir heraus und durchschnitten meine Fessel.

Sie brachten mich zu einem kleinen Lagerhaus, das voller großer zusammengeschnürter Bündel getrockneter Tabakblätter war. Sie stellten mir Fragen, während sie mich auszogen und in eine Decke wickelten. Ich zitterte so sehr, dass ich nicht antworten konnte, und es war mir ganz recht.

Der eine begutachtete mein Auge und mit dem wenigen, was ich wahrzunehmen in der Lage war, konnte ich sein Erschrecken erkennen.

Ich wusste instinktiv, ich würde damit nie wieder etwas sehen.

»Wir müssen Sie zu einem Arzt bringen, das sieht übel aus«, sagte der andere.

Meine schlotternden Lippen formten so lange Wörter, bis sie sie verstanden: »Dok-tor Hay-den …«

Irgendwie trieben sie ihn auf. Und irgendwie trieben sie auch eine kleine Flasche Schnaps auf, die sie mir auf dem Weg zu ihm einflößten und die mich wärmte und mir Kraft spendete. San Francisco war eben eine offene, freie Stadt, frei und offen genug, um einem Mann trotz der Prohibition Alkohol zu geben, bevor er erfror und während er erblindete.

Dr. Hayden hatte gerade seine Praxis schließen und nach Hause gehen wollen, als sie mich anschleppten. Er erkannte mich erst auf den zweiten Blick.

Er schickte seine Arzthelferin in den Feierabend und ich verabschiedete mich mit dankender Geste von den beiden Seeleuten, die ihm erzählt hatten, wie sie mich gefunden hatten. Ich selbst konnte erst allmählich wieder sprechen.

Der Doktor wusste auch so, konnte es sich erschließen, dass man mich niedergeschlagen und ins Wasser geworfen hatte. Dass es ein Mordversuch gewesen sein musste.

»Wundert mich, dass Sie ausgerechnet zu mir kommen wollten«, sagte er, während er an meinem Auge herumtupfte. Der Schmerz ließ mich zusammenfahren und laut aufstöhnen. »Bei Miss Rappe habe ich ja zunächst versäumt, zu erkennen, wie ernst ihr Zustand war, und Sie haben mir das zu Recht vorgeworfen.«

In der Tat hatte ich ihn nicht gewählt, weil ich mir viel von seinen medizinischen Fähigkeiten versprach. Aber ich wollte nicht in eine Klinik gehen, wo die Polizei davon erfahren könnte. Und ich wusste, ich konnte ihm – wenn überhaupt jemandem in dieser Stadt – einigermaßen vertrauen, da er schon einmal Geld erhalten und mir eine wichtige Information gegeben hatte. Die, dass Virginia Rappe gestorben war.

»Ich weiß. Deshalb wurden Sie ja dann auch durch einen anderen Kollegen ersetzt. Haben Sie Jansen eigentlich kennengelernt? Den Mann, der das alles in die Hand genommen hat?«

»Nein. Der Portier hat mir nur mitgeteilt, dass meine Dienste nicht mehr benötigt würden. Das war einen Tag, nachdem Sie uns verlassen hatten.«

»Deswegen haben Sie ihn vor Gericht nicht erwähnt.«

»Ich sollte nur meine Diagnose stellen und meinen Eindruck wiedergeben, aber bestimmt haben Sie das gelesen. Ich habe es ganz so gemacht, wie Mr Brady und die Staatsanwaltschaft es wollte. Die gesamte Ärzteschaft hat sich danach gerichtet, alle achtzehn Ärzte, die damit befasst waren, entweder mit der Patientin selbst oder mit der Obduktion oder mit dem Gutachten für das Gericht, mit dem alles aufbereitet wurde.«

»Deswegen wurden die Obduktionsergebnisse dort gar nicht weiter aufgeführt«, sagte ich und musste die Zähne zusammenbeißen. Ich fühlte mich, als stünde bei mir selbst in Kürze eine Obduktion an.

»Wer wären wir schon, dass wir einem redlichen Staatsanwalt den Weg zur Gouverneursvilla in Sacramento versperrten?«

Er sah mich mit einem Sarkasmus an, der so bitter war, dass man damit einen Whisky Sour hätte aufpeppen können.

»Geben Sie mir Morphin, anders halte ich es nicht aus«, sagte ich mit zusammengebissenen Zähnen.

»Wem sagen Sie das?«, sagte er und zog eine Spritze auf und plauderte weiter. Er schien froh darum, es einmal in aller Offenheit loswerden zu können. »Wir haben dort alles erfahren – dass sie schwanger war und dass man sie vermutlich nicht zufällig in eine Geburtsklinik gebracht hatte, sondern gewiss, um einen Abbruch vorzunehmen, wenn sie dann nicht schon viel zu krank dafür gewesen und gestorben wäre. Aber ihre Schwangerschaft sollte vor Gericht nicht erwähnt werden, sondern nur, dass ihre Blase gerissen war. Es ging ausschließlich darum, den Dicken hinzuhängen, alles andere wurde weggelassen.«

»Als Sie auf Ihre Aussage vorbereitet worden sind oder mit den anderen Ärzten gesprochen haben, war da von Jansen die Rede?«, fragte ich. Es lenkte mich von den Schmerzen ab. »Er ordnete die Obduktion an und wollte alles vertuschen. Wussten die Staatsanwälte von ihm?«

Er überlegte und schüttelte den Kopf. »Die anderen Ärzte haben ihn mit keinem Wort erwähnt. Ist doch klar, wenn er sie bestochen hat. Ich habe Sie ja auch nicht erwähnt.« Er grinste. »Wundert mich nur, dass die Verteidigung nicht viel mehr auf die medizinischen Gutachten eingeht.«

»Sie haben zu viel Angst vor schlechter Publicity«, sagte ich und hielt vor Schmerz die Luft an.

Die Spritze war jetzt so weit.

Während er sie mir in den Arm gab, sagte er: »Ich bin kein Ophtalmologe, wie Sie wissen, aber das Auge sieht nicht gut aus. Die Linse ist beschädigt, und auch der Sehnerv hat was abbekommen, soweit ich es beurteilen kann. Es kann sein, dass eine Operation es noch retten kann, wenn man den Sehnerv wieder zusammenflickt, aber ich fürchte, die Wahrscheinlichkeit ist gering.«

»Das weiß ich auch«, sagte ich. »Und das, wo ich gerade angefangen habe, mein eigenes Auto zu fahren.«

Das Morphin begann zu wirken, und ein wohliges Gefühl breitete sich in mir aus und mischte sich in den Schmerz, und ich musste daran denken, wie Orangensaft in farblosen Gin einschoss. Wie gerne hätte ich jetzt etwas getrunken.

»Ich würde Ihnen trotzdem eine Operation empfehlen. So bald wie möglich. Ruhen Sie sich erst einmal aus. Ich kann Sie überweisen.«

»Ist nicht, worum ich mich jetzt kümmern muss.«

»Sondern? Was ist wichtiger als Ihr Auge?«

»Haben Sie eine Waffe? Falls die mitbekommen, dass ich noch am Leben bin.«

»Nein.«

»Aber ein Telefon?«

Er brachte es mir, nachdem er das Auge gereinigt, mit Salbe beschmiert und verbunden hatte; das alles war äußerst schmerzhaft und nur mit dem Morphin zu ertragen gewesen. Er gab mir eine schwarze Augenklappe und ich legte sie an, genau über dem Verband. Was ich sah, wirkte seltsam flach: der Doktor, der Spiegel, den er mir hinhielt, das Krankenbett mit dem Spritzbesteck daneben in dem weiß gekalkten Raum und ganz rechts meine vorspringende Nase.

Ich sagte der Vermittlung die Nummer des *Palace Hotel* und wartete, den Hinterkopf gegen den Bettrahmen gelehnt.

Ich wusste, ich hatte nicht das, was es brauchen würde, um Fritz und seine Bosse umzustimmen. Ich hatte nicht Maude als Zeugin, und ich würde sie auch nicht mehr bekommen. Sicher hatten sie sie und die beiden anderen Frauen längst woanders hingebracht, in ein neues Versteck.

Aber ich wollte Fritz zumindest erzählen, dass ich sie gefunden hatte und was dann geschehen war.

»*Palace Hotel*, wie kann ich Ihnen helfen?«

»Das Zimmer von Fritz Roth, bitte.«

»Das tut mir leid. Mr Roth ist vorhin abgereist.«

»Zurück nach Hollywood?«, fragte ich.

»Darf ich fragen, wer Sie sind?«

»Mein Name ist Dolores«, sagte ich, »und ich bin auch aus Hollywood. Merken Sie sich den Namen, ich werde dort eine große Karriere machen. Und alles nur wegen meiner schönen Augen.«

VIERTER TEIL

64

Diesmal nahm ich den Zug.

Sie hatten den Milburn sicher längst weggeschafft, alleine schon um die Spuren ihres vermeintlichen Mordes an mir zu beseitigen. Und hätte ich ihn noch gehabt, so hätte ich ihn kaum fahren können.

So saß ich nun in der dritten Klasse ganz vorn, wo der beißende Rauch der Lokomotive durch die Fensterritzen drang, mit meiner Augenklappe und in dem abgetragenen grauen Anzug, den mir Dr. Hayden geliehen hatte, zusammen mit schwarzen Schuhen, die mir eine Nummer zu groß waren, mit rund gelaufenen Absätzen. Ich hatte einfach nicht viel Glück mit meinen Schuhen.

Immerhin hatte er mir meinen feuchtklammen Anzug in einer Papiertüte mitgegeben, und darin fanden sich sogar noch die Notizen und das Foto; wenngleich zu Klumpen verbacken, wertlos und nicht mehr zu erkennen.

»Ich schulde Ihnen ganz schön was«, hatte ich gesagt, als er mir die Sachen gebracht hatte, nachdem ich endlich aus einem langen, tiefen Morphinschlaf erwacht war und er mir eine weitere Spritze gegeben hatte.

»Ja«, hatte er trocken geantwortet, »hundert Dollar.«

Er habe mich ein paar Tage schlafen lassen, und immer wieder nachgespritzt, hatte er mir erzählt. Und ich hatte ihm zugesagt, ihm das Geld von Los Angeles aus zu schicken, wenn er mir jetzt etwas lieh und ansonsten über meinen Besuch Stillschweigen wahrte; und wenn er es auch nur deshalb täte, damit ihm nicht das Gleiche zugefügt würde wie mir.

Seine Augen seien ihm sehr lieb, hatte der gute Doktor gesagt, und zwar alle beide, links wie rechts.

Dann hatte er mich mithilfe derselben zum Bahnhof gefahren und mich aufatmend verabschiedet.

Die Leute in dem überfüllten Abteil starrten mich an. Ich starrte zurück mit allem, was ich noch hatte. Irgendwann ließen sie mich in Ruhe.

Einige lasen die Zeitungen mit den aktuellsten Schlagzeilen des Arbuckle-Prozesses. Als ein Mann mit Melone in Fresno ausstieg, konnte ich seine liegen gelassene Zeitung an mich nehmen und lesen, was sich inzwischen alles ereignet hatte.

Die Beweisaufnahme war geschlossen worden. Nach kalifornischem Recht hatte es zwei Plädoyers von der Staatsanwaltschaft gegeben und nur eines von der Verteidigung. Zuerst hatte also Leo Friedman gesprochen, der junge scharfe Stellvertreter von Brady, dann hatte Gavin McNab für den Angeklagten plädiert, und dann hatte Milton U'Ren darauf antworten können, der andere junge scharfe Stellvertreter Bradys. Im Anschluss hatte die Jury sich zur Beratung zurückgezogen. Es sah nicht gut aus für den Dicken.

Ich hatte nicht viel Zeit zu verlieren. Und ich hatte genug Morphin mitbekommen, um eine Weile durchzuhalten. So lange, bis sie darauf kommen würden, dass ich lebte und immer noch gegen sie agierte. Ich musste in Deckung bleiben. Und trotzdem alles so schnell wie möglich angehen.

Aber vorher brauchte ich eine Waffe. Ohne meine Luger fühlte ich mich schutzlos und mit bloß einem Auge umso mehr.

Als der Zug nach Mitternacht in das *South Pacific Depot* einfuhr, drückte ich mich im Schutz der aus meinem Waggon strömenden Masse davon. Ich nahm mir von dem geliehenen Geld ein Taxi und ließ mich als Erstes ins *Jail Café* fahren.

Buck erstarrte, als er mich so sah, einäugig, und winkte mich in sein Hinterzimmer. Man konnte durch eine Einwegscheibe in die Bar sehen, aber von dort nicht hier hinein.

»Gewöhn dich an den Anblick«, sagte ich. »Muss ich ja auch. Hab da oben einen kleinen Unfall gehabt, als ich ein paar Schwimmstunden genommen habe.«

Als ich ihm alles erzählt hatte, war das Erste, was er sagte: »Du brauchst unbedingt einen Revolver. Jetzt gleich.«

»Ich weiß.«

»Warte, ich geb dir meinen.«

»Nein, ich will einen anderen.« Er sah mich fragend an. »Weil ich ein sentimentaler Hunne bin. Hast du noch den Schlüssel zu Peppers Apartment?«

»Selbstverständlich. Glaubst du denn, du ...« Er zögerte.

»Ja, ich werd's schon aushalten. Und ich brauche auch eine Unterkunft. Meine Wohnung ist nicht mehr sicher.«

»Da hast du wohl leider recht.«

Er nickte und ging den Schlüssel holen, und er fuhr mich persönlich hin in seinem Ford, mit dem er sonst nur zu seiner Destillerie draußen auf dem Lande fuhr.

»Bin gleich wieder da«, sagte ich an der Orange Grove und stieg alleine aus. »Nicht nötig, dass dich hier jemand sieht.«

Ich ging durch den Garten der hufeisenförmigen Anlage und begegnete trotz der späten Stunde einem Anwohner, der stehen blieb und mich anstarrte, mich und meine Augenklappe, als wäre ich ein General der geschlagenen Südstaaten-Armee. Ich kümmerte mich nicht um ihn und ging weiter nach hinten links zu Peppers Eingang.

Er kam herüber; ein älterer, schlecht rasierter Mann in einem Unterhemd, der an einem furchtbar stinkenden Zwei-Cent-Zigarillo zog.

»Was ist denn mit Miss Murphys Appartement?«, jammerte er. »Wissen Sie das, Mister? Ich habe seit vier Wochen keine Miete mehr bekommen!«

Ich drückte ihm einen Zehn-Dollar-Schein in die Hand.

»Darum müssen Sie sich nicht kümmern. Sagen wir einfach, es ist vorübergehend wieder belegt.«

Er verschwand so schnell wie eine Kakerlake.

Ich lauschte kurz und sperrte dann die Tür auf. Ich schloss sie hinter mir und drehte den Lichtschalter an.

Es war schmerzlich, Peppers Wohnung wiederzusehen, aber auf Morphin und mit halber Sehkraft war es einigermaßen zu ertragen. Es ging mir ohnehin im Moment nur darum, aus dem Putzeimer unter ihrer Spüle ihren 45er zu holen; da, wo Buck ihn nicht hatte finden können – und auch niemand anderes sonst –, weil ich als Einziger davon wusste. »Wozu braucht eine Frau wie du einen Revolver?« Ich schüttelte unwillkürlich den Kopf darüber, wie ich sie so etwas hatte fragen können.

Die Wohnung schien unberührt. An der Wand fehlten die beiden Bilder, die Buck abgenommen hatte. Da war ihr Bett. Darauf lag der kleine beige lädierte Stoffhund.

Ich drehte mich schnell um und ging hinüber zur Spüle. Ich kniete nieder, zog den Vorhang zurück und suchte zwischen den Dingen nach dem Eimer. Da stand er.

Darin fand meine Hand unter dem Putzlappen den Revolver.

Als ich ihn herauszog, berührte ich daneben noch etwas anderes. Es fühlte sich hart an. Ich stutzte. Ich nahm es heraus.

Es war eine kleine, dünne Glasplatte, die in ein zusammengefaltetes Blatt Papier gewickelt war. Ich besah es mir genauer.

Es war einer der Zettel, die ich in der Stadt aufgehängt hatte; der, den sie damals abgenommen hatte und den ich hier hatte liegen sehen: *Hardy Engel – Private Ermittlungen*. Auf der Rückseite stand etwas geschrieben.

Ich hielt ihn mir nah an das Auge.

Da stand, in ihrer schwungvollen Handschrift: *Für Hardy – nur für den Fall … In Liebe, Pepper.*

Ich ließ den Zettel sinken und kämpfte mit den Gefühlen, die in mir aufstiegen. Ich fasste mich wieder und hielt nun die kleine Glasplatte nahe vor das gesunde Auge.

Es war das Negativ eines Fotos. Ich rieb mir das Auge und hielt die Platte gegen das Fenster. Darauf waren zwei Menschen zu sehen, offensichtlich im Bett. Ich zwinkerte. Um Genaueres sagen zu können, würde ich das Positiv brauchen.

Ich grübelte kurz darüber nach, dann steckte ich es ein, zusammen mit dem Zettel und dem Revolver. Ich versicherte mich, dass er geladen war.

Dann ging ich hinaus und schloss die Tür hinter mir ab.

Ich stieg zu Buck in den Wagen und nickte ihm zu. Er fuhr los.

Auf dem Weg zeigte ich ihm das Glasnegativ.

»Wir müssen es so schnell wie möglich entwickeln.«

»Klar, können wir bei mir machen. Aber das Foto hast du doch bereits gesehen«, sagte Buck. »Was soll das also schon Besonderes sein?«

»Irgendetwas muss sie damit gemeint haben. Sie muss es schon vor jenem Abend dort deponiert haben, an dem sie mir den Hinweis gegeben hat. Es muss noch mehr dahinterstecken, etwas, was sie mir noch erzählen wollte und dann nicht mehr konnte.«

»Über Irving Thalberg, schon klar.«

»Ich weiß nicht«, sagte ich. »Maude hat seltsam reagiert, als ich sie darauf angesprochen habe. Sie wirkte sehr desorientiert und panisch, deswegen habe ich erst nichts darauf gegeben. Welche Erpressung ich denn meine, hat sie gefragt; und dann: ›*Aber doch nicht Thalberg*‹.«

»›*Welche Erpressung*‹ …?«, wiederholte Buck.

»Und Laemmle hat auch bestritten, dass es Thalberg gewesen ist. Obwohl er dabei die Flasche vernichtet hat. Klar, der würde alles bestreiten, aber …«

Wir sahen uns plötzlich an und wechselten einen fragenden Blick.

Er fuhr rechts ran und wir hielten das Negativ nach oben gegen das Licht einer Straßenlaterne.

Was darauf weiß auf schwarz zu erkennen war, sah auf den ersten Blick aus wie die Szenerie mit Virginia und Thalberg. Ein Mann und eine Frau im Bett, zur Kamera gewandt. Doch als ich jetzt näher hinsah, erkannte ich: Es handelte sich eindeutig um ein anderes Foto. Um eine andere Perspektive, etwas anderes, das die beiden im Bett machten.

Und vor allem, um *jemand* anderes auf dem Foto.

Der Mann hier sah nicht wie Thalberg aus, zumindest das, was man von ihm sah. Man konnte nicht richtig einschätzen, wie groß er war, doch er war mit Sicherheit breiter als der dünne Thalberg. Mit einem größeren Schädel. Mehr konnte man im Negativ nicht sehen, nur diesen gespenstisch aussehenden Schädel mit zwei kleinen dunklen Punkten darin.

»Sie haben noch jemand anderen erpresst«, sagte ich vor mich hin.

»Hast du ja gesagt.«

Er fuhr weiter. Er gab tüchtig Gas.

»Zur selben Zeit. Und er konnte dann, als sie schwanger wurde, genau so gut wie Thalberg der Vater ihres Kindes sein.«

Buck sah mich plötzlich ruckartig an, als sei ihm etwas eingefallen. Ich nahm es mehr wahr, als dass ich es sah.

»Verdammt noch mal«, sagte er, »was meinst du – könnte das sein …?

Ist es Erich von Stroheim?«

65

In einem von Bucks Hinterzimmern hatte er ein komplett eingerichtetes Fotolabor, mit Entwickler-Flüssigkeit und Silbergelatine-Papier und allem nötigen Zubehör. Es war sein Steckenpferd, immer wieder abends seine Gäste zu fotografieren, zu Werbezwecken und meist mit den besonders grimmig dreinschauenden Kellnern in ihren Sträflingskleidern daneben.

Aber er machte auch, wie sich anhand der darin an Klammern aufgehängten Abzüge feststellen ließ, Porträts seiner Zigarettenmädchen, aus eher privaten Gründen. Vor allem von dem schwarzen mit dem Kirschmund.

Buck schloss die Tür hinter uns und knipste rotes Licht an, das von einer Glühbirne an der Decke ausgestrahlt wurde und alles in eine ungesunde, schreiende Farbe tauchte. Meiner Fähigkeit zu sehen half das nicht gerade auf die Sprünge. Doch Buck würde das für uns beide übernehmen, und ich war viel zu aufgeregt, um mich daran zu stören.

Wir beide waren es.

Buck bereitete alles vor und legte das Glasnegativ in das Vergrößerungsgerät.

»Wäre doch logisch«, sagte er, richtete es innerhalb des Rahmens ein und stellte die Projektion sorgfältig scharf. »Auch dann hätte die *Universal* einen Grund gehabt, es zu vertuschen. Von Stroheim ist immerhin das beste Pferd in ihrem Stall, ihr Starregisseur, in dessen Film sie so viel Geld gesteckt haben.«

Er legte das Gelatine-Papier darunter und holte seine Taschenuhr heraus.

»Schon möglich«, sagte ich und starrte auf das noch leere Papier. »Und sie sind beide Mitglied im *Athletic Club*, da konnten sie in Ruhe ihr gemeinsames Problem besprechen.«

»Vielleicht sind sie dort auch erst drauf gekommen, dass es dem andern genauso geht«, sagte Buck und drehte das Licht des Vergrößerers an. Das Bild des Negativs wurde nach unten auf das Papier geworfen. Buck sah auf seine Uhr. Schließlich drehte er den Lichtstrahl wieder aus. »Als Starregisseur gehst du mit so was schon mal zu deinem Produzenten, oder?«

Er nahm das Papier mit einer Zange und ließ es in die Wanne mit dem Entwickler gleiten.

»Oh, bei so etwas hält sich von Stroheim sicher nicht zurück«, sagte ich grimmig und sah wie gebannt nach unten. Ich beugte mich hinab. Wir beide starrten auf das Papier, auf dem sich in Kürze das Positiv abzeichnen würde. Wir hielten es kaum aus zu warten.

»Vielleicht ist es auch jemand ganz anderes«, sagte ich vor mich hin.

»Zum Beispiel?«

»Laemmle«, sagte ich. »Witwer, alleinstehend. Studioboss. Hat mir vorgeschwärmt, wie naiv die Rappe ihm vorgekommen sei. Sie sehe aus wie ein Mädchen aus seiner Jugendzeit in Laupheim.«

Auf dem Papier zeichneten sich erste Schemen ab. Noch sah es aus wie eine abstrakte Zeichnung mit schwarzen Pinselstrichen.

»Zu klein«, sagte Buck. »Und der da hat volles Haar …«

Auf dem Papier kam jetzt das Bild immer klarer heraus, wie hingezaubert auf der Schicht aus Silberpartikeln.

Wir beugten uns noch tiefer hinab und atmeten beide laut. Komisch, wie intensiv man hört, wenn man nicht gut sieht.

Buck stöhnte plötzlich auf, als habe ihn etwas gebissen.

»Was?«, fragte ich und packte seinen Arm.

»Es ist Reid«, sagte Buck, »Wallace Reid!«

Und er griff das Papier mit der Zange und holte es schnell aus dem Entwicklerbad und gab es in die Wanne mit dem Stopper, und drückte es in die Flüssigkeit und bewegte es leicht hin und her. Dann tat er das Gleiche im Fixiererbad.

Ich starrte in die Wanne. Buck ging zum Lichtschalter und drehte das normale, helle Licht an.

Auf dem Foto war Virginia Rappe zu sehen, ihr Gesicht verzerrt, vorne auf dem Bett in der Hundestellung, und hinter ihr kniend Wally Reid, sein berühmtes Gesicht und seine breiten Schultern über ihr. Er war deutlich zu erkennen, selbst für einen Halbblinden wie mich. Sie hatten ihn mittendrin erwischt und bevor er die Fotografin vor ihm – Maude, wie ich annahm – bemerkt hatte.

Es war Reid. Der Star von *Famous Players*.

Buck nahm den Abzug aus der Flüssigkeit und ließ Wasser darüber laufen und hängte ihn dann an zwei Klammern auf eine Leine. Wir sahen ihn beide an. Er glänzte im Licht, das uns nun sehr grell erschien.

»Verdammte Scheiße«, sagte ich. »So eine gottverdammte Scheiße!«

»Du sagst es«, brummte Buck.

Er ging zu einem Tisch und entkorkte eine Flasche. Er schenkte uns zwei ehrliche Gläser ein. Wir tranken. Wir schwiegen eine ganze Zeit lang und dachten nach.

»Wally Reid«, sagte er plötzlich. »Natürlich, das perfekte Erpressungsopfer. Wenn jemand nicht will, nicht wollen kann, dass seine Frau ihn verlässt, dann ist es Wally Reid.«

»Ich habe selbst gehört, wie er erzählt hat, wie eifersüchtig sie ständig sei«, sagte ich. »Dass sie ihn schon einmal verlassen habe, und das sei nur wegen eines Gerüchts gewesen. Und dass er das unbedingt verhindern wolle.«

Er nickte vor sich hin.

»Stimmt, das habe ich auch gehört«, sagte er. »Denn sie ist die Einzige, die ihn noch davon abhalten kann, sich zu Tode zu spritzen. Und das weiß er.«

»Das Blöde ist nur«, sagte ich, »dass er, wenn er seine Drogen genommen hat, einfach alles zu tun imstande ist. Alles.«

Ich sah Reid vor mir, auf dem Sofa in dem Rauschgiftclub, wie er die Hand nach Pepper ausstreckte.

Und wie sie heftig den Kopf schüttelte und sofort einen Schritt weg von ihm ging.

»Das stimmt wohl. Es gibt das hartnäckige Gerücht«, sagte Buck nachdenklich, »dass Wally, der große Autorennfahrer, voll mit Morphin in einem seiner Rennwagen durch Hollywood gerast sei und dabei einen Familienvater zu Tode gefahren habe.«

Wir starrten vor uns hin und schwiegen eine ganze Weile.

Es klopfte an der Tür. Es klang sehr dringend.

Buck sprang hin und öffnete. Draußen stand das hübsche schwarze Zigarettenmädchen, mit ihrem Kasten vor dem Bauch, und die Dinge darin waren ganz durcheinandergeschüttelt.

»Razzia«, sagte sie außer Atem.

»Jetzt?«, fragte Buck entgeistert.

»Die Prohibitionsbehörde.«

»Die bezahle ich doch«, sagte Buck.

Er drehte sich um und wir sahen uns an.

»Schnell«, sagte Buck und zeigte auf das Foto. »Nimm das da und hau ab!«

Ich nahm den Abzug herunter und dann das Negativ aus dem Apparat und steckte beides in die Papiertüte mit meinen Sachen. Dann drängten wir uns aus der Tür.

Draußen wurde es schon hell. Die Vögel zwitscherten.

Buck zeigte nach links, und ich lief schnell den Flur hinunter zum Hinterhof, und er und das Mädchen gingen nach rechts, in die Bar.

66

Ich musste nicht lange überlegen. Ich stürzte nur rasch einen Kaffee hinunter in einem Diner, das gerade aufgemacht hatte, und nahm dann den *Yellow Car* nach Downtown, zu der einzigen Instanz, die jetzt noch in der Lage war, alles zu ändern. So, wie sie auch zu Beginn alles geändert, es überhaupt erst in Gang gebracht hatte.

Als ich vor dem *Examiner*-Gebäude ankam, herrschte davor geschäftiges Gewimmel, und die Zeitungsverkäufer verkündeten die neue Morgen-Schlagzeile: »URTEIL JEDE STUNDE ERWARTET – JURY BERÄT ÜBER DAS SCHICKSAL VON FATTY ARBUCKLE«, ihre Rufe versetzt und verschachtelt, als führten sie eine Kantate von Bach auf.

Ich ging nach oben zur Redaktion des *Examiner* und überlegte mir dabei eine gute Ausrede, die mich an dem Zerberus vorbei und zu Arthur Blowfish bringen würde.

Doch als ich die Treppe hochkam, stellte ich fest, dass dies gar nicht nötig war. Der Platz an dem Pult war unbesetzt. Von drinnen hörte ich Jazzmusik und Stimmengewirr und lautes Lachen und das Aneinanderklirren von Gläsern. Durch die Glastüren konnte ich die Zeitungsleute gruppenweise zusammenstehen sehen. Manche, überwiegend junge Frauen, tanzten. Ich stieß die Tür auf und ging hinein.

Sie hatten die ganze Nacht hindurch eine Party gefeiert, und sie war immer noch im Gang. Sie war offenbar nicht ganz so wild wie die Party, die Fatty Arbuckle seinerzeit gefeiert hatte, doch sie war weit fortgeschritten, und der Alkohol floss noch immer in Strömen. Ich sah mich um und ging weiter, durch die Reihen der Schreibtische, mit denen der ganze riesige Saal vollgestellt war, und die leer waren bis auf zwei, drei knutschende Paare und einen schnarchenden Mann, der nach vorne gebeugt war und eine Schreibmaschine umarmte.

Die Redakteure und Sekretärinnen standen ganz am Ende des Raumes. Offenbar feierten sie ihren Sieg. Eine junge Frau mit braunen Locken in einem dünnen Fähnchen von Kleid lachte auf, als sie mich sah, und tanzte mich an und wollte mir den Arm um die Taille legen. Ich hielt sie von mir weg und ging weiter.

Vor einem einzelnen verglasten Büro an der Stirnseite des großen Saales machte ich Blowfishs Footballspieler-Figur aus. Eine ganze Menge Leute umstanden ihn, und einer von ihnen erzählte gerade einen Witz oder jedenfalls eine Anekdote, die alle zum Lachen brachte und zu großem Applaus hinriss. Ihr Klatschen war liebedienerisch und auf ihren Chef gemünzt. Mitten hinein trat ich zu Blowfish und tippte ihn an.

»Mr Blowfish«, sagte ich.

Blowfish drehte sich um. Er hielt eine fast leere Champagnerflöte in der einen Hand und eine dicke blau qualmende Zigarre in der anderen. Die Haarbüschel in seinen Ohren und seiner Nase waren inzwischen weiter gewuchert. Auf seinem Gesicht stand noch das Lachen, und ich sah, wie angetrunken er war.

»Hardy Engel, wenn Sie sich erinnern, der Sicherheitschef der *Universal*.«

»Aber ja«, sagte Blowfish und schlug mir auf die Schulter. »Trinken Sie doch einen mit! Wir feiern gerade die höchsten Auflagen, die wir jemals hatten! Auf Fatty Arbuckle!« Er hob sein Glas.

»Nein, danke. Was ich Ihnen zu sagen habe, ist eine unerwartete Wendung in diesem Fall …«

Er hörte mir nur halb zu und griff nach hinten und nahm einer jungen Blondine eine Flasche Champagner aus der Hand.

»Sie müssen es drucken. Sofort«, drängte ich. »Sie werden damit noch viel mehr Zeitungen verkaufen. Es ist eine absolute Sensation.«

Er schenkte sich ein und dabei verschüttete er etwas, und die Blondine kreischte auf. Sie war sehr hübsch und trug in ihrem Haar ein riesiges Diadem aus Gold mit Diamanten und war außerdem mit goldenen Ketten behängt.

Erst jetzt erkannte ich sie. Es war Marion Davies.

»Ach wirklich? Nur her damit«, sagte Blowfish. »Berichten Sie es doch gleich Mr Hearst selbst ...«

Er wandte sich zu dem Mann, der die Anekdote erzählt hatte. »Mr Hearst, der Mann hier sagt, er habe eine absolute Sensation für uns.«

Der große Mann drehte sich um und wandte mir sein lang gezogenes, wie mit einem Meißel modelliertes Gesicht mit der großen Nase zu, das bekannte, gefürchtete Gesicht des mächtigsten Medienmagnaten der Welt.

W. R. Hearst war Ende fünfzig und sah aus wie ein Raubtier. Am gefährlichsten wirkten seine Augen, deren blaue Iris so hell war, dass sie beinahe durchsichtig wirkte. Und jetzt richtete er genau diese Augen auf mich.

»Sie sehen ja ziemlich verwegen aus«, sagte er mit einer donnernden Stimme. »Was gibt es denn?«

»Das ist Engel. Der von der *Universal*«, warf Blowfish einige Stichworte ein, »sagt, er habe eine Wendung, die alles veränderte. Im Fall Arbuckle.«

»Ach ja? Warum sind Sie dann nicht in San Francisco?«, fragte Hearst und musterte mich.

»Weil ich die entscheidenden Dinge hier recherchiert habe. Gerade erst.«

»Scheint Ihnen nicht besonders gut bekommen zu sein«, sagte Hearst ebenso spöttisch wie interessiert und ließ mich nicht aus den Augen.

»Ich weiß, was wirklich passiert ist, Mr Hearst. Ich bin im Besitz der Wahrheit«, sagte ich schnell und kam mir schon im nächsten Moment vor wie ein Idiot.

»Da sind Sie bei mir genau richtig«, sagte Mr Hearst und lächelte.

»H-Hardy, n-n-nicht wahr?«, sagte Marion und sah mich an. »Wir k-k-k-ennen uns doch …« Das K machte ihr immer besonders große Schwierigkeiten.

Hearst sah von ihr zu mir und eine steile Falte erschien auf seiner Stirn.

»Woher?«, fragte er scharf.

»Nur von Dreharbeiten, ich war mal ein kleiner Statist«, sagte ich beschwichtigend. Es war allgemein bekannt, wie eifersüchtig und jähzornig er war. Und das konnte ich jetzt überhaupt nicht gebrauchen. »Mr Hearst, Sie müssen mich anhören. Da ist eine ganz große Sache im Gang.«

Marion hängte sich an den Arm ihres dreißig Jahre älteren Geliebten und drückte ihm ihr beeindruckendes Dekolleté besänftigend in die Seite. Sie gab ihm einen Kuss auf die Wange. Er beachtete sie kaum, doch er war offenbar beruhigt.

»Na schön, Mr Engel«, sagte Hearst. »Ein kleiner Statist weiß eine große Sache. Ich bin ein Zeitungsmann. Sagen Sie es mir so, dass ich es verstehe: Sagen Sie es mir in einer Schlagzeile.«

Die Redakteure sammelten sich um mich und sahen mich erwartungsvoll an. Die junge brünette Frau verharrte mit ihrem Glas auf halber Höhe zum Mund und starrte begierig.

»Ich weiß nicht, ob er das kann, Mr Hearst«, sagte Blowfish. »So etwas kann ja nicht jeder.«

»Ich werde es versuchen«, sagte ich und raffte meine Gedanken zusammen.

»ARBUCKLE UNSCHULDIG«, sagte ich und sah Hearst an.

»SCHAUSPIELER WALLACE REID VERANTWORTLICH FÜR DEN TOD VON VIRGINIA RAPPE –

PENETRIERTE SIE MIT EINER FLASCHE, WEIL SIE SCHWANGER WAR UND IHN UND WONDERBOY IRVING THALBERG ERPRESSTE.

BEIDE LIESSEN FATTY BELASTEN, UM ES ZU VERTUSCHEN. ZWEI MORDE WURDEN BEGANGEN. HALB HOLLYWOOD WEISS BESCHEID.«

In dem gesamten Saal war es schlagartig so ruhig wie in einer Leichenhalle. Nur die Jazzmusik spielte weiter, vollkommen unpassend; oder vielleicht *gerade* passend.

Alle starrten mich fassungslos an. Hearst quollen fast die Augen aus dem Kopf. Marions Mund stand offen. Hearsts Augen beruhigten sich wieder.

»Das ist viel zu lang«, sagte Hearst, »für eine Schlagzeile.«

»Umso besser«, sagte ich. »Dann haben Sie eine Menge Material zum Nachlegen.«

»Das müssten Sie uns erst einmal beweisen«, sagte Blowfish, da Hearst nichts weiter sagte, sondern mich nur anstarrte. »Der *Examiner* ist schließlich eine seriöse Publikation.«

Ich grinste ihn an.

»Jeder weiß, was er ist. Ich habe die Fotos dabei, mit denen Virginia die beiden erpresst hat. Frei zum Abdruck. Wollen Sie sie sehen?«

Ich griff in meine Papiertüte und wollte den Abzug herausziehen. Nur den einen natürlich, den von Reid; nicht den anderen, der nur noch ein Klumpen war. Hearsts Hand schoss nach vorne und er legte sie auf meinen Arm und verhinderte es.

»Moment. Sie behaupten also wirklich, dass Reid die Frau umgebracht hat?«

»Er ist verantwortlich für ihren Tod. Und auch dass sie schwanger gewesen ist, hat noch niemand gedruckt. Und dass Thalberg es gemeinsam mit ihm vertuscht hat, weil sie auch ihn verführt hatte.«

»Zu kompliziert«, sagte Blowfish. »Das kann man ja gar nicht richtig erzählen. Und viel zu viel Personal.«

Die junge Frau mit dem Glas erwachte aus ihrer Erstarrung und führte es einfach weiter zum Mund und trank es leer. Auch die anderen begannen wieder, sich zu bewegen, zu tuscheln.

»Aber es ist die Wahrheit«, sagte ich.

Hearst griff auf einen Schreibtisch und hob eine Ausgabe des *Examiner* hoch. Es war eine von gestern. Die Schlagzeile lautete: STAATSANWALT BRADY FORDERT VERURTEILUNG

FATTYS WEGEN MORDES UND VERGEWALTIGUNG. Er zeigte darauf.

»*Das* ist die Wahrheit. Und sie wird seit Monaten in millionenfacher Kopie in der ganzen Welt verteilt. Und Sie wollen jetzt sagen, dass wir lügen? Dass *ich* lüge?« Er sah mich mit seinen harten, grausamen Augen an.

»Nein, Mr Hearst. Ich sage nur, dass es eine noch viel sensationellere Wahrheit gibt. WENDUNG IM FALL ARBUCKLE«, sagte ich und zeigte in die Luft, als stünde es dort. »Das ist doch eine tolle erste Schlagzeile, oder nicht? Wer würde diese Zeitungsausgabe *nicht* kaufen?«

»Sie verstehen unser Geschäft nicht«, sagte Hearst.

»Er versteht die Spielregeln nicht«, assistierte Blowfish bedauernd.

»*Das* ist die Wahrheit – *unsere* Wahrheit – und so erzählen wir sie seit acht Wochen und sind damit so erfolgreich wie noch nie«, sagte Hearst und hielt die Zeitung hoch. »Es ist eine Geschichte mit einem Anfang, einer Mitte und morgen oder übermorgen oder wann auch immer die Jury sich einigen wird, wird es auch ein Ende geben. Und das *muss* es auch geben. So sind die Regeln unseres Geschäfts. Es sind die Regeln, wie man eine Geschichte verkauft. Glauben Sie mir, ich weiß, wie das geht. Das ist nicht mehr aufzuhalten. Das ist nicht mehr zu ändern, Mr Engel.«

»Aber es war Reid, nicht Arbuckle, der etwas mit Rappe hatte«, beharrte ich. »Diese Verbindung ist eine Nachricht, es ist eine Neuigkeit. Und ist es nicht Ihr Geschäft, Neuigkeiten zu veröffentlichen?«

»Neuigkeiten? Sie glauben wirklich, das sei neu?«, sagte Hearst.

Er drehte sich um und zeigte auf die junge Brünette mit dem Glas. »Du da, hol mir aus dem Archiv die Ausgabe vom 5. April. Hopp, hopp!«

Die Brünette drehte sich um und rannte zwischen den Menschen hindurch ans andere Ende des Raums, als wäre der Teufel hinter ihrer Seele her. Dabei hatte sie vermutlich gar keine mehr.

Ich zog das Foto hervor und hielt es hoch. Ich zeigte es ihnen allen. Und alle sahen es sich an. Den Journalisten, der weggesehen hätte, müsste man mir erst einmal vorstellen.

»Hier, das sind Reid und Virginia im Bett. Mit diesem Foto hat sie ihn erpresst. Und ich habe noch mehr …«

Die Brünette erreichte in diesem Moment vollkommen außer Atem wieder unsere Gruppe und hielt Hearst keuchend eine Zeitung hin. Keine Ahnung, wie sie das so schnell geschafft hatte. Vermutlich würde sie direkt danach ins Olympische Team berufen werden. Oder zumindest in die Sportredaktion.

Hearst schlug die Zeitung auf und hielt sie mir entgegen. Es war der *Los Angeles Examiner* vom 5. April 1921, und auf Seite zwei war ein großer Bericht über die glamouröse Eröffnungsfeier des Nachtclubs *Cocoanut Grove* im neuen *Ambassador Hotel,* in Anwesenheit unzähliger Prominenter mit einer Opernaufführung.

Er war gespickt mit zahlreichen Fotos, und Hearsts Finger zeigte auf eines davon, das größte. Ich beugte mich zu ihm hinunter.

Es zeigte eine Gruppe von Menschen an einem großen runden Tisch des Clubs. Ich sah W.R. Hearst und Marion Davies. Daneben, ihnen zugewandt, Jesse und Bess Lasky und Wallace Reid und seine Frau Dorothy. Und ich sah hinter ihnen, am selben Tisch, auch Virginia Rappe und ihren Verlobten, den Regisseur Henry Lehrman. Die Bildunterschrift nannte sie alle mit Namen.

»Da sind sie auch zusammen zu sehen. Natürlich kannten sich die beiden«, sagte Mr Hearst. »Ich selbst weiß es, Marion weiß es, ganz Hollywood weiß es. Wir alle sind einander damals häufig begegnet. Was Sie da haben, ist gar keine Neuigkeit, Mr Engel. Es ist alles andere als neu.«

»Aber dass sie schwanger von ihm war und Reid sie deshalb umgebracht hat, das schon«, sagte ich in einem letzten Versuch. »Vor allem ist es neu für Roscoe Arbuckle und für das Gericht.«

»Dann müssten Sie es wohl eher der Staatsanwaltschaft von

San Francisco erzählen«, sagte Hearst. »Aber selbst *wenn* es dort aufgegriffen würde, dann müssten wir es noch lange nicht drucken. Wir bleiben jedenfalls bei unserer Geschichte. Bei der Geschichte, die die ganze Welt kennt und atemlos verfolgt. Warum sollten wir sie ändern, Mr Engel, für etwas, was in keiner Weise neuer ist oder sensationeller?«

Ich schluckte. Ich wusste, ich hatte verloren.

Er legte die Hand auf meine Schulter. »Hören Sie, mir tut Virginia genauso leid wie Ihnen. Sie war so eine nette Person. Marion hat sie sehr gemocht.«

»J-j-j-j …«, stotterte Marion und brachte es nicht heraus.

»Ja, sie meint ›Ja‹«, sagte Hearst ungeniert und tätschelte ihren Arm. »Möge Gott dieser armen Seele ewigen Frieden schenken.«

Plötzlich rief jemand etwas am anderen Ende des Saals. Alle drehten sich um. Es war der junge Mann mit der grünen Schirmmütze. Er lief nicht so schnell wie die Brünette. Er lief nur so schnell wie die Windhose eines Hurrikans. Er hatte einen abgerissenen wehenden Tickerstreifen in der Hand.

»Nachricht aus San Francisco!«, rief er und schwenkte den Streifen. »Die Jury berät weiterhin – scheint sich noch uneinig zu sein! Staatsanwalt Matthew Brady bezeichnet Fatty in einer Pressekonferenz als den ›König von Babylon‹, als den skrupellosesten Verderber unserer Sitten, dessen Treiben beendet werden müsse!«

»Machen Sie damit auf«, sagte Hearst zu Blowfish. »Und lassen Sie sich noch etwas Schönes dazu einfallen.«

67

Ich ging zunächst einmal etwas essen. Zwar hatte ich keinen Appetit, aber mir war klar, dass ich mich kräftigen musste. Als ich aufgegessen hatte, saß ich länger an der Theke des Diners und starrte vor mich hin und verdaute nicht nur meine Eier mit Speck. Ich trank ungefähr sechs Tassen Kaffee, der mir immer wieder nachgefüllt wurde.

Dann nahm ich die nächste Straßenbahn und fuhr nach Süden, zwei Stationen zur *Pacific Frontier Bank*.

Direkt daneben sah ich einen Verkäufer des *Examiner* stehen, der an Brust und Rücken ein Pappschild trug, auf das geschrieben stand:

BRADY: DER KÖNIG VON BABYLON – HÄNGEPARTIE FÜR FATTY – JURY IMMER NOCH NICHT EINIG!

Er wiederholte es beständig wie ein Echo: »Hängepartie für Fatty – Hängepartie für Fatty – Hängepartie für Fatty!«

Ich ging hinein und bemühte mich trotz meines lädierten Aussehens, Miss Bottomsly so selbstsicher und nonchalant wie eh und je zu begrüßen.

Sie wirkte nicht so freudig erregt wie sonst. Irgendetwas schien sie zu bedrücken.

»Ist alles in Ordnung, Miss Bottomsly?«, fragte ich.

»Selbstverständlich, Mr Engel«, sagte sie zugeknöpft. »Ich hoffe, bei Ihnen auch?«

»Oh, durchaus.«

»Wollen Sie wieder Geld von dem Konto abheben?« Sie wich meinem Blick aus.

»Nein, Miss Bottomsly.«

Immer noch sah sie mich nicht an. Mir wurde etwas mulmig zumute.

»Ich möchte lediglich etwas in meinem Schließfach hinterlegen.«

Ich hob leicht meine Papiertüte, in der ich das Glasnegativ und den Abzug von Buck bei mir trug.

Sie zeichnete mit dem Zeigefinger eine Linie auf den Tresen und sagte leise und gepresst:

»Oh ja, das Schließfach … Wir mussten es mittlerweile leider auflösen, Mr Engel.«

Es dauerte einen Moment, bis ihre Worte mich erreichten.

»Was?«, sagte ich.

Es war, als hätte man mich noch einmal geschlagen, auf das andere Auge.

»Was soll das heißen, auflösen?«

»Der Mann«, sagte Miss Bottomsly, und sie starrte weiter auf den Banktresen vor sich, »der es eingerichtet hatte, dieser Mr Miller, ist tot, wie wir erfahren haben, und deswegen mussten wir es nach einer bestimmten Zeit auflösen.«

»Es war jetzt *mein* Schließfach«, sagte ich und schlug auf den Tresen.

»Es war das von Mr Miller. Und Mr Miller ist tot«, sagte sie tonlos, als wiederhole sie die Worte von jemand anderem.

»Jansen, er hieß Jansen! Ich weiß, dass er tot ist, das hatte ich Ihnen doch gesagt. Sie hätten mich informieren müssen! Was haben Sie mit den Dingen gemacht, die ich darin aufbewahrt habe …?«, fragte ich, und meine Stimme zitterte.

»Wir haben das getan, was wir in solchen Fällen immer tun. Wir haben sie weggeworfen«, sagte sie und wurde erst rot und dann bleich.

»Was?«, brüllte ich. »Sie hätten mir Bescheid sagen müssen! Und es gibt doch immer noch so etwas wie ein Bankgeheimnis, oder?«

»Bitte, Mr Engel …«, flehte sie und weinte beinahe. Doch ich konnte nicht an mich halten. Die anderen Kunden, die mich anglotzten, waren mir vollkommen egal.

»Sie dummes, verrücktes, vertrocknetes Huhn …«, brüllte ich. »Was haben Sie da nur getan? Können Sie sich das nur im Geringsten vorstellen! Warum, verdammt noch mal?«

Jetzt sah sie hoch, mit einem giftigen Blick, und ihre Unterlippe zitterte.

»Lon Chaney ist nicht gekommen«, sagte sie. »Er wird niemals kommen. Das war nur ein leeres Versprechen von Ihnen. Ein hässlicher, brutaler Mann ist gekommen und hat gedroht, er würde mir wehtun.«

Sie schluchzte auf. Ich hielt betroffen inne.

Tränen liefen ihr über die faltigen Wangen.

»Tja, Miss Bottomsly … Da sehen Sie, wie es in der Traumfabrik *wirklich* zugeht«, sagte ich heiser. »Besser kann man es gar nicht zusammenfassen. Es sind immer leere Versprechen.«

Mein Zorn auf sie war fast schon verraucht.

»Mr Engel, es tut mir leid, dass Sie so wütend sind«, sagte sie leise und fuhr fort: »Aber es war so: Mit meinem Chef, Mr Head, hat der Mann auch geredet. Und ich habe gewaltigen Ärger bekommen, weil ich Sie an das Schließfach von diesem Mr Miller gelassen habe. Das hätte ich nicht tun dürfen«, sagte sie und bekam sich jetzt wieder einigermaßen in den Griff. »Wo ich ihm doch nicht einmal begegnet bin, niemals«, setzte sie hinzu.

»Wie bitte?«, sagte ich.

»Das Foto, das Sie mir neulich gezeigt haben, Mr Engel … Der Mann in der Zeitung – den habe ich *doch* nicht gekannt. Da habe ich mich wohl nur ein wenig getäuscht. Er war nicht bei mir. Es tut mir leid, Mr Engel«, sagte sie und senkte den Blick.

Ich sah sie an und ließ stöhnend den Atem entweichen.

»Oh, das ist schon in Ordnung, Miss Bottomsly«, sagte ich. »Mir tut es auch leid. Was für ein Mann war das, der bei Ihnen war?«

Ihre Unterlippe begann wieder zu zittern.

»Ich kann es nicht sagen«, flüsterte sie, und ihre Stimme brach. Es hatte keinen Sinn, weiterzufragen.

»Passen Sie gut auf sich auf«, sagte ich und ging hinaus, mit dem letzten Beweis, der mir geblieben war.

Um das zu tun, was ein Mann in einer solchen Situation tun muss, und keine Prohibition wird ihn jemals davon abhalten können: Ich ging mich betrinken.

Ob ich das bei Buck würde tun können, ob das *Jail Café* noch Alkohol ausschenkte – das würde sich erst zeigen.

Ich ging vorsichtig vorne hinein und schaute mich um, doch alles schien wie sonst zu sein, und der Mann an der Tür ließ mich mit einer Handbewegung durch in die Bar. Ich sah Buck am Tresen, nickte ihm zu, setzte mich zu ihm und fragte, wie es denn mit der Razzia gelaufen sei.

Er wiegte den Kopf.

»Sie haben offenbar einen neuen Chef, und der zieht völlig neue Saiten auf. Fährt eine ganz harte Linie und sagt, er sei fest entschlossen, in seiner Behörde keine Bestechungen mehr zuzulassen wie bisher.«

Ich sog geräuschvoll die Luft ein und fragte: »Und was ist dann geschehen?«

Buck zuckte die Achseln. »Ich habe ihm einfach *viel mehr* angeboten. Und wie sich herausgestellt hat, war es natürlich genau das, was er meinte.«

Buck griff nach oben und holte zwei Cocktailgläser aus dem Regal. Dann holte er eine Ginflasche, eine Champagnerflasche und einen Shaker und begann mit ein paar schnellen Handgriffen einen Cocktail zuzubereiten.

»Meinst du, es war nur Zufall?«, fragte ich. Ich war froh, zunächst nicht erzählen zu müssen.

»Wer kann das schon sagen?«, sagte Buck, schüttelte den Shaker und füllte die beiden Gläser.

»Hier, habe ich neulich kreiert. Ein Cocktail mit Gin und Champagner, ich nenne ihn *French 75*.«

Ich sah ihn erstaunt an.

»Nach dem französischen Artilleriegeschütz?«

»Ein 75er hat mich einmal fast erwischt, als ich gegen euch Hunnen nach vorne gegangen bin. Die eigenen Leute! Dich haben sie ja auch verfehlt – auf ihre Zielsicherheit!«

Wir sahen uns an und prosteten uns zu und tranken.

»Überdeckt den bitteren Geschmack«, sagte ich. »Kann ich gebrauchen.«

»Was hast du denn erlebt?« Er setzte eine Zigarre in Brand.

Ich erzählte ihm nun doch von Hearsts Reaktion und von den Beweisen, die man aus dem Schließfach hatte verschwinden lassen, und dass alles, was mir nun geblieben war, das Negativ und der Abzug von Reid seien. Buck paffte wütend vor sich hin und füllte die Gläser nach. Er ging jetzt zu purem Gin über. Anders war es auch kaum zu ertragen.

»Thalberg ist fein raus«, sagte ich. »Dem kann ich nichts mehr nachweisen. Meine Aussage steht gegen seine und die von Laemmle und sonst wem.«

»Du hast immer noch die Verbindung zu Jansen.«

»Ich habe gar nichts«, sagte ich, »nur Reid. Und belegen kann ich auch da nur die Erpressung mit dem Foto. Kannst du übrigens das Negativ bei dir verstecken? Ich wüsste im Moment keinen Ort, wo es sicherer ist.« Ich holte es hervor und gab es ihm.

»Klar, mach dir darum keine Sorgen.«

Buck sah das Negativ nachdenklich an, bevor er es wegpackte.

Ein elf- oder zwölfjähriger Junge betrat das Café, ein richtiger Rotzbengel mit einer Schirmmütze, auf der *Examiner* stand, und mit einem Packen Zeitungen unter dem Arm, und er schrie laut die neue Schlagzeile aus:

»ERGEBNIS AUS SAN FRANCISCO – KEIN FREISPRUCH FÜR FATTY – JURY KANN SICH NICHT AUF URTEIL EINIGEN – NEUER PROZESS IN EINIGEN WOCHEN ANGESETZT!«

Buck und ich sahen uns an.

Er war wie elektrisiert.

»Hörst du das, Hardy?«

Er kaufte dem Bengel eine ab, so wie alle anderen Gäste des *Jail Café* auch, und wir stürzten uns darauf.

Die Jurysitzung war ohne Ergebnis beendet worden. Statt zu dem notwendigen einstimmigen Urteil zu kommen, hatte man nur ein Ergebnis von 10 zu 2 zugunsten eines Freispruchs von Arbuckle erzielt, sodass der Juryvorsitzende schließlich eine *hung jury*, eine Blockade, verkünden musste. Viel später sollte man herausfinden, dass eine Jurorin sich hartnäckig jeglichen Argumenten zugunsten Fattys versperrt hatte, und noch später, dass sie auf wundersame Weise zu Geld gekommen war. Und auch ein zweiter Juror hatte sich nicht von Arbuckles Unschuld überzeugen lassen. Die zwingend vorgeschriebene Konsequenz war jedenfalls, dass der Prozess in einem zweiten Verfahren neu aufgerollt werden musste.

Bis dahin war Fatty entlassen. Doch er war nicht freigesprochen.

Ich lachte vor mich hin.

»Was hast du, Hardy?«, fragte Buck und nahm die erkaltete Zigarre aus dem Mund. »Das ist doch gut, oder?«

»Gut für Mr Hearst«, sagte ich. »Er wird noch viele weitere Zeitungen verkaufen können, bis seine Geschichte ein Ende findet.«

Er zeigte auf die Schlagzeile.

»Es gibt einen zweiten Prozess! Du hast eine zweite Chance, die Wahrheit zu erzählen!«

»Einen Furz hab ich«, sagte ich. »Ich habe keine Beweise mehr. Und selbst wenn ich welche hätte, wer würde mir schon zuhören? Ich habe keine Chance, Buck.«

»Du kannst Maude als Zeugin auffahren«, sagte Buck.

»Vergiss Maude, die haben sie endgültig kaltgestellt.«

»Du kannst alles auspacken, was du bisher recherchiert hast! Du kannst dich selbst als Zeugen präsentieren. Jetzt ist es doch ein ganz neues Verfahren!«, beharrte Buck. »Das heißt, alles ist wieder offen!«

»Ist es nicht. Das Einzige, was es heißt, ist, dass Will Hays irgendwann nach Hollywood kommen wird, um wie geplant den großen Saubermann zu geben.«

»Du kannst zur Staatsanwaltschaft gehen, in San Francisco«, schlug er vor. »Sie werden dich doch anhören müssen.«

»Das waren die, die mir das hier eingebrockt haben«, sagte ich und deutete auf meine Augenklappe. Ich schenkte mir jetzt einfach selbst nach. »Die mich umbringen lassen wollten. Wenn ich mich an die wende, kann ich genauso gut Selbstmord begehen. Bringen wird es jedenfalls nichts.«

Buck nickte erst langsam vor sich hin, dann schüttelte er plötzlich den Kopf.

»Im Moment denken die sowieso, dass du tot bist. Wer auch immer verantwortlich ist und wen auch immer die Nachricht davon erreicht hat, sie glauben doch alle, du seist da oben für immer untergegangen.« Ich befühlte nachdenklich mein volles Glas. »Und hier haben sie das Schließfach aufgelöst und alles aufgeräumt. Für die bist du tot, genauso tot wie Jansen.«

Er schenkte sich auch etwas nach und wir kippten die Gläser. Als würden wir auf meinen Tod anstoßen.

»Stimmt, das denken die«, sagte ich. »Aber meinst du nicht auch, sie wären ganz schön überrascht, wenn ich plötzlich doch wieder vor ihnen stünde?«

Er lachte laut und krümmte sich nach vorne. Als er wieder hochkam, sah er auf die Zeitung, die direkt vor ihm lag, und hielt inne.

»Mensch, du hast übrigens recht. Hier steht's ja schon«, sagte er. Er tippte auf eine Schlagzeile – eine kleinere als die Arbuckle betreffende.

Sie kündigte die feierliche Gründung des neuen Produzentenverbandes von Hollywood an, morgen Vormittag im *Cocoanut Grove*. Daneben war ein Foto von Will Hays abgedruckt, der der Präsident dieses Verbandes werden sollte. Ein ziemlicher Coup. Sie hatten wahrhaftig keine Zeit verloren. Ich las die Meldung zweimal durch.

»Was wirst du jetzt machen?«, fragte Buck.

Wir sahen uns an.

»Es gibt nur eine Möglichkeit«, sagte ich. »Ich habe nichts mehr zu verlieren. Und bei Gott, ich will Reid drankriegen und alle anderen auch.«

Wir starrten Löcher in die Luft.

»Aber du hast nur das Foto von ihm, sonst nichts.«

Wir schwiegen.

»Und wenn schon. Ich werde zu Hays gehen«, sagte ich, »wenn er morgen nach Hollywood kommt. Und sie ein bisschen erschrecken. Der Tote wird wiederauferstehen.«

Buck wollte Gin nachschenken, doch die Flasche war leer, und er legte sie umgedreht auf den Tresen und ließ sie wegrollen. In diesem Moment kam mir die Idee. Es war eine ganz wunderbare Idee, und wie die meisten guten Ideen war sie ganz einfach.

68

Gegen Morgen stand ich auf und wusch mich in Peppers Bad, vorsichtig das Gesicht mit dem Verband aussparend. In der Nacht in ihrem Apartment hatte ich kaum geschlafen. Peppers Revolver lag die ganze Zeit direkt neben meinem Kissen.

Die Schmerzen im Auge waren so unerträglich geworden, dass ich mir eine Morphinspritze setzen musste.

Den 45er verstaute ich griffbereit in der Außentasche meines schäbigen Jacketts. Auch den Abzug des Fotos von Reid und Virginia steckte ich ein.

Und noch etwas anderes hatte ich dabei.

An der Tür blieb ich kurz stehen und schaute zurück und sah mir alles genau an.

Als ich hinaustrat, entdeckte ich den Vermieter im Garten. Oder besser gesagt, ich roch ihn und seinen stinkenden Zwei-Cent-Stumpen. Ich ging zu ihm.

»Lösen Sie es auf«, sagte ich und drückte ihm den Schlüssel in die Hand, »und werfen Sie die Sachen weg.«

Ich ging bei der *Western Union* vorbei und bezahlte per Drahtüberweisung an Dr. Hayden in San Francisco meine Schulden.

Dann fuhr ich weiter zum *Ambassador Hotel*.

Am Hoteleingang war eine Menge los, und ich schlüpfte ohne Probleme an dem Portier vorbei hinein. Als ich über einen langen Flur auf den Club zuging, sah ich vorne kurz vor der Biegung Fritz Roth, der gerade heftig auf Gwendolyne einredete, seine blonde Sekretärin. Er hatte mir den Rücken zugewandt, und offenbar stritten sie sich. Gerade sagte sie wütend etwas und ließ ihn dann abrupt stehen.

Er drehte sich tief in Gedanken um, sah mich und erstarrte. Ich kam bis auf drei Schritte heran.

»Hallo Fritz«, sagte ich fröhlich. »Was hast du?«

»Hardy«, stieß er hervor. »Mein Gott … wie siehst du denn aus …?«

»Sag bloß, du weißt noch nicht, was mir da oben passiert ist.«

Mein Auge begann zu schmerzen, da das Morphin bereits nachließ. Ich hätte dringend welches nachschießen müssen.

»Nein, verdammt«, sagte er und betrachtete mich mit schief gelegtem Kopf. »Was ist mit deinem Auge?«

Er zitterte am ganzen Leib und war schweißbedeckt. Er brauchte sein Kokain noch dringender als ich mein Morphin, so viel war sicher.

»Mit dem ist nichts mehr«, stellte ich fest. »Aber du siehst selbst beschissen genug aus. Hör endlich mit dem Koks auf!«

»Lass den Quatsch. Wirst es ja gehört haben, was passiert ist.« Er versuchte, sich wieder zu fangen. »Das war natürlich ein ganz schöner Tiefschlag. Jetzt muss Hays es richten, ist gerade angekommen.«

»Die Frage ist eher, was du alles gehört hast«, sagte ich. »Über *meinen* Tiefschlag.«

»Ich habe keinen Schimmer«, sagte Fritz und sah sich immer wieder um. »Aber lass uns ein anderes Mal darüber reden. Hab hier genug zu tun, ich bin verantwortlich dafür, dass alles glattgeht.«

»Na, dann komme ich ja gerade zur rechten Zeit«, sagte ich und ging an ihm vorbei. Er versuchte, mich aufzuhalten.

»Du kannst da nicht hinein!«

Er war regelrecht panisch.

»Oh doch, ich muss sogar. In derselben Funktion wie du.«

Ich entschlüpfte ihm, bog um die Ecke und betrat den großen Saal des *Cocoanut Grove*.

Willkommen – Motion Picture Producers and Distributors Association of America stand auf einem riesigen Transparent, das quer über die ganze hintere Wand gespannt war.

Davor standen bereits eine Menge Leute in der unwirklich anmutenden Kulisse des Kokospalmenhains, betrachteten sich in den Spiegeln rundum und redeten alle durcheinander.

Ich sah die *Famous-Players*-Bosse, alle drei, Jesse Lasky, Adolph Zukor und Joseph Schenck, Fattys Produzenten. Lasky nickte mir als Einziger zu.

Ich sah nahe bei ihnen Louis B. Mayer und Samuel Goldwyn und Lewis J. Selznick und William Fox. Goldwyn kniff unbestimmt und erratisch die Augen zusammen. Die anderen sahen durch mich hindurch. Wer weiß, vielleicht entstellte mich die Augenklappe auch nur so sehr, dass man mich nicht mehr erkennen konnte?

Von den anderen leicht verdeckt, sah ich Carl Laemmle und Irving Thalberg und einen kleinen Mann Mitte dreißig mit welligem Haar und runder Brille, Julius Stern. Laemmle sah zu mir herüber und lächelte unbestimmt. Thalberg schickte mir nur einen einzigen eisigen Blick. Neben ihm stand Erich von Stroheim, in einem Cutaway und mit dem Monokel im Auge. Er beachtete mich nicht.

Bei ihnen war ein Mann, der sich wie ein Hahn im Hühnerstall aufführte. Er war ein reichlich hässlicher Vogel, und seine Ohren standen so weit ab, als wollten sie nichts mit ihm zu tun haben. Dieser Mann, einundvierzig Jahre alt, dünn, noch kleiner und mit einem womöglich noch schlechteren Gebiss als Carl Laemmle, war Postminister Will H. Hays. Und alle Hollywood-Produzenten sahen immer wieder nervös zu ihm hin. Er war sich dessen ganz offensichtlich nur allzu bewusst.

Er würde in Kürze nicht mehr der Postminister sein, sondern einer der wichtigsten Männer in dieser Stadt. Sein Rednerpult mit dem Mikrofon stand schon bereit.

Ein Buffet war aufgebaut, noch üppiger als das, das ich seinerzeit im *Golden Room* gesehen und genossen hatte. Es gab diesmal nur keinen Alkohol und kein Kokain und Heroin. Zumindest nicht offen herumliegend.

Währenddessen trafen immer neue Gäste ein. Ich sah Buster Keaton und Natalie Talmadge. Ich sah Charlie Chaplin, ohne sein Bärtchen und Kostüm ein kleiner, blendend aussehender junger Mann, und in Begleitung von Edna Purviance. Ich sah Herbert Brunswick und Babette Fielding, aufrecht und fidel, scheinbar ein Herz und eine Seele, die mir zunickten.

»Ich werde bald wieder drehen«, flüsterte mir Babette zu.

Ich sah Mack Sennett und Mabel Normand.

»Hallo Mack«, sagte ich.

»Hallo Hardy«, sagte Mack kurz angebunden und fügte dann doch noch hinzu: »Hast ja eine interessante Karriere gemacht, wie.«

Ich sah Douglas Fairbanks und Mary Pickford. Ich sah Rudolph Valentino und Natacha Rambova; und Cecil B. DeMille und D. W. Griffith; und William Desmond Taylor und viele weitere Stars und Regisseure.

Nur Fatty Arbuckle war nicht dabei. Der Dicke war am Ende, so oder so.

In diesem Augenblick fiel mir Wallace Reid auf, der soeben eingetroffen war und sich unter die anderen mischte. Bei dem *Famous-Players*-Star war seine Frau Dorothy, in einer grauen Nerzstola. Auch Reid war perfekt gekleidet, in einem Cutaway, die Haare mit Brillantine an den imposanten Schädel gelegt, und trug sein berühmtes Lächeln zur Schau. Er wirkte heute vergleichsweise nüchtern und gesund. Vermutlich hatte diesmal ich mehr Morphin intus als er. Seine Frau strahlte in ihrem Nerz, als werde sie dabei gefilmt. Sie beide sahen aus, als wäre alles in allerbester Ordnung.

In mir begann es vor Wut zu kochen.

Dorothy gab ihrem Mann einen Kuss und gesellte sich dann zu Mary Pickford und den Talmadge-Schwestern, die sie herzlich begrüßten.

»Hardy ...«, sagte Fritz beschwörend, der sich an meine Seite drängte.

Ich schüttelte ihn ab und ging zu Mr Hays hinüber, der mit Zukor, Laemmle und Schenck zusammenstand. In ihrer Nähe drückten sich Reid und Thalberg herum.

Viele Augen beobachteten mich. Laemmle und Zukor traten unwillkürlich einen Schritt vor und stellten sich zwischen mich und Will Hays. Sie und auch Hays waren zwei Köpfe kleiner als ich.

»Hardy«, sagte Mr Laemmle lächelnd, »da sind Sie ja. Wir haben Sie einige Tage nicht erreichen können.« Es war schwer zu sagen, ob er wirklich arglos war oder nur so tat. Aber ich war sowieso auf etwas anderes aus.

»Mr Hays«, sagte ich über die beiden kleinen Männer hinweg, »kann ich Sie sprechen?«

»Mich kann man nicht einfach so sprechen, Mister«, sagte Mr Hays keck und reckte den Hals. »Ich selbst entscheide von Fall zu Fall, mit wem ich spreche.« Er lachte meckernd auf. »Und mit Ihnen spreche ich nicht, nicht an einem Tag wie heute.«

»Dann lassen Sie mich Ihnen nur etwas *geben*«, sagte ich. »Es ist wichtig.«

Thalberg und Reid traten dazu. Sie wollten sich kein Wort entgehen lassen.

»Ich kann nichts annehmen«, sagte Mr Hays, in einer Haltung, als machte er einen großartigen Scherz. »In einer Position wie der meinen kann ich natürlich nichts annehmen. Dies ist eine anständige Industrie. Oder vielmehr, sie wird es unter meiner Leitung werden.«

Und er drehte sich auf dem Absatz um.

»Oh, es ist kein Geld«, sagte ich zu seinem Rücken. »Es ist nur ein Beweisstück. Eines, das Sie genau dafür brauchen werden.«

Und dann zog ich die Flasche heraus.

Es war eine leere braune Flasche mit dem *King's-Gin*-Etikett. Ich hatte sie sogar in Zellophan gewickelt.

Ich hielt sie hoch.

»Es ist die Flasche«, sagte ich und blickte lächelnd zu Mr Laemmle. »Die *echte* Flasche.«

Mr Laemmle lächelte nicht mehr.

Die gesamte Gesellschaft sah mich an, wie ich mit der Flasche in der erhobenen Hand dastand.

Verblüffte Ausrufe und dann war es plötzlich totenstill.

Mr Hays drehte sich irritiert um und erfasste die Situation. Seine Augen zuckten zwischen mir und Mr Laemmle hin und her. Er war unschlüssig, was er tun sollte. Thalberg und Reid sahen aus, als hätte man ihnen eins übergezogen, womöglich mit einer Flasche.

Uncle Carl löste sich aus seiner Erstarrung und ging zu Mr Hays. Er beugte sich zu einem seiner riesigen abstehenden Ohren vor und flüsterte ihm dort etwas hinein.

»Also schön, Mr Engel«, sagte Mr Hays zu mir. »Ich werde mir anhören, was Sie zu sagen haben. Aber doch bitte nicht hier.«

»Natürlich nicht«, sagte ich. »Lassen Sie uns in die Lobby gehen. Zusammen mit den Herren Laemmle, Thalberg, Zukor, Lasky und Reid.«

Ich sah jeden von ihnen der Reihe nach an. Reid zuckte zusammen und schlug die Augen nieder.

»Kommen Sie«, sagte Mr Hays in die Runde, nun auf einmal verbindlich und zuvorkommend. Er machte eine einladende Geste, und ich ging mit ihm zusammen voran, die Flaschc immer noch in der Hand. Laemmle, Zukor und Lasky folgten uns, und wie ich es mir gedacht hatte, blieb Thalberg und Reid nichts anderes übrig, als es ihnen gleichzutun.

»Du auch«, sagte ich im Vorbeigehen zu Fritz Roth. Er stöhnte auf und folgte uns, als wir uns einen Weg durch die gaffende Menge bahnten.

»Also«, sagte Mr Hays, als wir die Tür hinter uns geschlossen hatten. »Was hat es mit dieser Flasche auf sich?«

In einem abgetrennten Raum neben der Lobby fand eine Ausstellung statt, mit Scherenschnitten, die eine Künstlerin von berühmten Hollywood-Schauspielern angefertigt hatte. Wir waren unter uns, umgeben von lauter schwarzen Silhouetten an den Wänden. Der Raum glänzte hell und sauber und sah aus wie ein griechischer Tempel. Durch die großen Fenster zum Garten fiel das Licht herein und hob jedes einzelne der Gesichter scharf hervor. Es brach sich in der Flasche und blendete uns.

»Und wer sagt uns, dass das nicht nur ein Bluff ist?«, warf Mr Laemmle ein. »Sie könnten *irgendeine* Flasche nehmen, Hardy, und alles Mögliche behaupten.«

»Ja, so wie damals auch. Damals haben Sie das auch schon gesagt. Und Sie hatten recht damit«, sagte ich und lächelte ihm weiter ins Gesicht.

»Aber Hardy«, fuhr Fritz dazwischen. »Du hast mir selbst ganz empört davon erzählt, wie du mit der Flasche zu Mr Laemmle gegangen bist!«

Uncle Carl fuhr herum und sah ihn mit einem strafenden Blick an.

»Wollen Sie es wirklich darauf ankommen lassen, Uncle Carl?«, fragte ich. »Wenn wir hier alles besprochen haben, werde ich diese Flasche genau untersuchen lassen. Wollen Sie das?«

Mr Laemmle sah mich an und zitterte dabei. Thalberg starrte nur vor sich hin und tat nichts weiter, außer sehr bleich zu sein. Er schien nicht einmal zu atmen. Reid strich sich fahrig durch die Haare, und er schwitzte sehr stark dabei. Er war der Nervöseste von allen. Er war nicht mehr im Geringsten so souverän und weltmännisch wie damals im Club mit Mr Churchill.

»Sie sind wütend und in Trauer«, sagte Mr Zukor. Er behielt die Nerven, wie immer, wenn ich ihn gesehen hatte. »Wir alle haben das mitbekommen, Hardy. Weil jemand gestorben ist. Weil zu viele Menschen gestorben sind, und dazu scheinen Sie noch verletzt worden zu sein. Wir haben dafür Verständnis.«

»Aber diese Gefühle sollten niemanden zu Ungerechtigkeiten und falschen Urteilen führen«, sagte Mr Lasky.

»Das ist es genau, worauf ich hinauswill, Mr Lasky«, sagte ich. »Genau das.«

»Kommen wir zur Sache«, sagte Mr Hays. »Wenn ich es richtig sehe, soll dies die berüchtigte Flasche sein, mit der, wie die Presse es schon vor einiger Zeit behauptet hat, Roscoe Arbuckle Virginia Rappe verletzt hat. Zumindest ist es das, was alle da draußen denken und offenbar auch in diesem Raum. Ist es auch das, was Sie sagen wollen, Mr Engel?«

Er wirkte nun nicht mehr keck und präpotent und eitel. Seine Stimme war angenehm, wohlklingend und von messerscharfer Intelligenz. Er konnte ja auch nicht nur ein dämlicher Strohmann sein, der einfach kassierte und alles mit sich machen ließ. Er war schließlich Minister, der Wahlkampfmanager, der Warren Harding ins Präsidentenamt verholfen hatte. Natürlich war er ein cleverer und erfahrener Intrigant, das musste er sein, und dies war seine erste Gelegenheit, in Hollywood zu demonstrieren, wie er seine neue Aufgabe auszuführen gedachte.

»Nein«, sagte ich. »Nicht Roscoe Arbuckle, zumindest.«

Mr Laemmle wollte etwas sagen, doch Hays schnitt ihm mit einer Handbewegung das Wort ab. Man merkte ihm an, dass er es gewohnt war, unterschätzt zu werden, und auch, dieses Missverständnis gleich aus der Welt zu schaffen.

»Sondern wer?«, fragte er.

Ich fasste Thalberg und Reid ins Auge.

»Das sollten Ihnen diese beiden Herren sagen. Ich möchte unbedingt, dass sie es endlich erzählen.«

Thalberg sah mich mit verkniffenen Lippen an. Reid schoss ihm von der Seite einen schnellen, brennenden Blick zu. Eine Strähne hing ihm in die Stirn. Keiner sagte etwas.

»Strapazieren Sie unsere Geduld nicht über Gebühr. Erzählen Sie es einfach selbst, Mr Engel«, sagte Mr Hays.

Ich seufzte. »Na schön, es muss wohl sein. Aber ich erzähle Ihnen einfach nur die Geschichte der Flasche. In ihren Besitz gekommen bin ich durch einen Mann namens Jansen. Keith Jansen. Ein Ex-Polizist, der Aufträge aller Art angenommen hat. Er war Mitglied im *Los Angeles Athletic Club*. Daher kannte er Mr Thalberg und Mr Reid. Er hat für sie gearbeitet.«

»Ich kenne diesen Mann nicht!«, stieß Reid hervor.

Thalberg wandte ruckartig den Kopf und sah ihn an. Er sah ungeheuer wütend aus.

»Können Sie das belegen?«, fragte Hays.

»Bleiben wir vorerst bei der Flasche, die *alles* belegt«, sagte ich. »Ich habe sie in einem Bankschließfach gefunden, das Jansen gehört hatte. Zusammen mit vielen anderen Beweisen, Unterlagen und Fotografien, die den Fall betreffen. Jansen hatte mir einen Hinweis darauf gegeben, bevor er gestorben ist. Gestorben ist er bei einem Unfall, während ich ihn verfolgt habe, weil ich ihn identifiziert hatte als Täter bei einem Mord, dessen Zeuge ich selbst geworden war.«

Ich hielt die Flasche noch höher.

»Und bei dem es um diese Flasche gegangen ist, die ich dort zum ersten Mal gesehen habe. Eine leere Flasche, *King's Gin,* ausgefallene Ware aus Großbritannien, leicht zu merken.«

Ich zeigte auf das Etikett. Buck hatte die Flasche in seinem großen Keller aufgetrieben. Der gute alte Buck.

»Mord an wem?«, fragte Hays.

»Dr. Seamus O'Hara, ein Arzt ohne Lizenz, bei den Filmstudios wohlbekannt. Bei ihm hatte Virginia Rappe einen Termin, hier in Hollywood, kurz bevor sie nach San Francisco fuhr. Sie war schwanger, und er sollte eine Abtreibung bei ihr vornehmen.«

»Schwanger von wem?«, fragte Hays. »Lassen Sie sich nicht alles aus der Nase ziehen, Mr Engel. Sie haben auch so unsere volle Aufmerksamkeit.«

»Von einem dieser beiden Herren«, ich zeigte auf Thalberg und Reid. »Beide wurden von Virginia Rappe erpresst, nachdem sie von ihr ins Bett gelockt worden waren.«

»Das ist eine infame und absolut haltlose Unterstellung«, sagte Reid.

»Erpresst mit Fotos. Ich habe eines von Mr Reid und Miss Rappe bei mir. Will jemand es sehen?«

Reid sah aus wie ein geprügelter Hund. Thalberg behielt ihn wachsam im Blick.

»Vorläufig nicht«, sagte Hays. »Und wer hat die Abtreibung in Auftrag gegeben?«

»Ich war es nicht. Das war Thalberg!«, platzte Reid plötzlich heraus. Im nächsten Moment schien er es zu bereuen. Laemmle und Zukor und Lasky, seine Bosse, blickten ihn erstaunt an.

Thalberg fuhr herum.

»Das meinst du nicht ernst«, sagte Thalberg leise zwischen den Zähnen hervor. »Versuch das bloß nicht ...«

Es war die fürchterlichste Drohung, die ich jemals von ihm gehört hatte.

»Ich habe auch mit Jansen nichts zu tun gehabt!«, sagte Reid hastig. Er wusste, was für einen Fehler er begangen hatte in dem Versuch, seine Haut zu retten; und versuchte weiter, sie zu retten, und beging weitere Fehler.

»Das stimmt nicht ...«, sagte Thalberg gepresst. »Jansen war Reids Idee. Er war sein Boxtrainer im Club.«

»Du warst nur allzu einverstanden damit!«, schrie Reid.

»Was blieb mir auch anderes übrig?«, sagte Thalberg schneidend.

Vorerst beließ er es dabei. Ich musste nachhelfen.

»Kommen wir wieder dazu, was die Flasche damit zu tun hat«, fuhr ich fort, »und warum der Doktor sterben musste. Mr Thalberg hat, wie wir gerade bestätigt bekommen haben, die Abtreibung mit ihm vereinbart, für den 1. September. Virginia hatte dem zugestimmt, es war ihr Teil der Abmachung. Sie ging an diesem Tag zu ihm, in seine Privatklinik in den Hollywood Hills, 1231 Coldwater Canyon Drive. Aber vor Ort hat sie den Eingriff plötzlich verweigert, vermutlich um noch mehr Geld herauszuschlagen. Jansen hat ein Foto des Krankenblattes mit den Notizen des Doktors verwahrt, daher kenne ich den Ablauf. Der verzweifelte Doktor hat ein Telefonat geführt. Offenbar rief er seinen Auftraggeber an, Mr Thalberg, damit er die Sache regelte. Und der ist auch kurz darauf eingetroffen.«

Ich sah ihn fragend an. Es war kein besonders subtiler Versuch von mir, aber er war auch in keiner besonders subtilen Lage.

Thalberg ballte die Fäuste und stieß Luft aus.

»Aber es war Reid, *Reid* ist dorthin gefahren …«, rief er dann. Er sah Reid wütend an. »Du verdammter Narr«, sagte Thalberg. »Auf mich wirst du es nicht abwälzen können, das lasse ich nicht auf mir sitzen.«

»Schön, dass wir das endlich geklärt haben«, sagte ich lächelnd, bevor irgendjemand anderes etwas sagen konnte. »Damit erklären sich auch die Kreuze in Virginias Kalender, jeweils an den Tagen, an denen sie diese Herren getroffen hat. Sie lassen sich wunderbar abgleichen mit Mr Thalbergs Terminkalender. Und gewiss auch mit dem von Mr Reid.«

Als ich zu diesem sah, fiel mir auf, dass der Scherenschnitt hinter ihm an der Wand der von ihm selbst war.

Thalberg redete jetzt sehr schnell und sehr bestimmt. »Wir saßen zusammen, ja, im *Athletic Club*, und dort waren wir auch darauf gekommen, dass wir dasselbe Problem hatten mit dieser Frau, und wir hatten seinerzeit beschlossen, es gemeinsam zu lösen … Wir überredeten sie auch gemeinsam zu der Abtreibung, nachdem sie den ersten Teil des Geldes bekommen hatte. Aber als der Anruf des Doktors kam, weil sie plötzlich Probleme machte, sagte ich, lass sie, sie wird es sich noch anders überlegen. Sie ist eine Schauspielerin, sie will ihren Vertrag mit uns nicht gefährden. Es war Reid, der darauf bestanden hat, der dann zu ihr gefahren ist … und der dann mit ihr gemacht hat, was so furchtbar gewesen ist … Ich wäre zu so etwas doch nie in der Lage!«

Er sah zu Mr Laemmle. An ihn waren seine Worte gerichtet gewesen; auch wenn er es ihm bereits erzählt haben musste.

Ich lächelte immer noch. Mehr denn je. Das Wunderkind, der Musterknabe, der sich rechtfertigen musste, natürlich musste er das.

»Ja, es war Mr Reid«, sagte ich. »Das weiß ich jetzt auch.«

Mr Hays sah von einem zum anderen.

»Der *was* gemacht hat …?«, presste er jetzt hervor.

Ich sah Reid an. Ich sah, dass er so weit war. Er senkte den Kopf und begann zu reden.

»Ich erinnere mich nicht mehr an alles. Wir waren beide betrunken«, sagte er, »*ich* habe den größten Teil getrunken, nicht Virginia, obwohl ich sie betrunken machen wollte. Es waren nicht meine ersten Drinks, Irving, du weißt das doch, du kannst es bestätigen …« Thalberg sah ihn nur kalt an, der kleine schmale Mann den riesigen mit dem mächtigen Schädel, der purpurrot leuchtete.

»Erzählen Sie es«, sagte ich. »Sprechen Sie es aus. Sie sind wütend geworden, weil sie nicht nachgegeben hat, weil sie Ihnen gedroht hat, und haben sie in Ihrem Rausch mit der Flasche penetriert.«

Reid schluchzte auf. »Ja … ja, das muss ich wohl getan haben«, sagte er kläglich. »Ich war einfach nicht mehr ich selbst … ich hatte Morphin genommen, sehr viel, weil ich so nervös war und …«

Zukor schloss die Augen, und er hielt sich die Hand darüber, als wollte er Reid nicht mehr sehen.

»Und dann werden Sie ziemlich hemmungslos, gerade in der Gegenwart von Frauen«, sagte ich zu Reid. »Ich weiß. Ich konnte es selbst einmal beobachten.«

Hays blickte vorwurfsvoll zu Lasky, Zukor und Laemmle, die nur mühsam die Fassung wahrten. Es war klar ersichtlich, dass er zumindest die scheußlicheren Details noch nicht gekannt hatte.

»Sie waren es also wirklich?«, fragte Hays streng.

»Ja«, antwortete Thalberg für Reid. »Dieser Idiot, er war einfach zu wütend und zu berauscht, um sich zurückzuhalten. Der Doktor hat bestätigt, was Reid getan hat, er ist dazugekommen. Das war ja das Problem.« Er sah Wallace Reid an. »Deswegen rief er mich doch danach noch einmal an, nachdem du einfach nicht zu erreichen warst, und ich musste dafür sorgen, dass er bezahlt wurde.«

Reid weinte beinahe, Laemmle und Zukor und Lasky und Hays und Thalberg standen anklagend und wütend vor ihm. Er sah zu Boden und nickte voller Scham.

»Ich werde einen Entzug machen«, sagte Reid verzweifelt.

»Ich schwöre es. Es ist dieses Teufelszeug gewesen, das mich dazu gebracht hat!«

Niemand schien ihm zu glauben. Alle sahen es als ein klares Lippenbekenntnis.

»Sie waren so vollgepumpt mit Drogen«, sagte ich zu Reid, »dass der Doktor leichtes Spiel mit Ihnen hatte, als er endlich dazukam, und wenn es auch zu spät war.«

»Ich erinnere mich nicht, wie es passiert ist«, sagte Reid schnell. »Auf einmal lag Virginia da und ich hatte die leere Flasche in der Hand, und der Doktor nahm sie mir weg. Er hat Virginia angeboten, sie zu untersuchen, doch sie hat es strikt abgelehnt. Ich habe ihr ein Casting am nächsten Tag angeboten, ich würde ihr eine Rolle verschaffen, sie könne für *Famous Players* und für die *Universal* arbeiten, und sie hat es akzeptiert. Dann hat mich der Doktor gedrängt, zu gehen. Was danach geschehen ist, weiß ich nicht.«

»Vermutlich wollte sie schnell da weg, und er ließ sie gehen, weil dem Anschein nach nichts dagegen sprach«, sagte ich. »*Kein Abort*, nur das hat er festgehalten. Er war diskret, der gute Doktor. Nichts über den Vorfall, die Schmerzen oder Verletzungen. Später fügte er hinzu, dass er für den Termin voll bezahlt wurde. Ich nehme an, durch Jansen?«

Ich sah Thalberg an. Er nickte:

»O'Hara hat sich wieder an mich gewandt, weil er Reid nicht erreicht hat, so wie ich selbst auch nicht. Also habe ich Jansen engagiert, um ihm das Geld zu bringen. Ich hätte Sie genommen, Hardy, aber Sie waren ja gerade nach San Francisco gefahren, um Virginia zu suchen.«

Ich lächelte nur. »Sie haben mir sowieso nicht viel zugetraut. Deswegen haben Sie, als ich sie gefunden hatte, gleich Jansen dorthin geschickt. Er war besser geeignet, um da oben den schmutzigen Teil zu übernehmen. Viel besser.«

»Und warum hat der Doktor nun sterben müssen?«, fragte Hays, der alldem hellwach gefolgt war.

Ich sagte: »Weil er die Flasche aufgehoben hat, mit der Reid es gemacht hatte. Und nachdem Virginia gestorben war und als alle Zeitungen voll davon waren, wollte er zum zweiten Mal kassieren.«

Niemand schien mir widersprechen zu wollen.

»Aber damit ist er nicht zu mir gekommen«, sagte Thalberg dann. »Damit ist er zu Reid gegangen. Zu dem, der allen Grund hatte, zu bezahlen.«

»*Er* hat das geregelt«, sagte Reid plötzlich und zeigte mit dem Finger auf Fritz Roth. Er weinte jetzt wirklich. »Es regeln *lassen*, durch Jansen.«

Alle sahen Fritz an. Fritz sah mich an.

Ehrlich gesagt, ich hoffte noch, dass er es abstreiten würde.

»Was blieb mir anderes übrig«, sagte Fritz, »nachdem Wallace Reid vollkommen aufgelöst zu mir gekommen war und mich angebettelt hatte, das Chaos aufzuräumen, das er angerichtet hatte. Von dem er mir erst erzählt hat, als dieser dumme Doktor ihn erpresst hat. Viel zu spät.«

Im Grunde akzeptierte ich es sofort. Im Grunde war es gar nicht anders vorstellbar gewesen.

»Wann war das genau?«, fragte ich ihn.

»Nachdem du bei mir warst, hier im *Cocoanut Grove*. Ich schwöre, es war danach, Hardy«, sagte Fritz und lief rot an.

»Warum bist du damit nicht zu mir gekommen, du Idiot?«, sagte Thalberg mit zusammengebissenen Zähnen zu Reid. »Warum hast du mir verschwiegen, was du tun wolltest? Ich hätte es anders geregelt.«

»Weil er sich geschämt hat«, sagte ich. »So wie er sich jetzt schämt.«

Reid schluchzte hemmungslos und sah zu Boden.

»Ich habe Jansen nur beauftragt, weil Reid ihn mir empfohlen hat. Was hätte ich sonst tun können, er hat regelrecht darauf gedrängt«, sagte Fritz. Jetzt war es an ihm, sich zu rechtfertigen.

»Du hast ihn beauftragt, den Doktor umzubringen?«, fragte ich.

»Ihn zu bezahlen, natürlich«, beteuerte Fritz.

»Aber du hast ihn dorthin geschickt. Du wusstest, der Doktor würde keine Ruhe geben. Deswegen musstest du etwas tun. Musste Jansen es für euch tun.«

Hays starrte Fritz vollkommen entgeistert an.

»Nein! Nein, natürlich nicht«, sagte Fritz Roth laut und verzweifelt. »Ich habe ihm nur gesagt, er solle die Sache regeln. So wie er für Thalberg alles in San Francisco geregelt hatte.«

»Das ist ja wohl nicht im Mindesten zu vergleichen«, sagte Thalberg. »Einen Mord werden Sie mir nicht anhängen, Mr Roth. Sie nicht und niemand anderes.«

»Der Mord war Jansens Sache, nur Jansens …«, stammelte Fritz.

»Und was ist mit dem Mord an Pepper?«, fragte ich hart.

»Das war ein Unfall!«, schrie Fritz Roth.

»Na kommen Sie schon, Hardy, es ist wirklich ein Unfall gewesen, wir haben es doch alle mitbekommen«, sagte Uncle Carl.

»Ja, selbstverständlich«, sagte Mr Lasky. »Sie haben es doch in meinem Haus erfahren. Es kann doch keinen Zweifel daran geben.«

»Ich will es von ihm hören«, sagte ich und zeigte auf Fritz.

»Ich hatte nichts damit zu tun«, sagte er schnell.

»Wer war es, der uns belauscht hat? In meiner Wohnung?«, fragte ich. »Mich und Pepper?«

Alle sahen zu Boden. Niemand rührte sich. Ich sah Thalberg an.

»Sie haben mein Telefon angezapft. Sie haben die Techniker geschickt, das hat mir Pepper selbst gesagt.«

»Aber nur, um eine Telefonleitung zu legen«, sagte er. Er sah mich nicht an dabei.

»Das können Sie vielleicht Ihrer Mutter erzählen«, sagte ich böse. »Sie haben noch mehr getan. Sie haben jemanden geschickt, der meine Wohnung von der Nachbarwohnung aus abgehört hat. Jemanden, der mitbekommen hat, dass Pepper auf meine Seite gewechselt ist. Dass sie mir von der Abtreibung erzählt hat. Und deswegen musste sie dann sterben.«

»Ich habe niemanden belauschen lassen«, sagte Thalberg schneidend. »Ich habe weiß Gott zu viel zu tun, um mich um so etwas zu kümmern.«

»Woher hat Pepper es dann gewusst? Sie hat es mir gesagt. Sie war überzeugt, dass man mich überwachte.«

»Das müssen Sie nicht mich fragen. Sie hat mehrfach mit Mr Roth telefoniert, um alles zu koordinieren, wegen der Fotos, wegen allem …«, sagte Thalberg und sah auffordernd Fritz an.

Fritz schaute nur zu Boden und knetete die Hände.

»Der einzige Auftrag, den ich erteilt habe, ist der für die Abtreibung«, sagte Thalberg. »Mit der sie mich erpressen wollten, diese unglückseligen Frauen …«

»Und der Auftrag an Jansen, in San Francisco alles zu vertuschen«, sagte ich scharf. »Deshalb hat er Maude Delmont gezwungen, Fatty Arbuckle zu bezichtigen, Virginia mit einer Flasche vergewaltigt zu haben. Sie hat es mir vor Kurzem selbst bestätigt.«

Fritz hob ruckartig den Kopf und sah mich an.

»Du hast Maude gesprochen?«

»Aber danach hatte ich mit Jansen nichts mehr zu schaffen. Das wart nur ihr beide. Du und Fritz Roth!«, sagte Thalberg zu Reid.

»Ihr hättet Fatty Arbuckle das niemals antun dürfen«, sagte Zukor leise. »Niemals!«

»Er war sowieso nicht mehr zu retten, als die Schlagzeilen einmal in der Welt waren«, sagte Thalberg, doch als Zukor ihn böse ansah, verstummte er.

Ich übernahm es einfach für ihn, weiterzureden. »Und da haben sie eben gehofft, dass sie ihre eigene Affäre noch niederschlagen können, erst Thalberg, dann Reid und Roth.« Ich sah Fritz an. »Jeweils durch Jansen. Und dann, als es nötig wurde, durch einen vermeintlichen Drogenunfall des Doktors. Von dem du immer euer Kokain und Heroin und Morphin bezogen hast.«

»Das ist nicht wahr«, sagte Fritz leise. Lasky blickte entsetzt zu Boden. Laemmle kaute auf seiner Unterlippe. Zukor sah Reid an. Reid hatte den Kopf in die Hände gestützt, als wollte er sich die Ohren zuhalten.

»Nur dass ich wieder dazwischengekommen bin. Und ich habe mich als Sündenbock angeboten, da du mir Virginias Kalender gegeben hattest und gewusst hast, ich würde als Erstes beim Doktor nachforschen …«

»Das haben wir nicht so geplant, Hardy«, sagte Fritz. »Das war Jansens Idee da oben, es war Jansen alleine! Das musst du mir glauben!«

»Dummerweise hatte Jansen noch weitere Ideen. Zum Beispiel entschloss er sich, die Flasche nicht zu vernichten, wie er dir sicher versprochen hatte, sondern aufzubewahren und andere Beweise auch. Die Sache nahm einfach kein Ende, und ich bin euch immer mehr auf die Spur gekommen.« Ich wandte mich Hays zu. »Irgendwann wurde es so schlimm, dass Thalberg und Reid und Roth ihre Chefs einweihen mussten, die Studiobosse. Und dann taten sich alle zusammen, gezwungenermaßen. Das, Mr Hays, ist die Geschichte der Flasche. Und wie Fatty Arbuckle zum Sündenbock wurde. Und wie Sie zu Ihrer neuen Position gekommen sind.«

Hays sah in die Runde, und seine Augen wanderten umher wie die eines Weißkopfadlers, der beobachtete und überlegte, wo er gleich herabstoßen würde.

»Aber mit den Morden hatten wir nichts zu tun«, sagte Mr Lasky erregt zu Mr Hays.

»Nein, natürlich nicht«, sagte Mr Laemmle.

»Das war allein Fritz Roth«, versicherte Zukor.

Fritz sah ihn mit weit aufgerissenen Augen an.

»Meine Frau darf es nicht erfahren, nichts davon«, sagte Reid plötzlich panisch. »Um keinen Preis. Sonst bin ich …« Er konnte nicht mehr weiterreden und begann zu schluchzen. Die anderen ignorierten ihn peinlich berührt, so gut es ging.

»Es ist gut, dass Sie es uns erzählt haben«, sagte Uncle Carl zu mir. »Und nicht jemand anderem. Mr Hays ist der richtige Mann, mit dem Sie reden müssen.«

Er und Zukor und Lasky waren jetzt sehr bemüht, die Kontrolle über das Gespräch wiederzuerlangen.

Sie sahen Mr Hays an. Ich sah Mr Hays an.

Er stieß den Kopf nach vorne und sagte:

»Das ist eine interessante Geschichte, Mr Engel. Noch einmal: Können Sie das alles beweisen?«

Was mich beunruhigte, war, dass er mich mit demselben Blick ansah, mit dem er eben die anderen angesehen hatte. All das hatte ihn nicht umgestimmt. Natürlich nicht.

»Sie haben es doch gerade gehört«, sagte ich. »Von ihnen selbst.«

Mr Thalbergs glühender Blick schien direkt durch mich hindurchzugehen.

»Mr Hays hat recht«, sagte Mr Laemmle, und er hatte auf einmal sein Lächeln wiedergefunden. »Können Sie denn belegen, Hardy, was Sie da gerade erzählt haben? Mit Beweisen, nicht nur mit Behauptungen?«

»Ich fürchte, das können Sie nicht«, sagte Mr Lasky und richtete sich auf. »Oder?«

Ich hatte erreicht, was ich wollte, ich hatte es endlich von Thalberg und Reid bestätigt bekommen. Aber dass sie ihre Aussagen irgendwo wiederholen würden, vor Gericht oder woanders, das glaubte ich nun wirklich selbst nicht. »Überlassen wir das doch Mr Hays«, sagte ich. »Und Bezirksstaatsanwalt Brady. Für ihn ist diese Geschichte noch interessanter.« Was mir blieb, war nur noch ein Versuch, über dessen Erfolgsaussichten ich mich keinerlei Illusionen hingab. Ich musste ihn trotzdem unternehmen. »Erzählen wir sie ihm, und lassen wir ihn alles durch Ermittlungen belegen. Das ist schließlich seine Aufgabe, auch in dem kommenden neuen Prozess. Geben wir ihm die Flasche.«

Ich trat einen Schritt zurück. Von draußen fiel Licht auf das dunkelbraune Glas unter dem Zellophan, und man konnte jeden Fingerabdruck und jede Schliere darauf sehen.

Hays reckte sich wieder, so wie er es am Anfang getan hatte. Er hakte die Daumen in seine Westentaschen und nickte zufrieden, als wäre er zu einem Schluss gekommen.

»Ja«, sagte er, und plötzlich hatte sich seine Stimmlage wieder verändert, »mein guter Freund Matthew Brady, ich werde mit ihm sprechen. Ich spreche dauernd mit ihm, auch über den Arbuckle-Fall, glauben Sie mir. In dem Bestreben, dass dieser unglückselige Skandal keinesfalls noch weitere Kreise zieht. Das ist meine erste Aufgabe als neuer Vorsitzender dieser Branche. Und Ihnen danke ich vielmals, Mr Engel, für alles.«

Und er streckte die rechte Hand aus und wollte mir die Flasche wegnehmen. Ich sah, wie Mr Laemmle und Mr Zukor und Mr Lasky sich entspannten, wie Thalberg zufrieden nickte und sogar Reid sich wieder fasste, mit beiden Händen seine in Unordnung geratene Frisur richtete. Fritz atmete durch und trocknete sich die Glatze.

Ich trat einen Schritt zurück und zog die Flasche zu mir heran.

»Nein«, sagte ich. »Oh nein. So geht es nicht.«

»Natürlich, Mr Engel«, sagte Mr Hays. »Sie haben sich an mich gewandt, und ich bin die letzte und höchste Instanz in Hollywood, ab sofort. Geben Sie mir die Flasche und ich werde alles regeln, wie es sich gehört.«

»Sie irren sich, Mr Hays«, sagte ich und ging noch einen Schritt zurück. »Sie alle irren sich. Ich habe mich nicht an Sie gewandt, weil ich mir etwas von Ihnen erhofft habe. Gerechtigkeit oder dass Sie der Wahrheit zum Sieg verhelfen. Mir war klar, dass das nicht geschehen würde. Ich wandte mich an Sie, mit dieser Flasche, weil ich klären wollte, wie es wirklich war. Weil ich es hören wollte. Hören *musste*.

Und ich wollte beweisen, nur mir selbst, was der wahre Charakter dieser Menschen ist – der dieses ganzen Business, von Hollywood.« Ich zeigte auf Fritz. »Von Fritz Roth, meinem alten Freund und Landsmann, der sich entschieden hat, einen ganz anderen Weg einzuschlagen als ich. Von Mr Reid, der zu vertuschen versucht, dass er fremdgeht und morphinsüchtig ist. Und von Virginia Rappe selbst, die herumgehurt hat für ihre Karriere, die andere dafür betrogen und erpresst hat. Die einen prominenten Regisseur als Verlobten gehabt hat und trotzdem mit anderen ins Bett gegangen ist. Und die noch am nächsten Tag, nachdem ein Filmstar sie mit einer Flasche vergewaltigt hatte, sogar zu einem Casting mit ihm ging und Wohlverhalten zeigte. Der aber dann doch mulmig geworden ist bei der Sache, und nur eine Angst, die noch mächtiger war als die Sucht nach Ruhm, die vor dem Tod, hat dieses Muster durchbrechen können, und sie ist geflohen.«

»Nun denn«, sagte Mr Hays und sah auf die Flasche, »was sagt das denn über Hollywood, Ihrer Meinung nach, Mr Engel?«

»Es will uns beharrlich glauben machen, es wäre eine schöne Glitzerwelt, in der Freunde den ganzen Tag zusammen Spaß haben und unser aller Träume ausleben. Aber in Wahrheit ist es ein Schweigekartell, das auf Angst und Duckmäusertum aufgebaut ist, mit Herren und Sklaven. Es ist zutiefst schizophren.«

»Aber nein«, wandte Mr Laemmle lächelnd ein. »Es ist einfach nur ein Business, in dem wir es mit hochsensiblen Künstlern zu tun haben.«

»Und wir brauchen ihre Sensibilität, um die Wahrheit über Menschen zu erzählen. Eine tiefere Wahrheit«, ergänzte Mr Lasky.

»Tatsächlich wollen Sie nur Kinokarten verkaufen, so viele wie möglich, mit allen Mitteln, und selbst der Tod wird von Ihnen dafür genutzt, Geld zu machen.« Ich zeigte auf Laemmle und Lasky und Zukor. »Nicht umsonst sind die Gründer dieses Business Händler, die zuvor mit anderen Waren gehandelt haben. Jetzt verkaufen sie eben Filme, aber in denen steckt deshalb nicht mehr ›tiefere Wahrheit‹ als in Pelzen oder Diamanten oder in Schrott oder Unterwäsche oder Handschuhen oder Hühnern.«

»Ich werde das ändern«, sagte Mr Thalberg, »wenn man mich lässt. Eine neue Generation wird Hollywood neu erfinden.«

An der Wand direkt über ihm war ein besonders großer, breiter, runder Scherenschnitt angebracht. Es war der von Fatty Arbuckle.

»Diese Branche wird trotzdem weitere groteske Skandale erleben«, sagte ich. »Und all diese Skandale zu vertuschen, *das* ist Ihre künftige Aufgabe, Mr Hays.«

»Meine Aufgabe werde ich selbst definieren. Und auch für Sie gibt es eine künftige Aufgabe«, sagte Mr Hays, »wenn Sie wollen. Geben Sie mir die Flasche.«

»Hardy«, sagte Fritz beinahe flehend. »Mach doch keinen Quatsch hier.«

»Ich habe versucht, mich korrumpieren zu lassen«, sagte ich, »ich habe es wirklich ernsthaft versucht, doch es ist mir misslungen. Ich kann das Spiel einfach nicht mitspielen, selbst wenn ich die nobelsten und wahrhaftigsten Motive dabei verfolge. Denn am Ende muss ich ja den Ausgang akzeptieren, der *nicht* nobel sein wird oder wahrhaftig, sondern eine Lüge. Und dafür bin ich nicht gemacht.«

»Wenn es wirklich Lügen sind, werden sie sich schon als solche herausstellen«, sagte Mr Hays. »Ich bin auf der Seite der Wahrheit.«

»Mich interessiert nur noch eine Wahrheit«, sagte ich. »Wie Pepper umgekommen ist.«

Ich blickte herausfordernd in die Runde. Am längsten zu Fritz Roth. Niemand sagte etwas.

»Hast du mich wirklich belauschen lassen, Fritz, ja oder nein?«, fragte ich.

»Nein, verdammt noch mal!«, sagte er gequält.

Hays machte einen Schritt auf mich zu.

»Das wird sich alles klären. Übergeben Sie mir zunächst die Flasche, Mr Engel.«

Ich sah auf die Flasche und grinste ihm und Mr Laemmle zu.

Und dann warf ich sie an die Wand, so heftig, dass sie zersplitterte und das Zellophan aufriss und sie einen großen hässlichen Fleck hinterließ, der die schwarzen Silhouetten zweier Unsterblicher befleckte.

Alle stöhnten auf.

»Es war nicht die echte Flasche«, sagte ich leichthin zu Mr Hays. »Natürlich nicht. Willkommen in Hollywood.«

Er starrte mich nur ausdruckslos an.

»Uns können Sie nicht reinlegen«, sagte Mr Laemmle.

»Schon passiert. Glauben Sie wirklich, dass ich die echte hierhergebracht hätte? Oder damals zu Ihnen?«, sagte ich zu ihm. »So eine Flasche geht viel zu leicht kaputt. Die echte habe ich woanders, und sie ist gut verwahrt. Besser als andere Dinge, glauben Sie mir.«

»Seien Sie vernünftig, Hardy«, sagte Mr Laemmle und zwang sich wieder zu einem Lächeln. »Kommen Sie doch endlich, endlich zur Vernunft. Sie können weiter für uns arbeiten.«

»Sie glauben vielleicht, Sie seien was Besseres, nur weil Sie mit den Morden nichts zu tun hatten«, sagte ich zu ihm. »Aber das sind Sie nicht.«

»Arbeiten Sie für die Vereinigung der Produzenten«, sagte Mr Lasky. »Leute wie Sie werden jetzt viel zu tun bekommen.«

»Das wäre doch was für Sie, Hardy«, sagte Uncle Carl. »Wir werden Richtlinien aufstellen, wie sich Schauspieler zu benehmen haben, auf und abseits der Leinwand. Und alle anderen Filmleute. Helfen Sie uns dabei, sie festzulegen.«

»Kein Problem«, sagte ich. »Niemanden umbringen. Niemanden vergewaltigen. Keine Drogen, kein Alkohol, kein Sex und niemals lügen. Ganz bestimmt werden Sie sich alle daran halten.«

»Das war ein ernstes Angebot der *Motion Picture Producers and Distributors Association of America*«, sagte Hays. »Schlagen Sie es besser nicht aus.«

Mr Laemmle lächelte mich verbindlich an.

»Gehen Sie zurück in Ihr Büro, Hardy.«

»Nein, Uncle Carl. Ich habe es Ihnen damals gesagt: Ich bin unabhängig, und ich kann jederzeit gehen. Es war ein Fehler von mir, mich in diesem Business zu versuchen. Ein nachvollziehbarer Versuch, ich bin meinem Traum gefolgt, als ich aus Deutschland hierhergekommen bin – aber ein Fehler. Das weiß ich jetzt. Suchen Sie sich jemand anderen. Ich kündige.«

Und ich ergriff seine Hand, und während er noch über die Berührung erschrak, drückte ich sie, so kräftig, wie ich es bei von Stroheim gelernt hatte, und er verzerrte schmerzlich das Gesicht. Er zog die Hand zurück und rieb sie hektisch an seinem Jackett.

Ich öffnete die Tür zum Garten und trat hinaus ins Freie.

69

Es gibt wohl kaum etwas Schöneres, als nach längerer Zeit einmal wieder in seinem eigenen Bett nicht schlafen zu können.

Ich war zurück in meiner Wohnung bei den Teergruben. Ich hatte es nicht weit gehabt vom Wilshire Boulevard, gerade mal zehn Minuten zu Fuß, während deren ich mir das Gehirn über die weiteren Konsequenzen zermartern konnte.

Das Telefon war wieder intakt. Das war das Erste, was mir aufgefallen war.

Ich war hinuntergegangen zu Mr Soerensen und hatte ihn gefragt, ob er es habe reparieren lassen. Er hatte nur mit den Achseln gezuckt und gesagt, dass ein paar Männer von der *Pacific Telephone Company* hier gewesen seien.

»Keine Ahnung, wer sie beauftragt hat. Ich nicht«, hatte er gesagt.

Ich hatte mir eine Morphinspritze gesetzt. Es war dringend nötig gewesen.

Nun lag ich wach, mit Peppers Revolver griffbereit in der Hand, und lauschte in die Nacht. Ich hörte nichts, noch nichts. Sollten sie ruhig kommen, wenn sie wollten. Deswegen war ich ja hierher zurückgekehrt.

Als ich nach all der Zeit nach Hause gekommen war, hatte ich einen Brief der *Universal* vorgefunden. Er musste schon einige Tage hier gelegen haben.

Darin stand, man gehe davon aus, dass ich immer noch für die

Universal tätig sei. Man erwarte mich daher morgen, am 3. Dezember 1921, in meinem Büro. Unterzeichnet war das Schreiben von Carl Laemmle, Irving Thalberg und Julius Stern, dem neuen Co-Studioleiter. Und ihm lagen fünf Fünfzig-Dollar-Scheine bei, mein Gehalt für die inzwischen abgelaufene Woche.

Ich hatte noch etwas anderes vorgefunden. Einen zusammengefalteten Zettel, der unter meiner Tür durchgeschoben worden war. Ich hielt ihn nachdenklich in der Hand. Dann faltete ich ihn auseinander und las ihn. Es war eine Zeile, von Hand geschrieben, in Blockbuchstaben.

Ihr Leben ist in Gefahr.

Als ob ich das nicht selbst wüsste.

Die Nachricht war nicht unterschrieben. Es war eine Frauenschrift.

Plötzlich klingelte das Telefon. Ich schreckte hoch, ging hin und hob ab. Ich sah dabei auf die Uhr. Es war kurz nach Mitternacht.

»Hardy Engel.«

»Hardy, hier ist Fritz.«

Seine Stimme klang nervös und verschnupft.

»Was willst du?«

»Mit dir reden. Oh ja, ich weiß sehr gut, dass ich dir so einiges zu erklären habe …«

»Am Telefon?«

Es war eindeutig keine Erkältung.

»Nein. Treffen wir uns vor deinem Haus, drüben im Park, jetzt gleich. Ich bin im Drugstore bei dir um die Ecke.«

Ich sah durchs Fenster hinüber. »Warum nicht bei mir?«

»Falls du wirklich belauscht wirst. Komm zu mir nach draußen, okay?«

Es klickte, und er hatte aufgelegt.

Ich hängte ein und sah noch einmal aus dem Fenster. Im Park und auf der Straße war niemand zu sehen. Ich steckte den Revolver in die Jacketttasche und entriegelte die Tür. Ich spähte vorsichtig hinaus, zur anderen Wohnung, und gerade als ich die Tür schließen wollte, spürte ich den Lauf einer Waffe an meinem Hinterkopf.

»Ganz ruhig«, sagte eine Stimme, die mir bekannt vorkam.

Ich wollte mich umdrehen, der andere war im toten Winkel meines rechten Auges.

»Hast du im Ernst geglaubt, ich warte drüben in der Wohnung, in der du mich schon einmal fast erwischt hast?«, fragte die Stimme höhnisch. Sie hatte einen dicken deutschen Akzent.

»Wer sind Sie?«, fragte ich.

»Halt's Maul«, sagte der Mann. »Sag mir nur, wo die Flasche ist.«

Ich drehte mich um und sah ihn an.

Er war nicht besonders groß und nicht besonders klein, nicht besonders dick und nicht besonders dünn. Als ich ihn zuletzt gesehen hatte, hatte er in einem braunen Roadster gesessen und war mir gefolgt, bis zu Babette Fieldings Haus.

»Sie arbeiten gar nicht für die *Universal*«, sagte ich zu dem Mann. »Das hätte ich wissen müssen.«

Er sah mich an und grinste.

»Wie heißen Sie, Herr Nachbar?«, fragte ich.

»Die Flasche!«

»Also schön«, sagte ich. »Ich zeige sie Ihnen.«

Ich wandte mich langsam um zur Tür und stieß sie wieder ganz auf. Statt hineinzugehen, machte ich einen Schritt zurück und schlug mit einer schnellen Bewegung den Lauf seiner Waffe beiseite. Sie flog ihm aus der Hand und den Flur hinunter.

Ich versuchte ihn zu packen, doch er entglitt mir. Ich fiel zu Boden, und er lief los und stürmte schnell die Treppe hinunter. Ich rappelte mich auf und rannte ihm hinterher, hinunter zum Ausgang, doch ich hörte auf der Straße nur noch den Hall seiner Schritte, die sich entfernten.

Ich beschloss, mich später um ihn zu kümmern.

Ich ging schnell hinüber in den Wilshire Park, mich vorsichtig umsehend. Sofort stieg mir der Gestank der Teergruben in die Nase und traf mich wie ein Schock. Entweder hatte ich ihn zu lange nicht mehr von Nahem gerochen, oder der Teer verbreitete heute einen besonders ekelhaften Brodem. Ich konnte im Vorbeigehen hören, wie er ein böses Fauchen ausstieß, sah Blasen aufsteigen, die im Mondlicht glitzerten, und spürte die Hitze.

Ich stellte mich hinter einen Busch und musste nicht lange warten. Fritz kam die Straße heraufspaziert. Er sah mich nicht. Er spähte hinüber zu meinem Haus und reckte den Hals. Offenbar wartete er gespannt auf etwas, was dort vor sich gehen sollte. Ich trat hinter ihn.

»Hallo Fritz«, sagte ich.

Er fuhr wie vom Schlag getroffen herum.

»Hardy …?«

Ich hatte meine Hand in der Tasche und umfasste den 45er.

»Überrascht, mich zu sehen?«

»Nein, das ist … wir waren doch verabredet.«

»Wer ist der Mann?«

»Welcher Mann?«

Er schniefte laut und hielt sich dabei ungeniert erst das eine, dann das andere Nasenloch zu. Er musste direkt davor etwas genommen haben.

»Der Mann, der mich drüben abgepasst hat. Der mich ermorden sollte. Das sollte er doch, in deinem Auftrag, oder?«

Er sah mich mit offenem Mund an. Er sah aus wie jemand, dem alle Felle wegschwammen.

»Hardy, ich weiß nicht … du verstehst das völlig falsch …«

Fritz ging rückwärts in Richtung des Kratersees. Ich folgte ihm.

»Du warst es, der mich hat belauschen lassen, nicht wahr? Weil du Angst hattest, ich könnte darauf kommen, dass du hinter dem Mord an Dr. O'Hara stecktest? Deswegen hast du mir diesen komischen kleinen Mann geschickt. Und wahrscheinlich ist er dein neuer Mann fürs Grobe geworden, nachdem Jansen gestorben war.«

»Oh, Hardy …«, sagte Fritz Roth und hob abwehrend die Hände.

»Ich habe ihn in die Flucht geschlagen. Wer ist er?«

Er war kreidebleich.

»Hardy, nein ...«

Er blieb stehen. Hinter ihm stiegen die Blasen aus dem flüssigen Teer auf und zerplatzten an der Oberfläche.

»Wer ist er, sag's mir, verdammt noch mal?«

Fritz schüttelte den Kopf und wusste doch, dass er es sagen musste.

»Er heißt Emil Schmidt.«

»Woher kennst du ihn?«

Ich war sehr vorsichtig. Ich hielt eine Armlänge Abstand von ihm.

»Von Dreharbeiten ...«, sagte Fritz widerwillig und vollkommen am Ende, »als ich damals Assistent bei DeMille war ...«

»Bei einem Dreh von *Famous Players*?«, fragte ich.

»Ja, mit der Swanson ... *Male and Female* ...«

Ich hatte eine Ahnung, was kommen würde.

»Und was hat er da gemacht?«, fragte ich.

»Er war ...«, sagte Fritz, und er begann zu heulen und kriegte es nicht heraus.

»Er war *was*?«, schrie ich.

»Er war der Löwendompteur«, schrie Fritz zurück und sah mich aus verheulten roten Augen an. »Der Tiertrainer, er hat den verdammten Löwen dressiert, sodass er sich auf die Swanson legt und ihr in den Nacken atmet, aber sie nicht beißt ...«

Ich starrte ihn an und begann langsam zu nicken.

»Den alten Charlie«, sagte ich. »Den Löwen, der dann hinüber in den *Universal*-Zoo gebracht worden ist. Und wer ihn dressiert hatte, hatte dort immer Zugang. So wie dieser Schmidt.«

»Es tut mir furchtbar leid«, sagte Fritz und schniefte, als hinge sein Leben davon ab. »Ich wollte es ihn nicht so machen lassen bei ihr ...«

»Eher so wie bei mir«, sagte ich. »Oder so, wie du es Jansen beim Doktor hast machen lassen.«

»Ja«, sagte Fritz, »aber er ... verstehst du, es sollte doch wie ein Unfall aussehen … und er ist nun mal ein Löwendompteur … Ich habe nicht gewusst, was er vorhat, das schwöre ich dir – ich schwör's dir bei dem Leben meiner Kinder!«

»Oh, da wäre ich vorsichtig«, sagte ich. »Ein Leben gilt nicht mehr viel in dieser Stadt; und auch nicht in einer anderen, in der ich neulich war.«

Er weinte wieder.

»Das ist keine Lüge, das hat er alles alleine durchgezogen … das hat er immer so gemacht, ich habe ihn schon eine ganze Weile für mich arbeiten lassen …«

»Immer machen alle alles alleine, ich weiß, Fritz.«

»Sie hätte es doch wissen müssen«, sagte er kläglich. »Ich hatte Pepper gesagt, dass wir dich überwachen, und sie hatte mir gesagt, dass die *Universal* dein Telefon abhöre … Ich verstehe nicht, warum sie trotzdem in deiner Wohnung darüber geredet hat … Sie muss dich wirklich geliebt haben …«

»Du hast sie dafür umbringen lassen von deinem kleinen Mann«, sagte ich. »Und du, du warst derweil der Gute, hast meinen besten Freund gespielt. Du hast mir Kokain gegeben, als ich zu dir gekommen bin«, sagte ich und ging auf ihn zu. »Du bist sogar bei mir zu Hause gewesen, wahrscheinlich hat er dabei auch zugehört, und hast mich getröstet, mich zu ihrer Beerdigung gefahren. Und alles nur, weil du ein schlechtes Gewissen hattest.«

Er wich weiter vor mir zurück.

»Ja, Hardy.«

Er war nun vollkommen gebrochen. Ein Auge reichte aus, es zu sehen.

»Und mich unter Kontrolle haben wolltest.«

Er griff in seine Tasche. Ich hielt den 45er schussbereit. Er holte langsam ein kleines Glasröhrchen heraus und schüttete weißes Pulver auf seinen Handrücken. Er schniefte es weg.

»Dabei warst du es, der sich nicht mehr kontrollieren ließ, Fritz. Der biedere deutsche Familienvater, mit seiner Frau und seinen beiden kleinen Töchtern zu Hause.«

»Sie ist schwanger«, stieß er hervor.

»Erika, schon wieder?«, sagte ich. »Soll mich das etwa milde stimmen, Fritz?«

»Gwendolyne«, sagte er düster. »Gwendolyne ist schwanger. Und sie will es bekommen.«

Er bot mir das Koks an. Ich schüttelte grimmig den Kopf.

»Du solltest endlich deine Finger von dem Zeug lassen. Und von deiner Sekretärin.«

»Es ist zu spät«, sagte Fritz. »Es ist alles zu spät.«

Er steckte das Röhrchen weg und fuhr fort:

»Wenn du einmal einen Fehler begangen hast, dann hört es nie mehr auf. Dann gibt es immer noch etwas aufzuräumen und noch etwas, du bist damit ganz auf dich alleine gestellt, und irgendwann …«

»Irgendwann erwischt es dich selbst«, sagte ich trocken. »Du solltest das alles aufschreiben.«

»Hardy, sieh es ein, du hast keine Chance«, sagte Fritz. Er zog die Nase hoch und massierte sich das Zahnfleisch mit einem Finger. »Ich hab's dir doch immer schon gesagt, das hier ist das moderne Babylon, die Stars sind unsere Könige, und die Studiobosse sind die Hohepriester.«

»Und du bist ihr Handlanger«, sagte ich. »Du hast deine Entscheidung getroffen, eine ganz andere als ich. Du spielst ihr Spiel mit. Du bist ein Mörder, ob du es nun selbst getan hast oder nicht.«

»Ja, das bin ich. Ich weiß. Aber wenn ich es nicht tue, dann tut es jemand anderes. Und wenn jemand sich ihnen in den Weg stellt, wenn jemand auch nur versucht, ihr System zu stürzen, dann zerquetschen sie ihn wie eine lästige Fliege. *Lassen* ihn zerquetschen! Die machen uns alle fertig. Man *wollte* dich ja bereits fertigmachen, in San Francisco. Und das waren *nicht* wir.«

»Ach ja? Das rettet dich auch nicht.«

»Und sie haben da oben auch Maude aus dem Verkehr gezogen, falls du noch auf sie hoffst«, redete er weiter. »Haben sie verhaftet, jetzt ganz offiziell, wegen Bigamie, und der Vorwurf hat sich auch noch als richtig herausgestellt. Damit sitzt sie im

Gefängnis und ist als Zeugin endgültig diskreditiert, jetzt und für alle Zeiten. Aber vor diesem Gericht zählen sowieso keine echten Aussagen oder Beweise.«

»Vor meinem schon«, sagte ich. »Du bist dran, Fritz. Du hast Pepper auf dem Gewissen.«

»Ich weiß ja«, sagte Fritz und schniefte wieder heftig.

»Wer hat dich hergeschickt, Fritz? Wer hat dir gesagt, dass du mich erledigen sollst?«

»Keiner, das hat mir keiner gesagt«, versicherte er. »Glaub es mir. Nur mir, mir war klar, dass ich es tun muss. Weil ich sonst selbst dran bin. Damit beauftragen sie einen nicht. Und wenn sie dann hören, dass jemand umgekommen ist, dann nehmen sie es einfach nur zur Kenntnis.«

Ich nickte grimmig. »Und wenn sie hören, dass *du* umgekommen bist, dann auch.«

Er sah mich an und schluckte. Dann sagte er:

»Ja. Ich bin so tot wie Virginia. Und Fatty auch.«

Er war weiß wie der Mond über ihm.

»Das Ganze kommt mir vor wie diese Geschichte bei Ovid«, sagte Fritz und sah mit großen Augen an mir vorbei. Er war weit, weit weg. »Die von Kallisto, der hübschesten Nymphe der Jagdgöttin Diana, die ein Keuschheitsgelübde abgelegt hat. Aber dann führt das Schicksal sie zu Jupiter, dem Vater aller Götter, und er verführt sie, und da wird sie von ihm schwanger.«

»Meinst du jetzt Virginia?«, fragte ich.

»Als Rache wird sie verstoßen und durch bösen Zauber in eine Bärin verwandelt. Siehst du sie dort oben?« Er zeigte zum Himmel. »Die Mutter und der Sohn, *sein* Sohn. Sie sind der Große und der Kleine Bär am Sternenhimmel, zur Mahnung dort aufgehängt.«

Und er zeigte hinauf zum nächtlichen Himmel, doch dort blinkte wenig. Es war eher bewölkt. Nur der Mond lugte hervor.

»Oder meinst du Fatty? Oder Reid?«, fragte ich. »Was soll das, Fritz?«

»Ovid …«, sagte Fritz fast träumerisch. Er steckte die Hand in die Tasche, und als er sie wieder herauszog, hielt er plötzlich eine Pistole in der Hand. »Damit hat es bei mir einmal angefangen, am Humanistischen Gymnasium in Colmar. Mit zweitausend Jahre alter römischer Weltliteratur, mit großen künstlerischen Ambitionen … Und jetzt sieh uns an, wo wir gelandet sind. In welcher übel riechenden Gosse wir hier stecken!« Das Letzte schrie er fast. Er zeigte auf die Asphaltwellen, über denen weißlicher Dampf stand. »Ganz Hollywood ist ein kulturloses stinkendes Loch …!«

Er richtete die Waffe auf mich.

Ich zog meine Pistole heraus und zielte damit meinerseits auf ihn.

»Das hast du dir alles selbst eingebrockt, Fritz«, sagte ich. Wir sahen uns an.

Er begann zu würgen. Fritz beugte sich leicht zur Seite und übergab sich. Ein Speichelfaden zog sich von seinem Mund nach unten.

»Gott, es ist alles so verdorben …«, flüsterte Fritz.

Er wischte sich mit der Hand über den Mund und zielte wieder auf mich. Ich hielt mich weiter schussbereit.

»*Ich* bin so verdorben«, sagte er. »So rettunglos verdorben …«

»Ja, das bist du«, sagte ich. »Aber reicht es, um mich zu erschießen?«

Er schluchzte auf und nahm die Pistole herunter.

Ich wollte gerade zu ihm gehen, da drehte er sich plötzlich um, nahm zwei Schritte Anlauf und sprang in einem weiten Satz in die Teergrube.

Er stieß dabei einen lang gezogenen, grauenvollen Schrei aus, der plötzlich abbrach, als er in das Brodeln eintauchte, und der glühend heiße Teer verschlang ihn, als hätte es ihn nie gegeben.

Ich stand da und starrte auf die Asphaltwellen, die fauchend und dampfend hochschlugen, als verdaute die Grube ihn.

Dann ging ich hinüber zu meinem Telefon und meldete es bei der Polizei als Selbstmord, dessen Zeuge ich gewesen sei, und kehrte zurück zur Teergrube.

Eine uniformierte Streife kam nach fünf Minuten, und die beiden Polizisten nahmen meine Aussage auf.

Ich gab ihnen seinen Namen und seine Adresse. Ich sagte, Fritz habe mich sprechen wollen und wir hätten einen Spaziergang gemacht. Er habe mir tief verzweifelt von privaten Problemen berichtet und dann offenbar einen Zusammenbruch erlitten, jedenfalls sei er plötzlich in die Teergrube gesprungen. Ich habe ihn noch aufhalten wollen, doch habe es nicht vermocht.

Eine halbe Stunde später, während sie noch alles absperrten und zur Sicherung ein Seil um den Teich spannten, traf ein weiterer Polizeiwagen ein, und es war die Mordkommission, die in solchen Fällen immer routinemäßig benachrichtigt werden musste.

Ich hatte mich schon darauf eingestellt. Ich sah zu, wie Gordon und Catanza aus ihrem Wagen ausstiegen – aus dem mit den Schussspuren aus den Hills –, und wurde ganz ruhig. Zu den beiden hätte ich sowieso irgendwann gehen müssen, und wir konnten es gerade so gut gleich hinter uns bringen.

»Ist das der Zeuge?«, fragte Gordon die beiden Uniformierten. Die Nachricht hatte ihn an einem vergleichsweise blassen Tag erwischt. Sein Gesicht war nur hellrosa, wie ein Babypopo.

Catanza sah mich da stehen, mit meiner Augenklappe, und begann zu grinsen und kniff ein Auge zu. Sie kamen herüber.

»Sieh mal einer an«, sagte Gordon zu mir. »Hardy Engel. Wo Sie sind, gibt es Tote.«

»Wundert einen glatt, dass es Sie selbst noch nicht erwischt hat«, sagte Catanza und lachte und besah sich genau meine rechte Gesichtshälfte.

Die Polizei von Los Angeles. Die in ihrem Wappen stehen hatte, dass sie dienen und beschützen wolle. Ich wurde nur noch ruhiger.

»Ich tu mein Bestes, das zu verhindern. Umbringen werde ich mich jedenfalls nicht«, sagte ich, »nicht wie mein Freund Fritz, den ich noch abzuhalten versuchte.«

»Ach ja, haben Sie das?«, fragte Gordon.

Ich würde mich natürlich nicht alleine auf ihren Wappenspruch verlassen. Ich hatte etwas Besseres, auf das ich mich verlassen konnte.

»Oder haben Sie ihm vielleicht im Gegenteil etwas geflüstert, was ihn springen ließ?«

Etwas viel Besseres.

»Nein. Ich erzähle Ihnen gerne, was wir besprochen haben. Aber nur Ihnen, ganz vertraulich.« Ich ging ein Stück weg, und sie folgten mir.

»Wir bitten sogar darum«, sagte Catanza.

»Wir haben seinen Namen schon durchgegeben und wissen, wer Fritz Roth gewesen ist«, sagte Gordon und stiefelte auf meine Höhe. Wir waren jetzt so weit von den anderen weg, dass sie uns nicht mehr hören konnten. »Naheliegend, dass es zwischen Ihnen Streit gab oder etwas anderes Schmutziges. Mit einem Kollegen von Ihnen, oder soll ich sagen, Rivalen? Dem Sicherheitschef von *Famous Players*.«

Wir blieben stehen.

»Der befasst war mit dem Arbuckle-Skandal, wie ich«, sagte ich. »Über den ich ganz neue Informationen recherchiert habe, die wir besprochen haben. Die Fritz verzweifeln ließen und die die Polizei von Los Angeles sehr interessieren werden.«

»Ach ja? Und *wie* haben Sie das recherchiert, Engel?«, sagte Catanza böse. »Haben Sie Los Angeles etwa verlassen, was wir Ihnen verboten hatten?«

»Wir sind ganz Ohr«, sagte Gordon und bleckte die Goldzähne.

Ich grinste ihn an. »Ja, Engel musste dafür die Stadt verlassen und nach San Francisco fahren. Nachdem er hier etwas äußerst Aufschlussreiches in einem Bankschließfach gefunden hatte.«

»San Francisco, hm?«, sagte Gordon. »Bevor wir Sie gleich verhaften wegen Missachtung einer behördlichen Anordnung, was haben Sie denn gefunden?«

»Alle Unterlagen, mit denen Keith Jansen sich abgesichert hatte«, sagte ich. »Sie beide kommen auch drin vor.«

»Sie trauen sich was ...«, sagte Catanza wütend. Gordon hielt ihm die schorfige Hand vors Gesicht. Es wirkte.

»Sie wollen wirklich die Polizei erpressen? Mal abgesehen davon, dass Sie natürlich nur bluffen?«

»Tausend Dollar pro Monat an Schmiergeld im Sitten-Dezernat, wirklich eine schöne Summe«, sagte ich. »Ein Wunder, dass Sie sich von dort versetzen ließen zum Mord-Dezernat. Oder bekommen Sie da jetzt auch so lukrative Abrechnungen?«

»Sie haben nicht wirklich etwas in der Hand«, sagte Gordon. Sein Gesicht nahm wieder eine rötlichere Färbung an. Ich hielt das für ein gutes Zeichen.

»Doch. Und nur dank des kleinen Schlüssels, den ich bei meiner Verhaftung in der Tasche hatte und den Sie mir wiedergegeben haben. Es war seiner, der von Ihrem Ex-Kollegen.«

Gordon sah mich an und biss sich auf die Lippen.

»Der Chief wird uns decken«, hielt Catanza dagegen. »Er hat uns immer gedeckt, auch nachdem Jansen geredet hatte.«

»Halt dein blödes Maul, du Idiot«, sagte Gordon.

»Nicht, wenn ich sie veröffentlichen lasse«, sagte ich. »Und das wird geschehen, sobald ich verhaftet werde oder mir sonst etwas zustößt. Ich habe mich abgesichert. Ich habe von Jansen gelernt.«

Ich grinste Catanza an und zwinkerte ihm mit meinem gesunden Auge zu. Es brauchte etwas Übung, aber das war es wert. Er ging fast in die Luft.

»Geh weg«, sagte Gordon plötzlich zu ihm und warf seine Zigarette auf den Boden. »Verpiss dich und lass mich alleine mit ihm reden. Na hau schon ab!« Er sah ihn drohend an. Catanza drehte auf dem Absatz um und verpisste sich.

Gordon wandte sich mir zu und sagte langsam und sehr ruhig:

»Ich glaube Ihnen, Mr Engel. Und Sie sehen ja auch lädiert genug aus. Sie haben es sich nicht leicht gemacht mit allem«, sagte er und rieb sich mit dem Daumen über die Nase. »Sagen wir also: Ich bin bereit, über gewisse Verstöße von Ihnen hinwegzusehen. Dass Sie die Stadt verlassen haben – geschenkt.

Dass nicht Sie es waren, der den Doktor erledigt hat, sondern Jansen – okay. Klingt ganz nach ihm, es passt zu den uns bekannten Abläufen, und dass Sie wegen unseres dringenden Tatverdachts gegen Sie ein falsches Alibi vorgelegt haben und uns auch sonst so einiges vorgelogen haben, ist in Anbetracht der Umstände auf gewisse Weise verständlich, und insofern können wir darüber hinwegsehen. Sie stehen nicht mehr unter Mordverdacht, in keinem dieser Fälle.«

»Gut«, sagte ich. »Wenn es Sie interessiert, erzähle ich Ihnen auch gerne, *was* ich recherchiert habe. Warum ich weiß, dass Fatty Arbuckle unschuldig ist.«

Gordon sah mich an und schob die Unterlippe vor und kaute darauf herum.

Dann schüttelte er den Kopf.

»Nein. Ich bin nicht lebensmüde, nicht so wie der Mann, der da reingesprungen ist. Und Sie doch wohl auch nicht, Engel.«

Ich wollte etwas sagen, aber er schnitt mir das Wort ab und hielt den Zeigefinger hoch. »Ich werde Ihnen einen weiteren Gefallen tun, einen letzten. Ich werde das alles für mich behalten, Ihre Rolle bei alldem und Ihre Andeutungen. Und mein Kollege auch. Das hier war einfach ein Selbstmord. Und Sie leben Ihr Leben weiter, als unbescholtener Bürger dieser aufblühenden Stadt, und die Gerechtigkeit in San Francisco nimmt ihren Lauf.« Er nahm den Zeigefinger herunter. »Wenn jemand wirklich unschuldig ist, Engel, dann wird es auch festgestellt werden. Sie sind unschuldig, und Fatty Arbuckle ist es auch. Vertrauen Sie der Justiz von Kalifornien. Vertrauen Sie der Polizei von Los Angeles.«

Mir fiel nichts ein, was ich noch hätte sagen können.

»Das ist alles. Sie können gehen. Und tun Sie's schnell, bevor ich's mir anders überlege.«

70

Es war nicht schwer, herauszufinden, wo er steckte.

Als ich am frühen Morgen vor dem Gebäude in Culver City ankam, das ein Schild als *Soundstage 6* der *Goldwyn Studios* auswies, sah ich vor der Garage den braunen Roadster stehen. Die Sonne war schon aufgegangen.

Ich ging um das Gebäude herum und durch die Hintertür herein.

Vor mir lag eine Küche, und darin stand der Mann, mit dem Rücken zu mir. Auf dem Küchentisch sah ich ein Schneidebrett und darauf ein riesiges Stück rohes Fleisch, und er war soeben dabei, es mit einem großen Messer klein zu schneiden. Ich ging in den Raum hinein, und der Mann sah hoch zu mir. Er war ziemlich in Gedanken gewesen.

»Oh mein Gott …«, entfuhr es ihm auf Deutsch. Er hob die Hand mit dem Messer vor sich.

»Was wollen Sie?«, fragte er reflexartig hinterher.

»Ich will Sie als Tiertrainer buchen«, sagte ich und richtete meine Waffe auf ihn. »Hände hoch!«

Er legte das Messer auf den Tisch und hob schnell die Hände.

»Schön langsam«, sagte ich.

»Sie müssen verstehen …«, sagte er. »Es war nur ein Job. Ein Auftrag.«

»Oh ja, das verstehe ich«, sagte ich. »Ich verstehe es sehr gut.«

»Was machen Sie jetzt mit mir? Was haben Sie vor, Mr Engel?«, fragte er.

»Waren Sie das auch in San Francisco, Schmidt?«, fragte ich. »Habe ich Ihnen das hier zu verdanken?« Ich zeigte auf mein rechtes Auge.

»Nein, nein, das war ich nicht«, beeilte er sich zu versichern. »Niemand von *Famous Players* war das. Das müssen die da oben gewesen sein, das müssen Sie mir glauben ...«

»Also schön«, sagte ich. »Fritz Roth hat das auch beteuert. Bevor er gestorben ist.«

Er sah mich entsetzt an und begann zu zittern. Offenbar rechnete er damit, gleich umgebracht zu werden. Und er hatte nicht einmal unrecht damit. »Ich bin nur ein Tiertrainer, aus dem Circus Krone in München ...«

»Sie sind ein Mörder. Sie haben alles kaltblütig geplant, Sie haben den Löwen auf meine Freundin losgelassen, und als er sie tödlich verletzt hatte, sind Sie abgehauen. Sodass der Studiopolizist, der zum Tatort gerannt kam, weil er die Schreie gehört hatte, nur einen Löwen gesehen hat, der vermeintlich ausgebrochen und aus unerklärlichen Gründen wild geworden war, und ihn erschossen hat. Beinahe wäre Ihr Plan aufgegangen, es wie einen tragischen Unfall aussehen zu lassen. Gewiss hatten Sie sich ein Alibi zurechtgelegt und wurden weit entfernt angetroffen, als man Ihnen davon berichtete.«

Er versuchte nicht einmal, mir zu widersprechen.

»Wie haben Sie es gemacht?«, fragte ich. »Wie haben Sie den Löwen dazu gebracht? Ich will genau wissen, wie es abgelaufen ist.«

Der Mann hatte immer noch die Hände erhoben.

»Das wollen Sie doch nicht wirklich wissen.«

»Doch«, sagte ich, »doch, das will ich.«

Er sah zu Boden und dann wieder hoch.

»Kommen Sie nach nebenan«, sagte er und begann rückwärts zu gehen. »Da werde ich es Ihnen erzählen.«

Ich folgte ihm, die Waffe immer direkt auf ihn gerichtet. Wir betraten jetzt durch eine Tür einen größeren Raum, das eigentliche Studio, und plötzlich ging er mit zwei, drei schnellen Schritten zur Seite. Ich folgte ihm und blieb wie angewurzelt stehen.

Auf der großen Bühne lag ein mächtiger Löwe mit einer zotteligen Mähne auf einem Podest und blickte uns aufmerksam an. Eine Filmkamera war auf einem Stativ aufgebaut und auf ihn gerichtet. Eine Jupiterlampe stand bereit. Sonst war zu dieser frühen Stunde niemand da.

Ich schwenkte meine Waffe langsam, ganz langsam, zu dem Löwen und dann wieder zurück zu dem Mann, Schmidt.

»Was soll das werden?«, fragte ich heiser.

»Nur Dreharbeiten, für *Goldwyn Pictures*«, sagte der Mann, und er klang jetzt erheblich munterer als zuvor. »Sie wollen einen neuen Vorspann für all ihre Filme.«

Auf dem Podest war ein Schild angebracht, auf dem in geschwungener Schrift stand *Ars gratia artis*.

»Soll ich den Löwen brüllen lassen?«

»Nein, lassen Sie das bleiben.«

»Sie haben doch keine Angst?«, fragte er. »Aber Sie wollten doch wissen, wie es abgelaufen ist … Leo …«, sagte er, zu dem Löwen gewandt.

Der Löwe setzte sich auf und ließ ein Knurren hören. Es klang wie mein Magen, wenn er tagelang nichts zu essen und nur Roggenwhisky bekommen hatte. Nur viel lauter.

»Lassen Sie das«, sagte ich.

Schmidt sah mich höhnisch an. Er ging noch einmal ein Stück rückwärts.

Dann, die Hände immer noch erhoben, schnippte er mit den Fingern und zeigte auf mich und sagte zu dem Tier: »*Kaiser!*«

Auf dieses Stichwort hin brüllte der Löwe laut und richtete sich auf, erhob die mächtigen Vorderpfoten und sprang auf mich zu.

Ich schwenkte den 45er herum und schoss auf ihn. Ein satter Knall, einmal, zweimal.

Ich hechtete zur Seite und schoss weiter, während der Löwe, mitten in der Luft getroffen, zusammenzuckte und aufjaulte.

Kurz bevor ich auf dem Boden aufkam, verfehlte ein weiterer meiner Schüsse den Löwen und traf seitlich hinter ihm dessen Herrn, der mit einem Aufschrei zusammenbrach, während aus seinem Kopf etwas herausspritzte.

Ich fiel zu Boden, rollte mich auf den Rücken, und der Löwe landete, durch meine Schüsse gebremst, direkt vor mir. Ich sah seinen riesigen Kopf mit den grausamen grünen Augen näher kommen, spürte den heißen Atem, während er auf mich zurutschte. Ich richtete die Waffe direkt auf sein rechtes Auge und feuerte meinen letzten Schuss dort hinein.

Der Löwe brüllte auf und verendete, sein Kopf schlug hart auf meiner Körpermitte auf.

Panisch kroch ich unter ihm hervor und schleppte mich rückwärts von dem riesigen toten Tier weg. Ich richtete mich auf. Mein Anzug war zerrissen. Bis auf eine Schramme am Ellbogen war ich unverletzt.

Schmidt lag in der Ecke und ich sah das Blut, das aus seiner Kopfwunde quoll. Seine Augen glotzten leer.

Ich blickte auf ihn und den toten Löwen hinab und dachte an Pepper. Ich dachte lange an Pepper.

Erst dann rief ich Buck an.

Was mit den beiden geschah, kam nie heraus.

Aber wenn man in dreißigtausend Jahren Ausgrabungen an den Teergruben macht, wird man sich sehr wundern, denn man wird, neben all den Säbelzahnkatzen, auch einen Löwen aus einer späteren Periode finden, nebst einem Löwenbändiger und einem hageren Deutschen aus dem Elsass.

Sofern sie in der Zukunft Methoden haben, so etwas über eine Teerleiche herauszufinden. Aber ich bin da sehr zuversichtlich. Ich bin überhaupt sehr zuversichtlich, was die Zukunft betrifft. Zumindest die in dreißigtausend Jahren, wenn wir alle lange tot sind.

71

Einige Tage später kam ich auf dem Weg über den Friedhof an Peppers Grab vorbei und legte einen Blumenstrauß darauf und verharrte für einige Zeit, bevor ich weiterging.

Ich trug wieder meinen schwarzen Anzug. Es war mein drittes Begräbnis auf dem *Hollywood Memorial Cemetery* in wenigen Wochen, und es war sicher das skurrilste. Im Sarg, auf dem ein Bild des lächelnden Fritz Roth stand, war keine Leiche, wie jedermann wusste, der die Umstände kannte, und trotzdem inszenierte Hollywood eine prächtige Trauerfeier für ihn.

Auf und neben dem Sarg lagen zahlreiche voluminöse Blumenkränze mit Schleifen, die die Namen der verschiedenen Filmgesellschaften Hollywoods trugen. Vielleicht war er auch gar nicht leer. Vielleicht war darin das alte Hollywood, das aus der Pionierzeit.

Ganz vorne auf den Stühlen saßen Erika Roth und ihre Töchter Martha und Laura, auch sie in schwarzen Kleidern, und hielten einander an den Händen. Sie weinten; ebenso wie Gwendolyne, Fritz' Sekretärin, die sich ganz hinten am Rand der Trauergemeinde herumdrückte und in ihr Taschentuch schluchzte.

Zum Glück waren keine Reporter anwesend, man hatte sie erfolgreich ferngehalten. Vielleicht waren sie auch gar nicht mehr daran interessiert – so wie die Produzenten und Studiobosse, auch die von Fritz' Studio – und waren schon längst zum nächsten Thema übergegangen. Die heutigen Schlagzeilen wurden von Hays und seinem neuen Posten bestimmt und seiner moralisch einwandfreien Strategie, Hollywood zu reinigen.

Ich ging langsam zwischen den Trauernden hindurch, und sie machten mir Platz, als litte ich an Aussatz. Ich sah die Sicherheitschefs beisammenstehen. Sie waren alle da: Ralph Huston, Peter Rutten, Jason Butcher, Colin Vasecky, Torvald Kaarboe.

Nur Fritz Roth fehlte.

Sie taten so, als würden sie mich nicht sehen, so wie die anderen auch. Leute, mit denen ich geredet, gearbeitet, Geheimnisse geteilt, gefeiert hatte, leugneten, mich überhaupt zu kennen, von einem Tag auf den anderen.

In ihrer Nähe sah ich Byron Hamilton, in seinem edelsten Anzug; keinem von Mr Yuan. Er blickte neutral in meine Richtung, abwartend.

»Hallo Byron«, sagte ich. »Feiner Anzug. Schön, dass du hier bist, um Fritz die letzte Ehre zu erweisen.«

»Und, weil ich der neue Sicherheitschef von *Famous Players* bin«, sagte Byron und blitzte mich stolz an.

»Oh ja, eine gute Wahl«, sagte ich. »Und eine so viel bessere als Fritz. Du wirst dich lange halten. Irgendwann werdet ihr Neuen uns alle überholt haben und uns loswerden. Auch die Bosse.«

Von der Trauerfeier selbst ist mir nicht mehr viel im Gedächtnis geblieben. Ich hatte vor allem damit zu tun, die Wut zu unterdrücken, die in mir aufstieg.

Der Sarg wurde in Fritz' Grab abgesenkt, und dann nahmen zunächst alle Sicherheitschefs Abschied von ihm und sprachen Erika und den Kindern ihr Beileid aus. Ich stellte mich in die Reihe der Trauernden, hinter Gwendolyne. Sie sah sehr schön und blass aus in ihrem schwarzen spitzenbesetzten Kleid, mit ihrem blonden Helm darüber, und sie brach fast zusammen, als sie an seinem offenen Grab stand. Ich stützte sie und half ihr, sich aufzurichten. Schluchzend, mit einem kurzen Händedruck ging sie an Erika und den Mädchen vorbei.

Ich nahm meine Nelke aus dem Knopfloch und warf sie zu Fritz hinab und schüttete etwas Erde hinterher.

»Mach's gut, Fritz«, sagte ich leise.

Erika weinte nicht und war sehr still. Fritz Roth, sagte ich zu seiner Witwe und seinen Töchtern, sei ein hart arbeitender Mann und liebender Familienvater gewesen, der einfach zu ehrlich und anständig für dieses miese Geschäft gewesen sei, und das habe ihn letztlich in den Selbstmord getrieben. Erika umarmte mich.

»Ich weiß genau, was er war«, sagte sie plötzlich leise, aber bestimmt in mein Ohr. »Ich weiß es ganz genau, alles.«

Wir sahen uns an. Ich sagte ihr zu, dass sie, wenn sie irgendetwas brauche, sich jederzeit an mich wenden könne. Ich strich den beiden Mädchen über die Köpfe.

Ein Arzt bestätigte bedauernd, dass in meinem Auge Iris und Linse Perforationen erlitten hätten, dass außerdem der Sehnerv irreparabel vom Augapfel abgetrennt sei. Er bot mir an, es zu entfernen und stattdessen ein Glasauge einzusetzen. Er zeigte mir ein Sortiment an Glasaugen, die sehr echt und sehr schön aussahen, und es gab sie sogar in Veilchenblau, der Farbe meiner Augen. Wenn ich das gewusst hätte, hätte ich schon früher gleich zwei davon genommen und ganz auf meine eigenen verzichtet.

Ich ließ ihn die Operation vornehmen, für siebzig Dollar von meinem dahinschmelzenden Geld.

Auf das Morphin konnte ich schon bald verzichten. Ich begnügte mich fortan wieder mit Alkohol.

In den Tagen danach saß ich in meiner Wohnung herum, und ich sah mir das Foto von Reid und Virginia, das ich zusammen mit dem Negativ hinter der Badfliese versteckt hielt, nur noch ein paarmal an. Viel lieber betrachtete ich die Fotos von Pepper, die ich mir von Buck hatte geben lassen und nebeneinander an die Wand gehängt hatte; das unschuldige und das verruchte.

Ich spielte Schach mit Mr Soerensen. Meistens verlor er.

Dann zuckte er mit den Schultern. Manchmal gewann er. Dann zuckte er auch mit den Schultern.

Der Teergeruch kam mir beißender vor denn je, und ich schlief nicht besonders gut. Aber ich würde mir die Wohnung sowieso nicht mehr lange leisten können.

Nach einer Weile fuhr ich durch die Stadt und verteilte Zettel, auf die ich von Hand geschrieben hatte: *Hardy Engel – Private Ermittlungen.*

Ich hängte sie wie damals an Schwarze Bretter, doch nicht in Filmstudios, sondern nur in anständigen Firmen; und ebenso in Bars, um auch unanständige Leute von meiner Detektei in Kenntnis zu setzen, aber diesmal der richtigen Sorte von ihnen.

Einen dieser Zettel pinnte ich mit einer Reißzwecke an meine Tür.

Ich war jetzt wieder ein Privatdetektiv, aber ein besserer als zu Beginn. Ich hatte immer noch kein Automobil und keine Sekretärin mit gefärbten Locken und auch keine Visitenkarten, aber ich hatte einen Revolver, und ich hatte ein Wohnbüro mit mehreren Räumen und ein Telefon, zumindest für die nächste Zeit.

Und dann setzte ich mich an meinen Schreibtisch und wartete darauf, was eher eintreten würde: dass das Telefon klingelte oder dass mir das Geld ausging.

EPILOG

Heute, zwanzig Jahre später, da Hollywood die Filmhauptstadt der Welt geworden ist – und *überhaupt* eine Stadt, eine lückenlose Ansiedlung mit asphaltierten Bürgersteigen und Häuserblocks und mehrspurigen Verbindungsstraßen – und man auf dem Weg nach Beverly Hills statt von Kojoten höchstens noch von einem hungrigen Drehbuchautor oder einem platinblonden Starlet angefallen wird; da viele der Menschen, die damals eine wichtige Rolle spielten, mittlerweile gestorben sind, kann man sich kaum mehr daran erinnern, wie es war, als der Komiker Fatty Arbuckle geopfert wurde, damit Hollywood zu neuer Größe aufsteigen konnte.

Ebendeshalb habe ich nun den Mut gefasst, alles so aufzuschreiben, wie ich es erlebt habe. Ich wollte, dass es irgendwo festgehalten wird.

Ja, ich lebe noch, obwohl ich so tot war, als wäre ich gestorben. Im Unterschied zu einigen anderen Menschen.

Als »Uncle Carl« Laemmle vor etwas mehr als zwei Jahren verschied, zweiundsiebzig Jahre alt, am 24. September 1939, dreiundzwanzig Tage nach Ausbruch des Krieges in Europa, und mich die Nachricht davon erreichte, da setzte ich mich hin und begann zu schreiben.

Auch Irving Thalberg ist mittlerweile tot, gestorben an seiner Herzschwäche, und Wallace Reid, an seiner Drogensucht.

Roscoe Arbuckle starb 1933, als gebrochener Mann. Auch

der zweite Prozess um den Tod von Virginia Rappe endete mit einer *hung jury*, und es gab noch einen dritten. In diesem wurde er schließlich im April 1922 von allen Anklagepunkten freigesprochen und vollständig rehabilitiert. Doch es war zu spät für Fatty. Er durfte nie wieder vor einer Kamera spielen und schlug sich unter Pseudonymen als Regisseur durch. Er begegnete mir noch manchmal in den Bars – zuletzt kurz vor seinem Tod, im *Brown Derby*, als die Aufhebung der Prohibition kurz bevorstand und er sich bald ganz legal zu Tode hätte trinken können, aus so vielen Flaschen, wie er wollte.

Nach dem Arbuckle-Skandal rissen die Skandale nicht mehr ab, so wie ich es vorausgesagt hatte; auch wenn Will Hays noch immer der Oberzensor der amerikanischen Filmindustrie ist und einen *Moral Code* erstellt hat, der die Jugend von Amerika noch immer terrorisiert und verdirbt.

Die Opfer dieser Skandale liegen fast alle auf dem Friedhof am Santa Monica Boulevard, der heute *Hollywood Forever Cemetery* heißt; Virginia Rappe, Fritz Roth (oder: dessen Sarg) und Pepper Murphy, der ich jede Woche frische Blumen aufs Grab lege.

1926 zog *Famous Players-Lasky* – die Firma von Roscoe Arbuckle und Wallace Reid, von Lasky, Zukor und Schenck – aus ihren alten Studios an der Vine Street aus und auf ihr neues, riesiges Studiogelände, das direkt neben ebenjenem Friedhof errichtet worden war, und benannte sich um in *Paramount*.

Dort steht es noch heute. Mir ist es stets so vorgekommen, als hätten sie ihr Studio direkt auf Peppers Grab gebaut.

Zumindest haben sie es nie weit, um ihre Toten zu beerdigen.

Und solange Hollywood existiert, werden sie ihnen nicht ausgehen.

Der Nächste, der starb, war am 1. Februar 1922 der bekannte *Famous-Players*-Regisseur William Desmond Taylor, der erschossen in seinem Apartment aufgefunden wurde.

Es wurde nie aufgedeckt, wer ihn ermordet hatte. Zumindest offiziell.

Viele wissen es.

Ich weiß es auch.

Aber das ist eine ganz andere Geschichte.

Hardy Engel,
Hollywood, Los Angeles,
12. Dezember 1941

Hochaktuelle Politthriller von einem versierten Terrorismus-Experten

Yassin Musharbash. Radikal. Thriller. Taschenbuch. Verfügbar auch als E-Book

Yassin Musharbash. Jenseits. Thriller. Klappenbroschur. Verfügbar auch als E-Book

Ein beängstigend realistischer Thriller über eine Gesellschaft im Alarmzustand – und über Radikale in mehr als nur einem Milieu.

»Musharbash ist ein politischer Thriller gelungen, wie es ihn in Deutschland nur selten gibt.« *Deutschlandradio Kultur*

Dschihadisten in Deutschland: Wie überfordert sind die Sicherheitsbehörden? Wie sollen wir umgehen mit den Terroristen aus der Mitte unserer Gesellschaft? Und vor allem: Was passiert eigentlich in deren Köpfen?

»Dieser Thriller ist ein informatives, ein journalistisches und spannendes Vergnügen.« *Jörg Thadeusz, WDR 2*

Leseproben und mehr unter www.kiwi-verlag.de